INTRODUÇÃO À ENGENHARIA AMBIENTAL

TRADUÇÃO DA 2ª EDIÇÃO NORTE-AMERICANA

Dados Internacionais de Catalogação na Publicação (CIP)
(Câmara Brasileira do Livro, SP, Brasil)

Vesilind, P. Aarne
  Introdução à engenharia ambiental / P. Aarne Vesilind, Susan M. Morgan; revisão técnica Carlos Alberto de Moya Figueira Netto, Lineu Belico dos Reis. - São Paulo : Cengage Learning, 2017.

  4. reimpr. da 1. ed. de 2011.
  Título original: Introduction to environmental engineering.
  2ª ed. norte-americana.
  Bibliografia.
  ISBN 978-85-221-0718-6

  1. Engenharia ambiental I. Morgan, Susan M. II. Título.

10-07109   CDD-628

Índice para catálogo sistemático:

1. Engenharia ambiental 628

INTRODUÇÃO À ENGENHARIA AMBIENTAL

TRADUÇÃO DA 2ª EDIÇÃO NORTE-AMERICANA

P. AARNE VESILIND
Bucknell University

SUSAN M. MORGAN
Southern Illinois University Edwardsville

Tradução
All tasks

Revisão técnica
Carlos Alberto de Moya Figueira Netto
Escola de Engenharia Mauá

Lineu Belico dos Reis
Escola Politécnica da USP

Introdução à Engenharia Ambiental
Tradução da 2a edição norte-americana

P. Aarne Vesilind e Susan M. Morgan

Gerente Editorial: Patricia La Rosa

Editora de Desenvolvimento: Noelma Brocanelli

Supervisora de Produção Editorial: Fabiana Alencar Albuquerque

Título Original: Introduction to Environmental Engineering - Second edition
ISBN Original 13: 978-0-534-37812-7
ISBN Original 10: 0-534-37812-9

Tradução: All Tasks

Revisão Técnica:
Carlos Alberto de Moya Figueira Netto (capítulos 01 ao 09)
Lineu Belico dos Reis (capítulos 10 ao 16, índice remissivo)

Copidesque: Carlos Alberto Villarruel Moreira e Viviane Akemi Uemura

Revisão: Maria Dolores D. Sierra Mata
Daniele Fátima e Iara Arakaki Ramos

Diagramação: Roberto Maluhy Jr. e Mika Mitsui

Capa: Gabinete de Artes

Pesquisa iconográfica: Raquel de Castro

© 2004 Brooks/Cole, parte da Cengage Learning.
© 2011 Cengage Learning Edições Ltda.

Todos os direitos reservados. Nenhuma parte deste livro poderá ser reproduzida, sejam quais forem os meios empregados, sem a permissão, por escrito, da Editora.
Aos infratores aplicam-se as sanções previstas nos artigos 102, 104, 106 e 107 da Lei nº 9.610, de 19 de fevereiro de 1998.

Esta editora empenhou-se em contatar os responsáveis pelos direitos autorais de todas as imagens e de outros materiais utilizados neste livro. Se porventura for constatada a omissão involuntária na identificação de algum deles, dispomo-nos a efetuar, futuramente, os possíveis acertos.

Para informações sobre nossos produtos, entre em contato pelo telefone 0800 11 19 39

Para permissão de uso de material desta obra, envie seu pedido para **direitosautorais@cengage.com**

© 2011 Cengage Learning. Todos os direitos reservados.

ISBN13: 978-85-221-0718-6
ISBN10: 85-221-0718-1

Cengage Learning
Condomínio E-Business Park
Rua Werner Siemens, 111 – Prédio 11 – Torre A –
Conjunto 12 – Lapa de Baixo
CEP 05069-900 – São Paulo – SP
Tel.: (11) 3665-9900 – Fax: (11) 3665-9901
SAC: 0800 11 19 39

Para suas soluções de curso e aprendizado, visite
www.cengage.com.br

Impresso no Brasil.
Printed in Brazil.
1 2 3 4 5 6 7   15 14 13 12 11

Com gratidão, este livro é dedicado ao falecido
Edward E. Lewis – editor, sovina e amigo.
P. Aarne Vesilind

E também ao Engº Steven J. Hanna, Ph.D. –
que me introduziu à engenharia e respondeu
a todas as perguntas dos meus primeiros
anos na profissão. *Susan M. Morgan*

Sumário

Prefácio ix

Sobre os autores xiii

Parte I. ENGENHARIA AMBIENTAL 1

CAPÍTULO UM
Identificação e Solução de Problemas Ambientais 3

1.1 SURTO DE HEPATITE NO HOLY CROSS COLLEGE 3
1.2 A DISPOSIÇÃO DO LODO DE ESGOTO 5
1.3 O EPISÓDIO DONORA 9
1.4 CROMO NA CIDADE DE JERSEY 11
1.5 A DESCOBERTA DO TRATAMENTO BIOLÓGICO DO ESGOTO 14
1.6 BARCAÇA DE LIXO 16
REFERÊNCIAS 17

Parte II. FUNDAMENTOS 19

CAPÍTULO DOIS
Cálculos de Engenharia 21

2.1 DIMENSÕES E UNIDADES DA ENGENHARIA 21
    2.1.1 Densidade 22
    2.1.2 Concentração 22
    2.1.3 Fluxo 24
    2.1.4 Tempo de detenção 25
2.2 ESTIMATIVAS APROXIMADAS NOS CÁLCULOS DE ENGENHARIA 26
    2.2.1 Procedimentos de cálculos aproximados 26
    2.2.2 Uso de algarismos significativos 27
2.3 ANÁLISE DAS INFORMAÇÕES 29
SÍMBOLOS 36
PROBLEMAS 36
REFERÊNCIAS 40

CAPÍTULO TRÊS
Separações e Balanço de Materiais 41
3.1 BALANÇOS DE MATERIAIS COM APENAS UM MATERIAL 41
- 3.1.1 Divisão de correntes de fluxo de materiais únicos 42
- 3.1.2 Combinação de correntes de vazão do material único 43
- 3.1.3 Processos complexos com apenas um material 44

3.2 BALANÇOS COM MATERIAIS MÚLTIPLOS 51
- 3.2.1 Mistura de correntes de vazão de materiais múltiplos 51
- 3.2.2 Separação de correntes de vazão de materiais múltiplos 56
- 3.2.3 Processos complexos com materiais múltiplos 61

3.3 BALANÇOS DE MATERIAIS COM REATORES 65

SÍMBOLOS 69
PROBLEMAS 69
REFERÊNCIAS 76

CAPÍTULO QUATRO
Reações 77
4.1 REAÇÕES DE ORDEM ZERO 78
4.2 REAÇÕES DE PRIMEIRA ORDEM 80
4.3 REAÇÕES DE SEGUNDA ORDEM E DE ORDEM NÃO INTEIRA 83
4.4 MEIA-VIDA E TEMPO DE DUPLICAÇÃO 84
4.5 REAÇÕES CONSECUTIVAS 85

SÍMBOLOS 85
PROBLEMAS 85
REFERÊNCIAS 86

CAPÍTULO CINCO
Reatores 87
5.1 MODELOS DE MISTURA 87
- 5.1.1 Reatores em batelada 88
- 5.1.2 Reatores de vazão a pistão 88
- 5.1.3 Reatores completamente misturados 89
- 5.1.4 Reatores completamente misturados em série 92
- 5.1.5 Modelos de misturas com marcadores contínuos 95
- 5.1.6 Reatores de vazão arbitrária 96

5.2 MODELOS DE REATORES 96
- 5.2.1 Reatores em batelada 97
- 5.2.2 Reator de vazão a pistão 98
- 5.2.3 Reatores completamente misturados 100
- 5.2.4 Reatores completamente misturados em série 101
- 5.2.5 Comparação de desempenho do reator 102

SÍMBOLOS 103
PROBLEMAS 103

CAPÍTULO SEIS
Fluxo e Balanço de Energia 107
6.1 UNIDADES DE MEDIDA 107
6.2 BALANÇO E CONVERSÃO DE ENERGIA 107
6.3 FONTES E DISPONIBILIDADE DE ENERGIA 112
- 6.3.1 Equivalência energética 114
- 6.3.2 Produção de energia elétrica 115

SÍMBOLOS 118
PROBLEMAS 118

CAPÍTULO SETE
Ecossistemas 123

7.1 FLUXOS DE ENERGIA E MATÉRIA EM ECOSSISTEMAS 123
7.2 INFLUÊNCIA HUMANA NOS ECOSSISTEMAS 130
    7.2.1 Efeito de pesticidas em um ecossistema 130
    7.2.2 Efeito de nutrientes em um ecossistema de lagos 131
    7.2.3 Efeito de resíduos orgânicos em um ecossistema de águas correntes 134
    7.2.4 Efeitos de projetos em um ecossistema 141
    SÍMBOLOS 142
    PROBLEMAS 143
    NOTAS FINAIS 146

Parte III. APLICAÇÕES 147

CAPÍTULO OITO
Qualidade da Água 149

8.1 PARÂMETROS DE MEDIÇÃO DA QUALIDADE DA ÁGUA 149
    8.1.1 Oxigênio dissolvido 149
    8.1.2 Demanda bioquímica de oxigênio 150
    8.1.3 Sólidos 160
    8.1.4 Nitrogênio 162
    8.1.5 Medição dos níveis bacteriológicos 163
8.2 AVALIAÇÃO DA QUALIDADE DA ÁGUA 167
8.3 PADRÕES DA QUALIDADE DA ÁGUA 171
    8.3.1 Padrões para água potável 171
    8.3.2 Padrões de efluente 172
    8.3.3 Padrões para qualidade de água superficial 173
    SÍMBOLOS 173
    PROBLEMAS 173
    NOTAS FINAIS 177

CAPÍTULO NOVE
Fornecimento e Tratamento de Água 179

9.1 CICLO HIDROLÓGICO E DISPONIBILIDADE DA ÁGUA 179
    9.1.1 Fontes de água subterrânea 180
    9.1.2 Fontes de águas superficiais 186
9.2 TRATAMENTO DE ÁGUA 189
    9.2.1 Redução da dureza da água 189
    9.2.2 Coagulação e floculação 202
    9.2.3 Sedimentação 205
    9.2.4 Filtração 210
    9.2.5 Desinfecção 212
    9.2.6 Outros processos de tratamento 213
9.3 DISTRIBUIÇÃO DE ÁGUA 214
    SÍMBOLOS 215
    PROBLEMAS 216
    NOTAS FINAIS 220

CAPÍTULO DEZ
Tratamento de Águas Residuais 221

10.1 TRANSPORTE DE ÁGUAS RESIDUAIS 221
10.2 TRATAMENTOS PRIMÁRIO E PRELIMINAR 224
    10.2.1 Tratamento preliminar 224
    10.2.2 Tratamento primário 226
10.3 TRATAMENTO SECUNDÁRIO 227
    10.3.1 Reatores de filme fixo 227
    10.3.2 Reatores de crescimento suspenso 228
    10.3.3 Projeto de sistema de lodo ativado utilizando a dinâmica de processos biológicos 230
    10.3.4 Transferência de gás 239
    10.3.5 Separação de sólidos 245
    10.3.6 Efluente 246
10.4 TRATAMENTO TERCIÁRIO 248
    10.4.1 Remoção de nutrientes 248
    10.4.2 Remoção de sólidos e orgânicos adicionais 249
    10.4.3 Alagadiços 250
10.5 TRATAMENTO E ELIMINAÇÃO DE LODO 252
    10.5.1 Estabilização do lodo 254
    10.5.2 Deságue do lodo 256
    10.5.3 Eliminação final 260
10.6 SELEÇÃO DE ESTRATÉGIAS DE TRATAMENTO 262
    SÍMBOLOS 263
    PROBLEMAS 263
    NOTAS FINAIS 269

CAPÍTULO ONZE
Qualidade do Ar 271

11.1 METEOROLOGIA E MOVIMENTO DO AR 272
11.2 PRINCIPAIS POLUENTES DO AR 276
    11.2.1 Particulados 276
    11.2.2 Medição dos particulados 276
    11.2.3 Poluentes gasosos 278
    11.2.4 Medição dos gases 278
    11.2.5 Medição da fumaça 280
    11.2.6 Visibilidade 280
11.3 FONTES E EFEITOS DA POLUIÇÃO DO AR 282
    11.3.1 Óxidos de enxofre e de nitrogênio e a chuva ácida 286
    11.3.2 Névoa com fumaça (*smog*) fotoquímica 287
    11.3.3 Destruição da camada de ozônio 288
    11.3.4 Aquecimento global 290
    11.3.5 Outras fontes de poluentes do ar 295
    11.3.6 Ar em ambientes internos 296
11.4 PADRÕES DE QUALIDADE DO AR 299
    11.4.1 Leis para a qualidade do ar nos EUA 300
    11.4.2 Padrões de emissões e qualidade do ar ambiente 301
    SÍMBOLOS 302
    PROBLEMAS 302
    NOTAS FINAIS 305

CAPÍTULO DOZE
Controle da Qualidade do Ar 307

12.1 TRATAMENTO DAS EMISSÕES 307
    12.1.1 Controle de particulados 309
    12.1.2 Controle de poluentes gasosos 311
    12.1.3 Controle de óxidos sulfúricos 312

12.2 DISPERSÃO DE POLUENTES DO AR 313

12.3 CONTROLE DE FONTES MÓVEIS 318
    SÍMBOLOS 322
    PROBLEMAS 322
    NOTAS FINAIS 326

CAPÍTULO TREZE
Resíduos Sólidos 327

13.1 COLETA DE RESÍDUOS 327

13.2 GERAÇÃO DE RESÍDUOS 331

13.3 REUTILIZAÇÃO E RECICLAGEM DE MATERIAIS DO LIXO 332
    13.3.1 Processamento do lixo 333
    13.3.2 Mercados para o lixo processado 335

13.4 COMBUSTÃO DO LIXO 336

13.5 DESCARTE FINAL DE RESÍDUOS: ATERROS SANITÁRIOS 339

13.6 REDUÇÃO DA GERAÇÃO DE RESÍDUOS: REDUÇÃO NA ORIGEM (OU NA FONTE) 342
    13.6.1 Por quê? 342
    13.6.2 Análise do ciclo de vida 343

13.7 GESTÃO INTEGRADA DE RESÍDUOS SÓLIDOS 344
    SÍMBOLOS 345
    PROBLEMAS 346
    NOTAS FINAIS 349

CAPÍTULO QUATORZE
Resíduos Perigosos 351

14.1 DEFINIÇÃO DE RESÍDUOS PERIGOSOS 351

14.2 GESTÃO DE RESÍDUOS PERIGOSOS 355
    14.2.1 Limpeza de locais antigos 356
    14.2.2 Tratamento de resíduos perigosos 358
    14.2.3 Descarte de resíduos perigosos 360

14.3 GESTÃO DE RESÍDUOS RADIOATIVOS 361
    14.3.1 Radiação ionizante 361
    14.3.2 Riscos associados à radiação ionizante 363
    14.3.3 Tratamento e descarte de resíduos radioativos 365

14.4 PREVENÇÃO DA POLUIÇÃO 366

14.5 GESTÃO DE RESÍDUOS PERIGOSOS E GERAÇÕES FUTURAS 369
    SÍMBOLOS 371
    PROBLEMAS 371
    NOTAS FINAIS 374

CAPÍTULO QUINZE
Poluição Sonora 375

15.1 SOM 375

15.2 MEDIÇÃO DO SOM 380

15.3 EFEITO DOS RUÍDOS NA SAÚDE HUMANA 381

15.4 REDUÇÃO DO RUÍDO 383

15.5 CONTROLE DE RUÍDOS 385
 15.5.1 Proteção do receptor 385
 15.5.2 Redução das fontes do ruído 385
 15.5.3 Controle do caminho dos ruídos 385
 SÍMBOLOS 387
 PROBLEMAS 388
 NOTAS FINAIS 390

CAPÍTULO DEZESSEIS
Decisões de Engenharia 391

16.1 DECISÕES COM BASE EM ANÁLISES TÉCNICAS 391

16.2 DECISÕES COM BASE EM ANÁLISES ECONÔMICAS 393

16.3 DECISÕES COM BASE EM ANÁLISES DE BENEFÍCIO/CUSTO 397

16.4 DECISÕES COM BASE EM ANÁLISES DE RISCO 399
 16.4.1 Procedimentos de análise de risco ambiental 402
 16.4.2 Gerenciamento de risco ambiental 406

16.5 DECISÕES COM BASE EM ANÁLISES DE IMPACTO AMBIENTAL 406
 16.5.1 Inventário 407
 16.5.2 Análise 408
 16.5.3 Avaliação 412

16.6 DECISÕES COM BASE EM ANÁLISE ÉTICA 413
 16.6.1 Utilitarismo e teorias deontológicas 414
 16.6.2 Ética ambiental e valor instrumental 415
 16.6.3 Ética ambiental e valor intrínseco 417
 16.6.4 Ética ambiental e espiritualidade 421
 16.6.5 Comentários de conclusão 421

16.7 A CONTINUIDADE NAS DECISÕES DE ENGENHARIA 422
 PROBLEMAS 422
 NOTAS FINAIS 427

Tabela Periódica de Elementos 429

Conversões 430

Índice remissivo 433

Prefácio

Esta segunda edição de *Introdução à Engenharia Ambiental* continua com dois temas unificadores – balanço de materiais e ética ambiental. Essas duas características do livro respondem a dois importantes desenvolvimentos emergentes na ciência ambiental aplicada.
1. Problemas ambientais devem ser resolvidos usando-se abordagem holística e não abordagem fragmentada considerando um único poluente ou um único meio.
2. A ética é cada vez mais importante na vida profissional dos engenheiros e, talvez crucial, nas decisões tomadas por engenheiros ambientais.

A nova Parte I oferece exemplos de questões complexas que circundam a identificação e a solução dos problemas ambientais. A Parte II introduz os conceitos fundamentais do balanço de materiais e reações que ocorrem em reatores. Esses conceitos unem as questões sobre fornecimento de água e tratamento de esgotos, controle da poluição do ar e gerenciamento de lixo tóxico—integrando esses temas em uma única abordagem à ciência aplicada da engenharia ambiental. Na Parte III esses princípios são aplicados à engenharia ambiental e à ciência. Ao longo do livro, a tomada de decisões éticas está incorporada às discussões e é apontada nos problemas assinalados. Os alunos precisam não apenas resolver a parte técnica desses problemas, como também considerar os desdobramentos éticos que possam advir da solução de problemas técnicos.

O Capítulo 1, que compreende a primeira parte do livro, oferece seis exemplos de complexidade e de problemas relativos à solução de questões de engenharia ambiental. O Capítulo 2 introduz dimensões e unidades seguidas de uma discussão a respeito de conceitos básicos como densidade, concentração, fluxo e tempo de residência. Este capítulo reconhece a necessidade das aproximações nos cálculos de engenharia, que, por sua vez, conduzem diretamente à introdução do balanço de materiais, tema recorrente em todo o livro.

O Capítulo 3 demonstra a aplicabilidade do balanço de materiais a todos os tipos de problemas ambientais, inclusive dinâmica do ecossistema, tratamento de esgoto e controle da poluição do ar.

As discussões sobre as reações no Capítulo 4 são similares ao que seria ministrado em um curso de introdução à química física ou de engenharia bioquímica. O Capítulo 5 discute a teoria do reator ideal, semelhante ao material de um curso de operação de unidades de engenharia química, porém em um nível de fácil compreensão para alunos do primeiro ano de engenharia.

Os princípios de energia apresentados no Capítulo 6 mostram como acontece a conversão de energia e porque as perdas ocorrem. A abordagem do balanço de massa é novamente aplicada ao fluxo da energia. A seguir, temos o reconhecimento de que uma das reações mais fascinantes ocorre nos ecossistemas e o Capítulo 7 descreve esses ecossistemas usando novamente a abordagem do balanço de massa e a cinética de reação apresentada anteriormente. Isso fecha a segunda parte do livro, os FUNDAMENTOS.

A terceira parte do livro – APLICAÇÕES – começa com a busca pela água limpa. O Capítulo 8 questiona quando a água está "suficientemente limpa" e como se medem as características da qualidade da água? Essa discussão leva a introdução para o fornecimento e tratamento da água no Capítulo 9, que trata do fornecimento tanto da água do solo como de superfície.

A discussão inclui a operação de uma típica estação de tratamento de água, incluindo agora a suavização da água e discussão mais abrangente sobre desinfecção. Começando com o transporte do esgoto, o Capítulo 10 dá ênfase à lógica e aos métodos de tratamento de esgoto, finalizando com uma discussão sobre tratamento e descarte do lodo do esgoto.

Tendo em vista que a meteorologia determina o movimento dos poluentes do ar, este tópico introduz a seção sobre poluição do ar no Capítulo 11, que inclui tipos e fontes de importantes poluentes do ar e finaliza com a evolução dos padrões de qualidade do ar.

O Capítulo 12 discute o tratamento das emissões e dispersões dos poluentes e o Capítulo 13, sobre a coleta e descarte do lixo municipal sólido, se concentra na recuperação e na reciclagem do lixo, enfatizando os conceitos de prevenção de poluição e análise do ciclo de vida, duas ideias que serão muito importantes no futuro.

O Capítulo 14 introduz o complexo tema do gerenciamento do lixo tóxico e o Capítulo 15 enfatiza porque a poluição sonora é preocupante e oferece cobertura ampliada do controle do ruído, especialmente, com paredes à prova de ruídos.

O último capítulo apresenta várias ferramentas que os engenheiros utilizam na tomada de decisões incluindo tecnologia, benefício/custo, riscos e ética. A discussão sobre ética é sucinta e serve simplesmente como introdução aos problemas de juízo de valor que os engenheiros enfrentam, bem como base para as discussões ao longo do texto. Sugere também que em engenharia a tomada de decisão ética é tão importante quanto à tomada de decisão técnica. O material a respeito da ética é de nível básico, e, portanto, facilmente compreensível por qualquer instrutor de engenharia ou aluno e não requer nenhum treinamento formal. O material técnico é apresentado em um nível de primeiro ano de engenharia ou ciência ambiental. Usa-se cálculo no texto e espera-se que o aluno tenha tido, pelo menos um estágio em cálculo diferencial e integral. Conhecimento de química ministrada no colégio pode ser útil, mas não obrigatório. A matéria mecânica dos fluidos não é utilizada neste livro e, portanto, o material pode ser rapidamente ministrado nos primeiros estágios de engenharia ambiental ou em módulos de engenharia ambiental nos cursos de ciências.

A experiência em lecionar sequencialmente o material principal da Parte II (equilíbrios, reações, reatores) mostrou que o mesmo pode ser ministrado num período de 4 a 6 semanas. Recomendamos, contudo, que o instrutor faça incursões na área da ética ambiental, bem como dê um toque pessoal com relatos de "contos de guerra" para manter o interesse dos alunos. A introdução de material complementar ao longo do curso é uma técnica de ensino muito eficiente e baseada na teoria moderna de aprendizado. O material na Parte III pode ser utilizado na sequência que o instrutor julgar melhor sem prejuízo ao valor ou significado de seu conteúdo.

Aprendizado eficaz é aprendizado ativo e os alunos devem fazer parte do processo de aprendizado e não ser receptores passivos da informação que lhes é transmitida. A teoria cognitiva do aprendizado sustenta ainda que a maturação do conhecimento, sua transferência da memória de curto prazo para a de longo prazo leva tempo e requer repetição bem como a apresentação do mesmo material de maneiras diferentes. É sabido que a nova informação será sempre retida por sua associação com um conhecimento anterior. A abordagem do balanço de material representa uma oportunidade para essa maturação. O estudante aprende engenharia ambiental a partir de um contexto o mais amplo possível.

A teoria do aprendizado sugere também que existem dois tipos de memória – a epistolar e a semântica. A memória epistolar está relacionada às experiências pessoais, às emoções, aos sentimentos e aos fatos na vida de um indivíduo. A memória semântica é nosso dicionário cultural, o conhecimento que todos compartilham no que diz respeito à cultura, o entendimento comum de palavras e ideias. O ensino efetivo ativa os dois tipos de memória e aumenta os poderes cognitivos dos alunos.

Para o aprendizado, exercícios de laboratório, estudos de campo e discussões sobre eventos atuais, todos dependem da memória epistolar, que também pode ser transferida do instrutor para o aluno (e muitas vezes no sentido oposto) pelo relato das experiências profissionais de cada um. Os alunos gostam de aprender a partir dessas incursões na vida real e retém o conhecimento por muito mais tempo que o material adquirido por meio da memória semântica.

Assim sendo, este livro usa muitos estudos de casos – reais ou não – a respeito de problemas técnicos e éticos e oferece oportunidade para o instrutor de se remeter à própria experiência, o que irá acrescer o aprendizado ao longo do semestre. Usando material de engenharia ambiental como complemento à estrutura básica, o instrutor é livre para usar a imaginação e iniciativa pessoal no desenvolvimento do curso. Cada instrutor então, provavelmente dará um curso exclusivo, baseado em grande parte em suas próprias experiências. O material básico liga tudo isso na forma de uma abordagem organizada e sistemática à ciência ambiental aplicada.

O material sobre ética introduzido ao longo do texto requer igualmente que tanto o aluno como o instrutor reflitam e discutam o problema técnico sob outra ótica para reforçar o aprendizado da matéria, pois sendo a ética uma questão pessoal, a discussão de assuntos técnicos a partir dessa perspectiva tende a internalizar o assunto criando, na verdade, a experiência do aprendizado epistático do mesmo modo que seria alcançado por meio de uma visita de campo ou pela narrativa de uma experiência real. O enfoque na ética, portanto, auxiliará os alunos no aprendizado do material técnico.

AGRADECIMENTOS

Grande parte deste livro foi escrita enquanto o autor sênior estava de licença sabática no Centro de Estudos de Ética Profissional Aplicada na Faculdade Dartmouth, em colaboração com a Escola de Engenharia Thayer, onde o Dr. Deni Elliot, Diretor do Centro de Ética e Charles Hutchinson, Reitor do Curso de Engenharia, foram meus anfitriões durante minha estada naquela instituição. Recursos parciais vieram da National Science Foundation e nosso agradecimento sincero a Rachelle Hollander, que continua a acreditar que engenharia e ética podem, na realidade, se complementar. Por fim, quero agradecer aos muitos alunos de engenharia ambiental que utilizaram este livro de várias maneiras e que nos ofereceram valiosos insumos. Os revisores desta edição foram: Michael A. Butkus, da Academia Militar dos Estados Unidos; Harry R. Diz, da Gannon University; Wayne C. Downs, da Brigham Young University e Gregory D. Reed, da University of Tennessee. Lauren Bartlett originalmente escreveu o manual do instrutor. A todos vocês meu sincero MUITO OBRIGADO!

P. Aarne Vesilind

Comecei a me envolver na revisão desse livro depois de imaginar se a suavização da água já não era matéria constante dos cursos introdutórios de engenharia ambiental. Por causa dessa dúvida, entrei em contato com P. Aarne Vesilind e agradeço a oportunidade que tive de contribuir e espero que minhas revisões tenham servido para melhorar o assunto.

Agradeço meu marido, grande companheiro, que leva na esportiva minha atribulada vida de engenheira, em quem sempre posso confiar e que me oferece apoio incondicional em qualquer projeto que assumo. Agradeço também aos meus pais, que sempre me apoiaram e, finalmente, agradeço meus alunos da Southern Illinois University Edwardsville por me manterem focada em meus cursos e meus colegas, por seu apoio e orientação neste tipo de projeto.

Susan M. Morgan

Sobre os autores

P. Aarne Vesilind, Engenheiro

Professor R. L. Rooke do
Departamento de Engenharia Civil e Engenharia Ambiental da Bucknell University.

Depois de se formar em engenharia civil na Lehigh University, Vesilind obteve seu Ph.D. em engenharia ambiental na University of North Carolina em 1968. Passou seu ano pós-doutoral no Norwegian Institute for Water Research, em Oslo, Noruega, desenvolvendo testes de laboratório para estimar o desempenho das centrífugas de desaguamento. No ano seguinte, foi engenheiro pesquisador na Bird Machine Company e depois disso, juntou-se ao corpo docente da Duke University como Professor Assistente em 1970. Em janeiro de 2000, aposentou-se da Duke, e foi nomeado Chefe da Cadeira R. L. Rooke de Engenharia no Contexto Histórico e Social da Bucknell University. É engenheiro profissional licenciado na Carolina do Norte.

Em 1976-1977, o Dr. Vesilind foi Membro Fulbright na Universidade de Waikato, em Hamilton, Nova Zelândia. Foi Membro da Fundação Nacional da Ciência, na Faculdade de Dartmouth em1991-92. Atuou como titular da cadeira no Departamento de Engenharia Civil e Ambiental durante sete anos e foi eleito duas vezes pelo corpo docente da Escola de Engenharia para presidir o Conselho Docente da instituição. Foi curador da Academia Americana de Engenheiros Ambientais e ex-presidente da Associação de Professores de Engenharia Ambiental. Atua em muitas comissões técnicas e editoriais. Escreveu nove livros sobre engenharia ambiental, gerenciamento do lixo sólido, educação e ética ambiental. Este livro, *Introdução à Engenharia Ambiental*, 2 ed. (Brooks/Cole, 2004), incorpora a ética no curso de engenharia ambiental. O livro *Engineering, Ethics, and the Environment* (Cambridge University Press,1999) foi escrito em co-autoria com Alastair Gunn. *So You Want to Be a Professor?* (Sage Publications, 2000) é um manual para alunos de engenharia. Seus textos mais recentes são: *Solid Waste Engineering)* (Brooks/Cole, 2002), co-escrito com Debra Reinhart e Bill Worrell; *Sludge Into Biosolids* (International Water Association, 2002), foi co-editado com Ludovico Spinosa; *Hold Paramount: The Engineer's Responsibility to Society* (Brooks/Cole, 2003), em co-autoria com Alastair Gunn; e *Wastewater Treatment Plant Design*, uma versão em livro didático do Manual da Water Environment Federation.

Susan M. Morgan, Engenheira

Professora Associada e Diretora do Programa de Graduação de
Engenharia Civil da Southern Illinois University Edwardsville.

Susan Morgan se formou em engenharia civil pela Southern Illinois University Carbondale. Recebeu o título de Membro da National Science Foundation e obteve o Ph.D. em engenharia ambiental na Clemson University. Em 1996, juntou-se ao corpo docente do Departamento de Engenharia Civil da Southern Illinois University Edwardsville e desde

1999 atua como Diretora do Programa de Graduação do Departamento. Atualmente exerce direito de posse de Professora Associada e Engenheira Licenciada em Illinois.

A Dra. Morgan é titular do Comitê Técnico e Ambiental da Seção de St. Louis da Sociedade Americana de Engenheiros Civis e ocupou inúmeros cargos no St. Clair Chapter of the Illinois Society of Professional Engineers.

Recebeu o prêmio de Jovem Engenheira do Ano da Sociedade de Engenheiros Profissionais de Illinois, em 2000 e 2001 e, em seguida, atuou como titular do Conselho de Jovens Engenheiros.

Também em 2001, recebeu o prêmio Novos e Ilustres Engenheiros da Sociedade Engenheiras de St. Louis. É membro de diversas sociedades, entre outras, Chi Epsilon e Tau Beta Pi, bem como de diversas outras entidades de engenharia.

REVISÃO TÉCNICA

Carlos Alberto de Moya Figueira Netto é engenheiro civil e mestre pela Escola Politécnica da USP. Professor da Escola de Engenharia Mauá, consultor do Banco Interamericano de Desenvolvimento e gerente de meio ambiente e saneamento da CNEC Engenharia S/A. Atua nas áreas de engenharia relacionadas a meio ambiente, saneamento ambiental, energia e transportes.

Lineu Belico dos Reis é engenheiro eletricista e Doutor e Livre Docente pela Escola Politécnica da USP, onde é professor na Engenharia Ambiental. Atua nas áreas de engenharia relacionadas à energia, meio ambiente e sustentabilidade. É consultor no setor energético desde 1968, e professor de cursos de especialização em diversas universidades. É autor de vários livros e artigos em congressos internacionais sobre o assunto.

PARTE I
ENGENHARIA AMBIENTAL

CAPÍTULO UM

Identificação e Solução de Problemas Ambientais

1.1 SURTO DE HEPATITE NO HOLY CROSS COLLEGE

Logo depois do jogo realizado em Dartmouth, em 1969, todos os integrantes do time de futebol americano do Holy Cross College ficaram doentes (Morse, 1972). Tiveram febre, náuseas e dores abdominais, além de apresentarem pele amarelada – sintomas característicos da hepatite infecciosa. Nos dias que se seguiram, quase 90 pessoas – entre jogadores, treinadores, técnicos e outras pessoas – que faziam parte do programa de futebol da instituição também adoeceram. O colégio cancelou o restante da temporada e tornou-se alvo de um mistério epidemiológico. Como explicar que um time inteiro tivesse contraído hepatite infecciosa?

Sabe-se que a doença é transmitida basicamente de pessoa para pessoa. Embora epidemias possam ocorrer, isso quase sempre se deve à contaminação da água ou de frutos do mar. Há vários tipos de vírus da hepatite com drásticas consequências para o ser humano. O menos mortal é o da hepatite A que ocasiona mal-estar durante várias semanas, mas raramente deixa sequelas duradouras. As hepatites B e C, todavia, podem provocar graves problemas, em especial no fígado, e durar por anos. Na ocasião da epidemia no Holy Cross College, o vírus da hepatite ainda não havia sido isolado e muito pouco se sabia sobre sua etiologia ou suas consequências.

Quando o colégio teve ciência da seriedade da epidemia, pediu e recebeu ajuda dos governos estadual e federal, que enviaram epidemiologistas até a cidade de Worcester. Em princípio, esses especialistas coletaram todo tipo de informação sobre os integrantes do time de futebol: com quem haviam estado e o que haviam comido e bebido. O objetivo era encontrar pistas que os levassem a descobrir como surgiu a epidemia, e obtiveram os seguintes dados:

- Uma vez que o período de incubação da hepatite é de cerca de 25 dias, a infecção deve ter ocorrido em algum momento antes do dia 29 de agosto.
- Os jogadores que deixaram o time antes desse período não foram infectados.
- Jogadores da equipe principal que chegaram atrasados, depois do dia 29 de agosto, também não foram infectados.
- Jogadores do time de calouros que chegaram no dia 3 de setembro também não tiveram a doença.
- Tanto os jogadores do time de calouros como os do time principal usaram o mesmo refeitório, e, como nenhum calouro foi infectado, descartou-se a hipótese de que o refeitório fosse a causa da doença.

- Um dos técnicos que desenvolveu hepatite não havia usado o refeitório do colégio.
- Não havia nenhum indício de que os jogadores tivessem comido frutos do mar em algum restaurante, o que poderia dar uma dica sobre onde poderiam ter contraído o vírus.
- Os jogadores consumiram uma bebida preparada pelo colégio, cuja composição era açúcar, mel, gelo e água (a versão caseira do Gatorade). No entanto, como os funcionários da cozinha provaram da bebida antes e depois do jogo, e nenhum deles desenvolveu a doença, a possibilidade de a bebida ter sido a causadora da doença foi descartada.

Como não encontravam respostas para o fato, os epidemiologistas se concentraram no fornecimento da água. O colégio recebe água da cidade de Worcester e uma tubulação subterrânea traz a água da Rua Dutton – que é sem saída – até o campo de treinamento de práticas esportivas, onde há um bebedouro que os jogadores utilizam durante os treinos. Amostras da água foram colhidas do bebedouro e não apresentaram nenhuma contaminação. A ausência de contaminação durante a amostragem não descartou, entretanto, a possibilidade de transmissão da doença através da tubulação, que cruzava o campo por meio de um medidor de água e várias caixas de *sprinklers* enterradas no solo, colocadas em todo o campo para regar o gramado (Figura 1.1).

Duas outras informações foram cruciais. Soube-se que, em uma das casas na Rua Dutton, moravam crianças que haviam contraído hepatite. Durante o verão, elas brincavam com água dos *sprinklers*, espirrando umas nas outras e formando poças no gramado. No entanto, como a água dessas poças – caso as crianças a tivessem contaminado – teria ido parar na tubulação, já que os canos de água eram mantidos sempre sob pressão positiva?

A última peça do quebra-cabeça se encaixou quando os epidemiologistas descobriram que havia ocorrido um grande incêndio em Worcester, durante a noite do dia 28 de agosto, que durou até a manhã do dia seguinte. A demanda de água para o incêndio foi tão grande que todas as casas da Rua Dutton ficaram sem água da rua, ou seja, os bombeiros bombearam a água em tal quantidade que a pressão no encanamento ficou negativa. Esses dados levaram à seguinte conclusão: as crianças esqueceram algumas das válvulas dos *sprinklers* abertas, o que certamente provocou a contaminação da água ao redor do *sprinkler*. Então, o vírus da hepatite entrou no encanamento da água potável. Na manhã seguinte, a pressão da água foi restabelecida no encanamento, e a água contaminada foi parar no final do ramal da tubulação, ou seja, no bebedouro do campo de futebol – todos os jogadores, treinadores, técnicos e quaisquer outras pessoas que beberam daquele bebedouro foram infectados com hepatite.

Esse caso ilustra a clássica *conexão cruzada*, ou seja, o contato físico entre a água potável tratada e a contaminada e as consequências potencialmente graves dessas conexões. Um dos objetivos da engenharia ambiental é projetar sistemas para proteger a saúde pública. No caso de encanamentos, os engenheiros precisam projetar sistemas que evitem

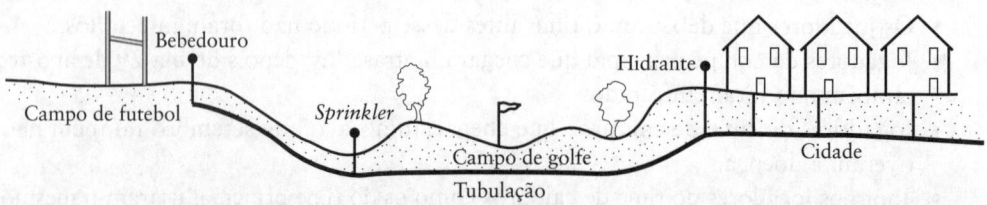

Figura 1.1 A tubulação que conduzia a água ao campo de treinamento Holy Cross vinha da Rua Dutton e atravessava várias caixas de *sprinklers*.

qualquer possibilidade de ligações cruzadas, embora, como o incidente do Holy Cross College demonstra, seja quase impossível prever todas as possibilidades.

Questões para Discussão
1. Na próxima vez que for utilizar um bebedouro ou comprar uma garrafa de água, quais atitudes adotará com relação à segurança da água? Quem deve se responsabilizar pela qualidade da água? (Cuidado com essa última pergunta. Lembre-se de que (felizmente) você vive em um país democrático.)
2. Considerando o que se sabe sobre a hepatite, como poderia ter sido diferente a investigação dos epidemiologistas caso esse incidente tivesse ocorrido no ano passado? Será necessário pesquisar um pouco. A maioria das universidades dispõe de informações on-line sobre hepatite e outras doenças contagiosas.
3. Suponha que você seja um advogado especializado em crimes contra a pessoa e que tenha sido contratado pela família de um dos jogadores do Holy Cross College. Como você conduziria o caso? Quem deveria ser processado?

1.2 A DISPOSIÇÃO DO LODO DE ESGOTO

Um famoso linguista e escritor norte-americano, H. L. Mencken, em seu livro *The American language: an inquiry into the development of English in the United States* [*A língua americana: um questionamento sobre o desenvolvimento do inglês nos Estados Unidos*] (Alfred A. Knopf Inc., 1977), observou que muitas das palavras mais recentes da língua inglesa são formadas por uma combinação de sons que, por si sós, traduzem o significado ou uma imagem. Por exemplo, a palavra *crud* (doença imaginária ou desconhecida) começou com a sigla C.R.U.D. para *chronic recurring unspecified dermatitis* (dermatite não especificada recorrente e crônica), diagnóstico médico utilizado para os soldados americanos que estavam nas Filipinas, no início dos anos 1990. A palavra sugere uma imagem sem definição. Tente sorrir da forma mais meiga e delicada possível, e pronuncie a palavra *crud*. Não vai dar. Vai sempre soar estranho.

Uma combinação de consoantes apontadas por Mencken como especialmente feias é o som de "sl". Depois de uma busca no dicionário por palavras começando com "sl", encontramos: *slimy* (viscosos, pegajosos), *slither* (escorregar, resvalar), *slovenly* (desmazelado, relaxado), *slug* (lesma), *slut* (prostituta), *slum* (favela) e, certamente, *sludge* (lodo). Se o som da palavra já é feio, imagine o que ela representa!

E é feio mesmo, pois o lodo de esgoto é produzido em uma estação de tratamento de esgoto descartado como resíduo do tratamento. As estações de tratamento de efluentes líquidos desperdiçam muita energia porque o ser humano é um usuário ineficiente da energia química que ingere. E tal como no corpo humano, o metabolismo da estação de tratamento de efluentes líquidos é ineficiente. Embora essas estações produzam esgoto tratado, que é despejado no curso de água mais próximo, elas produzem também um subproduto que ainda possui energia química substancial. Esse resíduo não pode ser simplesmente descartado porque iria facilmente sobrecarregar o ecossistema aquático ou causar incômodos e até mesmo oferecer risco à saúde humana. O tratamento e a disposição do lodo de esgoto representam um dos problemas mais críticos da engenharia ambiental. (Para reduzir a opinião pública negativa sobre o descarte do lodo de esgoto, uma associação de qualidade da água sugeriu que o que deixasse a estação de tratamento fosse chamado de "biossólidos" em vez de "lodo". Sem dúvida, "uma rosa com outro nome não tem o mesmo perfume".)

Por ser a disposição do lodo de esgoto tão difícil e porque a disposição imprópria pode trazer problemas à saúde humana, uma legislação própria se faz necessária por parte das entidades governamentais. No estabelecimento das normas, o bem-estar e a saúde do ser humano quase sempre perdem a importância diante das considerações econômicas. Afinal, quanto estamos dispostos a pagar para ter um ambiente mais saudável? A premissa, ou, pelo menos, a esperança, é de que a agência reguladora dispõe dos dados necessários para determinar os efeitos de determinadas normas sobre a saúde humana. No entanto, raramente isso ocorre, e as agências regulatórias são forçadas a tomar decisões com base em dados e informações científicas insuficientes. O relator dessas normas deverá equilibrar os interesses conflitantes e os diversos grupos constituintes. (Por exemplo, na Islândia a presença de elfos é assunto sério, e muitas estradas tiveram seus traçados alterados para evitar quaisquer danos aos lares dos supostos pequeninos moradores!) Em uma democracia, o órgão regulador representa o interesse público. Se as normas forem julgadas inaceitáveis, as pessoas poderão mudar as regras (ou quem as faz!).

Um exemplo de uma regra muito impopular nos Estados Unidos foi o limite de 90 km/h nas rodovias interestaduais. Como a população ignorou essa determinação, revogou-se a lei. Os responsáveis pelas normas emitidas pelo Departamento de Transportes dos Estados Unidos julgaram mal a vontade do público de diminuir a velocidade nas estradas. A economia de combustível e a redução de acidentes, que salvaria muitas vidas, eram objetivos magníficos, mas a norma foi rejeitada porque exigia demais do público. Segundo os engenheiros de transportes, a redução do limite de velocidade de 100 km/h para 90 km/h poderia salvar 20 mil vidas por ano, mas esse tipo de benefício não agradou o público que preferiu não pagar o preço referente à diminuição da velocidade nas estradas.

Da mesma maneira, os objetivos das normas ambientais são admiráveis e moralmente justificáveis, pois visam melhorar a saúde pública (ou lidar com a prevenção de doenças ou da morte prematura). As normas ambientais demandam ampla pesquisa sobre os benefícios e os custos de implementação. Em geral, o valor da vida humana é colocado diante da imposição de ações regulatórias que podem conduzir a custos financeiros è restrições na liberdade pela redução de comportamentos poluidores. Isto é, ao estabelecer as normas que visam melhorar a saúde pública, o órgão regulador tira a liberdade daqueles que normalmente iriam lançar agentes poluidores no ambiente. Esses órgãos devem comparar a boa saúde pública com a perda de liberdade ou dinheiro – na verdade, redução da liberdade e perda financeira. O estabelecimento de limites severos quanto às emissões das estações de tratamento de esgoto demanda o aumento de impostos para o pagamento do tratamento adicional. A proibição de emissão de esgoto industrial com metais pesados exige que as empresas instalem sistemas caros de prevenção à poluição e impede que façam o descarte desses materiais por métodos mais baratos. O estabelecimento de padrões rígidos para a água potável também resulta em mais gastos para a construção de melhores estações de tratamento de água. Em todo caso, ao definir as regras, o órgão regulador precisa avaliar cuidadosamente dois aspectos importantes: a preservação da saúde pública e os custos que isso acarretará para alguns. Trata-se de questões imprescindíveis que deverão ser solucionadas pelos reguladores no estabelecimento das normas ambientais.

Earle Phelps (1948) foi o primeiro a reconhecer que as decisões ambientais regulatórias são tomadas com base naquilo que chama de *princípio de conveniência*. Segundo Phelps, engenheiro sanitarista conhecido pelo trabalho desenvolvido em saneamento de córregos e pela criação da curva do déficit de oxigênio dissolvido de Streeter-Phelps (ver Capítulo 8), conveniência é "a tentativa de reduzir a medida numérica de dano provável, ou a medida lógica do risco existente, ao nível mais baixo de ser praticado e executado dentro dos limites financeiros e da capacidade de engenharia". De acordo com o engenheiro, "na prática, raramente se obtém a melhor condição ou a ideal, e que é desperdício e, portanto, não é conveniente requerer uma abordagem mais aproximada do que a que está disponível em curto prazo, dentro das práticas atuais de engenharia e com custos que sejam justificáveis". Segundo Phelps, é fundamental que os reguladores – responsáveis pela definição dos padrões e que, em geral, encontram dificuldades para defender suas decisões – reconheçam que "o princípio da conveniência é a base lógica para os padrões administrativos, e, por isso, devem honestamente defendê-lo". Para o engenheiro, não há nada de errado quanto à utilização de padrões que estabeleçam uma velocidade-limite da poluição que afeta a saúde humana. Além disso, Phelps reconhece a importância de leis que determinem a redução de poluentes no meio ambiente e sabe que a viabilidade técnica para tanto pode levar muito tempo. Mesmo assim, ele sempre insistiu na redução dos perigos ambientais aos níveis mínimos de conveniência. (É bom notar que há uma filosofia antagônica chamada de princípio da precaução). Essa teoria sanciona errar de um lado da precaução em face da incerteza de impedir problemas criados, repetidas vezes, ao considerar que tínhamos informação adequada quando não a tínhamos – por exemplo, ao descartar lixo perigoso ao ar livre e em lagoas sem forro).

A responsabilidade do regulador é incorporar a melhor ciência disponível à tomada da decisão regulatória. Contudo, surgem problemas quando a informação científica disponível é limitada. A complexidade do efeito ambiental do lodo de esgoto na saúde humana leva a uma incerteza científica, o que torna muito difícil o seu descarte. O problema de desenvolver normas para o descarte do lodo é que ele contém propriedades desconhecidas e dinâmicas, e se comporta de modo diferente nos diversos meios ambientais. Os reguladores precisam determinar quando a presença do lodo é problemática e o que pode e deve ser feito sobre isso.

Diante dessa complexidade, em meados da década de 1980, a Agência de Proteção Ambiental dos Estados Unidos (U. S. Environmental Protection Agency – Usepa) iniciou um programa para desenvolver normas para regular o descarte do lodo de esgoto visando a proteção da saúde humana. Apesar de a Lei sobre Água Limpa[1] (Clean Water Act) pressionar a Usepa sobre a definição das normas, a agência protelou enquanto pôde. A tarefa era muito difícil. Os especialistas da Usepa sabiam disso e definiram as normas de maneira lógica: 1. especificaram todos os meios pelos quais os constituintes do esgoto poderiam causar danos ao ser humano e 2. partiram para os piores casos possíveis. Por exemplo, para a incineração do lodo de esgoto, a agência assumiu que, se uma pessoa mora por cerca de 70 anos ao lado de um incinerador de lodo, irá respirar essas emissões durante 24 horas por dia. Se a pessoa nunca se mudou ou se o vento nunca soprou para outro lado, o incinerador emitiu esses poluentes contaminantes durante 70 anos. Uma das grandes preocupações são os metais voláteis como o mercúrio. Com base em evidência epidemiológica, como a tragédia de Minamata, no Japão, e extrapolando várias ordens de magnitude, a Usepa estimou o total de emissões de mercúrio permitidas a partir de um incinerador de lodo.

Ao construir as piores e mais inverossímeis hipóteses, a Usepa desenvolveu e publicou o rascunho de uma série de normas para o descarte de lodo de esgoto para ser submetido à opinião pública. A resposta foi imediata e esmagadora. A agência recebeu mais de 500 respostas oficiais, quase todas criticando o processo, as premissas e as conclusões. Muitos dos comentários ressaltaram que atualmente não existem dados epidemiológicos conhecidos para mostrar que o descarte apropriado de lodo de esgoto é de alguma forma prejudicial à população. Na ausência dessa informação, o estabelecimento de padrões rígidos parecia inválido.

---

1. Aqui entendida como livre de poluição.

Abalada pela reação tão adversa, a Usepa abriu mão da abordagem baseada na saúde e adotou os padrões de conveniência Phelps, que define dois tipos de lodo de esgoto:
- Classe B: esgoto tratado por meio de digestão anaeróbia.
- Classe A: esgoto desinfetado.

O esgoto da Classe A pode ser descartado em qualquer pasto, mas o da Classe B apresenta restrições, como ter de esperar por 30 dias até o gado ser reintroduzido em um pasto aspergido por lodo tratado. O lodo não tratado (possivelmente o de Classe C, embora não tenha sido designado como tal) não deve ser descartado no ambiente. Essa norma é conveniente porque todas as estações de tratamento de esgoto nos Estados Unidos agora dispõem de algum tipo de estabilização de lodo, como a estabilização anaeróbia. Essa norma está sendo observada por quase todas as estações de tratamento e tem o aval da população.

A falta de informação epidemiológica útil sobre o efeito dos constituintes do lodo na saúde humana forçou a Usepa a desenvolver uma hipótese cujas regras se tornaram irrealistas e não foram aceitas pela população. O declínio de normas com base na saúde deve-se ao fato de que os reguladores não conseguiram informar quantas pessoas seriam prejudicadas pelo descarte do lodo que não atendesse aos critérios por eles estabelecidos. Na falta dessa informação, o público decidiu que não desejava ser importunado com aquilo que julgava como regras desnecessárias. Para o projeto, a Usepa já tinha utilizado dinheiro público suficiente, e o benefício até então obtido era muito insignificante para a saúde da população. Diante desse cenário, a Usepa decidiu fazer aquilo que considerava conveniente, ou seja, estações de tratamento de esgoto (em alguns casos com digestão anaeróbia e em outros com desinfecção por calor). A agência acreditava que, apesar de essas regras não serem suficientes, ainda assim eram melhores do que nada. À medida que os projetos de tratamento de esgoto são aperfeiçoados e há mais investimento por parte dos órgãos responsáveis, os padrões podem ser mais rígidos e éticos.

A tomada de decisões regulatórias e o estabelecimento de normas para o descarte do lodo apresentam ramificações éticas porque envolvem a distribuição dos custos e benefícios entre a população afetada. O princípio da conveniência é um modelo ético que requer do regulador o aperfeiçoamento dos benefícios de proteção à saúde ao mesmo tempo que minimiza os custos dentro dos limites da viabilidade técnica. O princípio de conveniência de Phelps, proposto há mais de 50 anos, ainda é uma aplicação útil de ética, sobretudo quando se utiliza o conhecimento científico para definir regras dinâmicas e ao mesmo tempo passíveis de ser cumpridas. No caso de descarte do lodo, a Usepa, com base no princípio de conveniência, adotou uma postura ética em que se consideram o bem moral da proteção à saúde humana e o dano moral à saúde ao exigir tratamento e descarte do lodo do esgoto de alto custo.

Questões para Discussão
1. Com base no princípio de conveniência de Phelps, faça uma reflexão sobre seus hábitos ao dirigir.
2. Recentemente, um candidato ao governo do estado de New Hampshire apresentou uma única proposta: impedir o descarte do lodo de esgoto sobre o solo. Suponha que você tivesse a oportunidade de fazer-lhe três perguntas. Quais seriam as perguntas e as respostas dele?
3. As pessoas que moram no Japão, país com elevada conscientização sobre saúde pública e limpeza, recentemente descobriram que são mais suscetíveis a gripes e resfriados que as pessoas dos outros países. Por que isso pode ser verdadeiro?

1.3 O EPISÓDIO DONORA

Era uma típica tarde de outono no oeste da Pensilvânia, o céu estava nublado e parado (Shrenk et al., 1949). Os moradores de Donora, pequena cidade às margens do Rio Monongahela, não prestaram muita atenção àquilo que parecia ser um dia especialmente carregado. Já tinham visto dias piores. Algumas pessoas lembravam-se de dias em que o ar estava tão pesado que era possível ver a poluição pairando no ar. Naquela tarde de sábado, as crianças se preparavam para o desfile de Halloween, e os rapazes estavam envolvidos com os preparativos para o jogo de futebol americano do colegial. O técnico do time adversário era contra a realização do jogo. Afirmava que o técnico do Donora havia encomendado aquela nuvem de poluição que pairava sobre o campo. Se alguém fizesse um passe, ninguém veria a bola e os jogadores da retranca não conseguiriam fazê-la reaparecer.

Foi um dia cinzento e nublado muito diferente: até o fim da noite 11 pessoas morreram e mais 10 morreriam nas horas seguintes. A nuvem de poluição estava tão densa que os médicos que atendiam os doentes perdiam-se no trajeto de uma casa para outra. Na segunda-feira, quase metade da população da cidadezinha de 14 mil habitantes estava ou nos hospitais ou de cama em casa com fortes dores de cabeça, vômitos e cólicas. Os animais domésticos sofreram mais que todo mundo: os passarinhos morreram, e muitos cães e gatos já estavam mortos ou agonizando. Até as plantas das casas sucumbiram aos efeitos do *smog* (neblina esfumaçada)[2].

Não havia ambulâncias nem hospitais suficientes, e muitas pessoas morreram por falta de cuidados imediatos. Os bombeiros foram acionados. Traziam tanques de oxigênio para atender apenas aqueles que estivessem em piores condições. Como não havia oxigênio para todo mundo, foram distribuindo o que tinha em doses reduzidas para cada um e seguiam adiante para atender mais pessoas.

Quando a atmosfera finalmente clareou no dia 31 de outubro, seis dias depois da intensa neblina e fumaça tóxica, restaram os rastros de uma tragédia de imensas proporções (à medida que tragédias da qualidade do ar começaram a ser conhecidas) e as consequências foram terríveis. A publicidade em torno do incidente em Donora provocou uma conscientização sobre o controle da qualidade do ar nas comunidades americanas. Segundo os funcionários da saúde, se a neblina continuasse por mais uma noite, quase 10 mil pessoas teriam morrido.

Que fatores contribuíram para que essa tragédia ocorresse em Donora? Em primeiro lugar, Donora era uma cidade metalúrgica, com três grandes fábricas instaladas: de aço, de fios e cabos, e de zinco para galvanização dos cabos. As três fábricas juntas produziam fios galvanizados. O transporte era feito pelo Rio Monongahela até os mercados mundiais, e a disponibilidade de matérias-primas e mão de obra confiável (em geral, importada da Europa oriental) tornou a cidade muito próspera. Naquela tarde de sábado, quando a condição da qualidade do ar na cidade ficou crítica, as fábricas diminuíram a produção, mas, aparentemente, os administradores não perceberam que suas empresas eram as responsáveis diretas pelas condições de saúde dos habitantes de Donora. Apenas no domingo à noite, quando foram informados sobre a tragédia, é que fecharam os fornos e as chaminés das fábricas.

Em segundo lugar, Donora está localizada às margens do Rio Monongahela, com altos rochedos no entorno, formando uma bacia com a cidade bem no meio (Figura 1.2). Na

---

[2]. No original *smog*, que designa a composição de *smoke* (fumaça) e *fog* (neblina). *Smog*, hoje, é uma palavra que designa episódios críticos de poluição do ar.

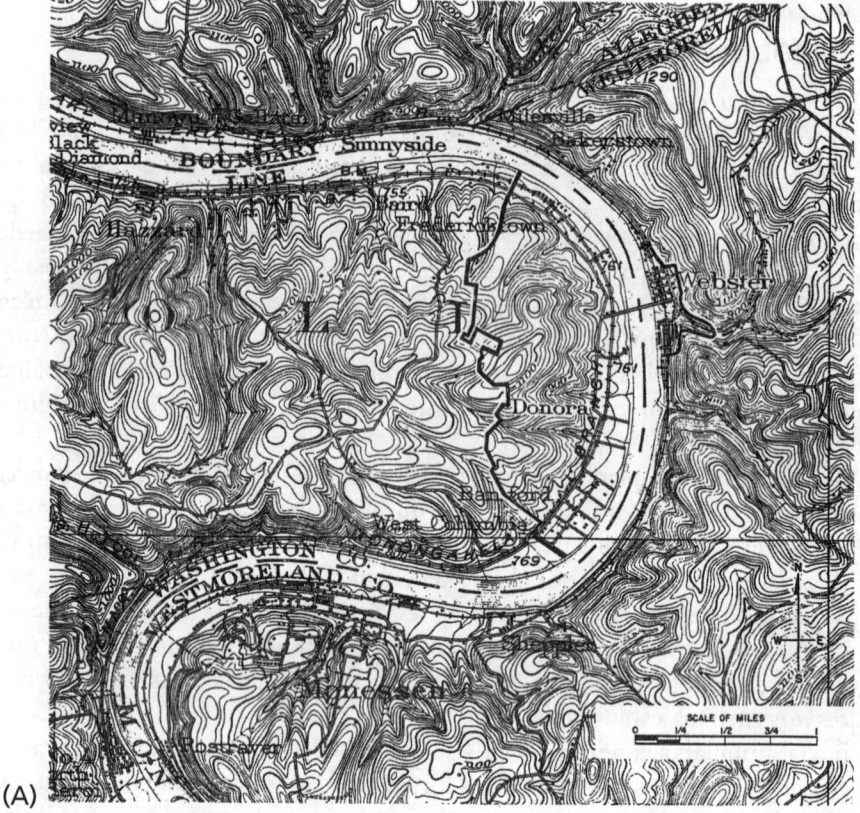

(A)

Figura 1.2 Donora era uma típica cidade metalúrgica às margens do Rio Monongahela ao sul de Pittsburgh, com altos rochedos que criavam uma bacia (A) e três indústrias que produziam os poluentes (B).

noite de 25 de outubro de 1948, ocorreu uma inversão térmica nas condições do vale. Essa condição metereológica, sem ter nada a ver com poluição, limitou o movimento ascendente do ar e criou uma espécie de barreira sobre o vale. Os poluentes emitidos pelas fábricas não conseguiram sair e ficaram presos sob a barreira, produzindo um nível crescente de concentrações tóxicas.

As metalúrgicas alegaram que não eram responsáveis pelo acidente. Na verdade, não se resgistrou nenhuma falha durante a investigação realizada. As empresas estavam operando de acordo com a lei e não obrigavam nenhum operário a trabalhar em suas fábricas, ou morar em Donora. Na falta de legislação específica, as empresas não se sentiram obrigadas a pagar pelo equipamento para combater a poluição, nem a alterar seus processos de fabricação para reduzir a poluição do ar. Os empresários acreditavam que, se fossem os únicos a pagar pelo equipamento e por sua instalação para combater a poluição, estariam em desvantagem competitiva e seriam obrigados a encerrar suas atividades.

A tragédia obrigou o estado da Pensilvânia e também o governo federal a tomar uma atitude, que contou com o único e grande feito, enviando a Lei do Ar Limpo ao Congresso em 1955, mas apenas em 1972 a lei federal começou a vigorar. Em Donora e nas imediações de Pittsburgh, entretanto, ninguém nunca confirmou as péssimas condições do ar, o que constituía um requisito para manter bons empregos e prosperidade.

A imprensa de Pittsburgh cobriu a tragédia de Donora comparando-a com uma fuga da cadeia. Até o início da década de 1950 havia o medo de que, se as pessoas protestassem contra a poluição, as fábricas fechariam e não haveria emprego para mais ninguém. No entanto, a fábrica de zinco, a principal responsável pela formação da neblina tóxica, foi

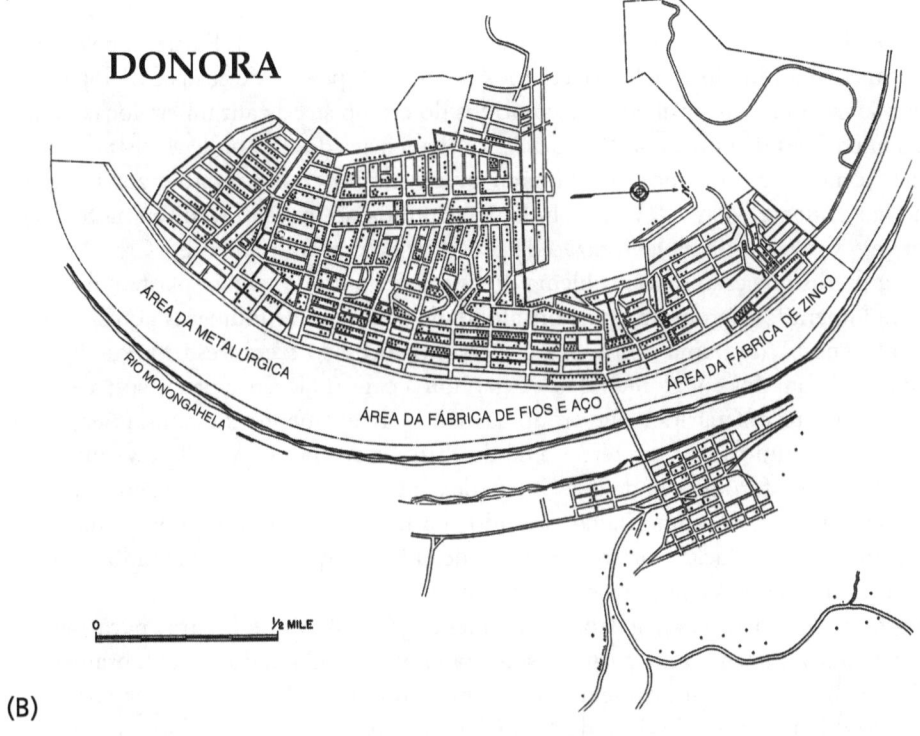

(B)

Figura 1.2 (Continuação)

fechada apenas em 1957, e as outras duas só encerraram suas atividades dez anos mais tarde. Atualmente, Donora não se parece mais com a antiga cidade, porém entrou para a história em razão do significativo episódio que deu início à nossa atual mobilização na direção do compromisso com o ar limpo.

Questões para Discussão
1. Alguns anos após o episódio Donora, o jornal local afirmou o seguinte: "O melhor que podemos esperar é que as pessoas logo se esqueçam da tragédia". Por que os editores do jornal pensavam assim? Por que não queriam que as pessoas se lembrassem do episódio?
2. A idade das pessoas mortas nesse acidente variava de 52 a 85 anos. A maioria apresentava problemas cardiovasculares e tinha dificuldade para respirar. Por que a preocupação com essa população específica? Afinal, iriam morrer de qualquer modo.
3. O fato de os animais de estimação sofrerem muito foi quase que totalmente ignorado nos relatos do episódio de Donora. Por quê? Por que nos concentramos apenas nas 21 pessoas que morreram e não nas centenas de animais que pereceram na nuvem de fumaça tóxica? Será que não são importantes? Por que as pessoas são mais importantes que os animais de estimação?

1.4 CROMO NA CIDADE DE JERSEY

A cidade de Jersey, no condado de Hudson, estado de Nova Jersey, foi, em determinado momento, a capital do processamento de cromo nos Estados Unidos, e, ao longo de muitos anos, 20 milhões de toneladas de resíduo da exploração do minério de cromo foram vendidas ou doadas como aterro (Bartlett e Vesilind, 1998). Existem, pelo menos, 120 locais contaminados, inclusive campos de futebol, porões de casas e de lojas. Com frequência os compostos brilhantes e coloridos do cromo se cristalizam em locais úmidos como em paredes de porões ou "brotam" em superfícies de solo onde a mistura do solo evapora, criando algo como uma camada ou cobertura cristalizada de cor laranja de cromo hexavalente – Cr(VI). Uma tubulação rompida no inverno resultou na formação de um gelo verde e brilhante em razão da presença do cromo trivalente – Cr(III).

As empresas que criaram o problema do descarte do cromo já não existem mais, mas três conglomerados herdaram a responsabilidade por meio de inúmeras aquisições. Em 1991, Florence Trum, uma moradora de Jersey, processou a empresa Maxus Energy – subsidiária de um dos conglomerados – e ganhou a causa. Florence processou a empresa depois da morte do marido, que trabalhava no carregamento de caminhões em um armazém construído sobre um terreno de descarte de cromo. O marido teve um câncer que provocou um furo no céu da boca, além de câncer no tórax. A biópsia constatou que o envenenamento por cromo havia causado sua morte. Embora a empresa não tenha produzido a contaminação por cromo, o juiz determinou que os administradores tinham consciência dos perigos causados pela substância.

O estado de Nova Jersey gastou inicialmente 30 milhões de dólares para localizar, escavar e remover apenas uma parte do solo contaminado. Contudo, o desdobramento do problema foi tão devastador que a obra foi interrompida. O diretor do Departamento de Limpeza de Resíduos Tóxicos de Nova Jersey admitiu que, a despeito dos riscos de se morar perto do cromo, o Estado não tinha o dinheiro necessário para removê-lo. Estimativas iniciais para limpeza e reabilitação do local giram em torno de um bilhão de dólares.

Os cidadãos do condado de Hudson ficaram muito zangados e temerosos. Aqueles que estavam doentes com câncer imaginavam se não poderiam tê-lo evitado. Florence Trum sabia que os transgressores eram homens de negócios, dispostos a arriscar a vida das pessoas. "Os grandes negócios os transformaram em homens pequenos", afirmou ela (Bartlett e Vesilind, 1998).

A contaminação, na cidade de Jersey, era causada pelas indústrias que utilizavam o cromo em seus processos, incluindo a laminação de metais, os curtumes e a manufatura têxtil. O descarte do cromo em depósitos de lixo contaminou a água, o solo e o esgoto. As normas regulatórias para o cromo são de difícil implantação em virtude de seu comportamento químico e de sua toxicidade, que se traduzem em incerteza científica. Essa incerteza acentua a tendência de fazer suposições conservadoras e protecionistas por parte das agências reguladoras – de regular uma base científica para as normas e também de potencialmente expor os cidadãos ao medo de um eventual risco.

O cromo existe na natureza basicamente em um dos dois estados de oxidação: Cr(III) e Cr(VI). Na forma reduzida do cromo, Cr(III), há uma propensão para a formação de hidróxidos que são relativamente insolúveis na água com valores de pH neutros. O Cr(III) não parece ser carcinogênico em animais ou experimentos científicos. Organicamente complexo, o Cr(III) tornou-se recentemente um dos suplementos dietéticos mais populares nos Estados Unidos e pode ser adquirido comercialmente como picolinato de cromo, com o nome comercial de *Chromalene*, para auxiliar no metabolismo da glicose, na perda de peso e no aumento do tônus muscular.

Quando oxidado como Cr(VI), contudo, o cromo é altamente tóxico e está ligado ao desenvolvimento de câncer de pulmão e às lesões de pele de operários das indústrias. Em contraste com o Cr(III), quase todos os compostos de Cr(VI) têm demonstrado ser potentes agentes mutagênicos. A Usepa classificou o cromo como carcinogênico humano por meio da inalação, com base em evidências de que o Cr(VI) provoca câncer de pulmão. Entretanto, não há nenhuma prova de que o cromo ingerido possa ser carcinogênico.

O que complica a química do cromo é que, sob determinadas circunstâncias ambientais, o Cr(III) e o Cr(VI) podem ser intercambiáveis. Em solos que contêm manganês, o Cr(III) pode ser oxidado em Cr(VI). Embora a matéria orgânica possa servir para reduzir o Cr(VI), pode também complicar o Cr(III) tornando-o mais solúvel – facilitando seu transporte pela água da terra e aumentando a possibilidade de encontrar manganês oxidado naquele solo. Dada a natureza heterogênea dos solos, essas reações podem ocorrer simultaneamente.

As limitações para a limpeza do cromo ainda estão sem definição, embora já se saiba que serão estabelecidas. Entretanto, ainda há controvérsias a respeito da dermatite de contato por cromo. Embora muitas pessoas entendam a dermatite de contato como reclamação legítima de dano, outras ironicamente sugerem limites regulatórios para hera venenosa, que também provoca dermatite de contato. A metodologia utilizada para as limitações do solo que causam dermatite foi atacada por pessoas que questionam a validade dos resultados dos testes de pele de pessoas em contato com solo contendo níveis de Cr(VI).

Por conta da controvérsia, algumas tecnologias úteis foram desenvolvidas com o propósito de propiciar melhores soluções aos casos. Por exemplo, criaram-se testes analíticos para medir e distinguir os solos com Cr(III) e Cr(VI). Antes do episódio ocorrido em Nova Jersey, os experimentos químicos não eram confiáveis e teriam apontado para a necessidade de sanear o solo sobre cromo total. Outros avanços técnicos e científicos incluem estratégias saneadoras elaboradas para reduzir quimicamente o Cr(VI) em Cr(III) e os riscos, sem necessidade de escavação e remoção do solo apontado como lixo tóxico.

A frustração com a lenta limpeza e com aquilo que os cidadãos entendem com falação científica, finalmente culminou com a tentativa de se fazer uma emenda na Constituição do Estado de forma a custear as despesas com a limpeza de lixo tóxico. Os ambientalistas estaduais descreveram a emenda na Constituição como um referendo nos registros ambientais da governadora Christine Todd Whitman, que diminuiu o controle e as obras de limpeza (Whitman comandou a Usepa na gestão do presidente George W. Bush).

O cromo também é responsável pelo grande sucesso do filme *Erin Brockovich*, estrelado por Julia Roberts e Albert Finney. Julia Roberts (Erin Brockovich) interpreta uma dedicada e entusiasta defensora pública que, mesmo sem traquejo nos meandros legais, conseguiu um acordo judicial para beneficiar moradores nos arredores de uma instalação industrial, contaminados pela água que continha cromo.

Questões para Discussão

1. Com base no que já conhece sobre cromo, você acrescentaria suplementos de cromo às suas vitaminas?
2. Suponha que você more na cidade de Jersey. Quais seriam as três perguntas que gostaria de responder? Assegure-se de que essas perguntas sejam razoáveis e que as respostas possam ser encontradas em pesquisa química, biológica ou epidemiológica.
3. É possível que algo seja benéfico à saúde humana em doses pequenas, mas prejudicial em doses elevadas? Cite pelo menos três substâncias químicas que podem fazer bem ou mal, dependendo da dosagem.

1.5 A DESCOBERTA DO TRATAMENTO BIOLÓGICO DO ESGOTO

Antes de 1890, a precipitação química com *land farming*[3] era o método padrão para o tratamento de esgoto na Inglaterra (Vesilind, 2001). Inicialmente, a opção mais popular consistia em que o esgoto fosse para um local anaeróbio, que atualmente chamamos de tanques sépticos. Acreditava-se que essa decomposição fosse um processo puramente químico, visto que a natureza física do esgoto obviamente se alterava. O efluente do tanque séptico era, então, precipitado quimicamente e o lodo aplicado no solo (*land farming*) ou levado para o mar em embarcações especiais. O efluente do esgoto parcialmente tratado era despejado em córregos ou riachos, o que, em geral, causava sérios problemas por conta do forte odor (Figura 1.3).

Figura 1.3 Construção dos antigos esgotos.

Na época, esses serviços eram oferecidos pelo Departamento Metropolitano de Obras de Londres, cujas responsabilidades incluíam, entre outras coisas, a limpeza do Rio Tâmisa. O engenheiro-chefe desse departamento era Joseph Bazalgette que alertou sobre o problema da qualidade da água do Tâmisa, o que para a época era um ponto de vista de engenharia perfeitamente racional. Se o problema era o mau cheiro em Londres, por que não construir interceptores de esgoto ao longo das margens do rio e despejá-lo bem mais a jusante[4] dele? Embora de alto custo, a solução foi adotada e a cidade gastou muito dinheiro para exportar a água do esgoto até o Barking Creek, córrego na margem norte, e no Crossness Point, na margem sul. A ideia era coletar o esgoto nesses locais centrais e depois tratá-lo para que fosse transformado em algo útil como fertilizante. Nenhum dos esquemas deu certo, e o esgoto não tratado; foi despejado na embocadura inferior do Tâmisa. Em virtude de as embocaduras do Tâmisa serem estuários de marés, o plano inicial era despejar o esgoto apenas durante a maré de saída. Infelizmente, o esgoto precisava ser despejado continuamente, e a maré de enchente trazia de volta para a cidade o horrível mau cheiro, o que levou a população a exigir que as autoridades tomassem alguma atitude a respeito.

---

3. *Land farming* é um processo biológico de tratamento de resíduos no solo.
4. Rio abaixo.

Várias soluções foram apresentadas. Uma delas consistia em continuar com os interceptores e levá-los até o Mar do Norte, porém tratava-se de uma alternativa inviável por conta do elevado custo. Outra ideia era aspergir o esgoto no solo, mas o volume de terra a ser adquirido excedia a verba da prefeitura. O problema exigia uma nova abordagem e ela viria da emergente ciência da microbiologia.

Naquela época, o químico-chefe do Departamento de Obras era William Joseph Dibdin. Autodidata e filho de um pintor de retratos, Dibdin começou a trabalhar no departamento em 1877, chegando ao posto de químico-chefe em 1882, porém com as responsabilidades de um engenheiro-chefe. Ao buscar a solução para o problema do esgoto nas embocaduras de Barking Creek e Crossness, começou uma série de experimentos em que utilizava vários químicos floculantes, como sulfato de alumínio, cal e cloreto férrico, para precipitar os sólidos antes de serem despejados no rio. Esse procedimento não era novidade, mas Dibdin descobriu que o uso de uma reduzida quantidade de sulfato de alumínio era tão eficaz quanto o uso de elevadas quantidades, o que chamou a atenção de seus superiores diante da economia a ser realizada pela prefeitura de Londres.

Dibdin reconheceu que o processo de precipitação não retirava a demanda por oxigênio e foi convencido por alguém da sua equipe, o químico August Dupré, que seria necessário manter níveis de oxigênio positivos na água para impedir o péssimo odor. Dibdin decidiu, então, adicionar permanganato de sódio para restabelecer os níveis de oxigênio da água. Como as recomendações de Dibdin tinham um custo menor que as outras alternativas, a prefeitura concordou com essa solução, e o projeto foi adotado.

Em 1885, iniciaram-se as obras para a construção de uma estação de tratamento de esgoto na embocadura de Barking. Por conta dos constantes desentendimentos, muitos duvidavam que a solução proposta por Dibdin funcionasse, o que o obrigou a defender seu projeto todo o tempo. Dibdin insistia que a presença do permanganato de sódio era necessária para manter baixos níveis de odor e começou a explicar isso sugerindo que era imprescindível manter a saúde do sistema dos micro-organismos aeróbios. Christopher Hamlin, historiador da Universidade de Notre Dame, é um estudioso das medidas de saneamento da era vitoriana e acredita que tenham resultado da racionalização por parte de Dibdin e que ele ainda não havia tido um *insight* sobre o tratamento biológico do esgoto. Quanto mais Dibdin era desafiado por seus detratores, mais defendia a benéfica atividade aeróbio-microbiológica na água. Essa foi a sua única contribuição e não poderia ser refutada.

Quando Dibdin começou a conduzir seus experimentos na embocadura, Dupré estava fazendo experimentações com micro-organismos aeróbios. Dupré, um imigrante alemão e químico de saúde pública, argumentou que os minúsculos micro-organismos aeróbios limpavam os rios e, portanto, poderiam ser usados para o tratamento do esgoto. Ele tentou convencer Dibdin explicando-lhe a ação dos micro-organismos. Em carta a ele, Dupré afirmou: "A destruição da matéria orgânica despejada no rio ocorre praticamente através de minúsculos micro-organismos. Esses organismos, entretanto, só podem executar sua tarefa na presença de oxigênio, e, quanto mais oxigênio fornecermos, mais rápida será a destruição" (Vesilind, 2001). Mais tarde, em uma correspondência de 1888 endereçada à Real Sociedade das Artes, Dupré sugeriu o seguinte: "Nosso tratamento deve evitar a morte desses organismos ou, pelo menos, não dificultar o seu desenvolvimento. Ao contrário, devemos fazer o possível para favorecer esse trabalho benéfico".

Dibdin e Dupré, entretanto, não conseguiram convencer os dirigentes de que suas ideias estavam corretas. Muitos cientistas ainda acreditavam nos males do mundo microbiano, argumentando que o controle do odor só poderia ser obtido pela morte dos micro-organismos. Em 1887, esses cientistas conseguiram assumir o controle das obras de Dibdin e iniciaram um controle desodorizante de verão sugerido por um de seus colegas, que combinou o tratamento antisséptico com ácido sulfúrico e cloreto de cal. O processo não deu certo. Dibdin sentiu-se vingado, e o tratamento biológico do esgoto tornou-se padrão para todas as principais estações de esgoto da cidade.

Questões para Discussão

1. De que modo a civilização humana foi salva no livro *A guerra dos mundos*, de H. G. Wells, escrito em 1898. Por que o livro teve tanta repercussão?
2. O Rio Tâmisa, durante o século XIX, foi o único recipiente de todo o esgoto da cidade de Londres. Não havia estações de tratamento de esgoto. Os dejetos humanos e o lixo da população eram coletados e transportados em carroças para fazendas. Em geral, esses fossos vazavam ou eram clandestinamente desviados para a tubulação de drenagem de águas fluviais que desembocavam diretamente no rio. O mau cheiro do Tâmisa era tão ruim que a Casa dos Comuns, em sessão no prédio do Parlamento, perto do rio, precisava ensopar panos e mais panos com cloreto de cal (hipoclorito de cálcio, $Ca(ClO)_2 \cdot 4H_2O$) nas aberturas e persianas para impedir a entrada do mau cheiro. Os homens mais educados daquela época traziam consigo romãs recheadas de cravos, o que ajudava a mascarar o cheiro ruim. O lixo do comércio era jogado nas ruas, de onde escoaria para a tubulação apenas com a água da chuva. A Rua Shambles era o local dos açougueiros e onde largavam os restos ao ar livre para apodrecer. Por fim, o nome da rua virou sinônimo de sujeira ou confusão. Num lindo dia de domingo, uma festa particular estava acontecendo numa barcaça no Tâmisa quando subitamente a embarcação virou e todos caíram na água. Ninguém se afogou, mas quase todos tiveram cólera por terem nadado naquelas águas contaminadas. A maioria dos córregos que alimenta o rio era alinhada com as latrinas ao ar livre suspensas sobre o rio. Em resumo, as condições eram abomináveis. Por que livros e filmes raramente retratam as condições dessa época? Ninguém, por exemplo, vai ao banheiro em nenhuma história da Jane Austen, tampouco ninguém pisa em excrementos na calçada nos contos de Charles Dickens. Por quê?
3. Edwin Chadwick lançou, por volta de 1840, a campanha "A grande conscientização sanitária", argumentando que a sujeira era prejudicial e que uma população saudável seria muito mais valiosa para a Inglaterra do que pessoas doentes. Apresentou vários projetos para limpar a cidade, como a construção de uma tubulação de pequeno diâmetro para levar embora os esgotos, uma sugestão que não agradou seus colegas engenheiros. Houve um confronto entre Chadwick, um advogado e os engenheiros. Os engenheiros insistiam que seus cálculos hidráulicos estavam corretos e que os esgotos de Chadwick iriam entupir ou explodir, e que eram impróprios para a população. Queriam construir tubulações de esgoto ovais de grande diâmetro que permitissem o acesso humano. Entretanto, esses tubos eram três vezes mais caros que os condutos de barro vitrificado de Chadwick. Por fim, quem ganhou e por quê?

1.6 BARCAÇA DE LIXO

A conscientização sobre os problemas ocasionados pelo livro aumentou de forma significativa depois do evento "barcaça de lixo" (Perlman, 1998). Em 1987, em Nova York, a barcaça Mobro carregada com o lixo sólido da cidade não tinha onde despejar sua carga, já que era ilegal fazê-lo no oceano. Então, a barcaça ficou rodando de porto em porto, em seis estados e três países, e todos rejeitaram a carga indesejada.

A mídia da época aproveitou-se do infeliz incidente chamando-o de "a crise do lixo" para todos saberem. Os repórteres alardearam que a barcaça não poderia descarregar porque todos os aterros dos estados Unidos já estavam repletos e que logo o país estaria coberto de lixo de costa a costa. Se nenhuma medida urgente fosse adotada, toda a população estaria afundada em lixo.

A infeliz história da barcaça Mobro é, na verdade, o relato de uma empreitada fracassada. Lowell Harrelson, comerciante do Alabama, queria construir um equipamento para converter o lixo doméstico em gás metano e reconheceu que o lixo em fardo seria a melhor alternativa para essa finalidade. Comprou fardos de lixo doméstico da cidade de Nova York e estava procurando um aterro em algum lugar da costa leste ou no Caribe onde pudesse depositar os fardos e começar a produzir o metano. Infelizmente, ele não conseguiu os alvarás necessários para trazer o lixo até os diversos municípios, e sua barcaça não obteve permissão para descarregar. À medida que a jornada continuava, a cobertura da imprensa aumentou e nenhum político local concordou que o lixo entrasse em seus portos. Por fim, o pobre Harrelson foi obrigado a queimar todo o seu investimento num incinerador do Brooklin.

A "crise do lixo" jamais foi adiante, obviamente. Grandes corporações para o descarte do lixo construíram enormes aterros em áreas remotas, e atualmente quase todo o lixo doméstico dos municípios da costa leste é transportado – por estradas ou trem – até esses aterros que se transformaram em negócio altamente competitivo.

Questões para Discussão

1. Qual é o destino do lixo doméstico (ou simplesmente lixo) em sua comunidade ou cidade natal?
2. O resíduo sólido do seu município é material tóxico? Quais os componentes do lixo podem se transformar em material tóxico? Que tipos de lixo podem ser evitados se não forem misturados ao lixo normal? Como isso é feito?
3. Harrelson, o proprietário da "barcaça de lixo", tinha boas intenções. Queria usar o lixo para produzir metano, um produto muito útil. Como as diversas esferas governamentais dos estados – e de outros países – poderiam ajudá-lo? Qual deveria ser a atitude mais apropriada dos governos em relação ao projeto de cidadãos como Harrelson?

REFERÊNCIAS

BARTLETT, L.; VESILIND, P. A. Expediency and human health: the regulation of environmental chromium. *Science and Engineering Ethics*, v. 4, p. 191–201, 1998.

MORSE, J. L. The Holy Cross College football team hepatitis outbreak. *Journal of the American Medical Association*, v. 219, p. 706-7, 1972.

PERLMAN, S. Barging into a trashy saga. *Newsday*, June 21, 1998.

PHELPS, E. B. *Public health engineering*. New York: John Wiley & Sons, 1948.

SHRENK, H. H. et al. *Air pollution in Donora, PA*. Washington, DC: U. S. Public Health Service, 1949. (Public Health Bulletin nº 306).

VESILIND, P. A. Assisting nature: William Dibdin and biological wastewater treatment. *Water Resources Impact*, v. 2, n. 3, 2001.

PARTE II
FUNDAMENTOS

CAPÍTULO DOIS

Cálculos de Engenharia

A habilidade de resolver problemas utilizando cálculos representa a própria essência da engenharia. Embora nem todos os problemas de engenharia possam ser solucionados com cálculos numéricos, estes são necessários para o desenvolvimento de soluções técnicas. Por meio dos cálculos de engenharia, é possível descrever o mundo físico no que concerne às suas unidades e dimensões.

Na primeira seção deste capítulo, faz-se uma revisão das unidades e dimensões utilizadas na engenharia. A segunda descreve alguns dos princípios básicos usados para realizar cálculos do tipo *back of the envelope*[1] quando informações são incompletas ou inacessíveis. A última seção apresenta mecanismos úteis para lidar com essas informações.

2.1 DIMENSÕES E UNIDADES DA ENGENHARIA

Uma *dimensão fundamental* é uma quantidade única que descreve uma característica básica, como força (F), massa (M), comprimento (L) e tempo (T). As *dimensões derivadas* são calculadas por meio da manipulação aritmética de uma ou mais das dimensões fundamentais. Por exemplo, a velocidade tem as dimensões de comprimento por tempo (L/T) e o volume é L^3.

As dimensões são descritivas, mas não numéricas. Não podem dizer *quanto*, apenas descrevem o *quê*. As unidades e os valores dessas unidades tornam-se necessários para descrever algo quantitativamente. Por exemplo, a dimensão de comprimento (L) pode ser descrita em unidades como metros, jardas ou braças (de profundidade). Quando adicionamos o valor, temos a descrição completa, tal como 3 metros, 12,6 jardas ou 600 braças.

Três sistemas de unidades são usados comumente: Sistema Internacional de Unidades (SI), Sistema Americano de Engenharia e CGS. Desenvolvido em 1960 em um acordo internacional, o SI baseia-se em metro para comprimento, em segundo para tempo, em quilograma para massa e em Kelvin para temperatura. A força se expressa em Newtons. A grande vantagem do sistema SI em relação ao antigo sistema inglês (e agora ao americano) é que ele funciona sobre uma base decimal, com prefixos que diminuem ou aumentam as unidades em potências de dez. Embora as unidades SI sejam utilizadas mundialmente, a maioria dos engenheiros americanos contemporâneos utiliza o velho sistema de pés, libras (massa) e segundos, com a força expressa em libras (força). Para assegurar a facilidade e familiaridade, neste livro, serão utilizados ambos os sistemas.

---

1. Fazer cálculos nas "costas de um envelope" ("*A back of the envelope calculation*") é uma das tradições da comunidade científica (NT).

2.1.1 Densidade

Define-se a *densidade* de uma substância dividindo sua massa por uma unidade de volume:

$$\rho = \frac{M}{V}$$

onde ρ = densidade
  M = massa
  V = volume.

No sistema SI, a unidade básica é kg/m³, enquanto no sistema americano de engenharia, a densidade se expressa comumente como lb_M/ft^3 [onde lb_M = libras (massa)].

A água, no sistema SI, tem uma densidade de 1×10^3 kg/m³ que equivale a 1 g/cm³. No sistema americano de engenharia, a água tem uma densidade de 62,4 lb_M/ft^3.

2.1.2 Concentração

Em geral, expressa-se gravimetricamente a dimensão derivada *concentração* como a massa de um material A numa unidade de volume que consiste no material A e em algum outro material B. A concentração de A em uma mistura de A e B é

$$C_A = \frac{M_A}{V_A + V_B} \quad (2.1)$$

onde C_A = concentração de A
  M_A = massa do material A
  V_A = volume do material A
  V_B = volume do material B.

No SI, a unidade básica de concentração é kg/m³. No entanto, o termo para concentração mais utilizado em engenharia ambiental é miligramas por litro (mg/L).

EXEMPLO 2.1

Problema Colocam-se contas plásticas, com um volume de 0,04 m³ e uma massa de 0,48 kg, em um recipiente e nele despejam-se 100 litros de água. Qual é a concentração de contas plásticas em mg/L?

Solução Usando a Equação 2.1, em que A representa as contas e B a água:

$$C_A = \frac{M_A}{V_A + V_B}$$

$$C_A = \frac{0{,}48 \text{ kg}}{0{,}04 \text{ m}^3 + (100 \text{ L} \times 10^{-3} \text{ m}^3/\text{L})}$$

$$C_A = 3{,}43 \text{ kg/m}^3 = 3{,}43 \frac{10^6 \text{ mg/kg}}{10^3 \text{ L/m}^3} = 3{,}430 \text{ mg/L}$$

Observe que no exemplo anterior o volume de água é adicionado ao volume das contas. Se forem colocadas contas plásticas com um volume de 0,04 m³ em um recipiente de 100 litros e se este for preenchido com água até a borda, o total do volume será

$$V_A + V_B = 100 \text{ L}$$

e a concentração de contas, C_A, será de 4.800 mg/L. A concentração de contas será mais alta porque o total do volume ficará mais baixo.

Outra medida de concentração é *partes por milhão* (ppm). É numericamente equivalente a mg/L se o líquido em questão for água, porque um mililitro (mL) de água pesa um grama (isto é, a densidade é de 1,0 g/cm³). A seguinte conversão demonstra esse fato:

$$\frac{1 \text{ mg}}{L} = \frac{0,001 \text{ g}}{1.000 \text{ mL}} = \frac{0,001 \text{ g}}{1.000 \text{ cm}^3} = \frac{0,001 \text{ g}}{1.000 \text{ g}} = \frac{1 \text{ g}}{1.000.000 \text{ g}}$$

ou um grama em um milhão de gramas ou um ppm.

Algumas concentrações de materiais expressam-se mais convenientemente em porcentagens com relação à massa:

$$\Phi_A = \frac{M_A}{M_A + M_B} \times 100 \tag{2.2}$$

onde Φ_A = porcentual do material A
M_A = massa do material A
M_B = massa do material B.

Pode-se expressar Φ_A como a razão dos volumes.

EXEMPLO 2.2

Problema O lodo de esgoto contém uma concentração de sólidos de 10.000 ppm. Expresse isso em porcentual de sólidos (com base de massa), supondo que a densidade dos sólidos seja 1 g/cm³.

Solução

$$10.000 \text{ ppm} = \frac{1 \times 10^4 \text{ partes}}{1 \times 10^6 \text{ partes}} = \frac{1}{100} = 0,01 \text{ ou } 1\%$$

Esse exemplo ilustra uma relação útil:

10.000 mg/L = 10.000 ppm (se a densidade for = 1) = 1% (por peso).

Como muitas águas residuárias (esgoto) podem ser diluídas, supõe-se então que a densidade seja de aproximadamente 1.

No controle de poluição do ar, em geral se expressam gravimetricamente as concentrações como massa do poluente por volume de ar em temperatura e pressão padrão. Por exemplo, o padrão nacional de qualidade do ar nos Estados Unidos para o dióxido de enxofre é de 0,05 μg/m³ (um micrograma = 10^{-6} gramas). Às vezes, expressa-se a qualidade do ar em ppm, e, nesses casos, os cálculos são realizados em termos de volume/volume ou um ppm = 1 volume de um poluente por 1×10^6 volumes de ar. A conversão de massa/volume (μg/m3) para volume/volume (ppm) requer conhecimento do peso molecular do gás. Sob condições normais – 0°C e 1 atmosfera de pressão atmosférica –, uma molécula de gás ocupa um volume de 22,4 L (da lei dos gases ideais). Um mol é a quantidade de gás em gramas numericamente equivalentes ao seu peso molecular. A conversão é, portanto,

$$\mu g/m^3 = \frac{1 \text{ m}^3 \text{ poluente}}{10^6 \text{ m}^3 \text{ ar}} \times \frac{\text{peso molecular (g/mol)}}{22,4 \times 10^{-3} \text{ m}^3/\text{mol}} \times 10^6 \text{ } \mu g/g$$

ou, simplificando:

$$\mu g/m^3 = (\text{ppm} \times \text{peso molecular} \times 10^3)/22,4 \quad \text{a 0°C e 1 atmosfera.}$$

Se o gás estiver a 25°C e 1 atmosfera, considerado normal nos padrões de qualidade do ar, a conversão será

$$\mu g/m^3 = (\text{ppm} \times \text{peso molecular} \times 10^3)/24,45 \quad \text{a 25°C e 1 atmosfera.} \tag{2.3}$$

2.1.3 Fluxo

Em processos de engenharia o *fluxo* pode ser *gravimétrico (massa)*[2] ou *volumétrico (volume)*[3]. O primeiro se expressa em kg/s ou lb_M/s e o segundo em m^3/s ou ft^3/s. Os fluxos de massa e volumétricos não são quantidades independentes, porque a massa (M) de material, que passa por um ponto na linha de fluxo durante uma unidade de tempo, relaciona-se ao volume (V) desse material:

$$[\text{Massa}] = [\text{Densidade}] \times [\text{Volume}]$$

Assim, a vazão (Q_V) pode ser convertida em carga (Q_M) quando multiplicada pela densidade do material:

$$Q_M = Q_V \rho \tag{2.4}$$

onde Q_M = carga
Q_V = vazão
ρ = densidade.

O símbolo Q é utilizado quase que universalmente para denominar fluxo.

A relação entre o fluxo de massa (carga) de um componente A, a concentração de A e o total do fluxo de volume (vazão) (A mais B) é

$$Q_{M_A} = C_A \times Q_{V_{(A+B)}} \tag{2.5}$$

Observe que a Equação 2.5 não é igual à 2.4, que se aplica a apenas um material dentro de um fluxo contínuo. A Equação 2.5 relaciona-se a dois *diferentes* materiais ou componentes em um fluxo. Por exemplo, a carga de bolas plásticas, movimentando-se e suspensas em uma corrente, expressa-se em kg dessas bolas por segundo ao passar por algum ponto que se iguala à concentração (volume total de kg bolas/m^3, bolas mais água) vezes o fluxo da corrente (vazão) (m^3/s de bolas mais água).

EXEMPLO 2.3

Problema Uma estação de tratamento de águas residuárias descarrega uma vazão de 1,5 m^3/s (água mais sólidos) em uma concentração de sólidos de 20 mg/L (20 mg de sólidos por litro de fluxo, sólidos mais água). Quantos sólidos a estação descarrega por dia?

Solução Use a Equação 2.5.

$$[\text{Carga}] = [\text{Concentração}] \times [\text{Vazão}]$$

$$Q_{M_A} = C_A \times Q_{V_{(A+B)}}$$

$$= \left[20 \, \frac{\text{mg}}{\text{L}} \times \frac{1 \times 10^{-6} \, \text{kg}}{\text{mg}} \right] \times \left[1,5 \, \frac{m^3}{s} \times \frac{10^3 \, \text{L}}{m^3} \times 86.400 \, \frac{s}{\text{dia}} \right]$$

$$= 2.592 \, \text{kg/dia} \approx 2.600 \, \text{kg/dia}$$

∎

EXEMPLO 2.4

Problema Uma estação de tratamento de águas residuárias descarrega uma vazão de 34,2 mgd (milhões de galões por dia) em uma concentração de sólidos de 0,002% (por peso). Descarregam-se quantos quilos de sólidos por dia?

Solução Use a Equação 2.5.

---

2. No Brasil, usa-se o termo *carga* (NRT).
3. No Brasil, usa-se o termo *vazão* (NRT).

$$[\text{Carga}] = [\text{Concentração}] \times [\text{Vazão}]$$

$$Q_{M_A} = C_A \times Q_{V_{(A+B)}}$$

Presumindo que $\rho = 1\ \text{g/cm}^3$, logo $0,002\% = 20\ \text{mg/L}$. Se a vazão incluir sólidos mais água, então

$$Q_{M_A} = \left[20\ \frac{\text{mg}}{\text{L}} \times 3,79\ \frac{\text{L}}{\text{gal}} \times 2,2 \times 10^{-6}\ \frac{\text{lb}}{\text{mg}}\right] \times \left[34,2 \times 10^6\ \frac{\text{gal}}{\text{dia}}\right] = 5.700\ \frac{\text{lb}}{\text{dia}}$$

Esse exemplo ilustra outro fator de conversão conveniente:

$$3,79\ \frac{\text{L}}{\text{gal}} \times 2,2 \times 10^{-6}\ \frac{\text{lb}_M}{\text{mg}} \times 10^6\ \frac{\text{gal}}{\text{milhões de galões}} = 8,34 \left[\frac{\text{L}}{\text{milhões de galões}}\right]\left[\frac{\text{lb}_M}{\text{mg}}\right]$$

O fator 8,34 é muito útil em conversões onde a vazão é expressa mgd, a concentração em mg/L e a descarga em lb/dia:

$$\left[\begin{array}{c}\text{Carga em}\\ \text{lb/dia}\end{array}\right] = [\text{Vazão}] \times \left[\begin{array}{c}\text{Concentração}\\ \text{em mg/L}\end{array}\right] \times 8,34 \qquad (2.6)$$

EXEMPLO 2.5

Problema Uma estação de tratamento de água potável adiciona flúor a uma concentração de 1 mg/L. A média diária de demanda de água é de 18 milhões de galões. Quanto flúor o operador precisa comprar?

Solução Use a Equação 2.6.

$$18\ \text{mgd} \times 1\ \frac{\text{mg}}{\text{L}} \times 8,34 \left[\frac{\text{L}}{\text{milhões de galões}}\right]\left[\frac{\text{lb}}{\text{mg}}\right] = 150\ \frac{\text{lb}}{\text{dia}}$$

2.1.4 Tempo de detenção

Um dos conceitos mais importantes nos processos de tratamento é o de *tempo de detenção* ou *tempo de residência*. O tempo de detenção é o tempo em que uma partícula comum fica no reator pelo qual o fluido passa (que é o tempo em que fica exposto ao tratamento ou a uma reação). Uma definição substituta é a seguinte: tempo que leva para encher o reator.

Matematicamente, se o volume de um reator, como um grande tanque de retenção, é de $V(\text{L}^3)$ e a taxa de fluxo de entrada é de $Q\ (\text{L}^3/t)$, o tempo de detenção é:

$$\bar{t} = \frac{V}{Q} \qquad (2.7)$$

Para aumentar o tempo médio de detenção, pode-se reduzir a vazão Q ou aumentar o volume V; para reduzi-lo, faz-se o contrário.

EXEMPLO 2.6

Problema Uma lagoa tem um volume de $1.500\ \text{m}^3$ com vazão de entrada de $3\ \text{m}^3/\text{hora}$. Qual é a detenção na lagoa?

Solução Use a Equação 2.7.

$$\bar{t} = \frac{1.500\ \text{m}^3}{3\ \text{m}^3/\text{hora}} = 500\ \text{horas}$$

2.2 ESTIMATIVAS APROXIMADAS NOS CÁLCULOS DE ENGENHARIA

Muitas vezes, os engenheiros são chamados para fornecer informações estimadas e não exatas. Por exemplo, um administrador municipal pode solicitar a uma empresa de engenharia um orçamento referente à construção de uma nova estação de tratamento de esgoto para a comunidade. O administrador não deseja um valor exato, mas uma estimativa aproximada. É óbvio que a empresa de engenharia não consegue desenvolver em apenas alguns minutos uma estimativa completa dos custos, pois deve considerar a natureza altamente variável dos custos das terras, da construção, das exigências quanto à eficiência do tratamento etc. Mesmo assim, o administrador quer uma estimativa preliminar – um *número* – e rápido!

Diante de tais problemas, a empresa precisa basear-se em quaisquer informações disponíveis. Por exemplo, talvez saiba que a população da comunidade a ser servida é de cerca de 100.000 habitantes. Em seguida, faz uma estimativa, baseada em sua experiência, de que a vazão de esgoto doméstico deve ser de cerca de 100 galões por pessoa por dia e que necessitará, portanto, de uma estação com uma capacidade aproximada de 10 mgd. Considerando uma margem para expansão, efluentes industriais, entrada de drenagem de água da chuva e infiltração de água subterrânea nas galerias, ela talvez estime que uma capacidade de 15-mgd seja adequada.

Depois, avalia o tratamento potencial necessário. Sabendo que os cursos de água disponíveis para descarregar os efluentes são todos córregos pequenos que podem secar durante o período da seca, entende que isso exigirá um alto grau de tratamento. Calcula que será necessário remover nutrientes. Sabe que, para construir esse tipo de estação de tratamento, o custo será em média de $ 3 milhões por um milhão de galões. Com isto, conclui que o custo estimado para a estação fica em torno de $ 45 milhões. Considerando ainda uma margem de erro, informa ao administrador o orçamento aproximado de $ 50 milhões.

Essa é exatamente a informação que o administrador procura. Ele não precisa de nada mais exato, porque pode estar tentando decidir se deve pedir a emissão de um compromisso financeiro médio de $ 100 ou de $ 200 milhões. Há tempo suficiente no futuro para cálculos mais exatos.

2.2.1 Procedimentos de Cálculos Aproximados

Problemas que não requerem soluções exatas podem ser solucionados com base nos seguintes passos:

1. definir cuidadosamente o problema;
2. introduzir hipóteses simples;
3. calcular uma resposta;
4. checar a resposta, tanto sistemática quanto realisticamente.

Definir o Problema
Solicita-se à empresa de engenharia do caso anterior uma estimativa, e não uma quantia exata. Ela reconhece que o uso dessa quantia seria para fins de planejamento preliminar e, assim, considera adequadas as estimativas válidas. Também reconhece que o administrador quer uma quantia em *dólares* como resposta, estabelecendo, assim, as unidades.

Simplificar
Esse passo talvez seja o mais instigante e desafiante de todo o processo porque são a intuição e o julgamento que exercem os papéis principais. Por exemplo, a empresa precisa, primeiro, fazer uma estimativa da população a ser servida e, depois, considerar a vazão

média. O que ela ignora? Com certeza, muita coisa, como vazões transitórias diárias, variações de padrões de vida e variações sazonais. Uma estimativa completa do fluxo potencial de esgoto requer um estudo mais amplo. Ela tem de simplificar seu problema e escolher apenas uma estimativa da população e a média *per capita* da vazão.

Calcular
Nesse problema, os cálculos são diretos.

Checar
O processo de checagem é o mais importante. Existem dois tipos de checagem: sistemática e realística. Na sistemática, primeiro as unidades são checadas para verificar se fazem sentido. Por exemplo,

$$[\text{pessoas}] \times \left[\frac{\text{galões}}{\text{pessoas}}\right] = [\text{galões}]$$

fazem sentido, o que não ocorre com

$$\frac{\text{pessoas}}{[\text{galões/pessoas}]} = \frac{[\text{pessoas}]^2}{\text{galões}}$$

Fazendo sentido, os números poderão ser recalculados na busca de erros. É sempre muito importante que você anote as unidades enquanto faz os cálculos, pois, assim, realiza checagem ao mesmo tempo que avança no processo.

Finalmente, é necessário um controle da realidade. É bem provável que nenhum engenheiro em exercício reconheça que executa controles da realidade todos os dias, mas estas são a base da boa engenharia. Considere, por exemplo, caso o engenheiro cometa um erro ao apresentar um orçamento para uma estação de tratamento de esgoto, do tipo necessário para a comunidade, a um custo de $ 3 mil por um milhão de galões de efluentes. Seus cálculos serão checados, porém o orçamento apresentado foi de $ 50 mil, em vez de $ 50 mihões. O valor, além de ser considerado ridículo, será alvo de uma investigação para detectar o erro. Quando a checagem se torna uma atitude rotineira, evita futuros constrangimentos.

2.2.2 Uso de algarismos significativos

Finalmente, observe que os algarismos significativos na resposta refletem a precisão dos dados e das hipóteses. Imaginemos quão ridículo seria dizer que a estação de tratamento custaria em torno de $ 5.028.467,19. Muitos problemas exigem respostas para apenas um algarismo significativo ou até mesmo para uma ordem de magnitude. Algarismos não significativos tendem a acumular durante os cálculos como lama nos sapatos e precisam ser eliminados no final (Hart, 1985).

Suponha que alguém peça a você que estime em pés (metros) lineares os postes necessários para cercar um pasto. Essa pessoa informa, ainda, que haverá 87 postes com altura média de 46,3 polegadas. Ao realizar a multiplicação, você chega a 335,675 pés. Este é o momento de eliminar a lama, já que o mais preciso de seus números tem apenas três algarismos significativos, enquanto sua resposta apresenta seis. Com base nisso, você informaria 336 pés ou, o mais provável, 340 pés ao reconhecer que é melhor sobrar do que faltar postes.

Algarismos significativos são aqueles que transferem informações com base no valor do dígito. Os zeros que apenas preenchem o espaço não são significativos, porque podem ser eliminados sem perda das informações. Por exemplo, dois dos zeros no número 0,0036 apenas preenchem o lugar e podem ser eliminados escrevendo 0,0036 = 3,6 × 10⁻³.

Os zeros no final de um número são um problema. Suponha que um jornal informe que 46.200 torcedores assistiram a um jogo de futebol. Os últimos dois dígitos talvez sejam significativos se cada pessoa for contabilizada, e realmente havia 46.200 torcedores no estádio. Se, no entanto, fôssemos fazer uma estimativa do número de pessoas como 46.200 torcedores, então os últimos dois zeros apenas preencheriam o espaço e não seriam significativos. Para evitar confusão, quando se informam números, deve-se utilizar expressões como "cerca de" e "aproximadamente", se esse for o caso. Quando se utilizam números para números significativos desconhecidos, o melhor é errar por cautela (usando menos os números significativos).

EXEMPLO 2.7

Problema Uma comunidade de cerca de 100 mil pessoas possui uma área de 5 acres de aterro sanitário que pode ser aterrado com cerca de 30 pés de lixo compactado entre 600 e 800 lb_M por jarda cúbica. Qual é a vida útil restante do aterro?

Solução Utilizando os procedimentos descritos anteriormente, o primeiro passo é definir o problema. Fica claro que a reposta não exige alta precisão, já que os dados não são precisos. Além disso, a definição do problema requer uma resposta em unidades de tempo.

O segundo passo é simplificar o problema. Não há necessidade de considerar lixo comercial ou industrial. Faça uma estimativa apenas do lixo gerado por residências individuais.

O terceiro passo é calcular uma resposta. Todos os dados necessários estão disponíveis, com exceção da produção *per capita* de lixo. Suponhamos que uma família de quatro pessoas encha três latas de lixo por semana. Se cada lata de lixo puder conter 8 pés cúbicos e se presumirmos que o lixo não compactado ficará em torno de um quarto da densidade compactada, digamos a 200 lb_M/yd^3, será razoável calcular a produção *per capita* como

$$8 \frac{pés^3}{lata} \times \frac{1 \ yd^3}{27 \ pés^3} \times \frac{3 \ latas}{4 \ pessoas} \times 200 \frac{lb_M}{yd^3} \times \frac{1 \ semana}{7 \ dias} = 6,3 \frac{lb}{pessoas/dia}$$

Se existirem cerca de 100 mil pessoas, a cidade produzirá

$$6,3 \frac{lb}{pessoa/dia} \times 100.000 \ pessoas \times \frac{1 \ yd^3}{700 \ lb_M} = 900 \ yd^3/dia$$

O volume total disponível será de

$$5 \ acres \times 43.560 \frac{pés^2}{acres} \times 30 \ pés \times \frac{1 \ yd^3}{27 \ pés^3} = 242.000 \ yd^3$$

Portanto, a expectativa de vida será de

$$\frac{242.000 \ yd^3}{900 \ yd^3/dia} = 268 \ dias \approx 270 \ dias$$

Lembre-se do quarto passo. Isso é razoável? Quase. Os cálculos podem ter superestimado a produção de lixo, já que a média nacional de produção *per capita* está mais perto de 4 lb/capita/dia, portanto o aterro pode durar, na verdade, somente um ano. Considerando a extrema dificuldade em definir locais para aterros adicionais, pode-se concluir que a cidade já se encontra em uma clara situação de crise.

■

Em engenharia, é imprescindível que o profissional tenha sempre um arsenal de números e estimativas. Por exemplo, a maioria das pessoas sabe que um metro é algumas polegadas mais longo que uma jarda. Talvez não saiba exatamente quanto, mas poderia dar um palpite bem aproximado. Da mesma forma, sabemos a aparência de 100 jardas (de linha a linha do gol). Da mesma forma, o engenheiro ambiental em exercício sabe instintivamente o aspecto de uma vazão de 10 mgd, porque ele vem trabalhando em estações que recebem essa magnitude de vazão. Tal conhecimento torna-se parte de sua natureza, e é com frequência, a razão pela qual os engenheiros conseguem evitar erros crassos e embaraçosos. Um *feeling* em relação às unidades faz parte da engenharia, e é por isso que a mudança de mgd para m³/s é tão difícil para os engenheiros americanos. Seria muito estranho um engenheiro americano que soubesse qual a aparência de uma vazão de 10 m³/s (sem fazer algumas conversões mentais rápidas!).

2.3 ANÁLISE DAS INFORMAÇÕES

Nós, engenheiros, raramente sabemos algo com exatidão, ou com certeza! Embora nunca tenha ocorrido uma inundação em agosto, assim que um projeto de construção de um milhão de dólares precisa de clima seco, chove por 40 dias e noites. A Lei de Murphy – se algo pode sair errado, sairá – e seu efeito correlato – na pior hora possível – são conceitos tão centrais na engenharia quanto as leis de movimento de Newton. Arriscamo-nos, projetamos probabilidades sobre eventos de interesse e decidimos por ações cautelosas. Sabemos que uma inundação[4] pode ocorrer em agosto, mas, se não houve nenhuma nos últimos 100 anos, as chances são relativamente boas de que não ocorra no próximo ano. Mas o que acontece se o engenheiro dispõe de dados de apenas cinco anos? Quanto pode arriscar? Que grau de certeza pode ter de que não ocorrerá uma inundação no próximo ano?

Esse conceito recebe o nome de *probabilidade*, e os cálculos de probabilidade são a base de muitas decisões de engenharia. Relacionada à probabilidade está a análise dos dados incompletos por meio das *estatísticas*. Um conjunto de dados (por exemplo, a vazão para um dia) é valioso em si mesmo, mas, ao ser combinado com outras centenas de pontos de vazão diários, a informação fica ainda mais útil, mas somente se esta puder ser manipulada e reduzida de alguma forma. Por exemplo, se a decisão for represar a água de um córrego para obter o suprimento de água, as vazões diárias deverão ser calculadas pela média (uma estatística), o que será um número útil na decisão de exatamente quanta água estará disponível.

Esta seção introduz, em princípio, ideias básicas de probabilidade e estatística, depois descreve algumas das ferramentas disponíveis aos engenheiros para a análise das informações. Nem probabilidade nem estatística são desenvolvidas com base nos conceitos básicos apresentados aqui. Para tanto, recomenda-se um curso apropriado de estatística e probabilidade. Nesta introdução, apresenta-se material suficiente para permitir a solução de problemas simples de engenharia ambiental que envolvam distribuição de frequência.

Na engenharia, muitas análises de estatística se baseiam na curva do sino apresentada na Figura 2.1. A hipótese é que os dados apresentados (como a precipitação anual) podem ser descritos pela curva do sino e que o traçado da curva pode ser definido como a *média*, ou normal, e alguma medida de quão extensamente seja a distribuição dos dados ou da curvatura. Para descrever a curva do sino, utiliza-se *distribuição Gaussiana*, ou seja, a *distribuição normal*, expressa como

$$P_{\sigma(x)} = \frac{1}{\sigma\sqrt{2\pi}} \exp\left[-\frac{1}{2}\left(\frac{x-\mu}{\sigma}\right)\right]^2$$

---

4. Vazão de cheia é a vazão máxima do rio, e inundação, a extravasão da calha do rio (NRT).

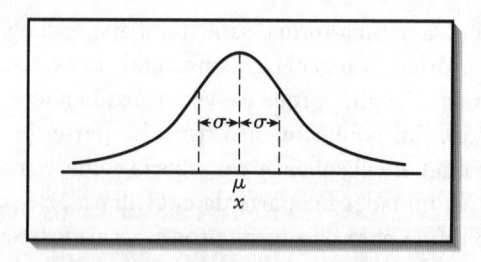

Figura 2.1 A curva do sino sugere distribuição normal.

onde μ = média, estimado como $\bar{x}$
$\bar{x}$ = amostra média observada = $\frac{\Sigma x}{n}$
σ = desvio padrão, estimado como s
s = desvio padrão observado = $\left[\frac{\Sigma x_i^2}{n-1} - \frac{(\Sigma x_i)^2}{n(n-1)}\right]^{1/2}$
n = tamanho da amostra.

O desvio padrão é a medida da extensão da distribuição dos dados, definida como o valor de x, que engloba 68,3% de todos os valores de x, centrada na média μ. Um pequeno desvio padrão indica que todos os dados estão agrupados, e há pouca variabilidade nos dados. Um grande desvio padrão, ao contrário, indica que os dados estão amplamente espalhados.

Outra estatística útil chama-se *coeficiente de variação*, definido como

$$C_v = \frac{\mu}{\sigma}$$

e estimado na prática como

$$C_v = \frac{\bar{x}}{s}$$

onde s = desvio padrão observado
$\bar{x}$ = estimativa da média.

Com frequência, os engenheiros organizam os dados descritos por uma curva de distribuição normal como uma função *acumulativa* em que a abscissa (eixo vertical) é uma fração acumulativa de observações. Essas curvas são usadas comumente na hidrologia, engenharia de solos e recuperação de recursos naturais. O Exemplo 2.8 mostra a construção de uma curva acumulativa.

EXEMPLO 2.8

Problema Cem quilos de vidro são recuperados do lixo urbano e processados em uma usina para recuperação de recursos naturais. O vidro é triturado e peneirado várias vezes, como apresentado a seguir. Organize a distribuição acumulada do tamanho das partículas.

Tamanho da peneira (mm)	Peso do vidro capturado (kg)
4	10
3	25
2	35
1	20
Peneira (sem orifícios)	10

Solução Os dados podem ser organizados conforme ilustrado na Figura 2.2, onde se observa uma aproximação grosseira da distribuição normal. Assim, os dados podem ser tabulados como uma função acumulativa.

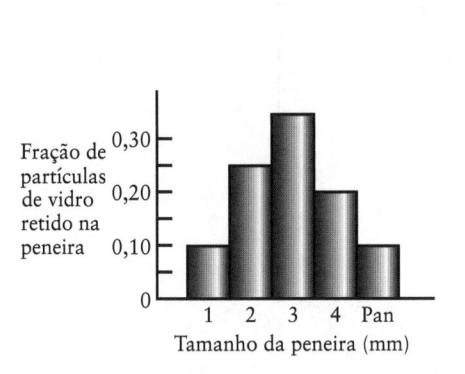

Figura 2.2 Histograma do tamanho das partículas de vidro.

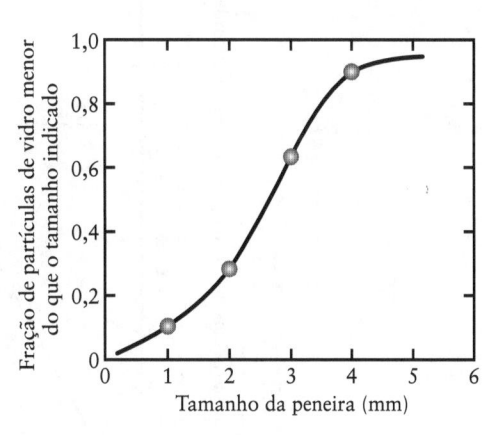

Figura 2.3 Distribuição do tamanho das partículas acumulativas de vidro. Ver Exemplo 2.8.

Organizem-se os dados na Figura 2.3. Observemos que o último ponto não pode ser projetado porque o tamanho da peneira é menor do que 1,0 mm e o total da fração tem de somar 1,00. O resultado é uma "curva-S" clássica.

Tamanho da peneira (mm)	Fração de partículas de vidro retidas na peneira	Fração de partículas de vidro menor do que o tamanho indicado
4	$\frac{10}{100} = 0,10$	$1,0 - 0,10 = 0,90$
3	$\frac{25}{100} = 0,25$	$0,9 - 0,25 = 0,65$
2	$\frac{35}{100} = 0,35$	$0,65 - 0,35 = 0,30$
1	$\frac{20}{100} = 0,20$	$0,30 - 0,20 = 0,10$
<1,0	$\frac{10}{100} = 0,10$	$0,10 - 0,10 = 0$

∎

A Figura 2.3 deve ser organizada da seguinte maneira: uma *variável independente* como a abscissa (eixo x) e a *variável dependente* como a ordenada (eixo y). Uma variável será independente se o valor escolhido for o tamanho da peneira. Obtém-se o valor de uma variável dependente por experimentação. Com raras exceções, os gráficos de engenharia são plotados utilizando a convenção de se projetar a variável independente como o eixo x e a variável dependente como o eixo y.

Muitas vezes é mais simples trabalhar com dados se a curva-S clássica apresentada na Figura 2.3 puder ser plotada como uma linha reta. Com frequência, isso ocorre no papel da probabilidade aritmético, inventado originalmente por Allen Hazen, um proeminente engenheiro sanitarista. Na Figura 2.4 mostram-se os mesmos dados projetados no papel da probabilidade. Observe que no eixo das abscissas no papel da probabilidade não tem 0% ou 100%, assim como a curva normal de distribuição não tem 0 ou 1,0.

Uma linha reta no papel da probabilidade resulta em dados *distribuídos normalmente* e estatísticas, tais como os desvios médio e padrão, que podem ser lidos na planilha. A média é de 0,5% ou 50%, enquanto o desvio padrão é de 0,335 abaixo ou acima da média.

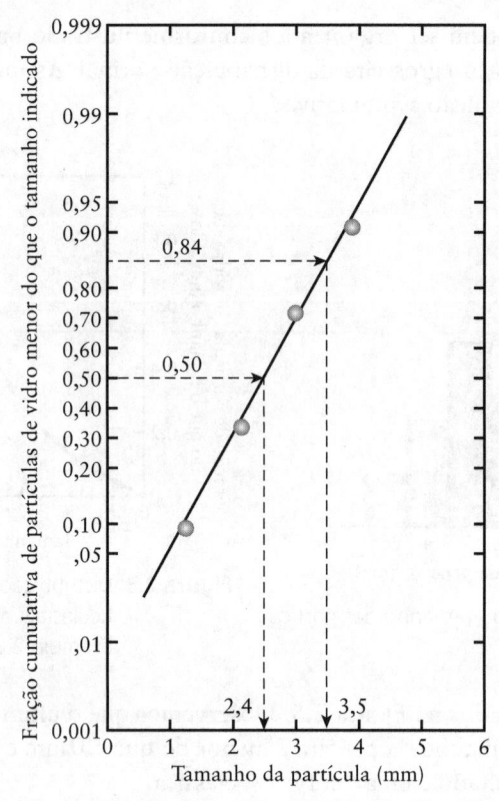

Figura 2.4 Distribuição por tamanho de partículas de vidro em uma projeção de probabilidade aritmética. Ver Exemplo 2.9.

É possível também aproximar o desvio padrão como:

$$s \approx \frac{2}{5}(x_{90} - x_{10}) \tag{2.8}$$

onde x_{90} e x_{10} são valores de abscissa a P_{90} e P_{10}, respectivamente.

Tal projeção torna conveniente realizar a estimativa do valor de qualquer outro intervalo. Por exemplo, se for necessário fazer a estimativa dos valores de x de forma que 95% dos valores fiquem dentro desses limites ("o intervalo de confiança de 95%"), será possível fazer a leitura dos valores a 2,5% e 97,5%. Dentro desses limites devem estar os 95% dos dados.

EXEMPLO 2.9

Problema Com base na projeção apresentada na Figura 2.4, indique (a) a média, (b) o desvio padrão e (c) o intervalo de 95%?

Solução
a. Lê-se a média a 0,5 (que é a fração cumulativa de partículas de vidro menor do que o tamanho indicado). É 2,4 mm.
b. O desvio padrão é a extensão para que 67% das observações fiquem dentro dos limites com base na média (ou seja, 33,5% abaixo ou acima da média). Da Figura 2.4, calcula-se o desvio padrão estimado como sendo a diferença entre a média e o ponto 0,50 + 0,335 = 0,84, que corresponde a 3,5 mm. Portanto, $s = 3,5 - 2,4 = 1,1$ mm. Alternativamente, usando a Equação 2.8:

$$s \approx \frac{2}{5}(3,9 - 1,0) = 1,16$$

onde 3,9 é o tamanho da peneira por onde passam 90% do vidro, e 1,0 é o tamanho por onde passam 10% do vidro.

Quando você informar a média, inclua o desvio padrão, por exemplo, 2,4 ± 1,1 mm.

c. O intervalo de 95% significa que há uma expectativa de que 95% dos dados estejam dentro desses limites. Os pontos correspondentes a 0,025 e 0,975 no gráfico são 0,2 mm e 4,8 mm, respectivamente. Portanto, o intervalo de 95% fica entre 0,2 mm e 4,8 mm.

■

Os dados no Exemplo 2.9 podem ser *normalizados* dividindo cada ponto dependente dos dados por uma constante – o peso total do vidro peneirado. Assim, cada ponto dos dados é convertido de um número com dimensões (kg) a uma fração sem dimensão (kg/kg). Executa-se, às vezes, a mesma operação com a variável independente quando se exige a frequência de tempo.

Torna-se necessário, com frequência, calcular a probabilidade da ocorrência de certos eventos. Os hidrólogos expressam isso em termos de *período de retorno*, ou seja, quantas vezes espera-se que o evento apareça de novo. Se a probabilidade anual de o evento ocorrer de novo for 5%, haverá então uma expectativa de que o evento ocorra uma vez a cada 20 anos, ou seja, um período de retorno de 20 anos, o que é expresso na forma de uma equação:

$$\text{Período de retorno} = \frac{1}{\text{Probabilidade em fração}}$$

Quando os dados variáveis com o tempo forem analisados pela frequência de distribuição, os dados devem ser, em princípio, colocados em ordem (do menor para o maior ou do maior para o menor). Calculam-se então as probabilidades, os dados projetados e a projeção usada para determinar as estatísticas desejadas.

EXEMPLO 2.10

Problema Mede-se diariamente a qualidade dos efluentes (descarga) de uma estação de tratamento de esgoto municipal por meio de sua demanda bioquímica de oxigênio (DBO). Em razão das variações da vazão de entrada (vazão entrando na estação) e da dinâmica de tratamento da estação, espera-se que a qualidade dos efluentes varie. Essa variação adapta-se à distribuição normal. Se isso ocorrer, essa variação pode ser usada para calcular a média e o desvio padrão? Qual é a pior qualidade de efluentes esperada uma vez por mês (trinta dias)? Apresentam-se os seguintes dados:

Amostra por dia	DBO do efluente	Amostra por dia	DBO do efluente
1	56	10	35
2	63	11	65
3	57	12	35
4	33	13	31
5	21	14	21
6	17	15	21
7	25	16	28
8	49	17	41
9	21	18	36

Solução O primeiro passo é colocar os dados em ordem de importância. O número total de pontos de dados é $n = 18$. A classificação (m) vai da mais baixa DBO (17 mg/L) a mais alta (65 mg/L).

Classificação (m)	DBO do efluente (mg/L)	m/n
1	17	0,055
2	21	0,111
3	21	0,167
4	21	0,222
5	21	0,278
6	25	0,333
7	28	0,389
8	31	0,444
9	33	0,500
10	35	0,556
11	35	0,611
12	36	0,667
13	41	0,722
14	49	0,778
15	56	0,833
16	57	0,889
17	63	0,944
18	65	1,00

Pode-se considerar a última coluna como a fração de tempo em que a DBO tenha menos do que esse valor, isto é, 0,055 ou 5,5% do tempo em que a DBO deve ser igual ou menor do que 17 mg/L.

Uma projeção da segunda e terceira colunas apresenta uma linha razoavelmente reta em uma projeção de probabilidade, conforme mostra a Figura 2.5. Lê-se a média estimada na projeção a (m/n) = 0,5 e 35 mg/L DBO; o desvio padrão a 20 mg/L. A pior qualidade de efluentes esperada a cada mês encontra-se na fração de tempo de 29/30 = 0,967 (isto é, para 29 dias de 30, a DBO é menor). Faça a projeção em uma fração de tempo = 0,967 e leia a DBO = 67 mg/L[2].

Observe que o último ponto dos dados (classificação nº 18) não pode ser plotado porque todas as leituras estão abaixo desse valor. Esse problema pode ser evitado dividindo todas as classificações (m) por $n + 1$ em vez de n. À medida que o número de pontos de dados aumenta (n torna-se maior), isso se torna cada vez menos problemático.

Outro método de lidar com dados, em especial se envolver número grandes, é agrupá-los. Nesse caso, a média do grupo é a variável projetada, e calcula-se a probabilidade como:

$$P = \frac{\Sigma r}{n}$$

onde r = a soma do número de pontos de dados igual a ou maior que o valor indicado
n = total de pontos de dados.

A probabilidade de ocorrer um evento é novamente lida por meio do gráfico.

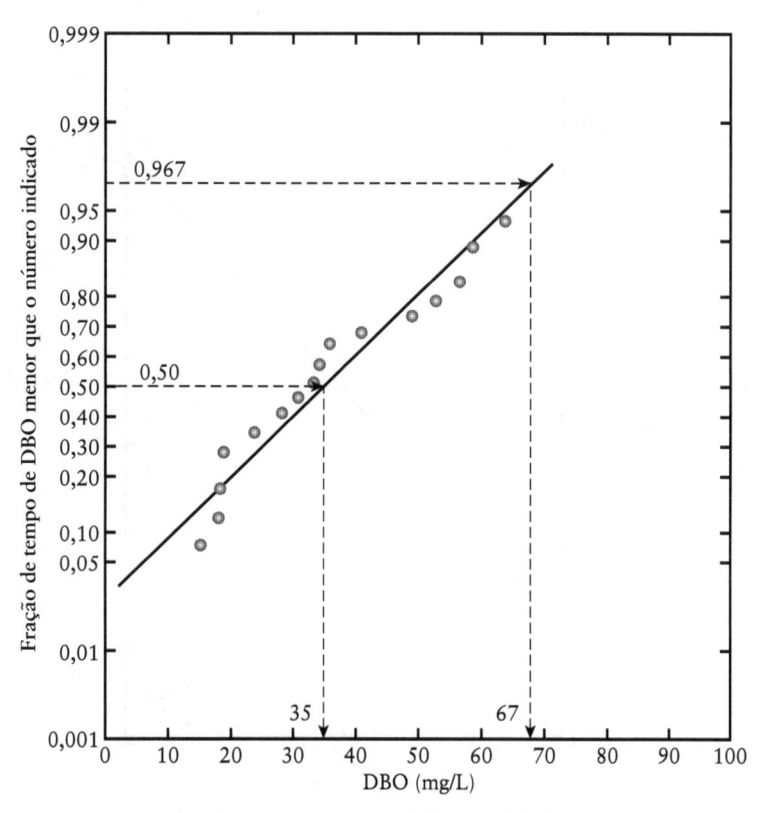

Figura 2.5 DBO de efluentes de uma estação de tratamento de esgoto. Ver Exemplo 2.10.

EXEMPLO 2.11

Problema Usando os dados do Exemplo 2.10, faça a estimativa da DBO mais alta esperada uma vez a cada 30 dias. Use uma análise de dados agrupados.

Solução O primeiro passo é definir os grupos de valores da DBO. Nesse caso, a escolha é um intervalo de 10 mg/L, simplesmente porque é conveniente. Anota-se o número de pontos de dados que entram em cada grupo (r).

DBO de efluentes (mg/L)	Média do grupo	Número de dias em que a DBO entra no grupo (r)	Σr	$P = \Sigma r/n$
0–9	5	0	0	0
10–19	15	1	1	0,06
20–29	25	6	7	0,39
30–39	35	5	12	0,67
40–49	45	2	14	0,78
50–59	55	2	16	0,89
60–69	65	2	18	1,00

De forma progressiva, soma-se o número de pontos de dados (r), e depois esse valor é dividido pelo total de pontos de dados, $n = 18$. Agora esses pontos tornam-se individuais no gráfico de média do grupo de DBO *versus* P, como na Figura 2.6. As probabilidades podem ser lidas na curva, como antes. Assim como no Exemplo 2.10, se quisermos saber a pior qualidade de efluente em 30 dias, usaremos $P_{29/30} = 0,967$ e teremos 67 mg/L de DBO.

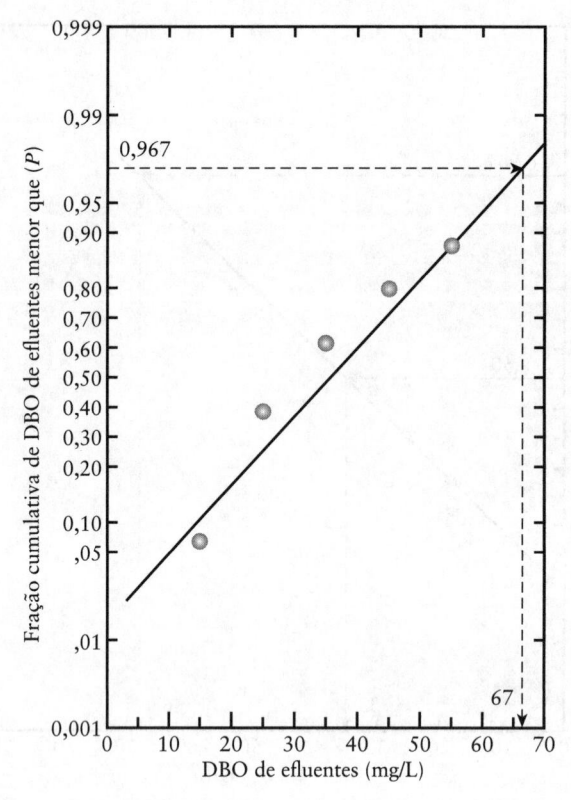

Figura 2.6 Análise de dados agrupados. Ver Exemplo 2.11.

SÍMBOLOS

F = dimensão de força
M = dimensão de massa
L = dimensão de comprimento
N = Newton
a = aceleração
g_c = fator de conversão
g = aceleração da gravidade
P = peso
C = concentração (massa/volume)
V = volume
σ = desvio padrão
s = desvio padrão observado
C_V = coeficiente de variação
r = número de pontos de dados em um grupo

L = litro
g = grama
m = metro
Q = taxa de fluxo
Q_M = fluxo de massa (carga)
Q_V = fluxo volumétrico (vazão)
P = probabilidade
n = número de eventos
μ = média
$\bar{x}$ = estimativa da média
m = classificação de um evento
ρ = densidade
Φ = concentração (massa/massa)
$\bar{t}$ = tempo de residência

PROBLEMAS

2.1 A tabela seguinte mostra a distribuição de frequência da demanda bioquímica de oxigênio (DBO) de entrada de fluxo de oxigênio bioquímico em uma estação de tratamento de esgoto:

DBO (mg/L)	Nº de amostras
110–129	18
130–149	31
150–169	23
170–189	20
190–209	7
210–229	1
230–249	2

Calcule o seguinte:
a. P_{10} (probabilidade de que 10% do tempo da DBO seja menor que esse valor)
b. P_{50}
c. P_{95}

2.2 Seguem as características de precipitação anual para várias cidades.

	Anos de registro	Precipitação anual	
		$\bar{x}$ (in/ano)	s (in/ano)
Cheyenne	70	14,61	3,61
Pueblo	52	11,51	5,29
Kansas City	63	36,10	6,64

a. A precipitação de qual cidade varia mais?
b. Suponha que os dados de precipitação estejam distribuídos normalmente, em quantos anos, dentre os próximos 50, podemos esperar uma precipitação acima de 20 polegadas em cada cidade?
c. Se considerarmos a distribuição como normal, em quantos anos, dentre os próximos 50, podemos esperar uma precipitação abaixo de 12 polegadas em cada cidade?
d. Qual é a probabilidade de que uma precipitação anual exceda 36,1 polegadas em Kansas City?

2.3 Encontre os registros de vitórias/derrotas de seu time de basquete na faculdade nos últimos 10 anos. Com qual frequência o time pode esperar um número igual de vitórias e derrotas (jogando pelo menos 500 bolas)?

2.4 Uma distribuição normal tem um desvio padrão de 30 e uma média de 20. Encontre a probabilidade que
a. $x \geq 80$ b. $x \leq 80$ c. $x \leq -70$ d. $50 \leq x \leq 80$
Recomenda-se a utilização de gráficos.

2.5 Um lago tem as seguintes leituras de oxigênio dissolvido:

Mês	Oxigênio dissolvido (mg/L)
1	12
2	11
3	10
4	9
5	10
6	8
7	9
8	6
9	10
10	11
11	10
12	11

a. Qual é a fração de tempo em que se pode esperar um OD acima de 10 mg/L?
b. Qual é a fração de tempo em que o OD ficará abaixo de 8 mg/L?
c. Qual é a média de OD?
d. Qual é o desvio padrão?

2.6 A seguir, apresentam-se os períodos de retorno e níveis de inundação para a cidade de Morgan Creek:

Período de retorno (anos)	Nível de inundação (m³/s)
1	108
5	142
10	157
20	176
40	196
60	208
100	224

Elabore uma estimativa do nível de inundação para um período de 500 anos.

2.7 Seguem o número de alunos matriculados em um curso nos últimos cinco anos:

Ano	Nº de alunos
1	13
2	18
3	17
4	15
5	20

Durante quantos anos nos próximos 20 anos, a classe terá dez alunos ou menos?

2.8 Quanta cerveja se consome diariamente nos Estados Unidos? (Há cerca de $2,5 \times 10^8$ pessoas no país. Levante hipóteses para todo o resto.)

2.9 O carvão contém cerca de 2% de enxofre. Quantos quilos de enxofre seriam emitidos por usinas termelétricas a carvão nos Estados Unidos em um ano? (A produção norte-americana de eletricidade gira em torno de $0,28 \times 10^{12}$ watts, e o carvão contém cerca de 30×10^6 J/kg de energia. Observe que 1 J = 1 watt por segundo.)

2.10 Quantos pneus de automóvel são vendidos anualmente nos Estados Unidos? Apresente hipóteses razoáveis.

2.11 Nos Estados Unidos, a Agência de Proteção Ambiental (Environmental Protection Agency – EPA) expressa a taxa de emissão de poluentes gasosos dos carros em termos de g/milha. Qual é a sua opinião sobre essa unidade de medida construída?

2.12 Coloque um grama de sal de mesa em um copo de 30 mililitros e depois complete-o com água da torneira. Qual é a concentração de sal em mg/L? Por que talvez você não tenha tanta certeza de sua resposta?

2.13 Muitas vezes se expressam as concentrações de metal nos lodos de esgoto em termos de gramas de metal por quilo do total dos sólidos secos. Lodos úmidos contêm concentrações de sólidos de 200.000 mg/L, dos quais 8.000 mg/L são de zinco.
a. Qual é a concentração de zinco como (g Zn/g sólidos secos)?
b. Se os sedimentos fossem aplicados a solos de cultivo e espalhados em pastagens usadas por gado, explique como você poderia monitorar o projeto em relação aos efeitos potenciais ao ambiente e à saúde causados pela presença de zinco.

2.14 Coloque um grama de pimenta em uma proveta de 100 mL, depois encha com água até a marca de 100 mL. Qual é a concentração de pimenta por em mg/L? (Qual é sua hipótese para o problema? Qual é a densidade da pimenta? Qual é o volume de um grama de pimenta?)

2.15 Uma estação de tratamento de esgoto recebe 10 mgd de vazão. Esse esgoto contém uma concentração de sólidos de 192 mg/L. Quantas libras de sólidos entram na estação por dia?

2.16 Dez gramas de contas plásticas a uma densidade de 1,2 g/cm^3 são adicionados a 500 mL de solvente orgânico a uma densidade de 0,8 g/cm^3. Qual é a concentração de contas plásticas em mg/L? (Cuidado, isso engana!)

2.17 Um fluxo contínuo de 60 gal/min leva uma carga de sedimentos de 2.000 mg/L. Qual é a carga de sedimentos em kg/dia?

2.18 Uma estação de tratamento produz água que tem uma concentração de arsênico de 0,05 mg/L.
   a. Se o consumo médio de água for de 2 galões por dia, quanto arsênico cada pessoa poderá ingerir?
   b. Se você for o operador da estação de tratamento e o presidente do conselho municipal perguntar-lhe, durante uma audiência pública, se existe ou não arsênico na água potável da comunidade, o que responderá?
   c. Analise sua resposta à questão anterior do ponto de vista moral. A resposta dada ao presidente é pertinente? Por quê?

2.19 Uma usina de energia emite 120 libras de cinzas volantes[5] por hora pela chaminé. A vazão de gases quentes no cilindro é de 25 pés cúbicos por segundo. Qual é a concentração de cinzas volantes em $\mu g/m^3$?

2.20 Se a eletricidade custa $ 0,05/quilowatt hora, quanto sua universidade paga anualmente pelo uso de lâmpadas de mesa? (É preciso levantar várias hipóteses específicas à sua universidade.)

2.21 Se a mensalidade fosse paga com entradas a palestras, quanto custaria cada entrada em sua universidade?

2.22 Uma universidade tem cerca de 12.600 alunos em graduação e 2.250 que se formam ao ano. Suponha que todos se formarão um dia. Qual será o tempo aproximado de permanência na universidade?

2.23 Uma estação de tratamento de água tem seis decantadores que operam em paralelo (divide-se o fluxo em seis fluxos contínuos iguais), e cada decantador tem um volume de 40 m^3. Se a vazão até a estação for de 10 mgd, qual será o tempo de detenção de cada decantador? Se, no entanto, os decantadores forem operados em série (o fluxo total passa primeiro por um decantador, depois pelo segundo e acima por diante), qual será o tempo de detenção em cada decantador?

2.24 Você trabalha como recrutador para uma consultoria de engenharia. Um candidato lhe faz a seguinte pergunta:

Se, no período em que trabalhar em sua empresa, eu apresentar objeções, por motivos éticos, a um projeto a ser realizado, posso afastar-me dele sem que isso prejudique minha carreira na consultoria?

Como você responderia a essa questão (apresente três respostas possíveis)? Em seguida, selecione a resposta mais adequada às expectativas do candidato? Ele acreditaria ou não em você? Por quê?

---

5. Cinzas volantes são minerais produzidos da queima de carvão mineral (NRT).

REFERÊNCIAS

HART, J. *Consider a spherical cow*. Los Altos, CA: William Kaufmann, 1985.

MIDDLEBROOKS, E. J. *Statistical calculations*. Ann Arbor, MI: Ann Arbor Science Pub., 1976.

CAPÍTULO TRÊS

Separações e Balanço de Materiais

Os alquimistas, talvez os praticantes originais da "ciência com fins lucrativos", tentaram desenvolver processos de fabricação de ouro a partir de metais inferiores. Do ponto de vista da química moderna, fica evidente que eles falharam. Exceto para os processos que envolvem reações nucleares, assunto que não será abordado neste livro, uma libra de qualquer material, como o chumbo, no início de qualquer processo produzirá uma libra de material no final, embora talvez com uma forma muito diferente. Esse simples conceito de conservação de massa leva a uma poderosa ferramenta de engenharia: o *balanço de materiais*. Neste capítulo, em princípio, serão introduzidos o balanço de materiais ao redor de uma unidade operacional da "caixa-preta". Em seguida, essas caixas-pretas serão identificadas como operações de unidade real que executam funções úteis. Inicialmente, nada do que se passa dentro dessas caixas afeta a vazão de materiais. Então, presume-se que as quantidades de materiais são produzidas ou consumidas dentro da caixa. Em todos os casos, considera-se que a vazão está em estado estacionário, isto é, não é alterada com o tempo. Essa restrição será estudada nos próximos capítulos.

3.1 BALANÇOS DE MATERIAIS COM APENAS UM MATERIAL

Os fluxos de materiais podem ser mais facilmente compreendidos e analisados por meio do uso do conceito de caixa-preta. Essas caixas são representações esquemáticas de processos reais ou cruzamentos de fluxos, e não é necessário especificar com exatidão o que esse processo pode desenvolver: princípios gerais sobre a análise dos fluxos.

A Figura 3.1 mostra uma caixa-preta em que certo material está fluindo. Todos os fluxos que entram na caixa são chamados de afluentes e representados pela letra X. Se o fluxo é descrito como massa por tempo de unidade, X_0 é uma massa por unidade de tempo do material X que flui para dentro da caixa. Do mesmo modo, X_1 é o fluxo de saída ou *efluente*. Caso o processo que pode produzir mais do material ou destruir parte dele estiver acontecendo dentro da caixa, e for suposto que não há variação do fluxo com o tempo (isto é, que está em *estado estacionário*), então será possível escrever um balanço de materiais ao redor da caixa como

$$\begin{bmatrix} \text{Massa por tempo} \\ \text{de unidade de} \\ X \text{ DE ENTRADA} \end{bmatrix} = \begin{bmatrix} \text{Massa por tempo} \\ \text{de unidade de} \\ X \text{ DE SAÍDA} \end{bmatrix}$$

ou

$$[X_0] = [X_1]$$

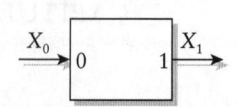

Figura 3.1 Caixa-preta com um fluxo de entrada e um de saída.

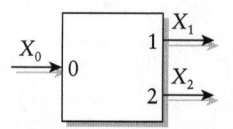

Figura 3.2 Separador com um fluxo de entrada e dois de saída.

A caixa-preta pode ser utilizada para estabelecer um balanço de volume e de massa se a densidade não muda no processo. Como a definição de densidade é massa por unidade de volume, a conversão a partir de um balanço de massa para um balanço de volume é obtida pela divisão de cada termo pela densidade (uma constante). Em geral, é conveniente utilizar o balanço de volume para líquidos e o balanço de massa para sólidos.

3.1.1 Divisão de correntes de fluxo de materiais únicos

Uma caixa-preta, como demonstra a Figura 3.2, recebe o fluxo de uma fonte de alimentação e separa-o em duas ou mais correntes de fluxo. O fluxo que entra na caixa é classificado como X_0, e os dois fluxos que saem da caixa são X_1 e X_2. Partindo-se novamente do pressuposto de que existem condições de estado estacionário e que nenhum material está sendo destruído ou produzido, então o balanço de materiais é

$$\begin{bmatrix} \text{Massa por tempo} \\ \text{de unidade de} \\ X \text{ DE ENTRADA} \end{bmatrix} = \begin{bmatrix} \text{Massa por tempo} \\ \text{de unidade de} \\ X \text{ DE SAÍDA} \end{bmatrix}$$

ou

$$[X_0] = [X_1] + [X_2]$$

Evidentemente, o material X pode ser separado em mais de duas frações, de modo que o balanço de materiais pode ser

$$[X_0] = \sum_{i=1}^{n} X_i$$

onde há n correntes de saída ou efluentes.

EXEMPLO 3.1

Problema Uma cidade produz 102 toneladas/dia de resíduos, que são totalmente destinados para uma estação de transferência. Nessa estação, o resíduo é dividido em quatro correntes de fluxo, que são levadas para três incineradores e um aterro. Se a capacidade dos incineradores é de 20, 50 e 22 toneladas/dia, que quantidade de resíduos deve ir para o aterro?

Solução Considere a situação esquematicamente, conforme a Figura 3.3. Os quatro fluxos de saída são as capacidades conhecidas dos três incineradores mais um aterro. A corrente de entrada é composta pelos resíduos sólidos entregues à estação de transferência. Utilizando o diagrama, estabeleça o balanço de massa em termos de toneladas/dia:

$$\begin{bmatrix} \text{Massa por unidade} \\ \text{de resíduos} \\ \text{DE ENTRADA} \end{bmatrix} = \begin{bmatrix} \text{Massa por unidade} \\ \text{de resíduos} \\ \text{DE SAÍDA} \end{bmatrix}$$

$$102 = 20 + 50 + 22 + M$$

onde M = massa de resíduos que vai para o aterro. Para descobrir a incógnita, considere M = 10 toneladas/dia.

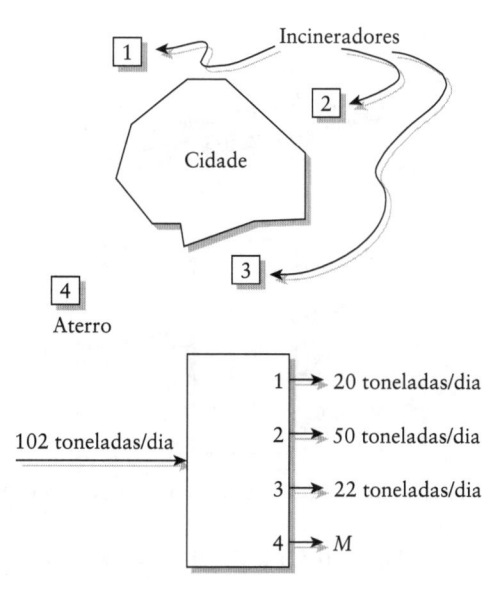

Figura 3.3 Balanço de materiais para eliminação de resíduos.

3.1.2 Combinação de correntes de vazão do material único

Uma caixa-preta também pode receber diversos afluentes e descarregar um efluente, conforme ilustrado na Figura 3.4. Se os afluentes forem classificados como $X_1, X_2, ..., X_m$, o balanço de materiais resultará em

$$\sum_{i=1}^{m} X_i = [X_e]$$

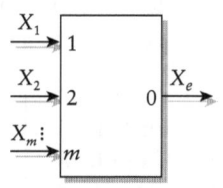

Figura 3.4 Um misturador com diversos fluxos de entrada e uma vazão de saída.

EXEMPLO 3.2

Problema Um coletor-tronco de esgotos, ilustrado na Figura 3.5, tem uma capacidade de vazão de 4,0 m³/s. Se a vazão para o esgoto for excedida, o coletor não será capaz de transmitir todo o esgoto através da tubulação e ocorrerão acúmulos. Atualmente, três bairros contribuem para o esgoto, e suas vazões máximas (pico) são de 1, 0,5, e 2,7 m³/s. Um construtor deseja fazer uma obra que vai contribuir com uma vazão máxima de 0,7 m³/s para o coletor-tronco de esgoto. Será que isso levará o esgoto a exceder sua capacidade?

Solução Defina o balanço de materiais em termos de m³/s.

$$\begin{bmatrix} \text{Volume/Tempo de unidade} \\ \text{de esgoto DE ENTRADA} \end{bmatrix} = \begin{bmatrix} \text{Volume/Tempo de unidade} \\ \text{de esgoto DE SAÍDA} \end{bmatrix}$$

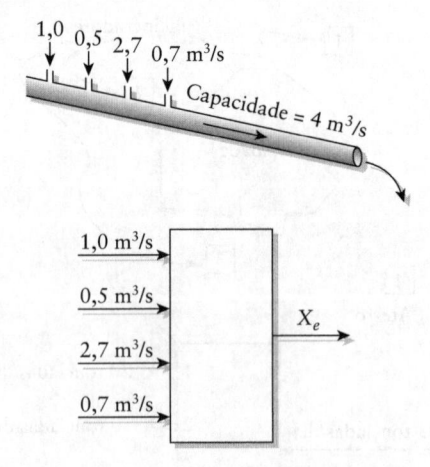

Figura 3.5 Capacidade de um coletor-tronco de esgoto.

$$[1,0 + 0,5 + 2,7 + 0,7] = X_e$$

onde X_e é a vazão no coletor-tronco esgoto. A resolução em $X_e = 4,9\ m^3/s$, que é maior que a capacidade do coletor-tronco de esgotos, de modo que o esgoto será sobrecarregado se a nova obra receber permissão de ser agregada a ele. Mesmo agora o sistema está sobrecarregado (em 4,2 m^3/s), e a única razão pela qual não ocorreu um desastre é que nem todos os bairros produzem a vazão máxima no mesmo horário.

3.1.3 Processos complexos com apenas um material

Os exemplos simples já apresentados ilustram o princípio básico dos balanços de materiais. As duas hipóteses consideradas na abordagem da análise feita anteriormente são que os fluxos estão em estado estacionário (eles não mudam com o tempo) e que nenhum material está sendo destruído (consumido) ou criado (produzido). Se essas possibilidades forem incluídas no balanço de materiais completo, a equação ficará assim:

$$\begin{bmatrix} \text{Material} \\ \text{ACUMULADO} \\ \text{por tempo} \\ \text{de unidade} \end{bmatrix} = \begin{bmatrix} \text{Material} \\ \text{por tempo} \\ \text{de unidade} \\ \text{DE ENTRADA} \end{bmatrix} - \begin{bmatrix} \text{Material} \\ \text{por tempo} \\ \text{de unidade} \\ \text{DE SAÍDA} \end{bmatrix}$$
$$+ \begin{bmatrix} \text{Material} \\ \text{PRODUZIDO} \\ \text{por tempo} \\ \text{de unidade} \end{bmatrix} - \begin{bmatrix} \text{Material} \\ \text{CONSUMIDO} \\ \text{por tempo} \\ \text{de unidade} \end{bmatrix}$$

Se o material em questão for classificado como A, a equação de balanço de massa será:

$$\begin{bmatrix} \text{Massa de } A \\ \text{ACUMULADA} \\ \text{por tempo} \\ \text{de unidade} \end{bmatrix} = \begin{bmatrix} \text{Massa de } A \\ \text{por tempo de} \\ \text{unidade de} \\ \text{ENTRADA} \end{bmatrix} - \begin{bmatrix} \text{Massa de } A \\ \text{por tempo de} \\ \text{unidade de} \\ \text{SAÍDA} \end{bmatrix}$$
$$+ \begin{bmatrix} \text{Massa de } A \\ \text{PRODUZIDA} \\ \text{por tempo} \\ \text{de unidade} \end{bmatrix} - \begin{bmatrix} \text{Massa de } A \\ \text{CONSUMIDA} \\ \text{por tempo} \\ \text{de unidade} \end{bmatrix}$$

ou, contanto que a densidade não mude, em termos do volume, como

$$\begin{bmatrix} \text{Volume de } A \\ \text{ACUMULADO} \\ \text{por tempo} \\ \text{de unidade} \end{bmatrix} = \begin{bmatrix} \text{Volume de } A \\ \text{por tempo de} \\ \text{unidade de} \\ \text{ENTRADA} \end{bmatrix} - \begin{bmatrix} \text{Volume de } A \\ \text{por tempo de} \\ \text{unidade de} \\ \text{SAÍDA} \end{bmatrix}$$

$$+ \begin{bmatrix} \text{Volume de } A \\ \text{PRODUZIDO} \\ \text{por tempo} \\ \text{de unidade} \end{bmatrix} - \begin{bmatrix} \text{Volume de } A \\ \text{CONSUMIDO} \\ \text{por tempo} \\ \text{de unidade} \end{bmatrix}$$

A massa ou volume por tempo de unidade podem ser simplificados para *taxa*, que significa o fluxo de transporte de massa[1] ou volume[2]. Com base nisso, a equação de balanço de material para massa ou volume será:

$$\begin{bmatrix} \text{Taxa de } A \\ \text{ACUMULADA} \end{bmatrix} = \begin{bmatrix} \text{Taxa de } A \\ \text{DE ENTRADA} \end{bmatrix} - \begin{bmatrix} \text{Taxa de } A \\ \text{DE SAÍDA} \end{bmatrix}$$
$$+ \begin{bmatrix} \text{Taxa de } A \\ \text{PRODUZIDA} \end{bmatrix} - \begin{bmatrix} \text{Taxa de } A \\ \text{CONSUMIDA} \end{bmatrix} \quad (3.1)$$

Conforme já observado, muitos sistemas não mudam com o tempo: os fluxos em um momento são exatamente iguais aos fluxos posteriores. Isso significa que nada pode ser acumulado na caixa-preta, tanto positivamente (materiais acumulam-se na caixa) como negativamente (materiais saem da caixa). A equação de balanço de materiais, quando a *hipótese de estado estacionário* se mantém, é

$$0 = \begin{bmatrix} \text{Taxa de } A \\ \text{DE ENTRADA} \end{bmatrix} - \begin{bmatrix} \text{Taxa de } A \\ \text{DE SAÍDA} \end{bmatrix} + \begin{bmatrix} \text{Taxa de } A \\ \text{PRODUZIDA} \end{bmatrix} - \begin{bmatrix} \text{Taxa de } A \\ \text{CONSUMIDA} \end{bmatrix}$$

Em muitos sistemas simples, o material em questão não está sendo consumido ou produzido. Se essa *hipótese de conservação* for aplicada à equação de balanço de materiais, ela será simplificada para

$$0 = \begin{bmatrix} \text{Taxa de} \\ \text{massa ou volume} \\ \text{DE ENTRADA} \end{bmatrix} - \begin{bmatrix} \text{Taxa de} \\ \text{massa ou volume} \\ \text{DE SAÍDA} \end{bmatrix} + 0 - 0$$

ou

$$\begin{bmatrix} \text{Taxa de} \\ \text{massa ou volume} \\ \text{DE ENTRADA} \end{bmatrix} = \begin{bmatrix} \text{Taxa de} \\ \text{massa ou volume} \\ \text{DE SAÍDA} \end{bmatrix}$$

trata-se da mesma equação utilizada nos exemplos anteriores.

EXEMPLO 3.3

Problema Uma galeria que transporta águas pluviais para a boca de lobo 1 (Figura 3.6) tem uma vazão constante de 20,947 L/min (Q_A). A boca de lobo 1 recebe uma vazão lateral constante de 100 L/min (Q_B). Qual é a vazão para a boca de lobo 2 (Q_C)?

---

1. Ou seja, a quantidade de massa transportada por unidade de tempo, também chamada de fluxo de massa ou carga (NRT).
2. Ou seja, o volume transportado por unidade de tempo, também chamado de vazão (NRT).

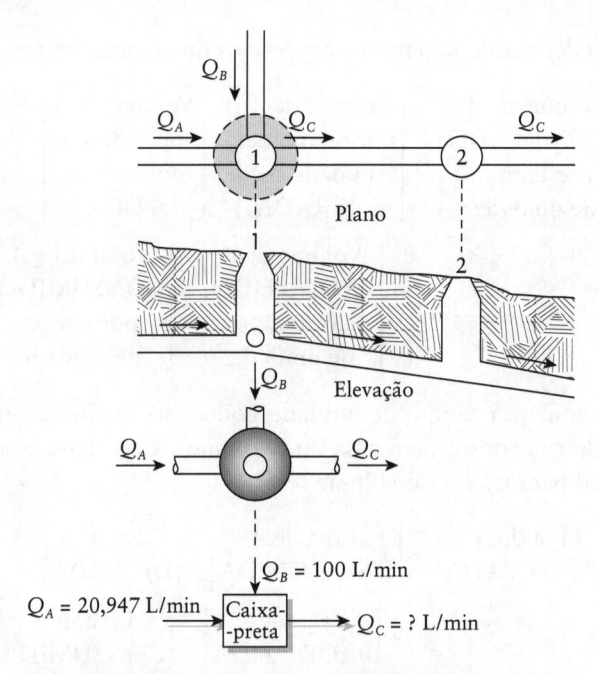

Figura 3.6 Galeria com duas vazões entrando na boca de lobo 1, combinando e avançando para a boca de lobo 2.

Solução Pense na boca de lobo 1 como uma caixa-preta, conforme a Figura 3.6. Escreva a equação de balanço da água (Equação 3.1):

$$\begin{bmatrix} \text{Taxa de} \\ \text{água} \\ \text{ACUMULADA} \end{bmatrix} = \begin{bmatrix} \text{Taxa de} \\ \text{água} \\ \text{DE ENTRADA} \end{bmatrix} - \begin{bmatrix} \text{Taxa de} \\ \text{água} \\ \text{DE SAÍDA} \end{bmatrix}$$

$$+ \begin{bmatrix} \text{Taxa de} \\ \text{água} \\ \text{PRODUZIDA} \end{bmatrix} - \begin{bmatrix} \text{Taxa de} \\ \text{água} \\ \text{CONSUMIDA} \end{bmatrix}$$

Uma vez que a água não se acumula na caixa-preta, o sistema está em estado estacionário. O primeiro termo dessa equação de balanço vai, então, para zero. Do mesmo modo, nenhuma água é produzida ou consumida, de modo que os dois últimos termos são iguais a zero. A equação, então, é escrita da seguinte maneira:

$$0 = (Q_A + Q_B) - Q_C + 0 - 0$$

Agora, substitua as vazões fornecidas em L/min:

$$0 = (20.947 + 100) - Q_C$$

e resolva:

$$Q_C = 21.047 \text{ L/min}$$

Quando a vazão está contida em tubos ou canais, é conveniente colocar uma caixa-preta em qualquer junção com três ou mais vazões. Por exemplo, a boca de lobo no Exemplo 3.3 é uma junção que recebe duas vazões e descarrega uma, de um total de três.

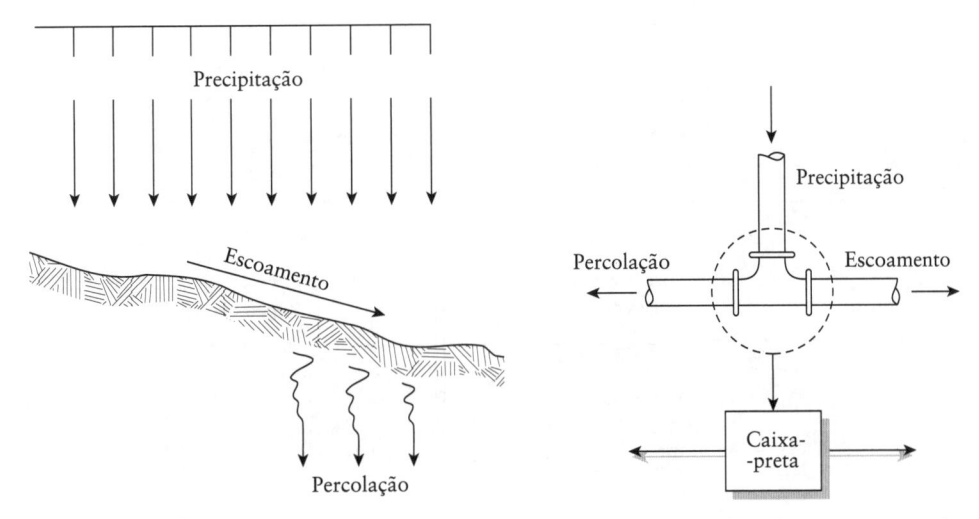

Figura 3.7 A precipitação, o escoamento e a percolação podem ser visualizados como uma caixa-preta.

Às vezes, as vazões não podem ser contidas em dutos ou rios. Nesse caso, é útil primeiro visualizar o sistema como uma rede de tubulações onde ocorre a vazão. A chuva que cai sobre o solo, por exemplo, pode se infiltrar nele ou escoar para um curso de água. Esse sistema pode ser retratado como na Figura 3.7 por meio de um balanço de materiais realizado na caixa-preta imaginária.

Um sistema pode conter qualquer número de processos ou convergências de vazão, os quais poderiam ser tratados como caixas-pretas. Por exemplo, a Figura 3.8A mostra um esquema do ciclo hidrológico. A precipitação ocorre sobre a Terra, parte dela é escoada e outra se infiltra no solo, onde se junta a um reservatório de águas subterrâneas. Se a água for utilizada para a irrigação, será retirada do reservatório de águas subterrâneas através de poços. A água de irrigação infiltra novamente no solo ou retorna para a atmosfera por meio da evaporação e transpiração (água liberada pelas plantas para a atmosfera), normalmente de forma combinada em apenas um processo de evapotranspiração.

EXEMPLO 3.4

Problema Suponha que a chuva é de 40 polegadas por ano, desse total 50% se infiltram no solo. O agricultor irriga plantações utilizando água do poço. Da água extraída do poço, 80% se perdem por evapotranspiração; o restante da água se infiltra novamente no solo.

Que quantidade de água subterrânea pode ser extraída do solo por um agricultor em uma fazenda de 2.000 acres (809 hectares) por ano, sem esgotar o volume do reservatório de águas subterrâneas?

Solução Reconhecendo que se trata de um problema de balanço de materiais, em primeiro lugar converta a precipitação em uma taxa; 40 polegadas por ano sobre 2.000 acres (809 hectares) fornecem

$$40 \frac{\text{pol.}}{\text{ano}} \left(\frac{1}{12} \frac{\text{pés}}{\text{pol.}}\right) \times 2.000 \text{ acres} \left(43.560 \frac{\text{pés}^2}{\text{acre}}\right) = 2{,}90 \times 10^8 \frac{\text{pés}^3}{\text{ano}}$$

O sistema em questão é desenhado como na Figura 3.8B, e a informação fornecida é adicionada ao esquema. As quantidades desconhecidas são indicadas por variáveis.

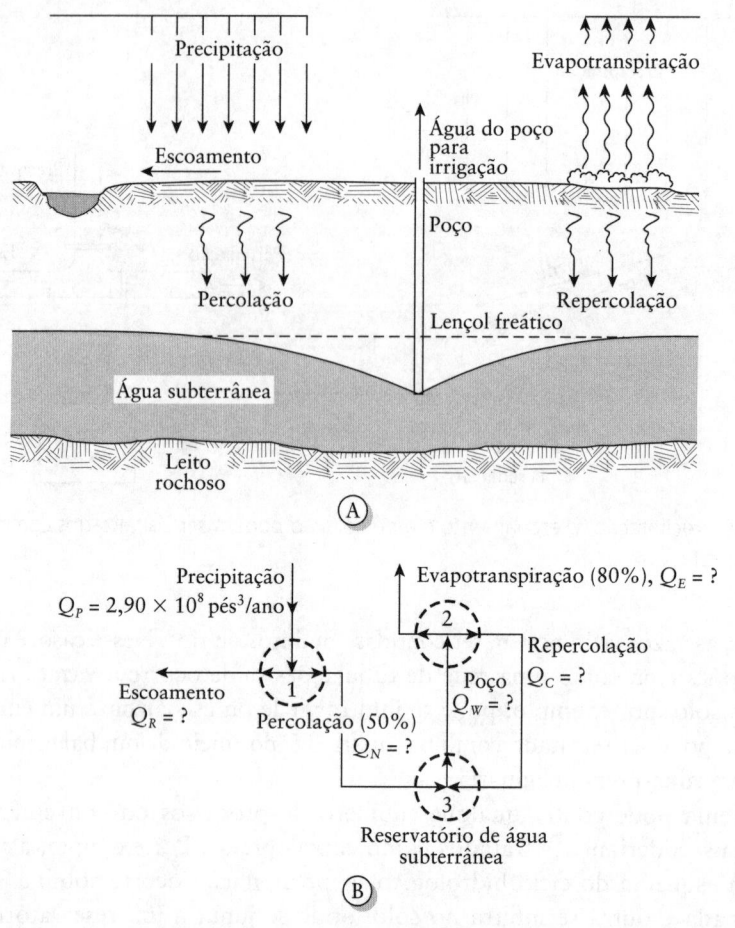

Figura 3.8 Ciclo hidrológico simplificado.

É conveniente iniciar os cálculos construindo um balanço na primeira caixa-preta (1), uma junção simples com a precipitação que está se aproximando e a percolação que está saindo. O balanço da taxa de volume é

$$\begin{bmatrix} \text{Taxa de} \\ \text{volume} \\ \text{de água} \\ \text{ACUMULADA} \end{bmatrix} = \begin{bmatrix} \text{Taxa de} \\ \text{volume} \\ \text{de água} \\ \text{DE ENTRADA} \end{bmatrix} - \begin{bmatrix} \text{Taxa de} \\ \text{volume} \\ \text{de água} \\ \text{DE SAÍDA} \end{bmatrix}$$

$$+ \begin{bmatrix} \text{Taxa de} \\ \text{volume} \\ \text{de água} \\ \text{PRODUZIDA} \end{bmatrix} - \begin{bmatrix} \text{Taxa de} \\ \text{volume} \\ \text{de água} \\ \text{CONSUMIDA} \end{bmatrix}$$

Uma vez que supomos que o sistema está em estado estacionário, o primeiro termo é nulo. Do mesmo modo, os dois últimos termos são nulos à medida que a água, novamente, não é produzida ou consumida (por exemplo, em reações):

$$0 = \left[2{,}90 \times 10^8 \, \frac{\text{pés}^3}{\text{ano}} \right] - [Q_R + Q_N] + 0 - 0$$

Como se afirma no problema, metade da água se infiltra no solo, e, portanto, metade também é escoada:

$$Q_R = 0{,}5 Q_P = Q_N$$

$Q_P = 2{,}90 \times 10^8 \text{ pés}^3/\text{ano}$ $Q_E = 1{,}45 \times 10^8 \text{ pés}^3/\text{ano}$

$Q_R = 1{,}45 \times 10^8 \text{ pés}^3/\text{ano}$

©

$Q_P = 2{,}90 \times 10^8 \text{ pés}^3/\text{ano}$ $Q_E = 1{,}45 \times 10^8 \text{ pés}^3/\text{ano}$

$Q_R = 1{,}45 \times 10^8 \text{ pés}^3/\text{ano}$

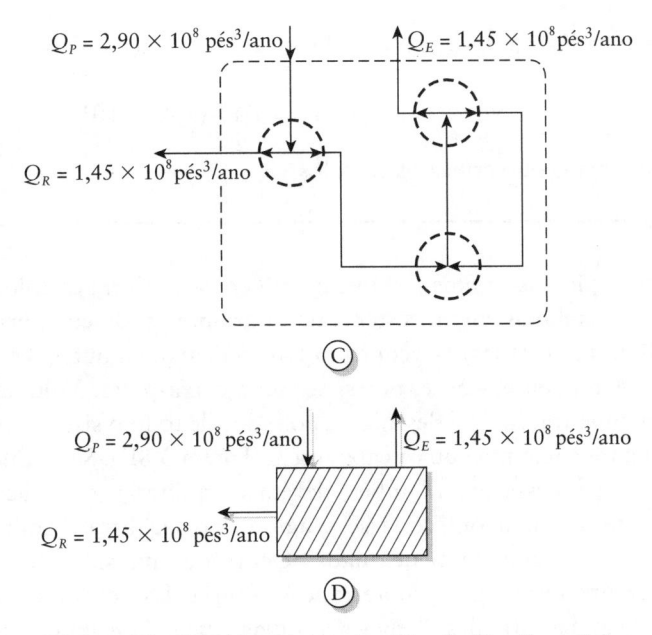

Ⓓ

Figura 3.8 Ciclo hidrológico simplificado (Continuação).

portanto conectar essa informação ao balanço de materiais fornece

$$0 = 2{,}90 \times 10^8 - 2Q_R$$

Solucione para Q_R e Q_N:

$$Q_R = 1{,}45 \times 10^8 \frac{\text{pés}^3}{\text{ano}} = Q_N$$

O balanço na segunda caixa-preta (2) resulta em

$$0 = [Q_W] - [Q_E + Q_C] + 0 - 0$$

Como indicado no problema, 80% da água de irrigação é perdida por evapotranspiração; portanto, 20% da água de irrigação infiltra-se novamente no solo:

$$0 = Q_W - 0{,}8Q_W - Q_C$$
$$Q_C = 0{,}2(Q_W)$$

Por fim, um balanço de materiais sobre o reservatório de águas subterrâneas (3) poderá ser escrito, caso a quantidade de água no reservatório for assumida como inalterável:

$$0 = [Q_N + Q_C] - [Q_W] + 0 - 0$$

A partir do primeiro balanço de materiais, $Q_N = 1{,}45 \times 10^8 \text{ pés}^3/\text{ano}$ e a partir do segundo, $Q_C = 0{,}2Q_W$. Conecte essa informação ao terceiro balanço de materiais e solucione:

$$0 = 1{,}45 \times 10^8 + 0{,}2Q_W - Q_W$$
$$Q_W = 1{,}81 \times 10^8 \text{ pés}^3/\text{ano}$$

Este é o rendimento máximo seguro da água do poço para o agricultor.

Como uma verificação, considere todo o sistema como uma caixa-preta. Isso é ilustrado na Figura 3.8C. Existe apenas uma maneira da água chegar a essa caixa (precipitação) e duas formas de sair dela (evapotranspiração e escoamento superficial). Representando essa caixa-preta, como na Figura 3.8D, é possível escrever o balanço de materiais em pés³/ano de água:

$$0 = (2{,}90 \times 10^8) - (1{,}45 \times 10^8) - (1{,}45 \times 10^8)$$

O balanço do sistema geral verifica os cálculos.

A última verificação ilustra uma ferramenta poderosa e útil em cálculos de balanço de materiais. Quando os fluxos em um sistema de caixas-pretas são equilibrados, é possível traçar limites (linhas tracejadas) ao redor de qualquer caixa ou qualquer combinação de caixas-pretas, e essa combinação é, por si só, uma caixa-preta. Voltando ao exemplo anterior, se uma linha tracejada é desenhada ao redor de todo o sistema (Figura 3.8C), é útil desenhar a figura como uma única caixa-preta (Figura 3.8D). Se os cálculos estiverem corretos, as vazões para essa caixa também devem se equilibrar (e isso acontece).

Incidentalmente, o que aconteceria se o agricultor decidisse extrair da terra mais do que a quantidade de água já mencionada? Ocorreria uma situação *instável*, e, com o tempo, o reservatório de águas subterrâneas secaria. Isso é exatamente o que está ocorrendo na região das Grandes Planícies nos dias atuais. O Aquífero de Ogallala, um grande reservatório que tem fornecido água para os agricultores desde 1930, está secando. A retirada anual excessiva é quase igual à vazão do Rio Colorado. Um importante estudo de engenharia alertou que 5,1 milhões de acres (cerca de 2.064.000 hectares) de área irrigada secarão até o ano 2020 se essa tendência continuar.

O uso excessivo de fertilizantes representa outro grave problema ambiental. Poderemos alimentar a população mundial apenas se continuarmos a extrair enormes quantidades de fósforo e outros nutrientes do solo. Sabemos que, um dia, essas reservas se esgotarão e que o rendimento de nossas áreas cultivadas será bastante reduzido. Se esses acontecimentos se tornarem realidade, a fome será comum em grande parte do mundo. Sem alimentos suficientes e com muitas pessoas famintas, como eles serão distribuídos? E se simplesmente ignorarmos essas pessoas famintas e esperarmos que a fome reduza a população mundial para que os alimentos que produzimos estejam em equilíbrio com os sobreviventes? Aqui cabem alguns argumentos: a quantidade disponível de alimentos não será suficiente para todos e os países com reservas não poderão abastecer os mais necessitados, pois isso resultará na fome de sua população. Enfim, *todas* as pessoas morrerão de fome. O melhor a fazer, de acordo com os argumentos, é permitir que a natureza tome o seu curso. Qualquer alimento oferecido aos países necessitados apenas encorajará o nascimento de mais pessoas, o que provocará uma tragédia. Esse pensamento é conhecido como "ética do bote salva-vidas", o nome que surge da ideia de que uma embarcação salva-vidas só pode conter um determinado número de pessoas. Se um número maior do que a capacidade do barco tentar entrar, ele será inundado e *todos* se afogarão.

Temos, portanto, a obrigação de salvar nossa própria pele, sem nos preocuparmos com o próximo? Essa parece ser uma coisa razoável a fazer, até que consideremos a possibilidade de que, talvez, sejamos *nós* os desnutridos e nossos vizinhos decidam permitir que passemos fome. O que deveríamos/poderíamos/iríamos fazer de fato?

Infelizmente, não se trata de um filme de ficção científica. A privação de recursos ocorrerá se nosso sistema global continuar em um estado não estacionário. Talvez você seja a última geração de sorte. Seus filhos podem não ser tão afortunados.

Voltemos às caixas-pretas. Até agora, elas tiveram de processar apenas um material de alimentação, como a água que é o único material equilibrado nos dois exemplos anteriores. O balanço de materiais torna-se consideravelmente mais complicado (e útil) quando vários materiais fluem através do sistema.

Antes de apresentar exemplos de sistemas com materiais múltiplos, é apropriado estabelecer algumas regras gerais que são úteis para enfrentar todos os problemas de balanço de materiais. As regras são:
1. Desenhar o sistema como um diagrama, incluindo todos os fluxos (de entrada e saída), como flechas.
2. Adicionar as informações disponíveis, como taxas de fluxo e concentrações. Atribuir símbolos para variáveis desconhecidas.
3. Desenhar uma linha tracejada contínua ao redor do componente ou dos componentes que serão equilibrados. Essa poderia ser uma operação de unidade, uma junção ou uma combinação destes. Tudo dentro dessa linha tracejada torna-se a caixa-preta.
4. Decidir qual material deve ser equilibrado: uma taxa volumétrica ou de massa.
5. Escrever a equação de balanço de materiais iniciando com a equação básica:

$$\begin{bmatrix} \text{Taxa} \\ \text{ACUMULADA} \\ \text{de massa ou volume} \end{bmatrix} = \begin{bmatrix} \text{Taxa de} \\ \text{massa ou volume} \\ \text{DE ENTRADA} \end{bmatrix} - \begin{bmatrix} \text{Taxa de} \\ \text{massa ou volume} \\ \text{DE SAÍDA} \end{bmatrix}$$

$$+ \begin{bmatrix} \text{Taxa} \\ \text{PRODUZIDA} \\ \text{de massa ou volume} \end{bmatrix} - \begin{bmatrix} \text{Taxa} \\ \text{CONSUMIDA} \\ \text{de massa ou volume} \end{bmatrix}$$

6. Se apenas uma variável for desconhecida, deve-se resolver essa variável.
7. Se mais de uma variável for desconhecida, deve-se repetir o procedimento utilizando outra caixa-preta ou um material diferente para a mesma caixa.

Assim, armados com uma série de orientações, estamos, neste momento, abordando os problemas em que mais de um material está envolvido.

3.2 BALANÇOS COM MATERIAIS MÚLTIPLOS

Balanços de massa e volume podem ser desenvolvidos com materiais múltiplos que fluem em um sistema único. Em alguns casos, o processo é de mistura, em que várias correntes de vazão de entrada são combinadas para produzir uma corrente de saída única, enquanto, em outros, um fluxo de entrada único é dividido em vários fluxos de saída, de acordo com algumas características dos materiais.

3.2.1 Mistura de correntes de vazão de materiais múltiplos

Como as equações de balanço de massa e balanço de volume são, na realidade, a mesma equação, não é possível desenvolver mais de uma equação de balanço de materiais para uma caixa-preta, a menos que haja mais de um material envolvido na vazão. Considere o seguinte exemplo, em que o fluxo de silte nos rios (expresso como uma massa de sólidos por tempo da unidade) é analisado.

EXEMPLO 3.5

Problema Os rios Allegheny e Monongahela encontram-se em Pittsburgh para formar o poderoso Ohio. O Allegheny, que corre para o sul através de florestas e pequenas cidades, flui numa vazão média de 340 pés cúbicos por segundo (cfs) e tem um baixo volume de silte, 250 mg/L. O Monongahela, por sua vez, flui para o norte com uma vazão de 460 cfs através de antigas cidades siderúrgicas e pobres regiões agrícolas, transportando um volume de silte de 1.500 mg/L.
  a. Qual é a vazão média do Rio Ohio?
  b. Qual é a concentração de silte no Ohio?

Solução Siga as regras gerais.

Passo 1. Desenhe o sistema. A Figura 3.9 mostra a confluência dos rios com as vazões identificadas.

Passo 2. Todas as informações disponíveis são adicionadas ao esquema, incluindo as variáveis conhecidas e desconhecidas.

Passo 3. A confluência dos rios é a caixa-preta, como mostra a linha tracejada.

Passo 4. A vazão da água deve ser equilibrada em primeiro lugar.

Passo 5. Escreva a equação de balanço:

$$\begin{bmatrix} \text{Taxa de} \\ \text{água} \\ \text{ACUMULADA} \end{bmatrix} = \begin{bmatrix} \text{Taxa de} \\ \text{água} \\ \text{DE ENTRADA} \end{bmatrix} - \begin{bmatrix} \text{Taxa de} \\ \text{água} \\ \text{DE SAÍDA} \end{bmatrix}$$

$$+ \begin{bmatrix} \text{Taxa de} \\ \text{água} \\ \text{PRODUZIDA} \end{bmatrix} - \begin{bmatrix} \text{Taxa de} \\ \text{água} \\ \text{CONSUMIDA} \end{bmatrix}$$

Como se supõe que esse sistema está em estado estacionário, o primeiro termo é nulo. Além disso, como a água não é produzida nem consumida, os dois últimos termos são nulos. Assim, o balanço de materiais torna-se

$$0 = [\text{Água DE ENTRADA}] - [\text{Água DE SAÍDA}] + 0 - 0$$

Dois rios fluem para dentro e um para fora, então a equação em cfs revela

$$0 = [340 + 460] - [Q_O] + 0 - 0$$

onde Q_O = vazão no Ohio.

Passo 6. Resolva a incógnita. $Q_O = 800$ cfs

O processo de solução deve agora ser repetido para o silte. Lembre-se de que a vazão de massa é calculada como concentração vezes volume ou

$$Q_{\text{Massa}} = C \times Q_{\text{Volume}} = \frac{\text{mg}}{\text{L}} \times \frac{\text{L}}{\text{s}} = \frac{\text{mg}}{\text{s}}$$

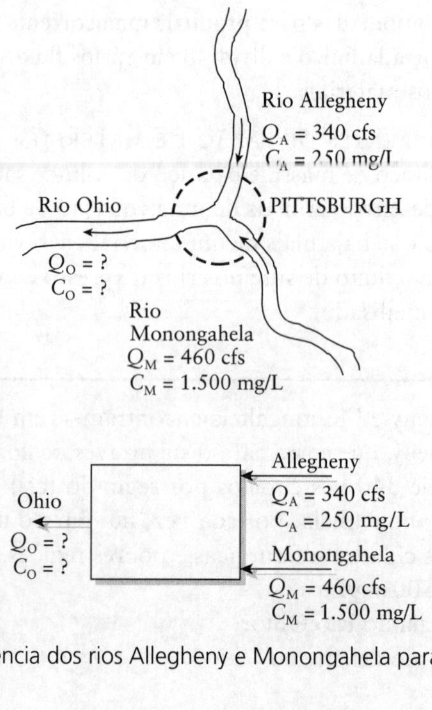

Rio Allegheny
$Q_A = 340$ cfs
$C_A = 250$ mg/L

Rio Ohio
$Q_O = ?$
$C_O = ?$

PITTSBURGH

Rio Monongahela
$Q_M = 460$ cfs
$C_M = 1.500$ mg/L

Ohio
$Q_O = ?$
$C_O = ?$

Allegheny
$Q_A = 340$ cfs
$C_A = 250$ mg/L

Monongahela
$Q_M = 460$ cfs
$C_M = 1.500$ mg/L

Figura 3.9 Confluência dos rios Allegheny e Monongahela para formar o Rio Ohio.

Começando com o Passo 5, o balanço de massa é

$$\begin{bmatrix} \text{Silte} \\ \text{ACUMULADO} \end{bmatrix} = \begin{bmatrix} \text{Silte} \\ \text{DE ENTRADA} \end{bmatrix} - \begin{bmatrix} \text{Silte} \\ \text{DE SAÍDA} \end{bmatrix} + \begin{bmatrix} \text{Silte} \\ \text{PRODUZIDO} \end{bmatrix} - \begin{bmatrix} \text{Silte} \\ \text{CONSUMIDO} \end{bmatrix}$$

Novamente, imagina-se que os primeiros e últimos dois termos sejam nulos, de modo que a equação se torna

$$0 = [\text{Silte DE ENTRADA}] - [\text{Silte DE SAÍDA}] + 0 - 0$$
$$0 = [(C_A Q_A) + (C_M Q_M)] - [C_O Q_O] + 0 - 0$$

onde C = concentração de silte, e os índices A, M e O são para os três rios. A substituição das informações conhecidas fornece

$$0 = [(250 \text{ mg/L} \times 340 \text{ cfs}) + (1.500 \text{ mg/L} \times 460 \text{ cfs})] - [C_O \times 800 \text{ cfs}]$$

Observe que a vazão do Ohio é de 800 cfs, calculado a partir do balanço de volume (que é a razão pela qual o balanço hídrico foi determinado inicialmente).

Note também que não há necessidade de converter a taxa de vazão de pés^3/s em L/s, porque o fator de conversão seria uma constante que apareceria em todos os termos da equação e seria simplesmente cancelado.

Resolva a equação:

$$C_O = 969 \text{ mg/L} \approx 970 \text{ mg/L}$$

Nesse exemplo, todas as incógnitas, exceto uma, são definidas, resultando em um cálculo simples para o termo desconhecido restante. No entanto, na maioria das aplicações, é necessário trabalhar um pouco mais para obter a resposta, conforme ilustrado a seguir.

EXEMPLO 3.6

Problema Suponha que as tubulações de esgotos apresentadas na Figura 3.10 tenham $Q_B = 0$ e Q_A como incógnita. Pela amostragem da vazão no primeiro poço de visita (PV), verifica-se que a concentração de sólidos dissolvidos na vazão que entra no PV 1 é de 50 mg/L. Outra vazão, $Q_B = 100$ L/min, é adicionada ao PV 1, e essa vazão contém 20% de sólidos dissolvidos (lembre-se de que 1% = 10.000 mg/L). A vazão através do PV 2 é amostrada e verifica-se que contém 1.000 mg/L de sólidos dissolvidos. Qual é a taxa de vazão de águas residuárias na tubulação (Q_A)?

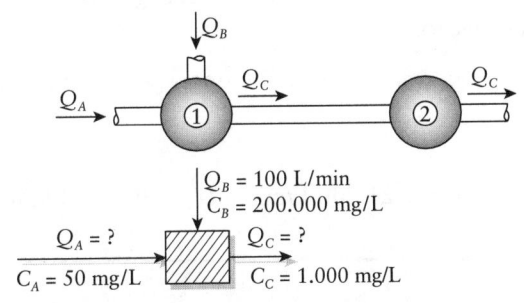

Figura 3.10 Poço de visita como uma caixa-preta com fluxos de sólidos e líquidos.

Solução Novamente, siga as regras gerais.
Passo 1. Desenhe o diagrama que é fornecido na Figura 3.10.
Passo 2. Adicione todas as informações, incluindo concentrações.

Passo 3. O PV 1 é a caixa-preta.

Passo 4. O que deve ser equilibrado? Se as vazões estão equilibradas, há duas incógnitas. Algo mais pode ser equilibrado? Suponha que um equilíbrio seja executado em termos de sólidos?

Passo 5. Escreva o balanço de materiais para sólidos.

$$\begin{bmatrix} \text{Sólidos} \\ \text{ACUMULADOS} \end{bmatrix} = \begin{bmatrix} \text{Sólidos} \\ \text{DE ENTRADA} \end{bmatrix} - \begin{bmatrix} \text{Sólidos} \\ \text{DE SAÍDA} \end{bmatrix}$$

$$+ \begin{bmatrix} \text{Sólidos} \\ \text{PRODUZIDOS} \end{bmatrix} - \begin{bmatrix} \text{Sólidos} \\ \text{CONSUMIDOS} \end{bmatrix}$$

Uma hipótese de estado estacionário permite que o primeiro termo seja nulo. Como nenhum sólido é produzido ou consumido no sistema, os dois últimos termos são nulos, então a equação é reduzida para

0 = [Fluxo de entrada de sólidos] − [Fluxo de saída de sólidos] + 0 − 0

$0 = [Q_A C_A + Q_B C_B] - [Q_C C_C] + 0 - 0$

$$0 = \left[Q_A \left(50 \, \frac{mg}{L} \right) + \left(100 \, \frac{L}{min} \right) \left(200.000 \, \frac{mg}{L} \right) \right] - \left[Q_C \left(1.000 \, \frac{mg}{L} \right) \right]$$

Observe que (L/min) × (mg/L) = (mg sólidos/min). Isso resulta numa equação com duas incógnitas, portanto é necessário pular o Passo 6 e ir para o Passo 7.

Passo 7. Se mais de uma variável desconhecida resultar do cálculo, crie outro balanço. Um balanço em termos da taxa de volume é

$$\begin{bmatrix} \text{Volume} \\ \text{ACUMULADO} \end{bmatrix} = \begin{bmatrix} \text{Volume} \\ \text{DE ENTRADA} \end{bmatrix} - \begin{bmatrix} \text{Volume} \\ \text{DE SAÍDA} \end{bmatrix}$$

$$+ \begin{bmatrix} \text{Volume} \\ \text{PRODUZIDO} \end{bmatrix} - \begin{bmatrix} \text{Volume} \\ \text{CONSUMIDO} \end{bmatrix}$$

Novamente, o primeiro e os dois últimos termos são pressupostos como nulos, de forma que

$$0 = [Q_A + Q_B] - [Q_C]$$

e

$$0 = Q_A + 100 - Q_C$$

Existem agora duas equações com duas incógnitas. Substitua $Q_A = (Q_C - 100)$ na primeira equação:

$$50(Q_C - 100) + 200.000(100) = 1.000 Q_C$$

e solucione:

$$Q_C = 21.047 \text{ L/min} \approx 21.000 \text{ L/min e } Q_A = 20.947 \text{ L/min} \approx 20.900 \text{ L/min}$$

Às vezes, nos cálculos do balanço de materiais, a caixa-preta é literalmente uma caixa. Por exemplo, um meio rude mas muito útil de se calcular a relação entre a emissão de poluentes atmosféricos e a qualidade do ar sobre uma cidade é o *modelo da caixa*. Nessa análise, supõe-se que uma caixa permaneça sobre a cidade, sendo esta caixa tão elevada quanto a *profundidade da mistura* de poluentes e tão larga e comprida quanto os limites da cidade. O vento sopra através dessa caixa e se mistura com as emissões poluentes, resultando em um termo de concentração. O modelo da "caixa" pode ser analisado por meio do uso dos mesmos princípios abordados anteriormente.

EXEMPLO 3.7

Problema Calcule a concentração de SO_2 no ar urbano acima da cidade de St. Louis se a altura da mistura acima da cidade for de 1.210 metros, a "largura" da caixa perpendicular ao vento for de 10^5 metros, a média anual do vento for de 15.400 m/h, e a quantidade de dióxido de enxofre for descarregada a 1.375×10^6 libras por ano.

Solução Em princípio, construa a caixa sobre St. Louis, conforme mostra a Figura 3.11.

O volume de ar que se desloca na caixa é calculado como sendo a velocidade vezes a área através da qual ocorre a vazão, ou $Q = Av$, onde v = velocidade do vento e A = área lateral da caixa (a profundidade da mistura vezes a largura).

$$Q_{ar} = (1.210 \text{ m} \times 10^5 \text{ m})(15.400 \text{ m/h}) = 1,86 \times 10^{12} \text{ m}^3/\text{h}$$

Uma caixa simplificada também é apresentada na figura. É claro que uma simples aplicação da equação de balanço de volume mostraria [Ar de ENTRADA] = [Ar DE SAÍDA], para que Q_{ar} de saída seja $1,86 \times 10^{12}$ m³/h. Lembrando que a vazão de *massa* pode ser expressa como (Concentração) × (Vazão de volume), um balanço de massa em termos de SO_2 pode ser escrito:

$$\begin{bmatrix} \text{Taxa de } SO_2 \\ \text{ACUMULADO} \end{bmatrix} = \begin{bmatrix} \text{Taxa de } SO_2 \\ \text{DE ENTRADA} \end{bmatrix} - \begin{bmatrix} \text{Taxa de } SO_2 \\ \text{DE SAÍDA} \end{bmatrix}$$
$$+ \begin{bmatrix} \text{Taxa de } SO_2 \\ \text{PRODUZIDO} \end{bmatrix} - \begin{bmatrix} \text{Taxa de } SO_2 \\ \text{CONSUMIDO} \end{bmatrix}$$

Quando se presume o estado estacionário, o balanço se torna:

$$0 = [7,126 \times 10^{13} \text{ } \mu g/h] - [(C)(1,86 \times 10^{12} \text{ m}^3/\text{h})]$$

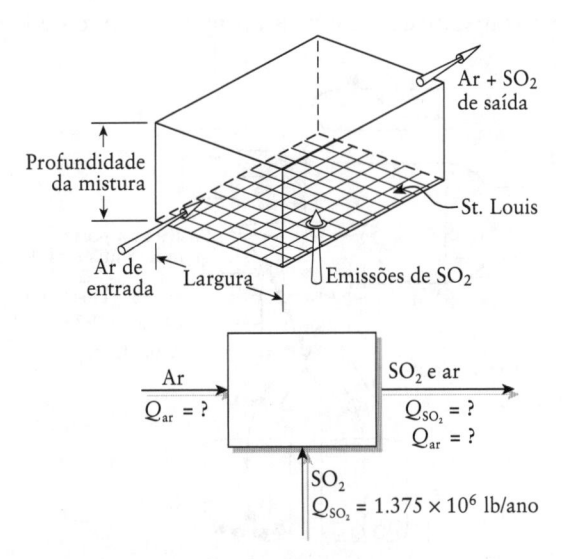

Figura 3.11 Modelo de caixa da qualidade do ar. Consulte o Exemplo 3.7.

Onde

$$(1{,}375 \times 10^6)\,\frac{lb}{ano} \times 454\,\frac{g}{lb} \times 10^6\,\frac{\mu g}{g} \times \frac{1}{8.760}\,\frac{ano}{h} = 7{,}126 \times 10^{13}\,\frac{\mu g}{h}$$

A resolução fornece $C = 38\,\mu g/m^3$ (cf. Kohn, 1978).

O dióxido de enxofre tem uma longa história como poluente atmosférico problemático. Lembra-se do episódio de Donora, Pensilvânia, ocorrido em 1948 e discutido no Capítulo 1? Após a aprovação da legislação nacional para poluição atmosférica, muitas empresas dos Estados Unidos se mudaram para "paraísos fiscais" em ilhas onde o controle da poluição é menos restritivo. Contanto que a poluição seja considerada um problema local, a mobilização das instalações para esses paraísos fiscais faz sentido, exceto com relação aos funcionários que perderam seus empregos, é claro. Agora, porém, quando reconhecemos que a poluição é de interesse global, a simples mudança de uma fábrica para alguns milhares de quilômetros não irá fazer nenhuma diferença quanto ao seu efeito sobre o clima global. A *Terra* se tornou a nossa caixa-preta.

3.2.2 Separação de correntes de vazão de materiais múltiplos

Até este momento, abordamos questões referentes às caixas-pretas, nas quais as características das vazões de materiais não são alteradas por essas caixas. Nesta seção, as caixas-pretas recebem vazões compostas por misturas de dois ou mais materiais, e o intuito de utilizá-las é mudar a concentração desses afluentes.

O objetivo de um *separador* de materiais é dividir um material de alimentação mista em componentes individuais, explorando alguma diferença nas propriedades dos materiais. Por exemplo, suponha que seja necessário projetar um dispositivo para uma instalação de processamento de resíduos sólidos, que irá separar vidros estilhaçados em dois tipos de vidro: transparente ou vidro translúcido (cristalino) e vidro opaco (âmbar ou castanho). Antes de qualquer procedimento, decida qual o material será explorado. Isso se torna o *código* ou sinal que pode ser utilizado para comunicar à máquina como dividir as partículas individuais na corrente de alimentação. No caso do vidro, obviamente, o código pode ser a *transparência*, propriedade utilizada na concepção do sistema de separação, como o dispositivo apresentado na Figura 3.12. Nesse dispositivo, os cacos de vidro caem de uma correia transportadora e passam por um feixe de luz. A quantidade de

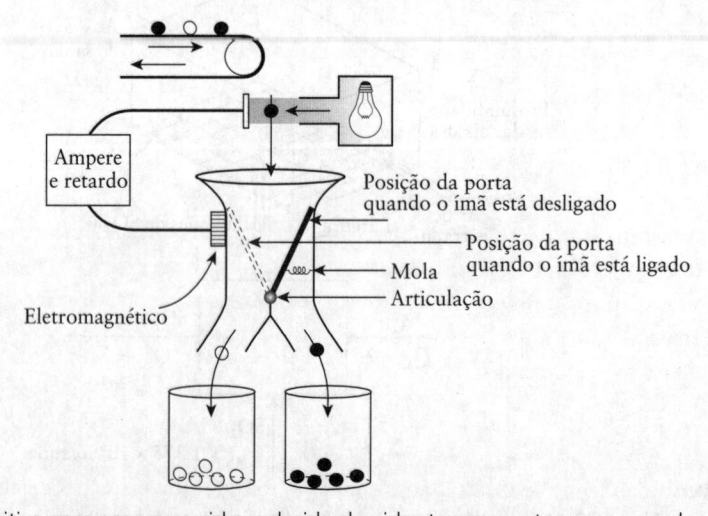

Figura 3.12 Dispositivo para separar o vidro colorido do vidro transparente: um separador binário.

luz transmitida pela caixa é lida por uma fotocélula. Se o feixe de luz for interrompido por um pedaço de vidro opaco, a fotocélula receberá menos luz e um eletroímã será ativado, acionando uma comporta à esquerda. Um pedaço de vidro transparente não irá interromper o feixe de luz e não passará pela comporta, a qual, quando ativada pelo sinal da fotocélula, é o *comutador* que separará o material de acordo com o código.

Esse dispositivo simples ilustra a natureza de codificação e comutação – lendo uma diferença de propriedade e, em seguida, utilizando o sinal para efetuar a separação. A separação de materiais pelo uso do princípio da codificação e da comutação é uma parte integrante e central da engenharia ambiental.

Os dispositivos da separação de materiais não são infalíveis, pois cometem erros. Não se pode presumir que a luz sempre identificará corretamente o vidro transparente. Mesmo os dispositivos mais sofisticados e cuidadosamente concebidos cometerão erros, e um pedaço de vidro opaco pode acabar numa caixa cheia de pedaços transparentes, ou o contrário. A medida da eficiência da separação utiliza dois parâmetros: *recuperação* e *pureza*.

Considere um separador de caixa-preta, como o apresentado na Figura 3.13. Os dois componentes x e y devem ser separados de modo que x siga para a corrente de produto 1 e y para a corrente de produto 2. Infelizmente, alguns dos y acabam por engano na corrente de produto 1 e alguns dos x saem na corrente 2. A *recuperação* do componente x na corrente de produto 1 é definida como

$$R_{x_1} = \frac{x_1}{x_0} \times 100 \tag{3.2}$$

onde x_1 = vazão de materiais na corrente de efluentes 1;
 x_0 = vazão de materiais na corrente de afluentes.

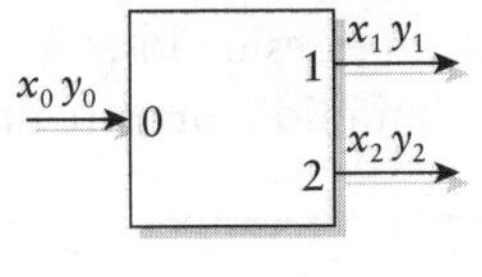

Figura 3.13 Separador binário.

De modo semelhante, a recuperação do material y na corrente de produto 2 pode ser expressa como

$$R_{y_2} = \frac{y_2}{y_0} \times 100$$

onde y_2 = vazão de materiais na corrente de efluentes 2;
 y_0 = vazão de materiais na corrente de afluentes.

Se a recuperação de x e y for 100%, o separador será um dispositivo perfeito.

Suponha que agora seja necessário maximizar a recuperação x na corrente de produto 1. Não faria sentido reduzir x_2 para a menor quantidade possível. Isso pode ser efetivamente realizado por meio da interrupção da corrente de produto 2, desviando todo o fluxo para a corrente de produto 1 e alcançando $R_x = 100\%$! Obviamente, há um problema: obtém-se 100% de recuperação, mas não estamos conseguindo algo útil. A recuperação não pode ser o único critério para julgar o desempenho de um separador. Portanto, um segundo parâmetro utilizado para descrever a separação é a *pureza*. A pureza de x na corrente de saída 1 é definida da seguinte forma:

$$P_{x_1} = \frac{x_1}{x_1 + y_1} \times 100$$

Uma combinação de recuperação e pureza fornecerá os critérios de desempenho de que precisamos.

EXEMPLO 3.8

Problema Suponha que um separador de latas de alumínio em uma fábrica de reciclagem local processe 400 latas por minuto. As duas correntes de produto são compostas dos seguintes elementos:

	Total na alimentação	Corrente do produto 1	Corrente do produto 2
Latas de alumínio, nº/mín.	300	270	30
Latas de aço, nº/mín.	100	0	100

Calcule a recuperação das latas de alumínio e a pureza do produto.

Solução Observe, em princípio, que um balanço de materiais para latas de alumínio por minuto resulta em

$$0 = [\text{ENTRADA}] - [\text{SAÍDA}] = 300 - (270 + 30)$$

$$0 = 0 \text{ verificação}$$

$$R_{\text{LatasAl}_1} = \frac{270}{300} \times 100 = 90\%$$

$$P_{\text{LatasAl}_1} = \frac{270}{270 + 0} \times 100 = 100\%$$

Esse separador apresenta uma taxa de recuperação elevada e um grau de pureza muito elevado. Na realidade, de acordo com esses dados, não há contaminação (ou seja, latas de aço) na corrente final de latas de alumínio (corrente de produto 1).

Os mesmos princípios podem ser aplicados a um processo ambiental mais complexo, como o espessamento gravitacional.

EXEMPLO 3.9

Problema A Figura 3.14 mostra um adensador por gravidade utilizado em inúmeras estações de tratamento de água e em águas residuárias. Esse equipamento separa sólidos suspensos do líquido (geralmente água), tirando vantagem do fato de que os sólidos têm uma densidade mais alta que a água. O código para esse separador é a densidade, e o espessante é a comutação, permitindo que os sólidos mais densos sedimentem-se no fundo de um tanque, de onde são removidos. A vazão para o adensador é chamada de afluente ou alimentação, a corrente de saída de sólidos mais leves é o sobrenadante, e a corrente de saída dos sólidos pesados ou concentrados é a descarga de fundo. Suponha que um adensador em uma fábrica de metais receba uma alimentação de 40 m³/h de resíduos de lâminas de metais precipitados com uma concentração de sólidos suspensos de 5.000 mg/L. Se o adensador funciona em estado estacionário, para que 30 m³/h ou uma vazão de saída aconteça como sobrenadante, e essa vazão tem uma concentração de sólidos de 25 mg/L, qual é a concentração de sólidos na descarga de fundo e a recuperação dos sólidos na descarga de fundo?

Solução Mais uma vez, considere o adensador como uma caixa-preta e adote um procedimento passo a passo, a fim de equilibrar, a princípio, a vazão de volume e, em

Q_i = 40 m³/h Q_o = 30 m³/h
C_i = 5.000 mg/L C_o = 25 mg/L

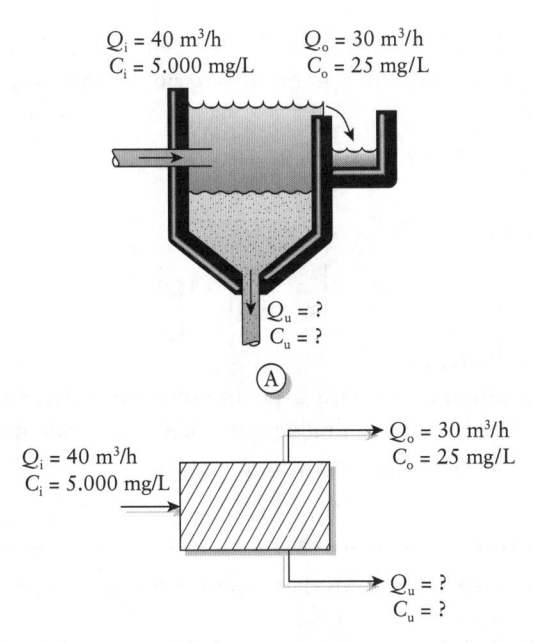

Q_u = ?
C_u = ?

Ⓐ

Q_i = 40 m³/h
C_i = 5.000 mg/L

Q_o = 30 m³/h
C_o = 25 mg/L

Q_u = ?
C_u = ?

Figura 3.14 Adensador por gravidade para espessamento de lodos. Ver Exemplo 3.9.

seguida, o fluxo de sólidos. Presumindo o estado estacionário, o balanço de volume em m³/h é:

$$\begin{bmatrix}\text{Volume}\\\text{ACUMULADO}\end{bmatrix} = \begin{bmatrix}\text{Volume}\\\text{DE ENTRADA}\end{bmatrix} - \begin{bmatrix}\text{Volume}\\\text{DE SAÍDA}\end{bmatrix}$$
$$+ \begin{bmatrix}\text{Volume}\\\text{PRODUZIDO}\end{bmatrix} - \begin{bmatrix}\text{Volume}\\\text{CONSUMIDO}\end{bmatrix}$$

$$0 = 40 - (30 + Q_u) + 0 - 0$$
$$Q_u = 10 \text{ m}^3/\text{h}$$

Para os sólidos, o balanço de massa é:

$$0 = (C_i Q_i) - [(C_u Q_u) + (C_o Q_o)] + 0 - 0$$
$$0 = (5.000 \text{ mg/L})(40 \text{ m}^3/\text{h}) - [C_u(10 \text{ m}^3/\text{h}) + (25 \text{ mg/L})(30 \text{ m}^3/\text{h})]$$
$$C_u = 19.900 \text{ mg/L}$$

A recuperação de sólidos é:

$$R_u = \frac{C_u Q_u}{C_i Q_i} \times 100$$

$$R_u = [(19.900 \text{ mg/L})(10 \text{ m}^3/\text{h}) \times 100]/[(5.000 \text{ mg/L})(40 \text{ m}^3/\text{h})] = 99{,}5\%$$

∎

Em muitos estudos de engenharia, é inconveniente ter dois parâmetros, como a recuperação e a pureza, que descrevem o desempenho para o funcionamento de uma unidade. Por exemplo, o desempenho de dois classificadores de ar concorrentes utilizados para a produção de combustível derivado de resíduos pode ser anunciado desta maneira:

	R (%)	P (%)
Classificador de ar 1	90	92
Classificador de ar 2	93	87

É difícil indicar qual é o melhor aparelho. Consequentemente, uma série de parâmetros de valor único foi sugerida. Para um separador binário, há duas sugestões:

$$E_{WS} = \left[\frac{x_1}{x_0} \times \frac{y_2}{y_0}\right]^{1/2} \times 100$$

onde EWS = eficiência de Worrell-Stessel.

$$E_R = \left|\frac{x_1}{x_0} - \frac{y_1}{y_0}\right| \times 100$$

onde E_R = eficiência de Rietema.

Essas sugestões permitem a comparação com um valor único e podem variar de 0% a 100%. Para exemplificar essas definições de eficiência, podem-se utilizar os dados apresentados para os dois classificadores de ar.

EXEMPLO 3.10

Problema Calcule as eficiências para os dados apresentados a seguir usando as fórmulas de Worrell-Stessel e Rietema.

	Alimentação (toneladas/dia) Orgânicos/ Inorgânicos	Fluxo de produto 1 (toneladas/dia) Orgânicos/ Inorgânicos	Fluxo de produto 2 (toneladas/dia) Orgânicos/ Inorgânicos
Classificador de ar 1	80/20	72/6	8/14
Classificador de ar 2	80/20	76/8	4/12

Solução Para o primeiro classificador de ar:

$$E_{WS} = \left[\frac{72}{80} \times \frac{14}{20}\right]^{1/2} \times 100 = 79\%$$

$$E_R = \left|\frac{72}{80} - \frac{6}{20}\right| \times 100 = 60\%$$

Para o segundo classificador de ar, $E_{WS} = 75\%$ e $E_R = 55\%$. Claramente, o primeiro classificador é superior.

■

Esses processos ilustram a separação de um material único em duas correntes de produto. Esses *separadores binários* são utilizados para dividir a alimentação em duas partes, de acordo com uma propriedade material ou código. É possível vislumbrar também um *separador polinário* que divide um material misto em três ou mais componentes. O desempenho de um separador polinário também pode ser descrito pela recuperação, pureza e eficiência. Com referência à Figura 3.15, a recuperação do componente x_1 na corrente de efluentes 1 é:

$$R_{x_{11}} = \frac{x_{11}}{x_{10}} \times 100$$

onde x_{11} = componente x_1 na corrente de efluentes 1
x_{10} = componente x_1 no afluente

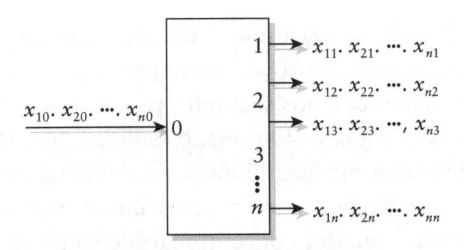

Figura 3.15 Separador polinário.

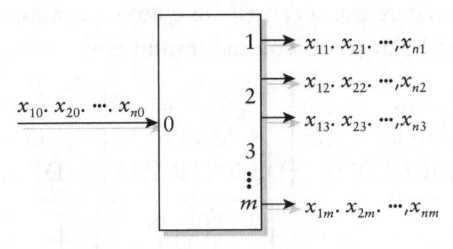

Figura 3.16 Separador polinário para n componentes e m correntes de produto.

A pureza da corrente de produto 1 relacionada ao componente x_1 é:

$$P_{x_{11}} = \frac{x_{11}}{x_{11} + x_{21} + \cdots + x_{n1}} \times 100$$

A eficiência de Worrell-Stessel e Rietema são, respectivamente:

$$E_{WS} = \left[\frac{x_{11}}{x_{10}} \cdot \frac{x_{22}}{x_{20}} \cdot \frac{x_{33}}{x_{30}} \cdots \frac{x_{nn}}{x_{n0}}\right]^{1/n} \times 100$$

$$E_{R_1} = \left|\frac{x_{11}}{x_{10}} - \frac{x_{12}}{x_{20}} - \frac{x_{13}}{x_{30}} \cdots \frac{x_{1n}}{x_{n0}}\right| \times 100$$

Nesse separador polinário, supõe-se que a alimentação tenha n componentes e que o processo de separação tenha n correntes de produto. Uma condição mais geral seria se houvesse m correntes de produto para uma alimentação com n componentes, como mostra a Figura 3.16. As equações para a recuperação, pureza e eficácia podem ser construídas a partir das definições, assim como anteriormente.

3.2.3 Processos complexos com materiais múltiplos

Os princípios apresentados anteriormente para a mistura e separação que utilizam caixas-pretas podem ser aplicados a um sistema complexo com vários materiais, analisando o sistema como uma combinação de várias caixas-pretas. O procedimento passo a passo, já apresentado, também pode ser aplicado a esse sistema. No Exemplo 3.11, duas caixas-pretas são utilizadas, além do funcionamento da unidade de desidratação, que representa uma etapa de separação.

EXEMPLO 3.11

Problema Considere o sistema ilustrado na Figura 3.17. Um lodo de concentração de sólidos $C_O = 4\%$ deve ser espessado para uma concentração de sólidos $C_E = 10\%$, por intermédio de uma centrífuga. Infelizmente, a centrífuga produz um lodo em 20% dos sólidos a partir dos 4% do lodo de alimentação. Em outras palavras, ele funciona bem demais. Foi decidido deixar de lado parte da vazão de lodos de alimentação e misturá-la mais tarde com o lodo desidratado (20%), a fim de produzir um lodo com exatamente

10% de concentração de sólidos. A questão é, então, a quantidade de lodo que deve ser ignorada. A taxa de vazão de afluentes (Q_O) é de 1 gpm numa concentração de sólidos (C_O) de 4%. Supõe-se neste momento, e nos seguintes problemas, que a gravidade específica dos sólidos do lodo seja de 1,0 g/cm^3. Ou seja, os sólidos possuem uma densidade igual a da água, o que normalmente é uma boa hipótese. A centrífuga produz um filtrado (vazão de efluentes da concentração baixa de sólidos) com uma concentração de sólidos (C_C) de 0,1% e uma torta (efluente com alta concentração de sólidos) com uma concentração de sólidos (C_K) de 20%. Encontre as taxas de vazão necessárias.

Solução

1. Primeiramente, considere que a centrífuga é um separador, ou seja, uma caixa-preta (Figura 3.17B). Um balanço do volume resulta em:

$$\begin{bmatrix} \text{Volume} \\ \text{de lodo} \\ \text{ACUMULADO} \end{bmatrix} = \begin{bmatrix} \text{Volume} \\ \text{de lodo} \\ \text{DE ENTRADA} \end{bmatrix} - \begin{bmatrix} \text{Volume} \\ \text{de lodo} \\ \text{DE SAÍDA} \end{bmatrix}$$

$$+ \begin{bmatrix} \text{Volume} \\ \text{de lodo} \\ \text{PRODUZIDO} \end{bmatrix} - \begin{bmatrix} \text{Volume} \\ \text{de lodo} \\ \text{CONSUMIDO} \end{bmatrix}$$

Pressupondo o estado estacionário, temos:

$$0 = Q_A - [Q_C + Q_K] + 0 - 0$$

Observe que o volume inclui o volume de sólidos do lodo e o de líquidos ao redor. Supondo o estado estacionário, um balanço de sólidos na centrífuga resulta em:

$$0 = [Q_A C_A] - [Q_K C_K + Q_C C_C] + 0 - 0$$
$$0 = Q_A (4\%) - Q_K (20\%) - Q_C (0,1\%)$$

Obviamente, existem apenas duas equações e três incógnitas. Para uso futuro, resolva as equações em termos de Q_A, como $Q_C = 0,804 Q_A$ e $Q_K = 0,196 Q_A$.

2. Em seguida, considere a segunda junção, em que duas correntes são misturadas (Figura 3.17C). Com base no estado estacionário, um balanço do volume resulta em:

$$0 = [Q_B + Q_K] - [Q_E] + 0 - 0$$

E um balanço da massa de sólidos é:

$$0 = [Q_B C_B + Q_K C_K] - [Q_E C_E] + 0 - 0$$
$$0 = Q_B (4\%) + Q_K (20\%) - Q_E (10\%)$$

A substituição e resolução de Q_K fornecem:

$$Q_K = 0,6 Q_B$$

Com base no exemplo apresentado, descobriu-se que $Q_K = 0,196 Q_A$. Portanto

$$0,6 Q_B = 0,196 Q_A, \text{ ou}$$
$$Q_B = 0,327 Q_A$$

3. Agora considere a primeira caixa separadora (Figura 3.17D). O balanço de volume, considerando o estado estacionário, resulta em:

$$0 = [Q_O] - [Q_B + Q_A] + 0 - 0$$

Quantidade a ser ignorada

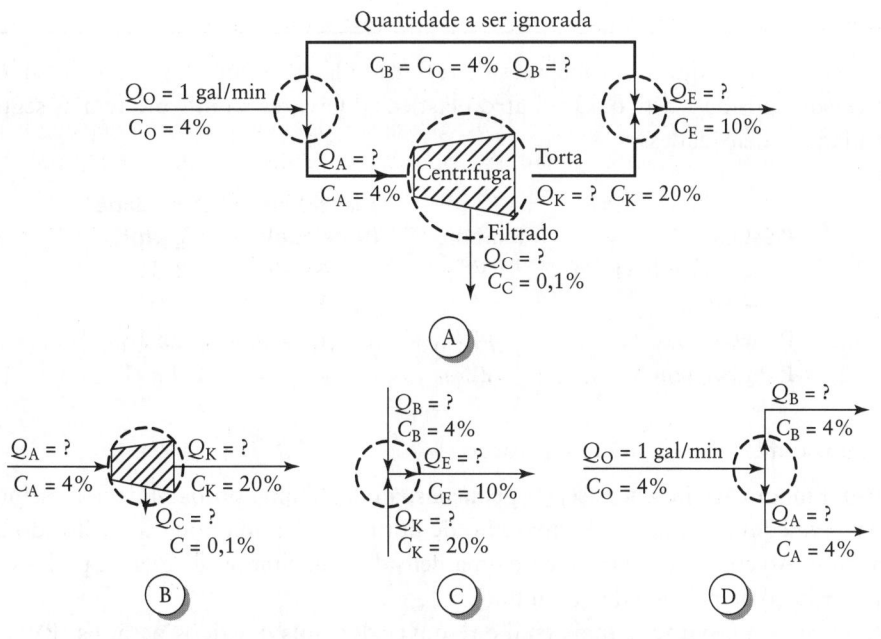

$C_B = C_O = 4\%$ $Q_B = ?$

$Q_O = 1$ gal/min
$C_O = 4\%$

$Q_A = ?$
$C_A = 4\%$ Centrífuga Torta
$Q_K = ?$ $C_K = 20\%$

Filtrado
$Q_C = ?$
$C_C = 0,1\%$

$Q_E = ?$
$C_E = 10\%$

(A)

$Q_A = ?$
$C_A = 4\%$
$Q_K = ?$
$C_K = 20\%$
$Q_C = ?$
$C = 0,1\%$

(B)

$Q_B = ?$
$C_B = 4\%$
$Q_E = ?$
$C_E = 10\%$
$Q_K = ?$
$C_K = 20\%$

(C)

$Q_O = 1$ gal/min
$C_O = 4\%$
$Q_B = ?$
$C_B = 4\%$
$Q_A = ?$
$C_A = 4\%$

(D)

Figura 3.17 Desidratação centrífuga de lodos. Ver Exemplo 3.11.

Com base nesse exemplo, $Q_B = 0,327Q_A$. Substituindo:

$$0 = 1 \text{ gpm} - 0,327Q_A - Q_A$$

ou

$$Q_A = 0,753 \text{ gpm}$$

e

$$Q_B = 0,327 \text{ } (0,753 \text{ gpm}) = 0,246 \text{ gpm}$$

que é a resposta para o problema. Além disso, a partir do balanço da centrífuga:

$$Q_C = 0,804 \text{ } (0,753 \text{ gpm}) = 0,605 \text{ gpm}$$
$$Q_K = 0,196 \text{ } (0,753 \text{ gpm}) = 0,147 \text{ gpm}$$

A partir da caixa misturadora, o balanço é:

$$0 = Q_K + Q_B - Q_E$$

ou

$$Q_E = Q_B + Q_K = 0,393 \text{ gpm}$$

Existe também uma verificação disponível. Utilizando todo o sistema e partindo do princípio do estado estacionário, um balanço no volume gpm fornece:

$$0 = Q_O - Q_C - Q_E$$
$$0 = 1,0 - 0,605 - 0,393 = 0,002 \qquad \text{verificação}$$

■

A maioria dos processos de engenharia ambiental envolve uma série de operações unitárias, cada uma destinada a separar um material específico. Muitas vezes, a ordem em que essas operações são utilizadas pode influenciar os custos e/ou a eficiência da operação. Essa situação é demonstrada pelo exemplo a seguir.

EXEMPLO 3.12

Problema Suponha que sete toneladas de resíduos plásticos em tiras sejam classificados em diversos tipos de plástico. Os quatro plásticos diferentes na mistura têm as seguintes quantidades e densidades:

Plástico	Símbolo	Quantidade (tonelada)	Densidade (g/cm³)
Policloreto de vinila	PVC	4	1,313
Poliestireno	PS	1	1,055
Polietileno	PE	1	0,916
Polipropileno	PP	1	0,901

Determine o melhor método de separação.

Solução Embora as diferenças sejam pequenas, ainda há uma probabilidade de se utilizar a densidade como código, e um aparelho de flutuação/descida pode ser utilizado como interruptor. Ao escolher sensatamente uma densidade de fluidos adequada, pode-se fazer que um pedaço de plástico desça ou flutue.

Nesse caso, a separação mais fácil é remover dos dois plásticos pesados (PVC e PS) os mais leves (PE e PP). Isso pode ser feito com o uso de um fluido com densidade de 1,0 g/mL, sendo a água o mais provável. Após esse passo, cada corrente deve ser separada ainda mais. A separação mais complicada, a divisão de PE e PP, deve ser realizada com muito cuidado, sendo executada de forma um pouco mais fácil quando o PVC e PS já foram removidos. O esquema do tratamento completo é apresentado na Figura 3.18.

Trata-se da melhor forma de separação? Suponha que, em vez do esquema do tratamento na Figura 3.18, o PVC seja removido primeiro, resultando no processo apresentado na Figura 3.19. No caso do primeiro esquema de tratamento, o primeiro separador recebe toda a vazão, ou seja, 7 toneladas. As duas unidades seguintes receberão 5 e 2 toneladas cada uma, para um total de 14 toneladas manipuladas.

No sistema de processamento alternativo, o primeiro dispositivo de separação deve processar 7 toneladas, o seguinte, 3 toneladas (4 são removidas), e o último, 2 toneladas,

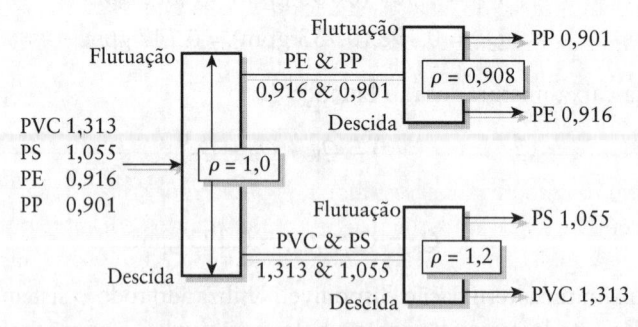

Figura 3.18 Esquema de tratamento para a separação de quatro tipos de plásticos por flutuação/descida. Ver Exemplo 3.12.

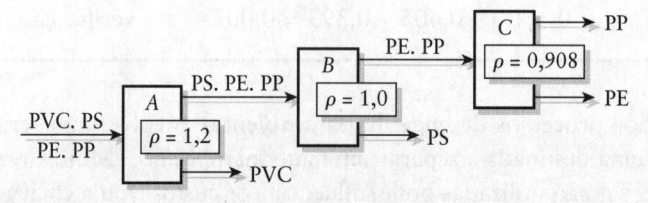

Figura 3.19 Esquema de tratamento para a separação de plásticos por flutuação/descida.

para um total de 12 toneladas. Assim, o segundo esquema de tratamento deve ser o preferido em termos de quantidade total de material manipulado (exemplo adaptado de Berthourex e Rudd, 1977).

Nesse exemplo, vários fluidos devem ser utilizados para tornar a separação de sólidos possível. Se o fluido de uma densidade desejada fosse utilizado, a economia nos diria que seria necessário separar as partículas de plástico após serem separadas umas das outras. Isso requer um passo extra (talvez uma etapa de peneiramento) e, invariavelmente, resulta na perda de parte do fluido, que deve ser compensada, aumentando, assim, o custo da separação.

A seguir, há um conjunto de regras gerais sugeridas para a disposição das operações unitárias no esquema de tratamento.

1. Decida quais propriedades dos materiais serão exploradas (por exemplo, magnéticos *versus* não magnéticos ou grandes *versus* pequenos). Trata-se do código.
2. Decida como o código ativará o interruptor.
3. Se mais de um material for separado, tente separar o mais fácil primeiro.
4. Se mais de um material deve ser separado, tente separar o que estiver em maior quantidade primeiro. (Essa regra pode contradizer a Regra 3. Nesse caso, o bom senso da engenharia deverá ser considerado.)
5. Se for possível, não adicione nenhum material para facilitar a separação, porque isso, muitas vezes, envolve a utilização de outra etapa de separação para recuperar o material.

3.3 BALANÇOS DE MATERIAIS COM REATORES

Até agora, supôs-se que não apenas o sistema está em estado estável, mas que não há produção nem destruição do material em estudo. Então, consideramos, em seguida, um sistema em que o material esteja sendo destruído ou produzido em um reator, no entanto é importante que a hipótese de estado estacionário seja mantida. Ou seja, o sistema não muda com o tempo, de modo que, se as vazões passarem por processo de amostragem em dado momento, os resultados serão sempre os mesmos.

EXEMPLO 3.13

Problema No tratamento de águas residuárias, os micro-organismos são, com frequência, utilizados para converter compostos orgânicos dissolvidos em mais micro-organismos, que são, então, removidos da vazão por processos como o espessamento (ver o exemplo anterior). Uma operação desse tipo é conhecida como *sistema de lodos ativados*, ilustrada na Figura 3.20.

Como o sistema de lodos ativados converte substâncias orgânicas dissolvidas em sólidos em suspensão, ele aumenta a concentração de sólidos. Os sólidos são os micro-organismos. Infelizmente, o processo é tão eficiente que alguns desses micro-organismos (sólidos) devem ser descartados. O lodo formado por esses sólidos descartados do sistema de lodos ativados é denominado *lodo ativado em excesso*.

Suponha que um sistema de lodos ativados tenha um afluente (alimentação) de 10 mgd numa concentração de sólidos suspensos de 50 mg/L. A taxa de vazão do lodo ativado residual é de 0,2 mgd em uma concentração de sólidos de 1,2%. O efluente (descarga) tem uma concentração de sólidos de 20 mg/L. Qual é o rendimento de lodos ativados em

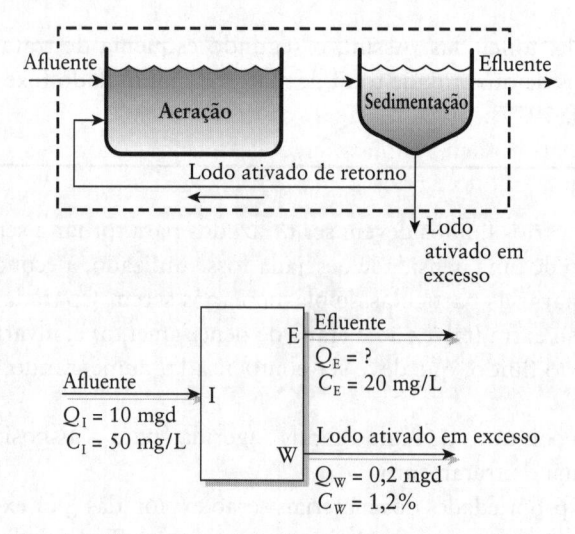

Figura 3.20 Sistema de lodo ativado. Ver Exemplo 3.13.

excesso em libras por dia, ou em outras palavras, qual é a taxa de produção de sólidos no sistema? Suponha um estado estacionário.

Solução Com relação à Figura 3.20, todo o sistema é tratado como caixa-preta e as variáveis são adicionadas.

O primeiro balanço, em termos de volume em mgd, está produzindo

$$0 = [10] - [0,2 + Q_E] + 0 - 0$$
$$Q_E = 9,8 \text{ mgd}$$

O segundo balanço aparece em termos de sólidos suspensos:

$$\begin{bmatrix} \text{Sólidos} \\ \text{ACUMULADOS} \end{bmatrix} = \begin{bmatrix} \text{Sólidos} \\ \text{DE ENTRADA} \end{bmatrix} - \begin{bmatrix} \text{Sólidos} \\ \text{DE SAÍDA} \end{bmatrix}$$
$$+ \begin{bmatrix} \text{Sólidos} \\ \text{DE PRODUZIDOS} \end{bmatrix} - \begin{bmatrix} \text{Sólidos} \\ \text{DE CONSUMIDOS} \end{bmatrix}$$

$$0 = [Q_I C_I] - [Q_F C_F + Q_W C_W] + [X] - 0$$

onde X é a taxa em que sólidos são produzidos no tanque de aeração. Como todos os termos conhecidos estão nas unidades de mgd × mg/L, todos devem ser convertidos para lb/dia, a unidade de X. Lembre-se de que mgd × mg/L × 8,34 = lb/d.

$$0 = [Q_I C_I] - [Q_E C_E + Q_W C_W] + [X]$$
$$0 = [(10)(50)(8,34)] - [(9,8)(20)(8,34) + (0,2)(12.000)(8,34)] + [X]$$
$$X = 17.438 \text{ lb/dia} \approx 17.000 \text{ lb/d}$$

Embora o sistema de lodos ativados produza sólidos suspensos, outros processos no tratamento de águas residuárias, como a digestão anaeróbia, são concebidos para destruir sólidos suspensos. O sistema de digestão anaeróbia também pode ser analisado com a utilização de balanços de massa.

EXEMPLO 3.14

Problema No tratamento de águas residuárias, a digestão de lodos produz gases úteis (dióxido de carbono e metano), e, no decurso da digestão, o lodo torna-se menos odorífero. Lodos crus podem conter micro-organismos patogênicos, e a digestão, até certo ponto, desinfeta o lodo e pode torná-lo mais fácil de desidratar. Normalmente, a digestão é realizada num sistema bifásico, ilustrado na Figura 3.21A. O primeiro digestor, denominado *digestor primário*, é o principal reator onde os micro-organismos anaeróbios (sem oxigênio) convertem os sólidos orgânicos com alta energia (denominados *sólidos voláteis*) em gás metano, dióxido de carbono e sólidos de menor energia que compõem o lodo digerido. O segundo tanque, chamado *digestor secundário*, é utilizado como tanque de armazenamento de gás e também como separador de sólidos, onde os sólidos mais pesados sedimentam no fundo, e um sobrenadante é retirado e reintroduzido no processo de tratamento.

Presumindo condições de estado estacionário, permita que os sólidos de alimentação sejam 4%, dos quais 70% são sólidos voláteis, e a vazão de alimentação seja 0,1 m³/s. Os gases, dióxido de carbono e metano, não contêm sólidos. Os sólidos sobrenadantes representam 2%, com 50% sendo voláteis, e o lodo digerido está em uma concentração de sólidos de 6%, com 50% voláteis. Encontre a vazão do sobrenadante e do lodo digerido.

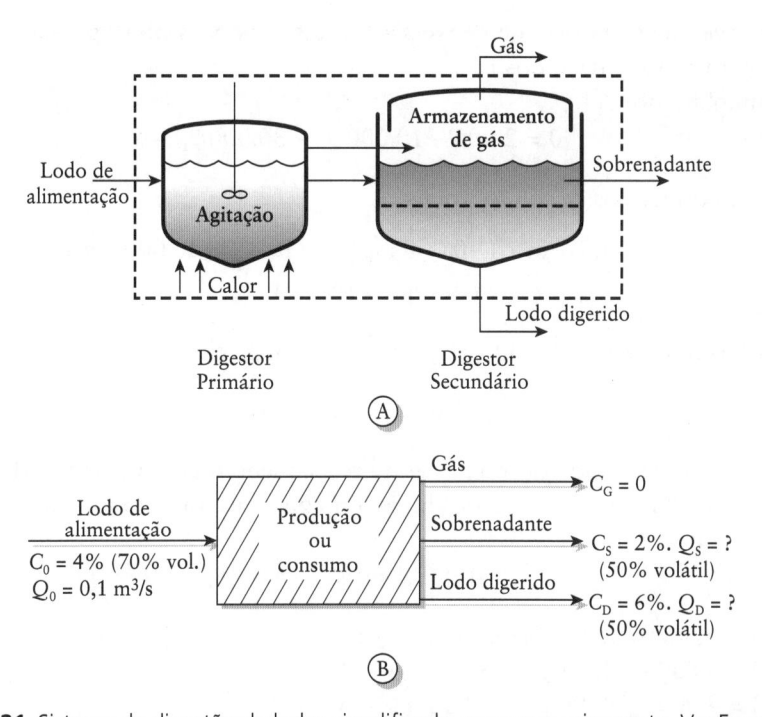

Figura 3.21 Sistema de digestão de lodos simplificado para uma caixa-preta. Ver Exemplo 3.14.

Solução Inicialmente, redesenhe o sistema, como ilustrado na Figura 3.21B. Há vários balanços possíveis. Os três seguintes são convenientes:
- sólidos voláteis;
- sólidos totais;
- volume de lodo (sólidos mais líquidos).

1. O balanço de massa em termos de sólidos voláteis é escrito da seguinte maneira:

$$\begin{bmatrix} \text{Sólidos voláteis} \\ \text{ACUMULADOS} \end{bmatrix} = \begin{bmatrix} \text{Sólidos voláteis} \\ \text{DE ENTRADA} \end{bmatrix} - \begin{bmatrix} \text{Sólidos voláteis} \\ \text{DE SAÍDA} \end{bmatrix}$$

$$+ \begin{bmatrix} \text{Sólidos voláteis} \\ \text{PRODUZIDOS} \end{bmatrix} - \begin{bmatrix} \text{Sólidos voláteis} \\ \text{CONSUMIDOS} \end{bmatrix}$$

Os sólidos voláteis entram como alimentação e podem sair como sólidos voláteis no gás, no sobrenadante e no lodo digerido. Além disso, alguns sólidos voláteis são consumidos pelo processo.

Lembre-se de que, em um balanço, a massa dos sólidos pode ser expressa como o produto da vazão e das concentrações. Como não existe nenhum sólido volátil produzido e supõe-se o estado estacionário:

$$0 = [Q_0 C_0] - [Q_G C_G + Q_S C_S + Q_D C_D] + 0 - [X]$$

onde X = consumo de sólidos voláteis, g/s, e os índices 0, G, S e D se referem à alimentação, ao gás, ao sobrenadante e ao lodo digerido, respectivamente. O gás, obviamente, não tem sólidos voláteis, assim $Q_G C_G = 0$. A equação se torna:

$$0 = [(0{,}1 \text{ m}^3/\text{s})(40.000 \text{ mg/L})(0{,}7)] - [0 + Q_S(20.000 \text{ mg/L})(0{,}5)$$
$$+ Q_D(60.000 \text{ mg/L})(0{,}5)] + 0 - [X]$$

(Observe que os fatores de conversão necessários para obter g/s são cancelados, portanto não são incluídos.)

Simplificado:

$$0 = 2.800 - 10.000 Q_S - 30.000 Q_D - X$$

2. O saldo em termos de sólidos totais é:

$$0 = [(0{,}1 \text{ m}^3/\text{s})(40.000 \text{ mg/L})] - [0 + Q_S(20.000 \text{ mg/L})$$
$$+ Q_D(60.000 \text{ mg/L})] + [0] - [X]$$

3. O balanço de volume líquido pode ser aproximado como:

$$0 = Q_0 - Q_S - Q_D$$

pois o volume de líquido no gás é muito pequeno quando comparado às outras linhas de efluentes. Não há produção ou consumo do líquido, então os últimos termos são zero e

$$0 = (0{,}1 \text{ m}^3/\text{s}) - Q_S - Q_D$$

Temos agora três equações e três incógnitas.
1. $0 = 2.800 - 10.000 Q_S - 30.000 Q_D - X$
2. $0 = 4.000 - 20.000 Q_S - 60.000 Q_D - X$
3. $0 = 0{,}1 - Q_S - Q_D$

Resolvendo: $Q_D = 0{,}01 \text{ m}^3/\text{s}$, $Q_S = 0{,}09 \text{ m}^3/\text{s}$ e $X = 1.600$ g de sólidos voláteis removidos por segundo.

∎

A próxima hipótese a ser considerada é o problema do estado estacionário. Essa etapa exige certa preparação de conceitos, como reações, reatores e outras dinâmicas do processo, que são abordados no Capítulo 4.

SÍMBOLOS

Q = vazão, como massa ou volume por tempo de unidade
C = concentração, massa/volume
Q_V = vazão, tempo de unidade/volume
Q_M = fluxo de massa, tempo de massa/unidade
v = velocidade
A = área
R_{xn} = recuperação do componente x na corrente de produtos n
E_{WS} = eficiência de Worrell-Stessel
E_R = eficiência de Rietema
P_{xn} = pureza do componente x na corrente de produto n

PROBLEMAS

3.1 Uma fábrica de embalagem de produtos em conserva produz e descarrega uma solução de salmoura residual com uma salinidade de 13.000 mg/L NaCl, a uma vazão de 100 gal/min, lançada num córrego com vazão a montante da descarga de 1,2 milhão de gal/dia e uma salinidade de 20 mg/L. Abaixo do ponto de descarga, há um local de pesca esportiva, e os peixes são intolerantes às concentrações de sal superiores a 200 mg/L.
   a. Qual deve ser o nível de sal no efluente para reduzir o nível no córrego para 200 mg/L?
   b. Se a fábrica de embalagem de conservas precisar gastar $ 8 milhões para reduzir sua concentração de sal até esse nível, não poderá dar continuidade a seus negócios. Mais de 200 pessoas perderão seus empregos. Tudo isso, por causa de algumas pessoas que gostam de pescar no córrego? Escreva uma carta ao editor expressando sua opinião favorável ou contrária à ação do Estado que está exigindo que a fábrica de conservas limpe seus efluentes. Use sua imaginação.
   c. Suponha agora que a fábrica esteja a 2 milhas a montante de um estuário de águas um pouco salgadas e peça permissão para canalizar suas águas residuárias salgadas para o estuário, onde a salinidade é tamanha que os resíduos realmente *diluiriam* o estuário (o resíduo tem uma concentração de sal menor que a água do estuário). Como gerente da fábrica, escreva uma carta para o diretor da Divisão de Gestão Ambiental do Estado solicitando um relaxamento do padrão de salinidade do efluente para a fábrica de conservas. Pense em como irá estruturar seus argumentos.

3.2 Lodos crus primários em uma concentração de sólidos de 4% são misturados com os lodos ativados residuais em uma concentração de sólidos de 0,5%. As vazões são, respectivamente, 20 e 24 gal/min. Qual é a concentração resultante de sólidos? Essa mistura é, em seguida, espessada para uma concentração de sólidos de 8%. Quais são as quantidades produzidas (em galões por minuto) de lodos espessados e de sobrenadante do adensador (água)? Suponha uma captura de sólidos perfeita no adensador.

3.3 As concentrações de efluentes e afluentes de vários metais de uma estação de tratamento de águas residuais, com capacidade de 10 mgd, são as seguintes:

Metal	Concentração do metal no Afluente (mg/L)	Efluente (mg/L)
Cd	0,012	0,003
Cr	0,32	0,27
Hg	0,070	0,065
Pb	2,42	1,26

A fábrica produz uma torta de lodos desidratados com uma concentração de sólidos de 22% (por peso). Os registros da fábrica mostram que 45.000 kg de lodo (úmido) são eliminados em um pasto todos os dias. O Estado restringiu a eliminação de lodos em terrenos apenas para concentrações de lodo metálico que apresentam menos que os seguintes valores:

Metal	Concentração metálica máxima permitida (mg de metal/kg de sólidos de lodo seco)
Cd	15
Cr	1.000
Hg	10
Pb	1.000

O lodo atende aos padrões do Estado?

Dica: Há duas formas de solucionar esse problema:
a. Suponha que a vazão (mgd de lodos) seja insignificante em comparação com a vazão do afluente, ou seja, $Q_{afluente} = Q_{efluente}$, onde Q = vazão em mgd. Se você utilizar essa hipótese para resolver o problema, verifique se é válida.
b. Não faça tal hipótese, mas suponha que a densidade dos sólidos no lodo seja aproximadamente aquela da água, de forma que 1 kg de lodo represente um volume de 1 litro.

3.4 Dois frascos contêm 40% e 70% em volume de formaldeído, respectivamente. Se 200 g do primeiro frasco e 150 g do segundo forem misturados, qual será a concentração (expressa como a porcentagem de formaldeído por volume) do formaldeído na mistura final?

3.5 Uma fábrica têxtil descarrega um resíduo dos tonéis que contém 20% de corante. A intensidade da cor é muito forte, e o Estado ordenou ao gerente da fábrica que diminua a cor na descarga. O químico da fábrica diz ao gerente que a cor não representaria um problema se eles pudessem atingir não mais que 8% de corante na água residuária. O gerente decide que a maneira menos custosa de fazer isso é diluir 20% da corrente de resíduos com água potável, a fim de produzir um resíduo com 8% de corante. A vazão de 20% da água residuária com corante é de 900 galões por minuto.
a. Qual é a quantidade de água potável necessária para a diluição?
b. Qual é a sua opinião sobre esse método de controle da poluição?
c. Suponha que o gerente da fábrica dilua seus resíduos e a equipe de regulamentação do Estado presuma que a fábrica está realmente removendo o corante antes da descarga. O gerente da fábrica, por ter executado uma operação rentável, é promovido para a sede da empresa. Um dia ele é convidado a preparar uma apresentação para o comitê executivo (os mandachuvas) sobre a forma como foi capaz de poupar muito dinheiro no tratamento de águas residuárias. Crie uma encenação curta para essa reunião, começando com a apresentação feita pelo ex-diretor da fábrica. Ele irá, naturalmente, tentar convencer o comitê de que fez a coisa certa. Qual será a reação do comitê? Inclua em seu *script* o presidente da empresa, o tesoureiro, o consultor jurídico e quaisquer outros personagens que desejar.

3.6 Um sistema de secagem de lodos funciona com uma taxa de alimentação de 200 kg/h e aceita um lodo com teor de sólidos de 45% (55% de água). O lodo seco é composto de 95% de sólidos (5% de água), e o efluente líquido contém 8% de sólidos. Qual é a quantidade de lodos secos e a vazão de líquidos e sólidos no efluente líquido?

3.7 Uma estação de processamento de resíduos sólidos tem dois classificadores que produzem um combustível derivado de refugos de uma mistura de refugos orgânicos (A) e inorgânicos (B). Uma parcela do esquema da estação e as vazões conhecidas são apresentadas na Figura 3.22. Qual é a vazão de A e B de Classificador I para o Classificador II ($Q_{A(I-II)}$ e $Q_{B(I-II)}$) e qual é a composição da corrente de saída do Classificador II (Q_{AII} e Q_{BII})?

3.8 Um separador aceita óleos residuais com 70% de óleo e 30% de água por peso. O sobrenadante é puro óleo, enquanto o efluente do fundo do separador contém 10% de óleo. Se uma vazão de 20 gal/min é alimentada para o tanque, quanto de óleo é recuperado?

3.9 A Mother Goose Jam Factory produz geleias combinando groselhas e açúcar com razão de peso de 45:55. Essa mistura é aquecida até evaporar a água, de forma que a última geleia contenha 1/3 de água. Se as groselhas contiverem inicialmente 80% de água, quantos quilos da fruta serão necessários para fazer um quilo de doce?

Combustível derivado de refugos

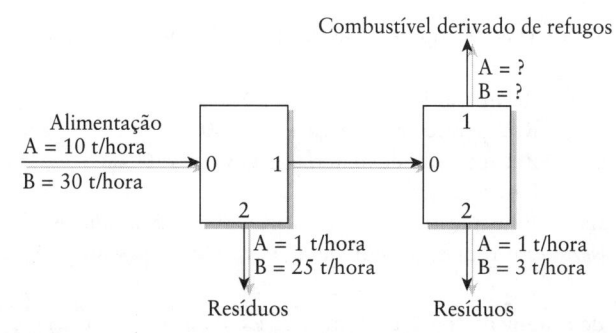

```
                              A = ?
                              B = ?
    Alimentação          1         1
    A = 10 t/hora    →  0    →   0
    B = 30 t/hora        2         2
                         ↓         ↓
                    A = 1 t/hora  A = 1 t/hora
                    B = 25 t/hora B = 3 t/hora
                     Resíduos     Resíduos
```

Figura 3.22 Classificadores de ar produzindo um combustível derivado de refugos. Ver Problema 3.7.

3.10 O diagrama da Figura 3.23 mostra o fluxo de massa de materiais em um incinerador de recuperação de calor.
  a. Quantas cinzas em suspensão serão jogadas para fora da chaminé por tonelada de resíduos queimados?
  b. Qual é a concentração de particulados (cinzas em suspensão) na chaminé, expressa em $\mu g/m^3$ (μg de cinzas em suspensão por m^3 de gases emitidos pela chaminé)? Suponha uma densidade de 1 tonelada/500 m^3.

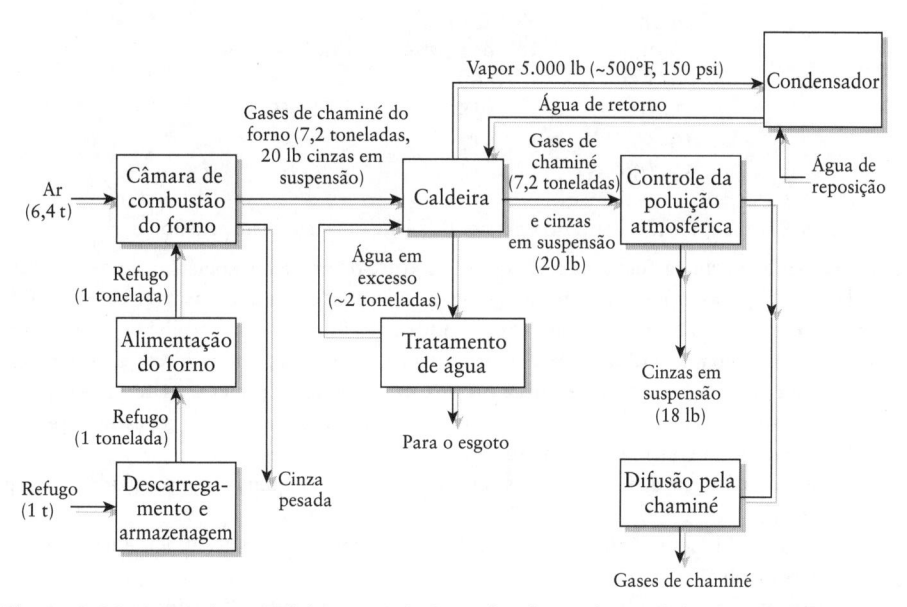

Figura 3.23 Vazão de materiais em um incinerador de resíduos sólidos. Ver Problema 3.10.

3.11 Um precipitador eletrostático para uma usina elétrica alimentada a carvão tem uma recuperação geral de particulados de 95% (remove 95% de todos os particulados de gases de chaminé que chegam até ele). O engenheiro da empresa decide que isso é muito bom, não sendo necessário ser tão eficiente, e propõe que parte dos gases de chaminé seja ignorada ao redor do precipitador eletrostático para que a recuperação das cinzas em suspensão (particulados) dos gases de chaminé seja de apenas 85%.
  a. Que fração da corrente de gases de chaminé precisaria ser ignorada?
  b. Em sua opinião, o que o engenheiro quer dizer com "muito bom"? Explique seus processos conceituais. É possível que qualquer dispositivo de controle da poluição seja em algum momento "bom demais"? Em caso afirmativo, em que circunstâncias? Escreva um texto de uma página intitulado "É possível que o controle da poluição seja algum dia eficiente demais?". Use exemplos para defender o seu caso.

3.12 Dois fabricantes de classificadores de ar relatam o seguinte desempenho para as suas unidades:

Fabricante A: Recuperação de orgânicos = 80%
Recuperação de inorgânicos = 80%
Fabricante B: Recuperação de matérias orgânicas = 60%
Pureza do extrato = 95%

Suponha que a alimentação seja composta de 80% de orgânicos. Qual é o melhor classificador? *Observação*: o classificador de ar deve separar as matérias orgânicas das inorgânicas.

3.13 Uma estação de tratamento de água compacta é composta de filtração e sedimentação, ambos os processos são designados para a remoção de sólidos, mas sólidos de diferentes dimensões. Suponha que a remoção de sólidos de dois processos seja a seguinte:

	Pequenos sólidos	Grandes sólidos
Filtro	90%	98%
Tanque de sedimentação	15%	75%

Se os dois tipos de sólidos forem cada um de 50%, em peso, será melhor colocar o filtro antes do tanque de sedimentação na linha de tratamento? Por quê?

3.14 Um ciclone utilizado para remover cinzas em suspensão de uma chaminé numa usina elétrica movida a carvão tem as seguintes recuperações de particulados de várias dimensões:

Tamanho (μm)	Fração do total, por peso	Recuperação
0–5	0,60	5
5–10	0,18	45
10–50	0,12	82
50–100	0,10	97

Qual é a recuperação geral dos particulados de cinzas em suspensão?

3.15 No controle da chuva ácida, as emissões de enxofre da usina termoelétrica podem ser controladas por captura e pulverização dos gases de chaminé com uma pasta de cal, $Ca(OH)_2$. O cálcio reage com o dióxido de enxofre para formar sulfato de cálcio, $CaSO_4$, um pó branco suspenso na água. O volume dessa pasta é bastante grande, por isso tem de ser espessado. Suponha que uma usina termoelétrica produz 27 mil toneladas métricas de $CaSO_4$ por dia, e que este esteja em suspensão em 108 toneladas métricas de água. A intenção é espessar esse volume para uma concentração de sólidos de 40%.

a. Qual é a concentração de sólidos da pasta de $CaSO_4$ quando é produzida na etapa de captura?
b. Que quantidade de água (toneladas/dia) será produzida como efluente na operação de espessamento?
c. Problemas de chuva ácida podem ser reduzidos por meio da redução das emissões de SO_2 na atmosfera. Isso pode ocorrer por meio do controle da poluição, como a captura da pasta de cal, ou pela redução da quantidade de eletricidade produzida e utilizada. Que responsabilidade têm os indivíduos, caso tenham alguma, de não desperdiçar eletricidade? Apresente argumentos para os dois lados da questão, em uma redação de duas páginas.

3.16 Um rio, (Figura 3.24) com vazão de 3 mgd e concentração de sólidos suspensos de 20 mg/L recebe águas residuárias de três fontes distintas:

Fonte	Quantidade (mgd)	Concentração de sólidos (mg/L)
A	2	200
B	6	50
C	1	200

Qual é a vazão e concentração de sólidos suspensos a jusante no ponto de amostragem?

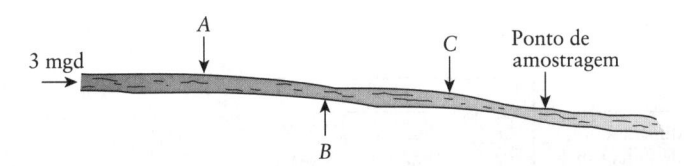

Figura 3.24 Vazão recebendo três descargas. Ver Problema 3.16.

3.17 Uma vazão industrial de 12 L/min tem uma concentração de sólidos 80 mg/L. Um processo de remoção de sólidos extrai 960 mg/min de sólidos, sem afetar a vazão de líquido. Qual é a recuperação (em porcentagem)?

3.18 Um fabricante de espetos de carne produz uma vazão de águas residuárias de 2.000 m^3/dia contendo 120.000 mg/L de sal. Ele está descarregando em um rio com uma vazão de 34.000 m^3/dia e concentração de 50 mg/L de sal. A agência reguladora informou à empresa que esta deve manter um nível de sal que não seja superior a 250 mg/L a jusante da descarga.
 a. Que recuperação de sal deve ser realizada na fábrica antes que o resíduo seja descarregado?
 b. Como utilizar o sal recuperado? Apresente sugestões.

3.19 Uma comunidade tem um problema de poluição atmosférica persistente, denominado inversão (que será abordado no Capítulo 11), que cria uma altura de mistura de apenas cerca de 500 m acima da comunidade. A área da cidade é de cerca de 9 km por 12 km. Uma emissão constante de particulados de 70 kg/m^2 entra na atmosfera diariamente.
 a. Se não houver vento durante um dia (24 horas) e se os poluentes não forem removidos de forma alguma, qual será o nível de concentração *mais baixo* de partículas no ar acima da cidade, no final desse período?
 b. Se uma das principais fontes de particulados for fogões a lenha e lareiras, o governo poderá proibir a utilização destes? Justifique.
 c. Até que ponto o governo deve restringir nosso estilo de vida por causa dos controles de poluição? Por que o governo parece estar fazendo isso agora mais do que alguns anos atrás? Aonde você acha que isso tudo nos levou e por que está acontecendo? Existe alguma coisa que possamos fazer a respeito? Responda a essas perguntas na forma de uma redação com no máximo uma página.

3.20 A Figura 3.25 mostra um diagrama de matéria orgânica num ecossistema florestal, no estado americano do Tennessee.
 Nessa figura, os números indicados nos quadrados representam gramas por metro quadrado de solo da floresta, e todas as transferências referem-se a gramas por metro quadrado por ano. Esse sistema não está em equilíbrio. Calcule a mudança (g/m^2/ano) em folhas, ramos, caule, raízes grandes e raízes finas; R é a perda por apodrecimento.

3.21 A estação de tratamento de água de Wrightsville Beach, na Carolina do Norte, produz uma água destilada de salinidade zero. Para reduzir o custo do tratamento da água e do abastecimento, a cidade mistura essa água dessalinizada com águas subterrâneas não tratadas, que têm uma salinidade de 500 mg/L. Se a salinidade da água potável pretendida não pode ser superior a 200 mg/L, qual é a quantidade necessária de cada água – destilada e não tratada – para produzir uma vazão de água final de 100 milhões de galões por dia?

3.22 Há a expectativa de que um ciclone utilizado para controlar as emissões de um fabricante de móveis seja 80% eficiente (80% de recuperação). O funil de alimentação abaixo do ciclone detém 1 tonelada de pó de madeira. Se a vazão de ar para o ciclone detém 1,2 tonelada por dia de pó de madeira, quantas vezes esse funil deve ser esvaziado?

3.23 Uma indústria levou uma multa pesada da Agência de Proteção Ambiental (EPA) americana porque poluiu um córrego com uma substância denominada "pegajosa". Atualmente, está descarregando 200 litros por minuto (L/min) de efluente em uma concentração pegajosa de 100 mg/L. A vazão que flui pela indústria, na qual o efluente está sendo descarregado, tem uma taxa de vazão de montante de 3.800 L/min e não contém a substância pegajosa. A EPA comunicou à indústria que deve reduzir sua concentração pegajosa no efluente para

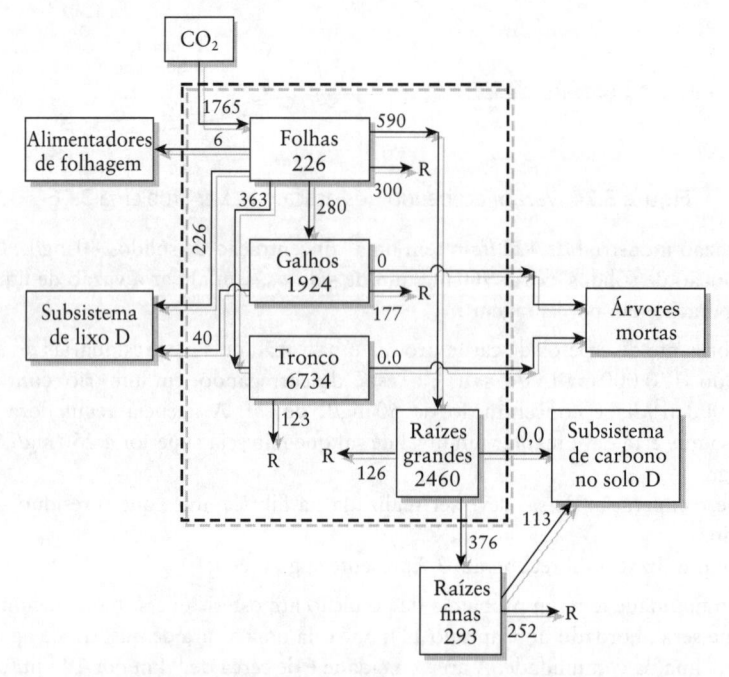

Figura 3.25 Ecossistema florestal. Ver Problema 3.20.

menos de 20 mg/L. O engenheiro da indústria decide que a forma mais barata de cumprir a exigência da EPA é desviar parte da corrente para a indústria e diluir o efluente, de forma a diminuir a concentração pegajosa ao nível exigido.

a. Qual é a atual concentração pegajosa a jusante da descarga feita pela indústria?
b. Qual é a quantidade de água na corrente de que o engenheiro da indústria precisaria para alcançar a concentração pegajosa exigida no efluente da indústria?
c. Qual será a concentração pegajosa na corrente a jusante da indústria se o esquema do engenheiro da indústria for colocado em operação?

3.24 Uma indústria de processamento de minérios com capacidade de 1.000 toneladas/dia processa um minério que contém 20% de mineral. A fábrica recupera 100 toneladas/dia do mineral. Esta não é uma operação muito eficaz, e parte do mineral ainda se encontra nos resíduos do minério (os rejeitos). Esses rejeitos são enviados para uma fábrica de processamento secundária, que é capaz de recuperar 50% do mineral nos rejeitos. Os minerais recuperados da fábrica de recuperação secundária são enviados para a fábrica principal, onde são combinados com os outros minerais recuperados, e, então, todos são remetidos aos usuários.

a. Qual é a quantidade de minerais enviada para o usuário?
b. Qual é o total de rejeitos a ser descartado?
c. Qual é a quantidade de minerais eliminada nos rejeitos?

3.25 Uma fundição de alumínio emite particulados que devem ser controlados, a princípio, por um ciclone e, em seguida, por um filtro de mangas. Trata-se de dois dispositivos de remoção de particulados, descritos na íntegra no Capítulo 12. Por enquanto, você pode considerá-los como caixas-pretas que removem particulados (partículas sólidas suspensas no ar). Esses particulados podem ser descritos por seu tamanho, medido de acordo com seu diâmetro em micrômetros (μm). A eficácia do ciclone e do filtro de mangas é demonstrada a seguir:

Tamanho do particulado (micrômetros)	0–10	10–20	20–40	>40
Porcentagem por peso de cada tamanho	15	30	40	15
Porcentagem da recuperação do ciclone para cada tamanho de particulados	20	50	85	95
Porcentagem da recuperação do filtro de mangas para cada tamanho de particulados	90	92	95	100

a. Qual é a porcentagem geral de recuperação do ciclone? (*Dica*: suponha que 100 toneladas/dia estejam sendo tratadas pelo ciclone.)
b. Qual seria o porcentual geral de recuperação para o filtro de mangas se este foi o único dispositivo de tratamento empregado?
c. Qual é a porcentagem geral de recuperação desse sistema? Lembre-se de que o ciclone está a montante do filtro de mangas.
d. O sistema tem o ciclone a montante do filtro de mangas. Por que você não colocaria o filtro de mangas a montante do ciclone?
e. Supondo que todas as partículas fossem esferas perfeitas, um metro cúbico de, por exemplo, partículas esféricas de 5 micrômetros teria, mais ou menos, o mesmo peso de um metro cúbico de partículas perfeitamente esféricas de 40 micrômetros? Mostre os cálculos que você toma como base para a sua resposta.

3.26 Como o papel-jornal representa cerca de 17% dos resíduos sólidos urbanos, parece ser um bom candidato para a reciclagem. Contudo, o preço de jornais velhos não tem sido muito alto. Uma das razões para o preço baixo do jornal velho é a economia de converter o processamento de árvores no processamento de papéis-jornais velhos numa fábrica de papel, o que é ilustrado pela situação apresentada a seguir.

O *Star Tribune* e o *St. Paul Pioneer Press and Dispatch* representam 75% da circulação de jornais em Minnesota. O *Star Tribune* tem uma circulação de 2.973.100 e pesa cerca de 1,08 lb (cerca de 490 gramas) por exemplar, enquanto o *St. Paul Pioneer Press and Dispatch* tem uma tiragem de 1.229.500 e pesa 0,80 lb (cerca de 360 gramas) por exemplar.

Evidentemente, nem tudo o que o consumidor recebe é papel-jornal reciclável. Dezessete por cento do peso é composto por algum material diferente do papel-jornal, material brilhoso de publicidade e revistas, e 1% é tinta. Além disso, 5% do que é impresso são exemplares excedentes que nunca chegam ao consumidor, enquanto 3% do papel-jornal entregue à imprensa viram sobras na redação e não são impressos.

a. Encontre a massa de jornal que chega aos consumidores em Minnesota a cada ano. Quanto desta é papel-jornal reciclável, incluindo a tinta, mas excluindo as páginas brilhosas?
b. Se 65% dos jornais consumidos e 100% do papel-jornal de exemplares excessivos e sobras na redação forem recolhidos para reciclagem, qual será a massa de material reciclado enviada para as fábricas de celulose? Lembre-se de que os exemplares excessivos representam 5% da circulação e as sobras da redação representam 3% do papel-jornal necessário para a impressão.
c. O papel-jornal deve ter a tinta removida antes de poder ser reutilizado. Suponha que o processo de remoção da tinta seja completo, mas, ao realizá-lo, 15% do papel se perde como resíduos. Calcule a massa da celulose reciclada seca produzida.
d. Se forem necessários 5,43 metros cúbicos de madeira para criar uma tonelada de celulose virgem e se há uma média de 77,2 metros cúbicos a cada 4.000 m² (0,4 hectare) de área de reflorestamento, quantos hectares de árvores serão salvos anualmente por esse nível de reciclagem?
e. Qual deveria ser o custo do papel-jornal reciclado a fim de justificar a conversão de uma fábrica de celulose com capacidade de 750 toneladas/dia para o uso de fibras recicladas? Baseie seus cálculos em um custo de matérias virgens de $ 90/tonelada, custo de conversão de $ 100 milhões e um lucro de 10% sobre o investimento. Suponha que o custo de produção de celulose a partir das duas matérias-primas seja idêntico, de modo que o único incentivo econômico para a conversão de papel reciclado seja a diferença entre os custos da matéria-prima (exemplo extraído de Allen et al. (1992), utilizado com a permissão dos autores).

3.27 De acordo com declarações da Draeger Works, em Luebeck, sobre uso de gás para envenenamento de toda a população de uma cidade, apenas 50% da evaporação do gás venenoso é eficaz. A atmosfera deve ser envenenada até uma altura de 20 metros em uma concentração de 45 mg/m³. Qual é a quantidade de fosgênio necessária para envenenar uma cidade com 50.000 habitantes que vivem numa área de quatro quilômetros quadrados? Quanto fosgênio a população inalaria com o ar que respiraria durante dez minutos, sem proteção contra o gás, se uma pessoa inala 30 litros de ar respirável por minuto? Compare essa quantidade com a quantidade de gás venenoso utilizado (cf. Dorner, 1988)[3].

REFERÊNCIAS

ALLEN, D. T. et al. *Pollution prevention*: homework and design problems for engineering curricula. American Institute of Chemical Engineers and other societies, 1992.

BERTHOUREX, B. M.; RUDD, D. F. *Strategy for pollution control*. Nova York: John Wiley & Sons, 1977.

DORNER, A. *Mathematics in the service of national-political association*: a handbook for teachers. 1988. (Reimpresso em COHEN, E. A. *Human behaviour in the concentration camp*, 1988.)

KOHN, R. E. *A linear programming model for air pollution control*. Cambridge, MA: MIT Press, 1978.

---

3. O livro de Dorner (1988) tinha o intuito de familiarizar os alunos e deixá-los confortáveis com a ideia de assassinato em massa, durante o regime nazista na Alemanha.

CAPÍTULO QUATRO

Reações

Muitas reações, na natureza ou em ambientes criados pelos seres humanos, são previsíveis. Engenheiros e cientistas primeiro tentam entender essas reações e, então, criam modelos matemáticos para descrever o comportamento dos fenômenos. Com esses modelos, podem tentar prever o que aconteceria se...

Esses modelos podem ser simples ou muito complexos. Se uma tubulação sob pressão liberar uma certa vazão e se a pressão for dobrada, será possível prever com muita precisão a nova vazão. Esses modelos hidráulicos simples são elementos básicos da engenharia civil.

É consideravelmente mais difícil tentar prever o futuro de algum fenômeno global, como o buraco na camada de ozônio. O que sabemos é que os clorofluorcarbonos (CFC) emitidos por várias fontes, como geladeiras e aparelhos de ar-condicionado, são altamente estáveis, vão para a atmosfera superior e, uma vez lá, provavelmente reagem como o ozônio. Mas ninguém tem certeza disso. É possível realizar experiências no laboratório que simulem as condições atmosféricas superiores e indiquem se o efeito do CFC, de fato, diminui as concentrações de ozônio, e é possível medir a concentração de ozônio na estratosfera. Porém, ainda não há nenhuma prova de que isso é o que está realmente acontecendo. Os modelos que poderiam prever essa reação não foram empiricamente provados, e a queda na concentração de ozônio poderia ser um fenômeno natural, independente das emissões de CFC. É justo exigir que os fabricantes de CFC interrompam a produção e que os usuários utilizem outros gases, menos eficientes, tudo isso com base em modelos matemáticos improváveis?

Qualquer modelo grande e complexo, como a destruição da camada de ozônio ou formação de *smog* fotoquímico, pode apresentar erros. O que tem de ser avaliado são as consequências de não crer que o modelo contraste com o grau de incerteza. Embora o modelo da camada de ozônio não possa ser provado de forma conclusiva, é matemática e quimicamente razoável e lógico, estando, portanto, muito provavelmente correto. Ignorar o potencial de uma catástrofe global prevista por tais modelos é imprudente (esse conceito é a base para o princípio da precaução, que basicamente diz ser melhor evitar um problema (prevenir) do que corrigi-lo (remediar)).[1]

Como os processos são complexos, os modelos globais são complicados e extremamente interligados. Felizmente, esses poderosos modelos matemáticos têm origens humildes. Supõe-se que certa quantidade (massa ou volume) mude com o tempo e que a quantidade de um componente possa ser prevista, utilizando equações simples e balanço de materiais.

---

1. O princípio da precaução está associado às incertezas dos resultados dos modelos de predição do futuro (NRT).

No capítulo anterior, o fluxo de materiais foi analisado como uma operação de estado estacionário. O tempo não é uma variável. Neste capítulo, consideraremos o caso em que concentrações do material mudam com o tempo. Uma expressão matemática geral que descreve um fluxo em que a massa ou o volume de um material A está mudando com o tempo t é a seguinte:

$$\frac{dA}{dt} = r$$

onde r = taxa de reação. *Reações de ordem zero* são definidas como aquelas em que r é uma constante (k), de modo que

$$\frac{dA}{dt} = k \qquad (4.1)$$

Observe que a unidade para a constante da taxa de reação k em reações de ordem zero é massa/tempo, tal como kg/s.

Reações de primeira ordem são definidas como aquelas em que a modificação do componente A é proporcional à quantidade do componente em si, de forma que

$$r = kA$$

e

$$\frac{dA}{dt} = kA \qquad (4.2)$$

Observe que a unidade da constante da taxa de reação k em reações de primeira ordem é tempo^{-1}, tal como d^{-1}.

Reações de segunda ordem são aquelas em que a mudança é proporcional ao quadrado do componente, ou

$$r = kA^2$$

e

$$\frac{dA}{dt} = kA^2 \qquad (4.3)$$

Note que, em reações de segunda ordem, a constante da taxa de reação k tem a unidade de (tempo × massa)$^{-1}$.

Em aplicações de engenharia ambiental, as equações 4.1, 4.2 e 4.3 são normalmente escritas em termos de concentração, do mesmo modo que para reações de ordem zero,

$$\frac{dC}{dt} = k \qquad (4.4)$$

para reações de primeira ordem

$$\frac{dC}{dt} = kC \qquad (4.5)$$

e para reações de segunda ordem

$$\frac{dC}{dt} = kC^2 \qquad (4.6)$$

4.1 REAÇÕES DE ORDEM ZERO

Muitas mudanças ocorrem na natureza em uma taxa constante. Considere um exemplo simples em que uma mangueira de jardim está enchendo um balde. O volume de água no balde muda com o tempo, e essa mudança é constante (supondo que ninguém esteja abrindo ou fechando a torneira). Se no tempo zero o balde tem 2 L de água, em 2 segundos,

3 L, em 4 segundos, 4 L, e assim por diante, a mudança no volume de água no balde é constante, a uma taxa de

$$1 \text{ litro}/2 \text{ segundos} = 0{,}5 \text{ L/s}$$

Isso pode ser expresso matematicamente como uma *reação de ordem zero*:

$$\frac{dA}{dt} = r = k$$

onde A é o volume de água no balde, e k, a constante da taxa. Definindo $A = A_0$ no tempo $t = t_0$, e integrando:

$$\int_{A_0}^{A} dA = k \int_{0}^{t} dt$$
$$A - A_0 = -kt \tag{4.7}$$

Essa equação é, naturalmente, como o problema da "água no balde" é resolvido. Substitua $A_0 = 2$ L em $t = 0$ e $A = 3$ L em $t = 2$ s:

$$3 = 2 + k(2)$$
$$k = 0{,}5 \text{ L/s}$$

Quando o constituinte de interesse, A, é expresso em termos de massa, as unidades da constante da taxa k são massa/tempo, como kg/s. Quando o constituinte de interesse é uma concentração, C, o que ocorre com muita frequência, a constante da taxa numa reação de ordem zero tem unidades de massa/volume/tempo, ou mg/L/s se C está em mg/L e t em segundos.

A forma integrada da reação de ordem zero quando a concentração *aumenta* é

$$C = C_0 + kt \tag{4.8}$$

e, se a concentração está *diminuindo*, a equação é

$$C = C_0 - kt \tag{4.9}$$

Essa equação poderá ser traçada em um gráfico, como mostra a Figura 4.1, se o material estiver sendo destruído ou consumido de modo que a concentração diminua. Se C está sendo produzido e aumenta, a inclinação é positiva.

EXEMPLO 4.1

Problema Um tamanduá encontra um formigueiro e começa a comer. As formigas são tão abundantes que tudo o que ele tem a fazer é colocar a língua para fora e devorá-las a uma taxa de 200 por minuto. Quanto tempo levará para que se obtenha uma concentração de 1.000 formigas por tamanduá no tamanduá?

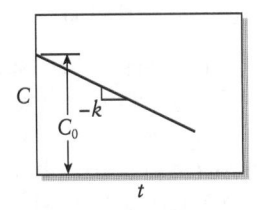

Figura 4.1 Gráfico de uma reação de ordem zero na qual a concentração diminui.

Solução

C = concentração de formigas no tamanduá em qualquer tempo t, formigas/tamanduá;

C_0 = concentração inicial de formigas no tempo $t = 0$, formigas/tamanduá;

k = taxa de reação, o número de formigas consumidas por minuto = 200 formigas/tamanduá/minuto. (*Observação*: k é positivo porque a concentração aumenta.)

De acordo com a Equação 4.8:

$$C = C_0 + kt$$
$$1.000 = 0 + 200(t)$$
$$t = 5 \text{ min}$$

4.2 REAÇÕES DE PRIMEIRA ORDEM

A *reação de primeira ordem* de um material sendo consumido, ou destruído, pode ser expressa como:

$$\frac{dA}{dt} = r = -kA$$

Essa equação pode ser integrada entre A_0 e A, e $t = 0$ e t:

$$\int_{A_0}^{A} \frac{dA}{A} = -k \int_0^t dt$$

$$\ln \frac{A}{A_0} = -kt \qquad (4.10)$$

$$\text{ou } \frac{A}{A_0} = e^{-kt}$$

$$\text{ou } \ln A - \ln A_0 = -kt$$

Trata-se do logaritmo "natural" ou de base e. Às vezes, também é válido utilizar o logaritmo "comum" ou de base 10. A conversão dos logaritmos naturais (base e) em comuns (base 10) pode ser realizada conforme segue:

$$\frac{\log A}{\ln A} = \frac{k't}{kt} = 0{,}434 = \frac{k'}{k}$$

Por exemplo, suponha que $A = 10$, então:

$$\frac{\log 10}{\ln 10} = \frac{1}{2{,}302} = 0{,}434 = \frac{k'}{k}$$

Portanto:

$$k' = (0{,}434)k$$

$$k_{\text{base 10}} = (0{,}434)k_{\text{base } e}$$

A vantagem de logs em base 10 é que eles podem ser convenientemente traçados em papel semi-log comum. A Figura 4.2 mostra que o gráfico de log C *versus* t produz uma linha reta com inclinação de 0,434 k. A interceptação é log C_0. (Não confunda A e C. A massa de um material é A, e, em determinado volume V, C é a massa A dividida pelo volume V. Se o volume for constante, o termo será excluído. Assim, o argumento anterior poderia ter sido expresso em termos de C e A.)

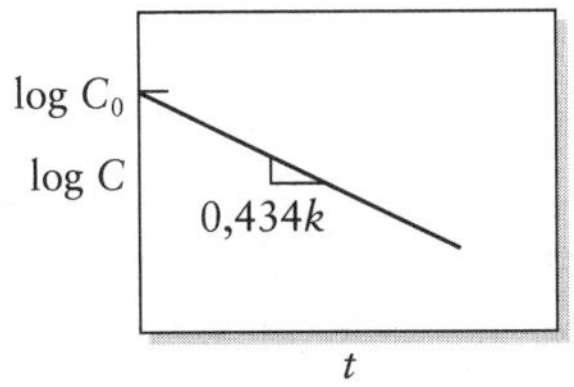

Figura 4.2 Gráfico de uma reação de primeira ordem em que a concentração diminui.

A inclinação, obviamente, em um papel semi-log, é encontrada através do reconhecimento de que

$$\text{Inclinação} = \frac{\Delta y}{\Delta x}$$

onde Δy é o incremento no eixo y (a ordenada) correspondente ao incremento Δx no eixo x (a abscissa). A escolha de Δy como um ciclo sobre a escala logarítmica, como (log10 − log1), resulta no numerador igual a 1 e a inclinação sendo

$$\text{Inclinação} = \frac{1}{\Delta x_{\text{para um ciclo}}}$$

Observe novamente que a massa A e a concentração C serão intercambiáveis nessas equações se o volume for constante.

EXEMPLO 4.2

Problema Uma coruja ingere sapos como uma iguaria, e a ingestão é diretamente dependente de quantos sapos estão disponíveis. Existem 200 sapos na lagoa e a constante da taxa é de 0,1 dia^{-1}. Quantos sapos restam ao final de 10 dias?

Solução Como a taxa é uma função da concentração, esta pode ser descrita como uma reação de primeira ordem:

C = concentração de sapos na lagoa em qualquer tempo t;
C_0 = população inicial de sapos, 200 por lagoa;
k = constante da taxa, 0,1 dia^{-1}.

Utilizando a Equação 4.10, temos:

$$\ln \frac{C}{C_0} = -kt$$

$$\ln C - \ln(200) = -0,1(10)$$

$$\ln C = 4,3$$

$$C = 73 \text{ sapos por lagoa}$$

Conforme descrito no Capítulo 7, o fato de as corujas comerem sapos faz parte de um ecossistema – sapos se alimentam de daphnes[2], daphnes se alimentam de algas, e algas crescem na água. A vida nesse ecossistema está equilibrada e permite que todas as espécies sobrevivam. Somente as pessoas parecem ser capazes de, consciente e propositalmente, destruir esse equilíbrio ecológico. Essas considerações levaram um filósofo contemporâneo

---

2. *Daphne* L. é o gênero de cerca de 50 a 95 espécies de plantas arbustivas caducifólias e perenifólias da família *Thymelaeaceae*, nativa da Ásia, Europa e norte da África. Elas são identificadas por suas flores perfumadas e frutos venenosos (NRT).

norueguês, Arne Naess, a tentar criar uma nova filosofia ambiental que chamou de "ecologia profunda". Segundo Naess, a ética ambiental deve ser baseada em dois valores fundamentais: *autorrealização* e *igualdade biocêntrica*. Esses valores são intuídos e não podem ser racionalmente justificados.

A autorrealização é o reconhecimento de um ser como membro do universo maior e não apenas como um único indivíduo ou mesmo como membro de uma comunidade restrita. Essa autorrealização pode ser alcançada, de acordo com Naess, por meio da reflexão e contemplação. Os princípios da ecologia profunda não estão inerentemente atados a nenhuma crença religiosa em particular, embora, como o marxismo ou qualquer outro conjunto de crenças e valores, possam funcionar como uma religião para seus seguidores.

> A maioria das pessoas na ecologia profunda tem a sensação – normalmente, mas não sempre, da natureza – de que estão conectadas com algo maior que seu ego... Na medida em que esses sentimentos profundos forem religiosos, a ecologia profunda terá um componente religioso... [uma] intuição fundamental de que todos devem cultivar para que tenham uma vida baseada em valores e não funcionem como um computador. (Sale, 1988)

O segundo princípio da ecologia profunda é a igualdade biocêntrica. Segundo Naess, essa situação decorre da autorrealização de que, quando entendemos que vivemos em unidade com as outras criaturas e lugares do mundo, não podemos nos considerar superiores. Todos têm o direito de crescer, e os seres humanos não são especiais. Precisamos comer e usar outras criaturas da natureza para sobreviver, é claro, mas não devemos ultrapassar os limites de nossas necessidades "vitais". O aproveitamento da riqueza material ou de bens além das necessidades vitais é, portanto, antiético para um ecologista radical.

Se essas duas proposições fundamentais forem aceitas, então será necessário concordar com os três corolários apresentados a seguir (cf. Sale, 1988).

1. Toda vida, humana ou não, tem valor em si, independente do propósito, e os seres humanos não têm nenhum direito de reduzir sua riqueza e diversidade, exceto para as necessidades vitais.
2. Atualmente, os seres humanos são numerosos e intrusivos demais em relação às outras formas de vida na Terra, com consequências desastrosas para todos, e devem atingir uma "redução substancial" na população, para permitir o florescimento da vida humana e não humana.
3. Para alcançar esse equilíbrio necessário, deve ser realizada uma mudança significativa nas estruturas econômicas, técnicas e ideológicas humanas, salientando não a arrogância, o crescimento e os níveis de vida mais elevados, mas sociedades sustentáveis, com ênfase na qualidade de vida (não material).

(O último é, naturalmente, incorporado a um projeto sustentável ou ecológico.)

Ecologistas mais comprometidos com a causa opõem-se ao sistema capitalista/industrial, pois consideram que este cria uma riqueza desnecessária e prejudicial. Desprezam a ideia de gerenciamento porque esta implica a tomada de decisão e intervenção humanas nos trabalhos envolvidos com ambientes naturais. Procuram recuperar o que veem como o relacionamento empático e incentivador entre as pessoas e a natureza, mantido por povos como os nativos americanos, antes da invasão europeia. Para um ecologista comprometido, o ambiente selvagem tem um valor especial e deve ser preservado para o benefício psicológico dos seres humanos, assim como um local para que outras espécies sobrevivam sem a intervenção da atividade humana. Esses ecologistas procuram um sentido de lugar em suas vidas, uma parte da Terra que possam chamar de lar.

É claro que não há nenhuma razão para alguém que deseja adotar a ecologia séria como escolha pessoal, como um ideal, não fazer assim. De fato, deve haver ecologistas que consideram que o propósito da ética é desenvolver um caráter virtuoso. Na realidade, alguns filósofos criticaram a ecologia radical precisamente por causa do que consideram ser seu foco excessivo no desenvolvimento espiritual dos indivíduos. No entanto, a maioria dos princípios de ecologia exige mudanças de grandes proporções, envolvendo a população inteira.

Essas ideias causarão, obviamente, muito furor no *mainstream* capitalista e político. Os preceitos da ecologia radical apresentam um desafio para as formas predominantes de fazer negócios. Como resultado, algumas vezes é caracterizada como não humanista, porque não considera os humanos com merecedores de benefícios especiais e, de fato, acusa os humanos de exploradores da natureza. Em especial, o mais irritante para os críticos é o apelo feito por ecologistas mais radicais para despovoar o mundo, um objetivo que tem sido chamado de fascista[3] e desumanizador. Não restam dúvidas de que, se devemos ter um efeito menos adverso sobre a natureza, seria necessário primeiro reduzir a população humana numa proporção significativa, o que levaria algum tempo para acontecer através da diminuição natural. Alguns ecologistas mais radicais têm sugerido que uma redução de 90% da população é necessária. Com toda a probabilidade, há pouco apoio popular a essa posição. Os críticos argumentam que a aceitação da ecologia radical como filosofia global converteria a civilização em sociedades de caçadores-coletores.

De acordo com alguns críticos, esse tipo de ecologia é inaceitavelmente elitista, pois seus representantes defendem um mundo voltado à vida selvagem, em que haja menos pessoas. Essa perspectiva pode chamar a atenção de um número relativamente pequeno de pessoas ricas e de educação muito elevada, mas não tem nada a oferecer para a grande massa dos seres humanos pobres que estão tentando sobreviver. Pelo fato de a ecologia radical exigir a aceitação voluntária de uma qualidade material de vida mais baixa, é improvável que seus princípios básicos – autorrealização e igualdade biocêntrica – sejam aceitos de forma ampla e voluntária.

Voltemos para as reações.

4.3 REAÇÕES DE SEGUNDA ORDEM E DE ORDEM NÃO INTEIRA

A *reação de segunda ordem* é definida como:

$$\frac{dA}{dt} = r = -kA^2$$

De forma integrada, ela é

$$\int_{A_0}^{A} \frac{dA}{A^2} = -k \int_0^t dt$$

$$\frac{1}{A} \Big]_{A_0}^{A} = kt$$

$$\frac{1}{A} - \frac{1}{A_0} = kt$$

desenhada no gráfico como uma linha reta, conforme apresentado na Figura 4.3.

A *reação de ordem não inteira* (qualquer número) é definida como:

$$\frac{dA}{dt} = r = -kA^n$$

---

3. A expressão "fascismo ambiental" foi cunhada por Tom Regan (cf. DesJardins, 1995, p. 142).

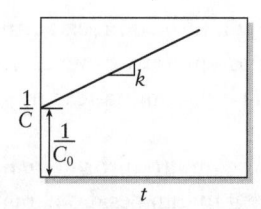

Figura 4.3 Gráfico de uma reação de segunda ordem em que a concentração é decrescente.

onde n representa qualquer número. De forma integrada, ela é

$$\left(\frac{A}{A_0}\right)^{1-n} - 1 = \frac{(n-1)kt}{A_0^{(1-n)}}$$

Essas reações não são tão comuns na engenharia ambiental.

4.4 MEIA-VIDA E TEMPO DE DUPLICAÇÃO

A *meia-vida* é definida como o tempo necessário para converter metade de um componente. Em $t = t_{1/2}$, A é 50% de A_0. Substituindo $[A]/[A]_0 = 0,5$ nas expressões apresentadas anteriormente, as meias-vidas para diversas ordens de reação são:

$$\text{Primeira ordem:} \quad t_{1/2} = \frac{\ln 2}{k} = \frac{0,693}{k} \quad (4.11)$$

$$\text{Segunda ordem:} \quad t_{1/2} = \frac{1}{k[A]_0}$$

$$\text{Ordem não inteira:} \quad t_{1/2} = \frac{[(1/2)^{1-n} - 1] \cdot A_0^{1-n}}{(n-1)k}$$

O uso mais comum de meia-vida é para radioisótopos, que serão abordados com mais detalhes no Capítulo 14.

EXEMPLO 4.3

Problema O estrôncio 90 (Sr^{90}) é um nuclídeo radioativo encontrado na água e em muitos alimentos. Ele tem uma meia-vida de 28 anos e decai (assim como todos os outros nuclídeos radioativos) como uma reação de primeira ordem. Suponha que a concentração de Sr^{90} em uma amostra de água deva ser reduzida em 99,9%. Quanto tempo isso levaria?

Solução Seja $A_0 = 1$; então $A = 0,001$ após uma redução de 99,9%. Utilizando a Equação 4.11, $t_{1/2} = 0,693/k$, e definindo $t = 28$ anos, $k = 0,02475$ ano^{-1}. Utilizando a Equação 4.10, temos:

$$\ln \frac{A}{A_0} = -kt = \ln\left(\frac{0,001}{1}\right) = -0,02475t$$

$$t = \frac{-6,907}{-0,02475} = 279 \text{ anos}$$

Obviamente, o *tempo de duplicação* é o total de tempo necessário para dobrar a quantidade de um componente. Em $t = t_2$, A é duas vezes o valor de A_0. Ao substituir $[A]/[A]_0 = 2$ nas expressões anteriores, os tempos de duplicação para diversas ordens de reação podem ser calculados.

4.5 REAÇÕES CONSECUTIVAS

Finalmente, algumas reações são *reações consecutivas*, de modo que:

$$A \to B \to C \to \cdots$$

A primeira reação é de primeira ordem, então:

$$\frac{dA}{dt} = -k_1 A$$

Da mesma maneira, se a segunda reação for de primeira ordem com relação a B, a reação geral será:

$$\frac{dB}{dt} = k_1 A - k_2 B$$

onde k_2 é a constante da taxa para a reação $B \to C$. Observe que algum B está sendo formado a uma taxa de $k_1 A$, enquanto outro está sendo destruído a uma taxa de $-k_2 B$. A integração produz

$$B = \frac{k_1 A_0}{k_2 - k_1}(e^{-k_1 t} - e^{-k_2 t}) + B_0 e^{-k_2 t}$$

Essa equação é reintroduzida no Capítulo 7, onde o nível de oxigênio em um riacho é analisado; o déficit de oxigênio é B, sendo aumentado como resultado do consumo de O_2 pelos micro-organismos e diminuído pela difusão de O_2 na água a partir da atmosfera. No entanto, antes que essa reação tenha muito significado, a questão sobre ecossistemas de riachos e transferência de gás deve ser discutida.

SÍMBOLOS

A = quantidade de qualquer constituinte, normalmente massa
r = taxa de reação
k = constante da taxa de reação, logaritmo de base e
k' = constante da taxa de reação, logaritmo de base 10 (as constantes da taxa de reação têm diferentes unidades, dependendo da ordem da reação)
C = concentração, massa/volume
V = volume
t = tempo

PROBLEMAS

4.1 A morte de organismos coliformes a jusante de um ponto de descarga de águas residuárias pode ser descrita como uma reação de primeira ordem. Verificou-se que 30% dos coliformes morrem em oito horas e 55% em 16 horas. Aproximadamente, quanto tempo seria necessário para que 90% morressem? Utilize papel semi-log para resolver este problema.

4.2 Um nuclídeo radioativo é reduzido em 90% ao longo de 12 minutos. Qual é sua meia-vida?

4.3 Em um processo de primeira ordem, uma tinta azul reage para formar uma tinta roxa. A quantidade de azul no fim de uma hora é de 480 g, e após três horas é de 120 g. Calcule graficamente a quantidade de azul presente inicialmente.

4.4 Uma reação de grande significado social é a fermentação do açúcar com levedura. Esta é uma reação (em açúcar) de ordem zero, onde a levedura é um catalisador (que não entra em reação sozinho). Se um frasco de 0,5 litro contém quatro gramas de açúcar e leva 30 minutos para converter 50% do açúcar, qual é a constante correspondente à taxa de reação?

4.5 Integre a equação diferencial em que A está sendo formado em uma taxa k_1 e destruído simultaneamente em uma taxa k_2.

$$\frac{dA}{dt} = k_1 A - k_2 A$$

4.6 Um reator em batelada foi projetado para remover resíduos por adsorção. Os dados são os seguintes:

Tempo (mín.)	Concentração de resíduos (mg/L)
0	170
5	160
10	98
20	62
30	40
40	27

De que ordem a reação parece ser? Calcule graficamente a constante da taxa.

4.7 Muitos processos cotidianos podem ser descritos em termos de reatores.
   a. Dê um exemplo de reação de primeira ordem ainda não descrita no texto.
   b. Descreva *em palavras* o que está ocorrendo.
   c. Desenhe um *gráfico* descrevendo essa reação.

4.8 Uma área de armazenamento de petróleo, abandonada há 19 anos, teve o petróleo derramado pela superfície e saturou o solo numa concentração de, digamos, 400 mg/kg de solo. Uma rede de *fast-food* quer construir um restaurante nesse local e retira amostras do solo para verificar a presença de contaminantes, descobrindo que este ainda contém resíduos de petróleo numa concentração de 20 mg/kg. O engenheiro local conclui que, como o petróleo deve ter sido destruído pelos micro-organismos encontrados no solo num índice de 20 mg/kg a cada ano, em mais um ano o local estará livre de toda contaminação.
   a. Essa é uma boa conclusão? Justifique sua resposta.
   b. Na sua opinião, quanto tempo será necessário para o solo alcançar a contaminação aceitável de 1 mg/kg?

4.9 Resíduos radioativos provenientes de um laboratório clínico contêm 0,2 microcurie do cálcio-45 (^{45}Ca) por litro. A meia-vida de ^{45}Ca é de 152 dias.
   a. Por quanto tempo esses resíduos devem ser armazenados antes de o grau de radioatividade estar abaixo do máximo exigido de 0,01 microcurie/litro?
   b. Os resíduos radioativos podem ser armazenados de muitas maneiras, incluindo a injeção em poço profundo e armazenamento acima do nível do solo. A injeção em poço profundo envolve o bombeamento dos resíduos, a milhares de metros abaixo da superfície do solo. A armazenagem acima do nível do solo acontece em construções localizadas em áreas isoladas, que são protegidas a fim de impedir a aproximação de pessoas dos resíduos. Quais seriam os fatores de risco associados a cada um desses métodos de armazenamento? O que poderia dar errado? Em sua opinião, que sistema de armazenamento é mais adequado para tais resíduos?
   c. Como um ecologista radical enxerga o uso de substâncias radioativas no campo da saúde, considerando, em particular, o problema de armazenamento e descarte de resíduos radioativos? Tente pensar como um ecologista radical ao responder. Você concorda com a conclusão que traçou?

REFERÊNCIAS

DESJARDINS, J. *Environmental ethics*. Belmont, CA: Wadsworth Publishing, 1995.

SALE, K. Deep ecology and its critics. *The Nation*, v. 14, p. 670-5, May 1988.

CAPÍTULO CINCO

Reatores

Os processos podem ser analisados por meio do uso de uma caixa-preta e da representação escrita de um balanço de materiais (Capítulo 3):

$$\begin{bmatrix} \text{Fluxo de} \\ \text{materiais} \\ \text{ACUMULADOS} \end{bmatrix} = \begin{bmatrix} \text{Fluxo de} \\ \text{materiais} \\ \text{DE ENTRADA} \end{bmatrix} - \begin{bmatrix} \text{Fluxo de} \\ \text{materiais} \\ \text{DE SAÍDA} \end{bmatrix}$$

$$+ \begin{bmatrix} \text{Fluxo de} \\ \text{materiais} \\ \text{PRODUZIDOS} \end{bmatrix} - \begin{bmatrix} \text{Fluxo de} \\ \text{materiais} \\ \text{CONSUMIDOS} \end{bmatrix}$$

No Capítulo 3, assumimos que o primeiro termo [materiais acumulados] era nulo, invocando a hipótese do estado estacionário. No Capítulo 4, revisamos as reações, que são, obviamente, dependentes do tempo. Se essas reações ocorrem em uma caixa-preta, essa caixa torna-se um *reator* e não se pode mais supor que o primeiro termo da equação de equilíbrio material seja nulo.

Muitos processos naturais, assim como a engenharia de sistemas, podem ser convenientemente analisados por meio do uso da noção dos reatores ideais. Uma caixa-preta pode ser considerada como um reator se tiver volume, ou ainda se for mista ou os materiais a atravessarem.

Três tipos de reatores ideais são definidos com base em certas hipóteses sobre suas características de vazão e mistura. O *reator em batelada ou estático* é completamente misturado e não apresenta vazão de entrada ou de saída. O *reator de fluxo de pistão ou tubular* supostamente não apresenta nenhuma mistura longitudinal, mas uma completa mistura transversal. O *reator completamente misturado* (também conhecido como reator tanque agitado contínuo ou de retromistura, CSTR, do inglês *continuously stirred tank reactor* ou *completely stirred tank reactor*), como o nome indica, é um reator com uma mistura perfeita.

Quando não ocorre qualquer reação no interior do reator (em outras palavras, nada é consumido ou produzido), o chamado *modelo de mistura* de reatores é adequado. Quando as reações ocorrem nos reatores, algo é produzido ou consumido. O *modelo de reator* descreve essas condições. A princípio, nosso objetivo são os reatores sem reações, ou o modelo de mistura de reatores.

5.1 MODELOS DE MISTURA

A fim de abordar o modelo de mistura, um dispositivo conhecido como *marcador conservativo e instantâneo* é utilizado. Um marcador é simplesmente um traçador posicionado na vazão à medida que esta entra no reator. O marcador permite a caracterização do reator por meio de sua medição (em geral, a concentração do traçador) com o tempo. O termo "conservativo" significa que o marcador isoladamente não reage. Por exemplo, um corante introduzido na água não reagiria quimicamente, nem perderia ou ganharia cor. "Instantâneo" significa que o marcador (novamente, assim como um corante) é introduzido no reator de uma só vez, ou seja, não com o passar do tempo. Na vida real, isso pode ser ilustrado como quando se joga um copo de corante em um balde de água. Marcadores conservativos e instantâneos podem ser aplicados a todos os três tipos básicos de reatores: em batelada, de fluxo de pistão e reatores completamente misturados.

5.1.1 Reatores em batelada

O reator em batelada, é apresentado na Figura 5.1. Lembre-se de que este reator não apresenta vazão de entrada ou de saída. Se o marcador instantâneo conservativo for introduzido, supõe-se que o marcador seja misturado instantaneamente (tempo de mistura zero). A hipótese de mistura pode ser ilustrada por meio do uso de uma curva, apresentada na Figura 5.1B. A ordenada indica a concentração em qualquer tempo t dividida pela concentração inicial. Antes que $t = 0$, não há qualquer marcador (corante) no reator. Quando o marcador é introduzido, é imediata e uniformemente distribuído no reator, porque se supõe uma mistura perfeita. Com isso, a concentração instantaneamente salta para C_0, a concentração em $t = 0$ após o marcador ter sido introduzido. A concentração não muda depois desse momento porque não há vazão de entrada ou de saída do reator e o corante não é destruído (é conservativo).

Um gráfico como o da Figura 5.1B, comumente chamado de *distribuição C*, é uma maneira útil de representar graficamente o comportamento dos reatores. Uma curva de distribuição C pode ser traçada simplesmente como C versus t, mas é mais frequentemente normalizada e traçada como C/C_0 versus t. Para um reator em batelada, em $t = 0$, após o sinal ter sido introduzido, $C = C_0$ e $C/C_0 = 1$.

Embora os reatores em batelada sejam úteis em uma série de aplicações industriais e de controle da poluição, um reator muito mais comum é aquele em que a vazão de entrada e de saída é contínua. Tais reatores podem ser descritos considerando-se dois reatores ideais – o de fluxo de pistão e o completamente misturado.

5.1.2 Reatores de vazão a pistão

A Figura 5.2A ilustra as características de um reator de fluxo de pistão (PFR, do inglês, *plug-flow reactor*). Imagine um tubo bem comprido (como uma mangueira de jardim) na qual seja introduzida uma vazão contínua. Suponha que, enquanto o fluido está dentro do tubo, não ocorre mistura longitudinal. Se um marcador conservativo for instantaneamente introduzido no reator, na extremidade afluente, qualquer par de elementos desse marcador que entrar no reator sempre sairá da extremidade efluente ao mesmo tempo. Todos os

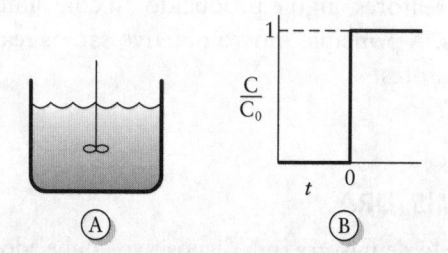

Figura 5.1 Um reator em batelada (A) e sua curva de distribuição C (B). O símbolo do misturador significa que ele é perfeitamente misturado, sem qualquer gradiente de concentração.

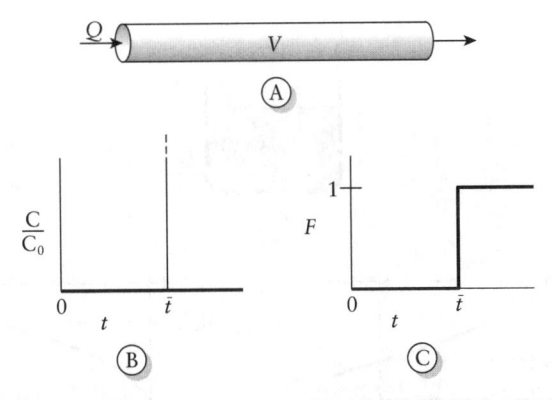

Figura 5.2 Um reator de fluxo de pistão (A), e sua curva de distribuição C (B), e curvas de distribuição F (C).

elementos do marcador têm *tempos de retenção* exatamente iguais, definidos como o tempo entre a entrada e saída do reator, e calculado como

$$\bar{t} = \frac{V}{Q}$$

onde $\bar{t}$ = tempo de retenção hidráulica, s
 V = volume do reator, m³
 Q = vazão para o reator, m³/s.

Observe que o tempo de retenção em um PFR ideal é o tempo gasto por *qualquer* partícula de água dentro do reator. Outra forma de pensar sobre o tempo de retenção é o tempo necessário para *encher* um reator. Se for fluxo de pistão, é como abrir a torneira de uma mangueira vazia e esperar que a água saia pela outra extremidade. A mesma definição para tempo de retenção permanece para *qualquer* tipo de reator.

Se um marcador instantâneo conservativo for introduzido neste momento no reator, o marcador se desloca como um pistão (!) através do reator, saindo no tempo $\bar{t}$. Antes do tempo $\bar{t}$ nenhum componente do marcador sai do reator, e a concentração do marcador na vazão é nula ($C = 0$). Imediatamente após $\bar{t}$, todo o marcador já saiu e, novamente, $C = 0$. A curva de distribuição C é, portanto, um pico instantâneo apresentado na Figura 5.2B.

Outro meio conveniente de descrever um PFR é utilizar a *distribuição F* (Figura 5.2C). F é definido como a fração do marcador que saiu do reator em qualquer tempo t:

$$F = \frac{A_0 - A_R}{A_0}$$

onde A_0 = total (normalmente massa) do traçador adicionado ao reator
 A_R = total do traçador que permanece no reator.

Conforme mostra a Figura 5.2C, em $t = \bar{t}$ todo o traçador sai de uma só vez, portanto $F = 1$.

Para recapitular, a vazão a pistão perfeita ocorre quando não há mistura longitudinal alguma no reator. Obviamente, isso é irrealista na prática. Igualmente irrealista é o terceiro tipo de reator ideal, discutido a seguir.

5.1.3 REATORES COMPLETAMENTE MISTURADOS

Em um reator completamente misturado (CSTR), supõe-se uma mistura perfeita. Não existem gradientes de concentração em qualquer tempo, e um marcador é misturado de forma perfeita e instantânea. A Figura 5.3A ilustra esse reator.

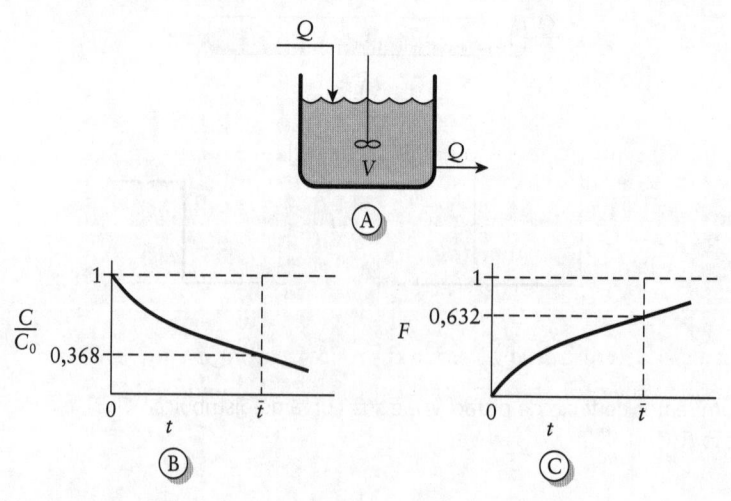

Figura 5.3 Um reator completamente misturado (A) e sua curva de distribuição C (B), e as curvas de distribuição F (C).

Um marcador instantâneo conservativo pode ser introduzido na alimentação do reator CSTR e a equação de balanço de massa será escrita da seguinte maneira

$$\begin{bmatrix} \text{Fluxo do} \\ \text{marcador} \\ \text{ACUMULADO} \end{bmatrix} = \begin{bmatrix} \text{Fluxo do} \\ \text{marcador} \\ \text{DE ENTRADA} \end{bmatrix} - \begin{bmatrix} \text{Fluxo do} \\ \text{marcador} \\ \text{DE SAÍDA} \end{bmatrix} + \begin{bmatrix} \text{Fluxo do} \\ \text{marcador} \\ \text{PRODUZIDO} \end{bmatrix} - \begin{bmatrix} \text{Fluxo do} \\ \text{marcador} \\ \text{CONSUMIDO} \end{bmatrix}$$

Como supomos que o marcador seja instantâneo, o *fluxo* em que o marcador foi introduzido é zero. De forma semelhante, o marcador é conservativo e, portanto, a taxa produzida e a taxa consumida são ambas zero. Consequentemente,

$$\begin{bmatrix} \text{Fluxo do} \\ \text{marcador} \\ \text{ACUMULADO} \end{bmatrix} = 0 - \begin{bmatrix} \text{Fluxo do} \\ \text{marcador} \\ \text{DE SAÍDA} \end{bmatrix} + 0 - 0$$

Se o total do marcador no reator em qualquer tempo t for A, e A_0 for o total do marcador em $t = 0$, a concentração do marcador no reator em $t = 0$ é

$$C_0 = \frac{A_0}{V}$$

onde C_0 = concentração de marcador no reator no tempo zero
 A_0 = total (por exemplo, massa) do marcador no reator no tempo zero
 V = volume do reator.

Depois que o marcador for instantaneamente introduzido, o líquido continua a fluir para dentro do reator, portanto o marcador no reator é progressivamente diluído. Em qualquer tempo t, a concentração do marcador é

$$C = \frac{A}{V}$$

onde C = concentração de marcador em qualquer tempo t
 A = total do marcador em qualquer tempo t
 V = volume do reator.

Como o reator é perfeitamente misturado, a concentração do marcador na vazão retirada do reator também deve ser C.

O *fluxo* em que o marcador é retirado do reator é igual à concentração vezes a taxa de vazão (Capítulo 2). Substituindo na equação de balanço de massa, o resultado é

$$\begin{bmatrix} \text{Fluxo do} \\ \text{marcador} \\ \text{ACUMULADO} \end{bmatrix} = -CQ = -\left(\frac{A}{V}\right)Q$$

onde Q = a vazão de entrada e de saída do reator. Supõe-se que o volume do reator, V, seja constante. O fluxo em que o marcador A está acumulado é dA/dt, portanto

$$\frac{dA}{dt} = -\left(\frac{A}{V}\right)Q$$

Esta equação pode ser integrada:

$$\int_{A_0}^{A} \frac{dA}{A} = -\int_0^t \frac{Q}{V}\, dt$$

ou

$$\ln A - \ln A_0 = -\frac{Q}{V}t$$

$$\frac{A}{A_0} = e^{-(Qt/V)}$$

O tempo de retenção é

$$\bar{t} = \frac{V}{Q}$$

(*Observação*: agora o tempo de retenção é definido como o tempo médio que uma partícula de água gasta dentro do reator. Este ainda é numericamente igual ao tempo necessário para encher o volume do reator V com a vazão Q, assim como para o reator de vazão a pistão.) A substituição resulta em

$$\frac{A}{A_0} = e^{-(t/\bar{t})}$$

A e A_0 são ambos divididos por V para obter C e C_0, portanto

$$\frac{C}{C_0} = e^{-(t/\bar{t})}$$

Esta equação agora pode ser colocada no gráfico como a distribuição C ilustrada na Figura 5.3B.

No tempo de retenção, $t = \bar{t}$,

$$\frac{C}{C_0} = e^{-1} = 0{,}368$$

significando que, no tempo de retenção, 36,8% do marcador ainda está no reator, e 63,2% do marcador saiu dele. Isso é melhor ilustrado novamente com a distribuição F, apresentada na Figura 5.3C.

5.1.4 Reatores completamente misturados em série

A praticidade do modelo de mistura de reatores pode ser aprimorada considerando-se mais uma configuração de reator – uma série de reatores completamente misturados, como é ilustrado na Figura 5.4. Cada um dos n reatores tem um volume V_0, de modo que $V = n \times V_0$.

A realização de um balanço de massa no primeiro reator e utilizando-se um sinal instantâneo conservador, como antes, resulta em

$$\frac{dA_1}{dt} = -\left(\frac{Q}{V_0}\right)A_1$$

onde A_1 = total do marcador no primeiro reator em qualquer tempo t, representado em unidades como kg
V_0 = volume de reator 1, m^3
Q = vazão, m^3/s

e como antes:

$$A_1 = A_0 e^{-(Qt/V)} \tag{5.1}$$

onde A_0 = total de sinal no reator em $t = 0$. Para cada reator, o tempo de retenção é $\bar{t}_0 = V_0/Q$, de modo que

$$\frac{A_1}{A_0} = e^{-(t/\bar{t}_0)}$$

Para o segundo reator o balanço de massa é o mesmo de antes, e os dois últimos termos são novamente zero. Mas agora o reator está *recebendo* um marcador de tempos em tempos, assim como está *descarregando-o*. Além da acumulação do marcador, há também uma vazão de entrada e uma vazão de saída. Na forma diferencial:

$$\frac{dA_2}{dt} = \left(\frac{Q}{V_0}\right)A_1 - \left(\frac{Q}{V_0}\right)A_2$$

Substituindo por A_1 (Equação 5.1):

$$\frac{dA_2}{dt} = \left(\frac{Q}{V_0}\right)A_0 e^{-(Qt/V_0)} - \left(\frac{Q}{V_0}\right)A_2$$

e integrando:

$$A_2 = \left(\frac{Qt}{V_0}\right) A_0 e^{-(Qt/V_0)}$$

Para três reatores:

$$\frac{A_3}{A_0} = \frac{t}{\bar{t}_0}\left(\frac{e^{-(t/\bar{t}_0)}}{2!}\right) = \frac{C_3}{C_0}$$

Em geral, para reatores i:

$$\frac{A_i}{A_0} = \left(\frac{t}{\bar{t}_0}\right)^{i-1}\left(\frac{e^{-(t/\bar{t}_0)}}{(i-1)!}\right)$$

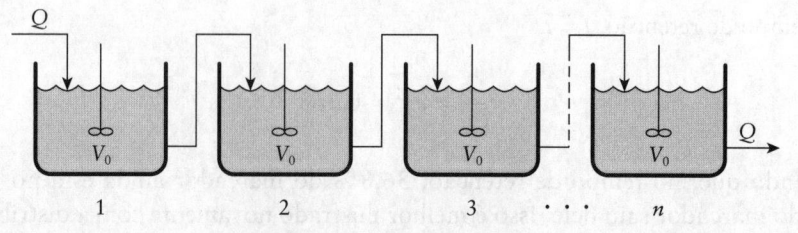

Figura 5.4 Uma série de reatores CSTR.

Para a série de n reatores em termos de concentração (obtida ao dividir A_i e A_0 pelo volume do reator V_0):

$$\frac{C_n}{C_0} = \left(\frac{t}{\bar{t}_0}\right)^{n-1} e^{-(t/\bar{t}_0)} \left(\frac{1}{(n-1)!}\right) \quad (5.2)$$

A Equação 5.2 descreve o total de um marcador instantâneo conservativo em qualquer reator de uma série de n reatores no tempo t, e pode ser utilizada novamente para plotar no gráfico a distribuição C. Além disso, lembre-se de que $nV_0 = V$, de modo que o *volume total* do reator inteiro nunca muda. O volume do reator grande é simplesmente dividido em n volumes iguais menores ou

$$n\bar{t}_0 = \bar{t}$$

Considere agora qual seria a concentração no primeiro reator, enquanto o marcador é aplicado. Como o volume desse primeiro reator da série de n reatores é $V_0 = V/n$, a concentração em qualquer tempo deve ser n vezes a concentração de apenas um reator grande (mesmo total do marcador diluído por apenas um n-ésimo do volume). Caso seja necessário, calcule a concentração do marcador em qualquer reator subsequente, a equação deve ser

$$\frac{C_n}{C_0} = n\left(\frac{t}{\bar{t}_0}\right)^{(n-1)} e^{-(t/\bar{t}_0)} \left(\frac{1}{(n-1)!}\right) \quad (5.3)$$

onde C_0 = concentração de marcador no primeiro reator.

O efeito de dividir um volume do reator V em n reatores menores de volume V_0 cada um é, talvez, mais claramente ilustrado com o uso da distribuição F. Lembre-se de que esta distribuição é definida como

$$F = \frac{A_0 - A_R}{A_0}$$

onde A_R = total do traçador que resta no reator em qualquer tempo.

No caso da série de n reatores,

$$A_R = A_1 + A_2 + A_3 + \cdots + A_n$$

e

$$F = \frac{A_0 - (A_1 + A_2 + \cdots + A_n)}{A_0}$$

De forma rearranjada,

$$F = 1 - \left(\frac{A_1}{A_0} + \frac{A_2}{A_0} + \cdots + \frac{A_n}{A_0}\right)$$

Substituindo as equações derivadas anteriormente:

$$F = 1 - \left[e^{-(t/\bar{t}_0)} + \left(\frac{t}{\bar{t}_0}\right)e^{-(t/\bar{t}_0)} + \left(\frac{t}{\bar{t}_0}\right)^2 e^{-(t/\bar{t}_0)}\left(\frac{1}{2!}\right) + \cdots + \left(\frac{t}{\bar{t}_0}\right)^{n-1} e^{-(t/\bar{t}_0)} \left(\frac{1}{(n-1)!}\right)\right]$$

A distribuição F para diversos reatores em série é apresentada na Figura 5.5.

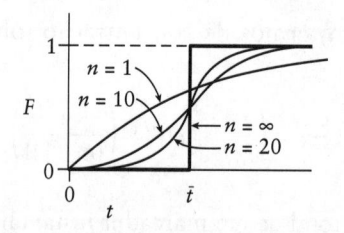

Figura 5.5 Curva de distribuição F para a série de reatores CSTR.

À medida que o número de reatores aumenta, a curva de distribuição F torna-se cada vez mais parecida com uma curva em forma de S. Em n = infinito, torna-se exatamente como a curva de distribuição F para o reator de fluxo de pistão (Figura 5.2C). Isso pode ser imediatamente visualizado como uma grande quantidade de reatores em série, de modo que um pistão esteja se movendo rapidamente de um reator muito pequeno para outro, e como cada reator pequeno tem um espaço de tempo de permanência muito curto, assim que entra em um reator é despejado para o próximo. Com certeza, é dessa maneira que o pistão se desloca pelo reator de vazão a pistão.

EXEMPLO 5.1

Problema Decidiu-se estimar o efeito de dividir uma grande lagoa de aeração completamente misturada (utilizada para o tratamento de águas residuárias) em 2, 5, 10, e 20 seções, de modo que a vazão, em cada seção, entre em série. Desenhe as distribuições C e F para um marcador conservativo instantâneo para a lagoa única e a lagoa dividida.

Solução Para a lagoa única:

$$\frac{C}{C_0} = e^{-(t/\bar{t})}$$

onde C = concentração do marcador no efluente no tempo t
C_0 = concentração no tempo t_0
$\bar{t}$ = tempo de retenção

Substituindo diversos valores de t:

$t = 0{,}25\bar{t}$	$C/C_0 = e^{-(0,25)}$	$= 0{,}779$
$t = 0{,}5\bar{t}$	$C/C_0 = e^{-(0,50)}$	$= 0{,}607$
$t = 0{,}75\bar{t}$	$C/C_0 = e^{-(0,75)}$	$= 0{,}472$
$t = \bar{t}$	$C/C_0 = e^{-1}$	$= 0{,}368$
$t = 2\bar{t}$	$C/C_0 = e^{-2}$	$= 0{,}135$

Esses resultados são traçados na Figura 5.6 e descrevem um reator único, $n = 1$.

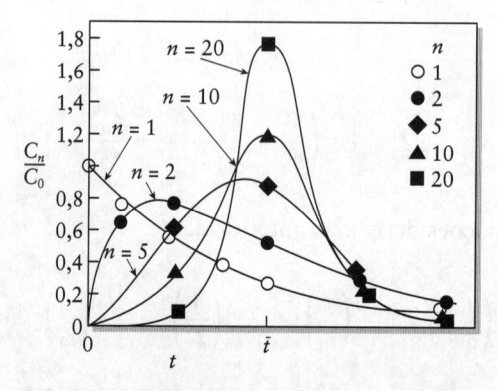

Figura 5.6 Curvas de distribuição C reais para o Exemplo 5.1.

Cálculos similares podem ser realizados para uma série de reatores. Por exemplo, para $n = 10$, lembre-se de que $10\bar{t}_0 = \bar{t}$, e utilizando-se a Equação 5.3:

$$t = \bar{t} \qquad \frac{C_{10}}{C_0} = (10)(10)^9 e^{-10}\frac{1}{9!} = 1{,}25$$

$$t = 0{,}5\bar{t} \qquad \frac{C_{10}}{C_0} = (10)(5)^9 e^{-5}\frac{1}{9!} = 0{,}36$$

Esses dados também são traçados na Figura 5.6.

Agora para a distribuição F, com um reator:

$$\begin{aligned}
t &= 0{,}25\bar{t} & F &= 1 - e^{-0{,}25} & &= 0{,}221 \\
t &= 0{,}5\bar{t} & F &= 1 - e^{-0{,}50} & &= 0{,}393 \\
t &= \bar{t} & F &= 1 - e^{-1} & &= 0{,}632 \\
t &= 2\bar{t} & F &= 1 - e^{-2} & &= 0{,}865
\end{aligned}$$

e para os dez reatores em série:

$$F = 1 - e^{-(nt/\bar{t})}\left[1 + \frac{nt}{\bar{t}} + \left(\frac{nt}{\bar{t}}\right)^2\left(\frac{1}{2!}\right) + \cdots + \left(\frac{nt}{\bar{t}}\right)^{n-1}\frac{1}{(n-1)!}\right]$$

Em $t = 0{,}5\bar{t}$:

$$\begin{aligned}
F &= 1 - e^{-5}[1 + 5 + (5)^2(1/2!) + (5)^3(1/3!) + \cdots + (5)^9(1/9!)] \\
&= 1 - 0{,}00674[1 + 5 + 12{,}5 + 12{,}5 + 20{,}83 + 26{,}04 + 26{,}04 \\
&\quad + 21{,}70 + 15{,}50 + 9{,}68 + 5{,}48] \\
&= 1 - 0{,}969 = 0{,}031
\end{aligned}$$

De modo similar, em $t/\bar{t} = 1$:

$$F = 1 - e^{-10}\left[1 + 10 + (10)^2\left(\frac{1}{2!}\right) + \cdots + (10)^9\left(\frac{1}{9!}\right)\right]$$

e assim por diante. Estes resultados são traçados na Figura 5.7.

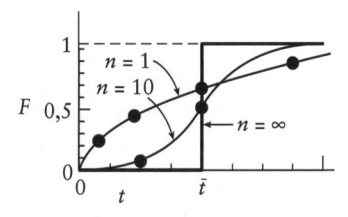

Figura 5.7 Curvas de distribuição F reais para o Exemplo 5.1.

Observe, novamente, como as curvas C e F mostram claramente que, enquanto o número de pequenos reatores (n) aumenta, a série de reatores completamente misturados começa a se comportar cada vez mais como um reator de fluxo de pistão ideal.

5.1.5 Modelos de misturas com marcadores contínuos

Até agora, os marcadores utilizados foram instantâneos e conservativos. Se a restrição instantânea for removida, o marcador pode ser considerado contínuo. Um marcador conservativo contínuo aplicado a um PFR ideal simplesmente produz a curva de distribuição C com uma descontinuidade que vai de $C = 0$ até $C = C_0$ no tempo t. Para um reator CSTR, a curva C, quando um marcador é interrompido será exatamente como a curva para um marcador instantâneo. O reator está simplesmente sendo alimentado com água limpa, e a concentração do corante diminui exponencialmente, como antes.

Se, por outro lado, um marcador contínuo for introduzido ao reator em $t = 0$ e esse processo continuar como ficará a curva C? Comece escrevendo uma equação de balanço de massa como antes. Lembre-se de que a vazão de corante *de entrada* é fixa enquanto, novamente, as taxas de produção e consumo são nulas. A equação que descreve um reator CSTR com marcador conservador contínuo (a partir de $t = 0$) é, portanto, escrita na forma diferencial como

$$\frac{dC}{dt} = QC_0 - QC$$

e após a integração:

$$C = C_0(1 - e^{Qt})$$

5.1.6 Reatores de vazão arbitrária

Nada no mundo é ideal, incluindo os reatores. No reator de vazão a pistão, obviamente, há *alguma* mistura longitudinal, produzindo a distribuição C mais parecida àquela da Figura 5.8A, em lugar da apresentada na Figura 5.2B. De modo similar, um reator completamente misturado não pode ser idealmente misto, de maneira que sua curva de distribuição C comporta-se mais como aquela apresentada na Figura 5.8B, em vez de como aparece na Figura 5.3B. Esses reatores não ideais são comumente chamados de *reatores de vazão arbitrária*.

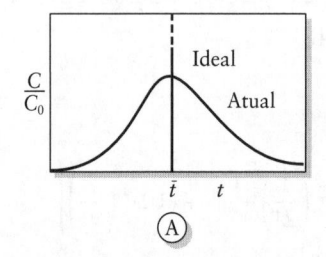

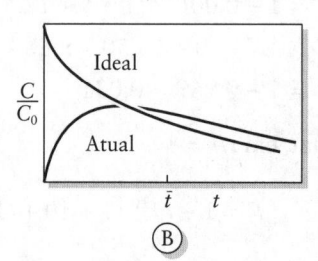

Figura 5.8 Curvas de distribuição C para reatores ideais e reais: reator de vazão a pistão (A); reator completamente misturado (B).

Deveria ser óbvio que a verdadeira curva de distribuição C na Figura 5.8B para o reator não ideal CMF (de vazão arbitrária) se assemelha suspeitamente à curva C para dez CSTR em série, na Figura 5.5. De fato, olhando para a Figura 5.5, à medida que o número de CSTR em série aumenta, a curva de distribuição C assemelha-se à uma curva C para um reator perfeito (ideal) de vazão a pistão. Com isso, parece razoável esperar que todos os reatores da vida real (de vazão arbitrária) realmente funcionem no modo de mistura como uma série de reatores CSTR. Esta observação permite uma descrição quantitativa das propriedades de vazão do reator em termos de reatores n CSTR em série, na qual n representa o número de reatores CSTR em série e define o tipo de reator.

Análises adicionais do modelo de mistura estão além do alcance desta breve discussão, sendo necessário que o aluno direcione-se a algum texto moderno sobre a teoria dos reatores para estudos mais avançados.

5.2 MODELOS DE REATORES

Conforme observado anteriormente, os reatores podem ser descritos de duas maneiras – apenas em termos de suas propriedades de mistura, sem que aconteça reação alguma, ou como reatores verdadeiros, em que uma reação acontece. Na seção anterior, o conceito de mistura foi introduzido, e agora está na hora de apresentar as reações no interior desses reatores. Em outras palavras, a restrição de que o marcador seja conservador é retirada neste momento.

Considere, novamente, três diferentes reatores ideais – o reator em batelada, o reator de fluxo de pistão e o reator completamente misturado.

5.2.1 Reatores em batelada

As mesmas hipóteses permanecem aqui, assim como na seção anterior, a saber, supõe-se que temos uma mistura perfeita (não há gradientes de concentração). O balanço de massa em termos do material que está sofrendo alguma reação é

$$\begin{bmatrix}\text{Fluxo}\\\text{ACUMULADO}\end{bmatrix} = \begin{bmatrix}\text{Fluxo}\\\text{DE ENTRADA}\end{bmatrix} - \begin{bmatrix}\text{Fluxo}\\\text{DE SAÍDA}\end{bmatrix}$$
$$+ \begin{bmatrix}\text{Fluxo}\\\text{PRODUZIDO}\end{bmatrix} - \begin{bmatrix}\text{Fluxo}\\\text{CONSUMIDO}\end{bmatrix}$$

Por ser um reator em batelada, não há vazão de entrada ou vazão de saída e, com isso,

$$\begin{bmatrix}\text{Fluxo}\\\text{ACUMULADO}\end{bmatrix} = \begin{bmatrix}\text{Fluxo}\\\text{PRODUZIDO}\end{bmatrix} - \begin{bmatrix}\text{Fluxo}\\\text{CONSUMIDO}\end{bmatrix}$$

Se o material está sendo produzido e não há consumo, esta equação pode ser escrita como

$$\frac{dC}{dt}V = rV$$

onde C = concentração de material em qualquer tempo t, mg/L
   V = volume do reator, L
   r = taxa de reação, mg/L/s
   t = tempo, s.

O termo volume, V, aparece porque este é um balanço de massa, recordando que

$$\begin{bmatrix}\text{Fluxo de}\\\text{massa}\end{bmatrix} = [\text{Concentração}] \times [\text{Vazão}]$$

As unidades de medida do termo à esquerda (acumulação) são

$$\frac{(\text{mg/L})}{\text{s}} L = \frac{\text{mg}}{\text{s}}$$

e as unidades de medida à direita são

$$(\text{mg/L} \cdot \text{s}) \times (\text{L}) = \frac{\text{mg}}{\text{s}}$$

O volume, é claro, pode ser cancelado na fórmula, de modo que

$$\frac{dC}{dt} = r$$

e de modo integrado,

$$\int_{C_0}^{C} dC = r \int_{0}^{t} dt$$

Para a reação de ordem zero, $r = k$, onde k = constante da taxa de reação e, consequentemente

$$C - C_0 = kt \tag{5.4}$$

A equação anterior permanece quando o material em questão estiver sendo produzido. Na situação em que o reator destrói o componente, a taxa de reação é negativa, portanto

$$C - C_0 = -kt \tag{5.5}$$

Em ambos os casos:

C = concentração do material em qualquer tempo t
C_0 = concentração do material em $t = 0$
k = constante da taxa de reação.

Se a reação for de primeira ordem:

$$r = kC$$

então

$$\frac{dC}{dt} = kC$$

com a constante da taxa k contendo unidades de tempo^{-1}. De forma integrada,

$$\int_{C_0}^{C} \frac{dC}{C} = k \int_{0}^{t} dt$$

$$\ln \frac{C}{C_0} = kt \tag{5.6}$$

$$C = C_0 e^{kt}$$

Se o material estiver sendo consumido, a taxa de reação é negativa, portanto

$$\ln \frac{C}{C_0} = -kt \tag{5.7a}$$

$$\ln \frac{C_0}{C} = kt \tag{5.7b}$$

$$C = C_0 e^{-kt}$$

EXEMPLO 5.2

Problema Um processo de tratamento de águas residuárias industriais utiliza carvão ativado para remoção de cor. A cor é reduzida como uma reação de primeira ordem em um sistema de adsorção em batelada. Se a constante da taxa (k) é 0,35 dia^{-1}, quanto tempo levará para que 90% da cor seja removida?

Solução Tome C_0 = concentração de cor inicial e C = concentração de cor em qualquer tempo t. É necessário chegar a 0,1 C_0: utilize a Equação 5.7b.

$$\ln\left(\frac{C_0}{C}\right) = kt \quad \ln\left(\frac{C_0}{0{,}1C_0}\right) = 0{,}35t \quad \ln\left(\frac{1}{0{,}1}\right) = 0{,}35t$$

$$t = \frac{2{,}30}{0{,}35} = 6{,}6 \text{ dias}$$

∎

5.2.2 Reator de vazão a pistão

As equações para reatores em batelada aplicam-se igualmente bem para o reator de fluxo de pistão, pois se supõe que, nos reatores de fluxo de pistão perfeitos, um pistão de materiais reagentes flui pelo reator e, que, este pistão é como um reator de lote em miniatura. Portanto, para a reação de ordem zero que ocorre no reator de vazão a pistão em que o material é produzido:

$$C = C_0 + k\bar{t} \tag{5.8}$$

onde C = concentração do efluente
C_0 = concentração do afluente
$\bar{t}$ = tempo de retenção do reator = V/Q
V = volume do reator
Q = taxa de vazão pelo reator.

Se o material é consumido como uma reação de ordem zero:

$$C = C_0 - k\bar{t} \tag{5.9}$$

Se o material estiver sendo produzido como uma reação de primeira ordem:

$$\ln \frac{C}{C_0} = k\bar{t} \tag{5.10}$$

$$\ln \frac{C}{C_0} = k\left(\frac{V}{Q}\right)$$

$$V = \left(\frac{Q}{k}\right) \ln \frac{C}{C_0}$$

e se estiver sendo consumido:

$$\ln \frac{C}{C_0} = -k\bar{t} \tag{5.11}$$

$$V = \left(-\frac{Q}{k}\right) \ln \frac{C}{C_0}$$

$$V = \frac{Q}{k} \ln \frac{C_0}{C}$$

EXEMPLO 5.3

Problema Uma indústria deseja utilizar uma longa vala de drenagem para eliminar o odor de seus resíduos. Suponha que a vala aja como o reator de vazão a pistão. A redução do odor comporta-se como uma reação de primeira ordem, com a constante da taxa k = 0,35 dia^{-1}. A taxa de vazão é de 1.600 L/d. Qual deverá ser o comprimento da vala se a velocidade do fluxo for 0,5 m/s e deseja-se reduzir o odor em 90%?

Solução Usando a Equação 5.11:

$$\ln \frac{C}{C_0} = -k\bar{t}$$

$$\ln \frac{0,1 C_0}{C_0} = -(0,35)\bar{t}$$

$$\ln(0,1) = -(0,35)\bar{t}$$

$$\bar{t} = 6,58 \text{ dias}$$

$$\text{comprimento da vala} = 0,5 \frac{m}{s} \times 6,58 \text{ dias} \times 86.400 \frac{s}{dia}$$

$$= 2,8 \times 10^5 \text{ m(!)}$$

5.2.3 Reatores completamente misturados

O balanço de massa para o reator completamente misturado pode ser escrito em termos do material em questão, como

$$\begin{bmatrix}\text{Fluxo} \\ \text{ACUMULADO}\end{bmatrix} = \begin{bmatrix}\text{Fluxo} \\ \text{DE ENTRADA}\end{bmatrix} - \begin{bmatrix}\text{Fluxo} \\ \text{DE SAÍDA}\end{bmatrix}$$

$$+ \begin{bmatrix}\text{Fluxo} \\ \text{PRODUZIDO}\end{bmatrix} - \begin{bmatrix}\text{Fluxo} \\ \text{CONSUMIDO}\end{bmatrix}$$

$$\frac{dC}{dt}V = QC_0 - QC + r_1 V - r_2 V$$

onde C_0 = concentração do material no afluente, mg/L
  C = concentração de material no efluente, e em qualquer local e tempo no reator, mg/L
  r = taxa de reação
  V = volume de reator, L.

Agora é necessário supor novamente uma operação de estado estacionário. Embora uma reação esteja acontecendo no interior do reator, a concentração do efluente (e, por essa razão, a concentração no reator) não está mudando com o tempo. Isto é:

$$\frac{dC}{dt}V = 0$$

Se a reação for de ordem zero e o material estiver sendo produzido, $r = k$, o termo de consumo é zero, e

$$0 = QC_0 - QC + kV$$

$$C = C_0 + k\frac{V}{Q}$$

$$C = C_0 + k\bar{t} \qquad (5.12)$$

Ou, se o material estiver sendo consumido pela reação de ordem zero:

$$C = C_0 - k\bar{t} \qquad (5.13)$$

Se a reação é de primeira ordem e o material é produzido, $r = kC$, e

$$0 = QC_0 - QC + kCV$$

$$\frac{C_0}{C} = 1 - k\frac{V}{Q}$$

$$\frac{C_0}{C} = 1 - k\bar{t}$$

$$C = \frac{QC_0}{Q - kV} \qquad (5.14)$$

Se a reação for de primeira ordem e o material estiver sendo destruído:

$$\frac{C_0}{C} = 1 + k\left(\frac{V}{Q}\right) \qquad (5.15a)$$

$$\frac{C_0}{C} = 1 + k\bar{t} \qquad (5.15b)$$

$$C = \frac{QC_0}{Q + kV}$$

$$V = \frac{Q}{k}\left[\frac{C_0}{C} - 1\right]$$

A Equação 5.15a está de acordo com o senso comum. Suponha que seja necessário maximizar o desempenho do reator que destrói um componente, isto é, deseja-se *aumentar* (C_0/C), ou tornar C menor. Isso pode ser alcançado com:

a. o aumento do volume do reator, V
b. a diminuição da vazão para o reator, Q
c. o aumento da constante da taxa, k.

A constante da taxa k depende de diversas variáveis, como a temperatura e intensidade da mistura. A variabilidade de k com a temperatura é comumente representada na forma exponencial como

$$k_T = k_0 e^{\Phi(T-T_0)}$$

onde Φ = uma constante
k_0 = a constante da taxa na temperatura T_0
k_T = a constante da taxa na temperatura T

EXEMPLO 5.4

Problema Um novo processo de desinfecção destrói organismos coliformes (coli) na água por meio do uso de um reator completamente misturado. A reação é de primeira ordem, com $k = 1,0/\text{dia}^{-1}$. A concentração de afluentes é de 100 coli/mL. O volume do reator é de 400 L e a taxa de vazão de 1.600 L/d. Qual é a concentração do efluente de coliformes?

Solução

$$\begin{bmatrix} \text{Fluxo} \\ \text{ACUMULADO} \end{bmatrix} = \begin{bmatrix} \text{Fluxo} \\ \text{DE ENTRADA} \end{bmatrix} - \begin{bmatrix} \text{Fluxo} \\ \text{DE SAÍDA} \end{bmatrix}$$
$$+ \begin{bmatrix} \text{Fluxo} \\ \text{PRODUZIDO} \end{bmatrix} - \begin{bmatrix} \text{Fluxo} \\ \text{CONSUMIDO} \end{bmatrix}$$

$$0 = QC_0 - QC + 0 - rV$$

onde $r = kC$
$0 = (1.600 \text{ L/d})(100 \text{ coli/mL}) - (1.600 \text{ L/d})C - (1,0 \text{ d}^{-1})(400 \text{ L})C$
$C = 80 \text{ coli/mL}$

5.2.4 Reatores completamente misturados em série

Para dois reatores CSTR em série, o efluente do primeiro é C_1 e, supondo uma reação de primeira ordem em que o material está sendo destruído:

$$\frac{C_0}{C_1} = 1 + k\left(\frac{V_0}{Q}\right)$$

$$\frac{C_1}{C_2} = 1 + k\left(\frac{V_0}{Q}\right)$$

onde V_0 é o volume do reator individual. De forma similar, para o segundo reator, o afluente é C_1 e C_2 é seu efluente e, para o dois reatores,

$$\frac{C_0}{C_1} \cdot \frac{C_1}{C_2} = \frac{C_0}{C_2} = \left[1 + k\left(\frac{V_0}{Q}\right)\right]^2$$

Tabela 5.1 Características de desempenho de reatores completamente misturados

Reação de ordem zero, material produzido:	$C = C_0 + k\bar{t}$
Reação de ordem zero, material destruído:	$C = C_0 - k\bar{t}$
Reação de primeira ordem, material produzido:	$\dfrac{C_0}{C} = 1 - k\bar{t}$
Reação de primeira ordem, material destruído:	$\dfrac{C_0}{C} = 1 + k\bar{t}$
Reação de segunda ordem, material destruído:	$C = \dfrac{-1 + [1 + 4k\bar{t}C_0]^{1/2}}{2k\bar{t}}$
Série de n reatores CSTR, reação de ordem zero, material destruído:	$\dfrac{C_0}{C_n} = \left(1 + \dfrac{k\bar{t}}{C_0}\right)^n$
Série de n reatores CSTR, reação de primeira ordem, material destruído:	$\dfrac{C_0}{C_n} = (1 + k\bar{t}_0)^n$

Observe: C = concentração de efluente; C_0 = concentração de afluente; $\bar{t}$ = tempo de permanência = V/Q; k = constante da taxa; C_n = concentração do n-ésimo reator; $\bar{t}_0$ = tempo de permanência em cada um dos n reatores

Para qualquer número de reatores em série,

$$\dfrac{C_0}{C_n} = \left[1 + k\left(\dfrac{V_0}{Q}\right)\right]^n$$

$$\left(\dfrac{C_0}{C_n}\right)^{1/n} = 1 + k\dfrac{V}{nQ}$$

onde V = volume de todos os reatores, igual a nV_0
 n = número de reatores
 V_0 = volume de cada reator.

As equações para reatores completamente misturados são resumidas na Tabela 5.1.

5.2.5 Comparação de desempenho do reator

A eficiência dos reatores ideais pode ser comparada, a princípio, solucionando todas as equações descritivas em termos de volume do reator, conforme mostra a Tabela 5.2 e o Exemplo 5.5.

EXEMPLO 5.5

Problema Considere uma reação de primeira ordem, exigindo uma redução de 50% na concentração. Qual reator de fluxo de pistão ou CSTR exigiria o mínimo volume?

Solução da Tabela 5.2:

$$\dfrac{V_{\text{CMF}}}{V_{\text{PF}}} = \dfrac{\dfrac{Q}{k}\left(\dfrac{C_0}{C} - 1\right)}{\dfrac{Q}{k}\left(\ln\dfrac{C_0}{C}\right)}$$

Para a conversão de 50%,

$$\dfrac{C_0}{C} = 2$$

$$\dfrac{V_{\text{CMF}}}{V_{\text{PF}}} = \dfrac{(2-1)}{\ln 2} = 1,44$$

Conclusão: um reator CSTR exigiria 44% mais volume do que um PFR.

Tabela 5.2 Resumo do desempenho do reator ideal

Ordem da reação	CSTR Reator único	CSTR n Reatores	Reator de vazão a pistão
Zero	$V = \dfrac{Q}{k}(C_0 - C)$	$V = \dfrac{Q}{k}(C_0 - C_n)$	$V = \dfrac{Q}{k}(C_0 - C)$
Primeira	$V = \dfrac{Q}{k}\left(\dfrac{C_0}{C} - 1\right)$	$V = \dfrac{Qn}{k}\left[\left(\dfrac{C_0}{C}\right)^{1/n} - 1\right]$	$V = \dfrac{Q}{k}\ln\dfrac{C_0}{C}$
Segunda	$V = \dfrac{Q}{k}\left(\dfrac{C_0}{C} - 1\right)\dfrac{1}{C}$	complexa	$V = \dfrac{Q}{k}\left(\dfrac{1}{C} - \dfrac{1}{C_0}\right)$

Observação: material destruído; V = volume do reator; Q = taxa de vazão; k = constante da reação; C_0 = concentração de afluentes; C = concentração de efluentes; n = número de reatores CSTR em série.

A conclusão do exemplo acima é um conceito muito importante utilizado em muitos sistemas de engenharia ambiental. De forma geral, para ordens de reação maiores que ou iguais a um, o reator de vazão a pistão ideal sempre irá superar o reator completamente misturado. Este fato é uma ferramenta poderosa no projeto e funcionamento de sistemas de tratamento.

SÍMBOLOS

C = concentração em qualquer tempo t
C_0 = concentração em $t = 0$
F = fração de um marcador que deixou o reator em qualquer tempo t
A = total (massa) de um marcador no reator, em qualquer tempo t

Q = taxa de vazão
V = volume do reator
k = constante da taxa de reação
t = tempo de permanência

PROBLEMAS

5.1 Uma fábrica de corantes tem águas residuárias extremamente coloridas com uma vazão de 8 mgd. Uma sugestão foi utilizar meios biológicos para tratar essas águas residuárias e remover a cor, e um estudo-piloto é realizado. Utilizando um reator em batelada, os seguintes dados resultam em:

Tempo (horas)	Concentração de corante (mg/L)
0	900
10	720
20	570
40	360
80	230

Uma lagoa de aeração (reator em batelada) será utilizada. De que tamanho deve ser a lagoa para que atinja um efluente de 50 mg/L?

5.2 Um decantador tem uma vazão afluente de 0,6 mgd. Possui 12 pés de profundidade e uma área de superfície de 8.000 pés quadrados. Qual é o tempo de residência hidráulico?

5.3 Um tanque de lodos ativados, 30 × 30 × 200 pés, é projetado como reator de vazão a pistão, com uma DBO afluente de 200 mg/L e vazão de 1 milhão de galões por dia.

a. Se a remoção de DBO for uma reação de primeira ordem, e a constante da taxa for 2,5 dias^{-1}, qual é a concentração de DBO do efluente?
b. Se o sistema acima funciona como um reator completamente misturado, qual deve ser o seu volume (para a mesma reação de DBO)? Quão maior ele é, em porcentagem, em relação ao volume de um reator de vazão a pistão?
c. Se o sistema de vazão a pistão foi construído e descobriu-se que tem uma concentração de efluente de 27,6 mg/L, o sistema poderia ser caracterizado como uma série de reatores completamente misturados. Quantos são? (n =?)

5.4 A gerente da fábrica deve tomar uma decisão. Ela precisa reduzir uma concentração de sal no tanque com capacidade de 8.000 galões (30.283 litros) de 30.000 mg/L para 1.000 mg/L. Ela pode fazer isso de duas maneiras.
   a. Pode começar expelindo o sal com água, mantendo o tanque bem misturado, enquanto joga água limpa dentro dele com uma mangueira (sem sal) com uma vazão de 60 galões por minuto (com um efluente de 60 galões por minuto, obviamente).
   b. Pode esvaziar um pouco da água salina e encher novamente com muita água limpa a fim de obter 1.000 mg/L. A vazão máxima em que o tanque será esvaziado é de 60 galões por minuto e a vazão máxima de água limpa é de 100 galões por minuto.
      1. Se ela pretende realizar esta tarefa no tempo mais curto possível, que alternativa escolherá?
      2. Jeremy Rifkin destaca que o conceito mais difundido dos tempos modernos é a *eficiência*. Tudo deve ser realizado de forma a gastar o mínimo de energia, esforço e, acima de tudo, tempo. Ele observa que estamos perdendo nossa perspectiva sobre o tempo, particularmente se pensarmos sobre tempo de forma digital (como os números digitais em um relógio), em vez de forma análoga (ponteiros em um relógio convencional). Com os dígitos não podemos ver onde estamos e para onde estamos indo; perdemos, assim, toda a perspectiva de tempo. Por que, então, a gerente da fábrica desejaria esvaziar o tanque no tempo mais curto? Porque ela está tão preocupada com o tempo? A questão de ter tempo (e de não desperdiçá-lo) torna-se um valor difundido em nossas vidas, algumas vezes oprimindo nossos outros valores. Escreva uma redação de uma página sobre como você valoriza o tempo em sua vida e como esse valor influencia seus outros valores.

5.5 A reação de primeira ordem é empregada na destruição de determinado tipo de micro-organismo. O ozônio é utilizado como desinfetante, e a reação encontrada é

$$\frac{dC}{dt} = -kC$$

onde C = concentração de micro-organismos, bactérias/mL
      k = constante da taxa, 0,1 min^{-1}
      t = tempo, min.

O sistema atual utiliza um tanque completamente misturado e há uma ideia de destruí-lo para criar uma série de tanques completamente mistos.
   a. Se o objetivo é aumentar a porcentagem de destruição de micro-organismos de 80% para 95%, quantos reatores CSTR em série são necessários?
   b. Destruímos rotineiramente micro-organismos e não pensamos nada a respeito disso. Porém, será que os micro-organismos têm o mesmo direito de existir que os organismos maiores, como as baleias, por exemplo? Ou como as pessoas? Deveríamos oferecer proteção moral para os micro-organismos? Um micro-organismo pode algum dia se tornar uma espécie ameaçada? Como parte desta tarefa, escreva uma carta para o editor do jornal de sua escola em nome de Bactéria Coliforme, um típico micro-organismo que, cansado de não receber proteção e consideração iguais na sociedade humana, está exigindo direitos para as bactérias. Que argumentos filosóficos podem ser usados para argumentar a favor dos direitos das bactérias? Não componha uma carta frívola. Considere a questão de forma séria, porque ela reflete sobre todo o problema da ética ambiental.

5.6 Um reator completamente misturado com o volume V e a taxa de vazão Q, apresenta uma reação de ordem zero, $dA/dt = k$, em que A é o material que está sendo produzido e k é a constante da taxa. Obtenha uma equação que permitia um cálculo direto do volume exigido do reator.

5.7 Um biorreator contínuo completamente misto utilizado para cultivar penicilina funciona como um sistema de ordem zero. A substância que entra, glicose, é convertida em vários fermentos orgânicos. A taxa de vazão para este sistema é de 20 litros por minuto, e a constante da taxa de conversão é 4 mg/(min-L). A concentração de glicose afluente é 800 mg/L e a efluente deve conter menos que 100 mg/L. Qual é o menor reator capaz de produzir essa conversão?

5.8 Digamos que você projetará um tanque de cloração para matar micro-organismos no efluente de uma estação de tratamento de águas residuárias. É necessário atingir 99,99% de neutralização em uma vazão de águas residuárias de 100 m³/hora. Considere que a desinfecção é uma reação de primeira ordem com constante de taxa de 0,2 min^{-1}.
   a. Calcule o volume do tanque se o tanque de contato for um reator CSTR.
   b. Calcule o volume do tanque se o tanque de contato for um reator de fluxo de pistão.
   c. Qual é o tempo de permanência dos dois reatores?

5.9 Um reator completamente misturado, funcionando em um estado estacionário, tem uma vazão de entrada de 4 L/min e uma concentração "pegajosa" de vazão de entrada de 400 mg/L. O volume é 60 litros; a reação é de ordem zero. A concentração pegajosa no reator é de 100 mg/L.
   a. Qual é a constante da taxa de reação?
   b. Qual é o tempo de retenção hidráulica?
   c. Qual é a concentração pegajosa da vazão de saída (efluente)?

CAPÍTULO SEIS

Fluxo e Balanço de Energia

Uma pessoa enérgica é alguém que está em constante movimento, tem muita energia e é sempre ativa. Porém, algumas pessoas enérgicas parecem que nunca *terminam* nada – elas despendem um esforço enorme, mas nem sempre atingem o nível esperado. Obviamente, ser enérgico não é suficiente; é preciso também ser *eficiente*. A energia disponível, para se tornar útil, deve ser eficientemente canalizada para o uso produtivo.

Neste capítulo, veremos as quantidades de energia, como ela flui e é colocada em uso, e as eficácias dessa utilização.

6.1 UNIDADES DE MEDIDA

Uma das primeiras medidas de energia, ainda amplamente utilizada por engenheiros americanos, é a unidade térmica britânica (BTU, do inglês *British thermal unit*), definida como a quantidade de energia necessária para aquecer uma libra de água (454 ml) em um grau Fahrenheit. A unidade de energia internacionalmente aceita é o joule. Outras unidades comuns de energia são a caloria e kilowatt-hora (kWh) — a primeira sendo utilizada nas ciências naturais e a última na engenharia. A Tabela 6.1 apresenta os fatores de conversão para todas essas unidades, enfatizando o fato de que *todas* são medidas de energia e, consequentemente, são intercambiáveis.

EXEMPLO 6.1

Problema Um galão de gasolina tem um valor energético de 126.000 BTU. Expresse-o em a. calorias, b. joules, c. kWh.

Solução
  a. 126.000 BTU × 252 cal/BTU = $3{,}17 \times 10^7$ cal.
  b. 126.000 BTU × 1054 J/BTU = $1{,}33 \times 10^8$ J.
  c. 126.000 BTU × $2{,}93 \times 10^{-4}$ kWh/BTU = 37 kWh

6.2 BALANÇO E CONVERSÃO DE ENERGIA

Existem, evidentemente, muitas formas de energia, como a química, calorífica, e energia potencial em virtude da posição altimétrica. Com frequência, a forma de energia disponível não é a forma mais útil, e uma forma de energia deve ser convertida em outra. Por exemplo, a água do lago de uma montanha tem energia potencial e pode passar por uma turbina a

Tabela 6.1 Fatores de conversão de energia

Para converter	para	multiplique por
BTU	calorias	252
	joules	1.054
	kWh	0,000293
calorias	BTU	0,00397
	joules	4,18
	kWh	0,00116
joules	BTU	0,000949
	calorias	0,239
	kWh	$2{,}78 \times 10^{-7}$
kilowatt-horas	BTU	3.413
	calorias	862
	joules	$3{,}6 \times 10^{6}$

fim de converter este potencial em energia elétrica que, por sua vez, pode ser convertida em calor ou eletricidade, duas formas de energia útil. A energia química na matéria orgânica, armazenada em ligações de carbono-carbono e carbono-hidrogênio produzidas pelos vegetais podem ser liberadas por um processo como a combustão, cuja energia calorífera pode depois ser utilizada direta ou indiretamente para produzir vapor de modo a acionar os geradores elétricos. O vento possui energia cinética, e um moinho de vento pode converter essa energia para energia mecânica, que pode também ser convertida em energia elétrica para produzir energia calorífica, que aquece a sua casa. A conversão de energia é, portanto, um importante e antigo processo de engenharia. Infelizmente, as conversões de energia têm *sempre* menos que 100% de eficiência.

A energia (seja qual for o tipo), quando expressa em unidades comuns, pode ser ilustrada como uma quantidade que flui e, com isso, é possível analisar os fluxos de energia usando os mesmos conceitos utilizados para fluxo e balanço de materiais. Como anteriormente, uma "caixa-preta" é qualquer processo ou operação em que determinados fluxos entram e dos quais outros saem. Se todos os fluxos puderem ser corretamente explicados, então, deve haver um balanço.

Observando a Figura 6.1, note que em uma caixa-preta a "energia de entrada" deve se igualar à "energia de saída" (energia gasta na conversão + energia útil), além da energia acumulada na caixa. Isso pode ser expresso como

$$\begin{bmatrix} \text{Taxa de} \\ \text{energia} \\ \text{ACUMULADA} \end{bmatrix} = \begin{bmatrix} \text{Taxa de} \\ \text{energia} \\ \text{DE ENTRADA} \end{bmatrix} - \begin{bmatrix} \text{Taxa de} \\ \text{energia} \\ \text{DE SAÍDA} \end{bmatrix} + \begin{bmatrix} \text{Taxa de} \\ \text{energia} \\ \text{PRODUZIDA} \end{bmatrix} - \begin{bmatrix} \text{Taxa de} \\ \text{energia} \\ \text{CONSUMIDA} \end{bmatrix}$$

É evidente que a energia nunca é literalmente produzida ou consumida; ela simplesmente muda de forma. Além disso, da mesma forma que os processos envolvendo materiais podem ser estudados em sua condição de "estado estacionário", definido como um processo em que nenhuma alteração ocorre ao longo do tempo, os sistemas de energia também podem ser considerados como em estado estacionário. É claro que se não há

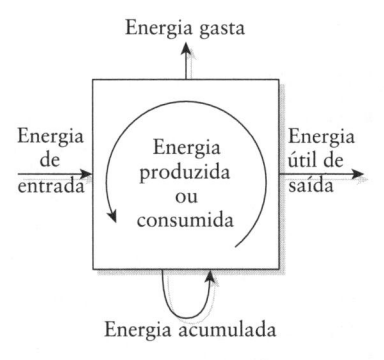

Figura 6.1 Caixa-preta para fluxo de energia.

alteração alguma com o passar do tempo, não pode haver uma acumulação contínua de energia, de modo que a equação deve ser escrita como

[Taxa de energia DE ENTRADA] = [Taxa de energia DE SAÍDA]

Lembre-se de que a "energia de saída" possui dois termos (energia gasta na conversão e energia útil), portanto

[Taxa de energia DE ENTRADA] = [Taxa de energia útil DE SAÍDA]
+ [Taxa de energia gasta DE SAÍDA]

Se o consumo e a produção útil de uma caixa-preta forem conhecidos, a eficiência do processo pode ser calculada como

$$\text{Eficiência (\%)} = \frac{\text{Energia útil DE SAÍDA}}{\text{Energia DE ENTRADA}} \times 100$$

EXEMPLO 6.2

Problema Uma usina elétrica alimentada a carvão utiliza 1.000 Mg de carvão por dia. (*Observação*: 1 Mg equivale a 1.000 kg, comumente chamado de tonelada métrica ou simplesmente uma tonelada). O valor energético do carvão é 28.000 kJ/kg. A usina produz $2,8 \times 10^6$ kWh de eletricidade por dia. Qual é a eficiência da usina elétrica?

Solução

$$\text{Energia DE ENTRADA} = 28.000 \text{ kJ/kg} \times 1.000 \text{ Mg/d} \times 1.000 \text{ kg/Mg}$$
$$= 28 \times 10^9 \text{ kJ/d}$$

$$\text{Produção de energia útil} = 2,8 \times 10^6 \text{ kWh/d} \times (3,6 \times 10^6) \text{ J/kWh} \times 10^{-3} \text{ kJ/J}$$
$$= 10,1 \times 10^9 \text{ kJ/d}$$

$$\text{Eficiência (\%)} = [10,1 \times 10^9 \text{ kJ/d}]/[28 \times 10^9 \text{ kJ/d}] \times 100 = 36\%$$

Outro exemplo de como uma forma de energia pode ser convertida em outra é o *calorímetro*, o método-padrão de medição do valor da energia calorífera de materiais quando eles entram em combustão. A Figura 6.2 demonstra um esboço esquemático de um *calorímetro de vaso*. O vaso é uma esfera de aço inoxidável que pode ser desrosqueada. A esfera tem um espaço vazio no interior, onde a amostra que deverá entrar em combustão

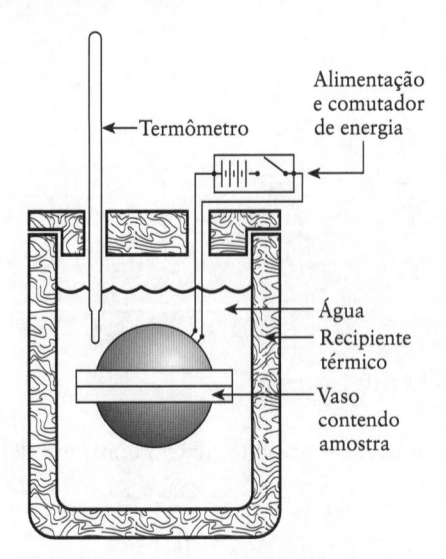

Figura 6.2 Desenho simplificado de um calorímetro de vaso.

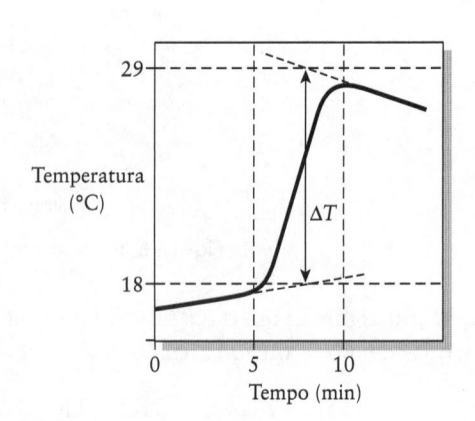

Figura 6.3 Resultados de um teste de calorímetro de vaso.

é colocada. Uma amostra de peso conhecido, como um pequeno pedaço de carvão, é colocada dentro da bomba e as duas metades são rosqueadas até fechar. O oxigênio sob alta pressão é então injetado no vaso e este é colocado numa solução de água adiabática com fios que saem do vaso e vão até uma fonte de corrente elétrica. Por meio de uma descarga elétrica dos fios, o material na esfera de aço entra em combustão e esquenta o vaso que, por sua vez, aquece a água. A elevação da temperatura da água é medida com um termômetro e anotada como uma função de tempo. A Figura 6.3 apresenta o traçado de uma típica curva do calorímetro.

Observe que, a partir do tempo zero, a água está aquecendo em virtude do calor no espaço. Em $t = 5$ min, o interruptor é fechado, e a combustão ocorre no vaso. A temperatura continua a subir até $t = 10$ min, tempo em que a água começa a esfriar. A elevação líquida devida à combustão é calculada quando se extrapola o aquecimento inicial e as linhas de resfriamento, e se determina a diferença na temperatura.

Agora considere o calorímetro como uma caixa-preta e suponha que o recipiente esteja bem isolado, de forma que nenhuma energia calorífera escape do sistema. Como essa é uma operação por batelada, não existe acúmulo. A [Energia DE ENTRADA] ocorre inteiramente em razão do material que entra em combustão, e esta deve se igualar à [Energia DE SAÍDA], ou a energia expressa como calor e medida como a temperatura com o termômetro. Tenha em mente que apenas a energia *calorífera* é considerada; então, ao se supor que nenhuma quantidade de calor é perdida para a atmosfera, não há "energia gasta".

A energia calorífera de saída é calculada como o aumento da temperatura da água vezes a massa da água somada ao vaso. Recorde-se de que uma caloria é definida como a quantidade de energia necessária para elevar a temperatura de um grama de água em um grau Celsius.

Sabendo-se quantos gramas de água há no calorímetro, é possível calcular o acúmulo de energia em calorias. Uma quantia igual de energia deve ter sido liberada pela combustão da amostra e, conhecendo-se qual é o peso da amostra, seu valor energético pode ser calculado. (Esta discussão é substancialmente simplificada, portanto, qualquer um que esteja interessado nos detalhes do calorímetro deve consultar algum livro atual sobre termodinâmica para um aprofundamento).

EXEMPLO 6.3

Problema Um calorímetro contém 4 litros de água. A ignição de uma amostra de 10 gramas de um combustível derivado de resíduos, com valor energético desconhecido, fornece um aumento na temperatura de 12,5°C. Qual é o valor energético deste combustível? Ignore a massa do vaso.

Solução Utilizando-se um balanço de materiais:

[Energia DE ENTRADA] = [Energia DE SAÍDA]

Energia de saída $= 12,5°C \times 4 \text{ L} \times 10^3 \text{ mL/L} \times 1 \text{ g/mL}$
$= 50 \times 10^3 \text{ °C-g, ou calorias}$
$= (50 \times 10^3 \text{ cal}) \times (4,18 \text{ J/cal}) = 209 \times 10^3 \text{ J}$

Energia DE ENTRADA = Energia DE SAÍDA $= 209 \times 10^3$ J

Valor energético do combustível $= [209 \times 10^3 \text{ J}]/[10 \text{ g}] = 20,900$ J/g

---

É fácil analisar a energia calorífera pelos balanços de energia, pois a quantidade de energia calorífera em um material é simplesmente sua massa vezes sua temperatura absoluta. (Isso é verdadeiro se a capacidade de calor for independente da temperatura, em particular, se não ocorrem mudanças de fase, como na conversão de água para vapor. Essas situações são discutidas no curso de termodinâmica, altamente recomendado para todos os engenheiros ambientais). Um balanço de energia para a energia calorífera ocorreria, então, em termos da quantidade de calor, ou

$$\begin{bmatrix} \text{Energia} \\ \text{calorífera} \end{bmatrix} = \begin{bmatrix} \text{Massa do} \\ \text{material} \end{bmatrix} \times \begin{bmatrix} \text{Temperatura absoluta} \\ \text{do material} \end{bmatrix}$$

Isso é análogo aos fluxos de massa discutidos previamente, exceto que agora a vazão é um fluxo de energia. Quando dois fluxos de energia calorífera são combinados, por exemplo, a temperatura do fluxo resultante em um estado estacionário é calculada utilizando-se a técnica da caixa-preta:

0 = [Energia calorífera DE ENTRADA] − [Energia calorífera DE SAÍDA] + 0 − 0

ou, em outras palavras:

$$0 = [T_1 Q_1 + T_2 Q_2] - [T_3 Q_3]$$

Ao solucionar a temperatura final:

$$T_3 = \frac{T_1 Q_1 + T_2 Q_2}{Q_3} \qquad (6.1)$$

onde T = temperatura absoluta
 Q = fluxo, massa/unidade de tempo (ou volume, no caso de densidade constante)
 1 e 2 = correntes de entrada
 3 = corrente de saída

O balanço de massa/volume é

$$Q_3 = Q_1 + Q_2$$

Embora a termodinâmica tradicional exija que a temperatura seja expressa em termos *absolutos*, a conversão de celsius (C) para kelvin (K) simplesmente é cancelada e T pode ser convenientemente expresso em graus C.

EXEMPLO 6.4

Problema Uma usina elétrica alimentada a carvão descarrega 3 m³/s de água de resfriamento a 80°C em um rio que tem uma vazão de 15 m³/s e temperatura de 20°C. Qual será a temperatura no rio logo abaixo da descarga?

Solução Utilizando-se a Equação 6.1 e considerando a confluência do rio e a água de resfriamento como uma caixa-preta:

$$T_3 = \frac{T_1 Q_1 + T_2 Q_2}{Q_3}$$

$$T_3 = \frac{[(80 + 273) \text{ K } (3 \text{ m}^3/\text{s})] + [(20 + 273) \text{ K } (15 \text{ m}^3/\text{s})]}{(3 + 15) \text{ m}^3/\text{s}} = 303 \text{ K}$$

ou 30°C. Observe que o uso de temperaturas absolutas não é necessário, porque o número 273 é cancelado.

6.3 FONTES E DISPONIBILIDADE DE ENERGIA

Faz sentido que as usinas elétricas utilizem os combustíveis mais eficientes possíveis, porque estes produzirão o mínimo de cinzas para serem eliminadas e serão, muito provavelmente, mais baratos na utilização em termos de kWh de eletricidade produzida por dólar do custo de combustíveis. Porém, os melhores combustíveis, gás natural e petróleo, estão em vias de se esgotar. As estimativas variam quanto à quantidade de combustíveis naturais, gasosos e líquidos, que resta ao nosso alcance na crosta terrestre, mas a maior parte dos especialistas concorda que, se continuarem a ser utilizados com a atual taxa em expansão, as reservas existentes se esgotarão em até 50 anos. Outros argumentam que, à medida que as reservas começam a ser reduzidas e o preço desses combustíveis aumenta, outros combustíveis se tornarão menos caros em comparação; portanto, as forças de mercado limitarão o uso dos recursos.

Se os pessimistas estiverem corretos e o mundo perder sua reserva de petróleo e gás natural em até 50 anos, será que a próxima geração nos culpará por utilizarmos de maneira insensata os recursos naturais? Ou então: deveríamos, por acaso, preocupar-nos com a próxima geração?

Há um forte argumento de que a coisa mais importante a fazer para as próximas gerações é não planejarmos para eles. O mundo será tão diferente e a condição tecnológica mudaria tão visivelmente que é impossível prever do que as futuras gerações precisariam. Privar-nos de recursos necessários hoje só porque alguma pessoa no futuro iria se beneficiar com esses recursos é, por este argumento, simplesmente absurdo.

Por outro lado, não existem algumas coisas das quais podemos estar razoavelmente certos em relação às gerações futuras? Podemos muito bem supor que eles apreciarão e valorizarão muitas das mesmas coisas que nós apreciamos e valorizamos. Eles gostarão de ter ar limpo e reservas de águas limpas e em abundância. Gostarão de desfrutar de espaços livres e da natureza. Estarão felizes se não houver uma bomba-relógio de resíduos perigosos. E (eis uma discussão) apreciarão se parte do que consideramos recursos naturais estiverem presentes para seu usufruto e manuseio.

Entretanto, a pergunta mais importante é: Por que deveríamos importar-nos com as gerações futuras? O que eles fizeram algum dia por nós? Onde está a recompensa em tudo isso?

Se ignorarmos o problema da reciprocidade e decidirmos conservar os recursos energéticos, quais são as fontes disponíveis de energia renovável? As fontes atualmente utilizadas incluem:

- energia hidrelétrica dos rios;
- energia hidrelétrica maremotriz em estuários;
- energia solar;
- resíduos sólidos;
- vento;
- madeira e outros tipos de biomassa, como cana-de-açúcar e casca de arroz.

As fontes de energia não renováveis incluem:

- energia nuclear;
- carvão, turfa, e materiais similares;
- gás natural;
- petróleo.

As fontes não renováveis são nosso "capital de energia", a quantidade de produtos de energia que temos para gastar. As fontes renováveis são análogas à nossa "energia de entrada", recursos que podemos continuar a utilizar enquanto o Sol brilhar e o vento soprar. O uso anterior de energia nos Estados Unidos é ilustrado na Figura 6.4. Observe que a maioria das fontes renováveis era tão pequena que mal apareciam no gráfico. Contudo, ainda estamos acabando rapidamente com nosso capital de energia e quase não dependemos do consumo de energia renovável.

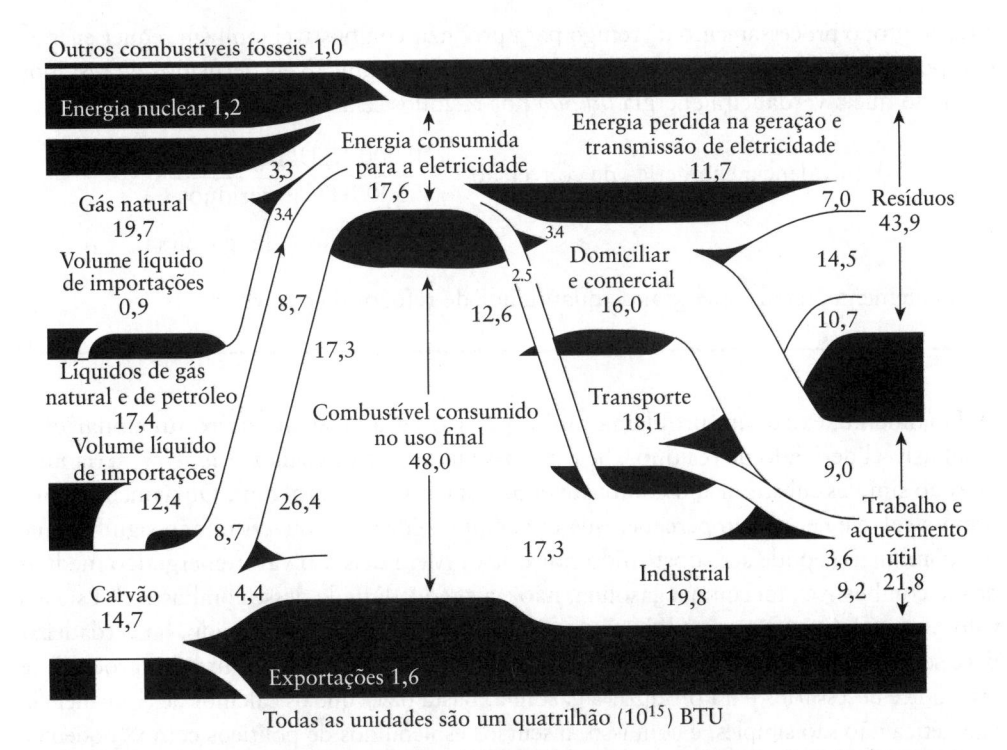

Figura 6.4 Fluxo de energia nos Estados Unidos (de acordo com Wagner, R.H. *Environment and man*, 1978. Norton, conforme os dados de E. Cook).

6.3.1 Equivalência energética

Existe uma grande diferença entre a energia potencialmente disponível e a energia que pode ser eficientemente aproveitada. Por exemplo, uma das maiores fontes de energia potencial é a energia maremotriz. No entanto, a dificuldade está em como converter este potencial para uma forma útil, como a energia elétrica. Com algumas exceções notáveis, conversões deste tipo não se mostraram eficazes em termos de custo. Isto é, a energia elétrica obtida da energia maremotriz custa muito mais que a energia elétrica produzida por outros meios.

Além disso, alguns tipos de conversões podem não apresentar uma eficiência *energética*, pelo fato de ser necessário mais energia para produzir a forma comercializável de energia que a energia final produzida. Por exemplo, a energia necessária para coletar e processar resíduos sólidos domiciliares pode ser maior (em termos de BTU) do que a energia produzida pela queima do combustível derivado de resíduos e pela geração de eletricidade.

Uma distinção importante deve ser feita entre a *equivalência energética aritmética* e a *equivalência energética de conversão*. A primeira é calculada simplesmente com base na energia, ao passo que a segunda leva em conta a energia perdida na conversão. O Exemplo 6.5 ilustra este ponto.

EXEMPLO 6.5

Problema Quais são os equivalentes energéticos aritméticos e de conversão entre a gasolina (20.000 BTU/lb) e o combustível derivado de resíduos (5.000 BTU/lb)?

Solução

$$\text{Equivalência energética aritmética} = \frac{20.000 \text{ BTU/lb gasolina}}{5.000 \text{ BTU/lb de refugo}}$$

$$= 4 \text{ lb de resíduos/1 lb gasolina}$$

No entanto, o processamento de refugo para produzir combustível também requer energia. Isso pode ser estimado talvez em 50% da energia de combustíveis derivados de resíduos, de modo que a verdadeira energia *líquida* nos resíduos seja 2.500 BTU/lb. Portanto,

$$\text{Equivalência energética de conversão} = \frac{20.000 \text{ BTU/lb gasolina}}{2.500 \text{ BTU/lb resíduos}}$$

$$= 8 \text{ lb resíduos/1 lb. gasolina}$$

(Evidentemente, temos uma grande quantidade de refugos disponíveis).

Finalmente, existe um problema muito prático para fazer um carro funcionar com combustível derivado de resíduos. Se esta fosse uma equivalência *verdadeira*, seria uma questão simples substituir um combustível por outro sem ônus algum. Obviamente isso é impossível, e é necessário perceber que uma equivalência de conversão não significa que um combustível pode ser substituído por outro. Além disso, o valor energético medido de um combustível, tal como a gasolina, não é a energia líquida desse combustível. Este é o valor energético conforme medido por um calorímetro, mas o valor líquido, ou verdadeiro, deve ser calculado subtraindo-se o custo energético das pesquisas, perfuração, produção e transporte necessários para produzir a gasolina. Basta dizer que os cálculos de equivalência energética não são simples, e com isso, discursos esplêndidos de políticos como "podemos economizar 15 zilhões de barris de gasolina por ano se apenas começássemos a queimar todo o nosso estrume de vaca" devem ser tratados com o devido ceticismo.

6.3.2 Produção de energia elétrica

Um dos problemas de conversão mais preocupantes é a produção de eletricidade a partir de combustíveis fósseis. As usinas elétricas atuais apresentam uma eficiência inferior a 40%. Por que isso ocorre?

Em primeiro lugar, considere como uma usina elétrica funciona. A Figura 6.5 ilustra como a água é aquecida até evaporar em uma caldeira, e o vapor é utilizado para acionar uma turbina que, por sua vez, aciona um gerador. O vapor residual deve ser condensado em água antes que possa ser novamente convertido para vapor de alta pressão. Este sistema pode ser simplificado como na Figura 6.6, e o esquema resultante é chamado de *máquina térmica*. Se o trabalho executado também for expresso como energia e pressupondo-se o estado estacionário, um balanço energético nesta máquina térmica resulta em:

$$\begin{bmatrix} \text{Taxa de} \\ \text{ACÚMULO} \\ \text{de energia} \end{bmatrix} = \begin{bmatrix} \text{Taxa de} \\ \text{energia} \\ \text{DE ENTRADA} \end{bmatrix} - \begin{bmatrix} \text{Taxa de} \\ \text{energia útil} \\ \text{DE SAÍDA} \end{bmatrix} - \begin{bmatrix} \text{Taxa de} \\ \text{energia gasta} \\ \text{DE SAÍDA} \end{bmatrix}$$

$$0 = Q_0 - Q_U - Q_W$$

onde Q_0 = fluxo de energia que entra na caixa-preta
Q_U = energia útil que sai da caixa-preta
Q_W = energia gasta que sai da caixa-preta.

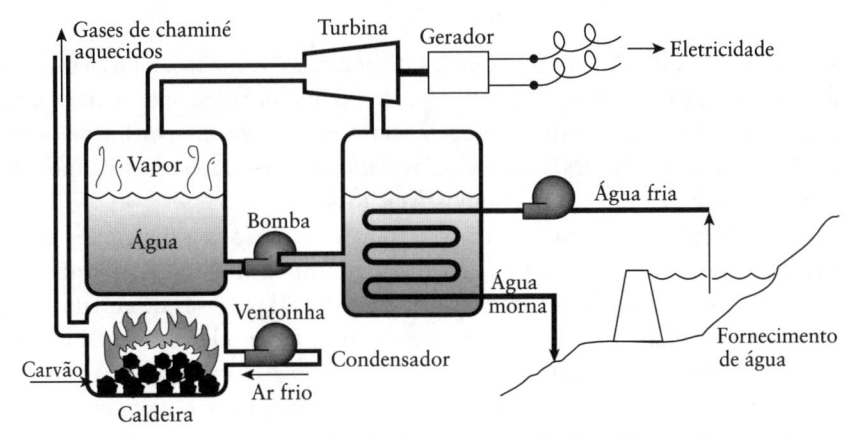

Figura 6.5 Desenho simplificado de uma usina elétrica alimentada a carvão.

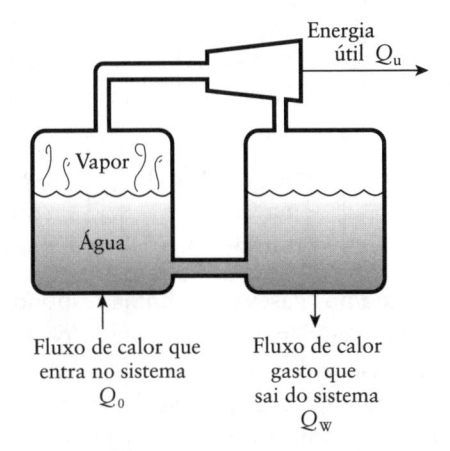

Figura 6.6 A máquina térmica.

A eficiência desse sistema, conforme definido anteriormente, é

$$\text{Eficiência (\%)} = \frac{Q_U}{Q_0} \times 100$$

A partir da termodinâmica é possível provar que a máquina mais eficiente (menos gasto de energia) é denominada máquina de Carnot e que sua eficiência é determinada pela temperatura absoluta do ambiente ao redor. A eficiência da máquina de Carnot é definida como

$$E_C \text{ (\%)} = \frac{T_1 - T_0}{T_1} \times 100$$

onde T_1 = temperatura absoluta da caldeira
T_0 = temperatura absoluta do condensador (água de resfriamento).

Como este é o melhor sistema possível, qualquer outro no planeta não pode ser mais eficiente:

$$\frac{Q_U}{Q_0} \leq \frac{T_1 - T_0}{T_1}$$

As caldeiras modernas podem funcionar em temperaturas de até 600°C. Restrições ambientais limitam a temperatura da água no condensador em cerca de 20°C. Consequentemente, a melhor eficiência esperada é

$$E_C \text{ (\%)} = \frac{(600 + 273) - (20 + 273)}{(600 + 273)} \times 100 = 66\%$$

Uma usina elétrica real também tem perdas de energia em razão dos gases de chaminé aquecidos, evaporação, perdas por atrito etc. As melhores usinas conseguiram até agora se manter próximas de 40% de eficiência. Quando várias perdas de energia são subtraídas das usinas nucleares, as eficiências dessas usinas parecem ser ainda menores que as das usinas alimentadas com combustíveis fósseis.

Se 60% da energia calorífera no carvão não forem utilizadas, devem ser eliminadas, e esta energia deve, de alguma forma, ser dissipada no ambiente. A energia calorífera residual é emitida da usina elétrica de duas formas primárias: gases de chaminé e água de resfriamento. O esquema da usina elétrica na Figura 6.5 pode ser reduzido para uma caixa-preta e um balanço de calor, executado, conforme se vê na Figura 6.7. Suponha simplesmente que o calor no ar frio seja insignificante. Portanto, o balanço de energia no estado estacionário é

$$\begin{bmatrix} \text{Taxa de} \\ \text{energia} \\ \text{ACUMULADA} \end{bmatrix} = \begin{bmatrix} \text{Taxa de} \\ \text{energia} \\ \text{DE ENTRADA} \\ \text{no carvão} \end{bmatrix} - \begin{bmatrix} \text{Taxa de} \\ \text{energia} \\ \text{DE SAÍDA} \\ \text{nos gases de chaminé} \end{bmatrix}$$

$$- \begin{bmatrix} \text{Taxa de} \\ \text{energia DE SAÍDA} \\ \text{na água de} \\ \text{resfriamento} \end{bmatrix} - \begin{bmatrix} \text{Taxa de} \\ \text{energia DE SAÍDA} \\ \text{como energia} \\ \text{elétrica útil} \end{bmatrix}$$

Comumente, a energia perdida nos gases de chaminé responde por 15% da energia no carvão, ao passo que a água de resfriamento responde pelos 45% restantes. Esta extensa fração ilustra os problemas associados com o que é conhecido por *poluição térmica*, o aumento na temperatura de lagos e rios por causa de descargas de água de resfriamento.

A maior parte dos estados norte-americanos restringe as descargas térmicas para que o aumento sobre os níveis de temperatura de correntes no ambiente seja igual ou inferior a

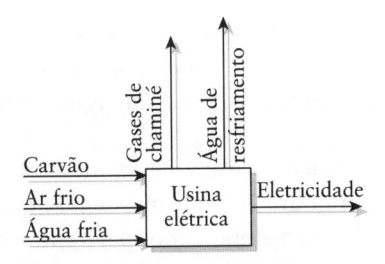

Figura 6.7 A usina elétrica como uma caixa-preta.

1°C. Portanto, parte do calor na água de resfriamento deve ser dissipada na atmosfera antes que a água seja descarregada. Vários recursos são utilizados para a dissipação dessa energia, incluindo grandes lagoas rasas e torres de resfriamento. Um desenho de corte transversal de uma típica torre de resfriamento é apresentado na Figura 6.8. As torres de resfriamento representam um custo adicional substancial na geração de eletricidade. Estima-se que elas dobrem o custo da produção de energia em usinas de combustíveis fósseis e que possam aumentar os custos em até 2,5 vezes para usinas elétricas nucleares.

Mesmo com estes gastos, os cursos de água imediatamente abaixo da descarga de água de resfriamento são, muitas vezes, significantemente mais quentes que o normal. Isso resulta na ausência de gelo durante os invernos rígidos e no processo de crescimento de peixes imensos. Existem inúmeras histórias sobre o tamanho dos peixes pescados em correntes e lagos aquecidos artificialmente, e estes lugares não apenas se tornam locais de pesca favoritos para as pessoas, mas também aglomeram aves no inverno. Animais silvestres também utilizam as águas descongeladas durante o inverno, quando outras águas superficiais estão congeladas. Em outras partes do mundo, a água quente obtida a partir do resfriamento da geração de energia é utilizada para o aquecimento de espaços internos, levada para casas e escritórios por meio de tubulações de água que percorrem linhas subterrâneas.

Com este benefício bastante potencial resultante da descarga de calor residual, por que é necessário gastar tanto dinheiro para resfriar a água antes da descarga? Nos Estados

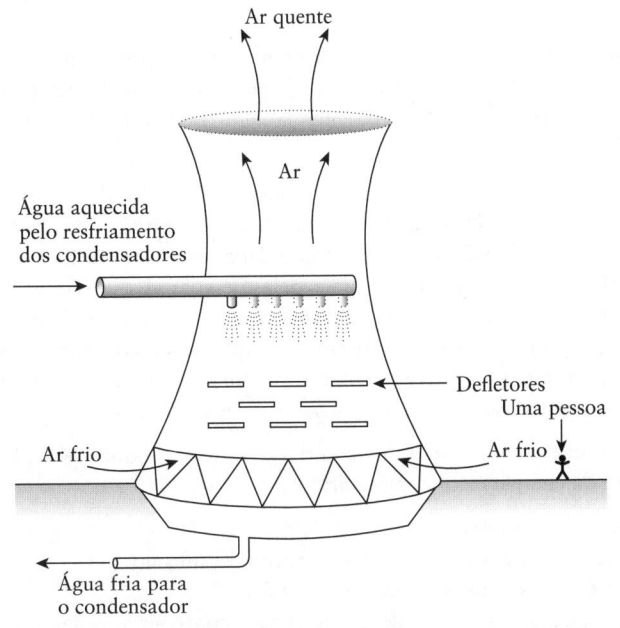

Figura 6.8 Torre de resfriamento utilizada em usinas elétricas.

Unidos, o calor residual não é utilizado para o aquecimento de espaços internos porque as usinas elétricas foram intencionalmente construídas o mais longe possível da civilização. Nossa relutância em ter usinas elétricas como vizinhas nos priva da oportunidade de obter calor "gratuito".

A razão pela qual a água quente não deve ser descarregada nos cursos de água é menos óbvia. O calor altera nitidamente o ecossistema aquático, mas algumas pessoas alegariam que essa alteração é para melhor. Todos parecem se beneficiar de ter água quente. Contudo, as alterações nos ecossistemas aquáticos são, com frequência, imprevisíveis e potencialmente desastrosas. O calor pode aumentar as chances de diversos tipos de doenças nos peixes, e restringirá, certamente, os tipos de peixe que conseguem existir na água quente. Muitos peixes de água fria, a exemplo da truta, não podem se procriar na água mais quente, então morrerão, tendo seu lugar tomado por peixes que conseguem sobreviver, como o peixe-gato e a carpa.

Os valores envolvidos nas restrições governamentais sobre as descargas térmicas do tipo "não mais que um aumento de 1°C na temperatura" não estão claros. É nosso intuito proteger a truta, ou seria aceitável ter a corrente povoada por outros peixes? E o que dizer sobre a vantagem para outras formas de vida por terem água sem gelo durante o inverno? E quanto às pessoas que gostam de pescar? Em nível local, as descargas térmicas não parecem surtir efeitos duradouros, então por que estamos pagando tão mais caro por nossa eletricidade?

SÍMBOLOS

kWh = kilowatt-hora
cal = caloria
J = joule
T = temperatura

Q = taxa de fluxo de calor ou taxa de fluxo de volume
E = eficiência

PROBLEMAS

6.1 Quantos quilos de carvão devem ser queimados para manter uma lâmpada de 100 watts acesa durante uma hora? Suponha que a eficiência da usina elétrica seja de 35%, as perdas de transmissão representam 10% da energia gerada e o valor de aquecimento do carvão é 12.000 BTU/lb.

6.2 O carvão é um recurso não renovável e uma fonte valiosa de carbono para a fabricação de plásticos, pneus etc. Quando as reservas de carvão estiverem extintas, não haverá mais carvão para ser extraído. É nossa responsabilidade assegurar que haja reservas de carvão em, digamos, 200 anos, para serem utilizadas pelas pessoas vivas nessa época? Deveríamos nos preocupar com isso ou deveríamos utilizar o carvão com a velocidade necessária e prudente para nossas próprias necessidades, imaginando que as gerações futuras possam tomar conta de si mesmas? Escreva uma argumentação de uma página a favor da não conservação do carvão ou por sua conservação para usos das gerações futuras.

6.3 Uma usina de energia nuclear com vida útil de 25 anos produz 750 MW por ano de energia útil. O custo da energia é como a seguir:

150 MW perdidos na distribuição
 20 MW necessários para extrair o combustível do subsolo
 50 MW necessários para enriquecer o combustível
 80 MW (propagados ao longo de 25 anos) para construir a usina
290 MW perdidos na forma de calor

Qual é a eficiência da usina? Qual é a eficiência do sistema (incluindo as perdas na distribuição)?

6.4 Um dos maiores problemas com a energia nuclear é a eliminação de resíduos radioativos. Se todos nós recebêssemos energia elétrica de uma usina elétrica nuclear, nossa contribuição pessoal para os resíduos nucleares seria de cerca de 240 ml. Isso não parece ser muito preocupante. Suponha, porém, que toda a região que inclui a cidade de Nova York (população de 10 milhões de habitantes) receba sua eletricidade apenas de uma usina elétrica nuclear. Qual seria a quantidade de resíduos gerados a cada ano? O que deve ser feito com eles? Desenvolva um método original (?) para altos níveis de eliminação de resíduos nucleares e defenda sua escolha com uma discussão de uma página sobre o tópico. Considere tanto a geração humana presente como a futura, assim como a qualidade ambiental, ecossistemas e o uso futuro de recursos.

6.5 Uma amostra de um grama de combustível desconhecido é testada em um calorímetro de 2 litros (equivalente), com os seguintes resultados:

Tempo (min)	Temp. (°C)
0	18,5
5	19,0
6	19,8
7	19,9
8	20,0
9	19,9
10	19,8

Qual o valor de aquecimento deste combustível em kJ/kg?

6.6 Uma das formas mais limpas de energia é a energia hidrelétrica. Infelizmente, a maioria dos nossos rios já foram represados ao máximo no que diz respeito à viabilidade e há pouca probabilidade de que seremos capazes de obter muito mais energia hidrelétrica. No entanto, no Canadá, a região de James Bay é um lugar ideal para novas imensas represas que forneceriam energia elétrica limpa e barata para a região nordeste americana. O projeto denominado "Hydro-Quebec" já está em construção, e os canadenses estão em busca de novos clientes para sua energia.

Contudo, as represas criarão lagos que inundarão terras ancestrais de nativos americanos e eles estão bastante irritados com isso. Por causa deste e de outros problemas ambientais, o Estado de Nova York e outros possíveis clientes voltaram atrás nos acordos de compra, lançando uma sombra sobre a expansão do projeto.

Discuta em uma redação de duas páginas o conflito de valores da forma que você os avalia. O governo canadense tem direito legítimo de expropriar as terras? Reconheça que se este projeto não for construído, outras usinas elétricas serão. Como o governo canadense deve solucionar esta questão?

6.7 O balanço da luz que chega ao planeta Terra é apresentado na Figura 6.9. Que fração da luz é realmente a energia útil absorvida pela superfície da Terra?

6.8 A Figura 6.4 mostra um balanço de energia para os Estados Unidos. Todos os valores estão no quatrilhão BTU (10^{15} BTU). O diagrama mostra como diversas fontes de energia são utilizadas, e uma grande parte de nosso orçamento energético é gasta. Verifique os números nesta figura utilizando um balanço de energia.

6.9 As hidrelétricas de Dickey e Lincoln no rio St. John em Maine foram planejadas com cuidadosa consideração para com a planta perene *Pedicularis furbishiae*, uma espécie ameaçada de extinção. Um engenheiro escrevendo para a publicação *World Oil* (janeiro de 1977, p. 5) designou esta preocupação com a "*Pedicularis furbishiae*" como um "disparate total." Com base somente nesta informação, crie um perfil ético deste engenheiro.

6.10 As fraldas descartáveis, fabricadas a partir de produtos de papel e petróleo, representam um dos sistemas de troca de fraudas mais convenientes à disposição. As fraldas descartáveis

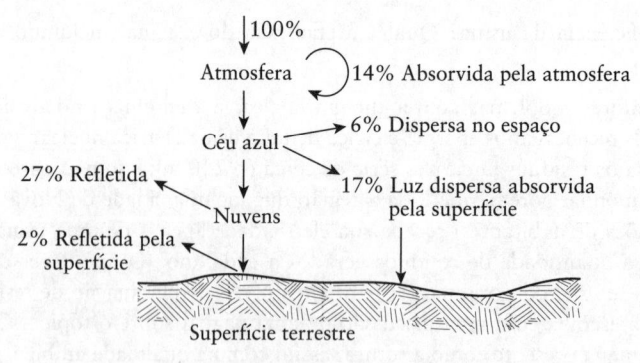

```
         ↓100%
    Atmosfera  ⟲ 14% Absorvida pela atmosfera
         ↓
      Céu azul → 6% Dispersa no espaço
27% Refletida ↙  ↓  ↘ 17% Luz dispersa absorvida
              Nuvens         pela superfície
2% Refletida pela
  superfície
       Superfície terrestre
```

Figura 6.9 Fluxo de energia global. Veja o Problema 6.7.

também são consideradas, por muitas pessoas, como antiambientais, mas a verdade não é tão nítida.

Neste problema, três sistemas para trocas de fraldas são considerados: fraldas de pano lavadas em residências, fraldas de pano lavadas comercialmente e fraldas descartáveis contendo um gel superabsorvente. Os balanços de energia e materiais são utilizados para determinar os méritos relativos de cada sistema.

Os dados para controle de estoque relacionado com a energia e os resíduos consumidos, em cada sistema, são apresentados na Tabela 6.2. Os dados são para 1.000 fraldas.

Tabela 6.2

	Fraldas descartáveis	Fraldas de pano Lavadas comercialmente	Fraldas de pano Lavadas em domicílios
Exigências de energia, 10^6 BTU	1,9	2,1	3,8
Resíduos sólidos, pés^3	17	2,3	2,3
Emissões atmosféricas, lb	8,3	4,5	9,6
Resíduos transportados pela água, lb	1,5	5,8	6,1
Exigências para o volume de água, gal	1.300	3.400	2.700

Uma média de 68 fraldas de pano são utilizadas por semana em cada bebê. Como as fraldas descartáveis duram mais e nunca exigem duas trocas de fraldas, pode-se esperar que o número de fraldas descartáveis seja menor.

a. Determine o número de fraldas descartáveis exigido para equivaler às 68 fraldas de pano por semana. Leve em consideração as seguintes informações:
   • 15,8 bilhões de fraldas descartáveis são vendidas anualmente
   • 3.787.000 bebês nascem a cada ano
   • crianças usam fraldas durante os primeiros 30 meses
   • fraldas descartáveis são usadas por apenas 85% dos bebês
b. Complete a Tabela 6.3, mostrando a razão do impacto relativo às fraldas lavadas em domicílio. A primeira linha já está completa.
c. Utilizando os dados abaixo, determine a porcentagem de fraldas descartáveis que precisariam ser recicladas para tornar as exigências de aterros sanitários para resíduos sólidos iguais para sistemas de fraldas de pano e descartáveis. A tabela mostra as razões de impacto de resíduos sólidos para fraldas descartáveis.

Porcentagem de fraldas recicladas	Resíduos sólidos a cada 1.000 fraldas (pés^3)
0	17
25	13
50	9,0
75	4,9
100	0,80

Tabela 6.3

	Fraldas descartáveis	Fraldas de pano	
		Lavadas comercialmente	Lavadas em domicílios
Exigências de energia	0,5	0,55	1,0
Resíduos sólidos			1,0
Emissões atmosféricas			1,0
Resíduos transportados pela água			1,0
Exigências para o volume de água			1,0

   d. Com base em todas as informações descritas anteriormente, quais são os impactos ambientais adversos relativos dos três diferentes sistemas de fraldas?
   e. Em sua opinião, todos os fatores foram considerados de forma justa no exercício acima? O que não foi? Algum fator foi esquecido[1]?

6.11 Você está almoçando com um economista e um advogado. Eles estão discutindo formas de reduzir o uso de gasolina por indivíduo.

   Economista: A forma de resolver este problema é fixar um imposto tão alto sobre a gasolina e eletricidade que as pessoas começariam a economizar. Imagine se cada galão (1 gal = 4,5 litros) de gasolina custasse US$ 20? Você encheria o tanque por US$ 300! Você pensaria duas vezes sobre a possibilidade de dirigir até um lugar quando, em vez disso, você poderia ir a pé.

   Advogado: Isso seria eficaz, mas uma lei seria melhor. Imagine uma lei federal que proibisse o uso de carros, exceto quando houvesse pelo menos quatro ocupantes. Ou então poderíamos criar uma lei que exigisse carros com a dimensão e peso de pequenas motocicletas, com assento para apenas um passageiro. Dessa forma poderíamos ir a qualquer lugar que quiséssemos, mas triplicaríamos a quilometragem da gasolina.

   Economista: Poderíamos também cobrar um imposto enorme sobre peças sobressalentes. Seria mais provável que os carros mais antigos fossem sucateados mais rapidamente, e carros mais limpos, eficientes e novos tomariam seu lugar.

   Advogado: Ainda me agrada a ideia de um limite de velocidade de 70 km/h em nossas rodovias. Esta é a velocidade mais eficiente para o consumo de gasolina e também reduziria os índices de acidentes. Além disso, o estado arrecadaria muita receita multando todos que excedessem o limite de velocidade. Seria uma máquina de fazer dinheiro!

   Eles continuam nesta predisposição até perceberem que você se manteve fora da conversa. Então, pedem sua opinião sobre a redução do uso de gasolina. Como você reagiria às ideias deles, e que ideias (se houver) você teria para oferecer? Escreva uma resposta de uma página.

6.12 As grandes empresas de consultoria geralmente têm muitos escritórios e, frequentemente, a comunicação entre os escritórios não chega a ser eficiente. O engenheiro Stan, no escritório de Atlanta, é contratado por uma associação de bairro para redigir um estudo de impacto ambiental que conclui que os planos de uma empresa de petróleo privada para a construção de um complexo petroquímico afetaria o habitat de diversas espécies ameaçadas. O cliente, a associação do bairro, já revisou as versões preliminares do relatório e está planejando realizar uma coletiva de imprensa quando o relatório final for entregue. Stan recebeu uma solicitação para ir à coletiva, em sua função profissional e cobrando pelo tempo gasto para o projeto.

---

1. Este problema foi descrito por David R. Allen, N. Bakshani, e Kirsten Sinclair Rosselot. 1991. *Pollution prevention: Homework and design problems for engineering curricula*. American Institute of Chemical Engineers and other societies (Instituto Americano de Engenheiros químicos e outras associações). Os dados provêm de Franklin Associates Ltd. 1990. *Energy and environmental profile analysis of children's disposable and cloth diapers*. Relatório preparado para o Grupo de Fabricantes de Fraldas do Instituto Americano de Papel. Prairie Village, KS.

O engenheiro Bruce, um parceiro na firma que trabalha fora do escritório de Nova York, recebe um telefonema.

"Bruce, aqui é J. C. Octane, presidente da Bigness Oil Company. Como você bem sabe, contratamos sua firma para todos os nossos negócios e ficamos bastante satisfeitos com o seu trabalho. No entanto, existe um pequeno problema. Pretendemos construir uma refinaria na região de Atlanta e gostaríamos de tê-los como nossos engenheiros de projeto."

"Seria uma prazer trabalhar novamente com vocês" responde Bruce, já contando sua comissão de US$ 1 milhão pelo projeto.

"No entanto, existe um pequeno problema," continua J. C. Octane, "Parece que um de seus engenheiros no escritório de Atlanta conduziu um estudo para um grupo de bairro que se opõe à nossa refinaria. Recebi uma versão preliminar do estudo, e pelo que compreendi o engenheiro e os líderes da organização de bairro realizarão uma coletiva de imprensa em alguns dias e concluirão que nossa refinaria resultará em um impacto ambiental desfavorável. Nem preciso dizer como ficaremos decepcionados caso isso ocorra".

Assim que Bruce desliga o telefone após conversar com J. C. Octane, liga para Stan em Atlanta.

"Stan, você precisa adiar a coletiva de imprensa a qualquer custo," grita Bruce no telefone.

"Por quê? Está tudo pronto para acontecer," responde Stan.

"Eis o porquê: você certamente não sabia disso, mas a Bigness Oil é um dos clientes mais importantes da firma. O presidente da companhia petrolífera descobriu a respeito de seu relatório e está ameaçando recuar com todos os seus negócios se o relatório for entregue para a associação de bairro. Você precisa redigir o relatório de tal maneira a demonstrar que não haverá dano significativo algum para o meio ambiente."

"Não posso fazer isso!" admite Stan.

"Deixe-me esclarecer a situação para você, então," responde Bruce. "Ou você reescreve o relatório ou abandona o projeto e escreve uma carta para a associação do bairro, declarando que o relatório preliminar estava errado, oferecendo o reembolso de todo o dinheiro. Você não tem outra escolha!"

Será que um engenheiro de consultoria é apenas um empregado de uma firma, estando sujeito aos mandos e desmandos de seu superior, ou funciona como um profissional independente que está cooperando com outros engenheiros na firma? Qual o preço da lealdade?

Mencione todas as alternativas que Stan tem e os prováveis desdobramentos dessas ações e, em seguida, faça recomendações sobre que ação deveria adotar. Certifique-se de que você poderá justificar esta ação.

CAPÍTULO SETE

Ecossistemas

Alguns dos mais fascinantes reatores imagináveis são os *ecossistemas*. A *ecologia*, tema deste capítulo, é o estudo de vegetais, animais e seu ambiente físico, ou seja, o estudo dos ecossistemas e de como a energia e os materiais se comportam nos ecossistemas.

Ecossistemas específicos são muitas vezes difíceis de definir, porque todos os vegetais e animais estão, de alguma forma, relacionados entre si. Devido à sua extrema complexidade, não é possível estudar a Terra como um ecossistema único (exceto de maneira muito rude), por isso é necessário escolher sistemas funcionalmente simples e regionalmente pequenos, tais como lagos, florestas, ou até mesmo jardins. No entanto, quando o sistema é demasiadamente limitado, existem muitíssimos processos externos acontecendo que afetam o sistema, por isso não é possível desenvolver um modelo significativo. A interação de esquilos e gaios-azuis em um alimentador de pássaros pode ser divertida de observar, mas não é muito interessante cientificamente para um ecologista, porque o ecossistema (alimentador de pássaros) é muito limitado. Existem muitos outros organismos e fatores ambientais que se tornam importantes no funcionamento do alimentador de pássaros, e estes devem ser considerados para tornar este ecossistema significativo. O problema é decidir onde parar. O quintal é grande o suficiente para ser estudado, ou o bairro inteiro deve ser incluído no ecossistema? Se este for ainda muito limitado, quais são os limites? É claro que esses limites não existem e tudo está realmente conectado a todo o resto.

Com essa ressalva, segue-se uma breve introdução ao estudo dos ecossistemas, não importando a maneira que eles sejam definidos.

7.1 FLUXOS DE ENERGIA E MATÉRIA EM ECOSSISTEMAS

Tanto a energia como a matéria fluem dentro dos ecossistemas, mas com uma diferença fundamental: o fluxo de energia ocorre apenas em uma direção, enquanto o fluxo de matéria é cíclico.

Toda a energia na Terra provém do Sol como energia luminosa. Os vegetais aprisionam essa energia através de um processo chamado *fotossíntese* e, utilizando nutrientes e dióxido de carbono, convertem a energia luminosa para energia química através da construção de moléculas de alta energia de amido, açúcar, proteínas, gorduras e vitaminas. *Grosso modo*, a fotossíntese pode ser retratada como:

$$[\text{Nutrientes}] + CO_2 \xrightarrow{\text{Sol}} O_2 + [\text{Moléculas de alta energia}]$$

Todos os organismos devem utilizar esta energia para se nutrirem e crescerem por meio de um processo chamado *respiração*:

$$[\text{Moléculas de alta energia}] + O_2 \longrightarrow CO_2 + [\text{Nutrientes}]$$

Este processo de conversão é altamente ineficiente, com apenas 1,6%, aproximadamente, do total de energia disponível convertido em carboidratos por intermédio da fotossíntese.

Há três grupos principais de organismos dentro de um ecossistema. Os vegetais, por produzirem as moléculas de alta energia, são denominados *produtores*, e os animais, que utilizam essas moléculas como fonte de energia, são chamados de *consumidores*. Tanto os vegetais como os animais produzem resíduos e finalmente morrem. Esse material constitui uma reserva de matéria orgânica morta, conhecida como *detritos*, que ainda contém energia considerável (é por isso que precisamos de estações de tratamento para águas residuárias!). No ecossistema, os organismos que utilizam esses detritos são conhecidos como *decompositores*.

Este fluxo de sentido único é ilustrado na Figura 7.1. Observe que a taxa em que esta energia é extraída (simbolizada pela inclinação da linha) reduz consideravelmente sua velocidade, à medida que o nível de energia diminui, um conceito importante no tratamento de águas residuárias (Capítulo 10). Como o fluxo de energia tem sentido único (do Sol para os vegetais, de forma a ser utilizado pelos consumidores e decompositores para criar novos materiais celulares e para manutenção), a energia não é reciclada dentro de um ecossistema, conforme ilustrado pelo seguinte argumento.

Suponha que um vegetal receba 1.000 J de energia solar. Desse montante, 760 J são rejeitados (não absorvidos) e apenas 240 J são absorvidos. A maior parte deste total é liberada como calor, e apenas 12 J são utilizados para a produção, 7 dos quais devem ser utilizados para a respiração (manutenção) e os 5 J restantes para construir novos tecidos. Se o vegetal for ingerido por um consumidor, 90% dos 5 J são direcionados para a manutenção do animal, e apenas 10% (ou 0,5 J) vão para novos tecidos. Se este animal for, por sua vez, ingerido, então, novamente, apenas 10% (ou 0,05 J) serão utilizados para novos tecidos, e a energia restante é utilizada para manutenção. Se o segundo animal for um ser humano, então, dos 1.000 J provenientes do Sol, apenas 0,05 J ou 0,005% são utilizados para a construção de tecidos – um sistema altamente ineficiente.

Embora o fluxo de energia seja apenas unidirecional, o fluxo de nutrientes através de um ecossistema é cíclico, conforme é representado pela Figura 7.2. Começando com os materiais orgânicos mortos, ou detritos, a primeira decomposição realizada por micro-organismos produz compostos, como amônia (NH_3), dióxido de carbono (CO_2) e sulfeto de hidrogênio (H_2S) para matérias nitrogenosas, carbonáceas e sulfurosas, respectivamente. Estes produtos são, por sua vez, decompostos ainda mais, até as formas estabilizadas finais, ou integralmente oxidadas, de nitrato (NO_3^-), dióxido de carbono,

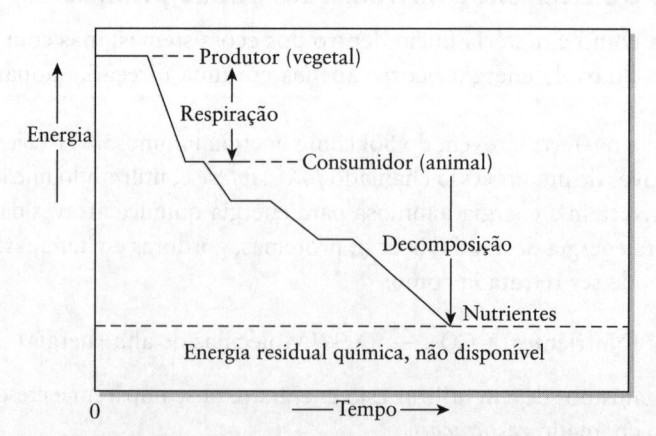

Figura 7.1 Perda de energia através da cadeia alimentar (de acordo com P. H. McGaughy. *Engineering management of water quality*. Nova York: McGraw-Hill, 1968).

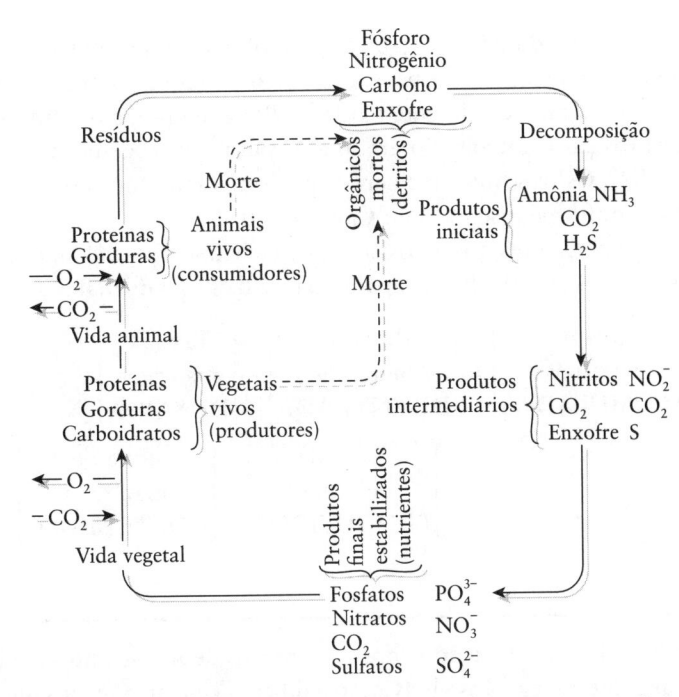

Figura 7.2 Ciclo aeróbio para fósforo, nitrogênio, carbono e enxofre (de acordo com P. H. McGaughy. *Engineering management of water quality*. Nova York: McGraw-Hill, 1968).

sulfato (SO_4^{2-}), e fosfatos (PO_4^{3-}). O dióxido de carbono é, naturalmente, utilizado pelos vegetais como fonte de carbono, enquanto os nitratos, fosfatos, e sulfatos são utilizados como nutrientes, ou elementos constituintes para a formação de novos tecidos vegetais. Os vegetais morrem ou são utilizados por consumidores, que acabam morrendo também, levando-nos de volta para a decomposição.

Existem três tipos de micro-organismos decompositores: aeróbios, anaeróbios e facultativos. Os micro-organismos são classificados de acordo com o fato se requerem ou não oxigênio molecular na sua atividade metabólica, ou seja, independentemente de os micro-organismos terem ou não a capacidade de usar oxigênio dissolvido (O_2), como o *receptor de elétrons* na reação de decomposição. As equações gerais para decompositores aeróbios e anaeróbios são

Aeróbios: [Detritos] + $O_2 \to CO_2 + H_2O$ + [Nutrientes]

Anaeróbios: [Detritos] $\to CO_2 + CH_4 + H_2S + NH_3 + \cdots$ + [Nutrientes]

Os organismos aeróbios, obrigatoriamente, são micro-organismos que devem ter oxigênio dissolvido para sobreviver, porque utilizam o oxigênio como receptor de elétrons, portanto, em termos bastante simples, o hidrogênio dos compostos orgânicos acaba se combinando com o oxigênio reduzido para formar água, como na equação aeróbia acima. Para *organismos estritamente anaeróbios*, o oxigênio dissolvido é, na verdade, tóxico, então eles devem usar processos de decomposição anaeróbia. Nos processos anaeróbios, o receptor de elétrons é um composto inorgânico contendo oxigênio, a exemplo de sulfatos e nitratos. Os nitratos são convertidos para nitrogênio ou amônia (NH_3) e os sulfatos, para sulfeto de hidrogênio ou ácido sulfídrico (H_2S), conforme ilustrado na equação anaeróbia anterior. Os micro-organismos consideram mais fácil utilizar nitratos, portanto, este processo ocorre com mais frequência. *Micro-organismos facultativos* utilizam oxigênio quando este está disponível, mas podem utilizar reações anaeróbias se não houver oxigênio à disposição.

A decomposição efetuada pelos organismos aeróbios é muito mais completa porque alguns dos produtos finais da decomposição anaeróbia (como o nitrogênio amoniacal) não estão no seu estado final totalmente oxidado. Por exemplo, a decomposição aeróbia é necessária para oxidar o nitrogênio amoniacal para o nitrogênio nitrato totalmente oxidado (Figura 7.2). Os três tipos de micro-organismos são utilizados no tratamento de águas residuárias, conforme discutido no Capítulo 10.

Como o fluxo de nutrientes nos ecossistemas é cíclico, é possível analisar estes fluxos utilizando-se as técnicas já introduzidas para análise de fluxo de materiais:

$$\begin{bmatrix} \text{Taxa de} \\ \text{materiais} \\ \text{ACUMULADOS} \end{bmatrix} = \begin{bmatrix} \text{Taxa de} \\ \text{materiais} \\ \text{DE ENTRADA} \end{bmatrix} - \begin{bmatrix} \text{Taxa de} \\ \text{materiais} \\ \text{DE SAÍDA} \end{bmatrix} + \begin{bmatrix} \text{Taxa de} \\ \text{materiais} \\ \text{PRODUZIDOS} \end{bmatrix} - \begin{bmatrix} \text{Taxa de} \\ \text{materiais} \\ \text{CONSUMIDOS} \end{bmatrix}$$

EXEMPLO 7.1

Problema Uma grande preocupação sobre o vasto uso de fertilizantes é a lixiviação de nitratos nas águas subterrâneas. Essa lixiviação é difícil de medir, a menos que seja possível construir um balanço de nitrogênio para um determinado ecossistema. Considere, por exemplo, o diagrama ilustrado na Figura 7.3, que representa a transferência de nitrogênio num pasto fertilizado com 34 g/m²/ano de amônia + nitrogênio nitrato (17 + 17), ambos expressos em nitrogênio (lembre-se de que o peso atômico de N é 14 e o de H é 1,0, de modo que 17 g/m²/ano de nitrogênio exijam a aplicação de $17 \times 17/14 = 20,6$ g/m²/ano de NH_3). Qual é a taxa de lixiviação de nitrogênio no solo?

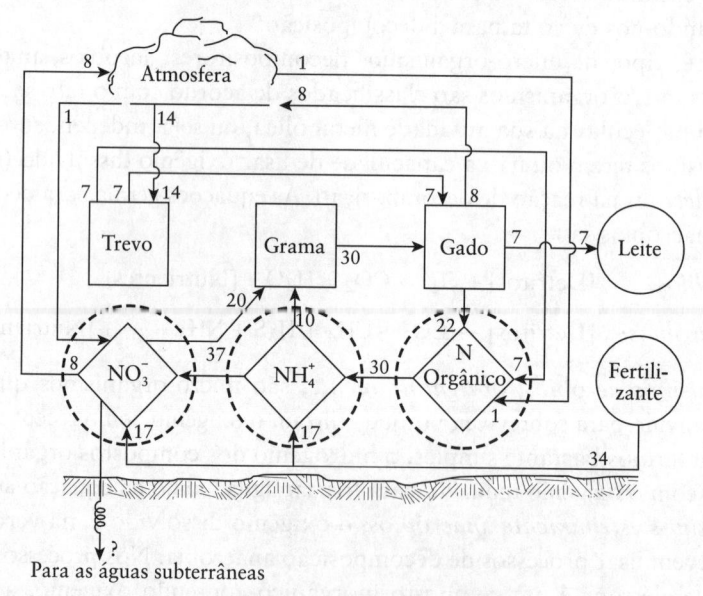

Figura 7.3 Um ecossistema mostrando um balanço de nitrogênio.

Solução Em primeiro lugar, observe que o nitrogênio orgânico provém de três fontes (gado, trevos[1] e atmosfera). A produção total de N orgânico deve ser igual ao consumo,

---

1. *Trifolium* é uma vegetação rasteira. (NRT)

ou seja, 22 + 7 + 1 = 30 g/m²/ano. O N orgânico é convertido em amônia N, e a produção de amônia e N também deve ser igual ao consumo do N orgânico e do N inorgânico (fertilizante), para 17+30 = 47 g/m²/ano. Destes 47 g/m²/ano, 10 são utilizados pela grama, deixando a diferença, 37 g/m²/ano, a ser oxidada em nitrogênio nitrato. Realizando um balanço de massas em nitrogênio nitrato e considerando g/m²/ano em estado estacionário:

[DE ENTRADA] = [DE SAÍDA]

37 + 17 + 1 = 8 + 20 + Lixiviado

Lixiviado = 27 g/m²/ano

O processo pelo qual um ecossistema mantém-se numa condição de estado estacionário é chamado *homeostase*. Existem, obviamente, variações dentro de um sistema, mas o efeito geral é estabilizado. Para ilustrar esta ideia, considere um ecossistema muito simples, que consista de gramas, arganazes-dos-prados e corujas, como é pictoricamente representado na Figura 7.4.

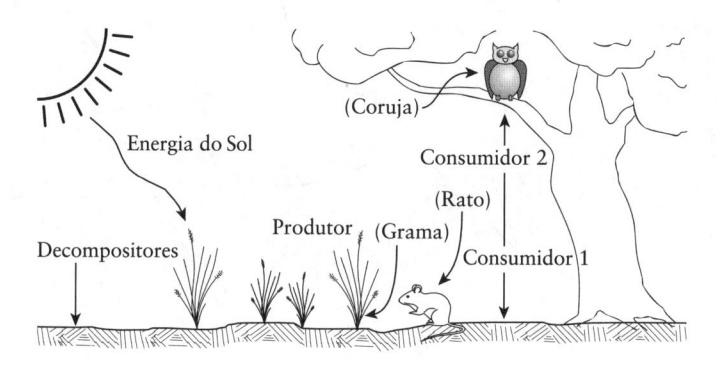

Figura 7.4 Um ecossistema simples. Os números indicam o nível trófico.

A grama recebe a energia do Sol, os ratos comem as sementes da grama e a coruja come o rato. Esta progressão é conhecida como *cadeia alimentar* e a interação entre os diversos organismos constitui uma *teia alimentar*. Cada organismo é classificado ocupando um *nível trófico*, dependendo de sua proximidade com os produtores. Como o rato come os vegetais, está no nível trófico 1; a coruja está no nível trófico 2. Também é possível que um gafanhoto coma a grama (nível trófico 1) e um louva-a-deus coma o gafanhoto (nível trófico 2) e um musaranho coma o louva-a-deus (nível trófico 3). Se a coruja devora, então, o musaranho, está representando o nível trófico 4. A Figura 7.5 ilustra esta teia alimentar em terra.

As setas mostram como a energia é recebida a partir do Sol e flui através do sistema.

Se uma espécie é livre para crescer irrestrita por alimento, espaço, ou predadores, seu crescimento é descrito como uma reação de primeira ordem:

$$\frac{dN}{dt} = kN$$

onde N = número de organismos de uma espécie
k = taxa constante
t = tempo.

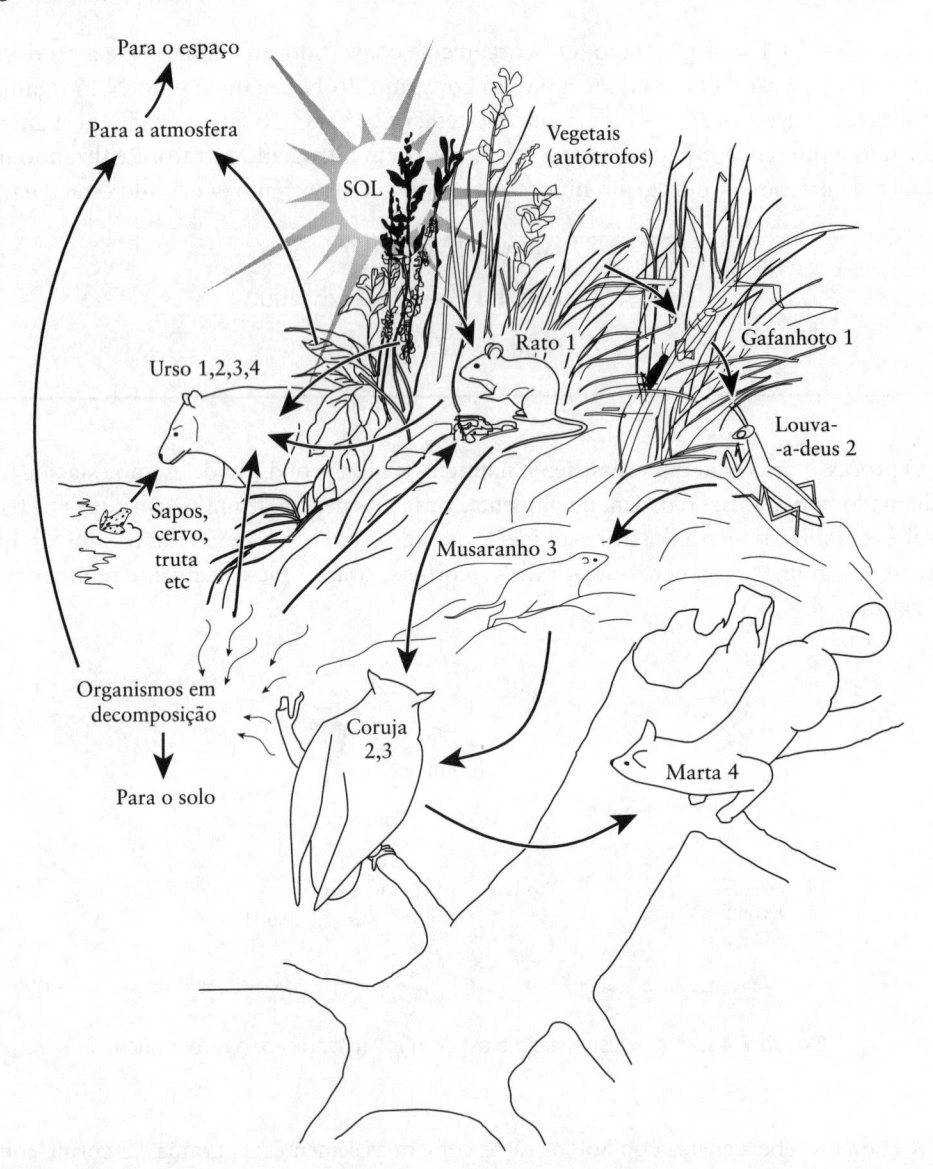

Figura 7.5 Uma teia alimentar terrestre. Os números indicados demonstram o nível trófico (de Turk, A. et al. *Ecosystems, energy, population*. Philadelphia: W. B. Saunders Company, 1975.).

Felizmente, as populações (com exceção das populações humanas!) dentro de um ecossistema são restritas pela disponibilidade de alimentos, espaço e predadores. Considerando as duas primeiras restrições, a população máxima que pode existir pode ser descrita em termos matemáticos como

$$\frac{dN}{dt} = kN - \frac{k}{K}N^2$$

em que K = população máxima possível no ecossistema. Observe que no estado estacionário, $dN/dt = 0$, portanto

$$0 = kN - \frac{k}{K}N^2$$

e

$$K = N$$

ou a população representa o máximo possível de população nesse sistema. Se, por qualquer razão, N for reduzido para menos que K, a população aumenta para, depois, atingir novamente o nível K.

Várias espécies podem, evidentemente, afetar o nível populacional de outras espécies. Suponha que existam M organismos de outra espécie que esteja competindo com as espécies de organismos N. Então, a taxa de crescimento da espécie original é expressa como

$$\frac{dN}{dt} = kN - \frac{k}{K}N^2 - sMN$$

onde s = constante que representa a taxa de crescimento para a espécie competitiva
M = população da espécie competitiva.

Em outras palavras, a expressão é escrita assim:

$$\begin{bmatrix} \text{Taxa de} \\ \text{crescimento} \end{bmatrix} = \begin{bmatrix} \text{Taxa de} \\ \text{crescimento ilimitado} \end{bmatrix} - \begin{bmatrix} \text{Efeitos do} \\ \text{autopovoamento} \end{bmatrix} - \begin{bmatrix} \text{Efeitos} \\ \text{competitivos} \end{bmatrix}$$

Se s for pequeno, então as duas espécies devem ser capazes de existir. Se a primeira espécie de população N não for influenciada pela superpopulação, consequentemente, a concorrência entre as espécies competitivas será capaz de manter a população sob controle. Observe isso novamente no estado estacionário ($dN/dt = 0$):

$$N = K\left[1 - \frac{Ms}{k}\right]$$

De modo que, se $M = 0$, $N = K$.

A competição em um ecossistema ocorre em nichos. Um *nicho* é a melhor acomodação de um animal ou um vegetal com o seu ambiente, em que ele pode existir de forma mais proveitosa na teia alimentar. Voltando ao simples exemplo da grama/rato/coruja, cada um dos participantes ocupa um nicho na cadeia alimentar. Se houver mais de um tipo de grama, cada uma pode ocupar um nicho muito semelhante, mas sempre haverá diferenças extremamente importantes. Dois tipos de trevo, por exemplo, podem parecer, à primeira vista, ocupar o mesmo nicho, até que seja reconhecido que uma espécie desabrocha precocemente e a outra, no final do verão; portanto, eles não competem diretamente.

Quanto maior o número de organismos disponíveis para ocupar diferentes nichos dentro da teia alimentar, mais estável é o sistema. Se, no exemplo acima, a única espécie de grama morre em razão de uma seca ou doença, os ratos não teriam comida, e, assim como a coruja, morreriam de fome. Se, no entanto, houvesse *duas* gramíneas, cada uma das quais o rato poderia utilizar como fonte alimentar (ou seja, se as duas preenchessem quase o mesmo nicho em relação às necessidades do rato), a morte de uma grama não resultaria no colapso do sistema. Este sistema é, portanto, mais estável, porque pode suportar perturbações sem sofrer colapsos. Exemplos de ecossistemas muito estáveis são os estuários e as florestas tropicais, ao passo que ecossistemas instáveis incluem a tundra do norte e as profundezas dos oceanos.

Algumas das perturbações para os ecossistemas são naturais (tome por base a destruição provocada pela erupção do Monte St. Helens, no Estado de Washington), enquanto muitas outras são causadas por atividades humanas. Os seres humanos têm, evidentemente, afetado negativamente os ecossistemas em pequena escala (córregos e lagos) e em grande escala (global). As ações do homem podem ser consideradas como *dominação* da natureza (como no Gênesis I), e essa ideia gerou uma nova abordagem filosófica para a ética ambiental – o *ecofeminismo*.

O ecofeminismo é "a posição de que existem importantes ligações – históricas, simbólicas e teóricas – entre a dominação sobre as mulheres e a dominação sobre a natureza não humana"[1]. A premissa básica é que deve ser possível construir um ambiente ético melhor, integrando nele, por analogia, os problemas da dominação dos homens sobre as mulheres.

Se a ciência é o principal meio de compreensão do ambiente, os ecofeministas argumentam que a ciência deve ser transformada pelo feminismo. Como as mulheres tendem a ser mais protetoras e atenciosas, esta experiência pode nos levar ao relacionamento com nossa compreensão sobre o ambiente. Eles alegam que toda a ideia de dominação da natureza e a indiferença para com esta devem mudar. O ecofeminismo concentra-se na ética do cuidado, em oposição à ética da justiça, e, por isso, significa prevenir muitos dos problemas inerentes à aplicação do pensamento ético clássico ao meio ambiente. O sofrimento dos animais, por exemplo, não é um problema filosófico para os ecofeministas, porque o cuidado para com todas as criaturas é o que importa.

Com frequência, os ecofeministas invocam a dimensão espiritual ao afirmar que a Terra sempre foi concebida como feminina (Mãe Terra e a Mãe Natureza) e que a dominação das mulheres pelos homens tem um impressionante paralelo com a dominação da Terra. Mas, essa semelhança não prova uma ligação. Além disso, ao longo dos anos as mulheres têm, muitas vezes, participado da destruição da natureza com o mesmo vigor que os homens. Essa destruição parece ser uma característica humana, e não necessariamente uma característica masculina.

7.2 INFLUÊNCIA HUMANA NOS ECOSSISTEMAS

Provavelmente a maior diferença entre as pessoas e todos os outros seres vivos e mortos do ecossistema global é que as pessoas são imprevisíveis. Todas as outras criaturas agem de acordo com regras bem estabelecidas. Formigas constroem colônias de formigas, por exemplo. Elas sempre fazem isso. Pensar sobre uma formiga que, de repente, decide querer ir para a Lua ou escrever um romance é ridículo. Porém as pessoas, criaturas que fazem parte do ecossistema global tanto como as formigas, podem tomar decisões imprevisíveis, como desenvolver pesticidas clorados, jogar bombas nucleares ou até mesmo alterar o clima global. De uma perspectiva puramente ecológica, somos realmente diferentes – e assustadores.

Abaixo estão algumas das formas mais evidentes de como os imprevisíveis seres humanos podem afetar os ecossistemas.

7.2.1 Efeito de pesticidas em um ecossistema

A utilização em grande escala de agrotóxicos para o controle de organismos indesejáveis começou durante a Segunda Guerra Mundial com a invenção e a ampla utilização do primeiro pesticida orgânico eficaz, o DDT. Antes disso, o arsênio e outros produtos químicos eram empregados como pesticidas agrícolas, mas o alto custo desses produtos químicos e sua toxicidade para o homem limitaram seu uso. No entanto, o DDT era barato, duradouro e eficaz, e não parecia causar danos aos seres humanos. Muitos anos mais tarde, foi descoberto que o DDT se decompõe muito lentamente, é armazenado no tecido adiposo dos animais e facilmente transferido de um organismo para outro através da cadeia alimentar. À medida que se move pela cadeia alimentar, é *biomagnificado*, ou seja, concentra-se ao passo que os níveis tróficos aumentam[2]. Por exemplo, a concentração de DDT em uma cadeia alimentar estuarina é apresentada na Tabela 7.1. Observe que o fator de concentração de DDT no nível de água para as aves maiores é de cerca de 500.000.

---

2. A chamada bioacumulação. (NRT)

Tabela 7.1 Resíduos de DDT em uma teia alimentar estuarina

	Resíduos DDT (ppm)
Água	0,00005
Plâncton	0,04
Vairões	0,23
Lúcio (peixes predadores)	1,33
Garça-real (alimenta-se de pequenos animais)	3,57
Gaivota prateada (detritívoro)	6,00
Merganso (pato que se alimenta de peixes)	22,8

Dados de Woodell, G. M. et al. *Science*, 156: 821–824, 1967.

Como resultado dessas concentrações muito elevadas de DDT (e, subsequentemente, também de outros pesticidas à base de hidrocarbonetos clorados), uma série de aves encontra-se à beira da extinção, porque o DDT afeta o seu metabolismo de cálcio, resultando em ovos produzidos com cascas muito finas (e facilmente quebráveis).

As pessoas, de fato, ocupam o topo da cadeia alimentar, portanto seria de se esperar que tivessem níveis muito elevados de DDT. Como é impossível relacionar o DDT diretamente com qualquer doença humana grave, o aumento dos níveis humanos de DDT durante muitos anos não foi uma área de interesse da saúde pública. Mais recentemente, os efeitos sutis de produtos químicos como o DDT nos sistemas de reprodução humana passaram a ter destaque e a preocupação pública finalmente forçou que o DDT fosse proibido, quando se descobriu que o leite humano que alimenta os recém-nascidos, com frequência, continha de quatro a cinco vezes o conteúdo admissível de DDT para o transporte interestadual de leite de *vaca*!

Um exemplo interessante de como o DDT pode causar a perturbação de um ecossistema ocorreu em um vilarejo remoto em Bornéu. Um funcionário da Organização Mundial da Saúde, na tentativa de melhorar a saúde da população, aspergiu DDT no interior das cabanas de palha, a fim de matar moscas, que ele temia poder transmitir doenças. As moscas que estavam morrendo foram presas fáceis para as pequenas lagartixas que vivem no interior da palhoça e que se alimentam destes insetos. A grande dose de DDT, no entanto, deixou as lagartixas doentes, e elas, por sua vez, viraram presas dos gatos do vilarejo. Como os gatos começaram a morrer, o vilarejo foi invadido por ratos, que eram suspeitos de serem portadores de peste bubônica. Como resultado, gatos vivos foram transportados para o vilarejo a fim de tentar restabelecer o equilíbrio perturbado por um oficial de saúde bem-intencionado.[2]

7.2.2 Efeito de nutrientes em um ecossistema de lagos

Os lagos representam um segundo exemplo de ecossistema afetado pelas pessoas. Um modelo de ecossistema de lago é apresentado na Figura 7.6. Observe que os produtores (algas) recebem a energia do Sol e, através do processo de fotossíntese, produzem biomassa e oxigênio. Como os produtores (as algas) recebem a energia do Sol, obviamente devem ser restringidos à superfície das águas do lago. Peixes e outros animais também existem, sobretudo na superfície da água, porque grande parte dos alimentos está ali, porém alguns detritívoros estão no fundo. Os decompositores habitam, principalmente, as águas profundas, porque estas são a fonte de seus alimentos (os detritos).

Através da fotossíntese, as algas utilizam nutrientes e dióxido de carbono para a produção de moléculas de alta energia e oxigênio. Os consumidores, incluindo peixes, plâncton, e muitos outros organismos, utilizam oxigênio, produzem CO_2, e transferem os

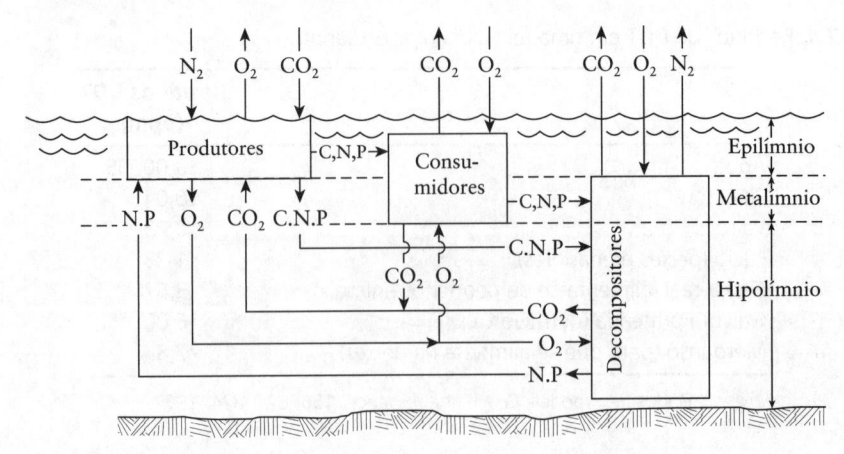

Figura 7.6 Movimento de carbono, oxigênio e nutrientes em um lago (de acordo com Don Francisco, Departamento de Ciência e Engenharia Ambiental, University of North Carolina, Chapel Hill).

nutrientes para os decompositores na forma de matéria orgânica morta. Os decompositores, incluindo os detritívoros, tais como vermes e diversos tipos de micro-organismos, reduzem o nível de energia ainda mais, pelo processo de respiração, utilizando oxigênio e produzindo dióxido de carbono. Os nutrientes, nitrogênio e fósforo[3] (bem como outros nutrientes, frequentemente chamado micronutrientes), são, então, novamente utilizados pelos produtores. Alguns tipos de algas são capazes de assimilar nitrogênio da atmosfera, enquanto alguns decompositores produzem nitrogênio amoniacal que borbulha. (Essa discussão é consideravelmente simplificada em relação ao que realmente ocorre em um ecossistema aquático. Para uma representação mais exata de tais sistemas, consulte qualquer obra recente sobre ecologia aquática).

O único elemento de grande importância, que não entra no sistema a partir da atmosfera, é o fósforo. Determinada quantidade de fósforo é reciclada a partir dos decompositores de volta para os produtores. O fato de que apenas certa quantidade de fósforo esteja disponível para o ecossistema limita a taxa de atividade metabólica. Se não fosse pela quantidade limitada de fósforo, a atividade metabólica do sistema poderia acelerar e, por fim, iria se autodestruir, pois todos os outros produtos químicos (e a energia) estariam em oferta abundante. Para que o sistema permaneça em homeostase (estado estacionário), alguns dos principais componentes, neste caso, fósforo, devem limitar a taxa de atividade metabólica, agindo como um freio no processo[4].

Considere agora o que ocorreria se uma fonte externa de fósforo, como o escoamento de fertilizantes da agricultura ou os efluentes de uma estação de tratamento de águas residuais, fossem introduzidos. O freio no sistema seria liberado e as algas começariam a se reproduzir em uma taxa mais elevada, resultando em uma produção maior de alimentos para os consumidores, que, por sua vez, cresceriam em uma taxa superior. Toda esta atividade produziria quantidades cada vez maiores de matéria orgânica morta para os decompositores, que se multiplicariam muito.

Infelizmente, a matéria orgânica morta é distribuída por todo o corpo de água (como apresentado na Figura 7.6), enquanto as algas, que produzem o oxigênio necessário para que a decomposição aconteça, só vivem perto da superfície do lago, onde há

---

3. Os chamados macronutrientes. (NRT)
4. O chamado nutriente limitante. (NRT)

luz solar. Outra oferta de oxigênio para os decompositores é a atmosfera, também na superfície da água. O oxigênio, portanto, deve percorrer o lago até o fundo para abastecer os decompositores aeróbios. Se a água for bem misturada, este processo não oferece muita dificuldade, mas, infelizmente, a maioria dos lagos é termicamente estratificado e não misturado em toda a profundidade, por isso, não é possível que uma quantidade suficiente de O_2 seja transportada rapidamente até o fundo do lago.

A razão para essa estratificação é apresentada na Figura 7.7. No inverno, com gelo na superfície, a temperatura dos lagos setentrionais é de aproximadamente 4°C, temperatura em que a água é mais densa. Em climas mais quentes, onde não se forma gelo, as águas mais profundas ainda se encontram, normalmente, nesta temperatura. Na primavera, a superfície da água começa a ficar aquecida e, por um tempo, a água em todo o lago tem aproximadamente a mesma temperatura. Por um breve momento, é possível que o vento produza uma mistura que pode se propagar até o fundo. Quando chega o verão, no entanto, as águas mais profundas e densas permanecem no fundo, enquanto a superfície da água continua quente, produzindo um gradiente bastante acentuado e três seções distintas: *epilímnio*, *metalímnio* e *hipolímnio*. O ponto de inflexão é denominado *termoclino*. Nessa condição, o lago é termicamente estratificado, portanto, não há mistura entre os três estratos. Durante esta estação, quando se pode esperar uma atividade metabólica maior, o oxigênio chega ao fundo apenas por difusão. À medida que o inverno se aproxima e as águas superficiais esfriam, é possível que a parte superior da água esfrie o suficiente para se tornar mais densa do que a parte inferior, e ocorre uma *virada de outono*, uma mistura completa. Durante o inverno, quando a água superficial está novamente mais leve, o lago é mais uma vez estratificado.

Nos lagos estratificados com o aumento da oferta de alimentos, a demanda de oxigênio pelos decompositores cresce e finalmente ultrapassa a oferta. Os decompositores aeróbios morrem e são substituídos por formas anaeróbias, que produzem grandes quantidades de biomassa e decomposição incompleta. Finalmente, com uma oferta de fósforo cada vez maior, todo o lago torna-se anaeróbio, a maioria dos peixes morre e as algas ficam concentradas bem na superfície da água, formando tapetes de algas verdes viscosas,

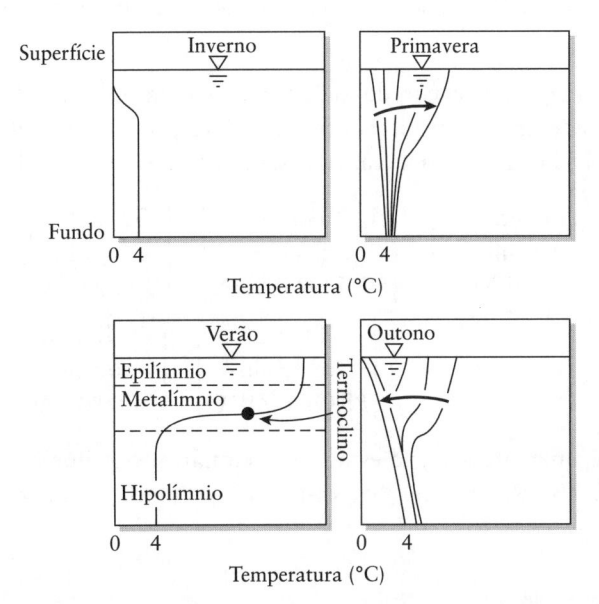

Figura 7.7 Perfis de temperatura em um lago de clima temperado.

processo este denominado *proliferação de algas*. Com o tempo, o lago se enche de matéria orgânica morta e apodrecida, o que resulta no aparecimento de uma turfeira[5].

Este processo é denominado *eutrofização*. É, na verdade, um fenômeno que ocorre naturalmente, porque todos os lagos recebem alguns nutrientes adicionais do ar e por escoamento superficial. A eutrofização natural é, no entanto, normalmente muito lenta, medida em milhares de anos antes de ocorrerem grandes mudanças. O que as pessoas têm conseguido, evidentemente, é acelerar esse processo com a introdução de grandes quantidades de nutrientes, resultando na *eutrofização acelerada*. Assim, um ecossistema aquático que poderia ter sido mantido essencialmente em estado estacionário (homeostase), foi perturbado, resultando em uma condição indesejável.

Incidentalmente, o processo de eutrofização pode ser revertido através da redução de fluxo de nutrientes em um lago, e com a lavagem ou dragagem do fósforo, extraindo-o ao máximo possível, entretanto, esta é uma proposta de alto custo.

7.2.3 Efeito de resíduos orgânicos em um ecossistema de águas correntes

A principal diferença entre um rio e um lago é que o primeiro é continuamente lavado pelas águas. Os rios, a menos que sejam excepcionalmente lentos, são, portanto, muito raramente eutrofizados[6]. O rio pode, de fato, ser caracterizado hidraulicamente como um reator de fluxo a pistão, conforme ilustrado na Figura 7.8. O pistão de água se move a jusante, na velocidade do fluxo, e as reações que ocorrem neste pistão podem ser analisadas.

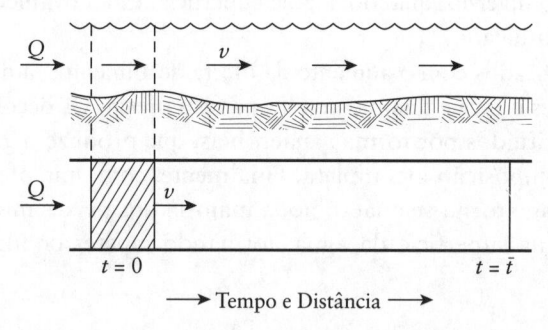

Figura 7.8 Um rio que funciona como um reator de fluxo a pistão.

Semelhante aos lagos, a reação de maior interesse na poluição de rios é a depleção de oxigênio. Considerando o pistão como uma caixa-preta e um reator completamente misturado, é possível escrever um balanço dos materiais em termos de oxigênio como

$$\begin{bmatrix} \text{Taxa de} \\ \text{oxigênio} \\ \text{ACUMULADO} \end{bmatrix} = \begin{bmatrix} \text{Taxa de} \\ \text{oxigênio} \\ \text{DE ENTRADA} \end{bmatrix} - \begin{bmatrix} \text{Taxa de} \\ \text{oxigênio} \\ \text{DE SAÍDA} \end{bmatrix}$$

$$+ \begin{bmatrix} \text{Taxa de} \\ \text{oxigênio} \\ \text{PRODUZIDO} \end{bmatrix} - \begin{bmatrix} \text{Taxa de} \\ \text{oxigênio} \\ \text{CONSUMIDO} \end{bmatrix}$$

Como esta não é uma situação de estado estacionário, o primeiro termo não é nulo. O "oxigênio DE ENTRADA" na "caixa-preta" (o fluxo) denomina-se *reoxigenação*

---

5. Um ambiente pantanoso. (NRT)
6. Esta é uma das características dos chamados ambientes lóticos, ou seja, de água corrente. (NRT)

e, neste caso, consiste na difusão da atmosfera. Não existe "oxigênio DE SAÍDA" porque a água não está saturada com oxigênio. Se o fluxo for rápido e as algas não tiverem tempo para crescer, não há "oxigênio PRODUZIDO" algum. O oxigênio utilizado pelos micro-organismos na respiração é denominado *desoxigenação*, e representado pelo termo "oxigênio CONSUMIDO". A acumulação, como antes, é expressa como uma equação diferencial, então

$$\frac{dC}{dt} = \begin{bmatrix} \text{Taxa de O}_2 \text{ DE ENTRADA} \\ \text{(reoxigenação)} \end{bmatrix} - 0 + 0 - \begin{bmatrix} \text{Taxa de O}_2 \text{ CONSUMIDO} \\ \text{(desoxigenação)} \end{bmatrix}$$

em que C = concentração de oxigênio, mg/L.

Tanto a reoxigenação como a desoxigenação podem ser descritas como reações de primeira ordem. A taxa de utilização de oxigênio, ou desoxigenação, pode ser expressa como

$$\text{taxa de desoxigenação} = -k_1 C$$

onde k_1 = constante de desoxigenação, uma função do tipo de material residuário que está se decompondo, temperatura etc., dias^{-1}.
C = quantidade de oxigênio por unidade de volume necessária para a decomposição, medida em mg/L.

O valor de k_1, a constante de desoxigenação, é medido no laboratório pelo uso de técnicas analíticas discutidas no próximo capítulo. Posteriormente neste livro, C é definido como a diferença entre a demanda bioquímica de oxigênio (DBO), em qualquer momento t e a demanda DBO final. Por enquanto, considere C como o oxigênio necessário pelos micro-organismos, em qualquer tempo, para completar a decomposição. Se C for alto, a taxa de utilização de oxigênio é grande.

A reoxigenação da água pode ser expressa como

$$\text{taxa de reoxigenação} = k_2 D$$

onde D = déficit no oxigênio dissolvido (OD), ou a diferença entre a saturação (máximo de oxigênio dissolvido que a água pode manter) e o OD real, mg/L.
k_2 = constante de reoxigenação, dias^{-1}.

A água pode manter somente uma quantidade limitada de um gás; a quantidade de oxigênio que pode ser dissolvida em água depende da temperatura da água, pressão atmosférica e concentração de sólidos dissolvidos. O nível de saturação de oxigênio em água deionizada[7] em uma atmosfera e em diferentes temperaturas é ilustrado na Tabela 7.2. O valor da k_2 é obtido pela realização de um estudo sobre fluxo com o uso de traçadores, utilizando equações empíricas que incluem as condições da corrente, ou utilizando-se tabelas que descrevem vários tipos de correntes.

Uma fórmula popular generalizada para avaliar a constante de reoxigenação é[3]

$$k_2 = \frac{3{,}9 v^{1/2} [1{,}025^{(T-20)}]^{1/2}}{H^{3/2}}$$

onde T = temperatura da água, °C
H = profundidade média da vazão, m
v = velocidade média da corrente, m/s.

---

7. O termo deionizada caracteriza o processo de remoção total de íons presentes na água por meio de resinas catiônicas e aniônicas. (NRT)

Tabela 7.2 Solubilidade do oxigênio em água fresca

Temperatura (°C)	Oxigênio dissolvido (mg/L)	Temperatura (°C)	Oxigênio dissolvido (mg/L)
0	14,60	23	8,56
1	14,19	24	8,40
2	13,81	25	8,24
3	13,44	26	8,09
4	13,09	27	7,95
5	12,75	28	7,81
6	12,43	29	7,67
7	12,12	30	7,54
8	11,83	31	7,41
9	11,55	32	7,28
10	11,27	33	7,16
11	11,01	34	7,05
12	10,76	35	6,93
13	10,52	36	6,82
14	10,29	37	6,71
15	10,07	38	6,61
16	9,85	39	6,51
17	9,65	40	6,41
18	9,45	41	6,31
19	9,26	42	6,22
20	9,07	43	6,13
21	8,90	44	6,04
22	8,72	45	5,95

O termo correspondente à temperatura representa a variação da taxa da temperatura, enquanto os termos v e H descrevem a energia cinética no rio e a facilidade do transporte de O_2 em razão da profundidade da água, respectivamente. Um meio alternativo de obtenção de valores k_2 é a utilização de tabelas generalizadas, como a Tabela 7.3.

Tabela 7.3 Constantes de reoxigenação empíricas

	k_2 em 20°C (dias^{-1})
Pequenos córregos	0,1–0,23
Pequenos rios com baixa velocidade	0,23–0,35
Grande rios, velocidade lenta	0,35–0,46
Grandes rios, velocidade normal	0,46–0,69
Rios muito rápidos	0,69–1,15
Corredeiras	1,15

Fonte: D. J. O'Connor e W. E. Dobbins. *ASCE Trans.*, 153, 1958.

Em um rio com matéria orgânica, a ação simultânea de reoxigenação e desoxigenação formam o que se denomina *curva do oxigênio dissolvido* (ou *OD*), descrita pela primeira vez por Streeter e Phelps em 1925[4]. A forma da curva do oxigênio dissolvido, como mostra a Figura 7.9, é o resultado da soma da taxa de uso do oxigênio (consumo) e da taxa de fornecimento (reoxigenação). Se a taxa de utilização for grande, como no trecho do rio imediatamente após a introdução de uma poluição orgânica, o nível de oxigênio dissolvido cai porque a taxa de fornecimento não pode acompanhar o uso de oxigênio, criando um déficit. O déficit (*D*) é definido como diferença entre a concentração de oxigênio nas águas

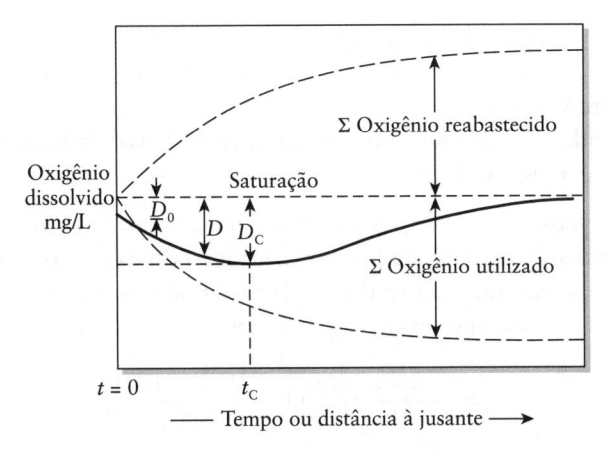

Figura 7.9 A curva do oxigênio dissolvido em um rio é a diferença entre o oxigênio utilizado e oxigênio fornecido.

do rio (C) e a quantidade total de oxigênio que a água *poderia* conter, ou saturação (S), isto é:

$$D = S - C \tag{7.1}$$

onde D = déficit de oxigênio, mg/L
S = nível de saturação de oxigênio na água (o máximo de oxigênio que pode conter), mg/L
C = concentração de oxigênio dissolvido na água, mg/L.

Após a alta taxa inicial de decomposição, quando o material prontamente degradado é utilizado pelos micro-organismos, a taxa de utilização de oxigênio diminui, porque somente os materiais que menos facilmente se decompõem permanecem. Com o uso de tanto oxigênio, o déficit (diferença entre a saturação de oxigênio e o nível real de oxigênio dissolvido) é grande, mas o fornecimento de oxigênio da atmosfera é alto e, finalmente, começa a acompanhar a utilização; portanto, o déficit começa a ser reduzido. Por fim, o oxigênio dissolvido, mais uma vez, atinge os níveis de saturação, criando a curva de oxigênio dissolvido.

Este processo pode ser descrito em termos de reações consecutivas (Capítulo 4), da taxa de utilização de oxigênio e da taxa de reabastecimento de oxigênio, e pode ser expressa como:

$$\frac{dD}{dt} = k_1 z - k_2 D$$

em que z é a quantidade de oxigênio ainda necessária pelos micro-organismos que estão decompondo a matéria orgânica. A taxa de variação do déficit (D) depende da concentração de matéria orgânica a ser decomposta, ou da necessidade restante de oxigênio para os micro-organismos (z), e do déficit, em qualquer tempo t. Como será explicado mais detalhadamente no próximo capítulo, a demanda de oxigênio, em qualquer tempo t, pode ser expressa como

$$z = L e^{-k_1 t}$$

onde L = demanda final de oxigênio, ou o máximo de oxigênio necessário, mg/L.

Conforme apresentado no Capítulo 4, substituindo esta na expressão acima e realizando a integração, obtemos a equação do déficit de Streeter-Phelps:

$$D = \frac{k_1 L_0}{k_2 - k_1} \left(e^{-k_1 t} - e^{-k_2 t} \right) + D_0 e^{-k_2 t} \tag{7.2}$$

onde D = déficit de oxigênio em qualquer tempo t, mg/L
  D_0 = déficit de oxigênio imediatamente abaixo da localização da descarga de poluentes, mg/L
  L_0 = demanda final de oxigênio imediatamente abaixo da localização da descarga de poluentes, mg/L.

A maior preocupação quanto à qualidade da água é, naturalmente, o ponto na corrente em que o déficit é maior, ou seja, onde a concentração do oxigênio dissolvido é mínima. Ao definir $dD/dt = 0$ (em que a curva do oxigênio dissolvido se achata e começa a subir), é possível encontrar o momento crítico a partir de

$$t_c = \frac{1}{k_2 - k_1} \ln\left[\frac{k_2}{k_1}\left(1 - \frac{D_0(k_2 - k_1)}{k_1 L_0}\right)\right] \quad (7.3)$$

onde t_c = tempo a jusante em que o oxigênio dissolvido tem a menor concentração.

EXEMPLO 7.2

Problema Um grande rio tem uma reoxigenação constante de $0{,}4\,\text{dia}^{-1}$ e uma velocidade de 0,85 m/s. No momento em que um poluente orgânico é descarregado, está saturado com oxigênio a 10 mg/L ($D_0 = 0$). Abaixo da foz, a demanda final por oxigênio se encontra em 20 mg/L, e a constante de desoxigenação é de $0{,}2\,\text{dia}^{-1}$. Qual é o oxigênio dissolvido em 48,3 km a jusante da descarga do poluente orgânico?

Solução Velocidade = 0,85 m/s, portanto leva

$$\frac{48{,}3 \times 10^3 \text{ m}}{0{,}85 \text{ m/s}} = 56{,}8 \times 10^3 \text{ s} = 0{,}66 \text{ d}$$

para percorrer os 48,3 km.

Usando a equação de déficit de Streeter–Phelps (Equação 7.2):

$$D = \frac{(0{,}2 \text{ d}^{-1})(20 \text{ mg/L})}{(0{,}4 \text{ d}^{-1}) - (0{,}2 \text{ d}^{-1})}(e^{-0{,}2 \text{ d}^{-1}(0{,}66 \text{ d})} - e^{-0{,}4 \text{ d}^{-1}(0{,}66 \text{ d})}) + 0$$

$$D = 2{,}2 \text{ mg/L}$$

Se o rio, em 48,3 km a jusante, ainda está saturado com oxigênio dissolvido a 10 mg/L, então o teor de oxigênio dissolvido em 48,3 km é (Equação 7.1) $10 - 2{,}2 = 7{,}8$ mg/L.

Uma hipótese inerente feita na análise acima nem sempre é verdadeira – a de que o volume de poluentes do fluxo é muito pequeno quando comparado com a vazão do rio e, assim, o primeiro déficit no rio abaixo da foz é o mesmo que o déficit acima da foz. É mais preciso calcular o déficit com a execução de um balanço dos materiais sobre o pistão em $t = 0$, supondo que, dentro deste pistão, os dois fluxos de entrada são bem misturados. A Figura 7.10 mostra que a vazão da corrente e sua concentração de oxigênio dissolvido são Q_s e C_s, respectivamente, e a poluição tem um fluxo e quantidade de oxigênio dissolvido Q_p e C_p. Desse modo, um balanço de fluxo do volume fornece a equação

$$[\text{ENTRADA}] = [\text{SAÍDA}]$$

$$Q_s + Q_p = Q_0$$

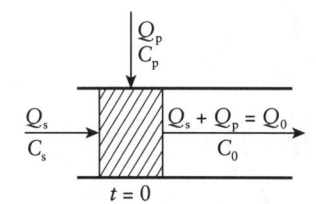

Figura 7.10 A concentração de oxigênio no fluxo a jusante da fonte de poluição é uma combinação da concentração de oxigênio no fluxo à montante da descarga (C_s) e da concentração de oxigênio no fluxo de poluição (C_P). Uma vez que o déficit é igual a $S - C$, o déficit inicial (D_0), deve então ser uma combinação do déficit no fluxo (D_s) e do poluente (D_P).

onde Q_s = fluxo à montante
Q_p = fluxo da fonte de poluição
Q_0 = fluxo a jusante

E, de acordo com o Capítulo 2, Massa = Volume × Concentração, de modo que o balanço em termos de massa de oxigênio pode ser escrito como

$$Q_s C_s + Q_p C_p = Q_0 C_0$$

em que C_0 = concentração de oxigênio dissolvido na corrente imediatamente abaixo da confluência da poluição. De forma rearranjada:

$$C_0 = \frac{Q_s C_s + Q_p C_p}{Q_s + Q_p} \tag{7.4}$$

Observe que isso leva em conta a mistura perfeita na fonte de poluição, uma hipótese não muito realista, principalmente se o rio for largo e de baixa velocidade. Neste texto, ignoramos esses problemas.

Uma vez que C_0 seja determinado, a temperatura da água é calculada utilizando-se a Equação 6.1 (um balanço material da temperatura):

$$T_0 = \frac{Q_s T_s + Q_p T_p}{Q_s + Q_p} \tag{7.5}$$

e o valor da saturação S_0 em T_0 se encontra na Tabela 7.2. O déficit inicial é, então, calculado como

$$D_0 = S_0 - C_0 \tag{7.6}$$

A curva do oxigênio dissolvido que incorpora o efeito do fluxo de poluição sobre o déficit inicial D_0 é apresentada na Figura 7.11.

O rio também pode ter uma demanda de oxigênio no ponto em que atinge a foz. Pressupondo novamente uma mistura completa, a demanda de oxigênio abaixo da foz deve ser calculada como

$$L_0 = \frac{L_s Q_s + L_p Q_p}{Q_s + Q_p} \tag{7.7}$$

onde L_0 = demanda final de oxigênio imediatamente abaixo da foz, mg/L
L_s = demanda final de oxigênio da corrente imediatamente acima da foz, mg/L
L_p = demanda final de oxigênio da descarga de poluentes, mg/L

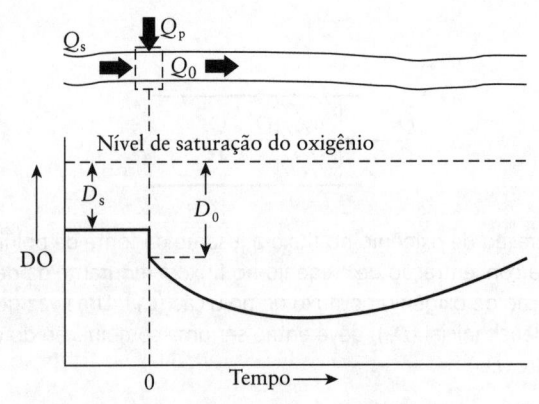

Figura 7.11 O déficit inicial D_0 é influenciado pelo déficit no fluxo de poluição de entrada.

EXEMPLO 7.3

Problema Suponha que o fluxo de poluentes orgânicos no Exemplo 7.2 tenha uma concentração de oxigênio dissolvido de 1,5 mg/L, um fluxo de 0,5 m³/s, com uma temperatura de 26°C e uma demanda bioquímica final de oxigênio (DBO) de 48 mg/L. A vazão do rio é de 2,2 m³/s, a uma concentração de oxigênio dissolvido saturada, uma temperatura de 12°C e uma DBO final de 13,6 mg/L. Calcule a concentração do oxigênio dissolvido em 48,3 km a jusante.

Solução A partir da Tabela 7.2, $S = 10,8$ mg/L a 12°C; como o rio está saturado, $S = C_s$, portanto, utilizando as Equações 7.4 e 7.5

$$C_0 = \frac{Q_s C_s + Q_p C_p}{Q_s + Q_p} = \frac{2,2 \text{ m}^3/\text{s}(10,8 \text{ mg/L}) + 0,5 \text{ m}^3/\text{s}(1,5 \text{ mg/L})}{(2,2 + 0,5) \text{ m}^3/\text{s}} = 9,1 \text{ mg/L}$$

$$T_0 = \frac{Q_s T_s + Q_p T_p}{Q_s + Q_p} = \frac{2,2 \text{ m}^3/\text{s}(12°C) + 0,5 \text{ m}^3/\text{s}(26°C)}{(2,2 + 0,5) \text{ m}^3/\text{s}} = 14,6°C$$

Em $T_0 = 14,6°C$, $S_0 = 10,2$ mg/L da Tabela 7.2, utilizando assim a Equação 7.6

$$D_0 = S_0 - C_0 = 10,2 - 9,1 = 1,1 \text{ mg/L}$$

Utilizando a Equação 7.7, a DBO final na corrente imediatamente abaixo da foz é

$$L_0 = \frac{L_s Q_s + L_p Q_p}{Q_s + Q_p} = \frac{13,6 \text{ mg/L}(2,2 \text{ m}^3/\text{s}) + 48 \text{ mg/L}(0,5 \text{ m}^3/\text{s})}{(2,2 + 0,5) \text{ m}^3/\text{s}} = 20 \text{ mg/L}$$

Utilizando a Equação de Streeter–Phelps (Equação 7.2), o déficit a 48,3 km a jusante é, então,

$$D = \frac{k_1 L_0}{k_2 - k_1}(e^{-k_1 t} - e^{-k_2 t}) + D_0(e^{-k_2 t})$$

calculado como:

$$D = \frac{0,2 \text{ d}^{-1}(20 \text{ mg/L})}{(0,4 - 0,2) \text{ d}^{-1}}(e^{-0,2 \text{ d}^{-1}(0,66 \text{ d})} - e^{0,4 \text{ d}^{-1}(0,66 \text{ d})})$$
$$+ 1,1 \text{ mg/L}(e^{-0,4 \text{ d}^{-1}(0,66 \text{ d})}) = 3,0 \text{ mg/L}$$

Novamente, presumindo que a temperatura a 48,3 km a jusante ainda seja T_0 (14,6°C), (Equação 7.1) $C = S - D = 10,2 - 3,0 = 7,2$ mg/L.

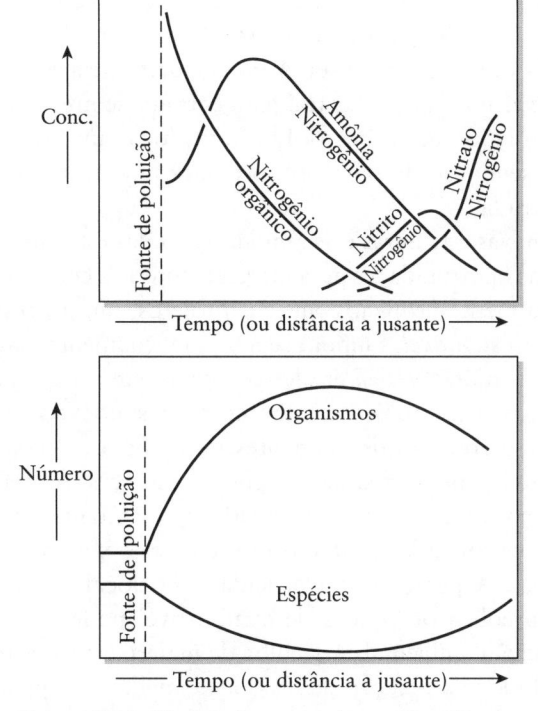

Figura 7.12 Nitrogênio e organismos aquáticos a jusante de uma fonte de poluição orgânica de um rio.

Obviamente, o impacto de poluentes orgânicos sobre um rio não é limitado aos efeitos sobre o oxigênio dissolvido. Como o ambiente muda, a competição por alimentação e sobrevivência resulta em uma mudança em várias espécies de micro-organismos em um rio, e as mudanças na composição química também. A Figura 7.12 ilustra o efeito de um volume de poluentes orgânicos em um rio. Observe, especialmente, a mudança nos tipos de nitrogênio, de nitrogênio orgânico para amônia, para nitrito, para nitrato. Compare isto à discussão anterior de nitrogênio no ciclo dos nutrientes (Figura 7.2). As mudanças na qualidade da corrente à medida que os decompositores reduzem os materiais que exigem oxigênio, finalmente chegando a um rio limpo, são conhecidas como *autodepuração*. Este processo não é diferente do que ocorre em uma estação de tratamento de águas residuárias, porque, em ambos os casos, a energia é eliminada intencionalmente. Os orgânicos contêm muita energia e devem ser oxidados para materiais mais inertes.

No próximo capítulo, os meios para a caracterização da água e sua poluição são apresentados e, em seguida, a ideia de gasto de energia em uma estação de tratamento de águas residuárias é discutida mais detalhadamente.

7.2.4 Efeitos de projetos em um ecossistema

Conforme ilustrado pela descarga de nutrientes e orgânicos em hidrovias, os projetos de engenharia, muitas vezes, têm grande impacto sobre os ecossistemas. No entanto, com alguma antecipação, os engenheiros podem utilizar técnicas para minimizar os impactos negativos. Por exemplo, o trânsito mata muitos animais a cada ano, além de fragmentar os ecossistemas. Na Flórida, os engenheiros de transporte projetaram um muro divisório para a fauna com passagens subterrâneas, a fim de reduzir o número de animais mortos nas rodovias.[5] Um muro de concreto cônico de 3,5 pés (pouco mais de 1 metro) de altura com uma borda de 6 polegadas na parte superior, inspirado em paredes utilizadas para exposição de animais, está localizado a 36 pés) da margem da pista com o intuito de desencorajar a entrada de animais na pista. Aproximadamente a cada 0,5 milha, passagens subterrâneas com caixas no canteiro central para entrada de luz permitem que os animais possam passar de um lado para o outro. Em outro local, um viaduto com jardins (ou ponte terrestre) está sendo usado para proporcionar uma rota segura para os animais atravessarem uma estrada.

As concepções de novas estruturas e as remodelações das estruturas existentes oferecem aos engenheiros muitas oportunidades para integrar materiais energética e hidraulicamente eficientes, e ambientalmente propícios em seus projetos, um processo conhecido como arquitetura *verde*, ou *sustentável*. Embora sejam potencialmente mais caras de antemão, essas opções resultam muitas vezes, em longo prazo, em uma economia operacional, assim como em espaços de convívio e trabalho mais saudáveis. A ventilação natural e a iluminação solar oferecem aos ocupantes de edifícios, o controle pessoal sobre seu espaço e a possibilidade de reduzir os custos energéticos. Telhados com plantas podem ser utilizados para reduzir custos energéticos e o escoamento das águas da chuva. (Essas águas podem ser coletadas, tratadas filtradas, por exemplo e utilizadas no local para regar os jardins). A geração de eletricidade no local por meio de sistemas de energia solar, energia eólica ou células de combustível podem reduzir os custos com a eletricidade e a poluição ambiental. A escolha de materiais menos tóxicos e produzidos de forma sustentável reduz a geração de resíduos e melhora a qualidade do ar interior. Embora esses tipos de escolhas sejam um (grande) passo na direção certa, os engenheiros também precisam considerar o que vai acontecer com a estrutura no final de sua vida útil e fazer projetos de acordo com essa necessidade – concebendo, por exemplo, a possibilidade de fácil desconstrução.

Evidentemente, esses tipos de projetos significam que os engenheiros precisam trabalhar em equipe, muitas vezes com profissionais fora da engenharia, tais como biólogos e arquitetos paisagistas. E os profissionais que não pertencem à engenharia nem sempre falam a mesma língua que os engenheiros. Portanto, trabalho em equipe, competências de comunicação e paciência são essenciais. O resultado, porém, pode ser um projeto mais aprimorado.

SÍMBOLOS

C = concentração de oxigênio na água, mg/L
t = tempo
k_1 = constante de desoxigenação, logaritmo de base e
D = déficit de um gás dissolvido, mg/L
OD = oxigênio dissolvido
k_2 = constante de reoxigenação, logaritmo de base e
v = velocidade média de corrente
H = profundidade do rio
T = temperatura
L = demanda final de oxigênio

D_0 = déficit inicial de oxigênio imediatamente a jusante da descarga
t_c = tempo crítico, ponto do OD mais baixo no rio
Q_s = vazão em uma corrente
Q_p = vazão de uma corrente de poluição
C_0 = concentração de oxigênio imediatamente a jusante da introdução de uma descarga poluidora
z = quantidade de oxigênio exigido pelos micro-organismos para decompor matéria orgânica, mg/L

PROBLEMAS

7.1 Sugere-se que a concentração limite de fósforo (P) para a eutrofização acelerada está entre 0,1 e 0,01 mg/L de P. A água fluvial típica pode conter 5 mg/L de P, 50% dos quais provêm de escoamentos agrícolas e urbanos, e 50% de resíduos domésticos e industriais. Detergentes sintéticos contribuem com 50% do P em resíduos urbanos e industriais.
   a. Se todos os detergentes à base de fósforo forem proibidos, qual nível de P você esperaria encontrar em um rio típico?
   b. Se este rio deságua em um lago, você esperaria que a proibição do detergente à base de fosfato surtisse grande efeito sobre o potencial de eutrofização das águas do lago? Por que sim ou por que não?

7.2 Um córrego tem seu nível de oxigênio dissolvido de 9 mg/L, uma demanda final de oxigênio (L) de 12 mg/L, e uma vazão média de 0,2 m³/s. Um resíduo industrial no nível zero de oxigênio dissolvido com uma demanda final de oxigênio (L) de 20.000 mg/L e uma vazão de 0,006 m³/s é descarregada no córrego. Quais são as demandas finais de oxigênio e o oxigênio dissolvido no córrego imediatamente abaixo do ponto de descarga?

7.3 Abaixo da descarga de uma estação de tratamento de águas residuárias, um rio de 8,6 km tem constante de reoxigenação de 0,4 dia^{-1}, a uma velocidade de 0,15 m/s, com concentração de oxigênio dissolvido de 6 mg/L e uma demanda final de oxigênio (L) de 25 mg/L. O rio está com 15°C. A constante de desoxigenação é estimada em 0,25 dia^{-1}.
   a. Haverá peixes nesse rio?
   b. Por que deveríamos nos importar se há peixe nesse rio? Será que os peixes merecem consideração e proteção morais? Que argumentos você pode juntar para apoiar este ponto de vista?

7.4 Uma estação de tratamento de águas residuárias municipal descarrega em uma corrente que, em algumas épocas do ano, não tem outro fluxo. As características dos resíduos são:

Vazão = 0,1 m³/s
Oxigênio dissolvido = 6 mg/L
Temperatura = 18°C
k_1 = 0,23 d^{-1}
DBO final (L) = 280 mg/L

A velocidade no rio é de 0,5 m/s, e a constante de reoxigenação k_2 é considerada como 0,45 d^{-1}.
   a. O rio manterá um mínimo de 4 mg/L?
   b. Se o fluxo do rio à montante da foz tiver uma temperatura de 18°C, não tiver demanda de oxigênio e se encontrar saturado com OD, que proporção deve ter o fluxo do rio a fim de assegurar um mínimo de oxigênio dissolvido de 4 mg/L a jusante da descarga?
   (Observação: não tente fazer esses cálculos à mão. Utilize um computador!)

7.5 Ellerbe Creek, um grande rio com velocidade normal, recebe o esgoto da Estação de Tratamento de Águas Residuárias Durham Northside, com capacidade de 10 mgd. Tem uma média de vazão no verão de 0,28 m³/s, temperatura de 24°C e velocidade de 0,25 m/s. As características das águas residuárias são:

Temperatura = 28°C
DBO final (L) = 40 mg/L
k_1 = 0,23 d^{-1}
Oxigênio dissolvido = 2 mg/L

A extensão total do rio é de 14 quilômetros, altura em que desemboca no rio Neuse. (*Observação*: utilize a Tabela 7.3 para obter o valor de k_2).
   a. O Estado da Carolina do Norte deve se preocupar com o efeito dessa descarga sobre o Ellerbe Creek?

b. Além das considerações jurídicas, por que o Estado *deveria* se preocupar com os níveis de oxigênio no Ellerbe Creek? Ele não se parece muito com um riacho, na verdade, deságua no rio Neuse sem ser muito útil para ninguém. E, além disso, o Estado determinou níveis de oxigênio dissolvido de 4 mg/L para a vazão $Q_{7,10}$ [8]. Escreva uma carta para o editor de um jornal local fictício condenando os gastos das receitas fiscais para as melhorias da Estação de Tratamento Northside exatamente para que os níveis de oxigênio dissolvido no Ellerbe Creek possam ser mantidos acima de 4 mg/L.

c. Finja ser um peixe no Ellerbe Creek. Você leu a carta para o editor na parte b, acima, e está extremamente irritado. Pegue uma caneta com sua barbatana e responda. Escreva uma carta ao editor, do ponto de vista dos peixes. A qualidade da sua carta será julgada com base na força de seus argumentos.

7.6 Um grande rio com velocidade de 0,85 m/s, saturado de oxigênio, tem uma constante de reoxigenação $k_2 = 0,4 \, dia^{-1}$ (base e) e uma temperatura de $T = 12°C$, com um DBO final = 13,6 mg/L e uma vazão $Q = 2,2 \, m^3/s$. Nessa corrente flui uma corrente de águas residuárias com vazão de $0,5 \, m^3/s$, $T = 26°C$, $L = 220$ mg/L. A constante de desoxigenação na corrente a jusante da fonte de poluição é $k_1 = 0,2 \, dia^{-1}$. Qual é o oxigênio dissolvido a 48,3 km a jusante?

7.7 Se as algas contêm P:N:C, na proporção de 1:16:100, qual dos três elementos limitaria o crescimento das algas se a concentração na água fosse:

0,20 mg/L de P
0,32 mg/L de N
1,00 mg/L de C

Mostre seus cálculos.

7.8 Se times ofensivos de futebol americano forem descritos em termos de posições, como atacante (L), recebedores (R), *running backs* (B), e *quarterbacks* (zagueiros) (Q) na razão de L:R:B:Q de 5:3:2:1, e um time tem a seguinte distribuição de jogadores: L = 20, R = 16, B = 6, Q = 12, quantos times ofensivos podem ser criados com todas as posições preenchidas, e qual é a "posição limite"? Mostre seus cálculos.

7.9 Suponha que você e um amigo engenheiro não ambientalista estejam passando por um córrego na mata, e seus amigos observam, "será que este córrego está poluído?". Como você responderia e que perguntas teria que fazer a ele/ela antes de poder responder?

7.10 Considere o seguinte poema:

> Oh, bela pelos céus esfumaçados,
> Pelos grãos contaminados,
> Pela majestade das montanhas despidas de suas minas
> sobre os planaltos asfaltados.
> América, América! O homem derrama seu lixo sobre ti
> E esconde as árvores com arranha-céus
> Do mar ao oleoso mar.[6]

Este é realmente o resultado do impacto humano sobre o ecossistema nos Estados Unidos? Que tipo de perspectivas teria feito o autor escrever um poema assim? A situação é realmente tão terrível? Escreva uma crítica de uma página sobre este poema, apoiando ou contestando sua mensagem básica.

7.11 O Conselho Consultivo Ambiental do Canadá publicou um livreto intitulado *Uma ética ambiental – sua formulação e implicações*[7] na qual sugere o seguinte como ética ambiental concisa:

> Cada pessoa deve envidar esforços para proteger e valorizar o belo em todos os lugares onde seu impacto for sentido, bem como manter ou aumentar a diversidade funcional do ambiente em geral.

Em uma redação de uma página, critique esta formulação da ética ambiental.

---

8. Vazão mínima de sete dias consecutivos com 10 anos de recorrência. (NRT)

7.12 Uma descarga de uma estação de tratamento de águas residuárias potencial pode afetar o nível de oxigênio dissolvido em um rio. Espera-se que os resíduos tenham as seguintes características:

Vazão = 0,56 m³/s
DBO final = 6,5 mg/L
OD = 2,0 mg/L
Constante de desoxigenação = 0,2 d⁻¹
Temperatura = 25°C

O rio, à montante da descarga planejada, tem as seguintes características:

Vazão = 1,9 m³/s
DBO final = 2,0 mg/L
OD = 9,1 mg/L
Constante de reoxigenação = 0,40 d⁻¹
Temperatura = 15°C

A norma estadual para OD é de 4 mg/L.

a. A construção desta fábrica provocará a queda de OD abaixo da norma do estado?
b. Se, durante um dia quente de verão, a vazão cair para 0,2 m³/s e a temperatura no rio aumentar para 30°C, a norma estadual será cumprida?
c. No inverno o rio é coberto pelo gelo, de modo que não pode haver reaeração de modo algum ($k_2 = 0$). Se a temperatura da água do rio for de 4°C e todas as outras características forem as mesmas (como na questão a, acima), a norma estadual será cumprida?
d. Suponha que o seu cálculo mostrou que na questão c o oxigênio dissolvido baixou para zero durante o inverno, sob o gelo. Isso é ruim? Afinal, quem se importa?

7.13 Libby estava de bom humor. Ela amava o seu trabalho como engenheira assistente na cidade e o clima estava perfeito para trabalhar ao ar livre. Ela havia conseguido a vaga de inspetora local para o novo coletor-tronco de esgotos por gravidade, e isso não só lhe passou grande responsabilidade como também permitiu que saísse do escritório. Nada mau para uma jovem engenheira formada havia apenas alguns meses.

A cidade estava realizando bem seu trabalho, em parte por causa de Bud, um experiente mestre de obras, supervisionava para que o trabalho fosse bem executado. Era maravilhoso trabalhar com Bud e ele tinha muitas histórias e conhecimentos práticos em construção. Libby esperava aprender muito com Bud.

Particularmente nessa manhã, o trabalho exigia o corte e a limpeza de uma faixa de bosques, que se encontrava na faixa de domínio. Quando Libby chegou, a equipe já estava visivelmente se preparando para a manhã de trabalho. Ela decidiu se adiantar até a faixa de domínio para ver como era o terreno.

A cerca de 100 metros até a faixa de domínio, ela se deparou com um enorme carvalho, um pouco fora da linha central, mas ainda dentro da faixa de domínio, portanto, destinado ao corte. Era um carvalho magnífico, talvez de 300 anos, que, de alguma maneira, sobreviveu à derrubada que ocorreu nessas terras em meados dos anos 1800. Dificilmente alguma árvore aqui teria mais de 150 anos, tendo sido derrubadas por causa da ânsia dos fazendeiros de tabaco por mais terras. Mas não, havia esta magnífica árvore. Impressionante!

Libby literalmente arrastou Bud até essa árvore e exclamou: "Não podemos cortar esta árvore. Podemos contornar a linha ao redor dela e, ainda assim, permanecer na faixa de domínio".

"Nada disso. Ela precisa ser derrubada", respondeu Bud. "Em primeiro lugar, estamos trabalhando com um esgoto por gravidade. Você não pode simplesmente sair mudando o alinhamento do esgoto. Teríamos que construir bocas de lobo adicionais e reformular toda a linha. E, o mais importante, você não pode ter uma árvore tão grande em uma faixa de domínio para linha de esgotos. As raízes acabam rompendo a tubulação e causam rachaduras. No pior dos casos, as raízes vão preencher todo o tubo, e isso exige uma limpeza e eventual substituição, se o problema for bastante complicado. Simplesmente, não podemos permitir que esta árvore permaneça aqui."

"Mas esta árvore é uma raridade, talvez tenha uns 300 anos. Provavelmente não existe nenhuma outra árvore como esta neste condado", implorou Libby.

"Uma árvore é uma árvore. Estamos construindo uma linha de esgotos, e a árvore está no caminho", insistiu Bud.

"Bem, acho que esta árvore é especial, e insisto que a salvemos. Como eu sou a engenheira responsável", ela engoliu em seco, surpreendida com a sua própria coragem, "digo que não cortaremos esta árvore".

Ela olhou em volta e viu que alguns dos membros da equipe foram até onde eles estavam e permaneceram parados ao redor, com motosserras na mão e um sorriso irônico no rosto. Bud parecia muito desconfortável.

"OK", disse ele. "Você é a chefe. A árvore fica."

Naquela tarde em seu escritório, Libby refletiu sobre o confronto e tentou compreender seus fortes sentimentos para com a velha árvore. O que a fez se impor desse modo? Salvar uma árvore? E daí que ela era especial? Havia muitas outras árvores que estavam sendo mortas para executar a linha de esgoto. O que havia de especial com essa árvore: era só a sua idade, ou existia algo mais?

Na manhã seguinte, Libby retornou para o local da obra, e ficou chocada ao descobrir que a velha árvore fora derrubada. Ela invadiu o trailer de construção de Bud e quase gritou,

"Bud! O que aconteceu com a velha árvore?"

"Nem adianta esquentar sua cabecinha agora. Liguei para o Diretor das Obras Públicas e descrevi para ele o que conversamos, e ele mandou cortar a árvore. Foi a coisa certa a ser feita. Se você não concorda, então tem muito a aprender sobre construção."

Por que Libby sentia-se tão ligada à antiga árvore? Por que ela queria salvá-la? Era para ela, ou para outras pessoas, ou para o bem da própria árvore? O que Libby deveria fazer agora? Ela teria alguma providência a tomar? A árvore já estava morta, independente de suas ações futuras.

Escreva um memorando de uma página de Libby para seu chefe com relação ao que aconteceu com a árvore e manifestando os sentimentos dela (ou os seus).

7.14 Além de ter grande importância nos ecossistemas, os micro-organismos desempenham um papel importante na engenharia. Quais são alguns desses papéis?

NOTAS FINAIS

(1) Warren, Karen J. The power and promise of ecological feminism. *Environmental ethics* 12:2:125, 1990.

(2) Smith, G. J. C. et al. *Our ecological crisis*. Nova York: Macmillan Pub. Co, 1974.

(3) O'Connor, D. J.; Dobbins, W. E. The mechanism of reaeration of natural streams. *J. San. Eng. Div.*, ASCE, V82, SA6, 1956.

(4) Phelps, E. B. *Stream sanitation*. Nova York: John Wiley & Sons, 1944.

(5) STRUCTURES keep animals off roadways in Florida. *Civil Engineering* 70:7:29, 2000.

(6) James Coolbaugh. *Environment*. 18:6, 1976.

(7) Morse, Norma H. *An environmental ethic – Its formulation and implications*. Ottawa: The Environmental Advisory Council of Canada. Relatório n. 2, Jan. 1975.

PARTE III

APLICAÇÕES

CAPÍTULO OITO

Qualidade da Água

Como sabemos se a água está suja? A resposta, sem dúvida, depende do que estamos querendo dizer com "suja". Para algumas pessoas é uma pergunta boba, como para um juiz agrário em um tribunal que, presidindo uma audiência sobre um caso de poluição da água, afirmou "qualquer um, por mais bobo que seja, sabe se a água é adequada para consumo".

Porém, o que pode ser poluição para alguns, na verdade para outros pode ser um elemento absolutamente necessário na água. Por exemplo, nutrientes dissolvidos presentes nela são necessários para o crescimento de algas (e consequentemente para toda vida aquática), e os peixes precisam dos elementos orgânicos como fonte de alimento para sobreviver. No entanto, esses mesmos componentes podem ser altamente prejudiciais se a água for utilizada para resfriamento industrial.

Neste capítulo são apresentados, a princípio, vários parâmetros utilizados para medir a qualidade da água e, então, a questão sobre o que constitui a água limpa e a água suja será considerada mais adiante.

8.1 PARÂMETROS DE MEDIÇÃO DA QUALIDADE DA ÁGUA

Embora existam muitos parâmetros para medir a qualidade da água, essa questão é restrita ao seguinte:
- *Oxigênio dissolvido*, um importante determinante da qualidade da água em rios, lagos e outros cursos de água.
- *Demanda bioquímica de oxigênio*, apresentada na item 7.2.3 como "demanda de oxigênio", constitui um importante parâmetro indicador de potencial poluente de vários tipos de resíduos despejados nos cursos de água.
- *Sólidos*, elementos sólidos suspensos e resíduos sólidos totais, inclusive componentes que incluem sólidos dissolvidos, alguns dos quais podem ser prejudiciais à vida aquática ou à saúde das pessoas que consomem a água.
- *Nitrogênio*, um parâmetro útil para medir a qualidade da água em rios e lagos.
- *Parâmetros bacteriológicos*, necessários para determinar o potencial de agentes infecciosos presentes, como bactérias e vírus patogênicos. Em geral, essas determinações são indiretas devido a problemas para conseguir amostras suficientes para uma variedade literalmente infinita de micro-organismos.

8.1.1 Oxigênio dissolvido
O *oxigênio dissolvido* (OD) é medido com um medidor com sonda (Figura 8.1). Um dos medidores mais simples (e mais antigo) opera com uma célula galvânica com eletrodos de

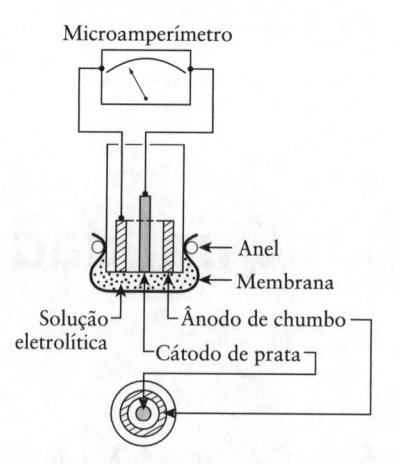

Figura 8.1 Medidor de oxigênio dissolvido.

chumbo e prata colocados dentro uma solução eletrolítica e um microamperímetro entre eles. A reação no eletrodo de chumbo é:

$$Pb + 2OH^- \rightarrow PbO + H_2O + 2e^-$$

Os elétrons liberados no eletrodo de chumbo passam pelo microamperímetro chegando ao eletrodo de prata, onde acontece a seguinte reação:

$$2e^- + (1/2)O_2 + H_2O \rightarrow 2OH^-$$

A reação só ocorre quando há oxigênio livre dissolvido na água, do contrário, o microamperímetro não registrará corrente alguma.

O truque é construir e calibrar o medidor de forma que a eletricidade registrada seja proporcional à concentração de oxigênio na solução eletrolítica. Nos modelos comerciais, os eletrodos são isolados um do outro com um plástico não condutor de corrente com uma membrana permeável e algumas gotas de solução eletrolítica entre a membrana e os eletrodos. A quantidade de oxigênio que passa através da membrana é proporcional à concentração de OD. Uma taxa alta de OD na água cria uma força intensa para atravessar a membrana, enquanto uma baixa taxa de OD força uma quantidade limitada de O_2 para reagir e criar uma corrente elétrica. Dessa maneira, a corrente é proporcional ao nível de OD na solução.

Como vimos no Capítulo 7, a saturação de oxigênio na água é uma função de temperatura e pressão. A Tabela 7.2 lista o nível de saturação do oxigênio na água limpa sob várias temperaturas. No entanto, os níveis de saturação de O_2 na água também dependem da concentração dos sólidos dissolvidos, uma vez que uma alta concentração diminui a solubilidade do oxigênio.

O medidor de OD deve ser calibrado a um valor máximo (de saturação) para qualquer tipo de água, inserindo-se a sonda em uma amostra de água que tenha sido suficientemente aerada para garantir a saturação de OD. Após definir o valor de zero e os valores de saturação, o medidor pode ser utilizado para ler níveis intermediários de OD em amostras desconhecidas. Enquanto a maioria dos medidores automaticamente compensam a mudança de temperatura, uma variação em sólidos dissolvidos demanda recalibração.

8.1.2 Demanda bioquímica de oxigênio

Talvez ainda mais importante que a determinação de oxigênio dissolvido seja a medição da taxa em que esse oxigênio é utilizado por micro-organismos para decompor a matéria orgânica. A demanda por oxigênio para a decomposição de materiais puros pode ser estimada por meio da estequiometria, considerando que toda matéria orgânica seja decomposta e transformada em CO_2 e água.

EXEMPLO 8.1

Problema Qual é a demanda teórica de oxigênio para que uma solução molar de glicose de $1,67 \times 10^{-3}$, $C_6H_{12}O_6$, seja decomposta em dióxido de carbono e água?

Solução Primeiro faça o balanceamento da equação de decomposição (que é um exercício de álgebra):

$$C_6H_{12}O_6 + O_2 \rightarrow CO_2 + H_2O$$

para

$$C_6H_{12}O_6 + 6O_2 \rightarrow 6CO_2 + 6H_2O$$

Ou seja, para cada mol de glicose decomposta, são necessários seis moles de oxigênio. Isso resulta em uma constante para converter mol/L de glicose para mg/L de O_2 necessário – uma unidade de conversão (relativamente) simples.

$$\frac{[1,67 \times 10^{-3} \text{ g/mol de glicose}]}{L} \times \left[\frac{6 \text{ moles de } O_2}{\text{mol de glicose}}\right] \times \left[\frac{32 \text{ g } O_2}{\text{mol de } O_2}\right] \times \left[\frac{1.000 \text{ mg}}{g}\right]$$

$$= 321 \frac{\text{mg } O_2}{L}$$

Infelizmente, as águas residuais raramente são materiais puros, e não é possível calcular a demanda de oxigênio a partir do cálculo estequiométrico. Na verdade, é necessário realizar um teste no qual os micro-organismos que fazem a decomposição sejam realmente empregados e o uso do oxigênio por eles, então, medido.

A taxa do uso de oxigênio é comumente citada como *demanda bioquímica de oxigênio* (DBO). É importante entender que a DBO não é uma medida de algum poluente específico. Na verdade, é uma medida da quantidade de oxigênio necessária para que bactérias e outros micro-organismos aeróbios estabilizem matéria orgânica decomponível. Se os micro-organismos entrarem em contato com uma fonte de alimento (tal como resíduos humanos), o oxigênio será utilizado por eles durante a decomposição.

Uma taxa muito baixa do uso de oxigênio poderia indicar (1) ausência de contaminação, (2) que os micro-organismos existentes não estão consumindo a matéria orgânica disponível, ou (3) que os micro-organismos estão mortos ou morrendo. (Nada diminui tanto o consumo de oxigênio pelos micro-organismos aquáticos quanto uma quantidade generosa de arsênico).

O teste de DBO padrão é realizado no escuro a 20°C por cinco dias. Ele é então definido como DBO de cinco dias (DBO_5), que é a quantidade de oxigênio utilizada em cinco dias. A temperatura é especificada porque a *taxa* de consumo de oxigênio depende dela. A reação deve acontecer no escuro, pois pode haver a presença de algas e, se houver luz disponível, elas podem produzir oxigênio na garrafa.

O teste de DBO é quase universalmente realizado dentro de uma garrafa-padrão (com cerca de 300 ml) como ilustrado na Figura 8.2. Essa garrafa é feita de um vidro especial não reativo com bocal arredondado e um tampão de vidro polido, que cria uma vedação para que o oxigênio não possa sair e nem entrar na garrafa.

Embora a DBO de cinco dias seja o teste-padrão, também é possível realizá-lo em dois, dez ou qualquer outra quantidade de dias. Uma forma de realizar a DBO, apresentada no Capítulo 7, é a DBO *final* (DBO_u ou L), que é a demanda de O_2 após um período muito

Figura 8.2 Garrafa de DBO, feita de vidro especial não reativo com tampão de vidro polido.

longo – quando os micro-organismos já oxidaram o máximo de matéria orgânica possível. A DBO final, geralmente, é realizada durante 20 dias, a um ponto em que ocorrerá pouca depleção adicional de oxigênio.

Se o oxigênio dissolvido for medido todos os dias por cinco dias, obtém-se uma curva como apresentado na Figura 8.3. Nela, a amostra A apresenta OD inicial de 8 mg/L e após cinco dias decai para 2 mg/L. A DBO é a diferença entre o OD inicial menos o OD final, que é igual ao OD utilizado pelos micro-organismos. Neste caso, temos 8 – 2 = 6 mg/L.

Em forma de equação:

$$DBO = I - F$$

onde I = OD inicial, mg/L
F = OD final, mg/L.

Novamente com relação à Figura 8.3, a amostra B apresenta OD inicial de 8 mg/L, mas o oxigênio foi utilizado tão rapidamente que caiu para zero em dois dias. Se após cinco dias o OD for medido como zero, tudo que podemos dizer é que a DBO da amostra B é maior que 8 – 0 = 8 mg/L, porém não sabemos quanto de oxigênio a mais que 8 mg/L foi consumido, pois os organismos poderiam ter utilizado mais OD se este se encontrasse disponível. Em geral, para amostras com uma demanda de oxigênio maior que cerca de 8 mg/L, não é possível medir a DBO diretamente, sendo necessária a diluição da amostra.

Suponha que a amostra C apresentada na figura seja realmente a amostra B diluída com água destilada em 1:10. A DBO da amostra B é, portanto, dez vezes maior que o valor medido, ou

$$DBO = (8 - 4)10 = 40 \text{ mg/L}$$

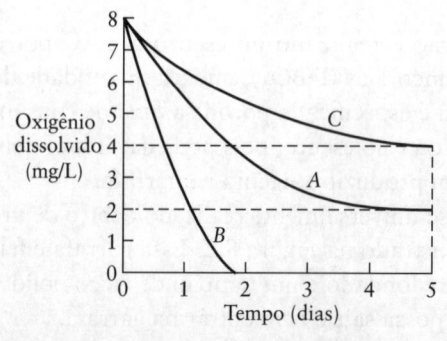

Figura 8.3 Redução do oxigênio dissolvido em três garrafas de DBO diferentes: A é um teste válido para uma DBO de cinco dias; B é inválido, uma vez que atinge o valor de zero oxigênio dissolvido antes do quinto dia; e C é igual a B, mas com uma diluição anterior.

Com a diluição (utilizando água sem DBO própria), a equação de DBO é a seguinte:

$$\text{DBO} = (I - F)D \qquad (8.1)$$

onde D = diluição representada como uma fração e definida como

$$D = \frac{\text{Volume total da garrafa}}{\text{Volume total da garrafa} - \text{Volume de diluição da água}} \qquad (8.2a)$$

que é igual a

$$D = \frac{\text{Volume total da garrafa}}{\text{Volume da amostra}} \qquad (8.2b)$$

EXEMPLO 8.2

Problema Três garrafas de DBO foram preparadas com a amostra e água de diluição como mostra a tabela seguinte.

Nº da garrafa	Amostra (mL)	Água de diluição (mL)
1	3	297
2	1,5	298,5
3	0,75	299,25

Calcule a diluição (D) para cada uma.

Solução Lembre-se de que o volume de uma garrafa de DBO padrão é 300 mL. Para a garrafa nº 1, a diluição (D) é (Equação 8.2b)

$$D = \frac{300}{300 - 297} = 100$$

Da mesma forma, para as outras duas garrafas D é calculado como 200 e 400.

A suposição no método de diluição é que o resultado de cada diluição de uma única amostra irá gerar o mesmo valor de DBO. Algumas vezes (com frequência) quando uma série de garrafas de DBO é testada a diferentes diluições, os cálculos divergem. Considere o exemplo a seguir.

EXEMPLO 8.3

Problema Uma série de testes de DBO são realizados em três diferentes diluições. Os resultados foram:

Garrafa	Diluição	IOD = I (mg/L)	FOD = F (mg/L)
1	100	10,0	2,5
2	200	10,0	6,0
3	400	10,0	7,5

Qual o valor da DBO?

Solução Primeiro, as DBO devem ser calculadas individualmente. Então, é necessário comparar os resultados.

Lembre-se de que a DBO é calculada como $(I - F)D$ (Equação 8.1). Portanto, os resultados do teste em laboratório são

Garrafa	DBO (mg/L)
1	750
2	800
3	1.000

Ao comparar os resultados, observe que eles variam dentro de uma faixa de 250 mg/L, uma quantidade substancial. Esse problema representa o que chamamos de "escala móvel". Em condições ideais, todos os testes deveriam ter gerado o mesmo resultado (ou um resultado aproximado) de DBO, mas esse claramente não é o caso. Como esse exemplo representa uma escala móvel razoavelmente benéfica, a leitura média pode ser a melhor representação do uso de oxigênio; então, o mais provável seria registrar a DBO com 800 mg/L. Uma solução menos pragmática seria limpar novamente as garrafas, garantir que a água de diluição esteja perfeitamente limpa (verificar se ela não apresenta uma DBO própria), e realizar o teste novamente, esperando um resultado mais consistente.

Quase nunca se sabe a DBO da amostra antes da realização do teste, portanto, a diluição deve ser uma estimativa. O teste não é muito preciso se a redução no OD durante os cinco dias de incubação ou se o OD restante na garrafa tiver menos de 2 mg/L. De modo geral, uma DBO final é estimada (considerando testes anteriores para resíduos semelhantes) e são utilizadas no mínimo duas diluições, sendo que uma delas precisa apresentar no mínimo 2 mg/L de OD restante e na outra, no mínimo, 2 mg/L de OD tenham sido utilizados. A diluição é então calculada como

$$D = \frac{\text{DBO estimada}}{\Delta \text{OD}} \qquad (8.3)$$

EXEMPLO 8.4

Problema A DBO de cinco dias de um afluente para uma instalação de tratamento de água residuária é estimada em cerca de 800 mg/L, com base em águas residuárias semelhantes. Que diluições deveriam ser utilizadas no teste de DBO de cinco dias?

Solução Considere que a saturação seja de cerca de 10 mg/L. Se no mínimo 2 mg/L devem permanecer na garrafa, a redução na DBO deve ser de $10 - 2 = 8$ mg/L; então a diluição deve ser (Equação 8.3)

$$D = 800/8 = 100$$

Da mesma forma, se no mínimo 2 mg/L de OD devem ser utilizados, a diluição de outra garrafa deve ser (Equação 8.3)

$$D = 800/2 = 400$$

O teste deve ser executado com pelo menos duas garrafas de DBO, uma com $D = 100$ e outra com $D = 400$. Por precaução deveria haver uma terceira garrafa com uma diluição intermediária, nesse caso $D = 200$.

Até agora temos considerado que a amostra da água residuária dispõe de micro-organismos que irão decompor a matéria orgânica e diminuir o OD. Isso, com certeza, pode nem sempre ser o caso. Por exemplo, é possível medir a DBO do açúcar para conseguir a estimativa de sua influência sobre uma corrente com muitos micro-organismos que adorariam um pouco de açúcar. O açúcar puro, obviamente, não contém os micro-organismos necessários para decomposição, então para realizar o teste, precisa-se *semear* a amostra. Esse é um processo no qual os micro-organismos responsáveis pela captação de oxigênio são adicionados à garrafa de DBO com a amostra (açúcar) para que ocorra a absorção do oxigênio.

Suponha que a água descrita anteriormente pela curva A na Figura 8.3 seja utilizada como água semeada, porque obviamente contém micro-organismos (por apresentar DBO de cinco dias de 6 mg/L). Se colocarmos agora 100 ml de uma amostra com uma DBO desconhecida dentro de uma garrafa e adicionarmos 200 ml de água semeada, a garrafa de 300 ml estará cheia. A diluição (D) é 3. Presumindo que o OD inicial dessa mistura seja 8 mg/L e o OD final seja 3 mg/L, o oxigênio total utilizado é de 5 mg/L. Porém, um pouco dessa redução de OD acontece em função da água semeada, pois ela também apresenta uma DBO, portanto, apenas uma parte da queda no OD ocorre por causa da decomposição de material desconhecido. A absorção de OD devido somente à água semeada é

$$\text{DBO}_{semeada} = (6 \text{ mg/L})\left(\frac{200 \text{ mL}}{300 \text{ mL}}\right) = 4 \text{ mg/L}$$

porque apenas 2/3 da garrafa são constituídos por água semeada. A absorção remanescente do oxigênio ($5 - 4 = 1$ mg/L) deve acontecer em função da amostra, que foi diluída a 1:3 (ou $D = 3$). Sua DBO deve ser de $1 \times 3 = 3$ mg/L.

Se o método de semeadura e diluição são combinados, utiliza-se a seguinte fórmula geral para calcular a DBO:

$$\text{DBO}_t = \left[(I - F) - (I' - F')\left(\frac{X}{Y}\right)\right]D \tag{8.4}$$

onde DBO_t = demanda bioquímica de oxigênio, como medido durante certo tempo t, mg/L
I = OD inicial da garrafa com amostra e água de diluição semeada, mg/L
F = OD final da garrafa com a amostra e a água de diluição semeada, mg/L
I' = OD inicial da garrafa com água de diluição semeada, mg/L
F' = OD final da garrafa com água de diluição semeada, mg/L
X = água de diluição semeada na garrafa de amostra, mL
Y = água de diluição semeada na garrafa apenas com água de diluição semeada (volume da garrafa de DBO), mL
D = diluição da amostra

EXEMPLO 8.5

Problema Calcule a DBO_5 quando a temperatura da amostra e da água de diluição semeada estiverem a 20°C, os OD iniciais são de saturação, e a diluição da amostra é de 1:30 com água de diluição semeada. O OD final da água de diluição semeada é de 8 mg/L, e o OD final da amostra e da água de diluição semeada é de 2 mg/L. Lembre-se de que uma garrafa de DBO contém 300 mL.

Solução A partir da Tabela 7.2 a 20°C, a saturação é de 9,07 mg/L; consequentemente, esse é o OD inicial da amostra diluída e da água de diluição (I e I'). Utilizando-se a equação 8.2b,

$$D = \frac{30}{1} = \frac{300 \text{ mL}}{V_s}$$

$$V_s = 10 \text{ mL}$$

então $X = 300 - 10 = 290$ mL

A DBO é então calculada como (Equação 8.4)

$$DBO_5 = [(9{,}07 \text{ mg/L} - 2 \text{ mg/L}) \\ - (9{,}07 \text{ mg/L} - 8 \text{ mg/L})(290 \text{ mL}/300 \text{ mL})]30 = 174 \text{ mg/L}$$

É importante lembrar que a DBO é um parâmetro para medir o uso de ou o uso potencial de oxigênio. Um afluente com uma taxa de DBO alta pode ser nocivo ao rio se o consumo de oxigênio for alto o suficiente para, por fim, causar condições anaeróbias (ou seja, a curva "de depleção" de OD aproxima-se do valor zero no rio). Obviamente, uma pequena vazão de água residuária lançada em um rio grande, provavelmente, terá um efeito insignificante, independentemente da quantidade (mg/L) de DBO envolvida. Da mesma maneira, uma vazão grande para um rio pequeno pode afetá-lo seriamente mesmo que a DBO seja baixa. Sendo assim, engenheiros norte-americanos, em geral, falam em "libras de DBO", um valor calculado pela multiplicação da concentração pela taxa de vazão com um fator de conversão:

lb DBO/dia = [mg/L DBO] × [fluxo em mgd] × [8,34 lb/(mg/L)/(mil gal)]

Observe que essa é a mesma conversão apresentada no Capítulo 3 para converter fluxos em volume para fluxos em massa:

(Fluxo de massa) = (Vazão) × (Concentração)

A DBO da maior parte do esgoto doméstico é de cerca de 250 mg/L, embora muitos resíduos industriais cheguem a alcançar 30.000 mg/L. O potencial efeito nocivo de resíduos de laticínios não tratados que pode apresentar uma DBO de 25.000 mg/L é certamente óbvio, visto que representa um efeito 100 vezes maior sobre os níveis de oxigênio em um rio do que de um esgoto não tratado.

As reações na garrafa de DBO podem ser representadas, matematicamente, em primeiro lugar montando-se um balanço de material considerando o oxigênio dissolvido, iniciando como sempre com

$$\begin{bmatrix} \text{Taxa de OD} \\ \text{ACUMULADO} \end{bmatrix} = \begin{bmatrix} \text{Taxa de OD} \\ \text{DE ENTRADA} \end{bmatrix} - \begin{bmatrix} \text{Taxa de OD} \\ \text{DE SAÍDA} \end{bmatrix} \\ + \begin{bmatrix} \text{Taxa de OD} \\ \text{PRODUZIDO} \end{bmatrix} - \begin{bmatrix} \text{Taxa de OD} \\ \text{CONSUMIDO} \end{bmatrix}$$

Como a garrafa de DBO é um sistema fechado e pelo fato do teste ser realizado no escuro, para que não haja produção de OD, o balanceamento de matéria reduz-se para

$$\begin{bmatrix} \text{Taxa de OD} \\ \text{ACUMULADO} \end{bmatrix} = - \begin{bmatrix} \text{Taxa de OD} \\ \text{CONSUMIDO} \end{bmatrix}$$

$$\frac{dz}{dt}V = -rV$$

onde z = oxigênio dissolvido (necessário para que os micro-organismos decomponham a matéria orgânica), mg/L
t = tempo
V = volume da garrafa de DBO, mL
r = taxa de reação.

Isso pode ser considerado uma reação de primeira ordem (casualmente, um ponto de certa controvérsia), como inicialmente apresentada no Capítulo 7:

$$\frac{dz}{dt} = -k_1 z$$

Ou seja, a taxa em que a necessidade de oxigênio é reduzida (dz/dt) é diretamente proporcional à quantidade de oxigênio necessária para que aconteça a decomposição (z). Conjuntamente, essa expressão resulta em

$$z = z_0 e^{-k_1 t}$$

À medida que os micro-organismos utilizam o oxigênio, em um tempo t qualquer, a quantidade de oxigênio ainda a ser utilizada é z (Figura 8.4A), e a quantidade de oxigênio já utilizada em um tempo t qualquer é y, ou o oxigênio já demandado pelos organismos (Figura 8.4B). A quantidade total de oxigênio que será utilizada pelos micro-organismos é a soma do que foi utilizado (y) e aquilo que ainda será utilizado (z) (Figura 8.4):

$$L = z + y$$

onde y = OD já utilizado ou demandado em um tempo t qualquer
(ou seja, a DBO), mg/L
z = OD ainda necessário para satisfazer a demanda final, mg/L
L = demanda final por oxigênio, mg/L.

Substituindo $z = L - y$ na equação, resulta em

$$L - y = z_0 e^{-k_1 t}$$

e reconhecendo-se, a partir da Figura 8.4A, que $z_0 = L$:

$$y = L - L(e^{-k_1 t})$$

ou, de forma equivalente:

$$y = L(1 - e^{-k_1 t}) \tag{8.5}$$

onde y = DBO em um tempo t qualquer em dias, mg/L
L = DBO final, mg/L
k_1 = constante de desoxigenação para base e, dia^{-1}

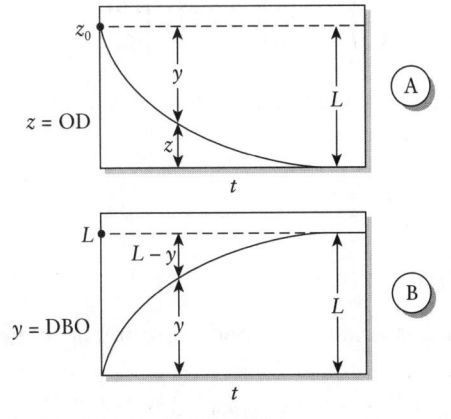

Figura 8.4 Definições de DBO. Observe que o L utilizado na equação "de depleção" de oxigênio dissolvido é a DBO carbonácea final.

Essa equação pode ser utilizada para calcular a DBO em um tempo qualquer, inclusive a DBO final.

EXEMPLO 8.6

Problema Considerando uma constante de desoxigenação de $0{,}25\ \mathrm{d}^{-1}$, calcule a DBO de cinco dias esperada se a DBO de três dias for de 148 mg/L.

Solução Conhecendo-se y_3 e o coeficiente de desoxigenação (k_1), calcule a DBO final (L) utilizando a Equação 8.5:

$$148\ \mathrm{mg/L} = L\left[1 - e^{-(0{,}25\ \mathrm{d}^{-1})(3\ \mathrm{d})}\right]$$

$$L = 280\ \mathrm{mg/L}$$

Com a DBO final e o k_1, a DBO em um tempo qualquer pode ser calculada, novamente utilizando-se a Equação 8.5

$$y_5 = (280\ \mathrm{mg/L})\left[1 - e^{-(0{,}25\ \mathrm{d}^{-1})(5\ \mathrm{d})}\right] = 200\ \mathrm{mg/L}$$

Com relação à Figura 8.4B, observe que

$$\frac{dy}{dt} = k_1(L - y)$$

de forma que conforme y aproxima-se de L, $(L - y) \to 0$ e $dy/dt \to 0$. Integrar essa expressão novamente resulta na Equação 8.5.

Em geral, é necessário, assim como ao modelar a curva "de depleção" de OD em um rio (Capítulo 7), saber os valores de k_1 e L. Os resultados do teste de DBO, porém, produzem uma curva mostrando o oxigênio utilizado no decorrer do tempo. Como calculamos o consumo de oxigênio final (L) e a taxa de desoxigenação (k_1) de tal curva?

Há uma variedade de técnicas para calcular k_1 e L, sendo uma das mais simples o método desenvolvido por Thomas.[1] A partir da Equação 8.5:

$$y = L(1 - e^{k_1 t})$$

reestruture-a para

$$\left(\frac{t}{y}\right)^{1/3} = \left(\frac{1}{(k_1 L)^{1/3}}\right) + \left(\frac{k_1^{2/3}}{6L^{1/3}}\right)t \qquad (8.6)$$

Essa equação tem a forma de uma linha reta.

$$a = b + mt$$

onde $a = (t/y)^{1/3}$
$b = (k_1 L)^{-1/3}$
$m = (1/6)(k_1^{2/3} L^{-1/3})$

Dessa forma, ao traçarmos a versus t, pode-se obter a inclinação (m) e o ponto de interceptação (b), e

$$k_1 = 6\left(\frac{m}{b}\right)$$

$$L = \frac{1}{6mb^2}$$

EXEMPLO 8.7

Problema A DBO *versus* os dados de tempo para os primeiros cinco dias de um teste DBO são obtidos da seguinte forma:

Tempo, t (dias)	DBO, y (mg/L)
2	10
4	16
6	20

Calcule k_1 e L.

Solução Faça um gráfico a partir da Equação 8.6. Os valores $(t/y)^{1/3}$ serão 0,585, 0,630 e 0,669. Esses resultados serão representados como mostra a Figura 8.5. A partir do gráfico, o ponto de interceptação é $b = 0,545$ e a inclinação é $m = 0,021$. Assim

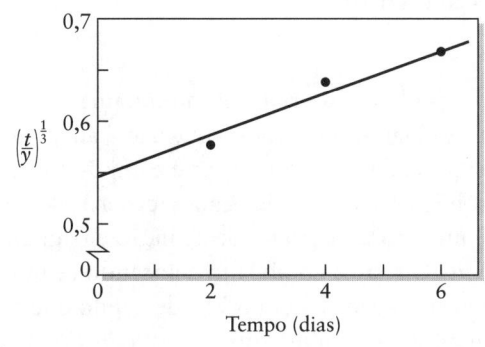

$$k_1 = 6\left(\frac{0,021}{0,545}\right) = 0,64 \text{ dia}^{-1}$$

$$L = \frac{1}{6(0,021)(0,545)^2} = 26,7 \text{ mg/L}$$

Figura 8.5 Gráfico utilizado para o cálculo de k_1 e L.

Entretanto, as coisas nem sempre são tão simples. Se a DBO de um efluente de uma instalação de tratamento de água residuária é medida e, em vez de concluir o teste após cinco dias, permite-se que a reação continue e o OD seja medido todos os dias, pode-se obter uma curva como apresentada na Figura 8.6. Note que algum tempo depois, a curva apresenta uma alteração brusca. Isso acontece em função da intensificação da demanda de oxigênio pelos micro-organismos que decompõem a matéria orgânica nitrogenada e a convertem para o nitrato estável, NO_3^- (Capítulo 7). A curva do uso de oxigênio pode, portanto, ser divida em duas regiões, DBO *nitrogenada* (DBO_N) e DBO *carbonácea* (DBO_C).

Observe a definição da DBO final nesta curva. Se não houver matéria orgânica nitrogenada alguma na amostra ou se a ação desses micro-organismos for suprimida, obtém-se apenas a curva carbonácea. Porém, para correntes e rios com tempo de curso superior a cinco dias, a demanda final de oxigênio deve incluir a demanda nitrogenada. Com frequência, considera-se que a DBO final possa ser calculada da seguinte forma:

$$DBO_{fin} = a(DBO_5) + b(TKN)$$

onde   TKN = Nitrogênio Kjeldahl (nitrogênio orgânico mais amônia, item 8.1.4), mg/L
a e b = constantes.

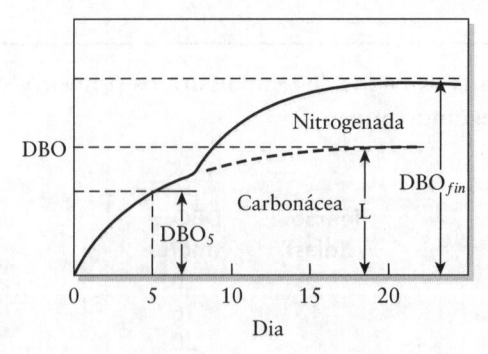

Figura 8.6 Curvas DBO idealizadas.

O estado da Carolina do Norte, por exemplo, utiliza $a = 1,2$ e $b = 4,0$ para calcular a DBO final, que é então substituída por L na equação "de depleção" de OD. Esse modelo destaca a importância de as instalações de tratamento de água residuária atingir a nitrificação (conversão de nitrogênio para NO_3^-) ou a desnitrificação (conversão para o gás N_2). Mais detalhes sobre isso podem ser encontrados no Capítulo 10.

8.1.3 Sólidos

A separação de elementos sólidos da água é um dos objetivos principais do tratamento de água residuária. Mais especificamente, na água residuária, tudo aquilo que não é água ou gás é classificado como sólido, ou seja, a maior parte da água residuária é composta por sólidos. No entanto, a definição comum para sólidos é "resíduo da evaporação a 103°C" (uma temperatura um pouco mais alta que a temperatura do ponto de ebulição da água). Esses sólidos são conhecidos como *sólidos totais*. O teste é conduzido colocando-se um volume de amostra conhecido em um prato de evaporação (Figura 8.7) e deixando que a água evapore. Os sólidos totais são então calculados da seguinte forma

$$ST = \frac{P_{ps} - P_p}{V}$$

onde TS = sólidos totais, mg/L
P_{ps} = peso do prato mais peso dos sólidos secos após a evaporação, mg
P_p = peso do prato vazio, mg
V = volume da amostra, L.

Se o volume da amostra estiver em mL, a unidade de medida mais comum, e os pesos forem em g, a equação é a seguinte

$$ST = \frac{P_{ps} - P_p}{V} \times 10^6 \tag{8.7}$$

onde ST = sólidos totais, mg/L
P_{ps} = peso do prato mais peso dos sólidos secos após a evaporação, g
P_p = peso do prato vazio, g
V = volume da amostra, mL.

Os sólidos totais podem ser divididos em duas partes: *sólidos dissolvidos* e *suspensos*. Se uma colher de chá cheia de sal de cozinha comum é colocada em um copo com água, o sal dissolve-se. A aparência da água continua a mesma, mas o sal permanece quando a água evapora. Uma colher de areia, no entanto, não se dissolve, e os grãos de areia permanecem na água. O sal é um exemplo de sólidos dissolvidos enquanto os grãos de areia são sólidos suspensos.

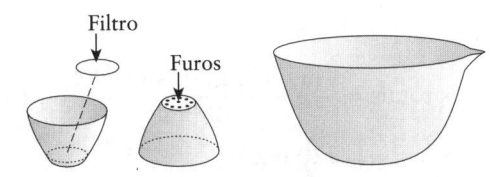

Figura 8.7 O cadinho de Gooch e o prato de evaporação utilizados para medir sólidos suspensos e sólidos totais, respectivamente.

O cadinho de Gooch é utilizado para separar os sólidos suspensos dos sólidos dissolvidos. Conforme mostra a Figura 8.7, o cadinho possui furos na parte inferior onde se posiciona um filtro de fibra de vidro. A amostra é, então, filtrada através do cadinho com o auxílio do vácuo. O material suspenso fica retido no filtro enquanto a parte dissolvida passa através dele. Conhecendo-se o peso inicial do cadinho seco mais o peso do filtro, a subtração desse peso do peso total (peso do cadinho, mais peso do filtro e dos sólidos secos remanescentes no filtro) é o peso dos sólidos suspensos, expresso em mg/L. A equação é a seguinte

$$SS = \frac{P_{pf} - P_p}{V} \times 10^6 \qquad (8.8)$$

onde SS = sólidos suspensos, mg/L
  P_{pf} = peso do prato e do filtro mais peso dos sólidos filtrados secos, g
  P_p = peso do cadinho e filtro limpos, g
  V = volume amostra, mL

Os sólidos podem ser classificados de outro modo: aqueles que são voláteis a altas temperaturas e aqueles que não são. Os primeiros são conhecidos como *sólidos voláteis*, os últimos são *sólidos fixos*.

Embora os sólidos voláteis sejam considerados orgânicos, alguns dos sólidos inorgânicos são decompostos e também volatizados a 600°C, temperatura utilizada em testes. Porém, isso não é considerado uma desvantagem séria. A equação para calcular sólidos fixos é

$$SF = \frac{P_{pn} - P_p}{V} \times 10^6 \qquad (8.9)$$

onde SF = sólidos fixos, mg/L
  P_{pn} = peso do prato mais sólidos não queimados, g
  P_p = peso do cadinho e do filtro limpos, g
  V = volume da amostra, mL.

Os sólidos voláteis, então, são calculados com a seguinte equação

$$SV = ST - SF \qquad (8.10)$$

em que SV = sólidos voláteis, mg/L.

EXEMPLO 8.8

Problema Um laboratório realiza um teste de sólidos. Peso do cadinho = 48,6212 g. Uma amostra de 100 mL é colocada no cadinho e a água é evaporada. Peso do cadinho e dos sólidos secos = 48,6432 g. Então, o cadinho é colocado em um forno a 600°C por 24 horas e resfriado em um dessecador. Peso do cadinho resfriado e resíduos, ou sólidos não queimados = 48,6300 g. Encontre os sólidos totais, voláteis e fixos.

Solução Utilize as equações 8.7, 8.9, e 8.10.

$$\text{Sólidos totais} = \frac{(48{,}6432 \text{ g}) - (48{,}6212 \text{ g})}{100 \text{ mL}} \times 10^6$$

$$= 220 \text{ mg/L}$$

$$\text{Sólidos fixos} = \frac{(48{,}6300 \text{ g}) - (48{,}6212 \text{ g})}{100 \text{ mL}} \times 10^6$$

$$= 88 \text{ mg/L}$$

$$\text{Sólidos voláteis} = \text{ST} - \text{SF} = 220 - 88 = 132 \text{ mg/L}$$

■

Em geral, é necessário medir a parte volátil do material suspenso, pois esse é um modo rápido (embora grosseiro) para medir a quantidade de micro-organismos presentes. Os *sólidos suspensos voláteis* (SSV) são determinados simplesmente ao se colocar o cadinho de Gooch (filtro) em um forno (600°C), permitindo que a parte orgânica queime, e pesando o cadinho novamente. O valor da redução do peso representa os sólidos suspensos voláteis.

8.1.4 Nitrogênio

Vamos recordar a definição do Capítulo 7 de que o nitrogênio é um importante elemento nas reações biológicas. Ele pode ser ligado a componentes que produzem muita energia, como aminoácidos e aminas, e nessa forma, o nitrogênio é conhecido como nitrogênio orgânico. Um dos elementos intermediários formados durante o metabolismo biológico é o nitrogênio amoniacal. Com o nitrogênio orgânico, o amoniacal é considerado um indicador de poluição recente.

Essas duas formas de nitrogênio são, em geral, combinadas em uma medida, conhecida como *nitrogênio Kjeldahl*, pois recebeu o nome do cientista que primeiro sugeriu o procedimento analítico.

A decomposição aeróbica finalmente leva à formação de nitrogênio em nitrito (NO_2^-) e depois em nitrato (NO_3^-). Nitrogênio com alto teor de nitrato e com baixo teor de amônia sugere que a poluição aconteceu algum tempo atrás.

Todas essas formas de nitrogênio podem ser medidas analiticamente pelas *técnicas de colorimetria*. A ideia básica da colorimetria é que o íon em questão se combina com algum elemento e forma uma cor. O elemento está em excesso (ou seja, há muito mais dele do que os íons), então a intensidade da cor é proporcional à concentração original de íons medidos. Por exemplo, a amônia pode ser medida adicionando-se um composto chamado reagente de *Nessler* à amostra desconhecida. Esse reagente é uma solução de tetraiodomercurato de potássio, K_2HgI_4, e reage com íons amoniacais e formam um coloide amarelo-escuro. Se o reagente de Nessler estiver em excesso, a quantidade do coloide formado será proporcional à concentração de íons de amônia na amostra.

A cor é medida fotometricamente. As funções básicas de um fotômetro, ilustrado na Figura 8.8, consistem de uma fonte de luz, um filtro, uma amostra e uma fotocélula. O filtro permite que apenas algumas extensões de onda passem, fazendo com que as interferências diminuam e a sensibilidade da fotocélula aumente, convertendo a energia da luz em corrente elétrica. Uma cor intensa permite que apenas uma quantidade limitada de luz penetre, criando uma pequena corrente elétrica. Em contrapartida, uma amostra com muito pouca quantidade do elemento químico em questão será clara, permitindo que quase toda luz penetre, criando uma corrente razoável. Se a intensidade da cor (e, consequentemente, a absorção da luz) for diretamente proporcional à concentração do íon desconhecido, diz-se que a cor formada obedece à *lei de Beer*.

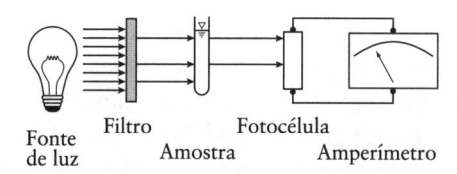

Figura 8.8 Um fotômetro é utilizado para medir a intensidade da luz através de uma amostra colorida, em que a intensidade da cor é proporcional ao elemento químico sendo medido.

Um fotômetro pode ser utilizado para medir a concentração de amônia ao medir-se o grau de absorção de luz pelas amostras contendo uma concentração de amônia conhecida e comparando-se a absorção da amostra desconhecida com esses padrões.

EXEMPLO 8.9

Problema Diversas amostras conhecidas e uma amostra desconhecida contendo nitrogênio amoniacal são tratadas com reagente de Nessler, e a cor resultante é medida com um fotômetro. Encontre a concentração de amônia da amostra desconhecida.

Padrões:	Amostra	Grau de absorção
0 mg/L	amônia (água destilada)	0
1 mg/L	amônia	0,06
2 mg/L	amônia	0,12
3 mg/L	amônia	0,18
4 mg/L	amônia	0,24
Desconhecida	amostra	0,15

Solução Uma curva de calibração é traçada (Figura 8.9) utilizando-se os padrões da amônia.

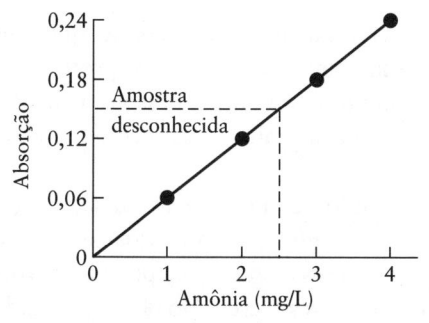

Figura 8.9 Uma curva de calibração típica utilizada para medir a concentração de amônia.

O gráfico resulta em uma linha estreita, portanto, a Lei de Beer é válida. A concentração de amônia na amostra desconhecida corresponde a 0,15 de absorção e, a partir do gráfico, é de 2,5 mg/L.

8.1.5 Medição dos níveis bacteriológicos

A partir do ponto de vista da saúde pública, a qualidade bacteriológica da água é tão importante como a qualidade química. Diversas doenças podem ser transmitidas pela água, entre elas febre tifoide e cólera. Porém, uma coisa é declarar que a água não deve ser contaminada por patógenos (organismos causadores de doença) e outra coisa é descobrir a existência desses organismos.

A busca da presença de patógenos pode apresentar vários problemas. Primeiro, há muitos tipos deles. Cada patógeno possui um procedimento de detecção específico e deve ser detectado individualmente. Segundo, a concentração desses organismos pode ser tão pequena que detectar sua presença pode ser impossível. Procurar por patógenos na maioria das águas superficiais é, literalmente, e procurar uma agulha em um palheiro. E ainda, apenas um ou dois organismos na água podem ser suficientes para causar uma infecção se essa água for consumida.

Enquanto na Rússia um terço da população adoece ao beber água contaminada, nos Estados Unidos, registra-se cerca de 7.700 casos de doenças contraídas ligadas diretamente pelo consumo de água anualmente.[2] A água geralmente, nesses casos, foi tratada de modo inadequado, estando mais da metade das vezes, imprópria para consumo ou não purificada.[2] Os patógenos considerados importantes são: *Salmonella*, *Shigella*, o vírus da hepatite, *Entamoeba histolytica*, *Giardia lamblia*, *Escherichia coli* e *Cryptosporidium*.

A salmonelose é causada por várias espécies de *Salmonella*, e a pessoa que a contrai apresenta sintomas como gastrenterite aguda, sepse (presença de elementos infecciosos no sangue) e febre. A gastrenterite, em geral, é seguida de fortes dores abdominais, diarreia e febre, e embora o paciente sinta os sintomas por alguns dias, ela raramente é fatal. A febre tifoide é causada pela *Salmonella typhi*, e é muito mais grave, podendo durar semanas e ser fatal se não for tratada adequadamente. Cerca de 3% das vítimas contraem a *Salmonella typhi*, e mesmo não apresentando os sintomas, acabam transmitindo a bactéria para outros, principalmente através da contaminação da água. A shigelose, também chamada de disenteria bacilar, é outra doença gastrintestinal e apresenta sintomas semelhantes à salmonelose.

A hepatite infecciosa, causada pelo vírus da hepatite, é conhecida por ser transmitida pela água não tratada. Os sintomas incluem dores de cabeça, dores nas costas, febre e coloração amarelada da pele. Apesar de ser raramente fatal, pode causar debilitação aguda. O vírus da hepatite pode escapar de filtros de areia sujos nas estações de água e sobreviver fora de um hospedeiro por muito tempo.

Outra doença gastrintestinal conhecida é a disenteria amébica, ou amebíase, que causa fortes dores e diarreia. Embora seu *habitat* normal seja o intestino grosso, os protozoários causadores da doença podem produzir cistos que contaminam outras pessoas através da água, causando infecções gastrintestinais. Os cistos são resistentes à desinfecção e podem sobreviver por muitos dias fora do intestino.

A giardíase, também conhecida nos Estados Unidos como "*beaver disease*" (em tradução livre doença do castor), é causada pelo *Giardia lamblia*, um protozoário flagelado que, em geral, se aloja no intestino delgado. Fora do intestino, seus cistos podem provocar graves problemas gastrintestinais, sobrevivendo de dois a três meses. Nos Estados Unidos, a giardíase também era conhecida como "doença do castor", pois os castores podem ser hospedeiros do protozoário, aumentando amplamente a concentração de cistos na água doce. Esses cistos não são destruídos com os níveis comuns de cloração, mas podem ser eficientemente removidos com a filtração por areia. Os mochileiros devem tomar cuidado ao purificar a água para consumo com tabletes de cloro ou pequenos filtros caseiros. A giardíase estragou mais de um verão para campistas desavisados.

As *Escherichia coli* (abreviada como *E. coli*) são "habitantes naturais do trato intestinal de seres humanos e animais de sangue quente"[3] e são as bactérias aeróbias mais comuns no aparelho digestivo que não precisam de um ambiente ou condições nutricionais especiais para seu desenvolvimento. Enquanto a maioria das *E. coli* não são infecciosas, algumas são elementos patogênicos que podem causar diarreia, febre, e/ou náuseas. Na verdade, até 70% dos casos de "vingança de Montezuma" (ou diarreia dos viajantes) são causados por uma variedade específica da *E. coli*, e de 50% a 80% das infecções do trato urinário são causadas pela *E. coli*.[4]

Em função da prevalecência da *E. coli*, as epidemias vêm sendo notícia com muita frequência. No entanto, enquanto um reservatório de água contaminada em Walkerton, Ontário, provocou a morte de nove pessoas e deixou mais de 700 doentes em 2000,[5] e nadar em águas contaminadas por esgoto foi ligado a causas de infecções, a maioria dos casos de infecção acontece pela ingestão de carne moída contaminada malcozida. Em particular, essa carne está contaminada pela *E. coli* O157:H7, que vive nos intestinos de gado saudável, mas pode causar sérios problemas para os humanos, em geral causando grave diarreia hemorrágica, dores abdominais e, ocasionalmente, causando a falência dos rins[6]. (As letras e números que indicam uma variedade em particular da *E. coli* referem-se a marcadores específicos em sua superfície, que a distinguem das outras variedades). Um estudo federal (nos Estados Unidos) descobriu que 28% do gado que entra nos matadouros possui o organismo, que pode se espalhar por toda a carne durante o processo de moagem.[7]

Há, porém, outras fontes de contaminação, inclusive o leite e suco não pasteurizado, verduras (como couve e alface) irrigados com água contaminada, e o contato físico de pessoa a pessoa entre familiares ou em creches. Mesmo que possam ser desenvolvidos sistemas de tratamento de água para impedir que a *E. coli* (e outras doenças) se espalhe(m), a prevenção deve acontecer por meio da educação pública da população e mudanças no comportamento (por exemplo, cozinhar a carne moída a no mínimo 70°C, lavar bem as verduras e manter bons hábitos de higiene).

O maior problema de saúde pública da atualidade tem sido a ocorrência de uma infecção parasitária chamada criptosporidiose, causada pelo *Cryptosporidium*, um protozoário intestinal. A doença provoca debilitação com diarreia, vômitos e dores abdominais, e dura diversas semanas. Parece não haver tratamento para a criptosporidiose, e ela pode ser fatal. Em Milwaukee, em 1993, uma epidemia de criptosporidiose infectou cerca de 400.000 pessoas e resultou em entre 50 e 100 mortes. Uma possível causa para a epidemia foi um declínio de desempenho no tratamento de água em uma instalação que aconteceu quando os produtos químicos utilizados para o tratamento estavam sendo trocados e a fonte de água pode ser sido contaminada pelo escoamento de água pluvial.[2] A fonte comum do patógeno parece ser a contaminação de fontes de água por resíduos agrícolas. Devido à resistência dos cistos aos métodos comuns de desinfecção da água, a filtração é a melhor barreira contra a contaminação de reservatórios de água potável.

Nosso conhecimento sobre a presença de micro-organismos patógenos na água é na verdade bem recente. As doenças causadas pela contaminação da água, como cólera, febre tifoide e disenteria eram bem mais comuns no meio do século XIX. Mesmo com a existência dos microscópios e a possibilidade que ofereciam de mostrar organismos vivos na água, não era evidente que essas pequenas criaturas pudessem causar tais terríveis doenças. Fazendo uma retrospectiva, a relação entre a água contaminada e as doenças deve ter surgido com base em evidências empíricas. Por exemplo, durante meados do século XVIII, o rio Tâmisa, em Londres, era altamente contaminado por resíduos humanos, e em um domingo à tarde, uma grande embarcação de passeio virou, jogando todos na água. Embora ninguém tenha se afogado, a maioria dos passageiros morreu de cólera poucas semanas depois (Capítulo 1)!

Porém, foi necessário que um médico sagaz chamado John Snow fizesse a ligação entre água contaminada e doenças infecciosas. Em meados do século XIX, o fornecimento de água para os cidadãos londrinos era feito por diversas empresas privadas, que bombeavam a água do Tâmisa e vendiam-na pela cidade. Uma determinada empresa utilizou a água proveniente da correnteza com descargas de resíduos bombeando-a até a Broad Street. Como seria de se esperar, as epidemias de cólera eram comuns em Londres, e durante um episódio de virulência fora do comum, John Snow notou que os casos da doença pareciam estar concentrados próximos à bomba da Broad Street. Ele, então, registrou cuidadosamente todos os casos e os mapeou, o que deixou claro que o centro da epidemia era a bomba. Assim, ele convenceu os governantes da cidade a ordenar a remoção da bomba, e a epidemia foi reduzida. A ligação entre a água contaminada e as doenças infecciosas estava provada. A contribuição de John Snow foi imortalizada na nomeação do *pub* "John Snow" que fica na renomada Broadwick Street, em Londres. Há uma placa na parede do *pub* mostrando a localização da famosa bomba.

Sem dúvida, muitos organismos patogênicos podem ser transportados pela água. Como, então, é possível medir o nível bacteriológico? A resposta está no conceito dos *organismos indicadores*. O indicador mais utilizado é um grupo de micróbios chamados *coliformes* (que inclui 150 espécies de *E. coli*). Esses organismos têm cinco importantes atributos. Eles são:

- habitantes naturais do trato digestivo de animais de sangue quente;
- abundantes, portanto, fáceis de ser encontrados;
- facilmente detectados por um teste simples;
- geralmente inofensivos exceto em circunstâncias incomuns;
- resistentes, sobrevivendo por mais tempo que a maioria dos patógenos.

Em função desses cinco atributos, os coliformes tornaram-se organismos indicadores universais. Mas a presença deles não comprova a presença de elementos patogênicos! Se um grande número de coliformes estiver presente, há uma boa chance de que exista poluição recente por resíduos de animais de sangue quente; portanto, a água pode conter organismos patogênicos, porém, isso não prova que tais organismos estejam presentes. Isso simplesmente significa que eles *possam* existir. No entanto, uma alta contagem de coliformes é suspeita, e apesar de poder estar perfeitamente própria para consumo, a água não deve ser consumida.

O oposto também é verdadeiro. A ausência de coliformes não comprova que não existam patógenos na água; entretanto, é um indicador de que a água seja segura para ser consumida.

Há duas formas principais para medir o nível de coliformes. A mais simples é filtrar uma amostra com um filtro esterilizado, assim capturando quaisquer vestígios de coliformes. Ele é então colocado em uma placa de petri contendo ágar-ágar estéril que penetra no filtro promovendo o crescimento de coliformes enquanto inibe outros organismos. Após 24 ou 48 horas de incubação, são contados os números de pontos azul escuro-esverdeados brilhantes, que indicam colônias de coliformes. Caso se saiba quantos mililitros de água foram despejados no filtro, a concentração de coliformes pode ser representada por coliformes/100 mL.

O segundo método para medir o nível de coliformes é chamado número mais provável (NMP), um teste com base no fato de que em um caldo lactosado os coliformes produzam gás deixando o caldo turvo. A produção de gás é detectada com a colocação de um pequeno tubo de boca para baixo dentro de um tubo maior (Figura 8.10) de forma que não haja bolhas de ar dentro do tubo menor. Após a incubação, se houver produção de gás, um pouco dele fica preso no tubo pequeno, indicando, com a presença de um caldo turvo, que o tubo tem no mínimo um coliforme.

E aí que está o problema. Teoricamente, um coliforme pode indicar o resultado positivo no tubo, assim como um milhão deles. Consequentemente, não é possível saber com certeza a concentração de coliformes na amostra de água com apenas um tubo. A solução é inocular uma série de tubos com várias quantidades da amostra, considerando-se que uma amostra de 10 mL teria dez vezes mais chances de conter um coliforme que uma amostra de 1 mL.

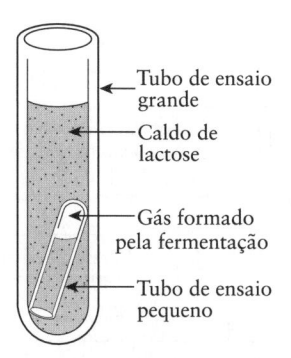

Figura 8.10 A captura de gás em um tubo em que a lactose foi fermentada por coliformes.

Por exemplo, podemos utilizar três quantidades diferentes para inocular três tubos (10 mL, 1 mL e 0,1 mL de amostra), cada um com uma quantidade. Após a incubação, os resultados são colocados em uma matriz, conforme apresentado abaixo. O sinal de mais (+) indica um teste positivo (caldo turvo com formação de gás), e o sinal de menos (-) representa tubos sem a presença de coliformes. Com base nesses dados, pode-se suspeitar que haja ao menos 1 coliforme para 10 mL, mas ainda assim, não há um número certo.

Quantidade de amostra (mL) colocada no tubo de ensaio	Número do tubo 1	2	3
10	+	+	+
1	−	+	−
0,1	−	−	+

A solução para esse dilema está nas estatísticas. Pode ser provado estatisticamente que essa matriz de resultados positivos e negativos irá acontecer mais provavelmente se a concentração de coliformes for de 75 coli/100 mL. Uma alta concentração resultaria, provavelmente, em mais tubos positivos, já uma baixa concentração resultaria em mais tubos negativos. Portanto, 75coli/100 mL é o número mais provável (NMP).

Ambos os métodos de análise envolvem três estágios de teste para determinar a presença ou ausência de coliformes (Figura 8.11). O primeiro estágio de análise é um teste conjuturável, que infere a presença ou ausência de bactérias coliformes. Entretanto, esse teste não representa prova absoluta, uma vez que, assim como os coliformes produzem gás, algumas bactérias não coliformes também o fazem. O segundo estágio da análise é um teste confirmatório, que verifica a presença ou ausência de coliformes totais. O terceiro estágio da análise é um teste completo que verifica a presença ou ausência de E. coli.

8.2 AVALIAÇÃO DA QUALIDADE DA ÁGUA

A água potável tratada nos Estados Unidos é testada para micróbios e 80 elementos químicos, um determinado número de vezes todos os anos. Para determinar o planejamento e o tratamento adequados, as análises são normalmente conduzidas por parâmetros como pH, alcalinidade e dureza (mais detalhes no Capítulo 9). Enquanto uma variedade de características da água residuária pode ser analisada a fim de fornecer informações relevantes ao planejamento e operação das instalações de tratamento (Tabela 8.1), os sete principais componentes são SS, DBO, patógenos, STD, metais pesados, nutrientes e poluentes orgânicos prioritários.[8] Os três primeiros componentes direcionam o planejamento da maioria dos sistemas de tratamento de água residuária. Além do impacto às qualidades estéticas do efluente, os SS também influenciam na quantidade de lodo

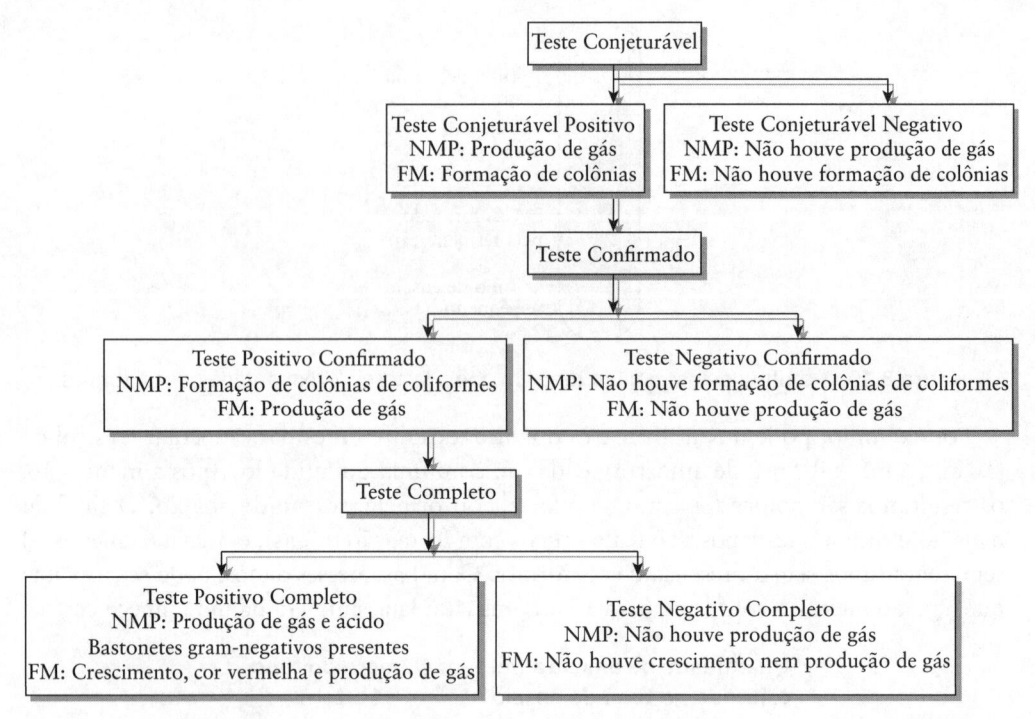

```
                          ┌─────────────────────┐
                          │  Teste Conjeturável │
                          └─────────────────────┘
                            │                │
          ┌─────────────────┘                └──────────────────┐
          ▼                                                     ▼
┌──────────────────────────────────┐        ┌──────────────────────────────────────┐
│   Teste Conjeturável Positivo    │        │   Teste Conjeturável Negativo        │
│   NMP: Produção de gás           │        │   NMP: Não houve produção de gás     │
│   FM: Formação de colônias       │        │   FM: Não houve formação de colônias │
└──────────────────────────────────┘        └──────────────────────────────────────┘
                 │
                 ▼
      ┌─────────────────────┐
      │   Teste Confirmado  │
      └─────────────────────┘
          │           │
    ┌─────┘           └──────┐
    ▼                        ▼
┌────────────────────────────────────────┐   ┌──────────────────────────────────────────────┐
│   Teste Positivo Confirmado            │   │   Teste Negativo Confirmado                  │
│   NMP: Formação de colônias de coliformes │   │   NMP: Não houve formação de colônias de coliformes │
│   FM: Produção de gás                  │   │   FM: Não houve produção de gás              │
└────────────────────────────────────────┘   └──────────────────────────────────────────────┘
                 │
                 ▼
       ┌─────────────────────┐
       │   Teste Completo    │
       └─────────────────────┘
          │            │
    ┌─────┘            └──────┐
    ▼                         ▼
┌────────────────────────────────────────────┐  ┌──────────────────────────────────────────────┐
│   Teste Positivo Completo                  │  │   Teste Negativo Completo                    │
│   NMP: Produção de gás e ácido             │  │   NMP: Não houve produção de gás             │
│   Bastonetes gram-negativos presentes      │  │   FM: Não houve crescimento nem produção de gás │
│   FM: Crescimento, cor vermelha e produção de gás │  │                                      │
└────────────────────────────────────────────┘  └──────────────────────────────────────────────┘
```

Figura 8.11 Testes conjeturáveis e confirmatórios para bactérias coliformes, utilizando métodos de NMP e filtração por membrana (FM).

produzido e o potencial para o desenvolvimento de condições anaeróbias. Os elementos orgânicos biodegradáveis (como medidos pela DBO e a demanda química de oxigênio, DQO) precisam do oxigênio dissolvido para o tratamento quando os processos aeróbios forem utilizados. E, claro, os organismos patogênicos causam doenças comunicáveis. As substâncias inorgânicas dissolvidas (por exemplo, os STD) aumentam pelo uso repetido da água e, portanto, têm implicações na reutilização de água residuária tratada. Os metais pesados (cátions com peso atômico acima de 23 e que são eliminados pelas residências e indústrias) podem dificultar os processos de tratamento biológico e reduzir as opções de gerenciamento de lodo. Os nutrientes (como o fósforo e o nitrogênio) podem causar depleção de oxigênio e eutrofização quando despejados em cursos de águas naturais (Capítulo 7). Porém, esses nutrientes são desejáveis no lodo para aplicação em solo e em efluentes utilizados para irrigação, mas cargas excessivas podem contaminar as águas superficiais e subterrâneas. Já os poluentes orgânicos prioritários são perigosos e, em geral, resistentes aos métodos de tratamento convencionais.

Os métodos para medir esses e outros parâmetros de qualidade da água foram padronizados em um livro intitulado *Standard Methods of the Examination of Water and Wastewater* (Métodos-padrão de avaliação da água e da água residuária). O título é normalmente abreviado para Métodos-padrão. Esse livro é revisado continuamente, e os testes modificados e melhorados à medida que nossas habilidades em química da água e biologia aquática evoluem. Na 18ª edição, o número total de testes-padrão que tinham passado por rigorosas revisões e testes paralelos eram mais de 500. Em outras palavras, havia no mínimo essa quantidade de testes padronizados, quantitativos e úteis para medir a qualidade da água.

Para definir qual dos testes utilizar ao deparar-se com um problema, é necessário primeiro determinar qual é o problema. Por exemplo, se a questão for "a água está cheirando mal!", é necessário decidir quais medidas determinarão o *quanto* malcheirosa

Tabela 8.1 Utilização de análises de laboratório no tratamento de água residual

Análise	Uso
Características físicas	
Cor	Condição da água residuária (limpa ou contaminada)
Odor	Requisitos para tratamento, indicação de condições anaeróbias
Sólidos	
ST, SV, SS	Planejamento e operação do processo de tratamento
SD	Potencial de reutilização de efluente
Temperatura	Planejamento e operação dos processos biológicos
Turbidez	Qualidade do efluente
Transmissão	Adequabilidade para desinfecção com UV
Características inorgânicas	
Alcalinidade	Planejamento e operação do processo de tratamento
Cloreto	Potencial de reutilização de efluente
Ácido sulfídrico	Operação do processo de tratamento, requisitos de controle de odor
Metais	Potencial de reutilização de efluente e lodo, planejamento e operação do processo de tratamento
Nitrogênio	Planejamento e operação do processo de tratamento, potencial de reutilização de efluente e lodo
Oxigênio	Planejamento e operação do processo de tratamento
pH	Planejamento e operação do processo de tratamento
Fósforo	Planejamento e operação do processo de tratamento, potencial de reutilização de efluente e lodo
Sulfato	Potencial fonte de odor, possibilidade de tratamento do lodo
Características orgânicas	
DBO_5	Planejamento e operação do processo de tratamento
DQO	Operação do processo de tratamento
Metano	Operação do processo de tratamento, potencial para recuperação de energia
DNO	Planejamento e operação do processo de tratamento (nitrificação/desnitrificação)
Elementos orgânicos específicos	Planejamento e operação do sistema de tratamento
Características biológicas	
Coliformes	Planejamento e operação do sistema de desinfecção
Micro-organismos específicos	Operação do sistema de tratamento

Fonte: Crites, Ron, e George Tchobanoglous. *Small and decentralized wastewater management systems.* Boston: WCB McGraw-Hill, 1998.

ela está (numericamente) e depois qual é o agente que causa o odor. A medida quantitativa do odor é difícil de obter e imprecisa simplesmente porque ela depende do sentido olfativo humano, e a concentração do agente causador também é de difícil obtenção, pois geralmente não se conhece o que se deve medir. Em circunstâncias favoráveis é possível encontrar o culpado, contudo na maioria das vezes, deve-se utilizar medidas indiretas, como sólidos voláteis ou amônia, para medir o odor.

Se, por outro lado, a questão for "Eu bebi desta água e ela me fez adoecer!", é necessário perguntar quão doente e qual é a origem do mal-estar. Essa informação fornecerá pistas sobre o que poderia estar na água e causado o incômodo. Se a reclamação for de problemas no sistema digestivo (a famosa "dor de barriga"), a suspeita é que havia elementos contaminantes bacteriológicos e virais. O teste de coliformes pode então ser utilizado para obter uma indicação da contaminação.

Tabela 8.2 Padrões primários para a água potável

Contaminantes	Concentração (mg/L, a menos que especificado de outra forma)		
	NMC	MNMC[A]	MTD[B]
Inorgânicos			
Amianto	7 milhões fibras/L (mais longas que 10 μm)		2, 3, 8
Cádmio	0,005		2, 5, 6, 7
Cromo	0,1		2, 5, 7, 6 para Cr^{3+}
Cianeto	0,2 (como cianeto livre)		5, 7, 10
Fluoreto	4,0		
Nitrato	10 (como nitrogênio)		5, 7, 9
Nitrito	1 (como nitrogênio)		5, 7
Nitratos e nitritos totais	10 (como nitrogênio)		
Tálio	0,002	0,0005	1, 5
Orgânicos			
Benzeno	0,005	0	4, 12
Tolueno	1		4, 12
Tricloroetileno	0,005	0	4, 12
Xileno (total)	10		4, 12
Cloreto de vinila	0,002	0	12
Orgânico sintético			
Alaclor	0,002	0	4
Atrazina	0,003		4
Carbofurano	0,04		4
2,4-D	0,07		4
2,3,7,8-TCDD (dioxina)	0,00000003	0	4
Derivados de desinfecção			
Bromato	0,010	0	17
Bromofórmio	–	0	
Clorito	1,0	0,8	17
Ácidos haloacéticos (cinco)	0,060	–	2, 4, 6
Trihalometanos totais	0,080	–	2, 4, 6
Biológicos			
Coliformes totais		0	2, 13, 14, 15, 16
$\geq$ 40 amostras/mês	$\leq$ 5% positivo		
< 40 amostras/mês	$\leq$1 amostra positiva Amostra negativa repetida depois de amostra positiva para coliforme fecal ou *E. coli*		
Criptosporídio	–	0	
Vírus	–	0	
Radioativos			
Rádio-226 e rádio-228 combinados	5 pCi/L	0	5, 6, 7
Urânio	30 μg/L	0	2, 5, 6, 7
Físico			
Turbidez	1 unidade de turbidez, média mensal		

Tabela 8.2 (notas)
A Apenas MNMCs com valores diferentes do NMC dado.
B Melhor tecnologia disponível (MTD) ou outro método para atingir nível de conformidade:

1 = alumina ativada	7 = osmose reversa	14 = bom posicionamento e
2 = coagulação e filtração	8 = controle de corrosão	construção
3 = filtração direta e com	9 = eletrodiálise	15 = resíduo desinfetante
diatomita	10 = cloro	16 = manutenção do sistema
4 = carbono ativado granulado	11 = luz ultravioleta	de distribuição
5 = troca de íons	12 = torre de aeração	17 = controle do processo
6 = abrandamento com cal	13 = oxidação	de tratamento

Se, em vez de problemas digestivos, o problema de saúde for que as pessoas em uma dada comunidade desenvolveram manchas nos dentes, a suspeita imediata é que a água contenha excesso de fluoreto. Esse elemento pode ser considerado um poluente, mesmo que a maioria das comunidades *adicionem* flúor à água potável para prevenir cáries em crianças e adolescentes.

Um terceiro exemplo de um problema na qualidade da água pode ser "Os peixes estão todos mortos!". Então, nesse caso, é necessário procurar soluções para o que pode ter causado a morte dos peixes: havia algum componente a uma concentração alta o suficiente para matá-los, ou a ausência de algum elemento necessário para a vida aquática. Por exemplo, resíduos de pesticida podem ser a causa para essas mortes, assim, deve-se realizar uma varredura dos elementos químicos presentes para identificar o pesticida. Os peixes podem ter morrido também devido à falta de oxigênio (causa mais comum), e seria útil estimar a DBO e medir o OD.

O objetivo principal para todas essas medidas é obter um controle *quantitativo* das condições de limpeza da água. Só assim é possível proceder com as soluções para resolver problemas de poluição e evitar o transtorno de ter juízes e advogados dizendo que "qualquer um, por mais bobo que seja, sabe se a água é adequada para consumo".

8.3 PADRÕES DA QUALIDADE DA ÁGUA

Qual é a utilidade das análises quantitativas a menos que existam alguns *padrões* que descrevam a qualidade que se deve alcançar para as diversas utilizações benéficas da água? Na verdade, há três tipos de padrões de qualidade: padrões para água potável, padrões para os efluentes e padrões de qualidade da água superficial.

8.3.1 Padrões para água potável

Com base na saúde pública e em evidências epidemiológicas, com uma dose saudável de conveniência, a Agência de Proteção Ambiental (EPA, do inglês *Environmental Protection Agency*) estabeleceu os padrões nacionais de água potável para muitos contaminantes físicos, químicos e bacteriológicos no "Safe Drinking Water Act (SDWA)" (Lei da água potável segura). A Tabela 8.2 lista alguns desses padrões. A lista completa pode ser encontrada no Título 40 Parte 141 do *Code of Federal Regulations* (*Código de Regulamentações Federais dos Estados Unidos*) (40CFR141)[1].

A lista de padrões químicos é extensa e inclui os elementos inorgânicos comuns (chumbo, arsênico, cromo etc.) assim como alguns elementos orgânicos (por exemplo, DDT). Os padrões bacteriológicos para a água potável são descritos em função dos indicadores de coliformes. O padrão normal, atualmente, é menos de 1 coliforme para

---

1. No Brasil a Portaria Nº 518/GM, de 25/3/2004, do Ministério da Saúde, estabelece os procedimentos e responsabilidades relativos ao controle e vigilância da qualidade da água para consumo humano e seu padrão de potabilidade. (NRT)

cada 100 mL de água potável tratada. Um exemplo de padrão físico é a *turbidez*, ou a interferência na passagem da luz. A água que possui alta turbidez é turva, condição essa, causada pela presença de sólidos coloidais. Essa característica não é a responsável, em si, por causar problemas de saúde, porém os sólidos coloidais podem ser meios convenientes para os organismos patogênicos.

Os padrões primários especificam níveis máximos de contaminantes (NMCs) ou técnicas de tratamento e são estabelecidos para proteger a saúde pública, sendo executados pela força da lei.

Os padrões secundários, por sua vez, são estabelecidos para deixar a água mais utilizável, agradável ao paladar, reduzindo, por exemplo, sabores desagradáveis e corrosividade. Esses padrões não podem ser executados pela lei.

Esses padrões incluem elementos como cloreto, cobre, ácido sulfídrico, ferro e manganês. O padrão secundário para o cloreto, por exemplo, é 250 mg/L, um ponto no qual a água adquire um sabor salgado distinto. Não existe padrão primário algum para o cloreto, pois antes que esse sal possa tornar-se perigoso, ele faz com que a água adquira um gosto tão ruim que ninguém conseguiria bebê-la. Da mesma forma, o ferro não é um problema para a saúde, entretanto, em alta concentração deixa a água avermelhada (e mancha tecidos). O manganês confere à água uma cor azulada, e assim como o ferro, pode manchar tecidos e superfícies cerâmicas, como as de banheiras.

As metas de nível máximo de contaminante (MNMCs) também *não* são executáveis pela lei, porém se aplicam aos "contaminantes primários". Elas são estabelecidas a níveis que não apresentam efeito conhecido algum à saúde ou que se possa notar. Portanto, as MNMCs podem ser mais baixas que os NMCs devido a questões econômicas e tecnológicas. Em outras palavras, pode ser tão caro reduzir um contaminante a uma concentração que não apresenta efeitos conhecidos, que a decisão é tomada de modo a se aceitar um risco elevado à saúde a fim de reduzir o custo da adequação.

8.3.2 Padrões de efluente

Com o *Clean Water Act* (CWA, Lei da Água Limpa), a EPA supervisiona e formula programas de operação projetados para reduzir o fluxo de poluentes nos cursos de água natural. Todo local que realiza descargas de fonte pontual em cursos de água natural precisa, necessariamente, obter uma licença do Sistema Nacional de Eliminação de Descargas Poluentes, o NPDES (National Pollutant Discharge Elimination System) (40CFR122)[2]. (Indústrias que fazem descargas em um sistema de esgoto em lugar de em um curso de água natural não precisam obter essa licença; no entanto, deve-se obter as licenças das estações de tratamento municipal que recebem as descargas). Enquanto alguns detratores rotulam essas licenças como "permissões para continuar a poluir", esse sistema oferece, no entanto, um grande efeito benéfico para a qualidade das águas superficiais. Os padrões de efluente típicos para uma estação de tratamento de resíduos domésticos, por exemplo, variam entre DBO de 5 a 20 mg/L. (Lembre-se de que a DBO do afluente é, em geral, cerca de 250 mg/L.) A intenção é reduzir esses limites para melhorar a qualidade da água.

Esforços recentes para conseguir isso se concentraram em estabelecer cargas máximas totais diárias (CMTDs) para vários poluentes em cursos d'água. Ademais, as fontes não pontuais de poluição também estão sendo discutidas (por exemplo, outras fontes que não sejam descargas via tubulações). Especificamente, regulamentações com relação às águas pluviais e extravasamento de esgoto combinado (EECs) estão sendo implantadas.

---

2. No Brasil, a Resolução Conama Nº 357, de 17/3/2005, dispõe sobre a classificação dos corpos de água e diretrizes ambientais para o seu enquadramento, bem como estabelece as condições e padrões de lançamento de efluentes. (NRT)

8.3.3 Padrões para qualidade de água superficial

Os padrões de efluente estão conectados aos padrões de água superficial, geralmente chamados de "padrões de cursos d'água". Todas as águas superficiais nos Estados Unidos são agora classificadas de acordo com um sistema de padrões com base em seu uso mais benéfico. A classificação mais alta é, em geral, reservada para águas mais preservadas e próximas da qualidade natural, com frequência utilizadas como fontes potáveis. A seguinte classificação mais alta inclui águas que recebem descargas de resíduos, mas mesmo assim apresentam níveis de qualidade altos. As categorias continuam em ordem decrescente de qualidade, com o nível mais baixo sendo útil somente para irrigação e transporte[3].

O objetivo é tentar estabelecer a classificação mais alta possível para todas as águas superficiais e, então, utilizar as licenças do NPDES para diminuir os limites dos poluidores e melhorar a qualidade da água, além de aumentar a classificação dos cursos de água.

Assim que atingem uma classificação alta, não se deve permitir descarga alguma que possa degradar o nível de qualidade da água. O objetivo é, por fim, chegar à pureza da água em todos os cursos superficiais. Por mais utópico que isso possa parecer, é uma meta nobre, e os milhares de engenheiros e cientistas que devotam suas carreiras para atingi-la entendem a alegria de pequenas vitórias e compartilham o sonho de conseguir acabar com a poluição das águas.

SÍMBOLOS

OD = oxigênio dissolvido
DBO = demanda bioquímica de oxigênio
DBO_5 = DBO de 5 dias
DBO_f = DBO final ou carbonácea mais nitrogênio
D = diluição, representada como fração
I = OD inicial em teste de DBO
I' = OD inicial em um teste de DBO semeado
F = OD final em um teste de DBO
F' = OD final em um teste de DBO semeado
X = volume de água de diluição semeada
Y = volume total da garrafa de DBO

y = demanda de oxigênio em um tempo t qualquer
L = demanda de oxigênio final, carbonácea
k_1 = constante de desoxigenação
a, b = constantes
TNK = nitrogênio Kjeldahl
ST = sólidos totais
SF = sólidos fixos
SV = sólidos voláteis
P_{ps} = peso do prato mais sólidos secos
P_p = peso do prato vazio
V = volume da amostra
P_{pf} = peso do prato mais sólidos filtrados
P_{pn} = peso do prato mais sólidos não queimados

PROBLEMAS

8.1 Considere os seguintes resultados de testes de DBO_5:
 OD inicial 8 mg/L
 OD final 0 mg/L
 Diluição 1:10

 o que você pode dizer sobre
 a. a DBO_5?
 b. a DBO final?

---

3. Idem.

8.2 Se você tiver duas garrafas com água de um lago e mantiver uma no escuro e a outra sob a luz do dia, qual delas apresentaria maior OD após alguns dias? Por quê?

8.3 Os dados a seguir foram obtidos a partir de uma amostra de água residuária:

Sólidos totais = 4.000 mg/L
Sólidos suspensos = 5.000 mg/L
Sólidos voláteis suspensos = 2.000 mg/L
Sólidos fixos suspensos = 1.000 mg/L.

Qual desses valores é questionável (errado) e por quê?

8.4 Uma água tem uma DBO_5 de 10 mg/L. O OD inicial na garrafa de DBO é de 8 mg/L e a diluição é de 1 para 10. Qual é o OD final na garrafa de DBO?

8.5 Se a DBO_5 de um resíduo é de 100 mg/L, desenhe a curva que mostra o efeito, na DBO_5, de adicionar-se, progressivamente, altas doses de cromo de valência seis (um elemento químico tóxico).

8.6 Alguns anos atrás uma fábrica em Nova Jersey estava enfrentando problemas com seus vizinhos localizados na parte mais baixa do curso d'água. Parece que a fábrica estava despejando pigmentos aparentemente inofensivos no curso d'água corrente, fazendo com que a água ficasse de todas as cores possíveis. O pigmento parecia não danificar a vida aquática nem manchar barcos e docas. Resumindo, eram questões estéticas.

Foi solicitado, então que a empresa de engenharia da instalação de tratamento da água residual sugerisse soluções para o problema. Ela descobriu que a expansão da instalação, adicionando colunas de carvão ativado, custaria cerca de US$ 500.000,00, mas que haveria uma solução mais simples. Um tanque de contenção poderia ser construído para reter os efluentes durante o dia e liberá-los à noite, ou retê-los até que tivessem a cor azul e verde suficiente para fazer com que o efluente resultante ficasse com a cor verde-azulada. Essa solução custaria apenas US$ 100.000,00. A instalação não violaria quaisquer normas ou regulamentações, tornando a operação legalmente viável.

De fato, a instalação despejaria resíduos de uma forma que reduzisse as reclamações públicas, todavia, na verdade, não trataria a água residuária para remover os pigmentos. A descarga total de pigmentos não seria alterada.

Suponha que você seja o presidente da empresa e precisa tomar a decisão de gastar US$ 500.000,00 e tratar os resíduos ou US$ 100.000,00 e acabar com as reclamações da comunidade.

Escreva um memorando de uma página informando à engenheira como proceder. Inclua seu argumento para tal decisão.

8.7 Considere os seguintes dados do teste de DBO:

Dia	OD (mg/L)	Dia	OD (mg/L)
0	9	5	6
1	9	6	6
2	9	7	4
3	8	8	3
4	7	9	3

O fator de diluição é 1. Qual é o valor da:
a. DBO_5?
b. DBO final carbonácea?
c. DBO final nitrogenada?
d. Por que você acredita que não há oxigênio utilizado até o terceiro dia?

8.8 Solicita-se que um engenheiro químico, trabalhando para um empresa privada, desenvolva um meio de desinfetar o lodo industrial. Para isso, ele decide utilizar altas doses de cloro, uma vez que esse produto está disponível na fábrica. Estudos laboratoriais mostram que esse método é bastante eficiente e barato.

A fábrica é então construída. Após anos de operação, descobre-se que o efluente da fábrica contém concentrações altas de trialometano (por exemplo, clorofórmio). Esse elemento químico é cancerígeno, e as pessoas que moram na parte baixa do curso d'água bebem essa água.

a. É possível que o engenheiro da empresa soubesse sobre a formação do trialometano e seus efeitos sobre a saúde, mas decidiu construir a fábrica assim mesmo.

b. É possível também que o engenheiro da empresa não soubesse que o cloro pudesse causar problemas de saúde, apesar de os efeitos do cloro e dos materiais altamente orgânicos, como o lodo da água residual, serem conhecidos por engenheiros ambientais competentes há muito tempo.

Em redação de uma página, disserte sobre a responsabilidade do engenheiro em ambos os casos.

8.9 Uma indústria despeja 45 milhões de litros por dia de resíduos que apresentam uma DBO_5 de 2.000 mg/L. Quantas libras de DBO_5 são despejadas?

8.10 Uma indústria solicita ao estado uma licença para descarga de resíduos em um curso d'água altamente poluído (o OD é zero, a água cheira mal, há manchas de óleo na superfície; cor preta). O estado nega a licença. O engenheiro que trabalha para a indústria deve escrever uma carta apelando da negação do estado, com base na premissa de que a descarga a ser feita é, na verdade, mais *limpa* que a água no estado atual, e que essa descarga *diluiria* os poluentes presentes nela. Porém, ele não escreve muito bem, e pede que você faça uma carta de uma página para que ele possa enviar para o estado.

a. Escreva uma carta para o engenheiro ao estado, argumentando sobre o caso.

b. Após ter escrito a carta com argumentos a favor da licença, escreva uma carta de resposta do estado para a indústria justificando a decisão de não permitir a descarga.

c. Se o caso fosse para o tribunal, e um juiz tivesse que ler as cartas como argumentos primários, qual seria o resultado? Escreva uma opinião do juiz decidindo o caso. Que elementos da ética ambiental ele poderia empregar para tomar a decisão?

8.11 Se você despejasse dois litros de leite todo dia em um curso d'água, quanto estaria despejando em kg DBO_5/dia? O leite apresenta uma DBO_5 de cerca de 20.000 mg/L.

8.12 Considerando o mesmo padrão para amostras de amônia do Exemplo 8.9, se sua amostra desconhecida apresentar 20% de absorvância, qual é a concentração da amônia?

8.13 Suponha que você tenha realizado um teste de tubos múltiplos para coliformes e obtido os seguintes resultados: amostras de 10 mL, as cinco com resultado positivo; amostras de 1 mL, as cinco com resultado positivo; amostras de 0,1 mL, os cinco negativos. Utilize a tabela dos Métodos-padrão para estimar a concentração de coliformes.

8.14 Se são utilizadas bactérias coliformes como um indicador de poluição viral e bacteriana, quais atributos os organismos coliformes devem apresentar (com relação aos vírus)?

8.15 Desenhe um curva de OD para um teste de DBO nas seguintes condições:
a. Curso d'água de corrente, 20°C, escuro
b. Água adoçada não semeada, 20°C, escuro
c. Curso d'água, 20°C, com luz
d. Curso d'água, 40°C, escuro

8.16 Considere os seguintes dados para um teste de DBO:

Dia	OD (mg/L)	Dia	OD (mg/L)
0	9	4	5
1	8	5	4,5
2	7	6	4
3	6		

O fator de diluição é 1.

a. Calcule a DBO_5
b. Represente a DBO *versus* tempo em um gráfico
c. Suponha que você tenha colhido a amostra acima, depois de seis dias feito a aeração e colocado em um uma incubadora, e então, medido o OD todos os dias por cinco dias. Desenhe essa curva no gráfico com uma linha pontilhada.

8.17 Suponha que duas amostras de água tenham as seguintes formas de nitrogênio no dia zero:

	Amostra A	Amostra B
Orgânico	40 mg/L	0 mg/L
Amônia	20 mg/L	0 mg/L
Nitrito	0 mg/L	0 mg/L
Nitrato	2 mg/L	10 mg/L

Para cada amostra, desenhe as curvas para as quatro formas de nitrogênio do modo como deveriam existir em uma garrafa de DBO durante 10 dias de incubação.

8.18 Uma amostra de água residuária possui uma $k_1 = 0{,}2$ dia^{-1} e uma DBO final $(L) = 200$ mg/L. Qual é o valor do oxigênio dissolvido final em uma garrafa de DBO na qual a amostra tenha sido diluída a 1:20 e em que o oxigênio dissolvido seja de 10,2 mg/L?

8.19 Qual é a demanda teórica de oxigênio se for identificado um elemento químico pela fórmula geral $C_4H_8O_2$?

8.20 Uma estudante coloca duas garrafas em uma incubadora, tendo medido o OD de ambas a 9,0 mg/L. Na garrafa A ela tem 100% de uma amostra, e na garrafa B ela coloca 50% de amostra e 50% de água de diluição não semeada. O oxigênio dissolvido final, depois de cinco dias, é de 3 mg/L na garrafa A e 4 mg/L na garrafa B.
a. Qual é o valor da DBO_5 da amostra medido em cada garrafa?
b. O que poderia ter acontecido para que os valores fossem diferentes?
c. Você acha que a medida da DBO incluiu:
 i. apenas a DBO carbonácea
 ii. apenas a DBO nitrogenada
 iii. tanto a DBO carbonácea quanto a nitrogenada?
Por que você acha isso?

8.21 Se a DBO de um resíduo industrial, após o pré-tratamento, for de 220 mg/L, e sendo a DBO final de 320 mg/L:
a. Qual será a constante de desoxigenação k_1' (base 10)?
b. Qual será a constante de desoxigenação k_1 (base e)?

8.22 A DBO final de dois resíduos é de 280 mg/L cada. Para a primeira, a constante de desoxigenação k_1 (base e) é 0,08 d^{-1}, e para a segunda, k_1 é 0,12^{-1}. Qual é o valor da DBO de cinco dias para cada uma? Mostre graficamente como isso acontece.

8.23 Você é o chefe de engenharia ambiental de uma grande indústria, e recebe, com frequência, resultados de testes de qualidade do efluente de uma instalação de tratamento de água residuária. Um dia você leva um grande susto ao descobrir que o nível de cádmio está cerca de 1.000 vezes mais alto que o permitido. Você liga para o técnico do laboratório, e ele diz que também achou isso estranho, então realizou o teste diversas vezes para certificar-se do resultado.
Você não faz ideia de onde o cádmio possa ter surgido, ou se aparecerá novamente. E *está certo* de que se reportar esse pico de concentração para o estado, é possível que parem todas as operações, visto que o efluente tratado desemboca em um curso d'água utilizado para fornecimento de água, e insistam ainda em saber a origem do problema para que não aconteça novamente. Essa interrupção das operações acabaria com a empresa, que já está beirando a falência. Muitas pessoas perderiam seus empregos e a comunidade também sofreria.

Você tem diversas opções, entre elas:
a. apagar os dados prejudiciais e esquecer tudo.
b. atrasar o relatório dos dados para o estado e começar uma busca intensa pela origem do problema, mesmo não tendo certeza de que possa encontrá-la.
c. levar isso aos seus superiores, esperando que tomem uma decisão, e você se livre da enrascada.
d. reportar os dados ao estado e aceitar as consequências.
e. outra opção?

O que você faria, e como decidiria se você:
a. estivesse com 24 anos, formado há dois anos e fosse solteiro?
b. estivesse com 48 anos, fosse casado, e tivesse dois filhos na faculdade?

Em que suas decisões difeririam nessas circunstâncias? Analise as decisões levando em consideração os fatos, as opções, as pessoas afetadas por sua decisão e dê suas conclusões finais.

NOTAS FINAIS

(1) Thomas, H. A., Jr. Graphical determination of BOD curve constants. *Water and sewer works* 97:123, 1950.

(2) Symons, J. M. *Plain talk about drinking water: Questions and answers about the water you drink*. Denver, CO: American Water Works Association, 1997.

(3) Madigan, Michael T.; Martinko, John M.; Parker, Jack. *Brock biology of microorganisms*. Upper Saddle River, NJ: Prentice Hall, 1997.

(4) Talaro, Kathleen Park; Talaro, Arthur. *Foundations in microbiology*. Boston: WCB McGraw-Hill, 1999.

(5) Kondro, Wayne. *E. coli* outbreak deaths spark judicial inquiry in Canada. *Lancet*, 10 jun. Disponível em: http://www. findarticles.com, 2000.

(6) Centers for Disease Control and Prevention. 30 May 2000. *Disease information: Escherichia coli O157:H7*. Disponível em: http://www.cdc.gov/ncidod/dbmd/diseaseinfo/escherichiacoli_g.htm.

(7) Raloff, J. Toxic bugs taint large numbers of cattle. *Science News*, 2000. Disponível em: http://www.findarticles.com.

(8) Crites, Ron; Tchobanoglous, George. *Small and decentralized wastewater management systems*. Boston: WCB McGraw-Hill, 1998.

CAPÍTULO NOVE

Fornecimento e Tratamento de Água

Enquanto a densidade da população mantiver-se suficientemente baixa, as fontes de água já disponíveis tanto para consumo como para outros fins, ou ainda para o descarte eficaz de resíduos transportados na água, não serão um problema sério. Por exemplo, os poços e as correntes superficiais da América do Norte colonial forneciam água suficiente, e os resíduos eram descartados em outros cursos de água próximos sem causar grande transtorno ou confusão. Mesmo hoje, grande parte da zona rural da América do Norte não necessita de sistemas de fornecimento e descarte de águas residuárias mais sofisticados que um poço e um tanque séptico. Porém, os seres humanos são criaturas sociais e comerciais e, no processo de congregação nas cidades, criaram problemas para o fornecimento de água suficiente e descarte.

Neste capítulo, a disponibilidade da água para as comunidades é a prioridade, seguida por uma discussão sobre como essa água é tratada e então distribuída para os usuários individualmente. No Capítulo 10, descrevemos a coleta e o tratamento da água utilizada ou residual.

9.1 CICLO HIDROLÓGICO E DISPONIBILIDADE DA ÁGUA

O conceito de *ciclo hidrológico*, já apresentado no Capítulo 3, é um ponto de partida útil para o estudo do fornecimento de água. Esse ciclo é ilustrado na Figura 9.1 e inclui a precipitação da água das nuvens, a infiltração no solo ou o escoamento para correntes de água superficiais, seguidos da evaporação e transpiração da água de volta para a atmosfera.

Precipitação é o termo aplicado para todas as formas de umidade originais na atmosfera que caem no solo (por exemplo, chuva, granizo e neve). A precipitação é registrada com medidores em milímetros de água. A quantidade de precipitação em uma determinada região é geralmente útil para estimativas de disponibilidade de água.

A *evaporação* e a *transpiração* são duas formas pelas quais a água retorna à atmosfera. A evaporação acontece a partir de fontes de águas superficiais livres, e a transpiração é a perda de água das plantas para a atmosfera. Os mesmos fatores meteorológicos que influenciam a evaporação também influenciam o processo de transpiração: os raios solares, a temperatura ambiente, a umidade e a velocidade do vento, assim como a quantidade de umidade do solo disponível para as plantas – todos esses elementos causam impacto sobre a taxa de transpiração. Por ser tão difícil medir a evaporação e a transpiração separadamente, são geralmente combinadas em apenas um termo, a *evapotranspiração*, ou seja, a perda total de água para a atmosfera, tanto por um processo como pelo outro.

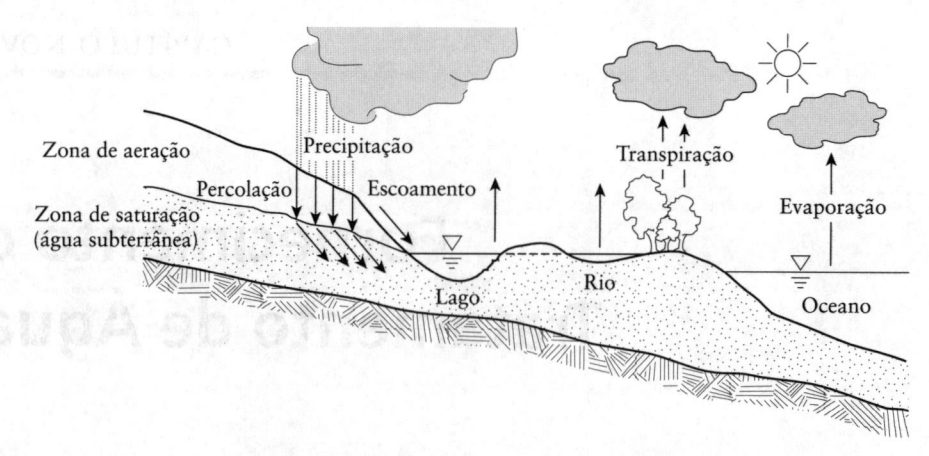

Figura 9.1 Ciclo hidrológico em forma de diagrama.

A água da superfície da Terra exposta à atmosfera é chamada de *água superficial*, que inclui rios, lagos, oceanos etc. Através do processo de *percolação*, algumas águas superficiais (especialmente durante a precipitação) são absorvidas pelo solo e se tornam *águas subterrâneas*; ambas podem ser utilizadas como fontes de abastecimento para as comunidades.

9.1.1 Fontes de água subterrânea

A água subterrânea é importante tanto como fonte direta como indireta para o abastecimento de água, uma vez que uma grande fração do fluxo para correntes de água é derivada das águas que estão abaixo da superfície. A água está presente tanto em locais próximos como afastados da superfície do solo.

Na região perto da superfície da Terra, os poros (porosidade) do solo contêm água e ar. Essa região é conhecida como *zona de aeração*, ou zona vadosa. Ela pode apresentar espessura zero em áreas pantanosas e pode chegar a ter algumas centenas de metros de espessura em regiões mais áridas. A umidade da zona de aeração não pode ser aproveitada como uma fonte de água, pois fica presa às partículas do solo por forças capilares e não pode ser imediatamente liberada.

Abaixo da zona de aeração está a *zona de saturação*, na qual os poros estão cheios de água, em geral conhecida como *água subterrânea*. Uma camada que contém uma quantidade substancial de água subterrânea é chamada de *aquífero*, e a superfície dessa camada saturada é conhecida como *lençol freático*. Se o aquífero estiver em cima de uma camada impermeável, é chamado de *aquífero livre*. E se a camada contendo água estiver entre duas camadas impermeáveis, é conhecido como *aquífero confinado*. Este, às vezes, pode estar sob pressão, assim como em tubulações, e caso um poço esteja dentro de um aquífero confinado sob pressão, tem-se um *poço artesiano*. Algumas vezes, a pressão é suficiente para permitir que a água flua livremente sem a necessidade de bombas.

A quantidade de água que pode ser armazenada em um aquífero é igual ao volume dos espaços vazios entre os grãos do solo. O quociente entre o volume de vazios e o volume total de solo é denominado *porosidade*, e determinado por

$$\text{Porosidade} = \frac{\text{Volume de vazios}}{\text{Volume total}}$$

Porém, nem toda essa quantidade de água está disponível para extração e uso, pois está presa às partículas do solo. A quantidade que pode ser extraída é conhecida como *rendimento específico*, determinado da seguinte forma:

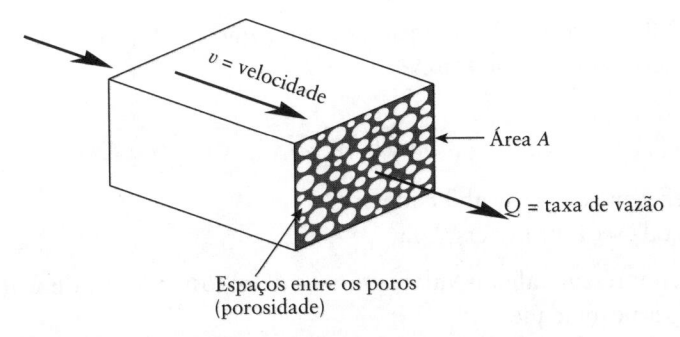

Figura 9.2 Fluxo de um meio poroso, como por exemplo, o solo.

$$\text{Rendimento específico} = \frac{\text{Volume de água que fluirá livremente do solo}}{\text{Volume total de água no solo}}$$

O fluxo de água retirado do solo pode ser ilustrado como mostra a Figura 9.2. A vazão deve ser proporcional à área através da qual a água flui, multiplicada pela velocidade:

$$Q = Av$$

onde Q = taxa de vazão, m³/s
 A = área de material poroso através do qual passa o fluxo, m²
 v = velocidade superficial, m/s.

A velocidade superficial, obviamente, não corresponde à velocidade real da água no solo, pois o volume ocupado pelas partículas sólidas reduz bastante a área disponível para o fluxo. Se a é a área disponível para o fluxo, então

$$Q = Av = av'$$

onde v' = velocidade real da água fluindo através do solo
 a = área disponível para o fluxo.

Resolvendo para rendimentos v'

$$v' = \frac{Av}{a}$$

Se a amostra do solo em um determinado comprimento L, então

$$v' = \frac{Av}{a} = \frac{AvL}{aL} = \frac{v}{\text{Porosidade}}$$

porque o volume total da amostra do solo é AL e o volume ocupado pela água é aL.

A água que flui através do solo a uma velocidade v' perde energia, assim como também acontece com a água que flui em um cano ou um canal aberto. Essa perda de velocidade por distância percorrida é determinada por

$$\frac{dh}{dL}$$

onde h = energia, medida como elevação do lençol freático em um aquífero livre ou como pressão em um aquífero confinado, m
 L = distância horizontal na direção do fluxo, m.

Em um aquífero livre, a queda na elevação do lençol freático com distância é sua inclinação, dh/dL, na direção do fluxo. A elevação da superfície da água é a energia potencial da água, sendo que ela flui do ponto mais alto para o ponto mais baixo, perdendo energia ao longo do caminho. O fluxo através de um meio poroso, como o solo, é relacionado à perda de energia utilizando a equação de Darcy:

$$Q = KA \frac{dh}{dL} \qquad (9.1)$$

onde K = coeficiente de permeabilidade, m/s
A = área da seção transversal, m².

A Tabela 9.1 apresenta alguns valores típicos de porosidade, rendimento específico e coeficiente de permeabilidade.

Tabela 9.1 Parâmetros de um aquífero típico

Material do aquífero	Porosidade (%)	Rendimento específico (%)	Coeficiente de permeabilidade (m/s)
Argila	55	3	1×10^{-6}
Cré ou Greda[1]	35	5	5×10^{-6}
Areia fina	45	10	3×10^{-5}
Areia média	37	25	1×10^{-4}
Areia grossa	30	25	8×10^{-4}
Areia e cascalho	20	16	6×10^{-4}
Cascalho	25	22	6×10^{-3}

Fonte: Adaptado de M. Davis e D. Cornwell. *Introduction to environmental engineering*, Nova York: McGraw-Hill, 1991.

A equação de Darcy resulta de um sentido intuitivo, ao definir que a taxa de vazão (Q) aumenta com o aumento da área, através da qual o fluxo passa (A) e com a queda na pressão (dh/dL). Quanto maior a força impulsionadora (diferença nas pressões à montante e a jusante), maior será o fluxo. O fator de correção K é o *coeficiente de permeabilidade*, uma medida indireta da habilidade que uma amostra de solo apresenta para transmitir água. A permeabilidade varia radicalmente de um tipo de solo para outro, cerca de 0,05 m/dia para a argila até 5.000 m/dia para o cascalho. O coeficiente de permeabilidade é comumente medido em laboratório utilizando-se *permeâmetros*, que consistem de amostras de solo através dos quais se força a passagem de um fluido, tal como a água. A taxa de vazão é medida para uma determinada força impulsionadora (diferença de pressões) através de uma área conhecida de solo, e a permeabilidade é calculada.

EXEMPLO 9.1

Problema Uma amostra de solo é colocada em um permeâmetro como mostra a Figura 9.3. O comprimento da amostra é de 0,1 m, e possui uma área de seção transversal de 0,05 m². A pressão da água no lado do fluxo ascendente é de 2,5 m, e no lado do fluxo descendente, a pressão é de 0,5 m. Nota-se uma vazão de 2,0 m³/dia. Qual é o coeficiente de permeabialidade?

Solução Utilize a equação de Darcy (Equação 9.1). A queda de pressão é a diferença entre as pressões do fluxo ascendente e do descendente, ou $h = 2,5 - 0,5 = 2,0$ m. Resultado de K:

---

1. Cré ou Greda é um calcário branco, muito macio e poroso composto, essencialmente, por carbonato de cálcio sob a forma de calcita. (NRT)

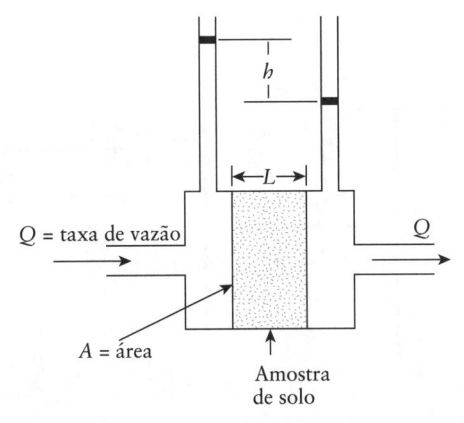

Figura 9.3 Permeâmetro utilizado para medir o coeficiente de permeabilidade, utilizando-se a equação de Darcy.

$$K = \frac{Q}{A\dfrac{dh}{dL}} = \frac{2,0 \text{ m}^3/\text{d}}{0,05 \text{ m}^2 \times \dfrac{2 \text{ m}}{0,1 \text{ m}}} = 2 \text{ m/d} = 2 \times 10^{-5} \text{ m/s}$$

A partir da Tabela 9.1, a amostra parece conter areia fina.

Se um poço for inserido em um aquífero livre e a água for bombeada para fora, ela começará a fluir em direção a ele (Figura 9.4). À medida que a água se aproxima do poço, a área através da qual ela flui fica cada vez menor, então é necessário que haja uma velocidade superficial (e real) mais alta. A maior velocidade, então, resulta, sem dúvida, em uma perda progressiva de energia; portanto, o gradiente de energia deve aumentar, formando um *cone de depressão*. A redução no lençol freático é conhecida como *rebaixamento*. Se a taxa de vazão de água em direção ao poço for igual à taxa da água sendo bombeada para fora dele, a condição está balanceada, e o rebaixamento permanecerá constante. Se, no entanto, a taxa sendo bombeada for elevada, o fluxo radial em direção ao poço precisará compensar a diferença, resultando em um cone ou rebaixamento mais profundo.

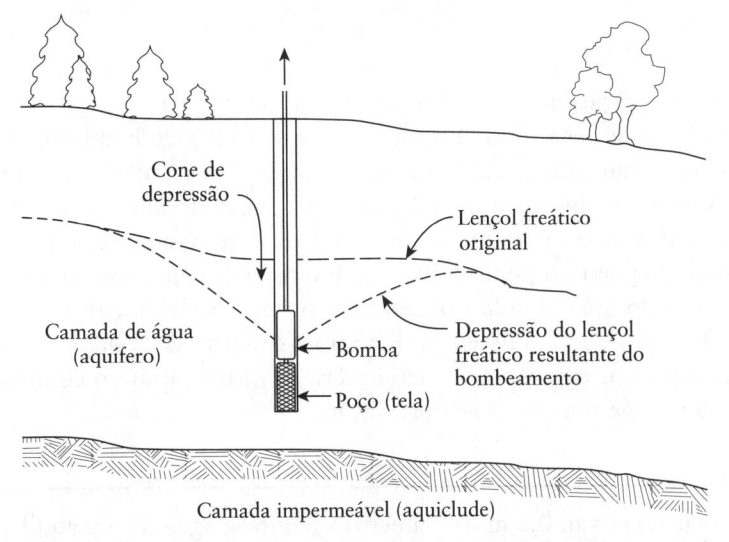

Figura 9.4 Rebaixamento do lençol freático em função do bombeamento do poço.

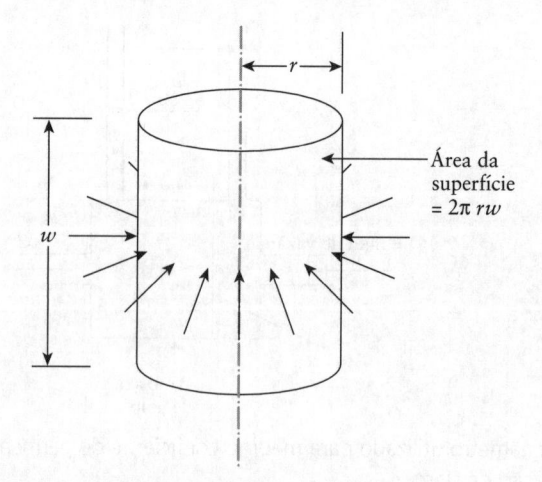

Figura 9.5 Cilindro com fluxo através da superfície.

Considere um cilindro, como mostra a Figura 9.5, através do qual a água flui em direção ao centro. Utilizando a equação de Darcy:

$$Q = KA \frac{dh}{dL} = K(2\pi rw) \frac{dh}{dr}$$

onde r = raio do cilindro
  $A = 2\pi rw$, a área da superfície de seção transversal do cilindro.

Se a água for bombeada para fora do centro do cilindro com a mesma taxa que passa através da área da superfície do cilindro, a profundidade do cilindro pelo qual a água flui para o poço, w, pode ser substituída pela altura da água acima da camada impermeável, h. Essa equação pode ser integrada da seguinte forma

$$\int_{r_2}^{r_1} Q \frac{dr}{r} = 2\pi K \int_{h_2}^{h_1} h\, dh$$

$$Q \ln \frac{r_1}{r_2} = \pi K (h_1^2 - h_2^2)$$

ou

$$Q = \frac{\pi K (h_1^2 - h_2^2)}{\ln \frac{r_1}{r_2}} \qquad (9.2)$$

Observe que a integração está entre dois valores arbitrários de r e h.

Essa equação pode ser utilizada para se estimar a taxa de bombeamento para um determinado rebaixamento a qualquer distância de um poço em um aquífero livre utilizando as medições do nível da água em dois poços de observação, como mostra a Figura 9.6. Além disso, conhecendo-se o diâmetro de um poço, é possível estimar o rebaixamento no poço e o ponto crítico em um cone de depressão. Se o rebaixamento estiver aprofundado até o fundo do aquífero, o poço pode "secar"; portanto, não é possível bombear água à taxa desejada. Embora a dedução da equação acima seja para um aquífero livre, a mesma situação aconteceria para um aquífero confinado, em que a pressão seria medida por poços de observação.

EXEMPLO 9.2

Problema Um poço possui 0,2 m de diâmetro e bombeia água de um aquífero livre com 30 m de profundidade a uma taxa de equilíbrio (estado estacionário) de 1.000 m³/dia.

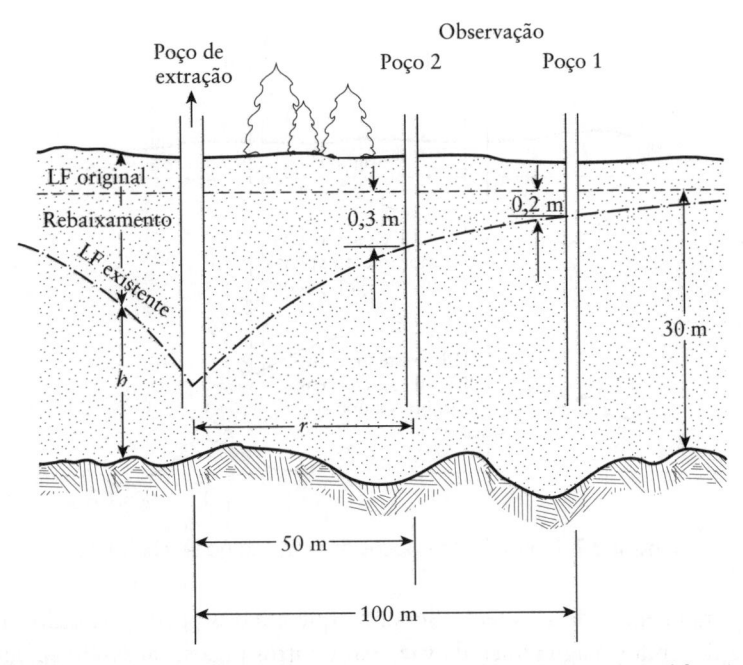

Figura 9.6 Poços múltiplos e o efeito da extração da água do lençol freático.

Dois poços de observação estão localizados a 50 m e 100 m do poço, e foram alongados a 0,3 m e 0,2 m, respectivamente. Qual é o coeficiente de permeabilidade e rebaixamento estimado no poço? (Veja a Figura 9.6.)

Solução Utilize a Equação 9.2 com $h_1 = 30\,\text{m} - 0{,}2\,\text{m} = 29{,}8\,\text{m}$ e $h_2 = 30\,\text{m} - 0{,}3\,\text{m} = 29{,}7\,\text{m}$.

$$K = \frac{Q \ln \dfrac{r_1}{r_2}}{\pi(h_1^2 - h_2^2)} = \frac{(1.000\ \text{m}^3/\text{d})\ln\left(\dfrac{100\ \text{m}}{50\ \text{m}}\right)}{\pi[(29{,}8\ \text{m})^2 - (29{,}7\ \text{m})^2]} = 37{,}1\ \text{m/d}$$

Se o raio do poço for de 0,2m/2 = 0,1 m, pode-se utilizar a mesma equação

$$Q = \frac{\pi K (h_1^2 - h_2^2)}{\ln \dfrac{r_1}{r_2}} = \frac{\pi(37{,}1\ \text{m/d})[(29{,}7\ \text{m})^2 - h_2^2]}{\ln \dfrac{50\ \text{m}}{0{,}1\ \text{m}}} = 1.000\ \text{m}^3/\text{d}$$

Resolvendo para h_2:

$$h_2 = 28{,}8\ \text{m}$$

Como o aquífero possui 30 m de profundidade, o rebaixamento no poço é de 30 − 28,8 = 1,2 m.

∎

Poços múltiplos em um aquífero podem causar impacto uns nos outros e resultar em um rebaixamento excessivo. Considere a situação na Figura 9.7, na qual, em princípio, um único poço cria um cone de depressão. Se um segundo poço de produção for instalado, os cones irão se sobrepor, causando um rebaixamento maior em cada poço. Se forem instalados muitos poços em um aquífero, seu efeito combinado pode causar o esvaziamento dos recursos subterrâneos, e todos os poços "secariam".

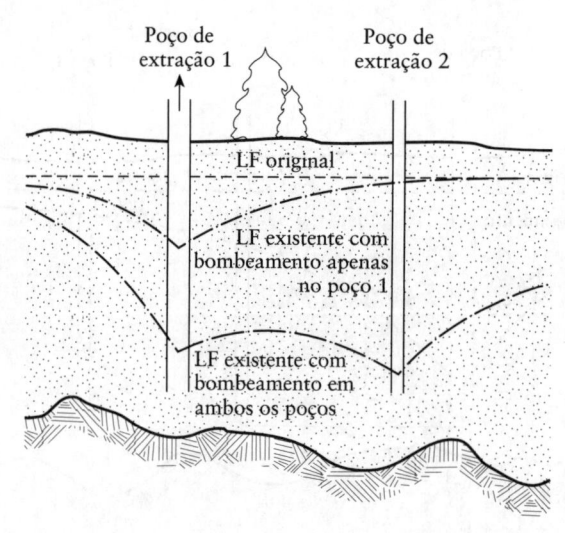

Figura 9.7 Efeito de dois poços de extração no lençol freático.

O inverso também pode acontecer. Suponha que um dos poços seja utilizado como um poço de injeção; então, a água injetada vaza para outros poços, causando acúmulo de água no lençol freático e reduzindo o rebaixamento. O uso ponderado de poços de extração e injeção é uma forma de controlar o fluxo de contaminantes de resíduos perigosos ou depósitos de lixo, como será visto no Capítulo 14.

Finalmente, são feitas muitas suposições sobre o assunto discutido acima. Primeira: o aquífero é homogêneo e infinito, ou seja, está em um aquiclude[2] nivelado e a permeabilidade do solo é a mesma em todos os lugares por uma distância infinita em todas as direções. Segunda: existe um estado estacionário e um fluxo radial uniforme. Supõe-se que o poço penetra em todo o aquífero e se abre para toda a profundidade deste. E, por fim, supõe-se que a taxa de bombeamento seja constante. Claramente, qualquer uma dessas condições pode causar erro na análise, e esse modelo de comportamento do aquífero é apenas o início da história. Modelar o comportamento do lençol freático é uma ciência complexa e sofisticada.

9.1.2 Fontes de águas superficiais

As fontes de águas superficiais não são confiáveis como as de águas subterrâneas, pois as quantidades geralmente variam muito durante um período de um ano ou mesmo uma semana, e a qualidade das águas superficiais é facilmente degradável por várias fontes de poluição. A variação no fluxo da corrente ou curso de água pode ser tão grande que mesmo uma pequena demanda pode não ser atendida durante tempos de seca; portanto, devem ser construídos reservatórios para armazenar a água durante a época de chuva para que possa ser utilizada nos períodos de escassez. O objetivo é construir esses reservatórios suficientemente grandes para garantir fontes de água confiáveis.

Um método de chegar a um reservatório do tamanho adequado é traçar um *diagrama de massa*. Nessa análise, o fluxo total de uma corrente em um ponto de um reservatório proposto é somado e representado graficamente em relação ao tempo. Na mesma curva também são representadas a demanda de água e a diferença entre a quantidade total de água que entra. A água demandada é a quantidade que o reservatório deve comportar para cumprir com a demanda. Tal método é ilustrado no exemplo a seguir.

---

2. Um aquiclude é definido como uma unidade geológica saturada incapaz de transmitir água em quantidades significantes sob gradientes hidráulicos ordinários. (NRT)

EXEMPLO 9.3

Problema Um reservatório precisa fornecer um fluxo constante de 15 pés³/s. Os registros mensais de fluxo de corrente, em pés cúbicos de água totais para cada mês, são

Mês	J	F	M	A	M	J	J	A	S	O	N	D
Pés³ de água ($\times 10^6$)	50	60	70	40	32	20	50	80	10	50	60	80

Calcule a capacidade de armazenamento do reservatório necessária para fornecer a demanda constante de 15 pés³/s.

Solução A demanda de armazenamento é calculada com um gráfico representando os fluxos de água acumulativos (Figura 9.8). Por exemplo, em janeiro, são registrados 50 milhões de pés cúbicos, enquanto em fevereiro marca-se 60 milhões a mais, somando 110 milhões. A demanda por água é constante a 15 pés³/s, ou 15 (pés³/s) × 60 s/min × 60 min/h × 24 h/dia × 30 dias/mês = $38,8 \times 10^6$ pés³/mês. Isso pode ser representado em um gráfico como uma linha em declive na linha de fornecimento curvada. Observe que o fluxo da corrente em maio é mais baixo que a demanda, e esse é o início de uma estiagem que durou até junho. Outro modo de analisar esse gráfico é considerar que a inclinação da demanda é maior que a inclinação do fornecimento; portanto, o reservatório precisa compensar o déficit.

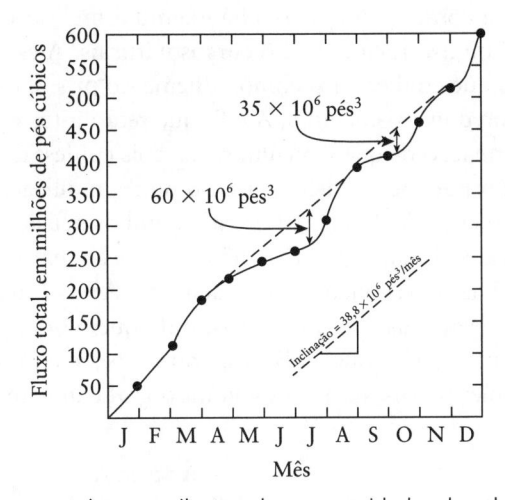

Figura 9.8 Diagrama de massa ilustrando as capacidades de volume necessárias

Em julho, começam as chuvas e o fornecimento aumenta até que o reservatório possa ser preenchido novamente, em agosto. A capacidade do reservatório necessária para conseguir passar pela seca desse período é de 60×10^6 pés³. O segundo período de escassez começa em setembro e dura até novembro e exige uma capacidade de 35×10^6 pés³. Se o município possuir um reservatório de no mínimo 60×10^6 pés³, seria possível fornecer água por todo o ano.

Um diagrama de massa, como mostra a Figura 9.8, na verdade, não é muito útil se houver apenas disponibilidade limitada dos dados de corrente. Os dados de um ano fornecem pouquíssima informação sobre variações de longo prazo. Por exemplo, a seca ilustrada anteriormente foi a pior em 20 anos ou o ano apresentado foi uma época com muitos períodos de chuvas? Para abordarmos esse problema, é necessário prever estatisticamente a recorrência de eventos como secas e, então, projetar as estruturas de acordo com um risco conhecido. Esse procedimento é discutido no Capítulo 2.

As fontes de abastecimento de água são, geralmente, projetadas para atender à demanda de 19 anos em um período total de 20 anos. Em outras palavras, a cada 20 anos, a seca será tão severa que a capacidade do reservatório não será suficiente para atender a demanda de água. Se ficar sem fornecimento uma vez a cada 20 anos é inaceitável, a comunidade pode construir um reservatório maior e esperar que a seca aconteça a cada 50 anos, ou por qualquer outro período escolhido. A pergunta é se um investimento ascendente de capital compensa um benefício adicional, certamente, cada vez menor.

Utilizando uma *análise da frequência* de eventos naturais recorrentes, como secas, descrita no Capítulo 2, pode-se calcular uma possível seca de 10 ou 100 anos. Embora essa seca de 10 anos ocorra em média a cada 10 anos, não é possível garantir que ocorrerá de fato de acordo com essa previsão. Na verdade, poderia ocorrer, por exemplo, durante três anos consecutivos, e depois somente após 50 anos.

Quando ocorre uma seca inesperada e particularmente severa, presume-se que as pessoas colaborarão e reduzirão o uso da água. Se não o fizerem, a comunidade pode impor sanções contra aqueles que utilizam mais do que o necessário. Muitas comunidades no sul da Califórnia impuseram multas pesadas e outras penalidades pelo uso excessivo da água.

Um modo bem melhor de conseguir resultados positivos é fazer com que todos colaborem voluntariamente. No entanto, é geralmente difícil conseguir uma colaboração voluntária de toda uma comunidade, e não há exemplo melhor do que as questões de degradação ambiental ou uso racional de recursos naturais. A essência desse problema pode ser ilustrada pelo que conhecemos como "dilema do prisioneiro".

Suponha que existam dois prisioneiros, A e B, que serão interrogados separadamente. Cada um recebe a informação de que se nenhum dos dois confessar, ambos serão sentenciados com dois anos de prisão. Se um deles acusar o outro, o que acusar será libertado e o outro receberá uma sentença de 20 anos. Porém, se ambos acusarem um ao outro, cada um recebe uma sentença de 10 anos. O prisioneiro A deve confiar que o prisioneiro B não o acusará e vice-versa? Se o prisioneiro B não acusar o A e o A não acusar o B, ambos recebem uma sentença de apenas dois anos. Mas, tudo que o prisioneiro A tem que fazer para ser libertado é acusar o prisioneiro B e esperar que este não o acuse. E é claro que o prisioneiro B tem a mesma opção. Representando graficamente, as opções são como na matriz:

		B acusa A	
		NÃO	SIM
A acusa B	NÃO	2, 2	20, 0
	SIM	0, 20	10, 10

O mesmo dilema pode ocorrer ao se utilizar um recurso natural escasso, como o abastecimento de água. Durante uma seca severa, pede-se a todas as indústrias que colaborem reduzindo voluntariamente o uso da água. A indústria A concorda, e se as outras indústrias cooperarem, todas sofreriam uma queda na produção, mas todas sobreviveriam. Em contrapartida, se a indústria A decidisse não cooperar, e todas as outras colaborassem, a indústria A venceria, pois deteria o uso total da água e sua produção e os lucros seriam maiores. Utilizando toda a água, a indústria A estaria privando as outras da utilização desse recurso, que poderiam ser obrigadas a fechar. Se, por outro lado, todas se comportassem como a indústria A e decidissem não cooperar, todas sofreriam com a falta de água e poderiam ser levadas à falência.

Muitos teóricos afirmam que a natureza humana nos impede de escolher a alternativa de cooperação e que a essência da natureza humana é competitiva, e não cooperativa. Neste ponto, os humanos não são muito diferentes de animais e plantas que sobrevivem em um ecossistema estável – não em função da cooperação, mas através da competição.[3] Dentro de tal sistema, há uma disputa contínua pelos recursos, e a única situação em que existe o compartilhamento é um comportamento instintivo, como uma mãe alimentando seu filhote. O que pode ser visto como cooperação em um ecossistema é, na verdade, comportamento parasita – a exploração de outra criatura para benefício próprio. Um bordo, por exemplo, não existe para abrigar uma madressilva. E se o bordo pudesse fazer uma escolha consciente, tentaria evitar que a madressilva se prendesse a seu tronco e galhos reduzindo a quantidade de luz do sol que recebe.

Se a competição é a essência da conduta humana (e das outras criaturas vivas), podemos de alguma forma esperar que os seres humanos ajam de forma cooperativa?

A maior e única ameaça ao ecossistema global é o crescimento maligno da população humana. Essa tendência deve ser revertida de alguma forma se a espécie humana tem alguma esperança de sobreviver no longo prazo. Apesar disso, por motivos altruístas e de cooperação, ajudamos outros seres humanos em necessidade. Fazemos grandes esforços para arrecadar alimentos para povos famintos e utilizamos as pressões internacionais para impedir guerras de destruição. Se somos verdadeiramente competitivos, então tais atitudes não fazem sentido, não mais do que uma muda de pinheiro ajudando seus vizinhos. As mudas "sabem" que apenas uma sobreviverá, e cada uma faz o que pode para ser a mais alta e a mais forte.

Durante anos, pensava-se que a competição e agressividade (guerras) seriam o fim da raça humana neste planeta. É ironia pensar que a cooperação possa, na verdade, ser a característica mais destrutiva do *homo sapiens*.

9.2 TRATAMENTO DE ÁGUA

Muitos aquíferos e fontes de águas superficiais isoladas possuem água de boa qualidade que pode ser bombeada a partir da rede de suprimento e distribuição direta para atender a uma variedade de tipos de utilização, inclusive consumo humano, irrigação, processos industriais e controle de incêndios. No entanto, tais fontes de água limpa são a exceção à regra, particularmente em regiões com alta densidade demográfica ou que apresentam alta concentração de produção agrícola. Neste caso, o fornecimento de água deve receber diferentes níveis de tratamento antes da distribuição.

Uma típica instalação para tratamento de água é representada na Figura 9.9. Tais instalações são constituídas por uma série de reatores ou operações unitárias, com a água fluindo de um para outro a fim de atingir o produto final desejado. Cada operação é projetada para desempenhar uma função específica, e a ordem dessas operações é de suma importante. Abaixo, estão descritos alguns dos processos mais importantes.

9.2.1 Redução da dureza da água

É necessário reduzir a dureza de algumas águas (tanto das superficiais como das subterrâneas) para que possam ser utilizadas como fonte de água potável. A dureza é causada

---

3. Sem dúvida isso é um exagero. Em algumas sociedades humanas, como a dos índios nativos norte-americanos e os norte-americanos mexicanos, a percepção de um indivíduo dentro da comunidade é diferente da maioria das culturas orientais. Da mesma forma, suspeita-se que alguns animais, como as baleias, ocasionalmente, apresentem um comportamento de cooperação.

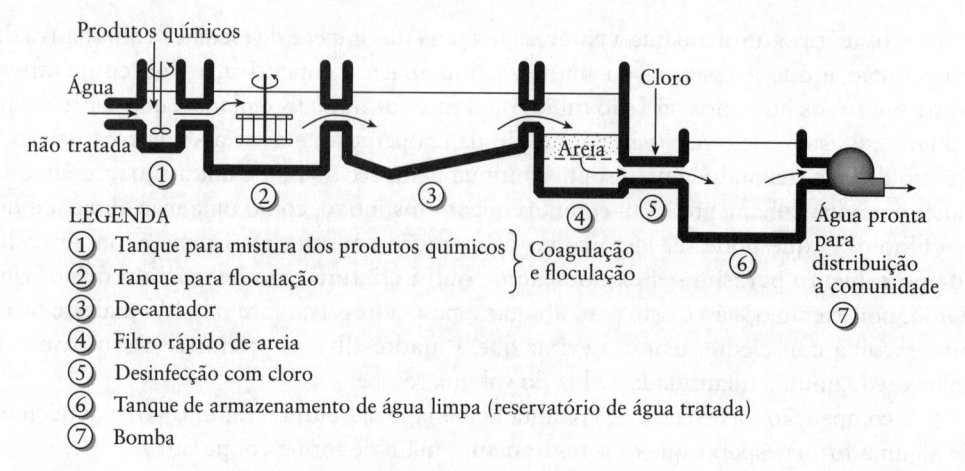

Figura 9.9 Uma instalação típica de tratamento de água.

LEGENDA
① Tanque para mistura dos produtos químicos } Coagulação e floculação
② Tanque para floculação
③ Decantador
④ Filtro rápido de areia
⑤ Desinfecção com cloro
⑥ Tanque de armazenamento de água limpa (reservatório de água tratada)
⑦ Bomba

por cátions multivalentes (ou "minerais") – como o cálcio, magnésio e ferro – que são dissolvidos do solo e rochas (particularmente da rocha calcária). Apesar de a dureza não causar problemas à saúde, ela reduz a eficácia de sabões e causa a formação de crostas.

A reação dos íons de dureza com sabões resulta em "acúmulo de sujeira na banheira" e reduz a quantidade de espuma. Os sabões são feitos de longas moléculas em forma de cadeia com duas extremidades distintas. A extremidade hidrófila reage com a água enquanto a extremidade hidrofóbica reage com óleo e gordura. Porém, quando esta última reage com íons de dureza, o sabão aglomera, formando uma crosta de espuma, ou película. Além de deixar um "acúmulo de sujeira na banheira", essa crosta de espuma pode causar irritações na pele, interferindo no pH, e deixar o cabelo opaco. O mesmo efeito acontece com os sabões em pó, e a "camada de sujeira" formada pode deixar as roupas rígidas e com aparência encardida, além de estragar o tecido mais rapidamente.

A crosta, que se forma quando o carbonato de cálcio precipita da água aquecida, é um problema mais grave, pois reduz a eficiência da transferência de calor recobrindo os aquecedores, caldeiras, permutadores de calor, bules – qualquer recipiente onde a água é aquecida – e pode também entupir as tubulações. A dureza também pode causar sabores desagradáveis.

A dureza total (DT) é determinada pela soma de cátions multivalentes na água. O cálcio (Ca^{2+}) e o magnésio (Mg^{2+}) tendem a ser os maiores componentes da dureza, então a DT é, obtida com a soma aproximada desses dois componentes. Entretanto, também podem estar presentes na água elementos como ferro (Fe^{2+} e Fe^{3+}), manganês (Mn^{2+}), estrôncio (Sr^{2+}) e alumínio (Al^{3+}).

$$DT = \sum(\text{Cátions multivalentes}) \cong Ca^{2+} + Mg^{2+} \qquad (9.3)$$

A dureza pode ser calculada com a análise de todos os cátions presentes na amostra. Eles podem ser medidos com instrumentos sofisticados, como absorção atômica e eletrodos de íons específicos. Ou ainda, os cátions podem ser determinados através de titulação. O ácido etilenodiaminotetracético (EDTA) é utilizado como titulante, e o Preto de Eriocromo T, que muda sua cor de azul para vermelho quando há presença de íons de metal, é utilizado como o indicador.

As unidades típicas para dureza são mg/L como $CaCO_3$ e meq/L. Ao utilizar essas unidades, as contribuições de diferentes substâncias (por exemplo, cálcio e magnésio) podem ser adicionadas diretamente. (As unidades de mg/L de uma substância em particular, como 10 mg/L de Ca^{2+}, não podem ser adicionadas diretamente aos mg/L de uma substância diferente, tal como 5 mg/L de Mg^{2+}. Não é possível adicionar maçãs às laranjas.)

Para converter uma concentração em mg/L para meq/L, divida a concentração pelo peso equivalente (PE) da substância:

$$C_q = \frac{C}{PE} \tag{9.4}$$

onde C_q = concentração em meq/L
C = concentração em mg/L
PE = peso equivalente em g/eq ou mg/meq.

O peso equivalente de uma substância é calculado dividindo sua massa atômica (MA) ou massa molecular (MM) por sua valência ou carga iônica (n, que é sempre positivo):

$$PE = \frac{MA \text{ ou } MM}{n} \tag{9.5}$$

em que MA ou MM apresentam unidades de g/mol ou mg/mmol e n apresenta unidades de eq/mol.

Para converter para a unidade-padrão mg/L como $CaCO_3$, a concentração de meq/L é multiplicada pelo peso equivalente de $CaCO_3$, que é de 50,0 mg/meq (100 mg/mmol/ 2 eq/mol):

$$C_{CaCO_3} = C_q \times 50{,}0 \tag{9.6}$$

onde C_{CaCO_3} = concentração em mg/L como $CaCO_3$
C_q = concentração em meq/L.

EXEMPLO 9.4

Problema A concentração de cálcio em uma amostra de água é de 100 mg/L. Qual é a concentração em (a) meq/L e (b) mg/L como $CaCO_3$?

Solução A valência ou carga iônica de cálcio é de +2, então n é 2 eq/mol. A massa atômica do cálcio é de 40,1 g/mol. Portanto, o peso equivalente é (Equação 9.5):

$$PE = \frac{MA}{n} = \frac{40{,}1 \text{ g/mol}}{2 \text{ eq/mol}} = 20{,}0 \text{ g/eq} = 20{,}0 \text{ mg/meq}$$

Observe que o peso equivalente para uma substância é constante, pois sua massa atômica ou massa molecular e valência são constantes.

a. A concentração em meq/L é, então, simplesmente obtida através da conversão da unidade (Equação 9.4):

$$C_q = \frac{C}{PE} = \frac{100 \text{ mg/L}}{20{,}0 \text{ mg/meq}} = 5{,}0 \text{ meq/L}$$

b. Novamente, a concentração em mg/L como $CaCO_3$ é simplesmente obtida através da conversão de unidade (Equação 9.6):

$$C_{CaCO_3} = C_q \times 50$$
$$= (5{,}0 \text{ meq/L})(50 \text{ mg/meq})$$
$$= 250 \text{ mg/L como } CaCO_3$$

Observe que a unidade *correta* inclui "como $CaCO_3$."

EXEMPLO 9.5

Problema Uma amostra de água contém 60 mg/L de cálcio, 60 mg/L de magnésio, e 25 mg/L de sódio. Qual é dureza total em (a) meq/L e (b) mg/L como $CaCO_3$?

Solução O primeiro passo ao se calcular a dureza total é determinar quais espécies são relevantes. Lembre-se de que apenas cátions multivalentes contribuem para a dureza da água. Portanto, podemos ignorar o sódio. O segundo passo é passar as concentrações das espécies relevantes para unidades que possam ser somadas – tanto meq/L ou mg/L como $CaCO_3$.

a. Em unidades de meq/L (equações 9.4 e 9.5 seguidas pela Equação 9.3):

$$Ca^{2+} = \frac{60 \text{ mg/L}}{20,0 \text{ mg/meq}} = 3,0 \text{ meq/L}$$

$$Mg^{2+} = \frac{60 \text{ mg/L}}{\frac{24,3 \text{ mg/mmol}}{2 \text{ meq/mmol}}} = 4,9 \text{ meq/L}$$

$$DT = Ca^{2+} + Mg^{2+} = (3,0 \text{ meq/L}) + (4,9 \text{ meq/L}) = 7,9 \text{ meq/L}$$

b. Para obter mg/L como $CaCO_3$, multiplique meq/L por 50 mg/meq (Equação 9.6). Ou multiplique cada componente de dureza por 50 mg/meq e então some, ou some-os e, então, multiplique por 50 mg/meq. O resultado será o mesmo.

$$DT = (7,9 \text{ meq/L})(50 \text{ mg/meq}) = 395 \text{ mg/L como } CaCO_3$$

A água é classificada como macia ou dura dependendo da quantidade de íons de dureza presente. No exemplo acima, a água seria classificada como muito dura (Tabela 9.2), característica típica de fontes de água subterrâneas. As águas superficiais são, em geral, macias, pois há poucos minerais dissolvidos. No entanto, também podem ser duras. As instalações de tratamento, normalmente, distribuem água moderadamente dura, na média de 80 a 90 mg/L como $CaCO_3$. (É difícil retirar todo o sabão se a água estiver muito macia).

A dureza total pode ser dividida em dois componentes – dureza carbonatada (DC), também conhecida como dureza temporária, e dureza não carbonatada (DNC), ou dureza permanente:

$$DT = DC + DNC \tag{9.7}$$

A dureza carbonatada é o componente da dureza total associado aos ânions carbonatos (CO_3^{2-}) e bicarbonatos (HCO_3^-); é essa porção da dureza que forma os depósitos de sujeira. A dureza não carbonatada é o componente da dureza total associado a todos os outros ânions. A forma da dureza influencia a quantidade de tipos de produtos químicos necessários para remover a dureza.

A dureza carbonatada é igual à menor alcalinidade ou dureza total. Já a dureza não carbonatada é igual à diferença entre a dureza total e a dureza carbonatada. Se a alcalinidade for igual ou maior que a dureza total, então a não carbonatada é zero, pois todos os íons de dureza são associados à alcalinidade. Uma boa verificação da veracidade dos cálculos é lembrar que a soma das durezas carbonatada e não carbonatada *não podem* ser maiores que a dureza total.

Tabela 9.2 Classificações da dureza da água

Classificação	Dureza	
	meq/L	mg/L como $CaCO_3$
Extremamente macia a macia	0–0,9	0–45
Macia a moderadamente dura	0,9–1,8	46–90
Moderadamente dura a dura	1,8–2,6	91–130
Dura a muito dura	2,6–3,4	131–170
Muito dura a extremamente dura	3,4–5	171–250
Muito dura para uso doméstico comum	>5	>250

Fonte: Don Gibson e Marty Reynolds. Softening. *Water treatment plant operation: A field study training program*. California Department of Health Services e U.S. EPA. Sacramento: California State University, 2000.

A alcalinidade é uma medida da capacidade de armazenamento de água (ou a capacidade da água para neutralizar o ácido, ou H^+). Não é o mesmo que o pH; a água não precisa ser básica para apresentar alto grau de alcalinidade. As fontes "naturais" de alcalinidade na água são a atmosfera e as rochas calcárias. O dióxido de carbono da atmosfera dissolvido na água forma o ácido carbônico (H_2CO_3), que pode se desassociar e virar bicarbonato (HCO_3^-) e carbonato (HCO_3^{2-}). As formações de rochas calcárias ($CaCO_3$) também podem se dissolver na água e produzir HCO_3^- e HCO_3^{2-}. Ambos os elementos podem "pegar" (ou neutralizar) H^+ adicionado à água. Observe que o carbonato pode "pegar" dois H^+ enquanto o bicarbonato pode "pegar" apenas um. A água (H_2O) desassocia-se em hidrogênio (H^+) e hidróxido (OH^-). O hidróxido pode "pegar" um H^+ para formar uma molécula de água novamente; no entanto, o H^+ já presente na água não pode neutralizar H^+ algum adicionado. Com base nisso, a alcalinidade pode ser calculada da seguinte forma

$$\text{Alcalinidade (mol/L)} = \left(\frac{\text{mol } HCO_3^-}{L}\right)\left(\frac{1 \text{ mol ALK}}{\text{mol } HCO_3^-}\right) + \left(\frac{\text{mol } CO_3^{2-}}{L}\right)\left(\frac{2 \text{ mol ALK}}{\text{mol } CO_3^{2-}}\right)$$
$$+ \left(\frac{\text{mol } OH^-}{L}\right)\left(\frac{1 \text{ mol ALK}}{\text{mol } OH^-}\right) - \left(\frac{\text{mol } H^+}{L}\right)\left(\frac{1 \text{ mol ALK}}{\text{mol } H^+}\right)$$

ou simplesmente

$$\text{Alcalinidade (mol/L)} = [HCO_3^-] + 2[CO_3^{2-}] + [OH^-] - [H^+]$$

Quando as unidades mol/L são utilizadas, o carbonato é multiplicado por dois (pois pode neutralizar dois moles de H^+). Porém, quando as unidades meq/L ou mg/L como $CaCO_3$ são utilizadas, o dois já está sendo considerado,

$$CO_3^{2-} \text{ (eq/L)} = \left(\frac{\text{mol } CO_3^{2-}}{L}\right)\left(\frac{2 \text{ eq}}{\text{mol}}\right)$$

então a equação transforma-se em

$$\text{Alcalinidade (meq/L)} = \left(\frac{1 \text{ meq } HCO_3^-}{L}\right)\left(\frac{1 \text{ meq ALK}}{\text{meq } HCO_3^-}\right) + \left(\frac{1 \text{ meq } CO_3^{2-}}{L}\right)\left(\frac{1 \text{ meq ALK}}{\text{meq } CO_3^{2-}}\right)$$
$$+ \left(\frac{1 \text{ meq } OH^-}{L}\right)\left(\frac{1 \text{ meq ALK}}{\text{meq } OH^-}\right) - \left(\frac{1 \text{ meq } H^+}{L}\right)\left(\frac{1 \text{ meq ALK}}{\text{meq } H^+}\right)$$

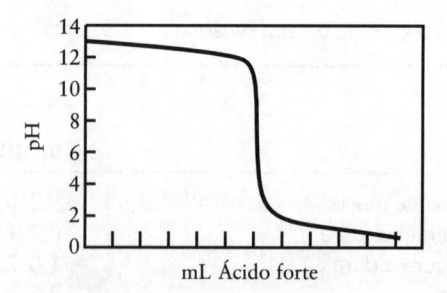

Figura 9.10 Curva de titulação.

ou simplesmente

$$\text{Alcalinidade (meq/L)} = (HCO_3^-) + (CO_3^{2-}) + (OH^-) - (H^+)$$

A um pH de menos de 8,3, a maior parte da alcalinidade está na forma de bicarbonato e próximo do pH neutro, $[H^+] \approx [OH^-]$. Assim, para a maior parte das fontes de água:

$$\text{Alcalinidade} \cong (HCO_3^-)$$

É utilizada uma titulação de duas etapas para medição de alcalinidade em laboratório. A primeira mede a alcalinidade carbonácea; a segunda, a alcalinidade bicarbonácea. Na primeira etapa é utilizado o ácido sulfúrico ou o ácido hidroclorídrico para reduzir o pH da amostra para 8,3. Nesse momento, normalmente, utiliza-se a fenolftaleína como indicador, que altera sua cor de rosa para incolor. Na segunda etapa, o pH é reduzido para 4,5 utilizando-se verde de bromocresol como indicador. A Figura 9.10 ilustra uma típica curva de titulação de uma solução básica com um ácido forte. A capacidade de armazenamento da solução no início da titulação é alta, então, a alteração do pH é gradual. Porém, uma vez que a capacidade de armazenamento é excedida, a alteração torna-se um tanto rápida, evidenciando a necessidade de um monitoramento de pH e controle nos reatores nos quais a alcalinidade está sendo consumida.

EXEMPLO 9.6

Problema A partir da seguinte análise de água, determine a dureza total, a dureza carbonatada e a dureza não carbonatada em (a) meq/L e (b) mg/L como $CaCO_3$.

Componente	Concentração (mg/L)
CO_2	6,0
Ca^{2+}	50,0
Mg^{2+}	20,0
Na^+	5,0
Alcalinidade	120 como $CaCO_3$
SO_4^{2-}	94,0
pH	7,3

Solução Na primeira etapa deve-se converter as concentrações relevantes para meq/L ou mg/L como $CaCO_3$, como apresentado na tabela a seguir. Essa é a mesma etapa dos exemplos 9.4 e 9.5. Note que, em função de a alcalinidade ser dada em mg/L como $CaCO_3$, o peso equivalente utilizado para calcular o meq/L é o peso equivalente de $CaCO_3$, não do bicarbonato. (Como o pH está quase neutro, a alcalinidade é aproximadamente toda bicarbonatada.)

Componente	PE (mg/meq)	Concentração		
		mg/L	meq/L	mg/L como CaCO$_3$
Ca^{2+}	20,0	50	2,5	125
Mg^{2+}	12,2	20	1,6	82
Alcalinidade	50,0	120	2,4	120

A dureza total é a soma dos cátions multivalentes (Equação 9.3), nesse caso Ca^{2+} e Mg^{2+}:

$$DT = (2,5 \text{ meq/L}) + (1,6 \text{ meq/L}) = 4,1 \text{ meq/L}$$

ou

$$DT = (125 \text{ mg/L como CaCO}_3) + (82 \text{ mg/L como CaCO}_3) = 207 \text{ mg/L como CaCO}_3$$

Essa água é considerada muito dura a extremamente dura (Tabela 9.2).

Para determinar a dureza carbonatada, compare a alcalinidade à dureza total. Nesse caso, a alcalinidade (2,4 meq/L) é menor que a dureza total (4,1 meq/L). Assim sendo, a dureza carbonatada iguala-se à alcalinidade, 2,4 meq/L ou 120 mg/L como CaCO$_3$. (Se a alcalinidade fosse maior que a dureza total, a dureza carbonatada se igualaria à dureza total. Lembre-se de que a dureza carbonatada não pode ser maior que a dureza total).

Para determinar a dureza não carbonatada, subtraia a dureza carbonatada da dureza total (Equação 9.7):

$$DNC = DT - DC = (4,1 \text{ meq/L}) - (2,4 \text{ meq/L}) = 1,7 \text{ meq/L}$$

ou

$$DNC = (207 \text{ mg/L como CaCO}_3) - (120 \text{ mg/L como CaCO}_3) = 87 \text{ mg/L como CaCO}_3$$

Nesse caso, a dureza carbonatada foi menor que a dureza total; logo, não havia dureza não carbonatada. Se a dureza carbonatada tivesse se igualado à dureza total, a dureza não carbonatada teria valor zero.

Os gráficos de barra (Figura 9.11) são úteis para visualização da especiação da dureza, que é importante para saber quando se deve remover a dureza. Portanto, ao construir um gráfico de barras, o cálcio é colocado em primeiro lugar, seguido pelo magnésio, pois este apresenta um custo maior para ser removido. Esses elementos são seguidos por outros íons de dureza e depois por outros cátions. O bicarbonato é colocado, a princípio, na barra de ânions e seguido por outros ânions presentes, uma vez que a dureza carbonatada exige poucos produtos químicos para ser removida. Devem ser utilizadas as unidades que podem ser somadas, por exemplo, meq/L ou mg/L como CaCO$_3$, além de se construir o

Dureza total		
Dureza carbonatada	Dureza não carbonatada	
Ca^{2+}	Mg^{2+}	Na^{2+}
HCO$_3^-$	SO$_4^{2-}$	Cl$^-$

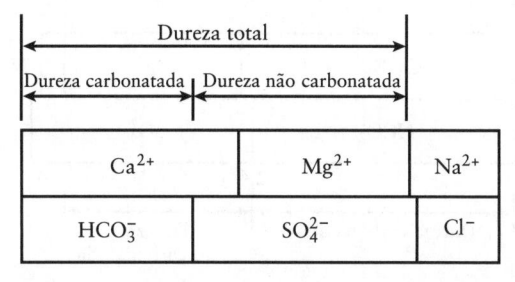

Figura 9.11 Gráfico de barras generalizado.

gráfico em uma escala consistente. Observe que a dureza carbonatada e a não carbonatada devem ser somadas à dureza total, e não podem ser maiores que esta.

EXEMPLO 9.7

Problema Considerando a análise da amostra de água anterior, construa um gráfico para determinar a especiação de dureza.

Componente	Concentração (mg/L)
CO_2	6,0
Ca^{2+}	50,0
Mg^{2+}	20,0
Na^+	5,0
Alcalinidade	120 como $CaCO_3$
SO_4^{2-}	94,0
pH	7,3

Solução Na primeira etapa deve-se converter as concentrações de todos os íons para meq/L ou mg/L como $CaCO_3$ conforme apresentado na tabela a seguir.

Componente	PE (mg/meq)	Concentração		
		mg/L	meq/L	mg/L como $CaCO_3$
Ca^{2+}	20,0	50	2,5	125
Mg^{2+}	12,2	20	1,6	82
Na^+	23,0	5	0,2	11
Alcalinidade	50,0	120	2,4	120
SO_4^{2-}	48,0	94	2,0	98

A próxima etapa é construir um gráfico de barras, colocando os cátions no topo e os ânions na parte de baixo na ordem especificada e escalonar (Figura 9.12).

A primeira coisa a ser verificada no gráfico de barras é se a soma dos cátions é aproximadamente igual à soma dos ânions. Nesse caso, as somas resultam em valores suficientemente próximos (4,3 meq/L *versus* 4,4 meq/L,). Isso indica que a análise da água parece ser analiticamente correta e relativamente completa; nenhum cátion ou ânion importante está faltando.

Depois, determine a especiação. Quase todo o cálcio (2,4 de 2,5 meq/L) está associado ao bicarbonato, mas nenhum magnésio está associado a este. O cálcio restante (0,1 meq/L)

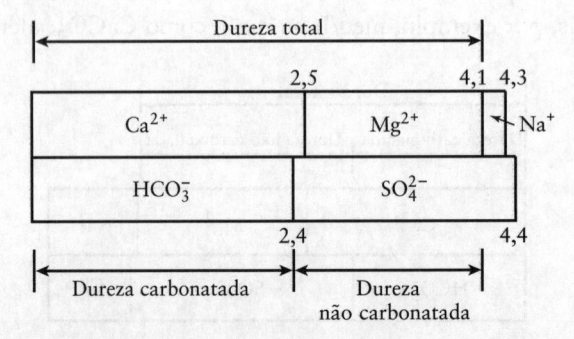

Figura 9.12 Gráfico de barras de especiação de dureza.

e todo magnésio (1,6 meq/L) estão associados ao sulfato. Consequentemente, a especiação pode ser reportada como

> dureza carbonatada de cálcio (DCC) = 2,4 meq/L
> dureza não carbonatada de cálcio (DNCC) = 0,1 meq/L
> dureza carbonatada de magnésio (DCM) = 0 meq/L
> dureza não carbonatada de magnésio (DNCM) = 1,6 meq/L.

■

As etapas gerais para solucionar os problemas de dureza podem ser resumidas da seguinte forma.

Etapa 1. Calcule a dureza total (DT) como a soma dos cátions multivalentes.

Etapa 2. Calcule a alcalinidade (ALC), que, normalmente, é a concentração de bicarbonato.

Etapa 3. Calcule a dureza carbonatada (DC) e a dureza não carbonatada (DNC).
Calcule a DC comparando a ALC com a DT. Se a ALC for menor, então DC = ALC. Se a ALC for maior, então DC = DT.
Calcule DNC como DNC = DT − DC.

Etapa 4. Determine a especiação da dureza.
Determine a dureza carbonatada de cálcio (DCC). Compare a quantidade de cálcio (Ca^{2+}) com a DC. Se Ca^{2+} for menor, então DCC = Ca^{2+}. Se Ca^{2+} for maior, então DCC = DC.
Determine a dureza não carbonatada de cálcio como DNCC = Ca^{2+} − DCC.
Determine a dureza carbonatada de magnésio (DCM) como DCM = DC − DCC.
Determine a dureza não carbonatada de magnésio (DNCM) como DNCM = Mg^{2+} − DCM.

Etapa 5. Confira seus cálculos.
DC = DCC + DCM
DNC = DNCC + DNCM
DT = DCC + DNCC + DCM + DNCM

As comparações podem ser realizadas visualmente com o gráfico de barras ou matematicamente. Observe que não é necessário saber quais são os ânions não carbonatados; precisa-se apenas saber quanto da dureza não está associada à alcalinidade.

A redução da dureza é o processo de remoção da dureza. A troca e a precipitação dos íons são os métodos mais utilizados. A redução de dureza por troca de íons é mais aplicável a águas com alta dureza não carbonatada (pois esta pode ser removida sem adição de produtos químicos, diferente da precipitação) e com dureza total menor que 350 mg/L como $CaCO_3$[1].

Os elementos redutores de dureza por troca de íons são, em geral, utilizados em residências que possuem poços (figuras 9.13 e 9.14). A água dura passa através de uma coluna contendo resina. Esta absorve os íons de dureza, trocando-os geralmente por sódio. (É por isso que a água com dureza reduzida é salgada). Quando a resina não consegue mais remover a quantidade de dureza desejada, utiliza-se uma solução concentrada de sal ou salmoura (NaCl) para regenerá-la (remove os íons de dureza), para que ela possa ser reutilizada. Pode ser utilizado o ácido hidroclorídrico no lugar do sal, então o íon trocado é o hidrogênio (H^+) em vez do sódio. Porém, além de ser perigoso, o ácido hidroclorídrico é mais caro que o sal e, portanto, não é muito utilizado. Normalmente, a regeneração exige de 2,1 a 3,5 kg de sal/ kg de dureza removida, e as taxas de regeneração são de 1 a 2 gpm/pés cúbicos de resina (2,2 a 4,4 L/s/m^3) para 55 minutos consecutivos até 3 a 5 gpm/pés cúbicos de resina (6,6 a 11 L/s/m^3) para 5 minutos em instalações

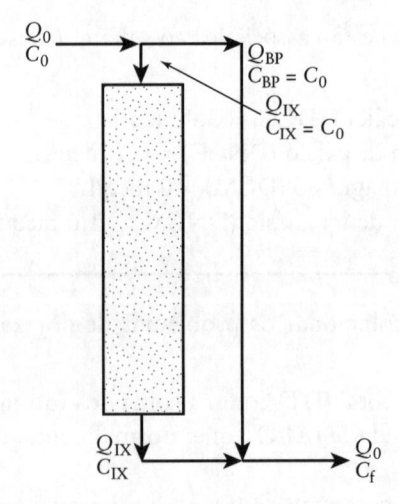

Figura 9.13 Redutor de dureza de água por troca de íons esquematizado.

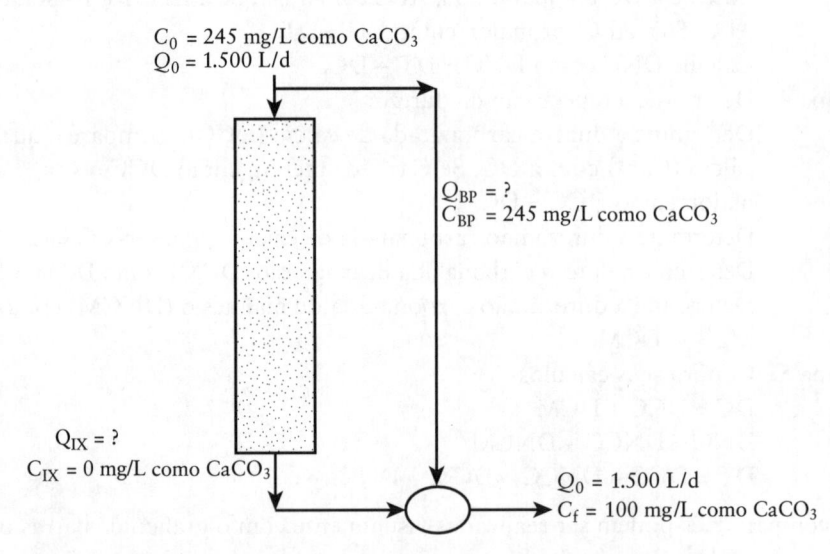

Figura 9.14 Redutor de dureza de água por troca de íons residencial.

municipais.[1] Realiza-se um pequeno refluxo antes da regeneração para expandir o leito em 75% a 100% e remover particulados.

Desde que a resina seja relativamente pura (por exemplo, possua muito sódio remanescente), essencialmente 100% da dureza será removida. Como nem toda dureza precisa ser removida, parte da água pode ser desviada do sistema para que, quando a água tratada e a não tratada se misturarem, seja obtida a dureza desejada. Sem dúvida, esse cenário é um clássico balanço de materiais.

EXEMPLO 9.8

Problema Um redutor residencial de dureza de água possui 0,07 m³ de resina de troca de íons com uma capacidade de troca de 46 kg/m³. Os ocupantes da residência utilizam 1.500 L de água diariamente. Se a água possui 245 mg/L de dureza como $CaCO_3$ e eles desejam reduzi-la para 100 mg/L como $CaCO_3$, qual é a quantidade de água que se deve desviar do redutor, e qual é o intervalo de tempo entre os ciclos de regeneração?

Solução A quantidade de água que deve desviar do redutor é uma função da dureza desejada e da dureza inicial. Na Figura 9.14 é apresentado um esquema desse processo.

Montar uma equação de balanço de material perto do ponto de mistura (o círculo no diagrama) fornece a solução.

$$Q_{IX}C_{IX} + Q_{BP}C_{BP} = Q_0 C_f$$

$$Q_{IX}(0) + Q_{BP}C_{BP} = Q_0 C_f$$

$$\frac{Q_{BP}}{Q_0} = \frac{C_f}{C_{BP}}$$

ou

$$\% \text{ de desvio} = \frac{\text{Dureza desejada}}{\text{Dureza inicial}}(100)$$

Nesse caso, a quantidade que deve ser desviada é

$$\% \text{ de desvio} = \frac{100 \text{ mg/L como } CaCO_3}{245 \text{ mg/L como } CaCO_3}(100) \cong 41\%$$

Quantidade para desvio = $0{,}41(1.500 \text{ L/d}) \cong 610 \text{ L/d}$

O comprimento do ciclo, ou tempo para ruptura, é uma função da capacidade de troca da resina. Supondo que haja completa saturação da resina antes da regeneração, temos

$$\text{Ruptura} = \frac{(\text{Capacidade})(V_{\text{resina}})}{Q_{IX}(\text{DT})} = \frac{(\text{Capacidade})(V_{\text{resina}})}{(1 - \text{desvio})Q_0(\text{DT})}$$

$$\text{Ruptura} = \frac{(46 \text{ kg/m}^3)(0{,}07 \text{ m}^3)(10^6 \text{ mg/kg})}{(1 - 0{,}41)(1.500 \text{ L/d})(245 \text{ mg/L como } CaCO_3)} \cong 15 \text{ d}$$

Portanto, os ocupantes da residência deverão adicionar sal aproximadamente a cada duas semanas.

A Figura 9.15 mostra uma curva de ruptura ou saturação[4] geral para as colunas de troca de íons. Pode-se considerar que a ruptura ocorra quando a concentração do efluente estiver aproximadamente igual à concentração do afluente. No entanto, é mais comum, em instalações municipais, que o critério de ruptura seja estabelecido bem abaixo disso, por exemplo, de 5% a 10% da concentração de afluente. As residências têm normalmente uma coluna de troca de íon. As instalações de tratamento de água possuem diversas colunas, com o efluente passando de uma coluna para a outra. Essa disposição permite o uso mais eficaz da resina antes que a regeneração seja necessária, reduzindo os custos operacionais. O descarte dos produtos químicos utilizados para a regeneração pode ser um grande problema para as instalações municipais, pois podem ser corrosivos e tóxicos (em função da alta concentração de sais clorídricos e sua grande quantidade).

Enquanto apenas algumas instalações municipais de tratamento de água utilizam a troca iônica, a maioria utiliza a precipitação química. O pH da água é elevado, geralmente com a adição de cal. Utiliza-se tanto a cal virgem (CaO, cal viva) como a cal hidratada ($Ca(OH)_2$, cal extinta). (Embora a cal seja uma espécie de cálcio, é muito eficiente na redução da dureza da água. O hidróxido de sódio também pode ser utilizado, porém é mais caro). À medida que o pH aumenta para aproximadamente 10,3, o carbonato transforma-se no componente dominante da alcalinidade, e o $CaCO_3$ (camada) precipita. E conforme aumenta para aproximadamente 11, o magnésio precipita como hidróxido de magnésio ($Mg(OH)_2$). A dureza não carbonatada é mais cara para ser precipitada,

---

4. No original, *Breakthrough curve*. (NRT)

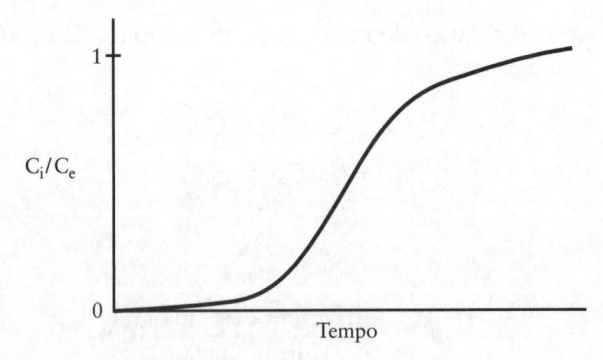

Figura 9.15 Curva de ruptura de troca iônica.

Dióxido de carbono
$$CO_2 + Ca(OH)_2 \rightleftarrows CaCO_3 \text{ (s)} + H_2O$$

Dureza carbonatada de cálcio
$$Ca(HCO_3)_2 + Ca(OH)_2 \rightleftarrows 2CaCO_3 \text{ (s)} + 2H_2O$$

Dureza não carbonatada de cálcio
$$CaSO_4 + Na_2CO_3 \rightleftarrows CaCO_3 \text{ (s)} + Na_2SO_4$$

Dureza carbonatada de magnésio
$$Mg(HCO_3)_2 + Ca(OH)_2 \rightleftarrows CaCO_3 \text{ (s)} + MgCO_3 + 2H_2O$$
$$MgCO_3 + Ca(OH)_2 \rightleftarrows Mg(OH)_2 \text{ (s)} + CaCO_3 \text{ (s)}$$

Dureza não carbonatada de magnésio
$$MgSO_4 + Na_2CO_3 \rightleftarrows MgCO_3 + Na_2SO_4$$
$$MgCO_3 + Ca(OH)_2 \rightleftarrows Mg(OH)_2 \text{ (s)} + CaCO_3 \text{ (s)}$$

Figura 9.16 Reações de redução de dureza cal-soda.

pois deve-se adicionar um carbonato (normalmente soda calcinada, Na_2CO_3). Portanto, a dureza carbonatada de cálcio (DCC) é a primeira que deve ser removida, em seguida, a dureza carbonatada de magnésio (DCM), e, finalmente, a dureza não carbonatada de cálcio (DNCC) e de magnésio (DNCM) (Figura 9.16). O dióxido de carbono na água forma ácido carbônico, que deve ser neutralizado (com adição de cal ou algum elemento cáustico) ou removido (por meio da remoção de ar) antes da elevação do pH. Devido à limitação da solubilidade, a precipitação pode reduzir a dureza total até um mínimo de 40 mg/L como $CaCO_3$. E em função da limitação do tempo, normalmente, adiciona-se cal em excesso (cal acima da quantidade estequiométrica).

A Figura 9.17 mostra uma série geral de tratamento para a redução da dureza. As precipitações são removidas através da sedimentação. E o método de recarbonatação (adição de dióxido de carbono à água) é utilizado para reduzir o pH, a fim de garantir que as partículas finas, não removidas no decantador, sejam ressolubilizadas, e que a água distribuída tenha um pH quase neutro. Se cal em excesso for utilizada para remover a dureza carbonatada de magnésio e for adicionado apenas dióxido de carbono suficiente para reduzir o pH para cerca de 10,4 antes do segundo decantador, pode-se conseguir a precipitação adicional e a remoção dos sólidos. A recarbonatação pode não ser necessária se parte da água desviar do processo de redução de dureza, conhecida como tratamento dividido. A água tratada pode ter sua dureza reduzida até os limites de solubilidade e, então, misturada com a água desviada para obter o nível de dureza desejado (normalmente na faixa de dureza moderada).

```
           Cal e/ou soda calcinada
                     ↓
  Água ──→ [Mistura] ──→ [Floculação]
  dura              ↓
                   CO₂
                    ↓
          Água ←── [ ] ←── [Sedimentação]
          macia
                Recarbonatação
```

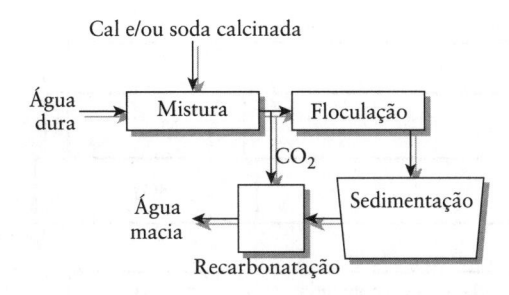

Figura 9.17 Processo de redução da dureza da água por precipitação química.

EXEMPLO 9.9

Problema Utilizando os dados do Exemplo 9.7, determine a quantidade estequiométrica dos produtos químicos necessários para reduzir a dureza da água até os limites de solubilidade se a vazão for de 5 mgd e forem utilizados cal viva (CaO) com 95% de pureza e soda calcinada com 95% de pureza.

Componente	PE (mg/meq)	Concentração		
		mg/L	meq/L	mg/L como CaCO₃
CO_2	22,0	6,0	0,27	13
Ca^{2+}	20,0	50	2,5	125
Mg^{2+}	12,2	20	1,6	82
Na^+	23,0	5	0,2	11
Alcalinidade	50,0	120	2,4	120
SO_4^{2-}	48,0	94	2,0	98

Solução (Observe que o peso equivalente do dióxido de carbono é de 44 g/mol/2 eq/mol = 22 mg/meq). Para determinar a quantidade dos produtos químicos necessários, lembre-se do fato de que para remover cada meq/L de dureza será necessário 1 meq/L de produtos químicos. Os meq/L de cal e soda calcinada são apresentados na tabela a seguir. Note que para a remoção de dióxido de carbono e DCC é necessário apenas cal, para DNCC, somente soda calcinada, e para a remoção de DNCM, são necessárias cal e soda calcinada (figuras 9.16 e 9.18).

Componente	Concentração (meq/L)		
	Componente	Cal	Soda calcinada
CO_2	0,27	0,27	0
DCC	2,4	2,4	0
DNCC	0,1	0	0,1
DCM	0	0	0
DNCM	1,6	1,6	1,6
Total		4,27	1,7

Para determinar a taxa de massa dos produtos químicos necessários, o meq/L deve ser convertido para mg/L, utilizando seu PE.

Prod. quím.	PE (mg/meq)
CaO	28
$Ca(OH)_2$	37
$Na_2(CO_3)$	53

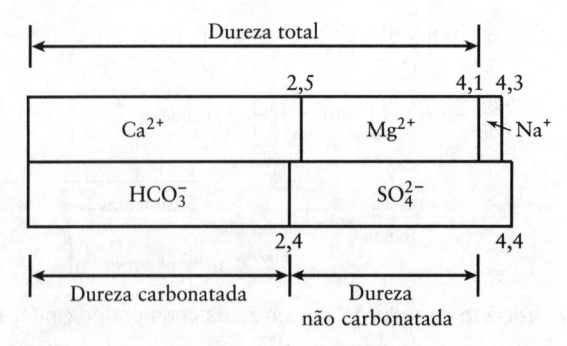

Figura 9.18 Gráfico de barras da especiação de dureza.

No Capítulo 2, a conversão da concentração para o fluxo de massa é feita utilizando

$$M = CQ$$

Se a pureza dos produtos químicos utilizados for menor que 100%, o fluxo de massa deve ser dividido pela pureza.

Para este exemplo, estão sendo tratados 5 mgd de água com CaO com 95% de pureza e soda calcinada com 95% de pureza; portanto, as quantidades de produtos químicos necessários são

$$M_{CaO} = \frac{(4{,}27 \text{ meq/L})(28 \text{ mg/meq})(5 \text{ mgd})\left(8{,}34 \frac{\text{lb}}{(\text{mil gal})(\text{mg/L})}\right)}{0{,}95}$$
$$= 5.250 \text{ lb/d} = 2{,}6 \text{ tons/d}$$

$$M_{Na_2CO_3} = \frac{(1{,}7 \text{ meq/L})(53 \text{ mg/meq})(5 \text{ mgd})\left(8{,}34 \frac{\text{lb}}{(\text{mil gal})(\text{mg/L})}\right)}{0{,}95}$$
$$= 3.950 \text{ lb/d} = 2{,}0 \text{ tons/d}$$

9.2.2 Coagulação e floculação

Águas superficiais não tratadas que entram em uma instalação de tratamento de água, em geral, apresentam grau significativo de turbidez causada por minúsculas partículas (coloidais) de argila e silte. Essas partículas possuem uma carga eletrostática natural que as mantém constantemente em movimento e evita que se atraiam e se aglomerem. Os produtos químicos conhecidos como coagulantes, como alúmen (sulfato de alumínio), e auxiliares de coagulação, como a cal e os polímeros, são adicionados à água (Estágio 1 na Figura 9.9), a princípio, para neutralizar a carga das partículas e, depois, para auxiliar na aglomeração das partículas pequenas para que possam unir-se e formar partículas grandes de rápida sedimentação (Estágio 2 na Figura 9.9). O objetivo é retirar da água os sólidos coloidais suspensos, produzindo partículas maiores que sedimentem imediatamente. A *coagulação* é a alteração química das partículas coloidais para que possam se aglutinar e formar partículas maiores conhecidas como *flocos*.

Dois mecanismos são considerados importantes no processo de neutralização da carga de coagulação e formação de pontes. A *neutralização da carga* ocorre quando o coagulante (por exemplo, íons de alumínio) é utilizado para reagir com as cargas das partículas coloidais, apresentadas na Figura 9.19. As partículas coloidais em águas naturais, normalmente, possuem cargas negativas e, quando suspensas na água, repelem umas às outras em função de suas cargas serem iguais. Isso faz com que a suspensão seja estável e

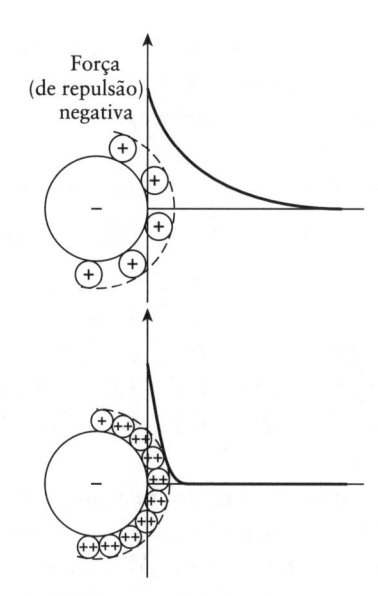

Figura 9.19 Efeito de cátions multivalentes na força (de repulsão) negativa das partículas coloidais, resultando na neutralização da carga.

evita que as partículas aglutinem-se. Os íons positivos adicionados à água são atraídos pelas partículas de carga negativa, comprimindo a carga negativa da malha nas partículas e fazendo com que ocorra a desestabilização de suas cargas. Tal aumento na instabilidade coloidal torna as partículas mais propensas a colidirem e formar partículas maiores.

O segundo mecanismo é a *formação de pontes*, no qual as partículas coloidais unem-se em virtude da formação de macromoléculas pelo coagulante, como ilustrado na Figura 9.20. As macromoléculas (ou polímeros) possuem pontos de carga positiva, com os quais se prendem às partículas coloidais, formando uma ponte no vão entre as partículas ao redor, resultando, assim, em partículas maiores.

Os dois mecanismos são importantes no processo de coagulação com alúmen. Quando o sulfato de alumínio, $Al_2(SO_4)_3$, é adicionado à água, o alúmen inicialmente se dissolve para formar íons de alumínio, Al^{3+}, e de sulfato, SO_4^{2-}. Mas, o íon de alumínio é instável e forma vários óxidos e hidróxidos de alumínio carregados. A combinação específica desses componentes depende do pH da água, da temperatura e do método de mistura. Em função de muitas das formas macromoleculares desejáveis de hidróxido de alumínio se dissolverem a um pH baixo, normalmente, adiciona-se cal [$Ca(OH)_2$] para elevar o pH. Uma parte do cálcio precipita como carbonato de cálcio [$CaCO_3$], auxiliando na sedimentação.

São realizados testes de jarro para escolher o melhor coagulante e obter uma estimativa da dose mínima necessária. Em geral, o teste é realizado com seis recipientes com amostras de água a ser tratada. Cada recipiente recebe um produto químico ou uma dose de produto diferente, e depois de ser misturado, observam-se as características de sedimentação dos sólidos, e, então, são escolhidos o produto e a dose mínima necessários

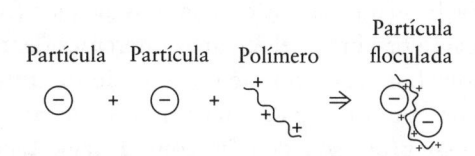

Figura 9.20 Efeito de macromoléculas (polímeros) em partículas coloidais floculadas por meio de formação de pontes.

para a remoção adequada dos sólidos. Também é preciso medir a alcalinidade da água se forem utilizados sais metálicos, como o alúmen, pois eles reagem com a alcalinidade na água, reduzindo sua capacidade de armazenamento.

EXEMPLO 9.10

Problema Dados os seguintes resultados de testes de jarro, qual a dose de polímero que deve ser utilizada?

Recipiente nº	1	2	3	4	5	6
Alúmen (mg/L)	6	6	6	6	6	6
Polímero (mg/L)	0,25	0,5	1,0	2,0	3,0	4,0
Turbidez (UT)	0,9	0,7	0,4	0,3	0,7	1,0

Solução Faça um gráfico de barras da dose em relação à turbidez (Figura 9.21).

Enquanto a turbidez é obtida a uma dose de 2 mg/L, essa turbidez não é muito mais baixa que aquela obtida com a metade da dose. Além disso, o ponto mais baixo na curva pode estar entre 1 e 2 mg/L. Se o tempo permitir, pode ser útil fazer um novo teste.

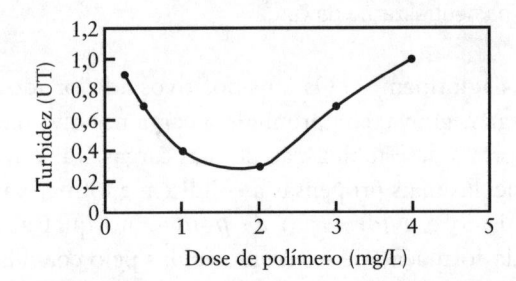

Figura 9.21 Dose de polímero *versus* turbidez.

No entanto, uma vez que a dose escolhida é uma estimativa, o técnico pode tentar 1 mg/L na instalação e ajustar a dosagem de acordo com a necessidade.

Por que a turbidez aumenta quando há doses altas de polímero no exemplo acima? O efeito de malha da coagulação serve para desestabilizar as partículas coloidais para que fiquem propensas a se aglutinar em partículas maiores. Porém, uma dose muito alta de coagulante ou auxiliar de coagulação causará a reestabilização das partículas, criando partículas positivas (ao invés de negativas) ou criando partículas com áreas superficiais amplas e densidades baixas.

O auxílio na criação de partículas maiores é um processo físico conhecido como *floculação*. Para as partículas se aglomerarem, seja por meio de neutralização de cargas ou formação de pontes, precisam movimentar-se a velocidades diferentes. Pense, por um instante, na movimentação dos carros em uma estrada. Se todos os carros andassem na mesma velocidade, não aconteceriam colisões. Os acidentes só ocorrem quando estão em velocidades diferentes (velocidade e direção), com uns alcançando os outros. A intenção do processo de floculação é produzir velocidades diferentes dentro da água para que as partículas possam colidir. Em geral, em uma instalação de tratamento de água, isso é obtido, simplesmente, com a utilização de uma grande pá misturando lentamente a água quimicamente tratada. Esse processo é descrito como Estágio 2 na Figura 9.9 e ilustrado na Figura 9.22. Após a formação das partículas maiores, o próximo passo é removê-las por meio do processo de sedimentação.

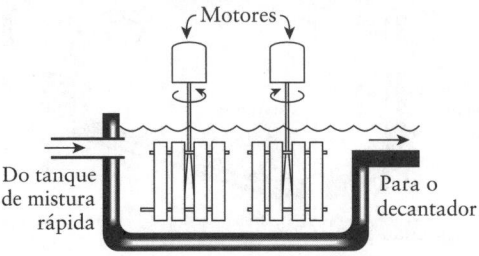

Figura 9.22 Típico floculador utilizado no tratamento de água.

9.2.3 Sedimentação

Quando os flocos estiverem formados, devem ser separados da água. Isso é feito, invariavelmente, em *tanques de sedimentação por ação da gravidade* (ou *decantadores*) ao, simplesmente, permitir que as partículas mais pesadas que a água sedimentem no fundo. Os decantadores são projetados de forma a se aproximar da função de um reator de vazão a pistão, ou seja, a intenção é minimizar toda a turbulência. Os dois principais elementos de projeção de um decantador são as configurações de entrada e saída, pois são os lugares em que o reator de vazão a pistão pode ser seriamente comprometidos. A Figura 9.23 mostra um tipo de configuração de entrada e saída utilizado para distribuir o fluxo que entra e sai do decantador utilizado para tratamento da água.

O lodo nas instalações de tratamento é composto por hidróxidos de alumínio, carbonatos de cálcio e argilas, portanto, não é altamente biodegradável e não irá se decompor no fundo do tanque. Normalmente, o lodo é removido dentro de um período de algumas semanas por meio de uma *válvula para descarga de lodo* no fundo do tanque e é descartado em um esgoto ou em um tanque de contenção/secagem de lodo.

Os decantadores funcionam porque a densidade dos sólidos excede a do líquido. A movimentação de uma partícula sólida em um fluido sob a força da gravidade é impulsionada por diversas variáveis, incluindo:

- o tamanho da partícula (volume);
- o formato da partícula;
- a densidade da partícula;
- a densidade do fluido;
- a viscosidade do fluido.

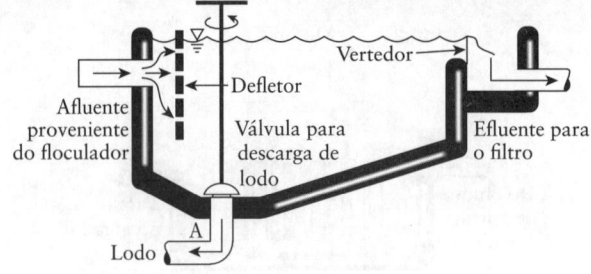

Figura 9.23 Decantador típico utilizado em instalações de tratamento de água.

O último item pode não ser familiar, mas se refere, simplesmente, à habilidade de escoamento do fluido. Por exemplo, o mel apresenta uma alta viscosidade, enquanto a água possui uma viscosidade relativamente baixa.

Em decantadores é vantajoso conseguir com que as partículas sedimentem o mais rápido possível. Isso exige grandes volumes de partículas, formas compactas (baixa resistência), partículas com alta densidade e fluidos com baixa densidade e baixa viscosidade. Em termos práticos, não é viável controlar as três últimas variáveis, mas a coagulação e a floculação, certamente, irão resultar no aumento das partículas e alterações em sua densidade e formato.

A razão pela qual a coagulação/floculação é tão importante na preparação das partículas para o decantador é ilustrada por algumas taxas de sedimentação típicas na Tabela 9.3. Embora a velocidade de sedimentação em um fluido dependa também do formato e da densidade das partículas, esses números mostram que até mesmo pequenas alterações no tamanho da partícula para sólidos floculados típicos, no tratamento de água, podem afetar radicalmente a eficácia da capacidade de remoção da sedimentação.

Além disso, os decantadores podem ser analisados considerando-se que exista um "tanque ideal" (da mesma forma que analisamos "reatores ideais"). Tais tanques ideais

Tabela 9.3 Taxas típicas de sedimentação

Diâmetro da partícula (mm)	Partículas típicas	Velocidade de sedimentação (m/s)
1,0	Areia	2×10^{-1}
0,1	Areia fina	1×10^{-2}
0,01	Silte	1×10^{-4}
0,001	Argila	1×10^{-6}

podem ser visualizados, hidraulicamente, como reatores de fluxo de pistão perfeitos: um pistão (coluna) de água entra no tanque e se movimenta através do tanque sem se misturar (Figura 9.24). Se uma partícula sólida entrar no tanque no topo da coluna e sedimentar a uma velocidade de v_0, terá sedimentado no fundo, conforme a coluna imaginária de água sai do tanque, tendo se movimentado através dele a uma velocidade horizontal v_h.

Devem-se considerar diversos pressupostos para a análise de decantadores ideais.

- Dentro do decantador ocorre um fluxo uniforme. (Isso é o mesmo que dizer que existe um reator de vazão a pistão ideal, pois o fluxo uniforme é definido como uma condição em que toda água flui horizontalmente a uma mesma velocidade).
- Todas as partículas sedimentadas no fundo são removidas, ou seja, à medida que as partículas vão para o fundo da coluna, conforme representado na Figura 9.24, são retiradas do fluxo.
- As partículas são distribuídas uniformemente no fluxo à medida que entram no decantador.
- Todas as partículas ainda em suspensão na água, quando a coluna alcança o outro lado do tanque, não são removidas e escapam.

Considere agora uma partícula que entra no decantador na superfície da água. Essa partícula apresenta uma velocidade de sedimentação de v_0 e uma velocidade horizontal v_h de forma que o vetor resultante define uma trajetória como apresentada na Figura 9.25. Em outras palavras, dificilmente a partícula será removida; ela atinge o fundo no último momento. Observe que, se a mesma partícula entrar no decantador a qualquer outra altura, como uma altura h, sua trajetória sempre será para o fundo. Aquelas partículas que apresentam essa velocidade são denominadas *partículas elementares* nas quais as partículas com baixa velocidade de sedimentação não são totalmente removidas, enquanto aquelas com alta velocidade de sedimentação são completamente removidas. Por exemplo, a partícula com velocidade v_s, entrando na superfície do decantador, não irá alcançar o fundo e escapará do tanque. No entanto, se essa mesma partícula entrar a uma altura h, irá chegar ao fundo, justamente no final do tanque, e será removida. Qualquer partícula que entre no decantador à altura h ou mais baixo seria removida, e aquelas que entrarem acima de h não seriam. Por se pressupor que as partículas que entram no tanque estejam distribuídas uniformemente, sua proporção com uma velocidade de v_s removida é igual a h/H, em que H é a altura do decantador.

No Capítulo 2, o tempo de detenção hidráulica, ou contenção, é determinado da seguinte forma

$$\bar{t} = \frac{V}{Q}$$

O volume de tanques retangulares é calculado com $V = HLW$, em que W = largura do tanque e L = comprimento da zona de sedimentação (que será menor que o comprimento da base do tanque, pois as zonas de entrada e saída sofrem turbulência). Utilizando a equação de continuidade, a vazão é $Q = Av$, na qual A é a área através da qual o fluxo

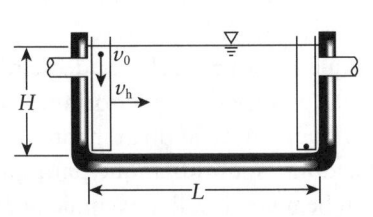

Figura 9.24 Decantador ideal.

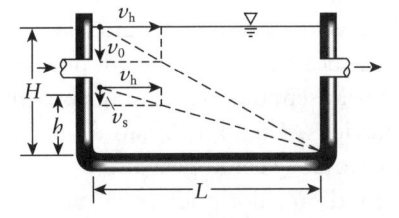

Figura 9.25 Trajetórias das partículas em um decantador ideal.

passa e v é a velocidade. Caso um decantador atue como um reator de vazão a pistão, o fluxo ocorre através de $A = HW$

$$\bar{t} = \frac{V}{Q} = \frac{HWL}{(HW)v} = \frac{L}{v}$$

Utilizando triângulos semelhantes à Figura 9.25 e reorganizando os valores, obtemos:

$$v_0 = \frac{H}{\bar{t}}$$

Como visto acima, $\bar{t}$ é V/Q, em que $V = HWL$, ou se a área da superfície do decantador for definida como $A_s = WL$, então, $V = A_s H$. Substituindo os valores, obtemos:

$$v_0 = \frac{H}{\bar{t}} = \frac{H}{A_s H/Q} = \frac{Q}{A_s}$$

Essa equação representa um parâmetro de estrutura importante para os decantadores, chamado *taxa de escoamento superficial* (ou *overflow*). Observe as unidades:

$$v_0 = \frac{m}{s} = \frac{Q}{A_s} = \frac{m^3/s}{m^2}$$

A taxa de escoamento superficial possui as mesmas unidades que a velocidade. Em geral, ela é expressa em "galões/dia-pés^2", mas, na realidade, é uma condição de velocidade e é, na verdade, igual à velocidade das partículas elementares. Quando a estrutura de um purificador é especificada pela taxa de escoamento superficial, define-se, na verdade, a partícula elementar, pois sua velocidade é especificada.

Deve-se também atentar para o fato de que quando dois dos elementos seguintes – taxa de escoamento superficial, tempo de detenção ou profundidade – são definidos, o parâmetro que restar também será fixo, como apresentado no Exemplo 9.11.

EXEMPLO 9.11

Problema Um decantador de uma instalação de tratamento de água apresenta uma taxa de escoamento superficial de 600 gal/dia-pés^2 e uma profundidade de 6 pés. Qual é o tempo de retenção?

Solução

$$v_0 = \frac{(600 \text{ gal/dia-pés}^2)}{(7{,}48 \text{ pés}^3/\text{gal})} = 80{,}2 \text{ pés/dia}$$

$$\bar{t} = \frac{H}{v_0} = \frac{(6 \text{ pés})}{(80{,}2 \text{ pés/dia})} = 0{,}0748 \text{ d} \cong 2 \text{ h}$$

A taxa de escoamento superficial é interessante visto que permite obter um melhor entendimento sobre a sedimentação, uma vez que as variáveis são observadas individualmente. Por exemplo, ao se aumentar a vazão Q, em um dado tanque, a v_0 aumenta, ou seja, a velocidade crítica aumenta e, assim, menos partículas serão totalmente removidas, pois poucas delas apresentam uma velocidade de sedimentação maior que v_0.

Seria, sem dúvida, vantajoso reduzir v_0 de forma que mais partículas pudessem ser removidas. Como a v_0 não é uma função da partícula, isso pode ser feito tanto pela redução de Q como pela alteração da geometria do tanque, por meio do aumento de A_s. Esse último valor pode ser elevado pela alteração das dimensões do tanque para que a profundidade seja rasa e o comprimento e largura sejam bem amplos. Por exemplo, a área pode ser duplicada ao se pegar um tanque com profundidade de 3 m, dividi-lo na metade (duas metades de 1,5 m), e posicionar um ao lado do outro. O novo tanque, agora raso, apresenta a mesma velocidade horizontal porque a área pela qual o fluxo entra será igual ($A = WH$), mas a área de superfície será o dobro ($As = WL$); consequentemente, a v_0 tem a metade do valor original.

Por que, então, não fazer tanques *bem* rasos? Primeiro, o problema é uma questão prática em termos hidráulicos e a distribuição uniforme do fluxo, assim como o enorme gasto com concreto e ferro. Em segundo lugar, conforme as partículas sedimentam, podem flocular, ou colidir com partículas mais lentas e aglutinarem-se, criando velocidades de sedimentação mais altas e melhorando a remoção dos sólidos. A profundidade do decantador é um fator prático importante, e geralmente são construídos com 3 a 4 m de profundidade para tirar proveito da floculação natural que ocorre durante a sedimentação.

EXEMPLO 9.12

Problema Uma instalação de tratamento pequena possui uma vazão afluente de água não tratada de 0,6 m³/s. Estudos laboratoriais mostraram que a água floculada pode apresentar partículas com tamanho uniforme (apenas um tamanho), e descobriu-se, por meio de experimentos, que todas as partículas sedimentam a uma taxa de v_s = 0,004 m/s. (Esses dados são, obviamente, fictícios.) Um decantador retangular proposto possui uma zona de sedimentação eficaz de L = 20 m, H = 3 m, e W = 6 m. Pode-se esperar uma remoção de 100%?

Solução Lembre-se de que a taxa de escoamento superficial é, na verdade, a velocidade de sedimentação da partícula elementar. Qual é a velocidade de sedimentação da partícula elementar para o tanque?

$$v_0 = \frac{Q}{A_s} = \frac{0,6 \text{ m}^3/\text{s}}{(20 \text{ m})(6 \text{ m})} = 0,005 \text{ m/s}$$

A velocidade de sedimentação da partícula elementar é maior que a velocidade da partícula a ser sedimentada; consequentemente, nem todas as partículas que entram serão removidas.

A mesma conclusão pode ser obtida utilizando a trajetória da partícula. A velocidade v através do tanque é

$$v = \frac{Q}{HW} = \frac{0,6 \text{ m}^3\text{s}}{(3 \text{ m})(6 \text{ m})} = 0,033 \text{ m/s}$$

Utilizando triângulos semelhantes,

$$\frac{v_s}{v} = \frac{H}{L'}$$

em que L' é a distância horizontal que a partícula precisaria para percorrer a fim de atingir o fundo do tanque.

$$\frac{0,004 \text{ m/s}}{0,033 \text{ m/s}} = \frac{3}{L'}$$

$$L' = 25 \text{ m}$$

Portanto, as partículas precisariam de 25 m para serem totalmente removidas, mas há apenas 20 m disponíveis.

EXEMPLO 9.13

Problema No exemplo acima, qual a fração de partículas que será removida?

Solução Suponha que as partículas que entram no tanque estejam distribuídas uniforme e verticalmente. Se o comprimento do tanque é de 20 metros, a trajetória de sedimentação do

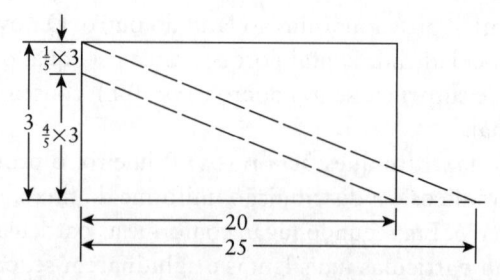

Figura 9.26 Decantador ideal. Veja Exemplo 9.13.

canto mais afastado do fundo cruzaria a frente do tanque a uma altura de 4/5 (3 m), como apresentado na Figura 9.26. Todas as partículas que entrarem no tanque abaixo desse ponto são removidas e aquelas acima dele não seriam. Portanto, a fração das partículas que serão removidas corresponde a 4/5, ou 80%.

Por outro lado, em razão de a velocidade de sedimentação crítica ser de 0,005 m/s e a velocidade real de apenas 0,004 m/s, a eficácia esperada do tanque é de 0,004/0,005 = 0,8, ou 80%.

■

Há uma semelhança importante entre os decantadores ideais e o mundo ideal – nenhum dos dois existe. Apesar disso, os engenheiros estão constantemente tentando idealizar o mundo. Não há nada de errado com isso, pelo fato de a simplificação ser um passo necessário na solução de problemas de engenharia, conforme demonstrado no Capítulo 2. O perigo da idealização é que ela facilita o esquecimento de todos os pressupostos utilizados no processo. Um decantador, por exemplo, *nunca* terá um fluxo uniforme. O vento, a densidade e as correntes de temperatura, assim como um defletor inadequado na entrada do tanque podem causar um fluxo desigual. Portanto, não espere que um decantador comporte-se de forma ideal, projete-os com um amplo fator de segurança.

Se o tanque (superprojetado) funcionar bem, a água que sai está essencialmente limpa. No entanto, essa água ainda não é aceitável para consumo doméstico; é necessário mais uma etapa de limpeza, em geral, utilizando um filtro rápido de areia.

9.2.4 Filtração

Durante uma discussão sobre a qualidade das águas subterrâneas, notou-se que a passagem da água através do solo remove muitos dos elementos contaminantes. Então, os engenheiros ambientais aprenderam a aplicar esse processo natural aos sistemas de tratamento de água e desenvolveram o que hoje conhecemos como *filtro rápido de areia*. A operação de um filtro rápido de areia envolve duas fases: filtração e lavagem.

Uma versão levemente simplificada do filtro rápido de areia é ilustrada em um desenho em corte na Figura 9.27. A água que vem da saída do decantador entra no filtro e passa através das camadas de areia e cascalho, depois por um fundo falso e sai para um reservatório de água tratada que armazena a água final. Durante a filtração, as válvulas A e C ficam abertas. Às vezes, também se utiliza o antracito na camada do filtro, um tipo de carvão capaz de remover materiais orgânicos dissolvidos.

Os sólidos suspensos que escapam da floculação e das etapas de sedimentação são retidos nas partículas de areia do filtro, por fim obstruindo o filtro rápido, daí resultando em uma grande perda de carga através do filtro; consequentemente, há necessidade de limpeza do filtro. Essa limpeza é executada hidraulicamente através de um processo chamado *retrolavagem*. O operador primeiro fecha a vazão de entrada e a saída do filtro (fechando as válvulas A e C) e, então, abre as válvulas D e B, que permitem que

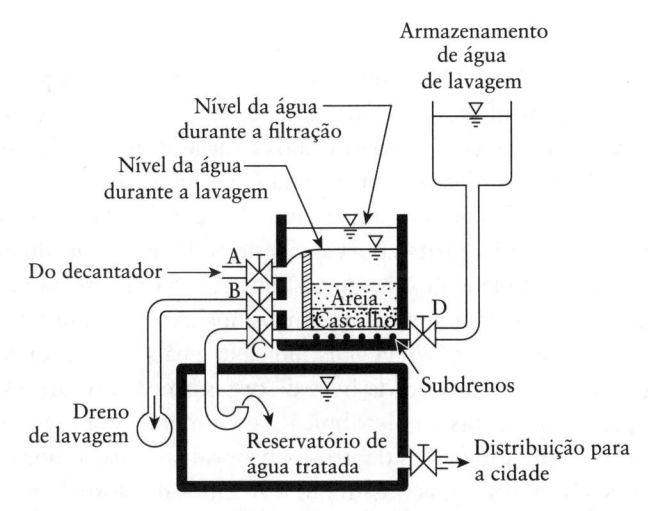

Figura 9.27 Filtro rápido de areia utilizado no tratamento de água.

a água de lavagem (água limpa armazenada em um tanque elevado ou bombeada de um reservatório de água tratada) entre por baixo da camada do filtro. Esse jato de água força a expansão (fluidificação) das camadas de areia e cascalho e revolve as partículas de areia umas contra as outras. Os sólidos suspensos que estavam presos dentro do filtro são liberados e saem com a água de lavagem. Após, no mínimo, 15 minutos, o fluxo da água de lavagem é interrompido e a filtração é reiniciada. As instalações de tratamento precisam minimizar a frequência de retrolavagem, pois esse processo gasta energia e uma quantidade significativa de água, o produto obtido pela instalação. Além disso, pode ser que seja necessário tratar essa água antes do descarte.

Os filtros compõem um processo muito importante para atingir os limites de turbidez. Um projeto comum e parâmetro operacional é a taxa de filtração (ou carga do filtro), que é a taxa da água aplicada à área de superfície do filtro. Os cálculos e unidades, como o gpm/pés^2, são semelhantes àquelas para a taxa de escoamento superficial. Essa taxa pode variar de 2 a 10 gpm/pés^2, mas pode ser limitada em 2 ou 3 gpm/pés^2 por normas estaduais. As taxas de refluxo variam, de forma geral, entre 10 e 25 gpm/pés^2.

EXEMPLO 9.14

Problema Qual é a taxa de filtração para um filtro de 25 pés por 20 pés, se ele receber 2 mgd?

Solução

$$\text{Taxa de filtração} = \frac{Q}{A_s} = \frac{(2 \times 10^6 \text{ gal/dia})(d/1.440 \text{ min})}{(25 \text{ pés})(20 \text{ pés})} = 3 \text{ gpm/pés}^2$$

EXEMPLO 9.15

Problema Qual o volume de água de retrolavagem necessário para limpar um filtro de 25 pés por 20 pés?

Solução Considere que serão utilizados gpm/pés^2 como taxa de retrolavagem e que o filtro será limpo durante 15 minutos. Dessa forma

$V = (\text{taxa de retrolavagem})(A_s)(t) = (20 \text{ gpm/pés}^2)(25 \text{ pés})(20 \text{ pés})(15 \text{ min}) = 150.000 \text{ gal}$

9.2.5 Desinfecção

A água deve ser *desinfectada* para destruir quaisquer organismos patogênicos que possam nela restar. Realiza-se um processo de pré-cloração antes da filtração para ajudar a manter o filtro livre do crescimento de organismos e fornecer *tempo de contato* adequado com o desinfetante. Uma desinfecção apropriada é um balanço entre a concentração de desinfetante (C) e o tempo de contato (T), uma análise conhecida como conceito-CT.

Normalmente, a desinfecção é feita com cloro, que pode ser adquirido na forma líquida sob pressão, e liberado na água em forma de gás, utilizando um sistema de alimentação de cloro. O cloro dissolvido oxida materiais orgânicos, inclusive organismos patogênicos. A presença de um resíduo de cloro ativo na água indica que não há mais organismos a serem oxidados e a água pode ser considerada livre de organismos causadores de doenças. A água bombeada para os sistemas de distribuição, geralmente, contém resíduos de cloro para protegê-la contra contaminações dentro do próprio sistema. É por essa razão que a água de fontes potáveis ou torneiras possui um leve sabor de cloro.

Quando o cloro é adicionado à água, ele forma ácido hipocloroso (HOCl), um ácido fraco que desassocia os íons de hipoclorito (OCl^-) acima do pH 6. Essas duas espécies são definidas como cloro livre disponível. Quando há a presença de compostos de amônia ou nitrogênio orgânico, o HOCl reage com esses elementos para formar cloraminas, que são definidas como cloro combinado disponível. As cloraminas não são desinfetantes tão fortes quanto o cloro livre, porém são mais estáveis.

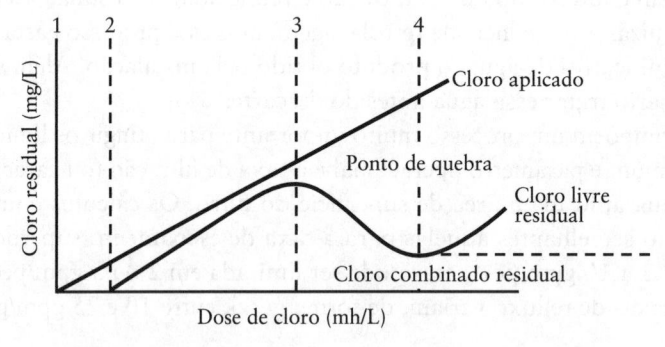

Figura 9.28 Dosagem do ponto de ruptura do cloro.

Para obter cloro livre residual em águas contendo produtos químicos que reagem com o cloro (como o manganês, ferro, nitrito, amônia e elementos orgânicos), este deve ser adicionado além do ponto de ruptura (Figura 9.28). Entre os pontos 1 e 2, na Figura 9.28, o cloro reage com compostos redutores (como manganês, ferro e nitrito). Nesse caso, não acontece desinfecção e não se forma resíduo algum. Entre os pontos 2 e 3, o cloro adicional reage com elementos orgânicos e amônia (formando cloro orgânico e cloraminas), resultando em combinado residual. Entre os pontos 3 e 4, o cloro orgânico e as cloraminas são parcialmente destruídos. Após o Ponto 4, adições de cloro produzem cloro livre residual. Adições de cloro além do ponto de quebra produzem um resíduo diretamente proporcional à quantidade de cloro adicional.

EXEMPLO 9.16

Problema Uma instalação de tratamento de água de 4,5 mgd utiliza 21 lb/d de cloro para desinfecção. Se a demanda diária de cloro é de 0,5 mg/L, qual é a produção diária de cloro residual?

Solução A demanda de cloro é a dose necessária para atingir o nível desejado de cloro residual. Portanto, a quantidade residual é a diferença entre o cloro aplicado e a demanda de cloro. Utilizando a equação $M = QC$:

$$\text{Cloro aplicado} = \frac{M}{Q} = \left[\frac{21 \text{ lb/d}}{4,5 \times \text{mgd}}\right] \frac{(\text{mil gal})(\text{mg/L})}{8,34 \text{ lb}}$$

$$= 0,56 \text{ mg/L}$$

$$\text{Cloro residual} = (0,56 \text{ mg/L}) - (0,5 \text{ mg/L}) = 0,06 \text{ mg/L}$$

Esse resíduo está abaixo do nível de cloro livre residual mínimo recomendado, de 0,2 a 0,5 mg/L.

Uma grande preocupação quanto ao uso do gás cloro e compostos de hipoclorito para desinfectar a água é a formação de *elementos derivados da desinfecção* (DBPs, do inglês *disinfection by-products*), compostos indesejáveis como os trihalometanos (THMs), formados pela reação do cloro com matéria orgânica e supostos elementos cancerígenos. O dióxido de cloro não reage com elementos orgânicos, então não formará THMs. Outras opções para desinfectar a água são a utilização de luz ultravioleta e a ozonização, que evitam a formação de THMs, mas não fornecem uma proteção residual à água no sistema de distribuição.

9.2.6 Outros processos de tratamento

Além dos processos de tratamento já discutidos, há outras etapas que podem ou não ser realizadas antes da distribuição da água. Por exemplo, a água deve estar *estável* antes de entrar no sistema de distribuição. Nesse estado, a água está em equilíbrio químico e não causará corrosão ou depósitos de resíduos no sistema. São utilizados dois testes para determinar a estabilidade de água – o teste do mármore e o índice de Langelier. Ambos indicam o nível de saturação do carbonato de cálcio presente: a água é considerada estável quando está saturada com este elemento. Dependendo da causa do problema de estabilidade, a água pode ser estabilizada com recarbonatação, adição de ácido, fosfato, alacalinidade ou aeração. A instabilidade resultante de reações no sistema de distribuição (por exemplo, por decomposição bacteriana de matéria orgânica e redução de sulfatos e sulfetos) pode ser evitada com o fornecimento adequado de cloro residual em todo o sistema de distribuição.

Os tipos de reclamações mais comuns recebidas pelas empresas públicas de abastecimento de água são sobre sabor, cheiro e cor da água[2]. Ninguém quer beber uma água com gosto, cor ou cheiro desagradáveis. Há uma série de causas para os problemas de sabor e cheiro (T&O, do inglês *taste & odor*). As causas naturais incluem crescimento de bactérias e algas e estratificação do manancial de água (Capítulo 7). As causas por ação humana incluem águas residuárias domésticas e industriais tratadas inadequadamente, instalações de tratamento e sistemas de distribuição inadequados ou incompletos, e sistemas de distribuição clandestinos. A prevenção dos problemas para sabor e cheiro da água é a chave para seu controle, podendo acontecer na forma de gerenciamento dos mananciais de água e manutenção das instalações de tratamento e sistemas de distribuição. Além disso, alguns processos de tratamento são úteis para remover sabor e cheiro desagradáveis, incluindo a aeração (que remove gases e compostos orgânicos voláteis), e a coagulação/floculação/sedimentação.

A fluoretação da água ou a remoção de flúor também podem ser necessárias. O flúor previne o aparecimento de cáries, mas em concentrações acima de cerca de 1,5 mg/L, também pode causar manchas nos dentes. Como ninguém quer ficar com dentes amarelados, as águas que naturalmente possuem altas concentrações de flúor (por exemplo, águas de regiões vulcânicas) devem ser tratadas para remoção do flúor ou misturadas a outras fontes para reduzir essa concentração. Se a autoridade pública concordar, águas de mananciais com baixa concentração de flúor podem receber esse elemento, utilizando produtos como fluoreto de sódio e ácido fluorsilícico.

9.3 DISTRIBUIÇÃO DE ÁGUA

A água é normalmente armazenada em um *reservatório de água tratada* após o tratamento. A água tratada é bombeada desse reservatório para os sistemas de distribuição, que ficam sob pressão para que os elementos contaminantes não consigam entrar (Capítulo 1) e qualquer torneira em uma tubulação, seja para um hidrante ou distribuição doméstica, fornecerá água.

Como a demanda por água tratada varia de acordo com o dia da semana e a hora do dia, devem existir instalações de armazenamento no sistema de distribuição. A maioria das comunidades possui um tanque de armazenagem em um nível elevado, que é reabastecido durante períodos de baixa demanda, fornecendo água ao sistema de distribuição durante os períodos de alta demanda. A Figura 9.29 mostra como o reservatório pode ajudar no fornecimento de água durante períodos de pico de demanda e emergências.

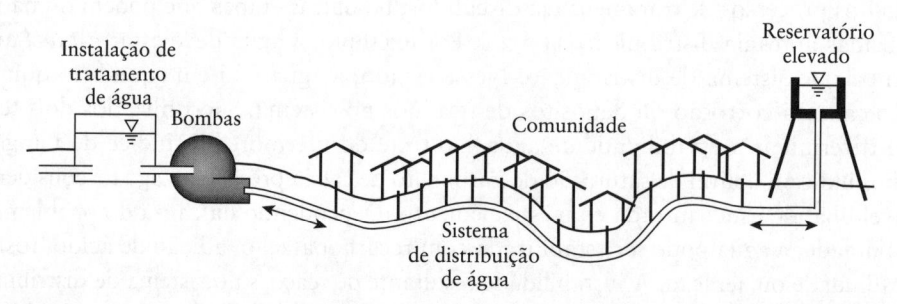

Figura 9.29 Durante períodos de alta demanda, a água sai tanto da instalação de tratamento como dos tanques elevados para satisfazer à demanda. Durante os períodos de baixa demanda, as bombas enchem os reservatórios.

O cálculo da capacidade de armazenamento elevado necessário exige tanto análise de frequência como um balanço de materiais, como ilustrado no exemplo abaixo.

EXEMPLO 9.17

Problema Foi determinado que uma comunidade precisa de um fluxo máximo de 10 mgd de água durante 10 horas em um dia de pico, começando às 8h e terminando às 18h. Durante as outras 14 horas, o fluxo deve ser de 2 mgd. Durante as 24 horas, a instalação de tratamento de água é capaz de fornecer um fluxo constante de 6 mgd, que é bombeado para o sistema de distribuição. Qual deve ser o tamanho do reservatório em nível elevado para satisfazer a demanda no período de pico?

Solução Suponha que o tanque esteja cheio às 8h e execute um balanço de materiais para a comunidade nas 10 horas seguintes:

$$\begin{bmatrix} \text{Fluxo de água} \\ \text{ACUMULADA} \end{bmatrix} = \begin{bmatrix} \text{Fluxo de água} \\ \text{QUE ENTRA} \end{bmatrix} - \begin{bmatrix} \text{Fluxo de água} \\ \text{QUE SAI} \end{bmatrix}$$
$$+ \begin{bmatrix} \text{Fluxo de água} \\ \text{PRODUZIDA} \end{bmatrix} - \begin{bmatrix} \text{Fluxo de água} \\ \text{CONSUMIDA} \end{bmatrix}$$

O fluxo para a comunidade sai da torre (Q_1) e da instalação (6 mgd).

$$0 = [Q_1 + 6 \text{ mgd}] - [10 \text{ mgd}] + 0 - 0$$

Resultado,

$$Q_1 = 4 \text{ mgd}$$

Esse fluxo deve ser fornecido do tanque por 10 horas. O volume necessário do tanque é

$$\frac{(4 \text{ mgd})(10 \text{ h})}{24 \text{ h/d}} = 1{,}7 \text{ mil gal}$$

Se o tanque suporta 1,7 milhão de galões, a comunidade terá a quantidade necessária.

Mas, o tanque pode estar cheio às 8h? Um balanço de materiais (água) na comunidade entre as 18h e as 8h fornece

$$0 = [6 \text{ mgd}] - [2 \text{ mgd} + Q_2] + 0 - 0$$

O fluxo para a comunidade é de 6 mgd, enquanto o fluxo que sai é de 2 mgd (água utilizada) mais Q_2 que corresponde à água necessária para encher o tanque.

$$Q_2 = 4 \text{ mgd}$$

Essa quantidade é distribuída durante 14 horas, de forma que

$$\frac{(4 \text{ mgd})(14 \text{ h})}{24 \text{ h/d}} = 2{,}3 \text{ mil gal}$$

serão fornecidos à torre. Então, não há problema no processo de enchimento do tanque.

SÍMBOLOS

A = área do solo através da qual o fluxo de água passa
a = área real de espaços porosos através da qual o fluxo passa
h = altura ou profundidade
L = comprimento da amostra ou aquífero
Q = taxa de vazão
v = velocidade superficial através do solo
K = coeficiente de permeabilidade
v' = velocidade real dentro dos poros do solo

v_0 = velocidade de sedimentação crítica
h = altura à qual uma partícula entra no decantador
h = profundidade da água no aquífero acima da camada de impermeabilidade
v_s = velocidade de sedimentação de qualquer partícula
H = altura do decantador
$\bar{t}$ = tempo de retenção
V = volume
Q = taxa de vazão
L = comprimento eficaz do decantador

W = largura do decantador
A_s = área de superfície do decantador
v_h = velocidade horizontal em um decantador ideal
w = profundidade de um cilindro através do qual o fluxo passa
r = distância entre centros dos poços de observação

DT = dureza total
DC = dureza carbonatada
DNC = dureza não carbonatada
C = concentração
PE = peso equivalente
MA = massa atômica
MM = massa molecular
M = fluxo de massa

PROBLEMAS

9.1 Suponha que você tenha que recomendar uma série de testes laboratoriais para uma pequena instalação de tratamento de água potável em um país em desenvolvimento. A instalação é composta por floculação do sulfato de alumínio, sedimentação, filtração rápida de areia e cloração. Quais testes você sugeriria e com que frequência deveriam ser realizados? Justifique suas respostas, considerando custos, a saúde humana e a proteção ambiental.

9.2 Certo dia, um fazendeiro perfurou um poço de 200 pés de profundidade em um aquífero com uma profundidade de 1.000 pés e com um lençol freático 30 pés abaixo do nível da superfície do solo. No mesmo dia, um vizinho desse fazendeiro perfurou outro poço com apenas 50 pés de profundidade. Ambos bombearam a mesma quantidade de água naquele primeiro dia.
   a. Explique, utilizando desenhos esquemáticos, por que valeu a pena o fazendeiro gastar mais dinheiro que seu vizinho para perfurar um poço mais fundo, apesar de terem conseguido o mesmo rendimento no primeiro dia?
   b. O fazendeiro é o *dono* da água que ele retira do solo? Existe propriedade sobre recursos naturais? O que aconteceria com um recurso como as águas subterrâneas em uma economia de mercado capitalista na ausência dos controles governamentais?
   c. Suponha que o governo acredite que a água é de sua propriedade, e então a venda para o fazendeiro. Isso resultaria necessariamente em um nível mais alto de conservação de recursos naturais, ou isso encorajaria a rápida depleção dos recursos? (Considere a recente experiência na Europa Ocidental).
   d. O que um ecologista radical diria sobre a propriedade privada ou governamental de recursos naturais como a água subterrânea?
   e. Se você fosse o primeiro fazendeiro e descobrisse o que seu vizinho fazendeiro (de nosso exemplo) fez, o que você faria? E por quê?

9.3 Durante os anos que se seguiram após a Guerra Civil americana, a Companhia de Água de Nova Orleans instalou filtros de areia para tratar a água do rio Mississipi, e a vendia para sua população. Os filtros se pareciam com os filtros rápidos de areia que utilizamos atualmente, e a água do rio era bombeada diretamente para eles. Infelizmente, após a construção da instalação, a companhia de água não conseguiu produzir a quantidade esperada de água e faliu. Por que isso aconteceu? O que você teria feito como engenheiro da companhia para salvar a operação?

9.4 Uma típica partícula de argila coloidal em suspensão em água, possui um diâmetro de 1,0 μm. Se a coagulação e a floculação com outras partículas aumentam seu tamanho em 100 vezes seu diâmetro inicial (com o mesmo formato e densidade), qual seria o tempo mínimo de sedimentação para essa partícula em 10 pés de água em um decantador?

9.5 É necessário manter um fluxo constante de 15 milhões de galões por mês em um sistema de resfriamento de uma usina elétrica. Os registros de vazão para um rio são os seguintes:

Mês	Vazão total durante o mês (milhões de galões)
1	940
2	122
3	45
4	5
5	5
6	2
7	0
8	2
9	16
10	7
11	72
12	92
13	21
14	55
15	33

Se um reservatório for construído, qual seria a capacidade de armazenamento necessária?

9.6 Um tanque de armazenamento em uma refinaria de óleo recebe uma vazão constante no tanque a 0,1 m³/s. Ele é utilizado para distribuir o óleo para processamento apenas durante 8 horas por dia útil. Qual deve ser a vazão de saída do tanque, e qual seu tamanho?

9.7 Um aquífero livre possui 10 m de espessura e está sendo bombeado de forma que um poço de observação a uma distância de 76 m apresente um rebaixamento de 0,5 m. Do lado oposto do poço de extração está outro poço de observação, a 100 m do poço de extração, e esse poço apresenta um rebaixamento de 0,3 m. Suponha que o coeficiente de permeabilidade seja de 50 m/dia.
   a. Qual é a descarga do poço de extração?
   b. Suponha que o poço a 100 m do poço de extração seja bombeado. Mostre por meio de um desenho esquemático o que esse poço faria ao rebaixamento.
   c. Suponha que o aquífero esteja sobre um aquiclude que possui uma inclinação de 1/100. Mostre com um desenho esquemático como isso alteraria o rebaixamento

9.8 Um decantador em uma instalação de tratamento de água possui uma vazão de entrada de 2 m³/min e concentração de sólidos a 2.100 mg/L. O efluente do decantador vai para filtros de areia. A concentração de lodo no fundo (descarga de fundo) é de 18.000 mg/L, e o fluxo para os filtros é de 1,8 m³/min.
   a. Qual é a taxa de vazão de descarga de fundo?
   b. Qual é concentração de sólidos no efluente?
   c. Qual deve ser o tamanho dos filtros de areia (em m²)?

9.9 Um decantador possui 20 m de comprimento, 10 m de profundidade, e 10 m de largura. A vazão para o tanque é de 10 m³/minuto. As partículas a serem removidas apresentam velocidade de sedimentação de 0,1 m/minuto.
   a. Qual o tempo de detenção hidráulica?
   b. Todas as partículas serão removidas?

9.10 Os decantadores para uma instalação de tratamento de águas residuárias de 50 mgd funcionam paralelamente com uma divisão de fluxo uniforme para 10 tanques, cada um com 3 metros de profundidade e 25 metros de largura, com um comprimento de 32 metros.
   a. Qual é o porcentual teórico de remoção esperado para partículas de 0,1 mm de diâmetro que sedimentam a 1×10^{-2} m/s?
   b. Qual é o porcentual teórico de remoção esperado para partículas de 0,01 mm de diâmetro que sedimentam a 1×10^{-4} m/s?

9.11 Um determinado poço de 0,1 m de diâmetro penetra completamente em um aquífero livre de 20 metros de profundidade. A permeabilidade é de 2×10^{-3} m/s. Qual a quantidade de água que é possível bombear a fim de que o rebaixamento no poço possa atingir 20 m e o poço comece a sugar ar?

9.12 A velocidade de sedimentação de uma partícula é de 0,002 m/s, e a taxa de escoamento superficial de um decantador, 0,008 m/s.
   a. Qual a porcentagem das partículas que o tanque captura?
   b. Se as partículas estiverem floculadas de forma que sua velocidade de sedimentação seja 0,05 m/s, qual é a fração que será capturada?
   c. Se as partículas não se alterarem, e for construído outro decantador para funcionar paralelamente ao tanque original, todas as partículas serão capturadas?

9.13 Uma instalação de tratamento de água está sendo projetada para produzir uma vazão de 1,6 m³/s.
   a. Quantos filtros rápidos de areia, utilizando apenas esse elemento como meio, são necessários para essa instalação, se cada filtro tiver 10 m × 20 m? Que pressupostos devem ser considerados para solucionar esse problema?
   b. Como é possível reduzir o número de filtros?

9.14 O engenheiro Jorge, recém-formado, está trabalhando em uma empresa de consultoria local. Como um de seus primeiros trabalhos, ele precisa supervisionar a operação de uma tarefa de limpeza de resíduos perigosos. O plano de remediação é perfurar uma série de poços de interceptação e recolher a água subterrânea contaminada. As profundidades dos poços são baseadas em uma série de furos, e os poços devem atingir o leito de rocha, uma camada impermeável.

Certo dia, Jorge está realizando seu trabalho e um operário o chama para olhar um dos poços sendo perfurado.

"Isso é estranho: deveríamos ter alcançado o leito de rocha a 230 pés, e já perfuramos 270, mas ainda não encontramos nada. Devo continuar?", pergunta o operário.

Sem saber direito o que responder, Jorge liga para o escritório e fala com seu supervisor direto, o engenheiro Roberto.

"Como assim, ainda não encontraram o leito de rocha?", indaga Roberto, "Fizemos todos os furos para mostrar que está a 230 pés."

"Bem, o operário disse que ainda não atingiu nada", reponde Jorge. "O que devo fazer?"

"Estamos trabalhando com um contrato, e deveríamos encontrar o leito de rocha nesse ponto. Talvez a perfuração tenha desviado, ou encontramos alguma fenda na rocha. De qualquer forma não podemos continuar a perfuração. Vamos parar aqui, registre no relatório que atingimos a rocha a 270 pés. Ninguém ficará sabendo."

"Não podemos fazer isso! Suponha que *haja* uma fenda lá embaixo? O resíduo perigoso pode ter escorrido para fora do compartimento."

"E daí? Passarão anos, talvez décadas até que alguém descubra. E além disso, provavelmente ele será diluído no lençol freático, e ninguém detectará a presença desse resíduo. Apenas diga no relatório que o leito de rocha foi encontrado, e prossiga para o próximo local."

Esse é um caso de falsificação de informações, mas poderia ser totalmente inofensivo, e ninguém descobriria. Você acha que Jorge deve obedecer à ordem direta, ou deveria tomar alguma outra atitude? O que aconteceria se ele, simplesmente, dissesse para o operário continuar perfurando, e nunca contasse a Roberto o que aconteceu? Ele registraria no relatório a falsa informação e Roberto nunca descobriria. Discuta sobre qual atitude seria mais sábia.

9.15 Por que a dose real do coagulante utilizada por um técnico em uma estação de tratamento deve ser diferente da dose mínima do teste de jarro?

9.16 Dados os seguintes resultados de testes de jarro, escolha a dose de coagulante e determine a taxa de alimentação do produto químico (em lb/d) em uma estação de 2,5 mgd.

Dose de Sulfato de Alumínio (mg/L)	pH	Turbidez (UNT)	Alcalinidade (mg/L como CaCO$_3$)
0	7,7	6,2	200
20	7,4	5,5	200
40	7,2	4,6	177
60	7,1	4,5	180
80	6,9	4,2	189
100	6,8	4,0	146

9.17 Uma instalação de tratamento de água possui um decantador que recebe 2 mgd, com um diâmetro de 60 pés e uma profundidade média de 10 pés. Determine o tempo de detenção e a taxa de escoamento superficial do tanque.

9.18 Uma instalação de tratamento de água de 4 mgd está sendo projetada para uma taxa de escoamento superficial de 0,5 gpm/pés^2. Se dois decantadores redondos forem ser utilizados todas as vezes, quanto deve medir o diâmetro de cada tanque?

9.19 Calcule a alcalinidade, a dureza total, a dureza carbonatada e a dureza não carbonatada para a seguinte água, em mg/L como CaCO$_3$.

Cátions	mg/L	Ânions	mg/L
Ca^{2+}	94	HCO_3^-	135
Mg^{2+}	28	SO_4^{2-}	134
Na^+	14	Cl^-	92
K	31	pH	7,8

9.20 Calcule a alcalinidade, a dureza total, a dureza carbonatada e a dureza não carbonatada para a seguinte água, em mg/L como CaCO$_3$.

Cátions	mg/L	Ânions	mg/L
Ca^{2+}	12	HCO_3^-	75
Mg^{2+}	15	SO_4^{2-}	41
Sr^{2+}	3	Cl^-	25
Na^+	15	NO_3^-	10
K^+	15	pH	7,8

9.21 Calcule a alcalinidade, a dureza total, a dureza carbonatada e a dureza não carbonatada para a seguinte água, em mg/L como CaCO$_3$.

Cátions	mg/L	Ânions	mg/L
Ca^{2+}	15	HCO_3^-	165
Mg^{2+}	10	SO_4^{2-}	10
Sr^{2+}	2	Cl^-	6
Na^+	20	NO_3^-	3
K^+	10	pH	6,9

9.22 Determine a quantidade de cal e soda calcinada necessária para reduzir 1 mgd da dureza da água. Tenha como objetivo atingir uma dureza de 40 mg/L como CaCO$_3$. Observe que é necessário haver um excesso de 35 mg/L de cal (CaO) para atingir 40 mg/L como CaCO$_3$. Suponha que haja uma concentração de dióxido de carbono de 7,2 mg/L como CO$_2$.

Cátions	mg/L	Ânions	mg/L
Ca^{2+}	53,0	HCO_3^-	285,0
Mg^{2+}	12,1	SO_4^{2-}	134,0
Na^+	12,3	Cl^-	73,5
Fe^{3+}	0	pH	8,1

9.23 Determine as quantidades de cal e soda calcinada necessárias para reduzir 1 mgd da dureza da água exemplificada a seguir. Tenha como objetivo atingir uma dureza de 40 mg/L como $CaCO_3$. Observe que é necessário haver um excesso de 35 mg/L de cal (CaO) para atingir 40 mg/L como $CaCO_3$. Suponha que haja uma concentração de dióxido de carbono de 6,8 mg/L como CO_2.

Cátions	mg/L	Ânions	mg/L
Ca^{2+}	53,0	HCO_3^-	134,0
Mg^{2+}	12,1	SO_4^{2-}	104,0
Na^+	12,3	Cl^-	73,5
Fe^{3+}	0	pH	7,2

NOTAS FINAIS

(1) Gibson, Don e Marty Reynolds. Softening. *Water treatment plant operation: A field study training program*. California Department of Health Services e U.S. EPA. Sacramento: California State University, 2000.

(2) Bowen, Russ. Taste and odor control. *Water treatment plant operation: A field study training program*. Sacramento: California State University, 1999.

CAPÍTULO DEZ

Tratamento de Águas Residuais

A água tem muitos usos, incluindo consumo, navegação comercial, recreação, propagação de peixes e descarte de resíduos (!). É fácil esquecer que a água também é usada como meio de transporte para resíduos. Em áreas isoladas, onde a água é escassa, o descarte de resíduos torna-se um luxo, e outros métodos de transporte de resíduos são empregados, como tubulação pneumática ou contêineres. Porém, na maior parte do ocidente, o uso benéfico da água para o transporte de resíduos é adotado de modo geral, e isso, obviamente, resulta em grandes quantidades de água contaminada.

10.1 TRANSPORTE DE ÁGUAS RESIDUAIS

Águas residuais são descarregadas de domicílios, estabelecimentos comerciais e indústrias por meio de *esgotos sanitários*, em geral grandes tubulações que operam parcialmente cheias (não sob pressão). Esgotos correm drenando por gravidade a jusante, e seu sistema deve ser projetado de tal forma que os *esgotos coletados*, ou seja, que coletam as águas residuais de domicílios e indústrias, convirjam todos para um ponto central de onde os resíduos correm por meio de *coletores-tronco de esgotos* para as estações de tratamento de águas residuais. Às vezes, é impossível ou impraticável instalar todos os esgotos por gravidade, o que faz que os resíduos precisem ser bombeados por meio de estações de bombeamento através da *linha de recalque* ou tubulações pressurizadas.

O projeto e funcionamento de esgotos são prejudicados pela vazão de entrada de águas pluviais, que deveriam escoar em *galerias pluviais* separadas em comunidades mais recentes, mas, frequentemente, infiltram-se em esgotos de águas residuais através de tampas de boca de lobo soltas e linhas interrompidas. Essa vazão adicional dos esgotos de águas residuais é denominada *vazão de entrada*. (Comunidades mais antigas, com frequência, têm *esgotos combinados* que foram projetados para coletar e transportar tanto águas residuais sanitárias como águas pluviais). Além disso, os esgotos precisam, muitas vezes, ser instalados abaixo do lençol freático, de modo que qualquer ruptura ou rachadura em sua estrutura (como as causadas por raízes de árvores em busca de água) possa resultar na infiltração de água nos esgotos. Essa vazão adicional é conhecida como *infiltração*. Comunidades locais, em geral, têm gastos consideráveis de tempo e dinheiro para reabilitar os sistemas de esgotos e evitar as vazões de entrada e infiltração, pois cada galão que entra no sistema de esgotos precisa ser tratado na estação de tratamento de águas residuais.

As águas residuais, diluídas pela infiltração/vazão de entrada (I/V), escoam a jusante e, por fim, às fronteiras da comunidade a qual o sistema de esgotos atende. No passado, essas águas residuais simplesmente entravam em um curso de água natural conveniente e eram esquecidas pela comunidade. O crescimento de nossa população e a conscientização de problemas de saúde pública proveniente de esgoto não tratado torna esse tipo de descarga insustentável e ilegal, e o tratamento de águas residuais faz-se necessário.

Embora a água possa ser poluída por muitos materiais, os mais comuns encontrados em águas residuais domiciliares, que podem causar danos para os cursos de água naturais ou criar problemas para a saúde humana, são:

- materiais orgânicos, conforme medidos pela demanda de oxigênio (DBO);
- nitrogênio (N);
- fósforo (P);
- sólidos suspensos (SS);
- organismos patogênicos (conforme estimados por coliformes).

As estações de tratamento de águas residuais municipais são projetadas para remover essas características reprováveis do afluente. Os projetos variam consideravelmente, mas, com frequência, assumem uma forma geral, conforme mostra a Figura 10.1.

A estação de tratamento de águas residuais mais comum é dividida em cinco áreas principais:

- tratamento preliminar – remoção de sólidos grandes para evitar danos para o restante das operações da unidade;
- tratamento primário – remoção de sólidos suspensos por sedimentação;
- tratamento secundário – remoção da demanda de oxigênio;
- tratamento terciário (ou avançado) – nome aplicado a qualquer série de processos de polimento ou limpeza, um dos quais é a remoção de nutrientes como o fósforo;
- tratamento e descarte de sólidos – coleta, estabilização e subsequente descarte dos sólidos removidos por outros processos.

Sistemas de tratamento primário são geralmente processos físicos. Processos de tratamento secundário são comumente biológicos. Sistemas de tratamento terciário podem ser físicos (por exemplo, a filtração para remover sólidos), biológicos (como alagadiços construídos para remover a DBO), ou químicos (como a precipitação para remover fósforo).

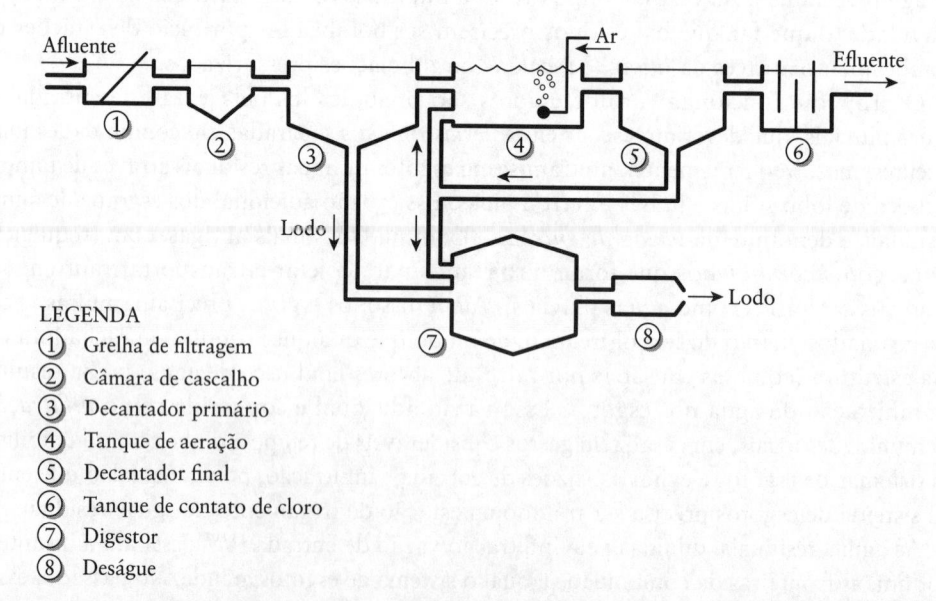

LEGENDA
① Grelha de filtragem
② Câmara de cascalho
③ Decantador primário
④ Tanque de aeração
⑤ Decantador final
⑥ Tanque de contato de cloro
⑦ Digestor
⑧ Deságue

Figura 10.1 Uma estação de tratamento de águas residuais comum, mostrando o tratamento preliminar, o primário, o secundário, o terciário e o de sólidos. Dependendo da necessidade se alcançar determinada qualidade de água do efluente, a estação pode descarregar para um curso de água após o tratamento primário, secundário ou terciário.

Uma série de características de águas residuais pode ser analisada para fornecer informações pertinentes ao projeto e funcionamento das estações de tratamento (Tabela 10.1). Entretanto, sete componentes principais são fundamentais no projeto e funcionamento dos sistemas de tratamento: total de sólidos suspensos (TSS), DBO, elementos patogênicos, total de sólidos dissolvidos (TSD), metais pesados, nutrientes e poluentes orgânicos prioritários[1]. O TSS influencia na quantidade de lodo produzido e no desenvolvimento potencial das condições anaeróbicas; ademais, o TSS afeta as qualidades estéticas do

Tabela 10.1 Uso de análises de laboratório no projeto e funcionamento de uma estação de tratamento de águas residuais

Análise	Utilização
Características físicas	
Cor	Condição de águas residuais (pura ou séptica)
Odor	Exigências para o tratamento, indicação das condições anaeróbicas
Sólidos	
ST, SV, SS	Projeto e funcionamento do processo de tratamento
SD	Potencial de reutilização de efluente
Temperatura	Projeto e funcionamento de processos biológicos
Turbidez	Qualidade do efluente
Transmitância	Compatibilidade da desinfecção por UV
Características inorgânicas	
Alcalinidade	Projeto e funcionamento do processo de tratamento
Cloreto	Potencial de reutilização de efluente
Sulfeto de hidrogênio (H_2S)	Funcionamento de processo de tratamentos, exigências para controle de odores
Metais	Potencial de reutilização do efluente e de lodos, projeto e funcionamento do processo de tratamento
Nitrogênio	Projeto e funcionamento do processo de tratamento, potencial de reutilização do efluente e de lodos
Oxigênio	Projeto e funcionamento do processo de tratamento
pH	Projeto e funcionamento do processo de tratamento
Fósforo	Projeto e funcionamento do processo de tratamento, potencial de reutilização de lodos e efluentes
Sulfato	Potencial de odores, tratabilidade de lodo
Características orgânicas	
DBO_5	Projeto e funcionamento do processo de tratamento
DQO	Funcionamento do processo de tratamentos
Metano (CH_4)	Funcionamento do processo de tratamentos, potencial de recuperação de energia
DON	Projeto e funcionamento do processo de tratamento (nitrificação/desnitrificação)
Orgânicos específicos	Projeto e funcionamento de sistema de tratamento
Características biológicas	
Coliformes	Projeto e funcionamento do sistema de desinfecção
Micro-organismos específicos	Funcionamento de sistema de tratamento

Fonte: Crites, Ron, e George Tchobanoglous. 1998. *Small and decentralized wastewater management systems*. Boston: WCB McGraw-Hill.

efluente. Orgânicos biodegradáveis (conforme medidos pela DBO) exigem oxigênio dissolvido para tratamento quando processos aeróbios são utilizados. Obviamente, elementos patogênicos causam doenças contagiosas. Estes três elementos guiam o projeto da maioria dos sistemas de tratamento de águas residuais. Substâncias inorgânicas dissolvidas (ou seja, o TSD, que é composto de substâncias como cálcio, sódio e sulfato) aumentam com o uso repetido da água e, portanto, apresentam implicações na reutilização de águas residuais tratadas. Metais pesados (que são os cátions com pesos atômicos acima de 23 e são liberados tanto de domicílios como de indústrias) podem causar danos aos processos de tratamento biológico e reduzir as opções de gerenciamento do lodo, se estiverem presentes em quantidade significativa. Nutrientes (ou seja, fósforo e nitrogênio) podem causar a destruição do oxigênio e a eutrofização quando descarregados para corpos de água naturais. No entanto, são desejáveis no lodo empregado em aplicações na terra e no efluente utilizado para irrigação, embora cargas excessivas possam contaminar a água superficial e a água subterrânea. Poluentes orgânicos prioritários são perigosos e muitas vezes resistem aos métodos de tratamento convencionais.

Há uma grande faixa entre as concentrações típicas de águas residuais sanitárias fracas e fortes e entre águas residuais sanitárias e resíduos de fossa séptica (que é a substância remanescente nas fossas sépticas após o tratamento anaeróbio) (Tabela 10.2). Enquanto essas concentrações são comuns nos EUA, podem não ser aplicáveis em outros países.

Tabela 10.2 Concentrações de águas residuais comuns nos EUA

Componente	Concentração (mg/L)			
	Fraca Sanitária	Média Sanitária	Forte Sanitária	Lodo séptico
ST	350	720	1.200	40.000
SS	100	220	350	15.000
DBO_5	110	220	400	6.000
N (como N)	20	40	85	700
P (como P)	4	8	15	250

Fonte: Metcalf e Eddy, Inc. (revisado por George Tchobanogous e Franklin L. Burton.) 1991. *Wastewater engineering: Treatment, disposal, and reuse.* Nova York: McGraw-Hill.

Por exemplo, engenheiros na Tailândia descobriram que águas residuais em Bangcoc têm uma DBO entre 50 e 70 mg/L e uma concentração de sólidos suspensos entre 90 e 110 mg/L[2]. Evidentemente, é importante obter informações locais atualizadas sobre a composição de águas residuais e taxas de vazão ao projetar uma nova estação de tratamento ou melhorias para uma estação que já existe.

10.2 TRATAMENTOS PRIMÁRIO E PRELIMINAR

10.2.1 Tratamento preliminar

O aspecto mais condenável da descarga de esgoto não tratado em cursos de água é a presença de materiais suspensos (flutuantes). É lógico, portanto, que as *grelhas* tenham sido a primeira forma de tratamento de águas residuais utilizada pelas comunidades e, até hoje, grelhas são empregadas na primeira etapa em estações de tratamento. As grelhas mais comuns, apresentadas na Figura 10.2, consistem de uma série de barras de aço, que podem ter uma separação de aproximadamente 2,5 cm. Sua finalidade em estações de tratamento modernas é remover os materiais maiores que poderiam danificar equipamentos ou prejudicar futuros tratamentos. Em algumas estações de tratamento mais antigas as grelhas são limpas manualmente, mas equipamentos de limpeza mecânica são utilizados em quase todas as novas estações. Os rodos de limpeza são automaticamente ativados quando as grelhas se tornam entupidas o suficiente para elevar o nível de água em frente às barras.

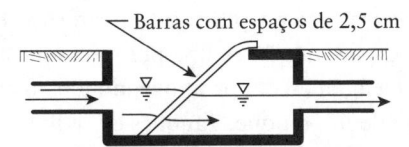

Figura 10.2 Grelha comum de filtragem.

Em muitas estações, a próxima etapa de tratamento é um *triturador*, de forma circular projetado para triturar sólidos que atravessam a grelha em pedaços de aproximadamente 0,3 cm ou menores. Diferentes tipos de trituradores são usados; um bastante comum é apresentado na Figura 10.3.

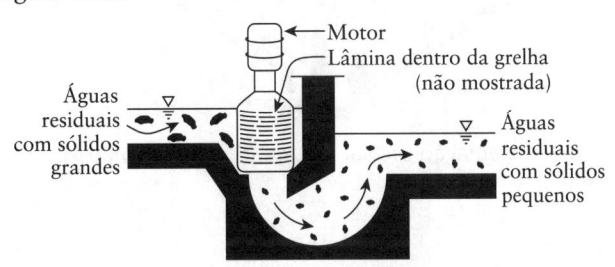

Figura 10.3 Triturador.

A terceira etapa de tratamento preliminar mais utilizada envolve a remoção de cascalho ou areia (Figura 10.4). Isso é necessário porque o cascalho pode desgastar e danificar equipamentos, como bombas e medidores de vazão. A *câmara de cascalho* mais comum é simplesmente um local amplo no canal onde a vazão é reduzida suficientemente para permitir que o cascalho pesado se sedimente. A areia é aproximadamente 2,5 vezes mais pesada que a maioria dos sólidos orgânicos e, consequentemente, sedimenta-se de forma muito mais rápida que os sólidos leves. O objetivo de uma câmara de cascalho é remover o cascalho inorgânico sem remover o material orgânico. Esse material deve ser tratado mais adiante na estação, porém o cascalho pode ser despejado em aterros, sem apresentar odores indevidos ou outros problemas. Uma forma de garantir que os sólidos biológicos leves não se sedimentem é aerar a câmara de cascalho, permitindo que a areia e outras partículas pesadas afundem, mas mantendo todo o restante flutuando. A aeração apresenta a vantagem adicional de levar certa quantidade de oxigênio para o esgoto, que pode ter ficado desprovido de oxigênio no sistema de esgotos.

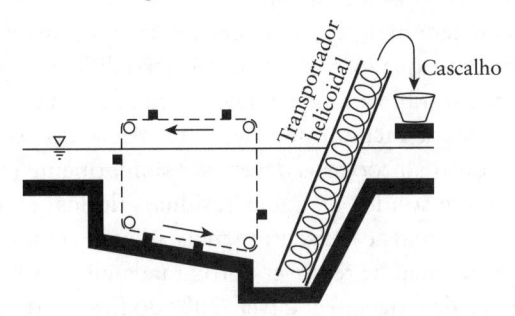

Figura 10.4 Câmara de cascalho utilizada no tratamento de águas residuais.

10.2.2 Tratamento primário

Depois da câmara de cascalho, a maioria das estações de tratamento de águas residuais possui um *tanque de sedimentação* para sedimentar a maior quantidade possível de materiais sólidos. Esses tanques, em princípio, não são nada diferentes dos tanques de sedimentação apresentados no capítulo anterior. Novamente, é desejável controlar tanques como se fossem reatores acionados pela vazão, e a turbulência é, portanto, mantida ao mínimo. Os sólidos sedimentam-se na parte inferior e são removidos através de uma tubulação, enquanto o líquido decantado escapa por um *dique com corte em V*, uma placa de aço fendida sobre a qual a água escoa, promovendo uma distribuição igual da descarga líquida em todo o perímetro de um tanque. Tanques de sedimentação podem ser circulares (Figura 10.5) ou retangulares (Figura 10.6).

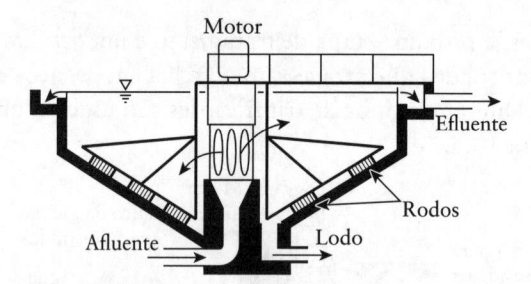

Figura 10.5 Tanque de sedimentação circular (decantador primário) utilizado no tratamento de águas residuais.

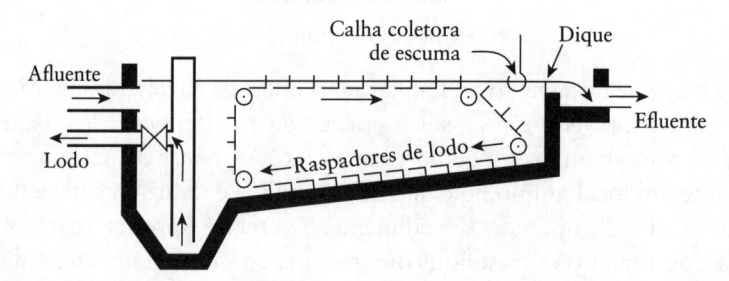

Figura 10.6 Tanque de sedimentação retangular (decantador primário) utilizado no tratamento de águas residuais.

Tanques de sedimentação também são conhecidos como *decantadores*. O tanque de sedimentação que segue o tratamento preliminar, como a grelhagem e a remoção de cascalhos, é conhecido como *decantador primário*. Os sólidos que caem para a parte inferior de um decantador primário são removidos como *lodo cru*, um nome que não faz justiça à natureza indesejável desse elemento.

O lodo cru geralmente tem mau cheiro, pode conter organismos patogênicos e é cheio de água — três características que tornam sua eliminação difícil; deve ser estabilizado para reduzir seu possível impacto sobre a saúde pública e retardar uma decomposição adicional, assim como desaguado para facilitar seu descarte. Além dos sólidos do decantador primário, os sólidos de outros processos devem ser similarmente tratados e descartados. O tratamento e descarte de sólidos de águas residuais (lodos) é uma parte importante do tratamento de águas residuais e é discutido mais adiante em uma seção subsequente.

O tratamento primário, além de remover aproximadamente 60% dos sólidos, remove cerca de 30% da demanda de oxigênio e, talvez, 20% do fósforo (os dois como consequência da remoção de lodo cru). Se essa remoção for adequada e o fator de diluição no curso d'água for tal que os efeitos adversos sejam aceitáveis, então, uma estação de tratamento primário representa um tratamento de águas residuais suficiente. No entanto, regulamentos governamentais obrigam todas as estações primárias a adicionar o tratamento secundário, seja ele necessário ou não.

Quando o tratamento primário for julgado inadequado, a remoção de sólidos, DBO e fósforo pode ser aprimorada pela adição de produtos químicos, como sulfato de alumínio (alúmen) ou hidróxido de cálcio (cal), no afluente do decantador primário. Com essa adição, a DBO do efluente pode ser reduzida para aproximadamente 50 mg/L, e esse nível de DBO pode alcançar os padrões exigidos para efluentes. A adição de químicos ao tratamento primário é particularmente vantajoso para grandes cidades litorâneas que podem atingir uma alta diluição na dispersão do efluente da estação.

Em uma estação de tratamento de águas residuais mais comum, o tratamento primário sem a adição de químicos é seguido pelo tratamento secundário, que é projetado especificamente para remover a demanda de oxigênio.

10.3 TRATAMENTO SECUNDÁRIO

A água que sai do decantador primário perdeu grande parte dos materiais orgânicos suspensos, mas ainda contém uma alta demanda de oxigênio em razão dos orgânicos biodegradáveis dissolvidos. Essa demanda de oxigênio deve ser reduzida (energia despendida) para que a descarga não crie condições inaceitáveis para o curso de água. O objetivo do tratamento secundário é remover a DBO enquanto, em comparação, o objetivo do tratamento primário é remover sólidos. Exceto em raras circunstâncias, quase todos os métodos de tratamento secundário utilizam ação microbiana para reduzir o nível de energia (DBO) dos resíduos (um processo defendido no final da primeira década do século XIX por Dibdin e Dupré, conforme descrito no Capítulo 1). As diferenças básicas entre todas essas alternativas relacionam-se ao modo como os resíduos são induzidos ao contato com os micro-organismos.

10.3.1 REATORES DE FILME FIXO

Embora haja muitas formas dos micro-organismos serem colocados para trabalhar, o primeiro método moderno realmente bem-sucedido de tratamento secundário foi o *filtro de gotejamento*. Esse método, apresentado na Figura 10.7, consiste na utilização de um leito com um meio adequado (materiais como pedras da dimensão de um punho ou diversos formatos de plástico) sobre o qual os resíduos escorrem. Um crescimento biológico ativo se forma no meio, e os organismos obtêm seu alimento da corrente de

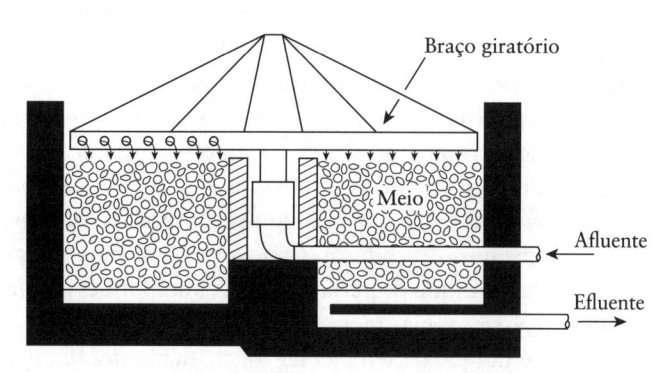

Figura 10.7 Um filtro gotejador.

resíduos que goteja sobre o leito. O ar é forçado a passar pelo meio ou, mais comumente, a circulação de ar é obtida automaticamente pela diferença da temperatura entre o ar no leito e a temperatura ambiente. Em filtros mais antigos os resíduos respingam para as rochas a partir dos jatos fixos; projetos mais recentes utilizam um braço giratório que se move, distribuindo os resíduos uniformemente sobre todo o leito, como um *sprinkler* de gramado. Em geral, a vazão é recirculada, obtendo um grau de tratamento superior. O nome filtro de gotejamento é evidentemente uma denominação imprópria, porque nenhuma filtração acontece.

Uma modificação moderna do filtro biológico é o *contactor biológico rotativo*, ou disco rotativo, apresentado na Figura 10.8.

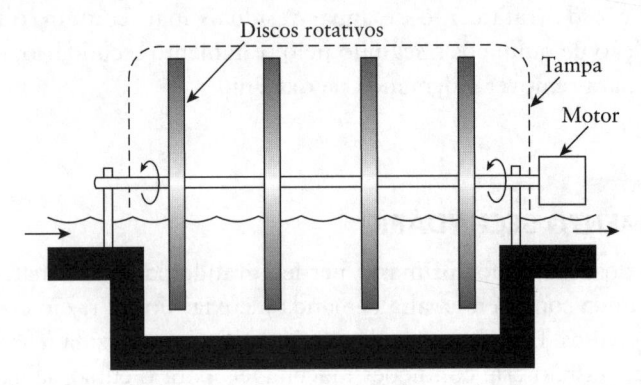

Figura 10.8 Reator biológico de filme fixo com disco rotativo.

O crescimento microbiano ocorre em discos rotativos que são lentamente mergulhados nas águas residuais, que fornecem sua alimentação. Ao retirar os discos ao ar livre, os micróbios conseguem obter o oxigênio necessário para manter o crescimento aeróbico.

10.3.2 REATORES DE CRESCIMENTO SUSPENSO

Por volta de 1900, quando a filtração por gotejamento já tinha sido definitivamente estabelecida, alguns pesquisadores começaram a refletir sobre o espaço desperdiçado em um filtro ocupado pelas pedras. Poderiam os micro-organismos boiar livremente e se alimentar de oxigênio ao borbulhar no ar? Embora esse conceito fosse bastante interessante, nenhuma primeira estação piloto viável foi construída até 1914. Levou algum tempo antes que esse processo fosse criado da forma que o denominamos, como *sistema de lodo ativado*.

O segredo para o sistema de lodo ativado é a reutilização de micro-organismos. O sistema, ilustrado na Figura 10.9, consiste de um tanque cheio de líquido residual (a partir do decantador primário) e uma massa de micro-organismos. O ar é borbulhado para o tanque (chamado de *tanque de aeração*) com o objetivo de fornecer o oxigênio necessário para a sobrevivência dos organismos aeróbios. Os micro-organismos entram em contato com os orgânicos dissolvidos e rapidamente adsorvem esses orgânicos em sua superfície. Ao longo do tempo, os micro-organismos utilizam a energia e o carbono por meio da decomposição desse material em CO_2, H_2O, e alguns compostos estáveis, e no processo produzem mais micro-organismos. A produção de novos organismos é relativamente lenta, e a maior parte do volume no tanque de aeração é utilizado para essa finalidade.

Uma vez que a maior parte dos alimentos foi utilizada, os micro-organismos são separados do líquido em um tanque de sedimentação, chamado *decantador secundário* ou *final*. O líquido escapa por um dique com fendas em V.

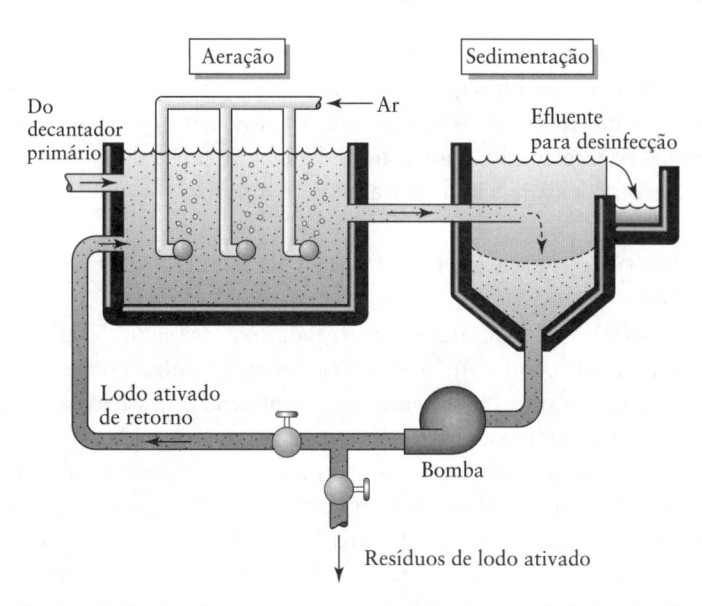

Figura 10.9 Um diagrama esquemático do sistema de lodo ativado.

Os micro-organismos separados existem na parte inferior do decantador final, sem alimentos adicionais, e ficam famintos à espera de mais materiais orgânicos dissolvidos. Esses micro-organismos são "ativados" — daí, o termo *lodo ativado*.

Quando esses micro-organismos sedimentados e famintos são bombeados para o início do tanque de aeração, encontram mais alimentos (orgânicos no efluente do decantador primário), e o processo se inicia novamente. O lodo bombeado a partir da parte inferior do decantador final para o tanque de aeração é conhecido como *lodo ativado de retorno*.

O processo de lodo ativado é uma operação contínua, com bombeamento contínuo de lodo e descarga de água limpa. Infelizmente, um dos produtos finais desse processo são micro-organismos em excesso. Se os micro-organismos não forem removidos, sua concentração pode se elevar ao ponto de entupir o sistema com os sólidos. Portanto, é necessário eliminar parte dos micro-organismos, e os *resíduos do lodo ativado* devem ser processados e descartados. Seu descarte é um dos aspectos mais difíceis do tratamento de águas residuais.

O sistema de lodo ativado é projetado com base na carga, ou na quantidade de materiais orgânicos (alimentos) adicionados com relação aos micro-organismos disponíveis. Essa relação é conhecida como relação de alimentos para micro-organismos (A/M) e é um importante parâmetro de projeto. Infelizmente, é difícil medir A ou M com exatidão, e os engenheiros aproximaram esses valores pela DBO e pelos sólidos suspensos no tanque de aeração, respectivamente. A combinação do líquido e micro-organismos que passam por aeração é conhecida (por alguma razão desconhecida) como *líquido misto*, e os sólidos suspensos são chamados de *sólidos suspensos do líquido misto* (MLSS, do inglês *mixed liquor suspended solids*). A relação da DBO para MLSS, a relação A/M, também é conhecida como a *carga* no sistema e é calculada como libras de DBO/dia por libra de MLSS no tanque de aeração.

Se essa relação for baixa (poucos alimentos para muitos micro-organismos) e o período de aeração (tempo de retenção no tanque de aeração) for longo, os micro-organismos utilizam ao máximo os alimentos disponíveis, resultando em um alto grau de tratamento. Esses sistemas são conhecidos como *aeração estendida* e são muito utilizados para fontes isoladas (por exemplo, pequenas empresas). As vantagens adicionais da aeração estendida são o fato de a ecologia dentro do tanque de aeração ser bastante diversa e de pouca biomassa ser criada em excesso, resultando em pouco ou nenhum lodo ativado de resíduos a ser descartado – uma economia significativa na administração de custos e eventuais dores de cabeça. No entanto, existe o sistema de *altas taxas*, em que os períodos de aeração são muito curtos (economizando, com isso, dinheiro por causa da construção de tanques menores) e para o qual a eficiência de tratamento é inferior.

10.3.3 Projeto de sistema de lodo ativado utilizando a dinâmica de processos biológicos

O objetivo de um sistema de lodo ativado é degradar os orgânicos no afluente e oxidá-los para CO_2 e H_2O, reconhecendo que parte dessa energia também deve ser utilizada para formar novos micro-organismos. Esses orgânicos do afluente fornecem os alimentos para os micro-organismos, e na dinâmica de processos biológicos são conhecidos como *substrato*. Conforme observado anteriormente, o substrato é normalmente medido indiretamente, por meio da DBO, sendo que a diminuição no oxigênio indica degradação microbiana do substrato. Embora outros métodos, como o carbono orgânico, possam fornecer medidas mais exatas da concentração de substratos, a DBO deve ser medida para o cumprimento dos regulamentos.

Assim como a maior parte dos organismos vivos, o crescimento dos micro-organismos é afetado pela disponibilidade de alimentos (substratos) e pelas condições ambientais (por exemplo, pH, temperatura e salinidade). A curva de crescimento microbiano apresentada na Figura 10.10 é a de um sistema fechado com tratamento em lotes para um único tipo de micro-organismo (ou seja, uma cultura pura). (Obviamente, uma estação de tratamento de águas residuais tem uma grande diversidade de micróbios, mas esse modelo é para uma análise inicial). À medida que os micro-organismos se ajustam ao ambiente e ao substrato durante a fase *lag*, possuem crescimento limitado e utilizam uma pequena parte do substrato. Entretanto, uma vez que estão adaptados, passam por um rápido crescimento exponencial. Contudo, essa fase não pode continuar indefinidamente. Se isso acontecesse, uma única célula bacteriana pesando cerca de 10^{-12} gramas e duplicando-se a cada 20 minutos produziria uma população pesando aproximadamente 4.000 vezes o peso da Terra após 48 horas de crescimento exponencial[3]! Em vez disso, o acúmulo de derivados e resíduos e/ou restrições nos níveis de substrato ou nutrientes limitam o tamanho máximo da população que pode ser tolerado (K). Durante esse período de população máxima (a fase estacionária), pouco ou nenhum crescimento ocorre, e não há aumento ou diminuição líquida no número de células. Por fim, devido aos resíduos aumentados, aos derivados e/ou à falta de substratos ou nutrientes, a taxa de mortalidade torna-se maior que a taxa de crescimento, e a população microbiana declina (a fase da morte, ou endógena).

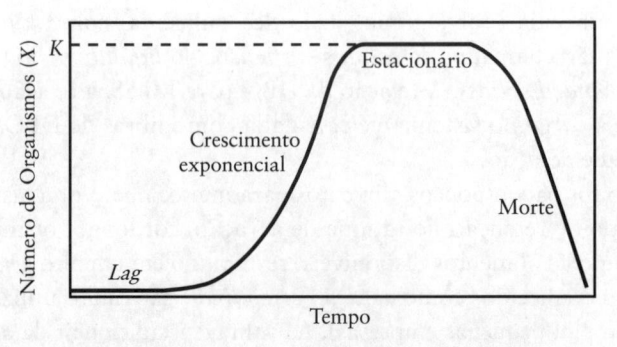

Figura 10.10 Curva de crescimento microbiano.

Nessa situação, a única limitação ao crescimento durante a fase de crescimento exponencial é a taxa em que os micro-organismos podem se reproduzir. Portanto, o número de micro-organismos é proporcional à taxa de crescimento, ou em outras palavras, o crescimento é similar a uma reação de primeira ordem (Capítulo 4):

$$\frac{dX}{dt} = \mu X \tag{10.1}$$

onde X = número de micro-organismos;
μ = taxa de crescimento específica e instantânea.

Integrar esta equação permite-nos prever a densidade populacional futura quando conhecemos a população original e a taxa de crescimento instantânea:

$$X = X_0 e^{\mu t}$$

O tempo de duplicação (ou geração) pode ser determinado pela substituição de $X = 2X_0$ nesta equação, da mesma maneira que no Capítulo 4:

$$t_D = \frac{\ln 2}{\mu}$$

Engenheiros frequentemente utilizam os dispositivos de cultura contínuos (quimiostatos) em vez dos dispositivos de cultura em lote. Uma estação de tratamento de águas residuais por lodo ativado convencional é um exemplo de quimiostato em larga escala. Os quimiostatos mantêm populações de células na fase de crescimento exponencial por meio do controle da taxa de diluição e da concentração de um nutriente limitador, como a fonte de carbono ou nitrogênio. Tanto a densidade da célula (ou tamanho da população) como a taxa de crescimento pode ser controlada. O funcionamento do quimiostato é um processo de saturação, que pode ser descrito por

$$\mu = \hat{\mu}\frac{S}{K_S + S} \tag{10.2}$$

onde $\hat{\mu}$ = taxa de crescimento máxima específica (na saturação de nutrientes);
S = substrato ou concentração de nutrientes;
K_S = constante da saturação, ou meia velocidade.

A constante de saturação é a concentração de nutrientes quando a taxa de crescimento representa metade da taxa de crescimento máxima (Figura 10.11). Estimativas de $\hat{\mu}$ e K_S são obtidas pela representação gráfica de $1/S$ versus $1/\mu$. O ponto de intercessão em y é $1/\hat{\mu}$, e a inclinação é $K_S/\hat{\mu}$.

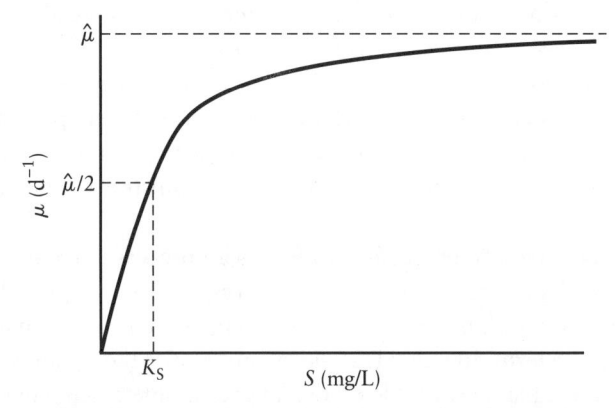

Figura 10.11 Taxa de crescimento específica de micróbios.

Obviamente, na natureza a situação é diferente: não existem culturas puras. O crescimento exponencial é limitado em razão da disponibilidade de nutrientes, competição entre micro-organismos e relações entre a caça e o caçador. Além disso, como as condições ambientais são raramente ideais para o crescimento máximo, a taxa de crescimento máxima real está bem abaixo da taxa de laboratório; por exemplo, o tempo de duplicação para *Escherichia coli* no laboratório pode ser de 20 minutos, ao passo que no trato intestinal é de 12 horas[3].

O crescimento microbiano pode ser medido pela contagem ou pesagem das células. A contagem direta no microscópio pode ser utilizada a fim de determinar a contagem total de células; entretanto, um dos problemas desse método é que tanto as células vivas como as mortas são contadas. O método de contagem em placas, ou colônias, (em que diluições de amostras são incubadas em placas de ágar) mede somente células viáveis (ou seja, vivas). Uma medição indireta do crescimento de células é medir a massa da célula por meio da centrifugação e pesagem das células ou medir a turbidez das amostras com um colorímetro, ou espectrofotômetro. Embora a turbidez seja menos sensível do que a contagem viável, é rápida, fácil e não altera as amostras.

Enquanto os operadores da estação de tratamento controlam a concentração microbiana na bacia de aeração, estamos interessados em fazer isso somente para reduzir a DBO. Os micro-organismos, expressos como sólidos suspensos, sofrem biodegradação e utilizam a DBO (substrato) a uma taxa de dS/dt. À medida que os alimentos são utilizados, novos organismos são produzidos. A taxa da produção de massa de células novas (micro-organismos) como resultado da destruição do substrato é

$$\frac{dX}{dt} = Y \frac{dS}{dt} \tag{10.3}$$

onde Y = a produção, ou massa de micro-organismos produzidos por massa de substratos utilizados, comumente expressa como kg SS produzido por kg DBO utilizado. Y sempre será inferior a um por causa das ineficiências dos processos de conversão de energia, conforme foi discutido no Capítulo 7.

Com a combinação das Equações 10.1, 10.2 e 10.3, a expressão para a utilização de substratos comumente empregados é derivada da seguinte maneira:

$$\frac{dS}{dt} = \frac{X}{Y}(\mu) = \frac{X}{Y}\left(\frac{\hat{\mu}S}{K_S + S}\right) \tag{10.4}$$

Isso é conhecido como Modelo de Monod. (O argumento para a validade do modelo vai além do escopo deste texto. Basta dizer que o modelo é empírico, mas racional. Se você estiver interessado no desenvolvimento deste modelo, consulte alguns livros didáticos recentes sobre o processamento de águas residuais).

Como essa expressão é um modelo empírico baseado no trabalho experimental com culturas puras, as duas constantes, $\hat{\mu}$ e K_S, devem ser avaliadas para cada substrato e cultura de micro-organismos. No entanto, permanecem constantes para dado sistema quando S e X variam. Observe que são uma função dos substratos e da massa microbiana, e não do reator.

A aplicação da dinâmica de processos biológicos ao processo de lodo ativado é melhor ilustrada ao se considerar um sistema, como o apresentado na Figura 10.12, que não é um sistema de lodo ativado, porque não há reciclagem de sólidos, mas que serve para apresentar a notação e terminologia. Trata-se de um reator biológico contínuo e simples de volume V com uma taxa de vazão de Q. O reator é completamente misto. Lembre-se de que isso significa que o afluente se dispersa dentro do tanque assim que é introduzido;

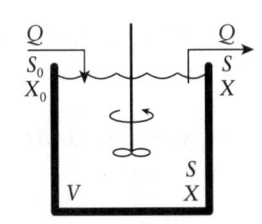

Figura 10.12 Um reator de crescimento suspenso sem reciclagem.

portanto, não há gradientes de concentração no tanque, e a qualidade do efluente é exatamente a mesma que a do conteúdo do tanque.

Em um reator assim, é possível desenvolver dois tipos de balanços de materiais — em relação aos sólidos (micro-organismos) e à DBO (substrato). Há também dois tempos de retenção, ou detenção — o de líquidos e o de sólidos. O tempo de retenção de líquidos, ou tempo hidráulico, foi apresentado no Capítulo 2 e é expresso como

$$\bar{t} = \frac{V}{Q} \qquad (10.5)$$

Lembre-se que $\bar{t}$ também pode ser definido como o tempo médio que o líquido permanece no reator.

O *tempo de retenção de sólidos* é análogo ao tempo de retenção hidráulico e representa o tempo médio em que os *sólidos* permanecem no sistema (que é maior do que o tempo de retenção hidráulico quando os sólidos são reciclados). O tempo de retenção de sólidos também é conhecido como *idade do lodo* e *tempo médio de permanência (ou detenção) da célula*. Os três nomes representam o mesmo parâmetro, que pode ser calculado como

$$\theta_C = \frac{\text{Massa de sólidos (micro-organismos) no sistema}}{\text{Massa de sólidos eliminados/Tempo}} = \text{Tempo}$$

O numerador, quantidade de sólidos no reator simples, é expresso como VX (Volume × Concentração de sólidos), e o denominador, taxa de sólidos gastos, é igual a QX (Taxa de vazão × Concentração de sólidos). Com isso, o tempo de retenção médio de células é

$$\theta_C = \frac{VX}{QX} = \frac{V}{Q} \qquad (10.6)$$

que, obviamente, é o mesmo que o tempo de retenção hidráulico (Equação 10.5), porque os sólidos não são reciclados.

A quantidade de sólidos gastos também deve ser igual à taxa em que eles são produzidos, ou dX/dt. Substituir $dX/dt \times V$ por QX e utilizar a Equação 10.3 resulta em

$$\theta_C = \frac{VX}{Y(dS/dt)V} = \frac{X}{Y(dS/dt)}$$

Note que os termos da concentração devem ser multiplicados pelo volume para se obter a massa.

Lembre-se de que essas duas equações são para um reator *sem reciclagem* (Figura 10.12).

Utilizando a Figura 10.12 podemos escrever um balanço de massa relacionado aos micro-organismos:

$$\begin{bmatrix} \text{Taxa de} \\ \text{ACUMULAÇÃO} \end{bmatrix} = \begin{bmatrix} \text{Taxa de} \\ \text{ENTRADA} \end{bmatrix} - \begin{bmatrix} \text{Taxa de} \\ \text{SAÍDA} \end{bmatrix}$$
$$+ \begin{bmatrix} \text{Taxa de} \\ \text{CRESCIMENTO} \\ \text{de micro-organismos} \end{bmatrix} - \begin{bmatrix} \text{Taxa de} \\ \text{MORTE} \\ \text{de micro-organismos} \end{bmatrix}$$

Se as taxas de crescimento e morte forem combinadas como um crescimento *líquido*, essa equação é escrita da seguinte forma

$$V\frac{dX}{dt} = QX_0 - QX + (dX/dt)V$$

ou

$$V\frac{dX}{dt} = QX_0 - QX + Y(dS/dt)V$$

Em um sistema em estado estacionário $dX/dt = 0$, e supondo que não haja células na vazão de entrada, $X_0 = 0$. Utilizar essas informações e o modelo de utilização de substratos Monod (Equação 10.4) resulta em

$$\frac{dS}{dt} = -\frac{X}{Y}\left(\frac{Q}{V}\right) = -\frac{X}{Y}\left(\frac{1}{\theta_C}\right) = -\frac{X}{Y}\left(\frac{\hat{\mu}S}{K_S + S}\right)$$

Portanto:

$$\frac{1}{\theta_C} = \frac{\hat{\mu}S}{K_S + S} = \mu \quad (10.7)$$

ou

$$S = \frac{K_S}{\hat{\mu}\theta_C - 1} \quad (10.8)$$

Esta é uma expressão importante porque podemos inferir a partir dela que a concentração do substrato S, é uma função das constantes cinéticas (que estão além de nosso controle para determinado substrato) e do tempo de retenção médio de células. O valor de S, que na vida real seria a DBO do efluente, é influenciado, então, pelo tempo de retenção médio de células (ou a idade do lodo, conforme previamente definido). Se o tempo de retenção médio de células aumentar, a concentração do efluente deve diminuir.

EXEMPLO 10.1

Problema Um reator biológico como o ilustrado na Figura 10.12 (sem reciclagem de sólidos) deve ser colocado em funcionamento de modo que uma DBO do afluente de 600 mg/L seja reduzida para 10 mg/L. As constantes cinéticas encontradas são $K_S = 500$ mg/L e $\hat{\mu} = 4$ dias^{-1}. Se a vazão é 3 m^3/dia, qual deve ser o tamanho do reator?

Solução Lembre-se que a concentração do substrato, S, no efluente é exatamente a mesma que S no reator, caso se suponha que o reator seja perfeitamente misto.

Utilizando as Equações 10.7 e 10.6

$$\theta_C = \frac{K_S + S}{S\hat{\mu}} = \frac{500 \text{ mg/L} + 10 \text{ mg/L}}{(10 \text{ mg/L})(4 \text{ d}^{-1})} = 12{,}75 \text{ dias}$$

$$V = \theta_C Q = (12{,}75 \text{ d})(3 \text{ m}^3/\text{d}) = 38{,}25 \text{ m}^3 \cong 38 \text{ m}^3$$

∎

EXEMPLO 10.2

Problema Dadas as condições no Exemplo 10.1, suponha que o único reator disponível tenha um volume de 24 m^3. Qual seria a redução porcentual no substrato (eficiência na remoção do substrato)?

Solução Utilizando as Equações 10.6 e 10.8

$$\theta_C = \frac{V}{Q} = \frac{24 \text{ m}^3}{3 \text{ m}^3/\text{d}} = 8 \text{ dias}$$

$$S = \frac{K_S}{\mu\theta_C - 1} = \frac{500 \text{ mg/L}}{(4 \text{ d}^{-1})(8 \text{ d}) - 1} = 16 \text{ mg/L}$$

$$\text{Recuperação} = \frac{(600 - 16)}{600} \times 100 = 97\%$$

O sistema apresentado na Figura 10.12 não é muito eficiente porque são necessários tempos de retenção hidráulica longos, para evitar que os micro-organismos sejam jorrados para fora do tanque. Sua taxa de crescimento deve ser mais rápida do que a taxa de micro-organismos que estão sendo jorrados para fora, ou o sistema falhará. O sucesso do sistema de lodo ativado para o tratamento de águas residuais baseia-se em uma modificação significante: a reciclagem dos micro-organismos. Esse sistema é apresentado na Figura 10.13.

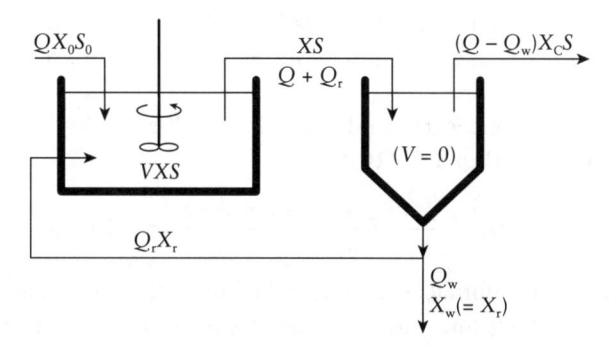

Figura 10.13 Reator de crescimento suspenso com reciclagem (sistema de lodo ativado).

Algumas hipóteses de simplificação são necessárias antes que esse modelo possa ser utilizado. Em princípio, suponha novamente que $X_0 = 0$. Além disso, suponha mais uma vez condições de estado estacionário e uma mistura perfeita. Os micro-organismos em excesso (lodo ativado dos resíduos) são removidos a partir do sistema em uma taxa de vazão Q_w e com uma concentração de sólidos X_r, que é a concentração de subfluxo do decantador (assim como a concentração de sólidos sendo reciclados para o tanque de aeração). E, por fim, suponha que não haja remoção do substrato no tanque de sedimentação e que o tanque de sedimentação não tenha volume, de forma que todos os micro-organismos no sistema estejam no reator (tanque de aeração). O volume do tanque de aeração é, desse modo, o único volume ativo, e supõe-se que a sedimentação (separação de micro-organismos) aconteça como um passe de mágica em um tanque de volume nulo, uma hipótese evidentemente incorreta. O tempo de retenção médio de células neste caso é

$$\theta_C = \frac{\text{Micro-organismos no sistema}}{\text{Micro-organismos eliminados/Tempo}}$$

$$= \frac{XV}{Q_w X_r + (Q - Q_w)X_C} \quad (10.9)$$

Se supormos que o separador de micro-organismos (o tanque de sedimentação final) é um dispositivo perfeito, de forma que não haja micro-organismos no efluente ($X_C = 0$) ou que a concentração do efluente seja desconhecida:

$$\theta_C \cong \frac{XV}{Q_w X_r} \quad (10.10)$$

Se o lodo for gasto a partir da bacia de aeração, em vez da linha de reciclagem:

$$\theta_C = \frac{XV}{Q_w X + (Q - Q_w)X_C} \approx \frac{V}{Q_w} \tag{10.11}$$

Como o MLSS é muito menos concentrado que o lodo na parte inferior de um decantador secundário, esse tipo de eliminação não é utilizada com frequência.

EXEMPLO 10.3

Problema Um sistema de tratamento de águas residuais por lodo ativado utiliza uma bacia de aeração com capacidade para 2 milhões de galões. O tempo de retenção médio das células é de 12 dias. O MLSS é mantido em 3.100 mg/L, e o lodo ativado reciclado (RAS, do inglês *recycled activated sludge*) é de 11.000 mg/L. Qual é a taxa de lodo ativado gasto (WAS, do inglês *wasted activated sludge*) se o lodo for eliminado a partir de a. a bacia de aeração e b. a linha de reciclagem?

Solução

a. Quando ocorre a eliminação a partir da bacia de aeração, a concentração da eliminação é a mesma que a concentração na bacia de aeração, que é a concentração de MLSS.

Supondo que a concentração de sólidos no efluente (X_C) seja insignificante, a taxa de eliminação é (Equação 10.11)

$$Q_w \approx \frac{VX}{\theta_C X} = \frac{V}{\theta_C} = \frac{2 \times 10^6 \text{ gal}}{12 \text{ d}} = 0{,}2 \text{ mgd}$$

b. Quando ocorre a eliminação a partir da linha de reciclagem, a concentração da eliminação é a mesma que a concentração na linha de reciclagem, que é a concentração de RAS. Supondo que a concentração de sólidos do efluente (X_C) seja insignificante, a taxa de eliminação é (Equação 10.10)

$$Q_w \approx \frac{VX}{\theta_C X_r} = \frac{(2 \times 10^6 \text{ gal})(3.100 \text{ mg/L})}{(12 \text{ d})(11.000 \text{ mg/L})} = 0{,}05 \text{ mgd}$$

Neste caso, a eliminação a partir da linha de reciclagem reduz a taxa de WAS em 75%. Portanto, menos bombeamento é necessário.

∎

A remoção de substrato é frequentemente expressa em termos de uma *velocidade da remoção do substrato* (q), definida como

$$q = \frac{\text{Massa de substrato removida/Tempo}}{\text{Massa de micro-organismos sob aeração}}$$

Usando a notação anterior:

$$q = \frac{\left(\frac{(S_0 - S)}{\bar{t}}\right)V}{XV}$$

$$q = \frac{S_0 - S}{X\bar{t}} \tag{10.12}$$

A velocidade de remoção do substrato é uma medida racional desse processo, ou a massa de DBO removida em determinado momento pela massa de micro-organismos que executam a tarefa. Isso também é denominado, em alguns textos, como *fator de carga do processo*, com a evidente implicação de que é uma variável útil para a operação e para o projeto, pois, como você se lembra, o parâmetro de projeto básico para um sistema de lodo ativado é sua carga. Recorde-se de que a relação alimentos para micro-organismos (A/M) é a relação entre a DBO de entrada (em vez da removida) e a MLSS. Ela é calculada como

$$A/M = \frac{QS_0}{VX} = \frac{S_0}{\bar{t}X} \qquad (10.13)$$

A velocidade da remoção do substrato pode também ser calculada por meio de um balanço de massa em termos do substrato, em um sistema contínuo com reciclagem de micro-organismos (Figura 10.13).

$$\begin{bmatrix}\text{Taxa de} \\ \text{ACUMULAÇÃO}\end{bmatrix} = [\text{Taxa DE ENTRADA}] - [\text{Taxa DE SAÍDA}] \\ + \begin{bmatrix}\text{Taxa de} \\ \text{PRODUÇÃO} \\ \text{de substrato}\end{bmatrix} - \begin{bmatrix}\text{Taxa de} \\ \text{CONSUMO} \\ \text{se substrato}\end{bmatrix}$$

O termo de produção é, obviamente, nulo. A taxa de consumo é a velocidade da remoção do substrato multiplicada pela concentração de sólidos e pelo volume do reator (para obter as unidades corretas), de forma que a equação seja escrita

$$\frac{dS}{dt}V = QS_0 - QS + 0 - qXV$$

Supondo condições de estado estacionário – ou seja, $(dS/dt)V = 0$, e solucionando para q obtém-se

$$q = \frac{S_0 - S}{X\bar{t}}$$

a mesma equação que antes.

A velocidade da remoção do substrato também pode ser expressa como

$$q = \frac{\mu}{Y} = \frac{\begin{bmatrix}\text{Massa de micro-organismos} \\ \text{produzidos/Tempo} \\ \hline \text{Massa de micro-organismos} \\ \text{no reator}\end{bmatrix}}{} \times \frac{\begin{bmatrix}\text{Massa de substrato} \\ \text{removido} \\ \hline \text{Massa de micro-organismos} \\ \text{produzidos}\end{bmatrix}}{}$$

e substituindo as Equações 10.2 e 10.7 resulta em

$$q = \frac{\mu}{Y} = \frac{\hat{\mu}S}{Y(K_S + S)} = \frac{1}{\theta_C Y} \qquad (10.14)$$

Igualando essas duas expressões para a velocidade da remoção do substrato e solucionando para $(S_0 - S)$ resulta na remoção do substrato (redução na DBO):

$$S_0 - S = \frac{\hat{\mu}S\,X\bar{t}}{Y(K_S + S)} \qquad (10.15)$$

Solucionando para X na Equação 10.12 resulta na concentração de micro-organismos no reator (sólidos suspensos no líquido misto):

$$X = \frac{S_0 - S}{\bar{t}q} \qquad (10.16)$$

EXEMPLO 10.4

Problema Um sistema de lodo ativado funciona a uma vazão (Q) de 400 m³/dia com DBO de entrada (S_0) de 300 mg/L. Através do trabalho da estação piloto, as constantes cinéticas para esse sistema são determinadas como Y = 0,5 kg SS/kg DBO, K_S = 200 mg/L,

$\hat{\mu} = 2$ dia^{-1}. A concentração de sólidos de 4.000 mg/L no tanque de aeração é considerada apropriada. Um sistema de tratamento deve ser projetado para produzir uma DBO de efluente de 30 mg/L (90% remoção). Determine
a. o volume do tanque de aeração.
b. a idade do lodo (ou tempo de permanência médio de células, MCRT, do inglês *mean cell residence time*).
c. a quantidade de lodo eliminado diariamente.
d. a relação A/M.

Solução (A concentração de sólidos suspensos do líquido misto é normalmente limitada pela capacidade de manter um tanque de aeração misto e de transferir oxigênio suficiente para os micro-organismos. Um valor razoável para os sólidos sob aeração seria $X = 4.000$ mg/L, conforme determinado no problema).

a. O volume de uma bacia é calculado a partir do tempo de retenção hidráulico (HRT, do inglês *hydraulic retention time*), que é atualmente desconhecido. Portanto, precisamos de outra equação para calcular o HRT. Como conhecemos as constantes cinéticas, podemos utilizar a Equação 10.15

$$S_0 - S = \frac{\hat{\mu} S X \bar{t}}{Y(K_S + S)}$$

de forma rearranjada:

$$\bar{t} = \frac{Y(S_0 - S)(K_S + S)}{\hat{\mu} S X}$$

$$= \frac{(0{,}5 \text{ kg/kg})(300 \text{ mg/L} - 30 \text{ mg/L})(200 \text{ mg/L} + 30 \text{ mg/L})}{(2 \text{ d}^{-1})(30 \text{ mg/L})(4.000 \text{ mg/L})}$$

$$= 0{,}129 \text{ dia} = 3{,}1 \text{ h}$$

O volume do tanque é, então, (Equação 10.5) $V = \bar{t} Q = (0{,}129 \text{ d})(400 \text{ m}^3/\text{d}) = 51{,}6 \text{ m}^3 \cong 52 \text{ m}^3$.

b. A idade do lodo é obtida a partir da Equação 10.14

$$q = \frac{\hat{\mu} S}{Y(K_S + S)} = \frac{\mu}{Y} = \frac{1}{\theta_C Y}$$

como

$$\theta_C = \frac{1}{qY}$$

Em princípio, q deve ser calculado. Utilizando as constantes cinéticas para calcular q (Equação 10.14) obtém-se

$$q = \frac{\hat{\mu} S}{Y(K_S + S)} = \frac{(2 \text{ d}^{-1})(30 \text{ mg/L})}{(0{,}5 \text{ kg/kg})(200 \text{ mg/L} + 30 \text{ mg/L})} = 0{,}522 \text{ dia}^{-1}$$

ou, de forma equivalente, (Equação 10.12)

$$q = \frac{S_0 - S}{X \bar{t}} = \frac{300 \text{ mg/L} - 30 \text{ mg/L}}{(4.000 \text{ mg/L})(0{,}129 \text{ d})}$$

$$= 0{,}523 \frac{\text{kg DBO removida/dia}}{\text{kg SS no reator}} = 0{,}523 \text{ dia}^{-1}$$

Portanto,

$$\theta_C = \frac{1}{qY} = \frac{1}{(0{,}522 \text{ d}^{-1})(0{,}5 \text{ kg/kg})} = 3{,}8 \text{ dias}$$

c. Agora que temos o MCRT, podemos calcular a taxa de eliminação do lodo (Equações 10.9 e 10.10)

$$\theta_C = \frac{XV}{X_r Q_w - (Q - Q_w)X_C} \cong \frac{XV}{X_r Q_w}$$

$$X_r Q_w \cong \frac{XV}{\theta_C} = \frac{(4.000 \text{ mg/L})(51,6 \text{ m}^3)(10^3 \text{ L/m}^3)}{(3,8 \text{ d})(10^6 \text{ kg/mg})} \cong 54 \text{ kg/d}$$

d. Utilizando a Equação 10.13

$$A/M = \frac{S_0}{tX} = \frac{300 \text{ mg/L}}{(0,129 \text{ d})(4.000 \text{ mg/L})} = 0,58 \frac{\text{kg DBO/d}}{\text{kg SS}}$$

EXEMPLO 10.5

Problema Utilizando os mesmos dados que estão no exemplo anterior, qual é a concentração de sólidos no líquido misto necessária para obter uma remoção da DBO de 95% (ou seja, $S = 15$ mg/L)?

Solução Neste caso, podemos utilizar as duas equações para a velocidade da remoção do substrato, Equação 10.14

$$q = \frac{\hat{\mu}S}{Y(K_S + S)} = \frac{(2 \text{ d}^{-1})(15 \text{ mg/L})}{(0,5 \text{ kg/kg})(200 \text{ mg/L} + 15 \text{ mg/L})} = 0,28 \text{ dia}^{-1}$$

e Equação 10.16

$$X = \frac{S_0 - S}{tq} = \frac{300 \text{ mg/L} - 15 \text{ mg/L}}{(0,129 \text{ d})(0,28 \text{ d}^{-1})} = 7.890 \text{ mg/L}$$

Observe que a concentração de MLSS é quase duas vezes o total necessário para reduzir à metade a concentração do efluente. O tempo de permanência médio de células também seria agora quase duas vezes maior (Equação 10.14)

$$\theta_C = \frac{1}{qY} = \frac{1}{(0,28 \text{ d}^{-1})(0,5 \text{ kg/kg})} = 7,1 \text{ dias}$$

Enquanto mais micro-organismos são necessários no tanque de aeração se maiores eficiências de remoção precisarem ser obtidas, sua concentração depende da eficiência de sedimentação no decantador final. Se o lodo não se sedimentar bem, a concentração de sólidos do lodo de retorno é baixa e não há como aumentar a concentração de sólidos no tanque de aeração. Trataremos mais a respeito disso na seção sobre separação de sólidos.

10.3.4 Transferência de gás

Os dois principais meios de introduzir oxigênio suficiente dentro do tanque de aeração são ou através do borbulhamento de ar comprimido por difusores porosos (Figura 10.14) ou pelo batimento mecânico de ar (Figura 10.15). Em ambos os casos, o intuito é transferir um gás (oxigênio) a partir do ar que entra no líquido e, simultaneamente, transferir outro gás (dióxido de carbono) para fora do líquido. Esses processos são comumente denominados *transferência de gás*.

A transferência de gás significa simplesmente o processo de permitir a dissolução de qualquer gás em um fluido, ou o contrário, promover a liberação de um gás dissolvido a partir de um fluido. Um dos principais aspectos do sistema de lodo ativado é o fornecimento de oxigênio para a suspensão de micro-organismos na bacia de aeração.

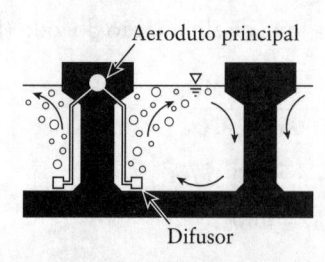

Figura 10.14 Aeração difundida utilizada no sistema de lodo ativado.

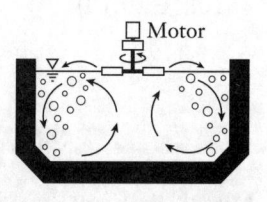

Figura 10.15 Aeração mecânica utilizada no sistema de lodo ativado.

A Figura 10.16 mostra um sistema em que o ar é forçado a passar por um tubo e um difusor poroso, criando bolhas muito pequenas que sobem pela água limpa. Suponha que a água nesse sistema não contenha micro-organismos e que nenhum componente utilize o oxigênio dissolvido. O foco neste momento é somente em como o sistema de aeração funciona; o que acontece ao oxigênio uma vez que ele é dissolvido na água não é importante agora.

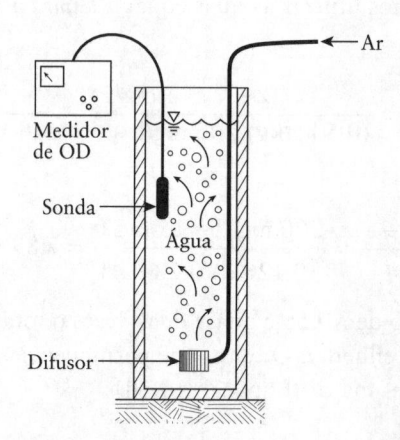

Figura 10.16 Experimento de transferência de gases no qual o ar é borbulhado para dentro do tanque através de um difusor e o oxigênio dissolvido é medido pelo uso de uma sonda, assim como por um medidor de oxigênio dissolvido.

A transferência de oxigênio acontece através da interface gás borbulhante/líquido, conforme mostra a Figura 10.17. Se o gás dentro da bolha for ar e existir um déficit de oxigênio na água, o oxigênio se transfere da bolha para a água. Em alguns casos, dependendo da concentração de gases já dissolvidos na água, a transferência de gases, como o CO_2, a partir da solução e para dentro da bolha, também pode ocorrer. Entretanto, antes de discutir mais sobre a transferência de gás, é necessário rever brevemente alguns conceitos da solubilidade de gases.

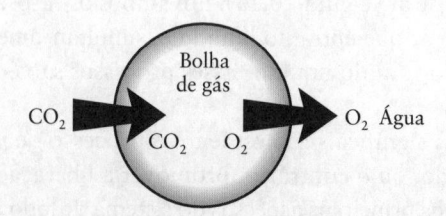

Figura 10.17 Transferência de gás para dentro e para fora de uma bolha de ar na água.

A maior parte dos gases é apenas levemente solúvel na água; entre eles estão o hidrogênio, o oxigênio e o nitrogênio. Outros gases são muito solúveis, incluindo dióxido de enxofre (SO_2), cloro (Cl_2) e dióxido de carbono (CO_2). A maior parte desses gases altamente solúveis se dissolve e, então, ioniza-se na água. Por exemplo, quando o CO_2 se dissolve na água, as seguintes reações ocorrem:

$$CO_2 \text{ (gás)} \leftrightarrows CO_2 \text{ (dissolvido)} + H_2O \leftrightarrows H_2CO_3$$

$$H_2CO_3 \leftrightarrows H^+ + HCO_3^- \leftrightarrows H^+ + CO_3^{2-}$$

Todas estas reações estão em equilíbrio, portanto, quanto mais CO_2 borbulhar, mais CO_2 é dissolvido e, finalmente, mais íons carbonatos (CO_3^{2-}) são produzidos. (As equações são direcionadas para a direita). Em quaisquer condições de pH e temperatura, uma quantidade de dado gás dissolvido em um líquido é governado pela *lei de Henry*, que afirma o seguinte:

$$S = KP \qquad (10.17)$$

onde S = solubilidade de um gás (quantidade máxima que pode ser dissolvida), mg de gás/litro de água;

P = pressão parcial do gás, medido em libras por polegada quadrada (psi), quilopascal (kPa), atmosferas, ou outras unidades de pressão;

K = constante de solubilidade.

Como as unidades de K são uma função das unidades de S e P, os valores tabulados de K variam. Observe que K é diferente do *coeficiente* de solubilidade. A constante de solubilidade define a condição de equilíbrio para várias espécies em uma pressão constante.

A lei de Henry declara que a solubilidade é uma função direta da pressão parcial do gás considerado. Em outras palavras, se a pressão parcial P for dobrada, a solubilidade do gás S é igualmente dobrada etc. Entretanto, a solubilidade é influenciada por muitas variáveis, como a presença de impurezas e a temperatura. O efeito da temperatura na solubilidade do oxigênio na água foi apresentado na Tabela 7.2.

A pressão parcial é definida como a pressão exercida pelo gás de interesse. Por exemplo, na pressão atmosférica (1 atmosfera = 101 kPa), um gás que contém 60% de O_2 e 40% de N_2 tem uma pressão parcial de oxigênio de $0,60 \times 101 = 60,6$ Kpa e uma pressão parcial de nitrogênio de $0,4 \times 101 = 40,4$ kPa. A pressão total é sempre a soma das pressões parciais dos gases individuais. Isso é conhecido como *lei de Dalton*.

EXEMPLO 10.6

Problema Em uma atmosfera, a solubilidade de oxigênio puro na água é de 46 mg/L, se a água não contiver sólido algum dissolvido. Qual seria a quantidade de oxigênio dissolvido na água pura se o gás acima da água for oxigênio (Figura 10.18A)? Qual seria a solubilidade se o oxigênio for substituído por nitrogênio (Figura 10.18B) e, em seguida, por ar (Figura 10.18C)? Suponha que nos três casos a pressão total dos gases acima da água seja 1 atmosfera e a temperatura, 20°C.

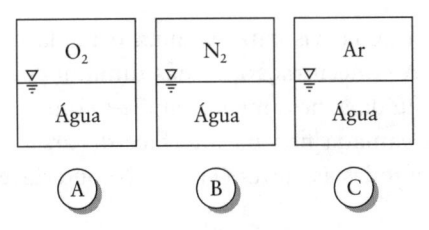

Figura 10.18 Três gases à pressão atmosférica acima da água. Consulte o Exemplo 10.6.

Solução A lei de Henry é (Equação 10.17)

$$S = KP$$

$$46 \text{ mg/L} = K \times 1 \text{ atm} \quad \text{ou} \quad K = 46 \text{ mg/L-atm}$$

A água na Figura 10.18A, portanto, conteria 46 mg/L de oxigênio dissolvido, porque toda pressão ocorre em razão do oxigênio. Quando o oxigênio é substituído por nitrogênio, a pressão parcial do oxigênio é zero, e $S = 0$ mg/L. No terceiro caso, como o ar é composto por 20% de oxigênio:

$$S = KP = (46 \text{ mg/L-atm})(0{,}20) = 9{,}2 \text{ mg/L}$$

Referindo-se à Tabela 7.2, em 20°C, a solubilidade do oxigênio, do ar para a água pura, é, de fato, 9,2 mg/L.

A lei de Henry define a solubilidade do gás em equilíbrio. Isso é, supõe-se que o gás em contato com a água tenha tido tempo suficiente para chegar a uma concentração de gás dissolvido que, com o passar do tempo, não será alterada. Considere, a seguir, as alterações nas concentrações de gás dissolvido com o passar do tempo.

Utilizando o oxigênio no ar como exemplo de gás e água como líquido, a concentração de oxigênio dissolvido pode ser visualizada a qualquer momento, conforme mostra a Figura 10.19. Acima da superfície da água supõe-se que o ar esteja bem misturado, de modo que não existam gradientes de concentração no ar. Se o sistema conseguir chegar a um equilíbrio, a concentração de oxigênio dissolvido na água irá, finalmente, atingir a saturação, S. Contudo, antes de ocorrer o equilíbrio, em algum instante t, a concentração de oxigênio dissolvido na água é C, sendo algum valor inferior a S. A diferença entre o valor de saturação S e a concentração C é o déficit D, de modo que $D = (S - C)$ (Equação 7.1). À medida que passa o tempo, o valor de C aumenta até se tornar S, produzindo uma solução saturada e reduzindo o déficit D para zero.

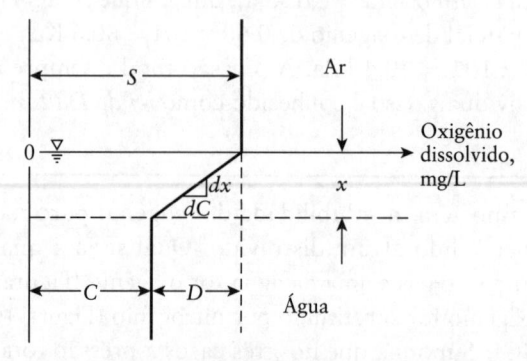

Figura 10.19 Diagrama da transferência de gás.

Abaixo da interface ar/água, visualiza-se uma camada de difusão através da qual o oxigênio deve passar. A concentração do gás diminui com a profundidade até que a concentração C seja atingida e, novamente, supõe-se que a água esteja bem misturada para que, exceto para a camada fina na interface do ar, a concentração de oxigênio dissolvido na água seja em todas as partes C mg/L. Na interface, a concentração aumenta a uma taxa de

$$\frac{dC}{dx}$$

onde x = espessura da camada de difusão. Se essa inclinação for grande (dC é grande comparado com dx), a taxa em que o oxigênio é conduzido para dentro da água é grande. Reciprocamente, quando dC/dx é pequeno, C está se aproximando de S, portanto, a taxa de alteração é pequena. Esse conceito pode ser expresso como

$$\frac{dC}{dx} \alpha (S - C)$$

Note que à medida que $(S - C)$ se aproxima de zero, $dC/dx \to 0$, e quando $(S - C)$ é grande, dC/dx é grande. Pode-se também argumentar que a taxa de alteração na concentração, com o tempo, deve ser grande quando a inclinação for grande (ou seja, dC/dx). Reciprocamente, à medida que dC/dx se aproxima de zero, a taxa de alteração também deve se aproximar de zero. A proporcionalidade é

$$\frac{dC}{dt} \alpha (S - C)$$

A constante de proporcionalidade é simbolicamente escrita como $K_L a$ e recebe a denominação de *coeficiente da transferência de gás*, e a equação é escrita como

$$\frac{dC}{dt} = K_L a (S - C)$$

Observe que a taxa segundo a qual o oxigênio é conduzido para dentro da água é alta quando a força de condução, $(S - C)$, for alta e, reciprocamente, à medida que C se aproxima de S, a taxa diminui. Essa força de condução pode ser bem expressa, igualmente, por meio do uso do déficit, ou da diferença entre a concentração e saturação (qual a quantidade de oxigênio que poderia ser ainda conduzida para dentro da água). Escrevendo em termos de déficit:

$$\frac{dD}{dt} = -K_L a D$$

Como o déficit está *diminuindo* com o tempo, à medida que a aeração ocorre, $K_L a$ é negativo.

Esta equação pode ser integrada para resultar em

$$\ln \frac{D}{D_0} = -K_L a t$$

na qual D_0 é o déficit inicial.

$K_L a$ é determinado por testes de aeração, conforme ilustrado na Figura 10.16. A água é, inicialmente, desprovida de oxigênio, em geral por meios químicos, para que C se aproxime de zero. O ar é, então, ativado e a concentração de oxigênio dissolvido é medida com o passar do tempo, utilizando-se um medidor de oxigênio dissolvido. Se, por exemplo, diferentes tipos de difusores precisarem ser testados, o $K_L a$ é calculado para todos os tipos, utilizando condições de testes idênticas. Um $K_L a$ mais alto significa que o difusor é mais eficaz na condução de oxigênio para dentro da água e, desse modo, presumivelmente o método menos caro para o funcionamento em uma estação de tratamento de águas residuais.

$K_L a$ é uma função de, entre outros fatores, tipo de aerador, temperatura, dimensão das bolhas, volume de água, caminho tomado pelas bolhas e presença de agentes ativos na superfície. A explicação de como o $K_L a$ é influenciado por essas variáveis está além do escopo deste texto.

EXEMPLO 10.7

Problema Dois difusores devem ser testados quanto à sua capacidade de transferência de oxigênio. Os testes foram conduzidos em 20°C, utilizando um sistema, conforme mostra a Figura 10.16, com os seguintes resultados:

	Oxigênio dissolvido, C (mg/L)	
Tempo (min)	Air-Max Difusor	Wonder Difusor
0	2,0	3,5
1	4,0	4,8
2	4,8	6,0
3	5,7	6,7

Observe que o teste não precisa começar em $C = 0$ e em $t = 0$.

Solução Com $S = 9,2$ mg/L (saturação em 20°C),

t	Air-Max Difusor $(S - C)$	Wonder Difusor $(S - C)$
0	7,2	5,7
1	5,2	4,4
2	4,4	3,2
3	3,5	2,5

Esses números agora são representados em um gráfico construído, calculando-se, inicialmente, $\ln(S - C)$ e representando essa variável em função do tempo t (Figura 10.20). A inclinação do gráfico é o fator de proporcionalidade ou, neste caso, o coeficiente de transferência de gás $K_L a$. Calculando as inclinações, descobre-se que o $K_L a$ para o difusor Air-Max é 2,37 min^{-1} enquanto o difusor Wonder apresenta um $K_L a$ de 2,69 min^{-1}. Este último parece ser o melhor difusor com base na capacidade de transferência de oxigênio.

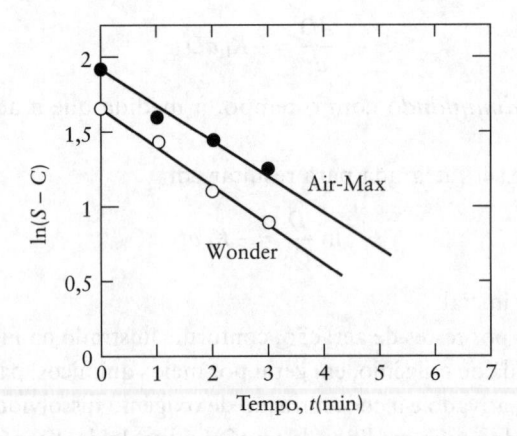

Figura 10.20 Dados de transferência de gás experimental. Veja o Exemplo 10.7.

No Capítulo 7, a transferência de oxigênio para a água da corrente é descrita pela equação

$$\frac{dD}{dt} = -k_2 D$$

em que k_2 é a *constante de reaeração*, sendo idêntica ao $K_L a$, conforme definido anteriormente. A constante de reaeração é utilizada para descrever como o oxigênio é transferido a partir da atmosfera para a corrente, a fim de fornecer oxigênio dissolvido suficiente para os micro-organismos aquáticos aeróbicos. Neste capítulo, o mesmo mecanismo é utilizado para descrever como o oxigênio é conduzido para dentro do líquido em um tanque de aeração de lodo ativado.

10.3.5 Separação de sólidos

O sucesso ou fracasso de um sistema de lodo ativado, frequentemente, depende do desempenho do decantador final, o método usual de separação de sólidos cultivados no tanque de aeração a partir do líquido. Se o tanque de sedimentação final não for capaz de atingir os retornos de sólidos do lodo requeridos, a concentração de sólidos que retornar ao tanque de aeração será baixa, o MLSS no tanque de aeração cairá e, obviamente, a eficiência do tratamento será reduzida porque haverá menos micro-organismos para executar a tarefa. É útil pensar nos micro-organismos no tanque de aeração como trabalhadores em uma planta industrial. Se o número total de trabalhadores diminuir, a produção é reduzida. De modo similar, se menos micro-organismos estiverem disponíveis, o trabalho executado será menor.

A concentração de MLSS é uma combinação dos sólidos de retorno diluídos pelo afluente:

$$X = \frac{Q_r X_r + Q X_0}{Q_r + Q}$$

ou

$$X = \frac{\alpha X_r + X_0}{\alpha + 1}$$

onde α = reciclagem, ou recirculação, relação $\left(\frac{Q_r}{Q}\right)$.

Novamente, suponha que não haja sólido algum no afluente ($X_0 = 0$):

$$X = \frac{Q_r X_r}{Q_r + Q} = \frac{\alpha X_r}{\alpha + 1}$$

Os resultados ao sedimentar o lodo em um cilindro de litro podem ser utilizados para estimar a concentração de lodo de retorno. Após 30 minutos de sedimentação, os sólidos no cilindro estão em uma concentração de SS que seria igual aos sólidos do lodo de retorno esperados ou

$$X_r = \frac{H}{H_S}(X)$$

onde X_r = a concentração de sólidos suspensos de retorno esperada, mg/L;
X = sólidos suspensos no líquido misto, mg/L;
H = altura do cilindro, m;
H_S = altura do lodo sedimentado, m.

Conforme indicado, quando o lodo não se sedimenta bem (H_S é maior), o lodo ativado de retorno (X_r) torna-se fino (baixa concentração de sólidos suspensos) e, desse modo, a concentração de micro-organismos no tanque de aeração (X) cai. Isso resulta em uma relação A/M mais alta (mesma entrada de alimentos, porém, menos micro-organismos) e uma reduzida eficiência na remoção de DBO.

Quando os micro-organismos no sistema apresentarem muita dificuldade para se sedimentar, o lodo é declarado sendo um *lodo volumoso*. Muitas vezes, essa condição é caracterizada por uma biomassa composta quase totalmente por organismos filamentosos (Figura 10.21), que formam um tipo de estrutura reticulada com os filamentos e se recusam a sedimentar. Os operários da estação de tratamento devem observar de perto as características da sedimentação porque uma sedimentação pobre pode ser a precursora de uma estação gravemente desordenada (e, desse modo, ineficaz).

A capacidade de sedimentação do lodo ativado é descrita com maior frequência pelo índice de volume do lodo (SVI, do inglês *sludge volume index*), determinado pela medição

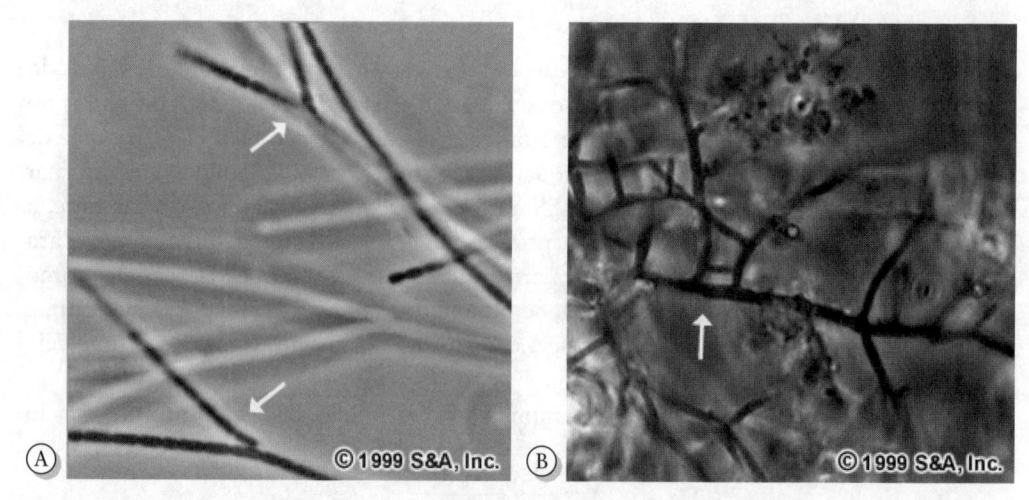

Figura 10.21 Bactérias filamentosas: a) *Sphaerotilus natans* (ramificação falsa), b) *Nocardia form* (ramificação verdadeira). Fotos cedidas por cortesia de Stover & Associates, Inc.

do volume ocupado pelo lodo após sedimentação por 30 minutos em um cilindro de 1 litro (um teste rápido e fácil). Este é calculado da seguinte maneira

$$SVI = \frac{(\text{Volume de lodo após 30 min. de sedimentação, mL}) \times 1.000}{\text{mg/L sólidos suspensos}}$$

Por convenção, o SVI, apesar de ter como unidades de medida mL/g, não tem essas unidades mencionadas.

EXEMPLO 10.8

Problema Descobriu-se que a amostra de líquido misto tinha SS = 4.000 mg/L e, após a sedimentação por 30 minutos em um cilindro de 1 litro, ocupava 400 ml. Calcule o SVI.

Solução

$$SVI = \frac{(400 \text{ ml})(1.000)}{4.000 \text{ mg/L}} = 100$$

Valores de SVI abaixo de 100 são, normalmente, considerados aceitáveis, enquanto lodos com SVI maiores que 200 são lodos de volume extremo e terão dificuldade para se sedimentar no decantador final. Lodos com valores de SVI entre 100 e 200 podem ou não se sedimentar bem.

As causas da sedimentação pobre (SVI alto) nem sempre são conhecidas e, com isso, as soluções são evasivas. Relações *A/M* errôneas ou variáveis, flutuações na temperatura, concentrações altas de metais pesados, e deficiências em nutrientes nas águas residuais de entrada foram consideradas como fatores culpados pelo acúmulo no volume. As soluções para esse problema incluem reduzir a relação *A/M*, alterar o nível de oxigênio dissolvido no tanque de aeração e dosar com peróxido de hidrogênio (H_2O_2) para matar os micro-organismos filamentosos.

10.3.6 Efluente

O efluente do tratamento secundário, com frequência, tem uma DBO de aproximadamente 15 mg/L e uma concentração de sólidos suspensos de cerca de 20 mg/L. Isso, na maioria das vezes, adequa-se para disposição em cursos de água, porque a DBO e SS de correntes naturais de água podem variar consideravelmente. Por exemplo, a DBO pode variar de aproximadamente 2 mg/L a bem mais que 15 mg/L. Além disso, o efluente das estações de tratamento de águas residuais está, frequentemente, sendo diluído na corrente.

Antes da descarga, entretanto, exige-se que estações de tratamento de águas residuais modernas desinfetem o efluente para reduzir também a possibilidade de transmissão de doenças. Muitas vezes, utiliza-se cloro para a desinfecção por seu reduzido custo. A cloração ocorre em bacias de contenção simples, projetadas para funcionar como reatores de vazão a pistão (Figura 10.22). O cloro é injetado no começo do tanque, e supõe-se que toda a vazão entre em contato com o cloro por 30 minutos. Antes da descarga, o cloro em excesso, que é tóxico para muitos organismos aquáticos, deve ser removido por meio da *descloração*.

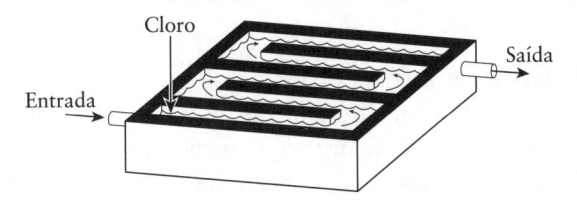

Figura 10.22 Reator de vazão a pistão para cloração.

O método de descloração mais comum é o borbulhamento em dióxido de enxofre; o cloro é reduzido enquanto o SO_2 é oxidado para sulfato. Nesse ponto, a vazão pode ser descarregada em uma corrente de recepção ou em outros cursos de água.

A cloração não parece fazer muito sentido do ponto de vista ecológico, porque o efluente deve ser assimilado na ecologia aquática, e a dosagem dos efluentes de uma estação de tratamento de águas residuais com cloro resulta na produção de compostos orgânicos clorados, como clorofórmio, um cancerígeno. Ademais, não há evidências epidemiológicas de que efluentes de uma estação de tratamento sem cloração causem quaisquer problemas de saúde pública. Então, por que se exige a cloração por parte das estações de tratamento?

Simples. Poucos na burocracia regulamentar desejam reduzir uma camada de proteção para os seres humanos, mesmo que a cloração de efluentes seja uma prática de alto custo e potencialmente prejudicial para o ambiente. É muito mais simples continuar a aplicar uma regulamentação que pode ser cara e de difícil manejo do que eliminá-la e ter alguma chance de enfrentar algum processo judicial ou alguma punição administrativa. A decisão é uma questão de danos privados *versus* bem comum, e como a maior parte das pessoas não são utilitaristas[1], não decidem com base no bem maior. A possibilidade de pequenos danos para eles próprios sobrepujará os danos reais para muitos. Um compromisso é, obviamente, eliminar a cloração e introduzir outros métodos de desinfecção, como a radiação ultravioleta e o ozônio. Em algumas áreas sensíveis, essas técnicas já estão sendo utilizadas e, com o tempo, poderão, finalmente, eliminar a cloração dos efluentes das estações de águas residuais.

---

1. Adeptos do utilitarismo. O utilitarismo é uma teoria desenvolvida na filosofia liberal inglesa, principalmente, por Jeremy Bentham (1748-1832) e Stuart Mill (1806-1873), que considera a boa ação ou a boa regra de conduta enquanto utilidade e pelo bem-estar que podem proporcionar a um indivíduo e, em extensão, à coletividade, na suposição de uma complementaridade entre a satisfação pessoal e a coletiva, ou seja, as questões privadas e o bem comum. (NT)

10.4 TRATAMENTO TERCIÁRIO

Há situações em que o tratamento secundário é inadequado (mesmo com a desinfecção) para proteger o curso de água do dano, devido à descarga de águas residuais. Uma preocupação é que os nutrientes, como o nitrogênio e o fósforo, possam ainda causar um problema se o efluente for descarregado em um corpo de água parada. Além disso, se a água a jusante de uma descarga for utilizada para finalidades recreacionais, será necessário um alto grau de tratamento, especialmente na remoção de sólidos e elementos patogênicos. Quando o aperfeiçoamento do processo de tratamento secundário não atender aos limites de descarga mais rigorosos, o efluente do tratamento secundário é ainda mais intenso para alcançar a qualidade necessária, seja ela qual for. Esses processos são denominados, coletivamente, tratamento terciário, ou avançado. Alguns desses processos são discutidos a seguir.

10.4.1 REMOÇÃO DE NUTRIENTES

A *remoção de nitrogênio* é alcançada tratando-se, inicialmente, os resíduos por completo no tratamento secundário a fim de oxidar todo o nitrogênio para nitrato. Isso, geralmente, envolve maiores tempos de detenção no tratamento secundário, durante o qual as bactérias, como as *Nitrobacter* e *Nitrosomonas*, convertem nitrogênio amoniacal para NO_3^-, em um processo denominado *nitrificação*. Essas reações são

$$2NH_4^+ + 3O_2 \xrightarrow{Nitrosomonas} 2NO_2^- + 2H_2O + 4H^+$$

$$2NO_2^- + O_2 \xrightarrow{Nitrobacter} 2NO_3^-$$

As duas reações são lentas e exigem oxigênio suficiente e longos tempos de detenção no tanque de aeração. A taxa de crescimento de micro-organismo também é baixa, resultando em uma baixa produção líquida de lodo, tornando o fracasso total um perigo constante. Esse processo remove a demanda de oxigênio causada pelo nitrogênio.

Para remover as propriedades de nutrientes do nitrogênio, o nitrato deve ser convertido para gás nitrogênio. Uma vez que a amônia tenha sido convertida para nitrato, pode ser reduzida para gás nitrogênio por uma ampla faixa de bactérias anaeróbias e facultativas, tal como as *Pseudomonas*. Essa redução, denominada *desnitrificação*, exige uma fonte de carbono, e o metanol (CH_3OH) é frequentemente utilizado para essa finalidade. O lodo contendo NO_3^- é colocado em uma condição *anóxica*, em que os micro-organismos utilizam o nitrogênio como o receptor de elétrons, conforme discutido no Capítulo 7. Utilizando o metanol como fonte de carbono, os micro-organismos facultativos convertem o nitrato para gás nitrogênio, N_2, que então borbulha a partir do lodo para a atmosfera. (Às vezes, condições anóxicas não são desejáveis, como em um decantador primário. Quando o lodo no decantador primário não é bombeado para fora e todo o oxigênio sofre depleção no lodo que se encontra na parte inferior, o lodo começa a desnitrificar, criando bolhas que transportam parte dos sólidos, a partir da zona de lodo).

A *remoção de fósforo* é alcançada tanto por meios químicos como biológicos. Em águas residuais, o fósforo existe como ortofosfato (PO_4^{3-}), polifosfato (P_2O_7), e fósforo organicamente limitado. O polifosfato e fosfato orgânico podem constituir até 70% da carga de entrada de fósforo. No processo metabólico, micro-organismos utilizam os polifosfatos e os organofosfatos, e produzem a forma oxidada de fósforo, o ortofosfato.

A remoção de fósforo por meio químico exige que o fósforo seja completamente oxidado para ortofosfato e, consequentemente, a remoção química mais eficaz ocorre no final do sistema de tratamento biológico secundário. Os produtos químicos mais populares utilizados para a remoção de fósforo são cal, $Ca(OH)_2$, e alúmen, $Al_2(SO_4)_3$. O íon de cálcio com pH alto se combinará com fosfato para formar um precipitado insolúvel branco denominado hidroxiapatita de cálcio, que é sedimentado e removido. O carbonato de cálcio insolúvel também é formado e removido, e pode ser reciclado por meio da queima em uma fornalha.

O íon de alumínio do alúmen se precipita como um fosfato de alumínio pouco solúvel, $AlPO_4$, e o hidróxido de alumínio, $Al(OH)_3$. O precipitado de hidróxido forma flocos pegajosos e ajuda a sedimentar os fosfatos. O ponto de dosagem de alúmen mais comum é no decantador final.

A quantidade de cal ou alúmen requerida para atingir determinado nível da remoção de fósforo depende da quantidade do mesmo, assim como de outros componentes na água. O lodo produzido pode ser calculado utilizando relações estequiométricas.

Métodos biológicos de remoção de fósforo parecem estar se tornando cada vez mais populares, especialmente porque o processo não produz mais sólidos para eliminação. A maior parte dos sistemas biológicos de remoção de fósforo depende do fato de que micro-organismos podem ser pressionados pelo corte de fornecimento de oxigênio (condição anóxica) e, assim, sendo enganados, são levados a "pensar" que tudo está perdido e que certamente morrerão! Se essa condição anóxica for, então, seguida por uma reintrodução repentina de oxigênio, as células começarão a armazenar o fósforo em seu material celular, fazendo isso em níveis muito além de sua necessidade normal. Essa *absorção de luxo* de fósforo é seguida pela remoção de células da corrente do líquido, retirando com isso grande parte do fósforo. Diversos processos proprietários que utilizam micro-organismos para armazenar fósforo em excesso podem produzir efluentes que desafiam as técnicas de precipitação química.

10.4.2 Remoção de sólidos e orgânicos adicionais

Filtros rápidos de areia similares àqueles em estações de tratamento de água potável podem ser utilizados para remover sólidos suspensos residuais e para o refinamento da água. Os filtros de areia estão, em geral, localizados entre o decantador secundário e a área de desinfecção.

Lagoas de oxidação são comumente utilizadas para a remoção de DBO. A lagoa de oxidação, ou refinamento, é essencialmente um buraco no chão, uma grande lagoa utilizada para confinar o efluente da estação antes que este seja descarregado no curso de água natural. Essas lagoas são projetadas para ser aeróbicas e, como a penetração de luz é importante para o crescimento de algas, é necessário que tenham uma grande área superficial. As reações que ocorrem dentro da lagoa de oxidação são ilustradas na Figura 10.23. (Lagoas de oxidação são, às vezes, utilizadas como a única etapa de tratamento se a vazão de resíduos for pequena; entretanto, uma grande área de lagoa é necessária).

A *adsorção de carbono ativado* é outro método de remoção de DBO, mas esse processo possui a vantagem adicional de remover tanto os organismos inorgânicos como os orgânicos. O mecanismo de adsorção de carbono ativado é tanto químico como físico, com minúsculas fissuras que aderem e seguram partículas coloidais e menores. Uma coluna de carbono ativado é similar a uma coluna de troca de íons (conforme discutido no Capítulo 9): é um tubo totalmente fechado com água suja bombeada, de baixo para cima e água limpa saindo na parte superior. À medida que o carbono se torna saturado com diversos materiais, o carbono sujo deve ser removido da coluna para ser regenerado, ou limpo.

A remoção é frequentemente contínua, com carbono limpo sendo adicionado à parte superior da coluna. A regeneração é normalmente realizada pelo aquecimento do carbono na ausência de oxigênio, conduzindo os materiais orgânicos para fora. Uma pequena

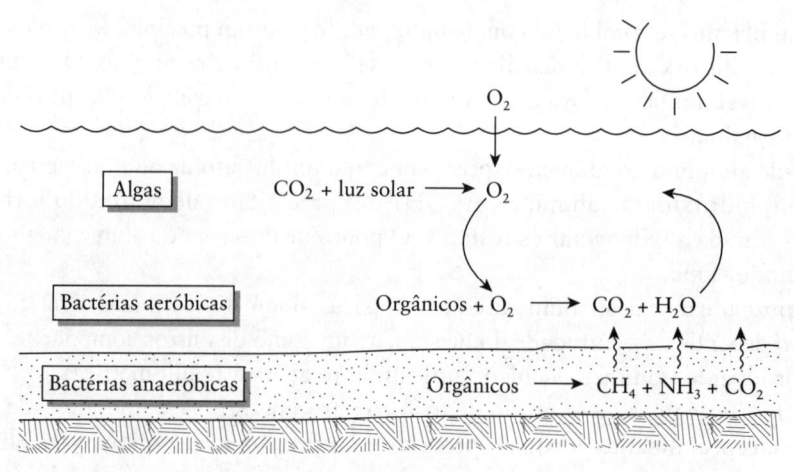

Figura 10.23 Reações em uma lagoa de oxidação (ou estabilização).

perda na eficiência é observada com a regeneração, e algum carbono virgem deve ser sempre adicionado a fim de assegurar um desempenho eficaz.

Os processos terciários de tratamento de águas residuais descritos não são apenas complexos, são também caros, portanto, estratégias alternativas de gerenciamento de águas residuais têm sido procuradas. Uma dessas alternativas é aspergir o efluente secundário sobre a terra e permitir que os micro-organismos do solo degradem os componentes orgânicos remanescentes. Esses sistemas, conhecidos como *tratamento pelo solo*, têm sido empregados por muitos anos na Europa, mas apenas recentemente foram utilizados na América do Norte. Eles parecem representar uma alternativa razoável para sistemas complexos e caros, particularmente para comunidades menores onde há solo em abundância.

Há três tipos principais de tratamento pelo solo: infiltração com taxa lenta, infiltração rápida e vazão sobre a terra. Contudo, o método mais promissor de tratamento pelo solo provavelmente seja a irrigação. No entanto, novamente, a quantidade da área de solo exigida é substancial, e a transmissão de doenças é possível, pois os resíduos carregam organismos patogênicos. Comumente, de 1.000 a 2.000 hectares de solo são necessários para cada 1 m^3/s de vazão de águas residuais, dependendo da plantação e do solo. Nutrientes como N e P que permanecem no efluente secundário são, obviamente, benéficos para as plantações.

10.4.3 Alagadiços

Outra opção é um alagadiço construído. (Enquanto os alagadiços existentes têm sido utilizados para o tratamento de águas residuais, o uso de alagadiços construídos é mais comum, porque podem ser controlados para funcionar de forma mais confiável e, desse modo, as exigências do Clean Water Act para descargas em cursos de água dos EUA são evitadas). Alagadiços construídos são projetados com base em ecossistemas de alagadiços naturais e utilizam processos físicos, químicos e biológicos para remover materiais contaminantes. Ao passo que todos os sistemas de tratamento de águas residuais dependem, até certo ponto, de processos naturais, como a gravidade e biodegradação, alagadiços construídos dependem, primordialmente, de componentes naturais para manter as principais operações de tratamento e utilizam equipamentos mecânicos moderadamente. Isso difere de sistemas de tratamento convencionais que mantêm processos naturais com equipamentos mecânicos com intenso consumo de energia. Como resultado, alagadiços construídos têm exigências menores para o funcionamento e a manutenção, além de utilizarem menos energia do que sistemas convencionais. Além disso, geram menos lodo e oferecem um *habitat* para a vida selvagem. Entretanto, exigem mais área de solo. Alagadiços têm sido utilizados para tratar o escoamento de águas pluviais, chorume de aterros e águas residuais de residências, pequenas comunidades, estabelecimentos comerciais (como paradas de caminhões nas estradas) e áreas de descanso.

As duas principais categorias de alagadiços são de vazão em superfície e vazão em subsuperfície. Alagadiços de vazão em superfície, que se assemelham a alagadiços naturais, são mais comuns no tratamento de águas residuais (Figura 10.24). Eles também são conhecidos como alagadiços de superfície de água livre e alagadiços de água aberta. Um material de baixa permeabilidade (como argila, bentonita ou um revestimento sintético) é utilizado na parte inferior a fim de evitar a contaminação da água subterrânea. Alagadiços de vazão na subsuperfície também são conhecidos como leito de vegetação submersa, leito de cascalho, leito de junco e alagadiços de zona rizosférica (Figura 10.25). Tratam-se de sistemas utilizados para substituir sistemas sépticos. Como as águas residuais são mantidas abaixo da superfície intermediária (que varia de cascalho graúdo a areia), esses sistemas reduzem problemas como odor e pernilongos. Um sistema híbrido, com vazão em subsuperfície e superfície também pode ser utilizado.

Alagadiços construídos são considerados reatores biológicos de crescimento anexado. Os principais componentes de sistemas de alagadiços construídos são as estações, os solos e micro-organismos. As estações servem como meio de suporte para micro-organismos, oferecem sombra (o que reduz o crescimento das algas), isolam a água da perda de calor, filtram sólidos e elementos patogênicos, e fornecem oxigênio dissolvido[1,4]. As plantas mais comumente utilizadas são tifas, juncos, gêneros da família juncáceas, *Schoenoplectus*, *Sagittaria*, e ciperáceas; a profundidade da água determinará quais plantas terão um bom crescimento[1,5]. (Em razão dos altos níveis de nutrientes, essas plantas, em geral, dominarão um sistema, que é a razão pela qual os alagadiços construídos não têm a diversidade de plantas de alagadiços naturais)[5].

O projeto de alagadiços ainda é empírico. Em geral, os critérios de projetos incluem um tempo de retenção de 7 dias e uma carga hidráulica de 200 m^3/ha-d[5]. Cargas de DBO de até 220 kg/ha-d, profundidades de 1,5 m e relações de comprimento para largura de 3:1 foram utilizadas de forma bem-sucedida[4]. A profundidade da água em alagadiços

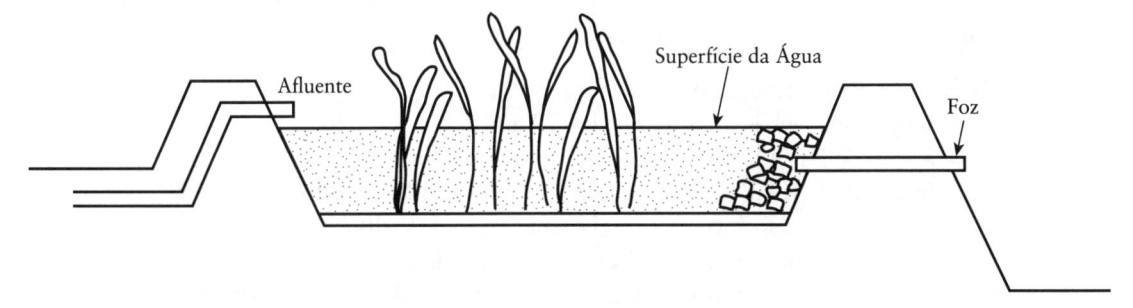

Figura 10.24 Alagadiço de vazão em superfície.

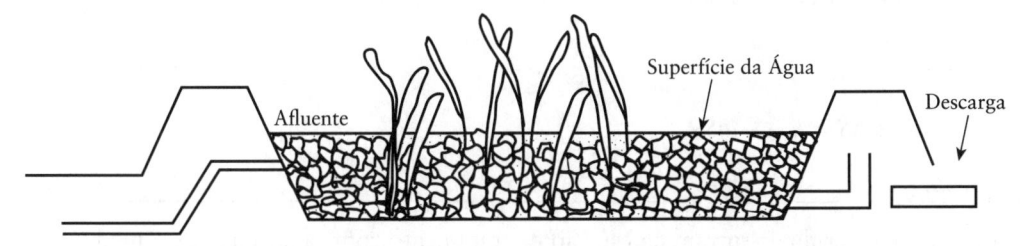

Figura 10.25 Alagadiço de vazão em subsuperfície.

de vazão em superfície tem sido de 100 a 450 mm, enquanto a profundidade de leito de alagadiços de vazão em subsuperfície tem sido de 0,45 a 1 m[1]. Sistemas de alagadiços podem chegar a um impressionante efluente de 5 a 10 mg/L de DBO e nitrogênio total, e 5 a 15 mg/L de TSS[5].

10.5 TRATAMENTO E ELIMINAÇÃO DE LODO

As pastas fluidas produzidas como subtransbordamentos dos tanques de sedimentação, a partir dos tratamentos primário e secundário, devem ser tratadas e, por fim, eliminadas. Em geral, dois tipos de lodos são produzidos em estações convencionais de tratamento de águas residuais – *lodo cru primário* e *lodo biológico* ou *secundário*. O lodo cru primário surge da parte inferior do decantador primário e o lodo biológico é composto por sólidos que se acumularam nas superfícies do reator de filme fixo e abandonaram o meio ou o lodo ativado dos resíduos acumulados no sistema de lodo ativado.

A quantidade de lodo produzido em uma estação de tratamento pode ser analisada utilizando-se a técnica de vazão da massa.

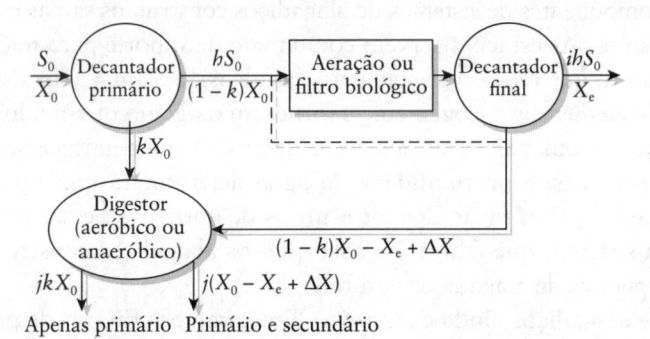

Figura 10.26 Esquema de uma estação de tratamento de águas residuais comum utilizada para calcular a quantidade de lodos.

A Figura 10.26 é uma representação esquemática de uma estação de tratamento de águas residuais municipal. Os símbolos nessa figura são os seguintes:

S_0 = DBO do afluente, lb/d (kg/h);
X_0 = sólidos suspensos do afluente, lb/d (kg/h);
 h = fração de DBO não removida no decantador primário;
 i = fração de DBO não removida no sistema de lodo ativado;
X_e = sólidos suspensos do efluente da estação, lb/d (kg/h);
 k = fração de sólidos removidos do afluente no decantador primário;
ΔX = total líquido de sólidos produzidos por ação biológica, lb/d (kg/h);
 Y = rendimento, ou massa de sólidos biológicos produzidos no tanque de aeração por massa de DBO destruída, ou

$$\frac{\Delta X}{\Delta S}$$

onde $\Delta S = hS_0 - ihS_0$.

EXEMPLO 10.9

Problema As águas residuais entram na estação de tratamento com capacidade de 6 mgd com uma DBO de 200 mg/L e sólidos suspensos de 180 mg/L. Espera-se que o decantador primário apresente eficiência de 60% na remoção de sólidos, enquanto também remove 30% da DBO. O sistema de lodo ativado remove 95% da DBO que recebe, produz um efluente com concentração de sólidos suspensos de 20 mg/L, e espera-se que produza 0,5 lb de sólidos por lb de DBO destruída. A estação é apresentada esquematicamente na Figura 10.27A. Determine a quantidade de lodo cru primário e lodo ativado dos resíduos produzidos nessa estação.

Solução O lodo cru primário a partir do decantador primário é, simplesmente, a fração de sólidos removidos, $k = 0,60$, vezes os sólidos do afluente. A vazão de sólidos do afluente é

$$X_0 = (180 \text{ mg/L})(6 \text{ mgd})\left(8,34 \frac{\text{lb}}{\text{mil gal-mg/L}}\right) = 9.007 \text{ lb/d}$$

Portanto, a produção de lodo cru primário é $kX_0 = 0,60(9.007 \text{ lb/d}) = 5.404 \text{ lb/d}$.

Desenhando uma linha pontilhada ao redor e definindo o balanço de massa de sólidos para o sistema de lodo ativado (Figura 10.27B) leva a

$$\begin{bmatrix} \text{Taxa de} \\ \text{sólidos} \\ \text{ACUMULADOS} \end{bmatrix} = \begin{bmatrix} \text{Taxa de} \\ \text{sólidos} \\ \text{DE ENTRADA} \end{bmatrix} - \begin{bmatrix} \text{Taxa de} \\ \text{sólidos} \\ \text{DE SAÍDA} \end{bmatrix} + \begin{bmatrix} \text{Taxa de} \\ \text{sólidos} \\ \text{PRODUZIDOS} \end{bmatrix} - \begin{bmatrix} \text{Taxa de} \\ \text{sólidos} \\ \text{CONSUMIDOS} \end{bmatrix}$$

Supondo o estado estacionário e nenhum consumo de sólidos:

$$0 = [\text{Taxa DE ENTRADA}] - [\text{Taxa DE SAÍDA}] + [\text{Taxa PRODUZIDA}] - 0$$

Os sólidos que entram no sistema de lodo ativado são provenientes de sólidos não capturados no decantador primário, ou $(1 - k)X_0 = 3.603$ lb/d. Dois tipos de

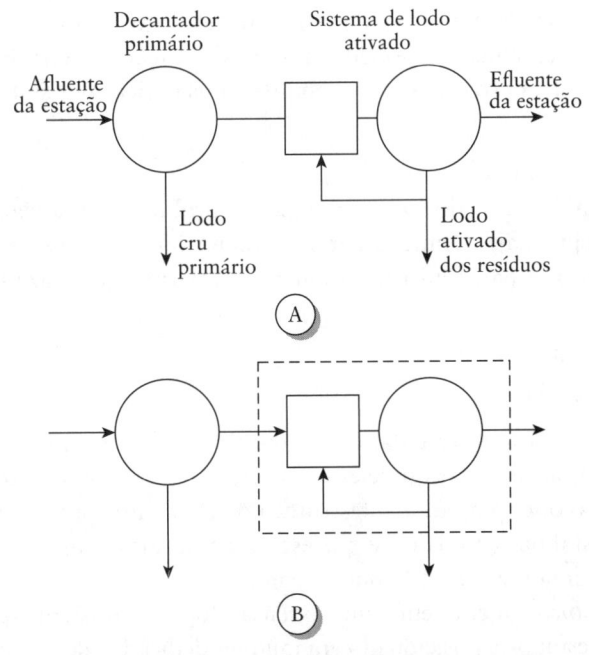

Figura 10.27 Produção de lodo a partir dos tratamentos primário e secundário.

sólidos saem do sistema, os sólidos do efluente e o lodo ativado gasto. Os sólidos do efluente são

$$X_e = (20 \text{ mg/L})(6 \text{ mgd})\left(8{,}34 \frac{\text{lb}}{\text{mil gal-mg/L}}\right) = 1.001 \text{ lb/d}.$$

O lodo ativado gasto é desconhecido.

O lodo biológico é produzido enquanto a DBO é utilizada. A quantidade de DBO que entra no sistema de lodo ativado é

$$hS_0 = (0{,}7)(200 \text{ mg/L})(6 \text{ mgd})\left(8{,}34 \frac{\text{lb}}{\text{mil gal-mg/L}}\right) = 7.006 \text{ lb/d}.$$

O sistema de lodo ativado apresenta eficiência de 95% na remoção desta DBO, ou $i = 0{,}95$, portanto, uma quantidade de DBO destruída dentro do sistema é representada por $i \times hS_0 = 6.655$ lb/d. Supõe-se que o rendimento seja 0,5 lb de sólidos produzidos por lb de DBO destruída; logo, os sólidos biológicos produzidos devem ser $Y \times (i \times hS_0) = 0{,}5 \times 6.655 = 3.328$ lb/d.

Encaixando as informações conhecidas e desconhecidas no balanço de massa em lb/d resulta em

$$0 = [(1 - k)X_0] - [X_e + X_w] + [Y(hS_0)i] - 0$$

$$0 = 3.603 - [1.001 + X_w] + 3.328 - 0$$

ou

$$X_w = 5.930 \text{ lb/d}$$

ou aproximadamente 3 toneladas de sólidos secos por dia!

É possível economizar uma elevada soma de dinheiro e evitar problemas, caso o lodo pudesse ser eliminado sem tratamento adicional, assim como é removido da cadeia principal do processo. Infelizmente, os lodos produzidos no tratamento de águas residuais têm três características que tornam improvável uma eliminação tão simples: são esteticamente desagradáveis, potencialmente prejudiciais e contêm água demais. Os primeiros dois problemas são frequentemente resolvidos por estabilização e o terceiro problema exige deságue do lodo. As três próximas seções abrangem os tópicos de estabilização, deságue e eliminação final.

10.5.1 Estabilização do lodo

O objetivo da estabilização do lodo é reduzir os problemas associados com duas das características prejudiciais definidas anteriormente: odor do lodo e putrescência, e a presença de organismos patogênicos. Três meios primários são utilizados:

- cal;
- digestão aeróbica;
- digestão anaeróbica.

A *estabilização da cal* é atingida ao se adicionar cal (seja cal hidratada, $Ca(OH)_2$ ou cal viva, CaO), ao lodo, o que eleva o pH para cerca de 11 ou mais. Isso reduz significativamente o odor e ajuda na destruição de elementos patogênicos. Uma grande desvantagem da estabilização da cal é que esta é temporária. Com o tempo (dias), o pH cai e o lodo, mais uma vez, torna-se putrescente.

A *digestão aeróbica* é meramente uma extensão lógica do sistema de lodo ativado. O lodo ativado dos resíduos é posicionado em tanques dedicados de aeração por um tempo muito longo, e os sólidos concentrados conseguem progredir bem para a fase de respiração endógena, em que alimentos são obtidos somente pela destruição de outros organismos viáveis (Figura 10.10). Isso resulta em uma redução líquida em sólidos totais e voláteis. Lodos aerobicamente digeridos são, entretanto, mais difíceis de passar por deságue do que lodos anaeróbicos.

A *digestão anaeróbica* é o terceiro método mais comumente empregado de estabilização do lodo. A bioquímica da decomposição anaeróbica dos orgânicos é ilustrada na Figura 10.28.

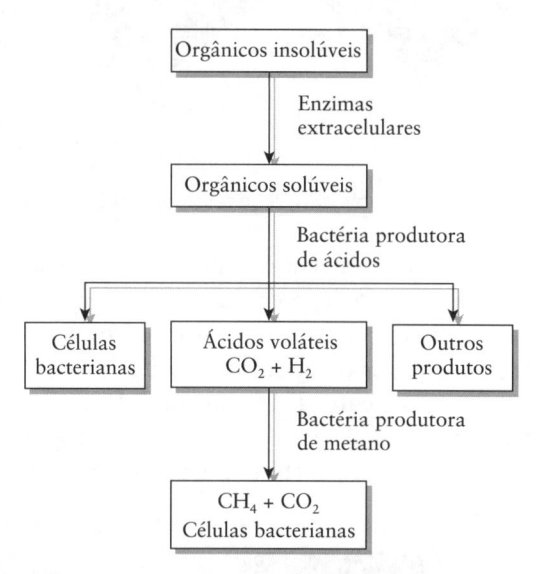

```
           Orgânicos insolúveis
                   │
                   │ Enzimas
                   │ extracelulares
                   ▼
           Orgânicos solúveis
                   │
                   │ Bactéria produtora
                   │ de ácidos
        ┌──────────┼──────────┐
        ▼          ▼          ▼
   Células    Ácidos voláteis    Outros
  bacterianas   CO₂ + H₂       produtos
                   │
                   │ Bactéria produtora
                   │ de metano
                   ▼
              CH₄ + CO₂
           Células bacterianas
```

Figura 10.28 Dinâmica do processo de digestão anaeróbica de lodo.

Observe que se trata de um processo gradual, com a dissolução de orgânicos por enzimas extracelulares seguida pela produção de ácidos orgânicos por um grande e abundante grupo de micro-organismos anaeróbios conhecidos, de forma bastante adequada, como *formadores de ácidos*. Os ácidos orgânicos são, por sua vez, decompostos ainda mais por um grupo de organismos anaeróbicos denominados *formadores de metano* (Capítulo 7). Esses micro-organismos são as "estrelas principais" do tratamento de águas residuais, "irritando-se" com a mínima mudança em seu ambiente. O sucesso do tratamento anaeróbio resume-se à criação de uma condição favorável para os formadores de metano. Sendo eles organismos anaeróbicos, incapazes de funcionar na presença de oxigênio, são muito sensíveis às condições ambientais, como temperatura, pH e a presença de toxinas. Se um digestor se torna "azedo," os formadores de metano foram inibidos de alguma maneira. Entretanto, os formadores de ácidos se mantêm ruidosamente em movimento, formando mais ácidos orgânicos. Isso tem o efeito de reduzir ainda mais o pH e tornar as condições ainda piores para os formadores de metano. Um digestor doente é, portanto, difícil de ser curado sem doses massivas de cal ou outros antiácidos.

Com frequência, a razão para esses problemas é a dificuldade de misturar o lodo no digestor. Ainda não foi desenvolvida alguma técnica eficaz de mistura para os digestores normalmente utilizados em estações de tratamento de águas residuais norte-americanas. A maior parte das estações de tratamento norte-americanas possui dois tipos de digestores anaeróbicos – primário e secundário (Figura 10.29). O digestor primário é coberto, aquecido e misturado para aumentar a taxa da reação. A temperatura do lodo é, em geral, de aproximadamente 35°C (95°F). Digestores secundários não são misturados ou aquecidos, sendo utilizados para armazenar gás e concentrar o lodo por sedimentação. Como os sólidos se sedimentam, o líquido sobrenadante é bombeado de volta para a

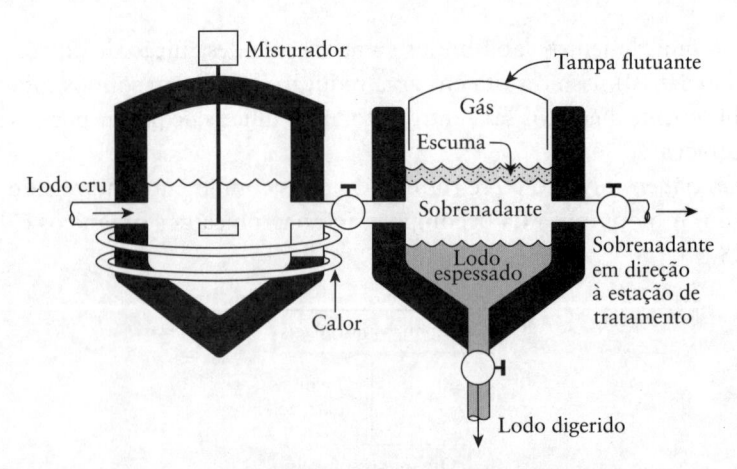

Figura 10.29 Digestão anaeróbia bifásica; digestores anaeróbicos primário e secundário.

estação principal para tratamento adicional. A tampa do digestor secundário, muitas vezes, flutua para cima e para baixo, dependendo da quantidade de gás armazenado. O gás tem conteúdo de metano alto o suficiente para ser utilizado como combustível e é, de fato, utilizado normalmente para aquecer o digestor primário.

Na Europa, digestores em formato de ovo (Figura 10.30) tornaram-se populares, principalmente, em razão da facilidade de mistura. O gás do digestor é bombeado para a parte inferior, e um modelo de circulação eficaz é definido. Digestores em formato de ovo estão sendo introduzidos nos EUA.

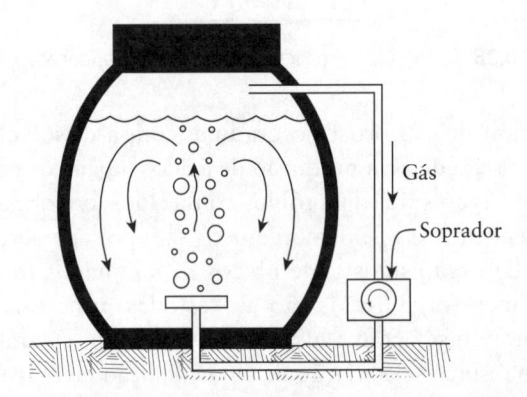

Figura 10.30 Digestores anaeróbicos em formato de ovo.

Digestores anaeróbicos devem atingir uma redução substancial de elementos patogênicos porque funcionam em temperaturas elevadas; no entanto, o processo não é perfeito e muitos organismos patogênicos sobrevivem. Um digestor anaeróbico não pode, portanto, ser considerado um método de esterilização.

10.5.2 Deságue do lodo

Na maior parte das estações de águas residuais, o deságue é o método final de redução de volume antes da eliminação final. Nos EUA, três técnicas de deságue são atualmente amplamente utilizadas: leitos de areia, prensas desaguadoras e centrífugas. Cada uma delas é discutida abaixo.

Os *leitos de areia* têm sido utilizados por muitos anos e ainda são o meio mais econômico para o deságue quando há solo disponível e os custos de mão de obra não são exorbitantes. Conforme mostra a Figura 10.31, leitos de areia consistem de drenos de cerâmica em cascalhos cobertos por, aproximadamente, 0,25 m de areia. O lodo que será desaguado é despejado sobre os leitos a cerca de 15 cm de profundidade. Dois mecanismos se combinam para separar a água dos sólidos: infiltração e evaporação. A infiltração na areia e pelos drenos de cerâmica, embora importantes no volume total de água extraída, duram apenas alguns dias. Quando a drenagem na areia cessa, a evaporação assume o comando, e esse processo é, de fato, responsável pela conversão de lodo líquido em sólido. Em algumas regiões ao norte do globo, leitos de areia são cobertos por estufas a fim de promover a evaporação, assim como para evitar que chova sobre os leitos.

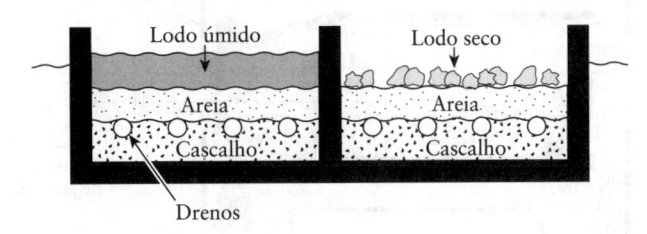

Figura 10.31 Leito de secagem de areia para deságue do lodo.

Para o lodo misto digerido, o critério de projeto mais comum é permitir um período de secagem de três meses. Alguns engenheiros sugerem que esse período seja estendido para permitir que o leito de areia descanse por um mês após o lodo ser removido, o que parece ser um meio eficaz de aumentar a eficiência da drenagem, uma vez que os leitos de areia estiverem novamente inundados. O lodo cru primário não será bem drenado sobre os leitos de areia e, normalmente, terá um odor desagradável.

Ele é, portanto, raramente seco em leitos de areia. Lodos crus secundários costumam se infiltrar na areia ou entopem os poros tão rapidamente que não ocorre uma drenagem eficaz. O lodo digerido aerobicamente pode secar sobre a areia, porém com dificuldade.

Se o deságue por leitos de areia for considerado impraticável, técnicas mecânicas de deságue devem ser empregadas. Um método mecânico de deságue é a *prensa desaguadora*, que funciona tanto como filtro pressurizado e como filtro de gravidade (Figura 10.32). Como o lodo é introduzido em uma esteira, a água livre ao redor das partículas sólidas de lodo goteja ao longo da esteira e os sólidos são retidos na superfície desta. A esteira, então, move-se para a zona de deságue, onde o lodo é comprimido entre as duas esteiras, pressionando a saída do *líquido filtrado* dos sólidos do lodo. A seguir, os sólidos desaguados, denominados como *torta*, são descarregados quando as esteiras se separam.

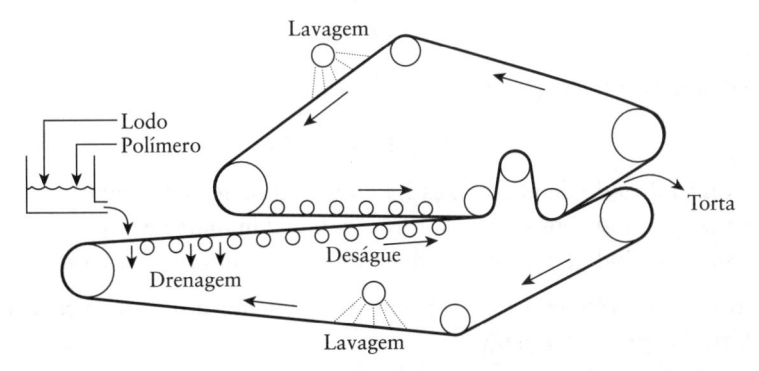

Figura 10.32 Prensa desaguadora utilizada para deságue do lodo.

Outro método mecânico amplamente utilizado de deságue é a *centrífuga*. A centrífuga utilizada mais comum é o decantador de vaso sólido, que consiste de um corpo em forma de projétil girando ao redor de seu longo eixo. Quando o lodo é colocado dentro do vaso, os sólidos sedimentam-se sob uma força centrífuga de aproximadamente 500 a 1.000 vezes a gravidade. Eles são, então, raspados para fora do vaso por um transportador helicoidal (Figura 10.33). Os sólidos que saem de uma centrífuga são conhecidos como *torta*, assim como na filtração, mas o líquido que passou por decantação é conhecido como *filtrado*.

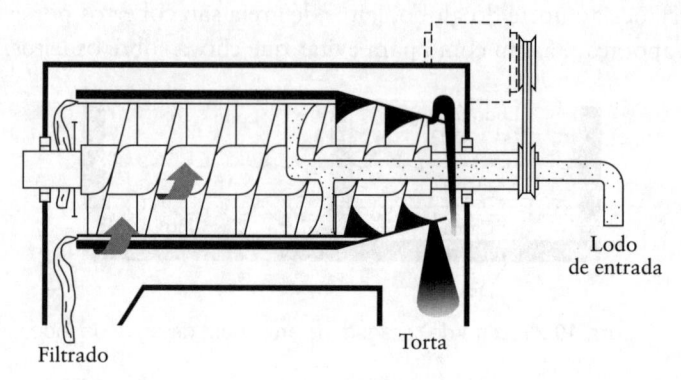

Figura 10.33 Uma centrífuga decantadora de vaso sólido utilizada para deságue do lodo.

O objetivo de um processo de deságue é duplo: produzir uma torta de sólidos de alta concentração de sólidos e garantir que todos os sólidos, e somente os sólidos, acabem na torta. Infelizmente, a centrífuga não é um dispositivo ideal, e parte dos sólidos ainda acaba no filtrado e parte do líquido, na torta. O desempenho das centrífugas é medido por amostragem da alimentação, de filtrado e de torta saindo de uma máquina em funcionamento. A ferramenta é composta de tal modo que fica muito difícil medir as taxas de vazão do filtrado e da torta, e somente as concentrações de sólidos podem ser fornecer amostragem para essas vazões. Quando a recuperação de sólidos e os sólidos da torta (pureza) precisarem ser calculados, é necessário utilizar balanços de massa.

A centrífuga é uma caixa preta composta por dois materiais, conforme apresentado no Capítulo 3. Assumindo o funcionamento em estado estacionário e reconhecendo que nenhum líquido ou sólido é produzido ou consumido na centrífuga, a equação do balanço de massa é

[Taxa de material DE ENTRADA] = [Taxa de material DE SAÍDA]

O balanço do volume em termos de lodo com vazão de entrada e saída é

$$Q_0 = Q_k + Q_c$$

e o balanço de massa em termos de sólidos do lodo é

$$Q_0 C_0 = Q_k C_k + Q_c C_c$$

onde Q_0 = vazão de lodo de alimentação, volume/unidade de tempo;
Q_k = vazão de lodo em forma de torta, volume/unidade de tempo;
Q_c = vazão de lodo em forma de filtrado, volume/unidade de tempo;

e os subscritos 0, k e c referem-se ao suprimento (alimentação), torta e concentrações de sólidos do filtrado, respectivamente.

A recuperação de sólidos, conforme definido anteriormente, é

$$\text{Recuperação de sólidos} = \frac{\text{Massa de sólidos secos na forma de torta}}{\text{Massa de sólidos de suprimento secos}} \times 100$$

$$= \frac{C_k Q_k}{C_0 Q_0} \times 100$$

Resolver o primeiro balanço de materiais para Q_c e substituir no segundo balanço de materiais resulta em

$$Q_k = \frac{Q_0(C_0 - C_c)}{C_k - C_c}$$

Substituindo essa expressão na equação para recuperação de sólidos resulta em

$$\text{Recuperação de sólidos} = \frac{C_k(C_0 - C_c)}{C_0(C_k - C_c)} \times 100$$

Essa expressão permite o cálculo da recuperação de sólidos utilizando apenas os termos da concentração.

EXEMPLO 10.10

Problema Uma centrífuga de lodo de águas residuais funciona com uma alimentação de 10 gpm e uma concentração de alimentação de sólidos de 1,2%. A concentração de sólidos da torta é composta por 22% de sólidos, e a concentração de sólidos do filtrado é de 500 mg/L. Qual é a recuperação de sólidos?

Solução As concentrações de sólidos devem, em princípio, ser convertidas para unidades similares. Lembre-se de que se a densidade dos sólidos for quase um (uma boa hipótese para sólidos de águas residuais), 1% de sólidos = 10.000 mg/L.

	Concentração de sólidos mg/L
Sólidos de alimentação	12.000
Sólidos da torta	220.000
Sólidos do filtrado	500

$$\text{Recuperação de sólidos} = \frac{220.000(12.000 - 500)}{12.000(220.000 - 500)} \times 100 = 96\%$$

A centrífuga é um dispositivo interessante de separação de sólidos, porque pode funcionar para quase qualquer recuperação de sólidos e sólidos da torta, dependendo da condição do lodo e da taxa de vazão. Para um determinado lodo, a centrífuga terá uma *curva de funcionamento*, como mostra a Figura 10.34. Conforme a taxa de vazão aumenta, a recuperação de sólidos começa a se deteriorar porque o tempo de permanência na máquina é menor, mas, ao mesmo tempo, os sólidos da torta melhoram porque a máquina discrimina entre os sólidos e ejeta somente aqueles que são fáceis de remover, produzindo uma alta concentração de sólidos na torta. Em uma vazão de alimentação mais baixa, altos tempos de permanência permitem a remoção de sólidos e sedimentação completa, porém a torta fica mais úmida porque todas as partículas pequenas e leves que transportam muita água também são removidas.

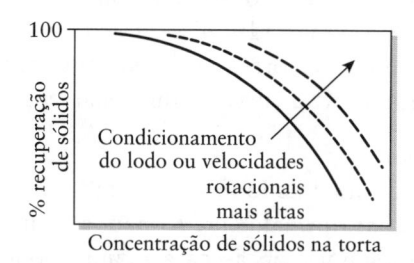

Figura 10.34 Curva de funcionamento da centrífuga.

Isso parece ser um problema difícil. Aparentemente, é possível se mover apenas para cima e para baixo na curva de funcionamento, trocando a recuperação de sólidos por sólidos da torta. Entretanto, há duas formas de se mover por toda a curva para a direita, ou seja, obter uma curva de funcionamento melhor, de modo que tanto a recuperação de sólidos como os sólidos da torta sejam melhorados. O primeiro método é aumentar a força centrífuga imposta sobre os sólidos.

A criação da força centrífuga é mais bem explicada ao lembrarmos, inicialmente, da Lei de Newton:

$$F = ma$$

onde F = força, N;
  m = massa, kg;
  a = aceleração, m/s².

Se a aceleração acontece em razão da gravidade:

$$F = mg$$

onde g = aceleração por causa da gravidade, m/s².

Quando uma massa é girada, exige uma força em direção ao centro da rotação para evitar que voe para o espaço. Esta força é calculada como

$$F_c = m(w^2 r)$$

onde F_c = força centrífuga, N;
  m = massa, kg;
  w = velocidade rotacional, radianos/s;
  r = raio de rotação.

O termo $w^2 r$ é denominado aceleração centrífuga e tem unidades de m/s².

O número de *gravidades*, G, produzido por uma centrífuga é

$$G = \frac{w^2 r}{g}$$

onde w = velocidade rotacional, radianos/s (lembre-se que cada rotação se iguala a 2π radianos);
  r = raio interior do decantador da centrífuga.

Aumentar a velocidade do decantador, portanto, aumenta a força centrífuga e move a curva de funcionamento para a direita.

O segundo método de melhorar simultaneamente sólidos da torta e recuperar os sólidos é condicionar o lodo com produtos químicos antes do deságue. Isso é comumente realizado pela utilização de macromoléculas orgânicas chamadas *polieletrólitos*. Essas moléculas grandes, com pesos moleculares de alguns milhões, apresentam locais carregados que parecem se ligar a partículas de lodo e formar uma ponte para as partículas menores, de modo que flocos maiores sejam formados. Esses flocos maiores são capazes de expelir água e se compactar em sólidos menores, resultando em um filtrado limpo e uma torta mais compacta. Isso, de fato, move a curva de funcionamento para a direita.

10.5.3 Eliminação final

As opções para a eliminação final de lodo são limitadas ao ar, água e solo. Controles rígidos sobre a poluição do ar normalmente tornam a incineração um recurso de alto custo, embora essa possa ser a única opção para algumas comunidades. A eliminação de lodos em águas profundas (como oceanos) está sendo reduzida progressivamente devido a efeitos adversos ou desconhecidos sobre a ecologia aquática. A eliminação no solo pode ser realizada pelo despejo sobre um aterro sanitário ou ao se espalhar o lodo sobre o solo e permitir que a biodegradação natural assimile o lodo de volta para o ambiente. Por fim, o lodo pode ser eliminado por doação ou, melhor ainda, vendendo-o como um valioso fertilizante e condicionador do solo.

Falando restritamente, a incineração *não* é um método de descarte, mas em vez disso, uma fase do tratamento de lodo em que os orgânicos são convertidos em H_2O e CO_2, e muitos outros compostos parcialmente oxidados, e os compostos inorgânicos são despejados como um resíduo não putrescente. Encontrou-se um uso para dois tipos de incineradores no tratamento de lodo: *incinerador de câmaras múltiplas* e *incinerador de leito fluidizado*. O incinerador de câmaras múltiplas, como o nome indica, tem diversas câmaras empilhadas verticalmente, com braços do batedor, empurrando o lodo progressivamente para baixo através das camadas mais quentes e, por fim, para o poço de cinzas (Figura 10.35). O incinerador de leito fluidizado possui uma caldeira de areia quente em que o lodo é bombeado. A areia proporciona a mistura e age como um volante térmico para a estabilidade do processo.

O segundo método de eliminação – difusão pelo solo – depende da capacidade do solo de absorver o lodo e assimilá-lo na matriz do solo. Essa capacidade assimilativa depende de variáveis como tipo de solo, vegetação, precipitação da chuva, inclinação e composição do lodo (em particular, a quantidade de nitrogênio, fósforo e metais pesados). Geralmente, solos arenosos com vegetação exuberante, baixa precipitação pluvial, e inclinações suaves provaram ser o melhores. Lodos mistos digeridos foram difundidos por caminhões-tanque, e lodos ativados foram aspergidos por jatos fixos e móveis. A taxa de aplicação tem sido variável, mas 100 toneladas secas/acre/ano não é uma estimativa inviável. A maior parte dos sistemas de aplicação malsucedidos sobre a terra pode estar ligada à sobrecarga

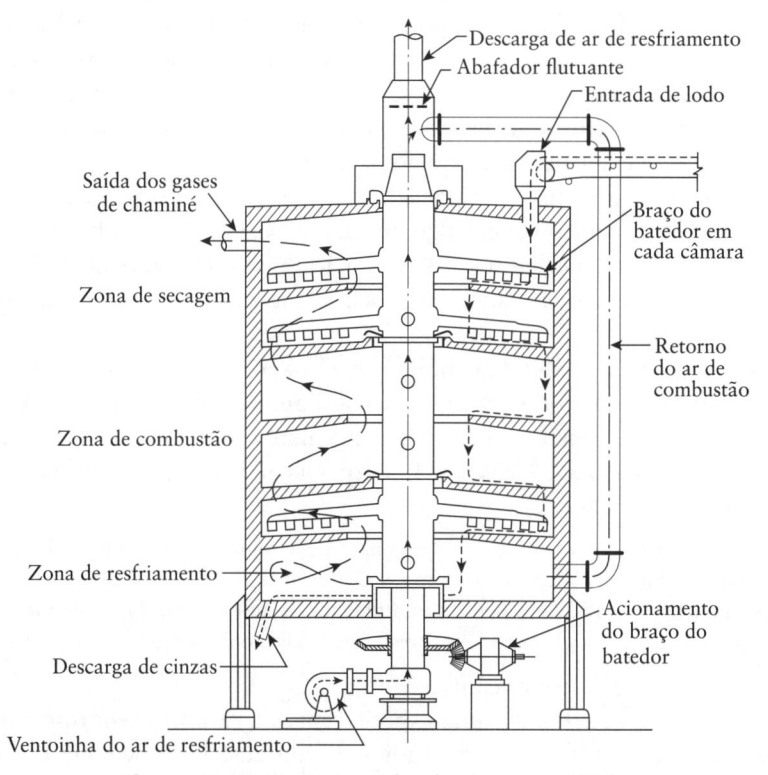

Figura 10.35 Um incinerador de câmaras múltiplas.

do solo. Se for dado tempo suficiente (e na ausência de materiais tóxicos), a maior parte dos solos assimilará o lodo líquido aspergido.

Entretanto, o transporte do lodo líquido é frequentemente caro e a redução de volume por deságue é necessária. O lodo sólido pode, então, ser depositado no solo e inserido nele ou depositado em valas e coberto. O lodo parece assimilar rapidamente, sem lixiviação indevida de nitratos ou toxinas.

A toxicidade do lodo pode ser interpretada de diversas maneiras: toxicidade para a vegetação, toxicidade para os animais que se alimentam da vegetação (incluindo pessoas), e contaminação da água subterrânea. A maior parte dos lodos domésticos não contém toxinas o suficiente, como metais pesados, para causar danos à vegetação. A carga total de toxinas do corpo, entretanto, apresenta certa importância e resultou em regulamentos limitando os tipos de lodos que podem ser aplicados ao solo (Capítulo 1). A maior parte dos meios efetivos de controlar essa toxicidade parece ser evitar que esses materiais entrem no sistema de esgotos, reduzindo, em primeiro lugar, a contribuição dos resíduos industriais. Regulamentações de esgoto bastante severas são, desse modo, necessárias e podem ser econômicas.

10.6 SELEÇÃO DE ESTRATÉGIAS DE TRATAMENTO

Quem deve escolher qual das estratégias de tratamento mencionadas anteriormente será utilizada para determinadas condições aquáticas e de águas residuais? A resposta simples (mas errônea) seria os "tomadores de decisão", aqueles burocratas ambíguos e anônimos que decidem como gastar nosso dinheiro. Na realidade, as decisões sobre qual estratégia de tratamento adotar são tomadas por engenheiros que definem o que deve ser feito e, então, propõem o tratamento para atingir o objetivo.

Esse processo não é diferente da forma como os arquitetos trabalham. Um edifício é projetado, e o arquiteto, a princípio, gasta um tempo considerável com o cliente tentando entender exatamente o que pretende fazer com o edifício. Porém, em seguida, o arquiteto projeta o edifício com base em seu próprio gosto e conceito. De forma similar, os engenheiros do projeto estabelecem quais são os objetivos de tratamento e, então, projetam uma instalação para atender a esses objetivos.

Nessa função, os engenheiros têm considerável liberdade e, portanto, responsabilidade. A sociedade pede a eles que projetem algo que não apenas tenha uma funcionalidade, mas que funcione com os mínimos custos possíveis, não cause transtorno algum à vizinhança e também tenha uma boa aparência. Nesse papel, os engenheiros se tornam depositários da fé pública.

Por causa dessa responsabilidade pública e ambiental, a engenharia é uma profissão e, como tal, espera-se que todos os engenheiros mantenham altos padrões profissionais. Historicamente e, em especial, no exterior, a engenharia tem sido uma profissão homenageada e altamente respeitada. Aleksandr I. Solzhenitsyn descreve os engenheiros russos de sua época da seguinte maneira:

> Um engenheiro? Cresci em meio aos engenheiros, e ainda posso me recordar dos engenheiros... De seu intelecto aberto e brilhante, seu humor livre e gentil, sua agilidade e amplitude de pensamento, a facilidade com que mudavam de um campo da engenharia para outro, assim como da tecnologia para preocupações sociais e para a arte[6].

Um grande motivo para se viver, não é mesmo?

Se os engenheiros são de fato uma espécie especial, também têm responsabilidades sociais que excedem seus papéis como cidadãos comuns? Um engenheiro é apenas um robô que executa certas obrigações e, após as 17h00, torna-se uma pessoa sem mais responsabilidade social que qualquer outra pessoa? Ou o treinamento especial do(a) engenheiro(a), sua experiência e seu *status* na sociedade são tais que ele/ela não pode evitar ser uma pessoa especial a quem os outros consultarão e cujas opiniões serão respeitadas?

Se a última opção for verdadeira, o papel dos engenheiros ambientais assume um significado específico. Os engenheiros ambientais não apenas são responsáveis pelo desempenho de um trabalho, mas também têm outro "cliente", o meio ambiente. Explicar os conflitos que surgem ao se trabalhar com questões ambientais seria um papel importante para o(a) engenheiro(a) ambiental, e suas responsabilidades excedem muito as de um cidadão comum.

Às vezes, os engenheiros são colocados no que pode parecer posições antiambientais. Um caso clássico seria o de engenheiros envolvidos na construção de uma imensa estação de tratamento secundário para uma grande cidade litorânea onde a descarga ocorre nas águas profundas da baia. Mesmo que a eficiência do tratamento fornecido por uma instalação de tratamento primário seja bastante adequada para atender a todos os problemas ambientais sobre saúde pública e qualidade da água, a situação política poderia exigir gastos de fundos públicos para a construção de instalações de tratamento secundário. Esses bilhões (sim, bilhões) de dólares poderiam ser bem gastos em outro lugar sem apresentar um efeito prejudicial sobre o ambiente aquático. A nova estação secundária, entretanto, é uma necessidade política. O engenheiro deveria se declarar a favor de *menos* controle ambiental?

SÍMBOLOS

DBO = demanda bioquímica de oxigênio
C = concentração
D = déficit
K = constante de solubilidade
$K_L a$ = coeficiente de transferência de gases, base e
k_1 = constante de desaeração
k_2 = constante de reaeração
K_S = constante de saturação
q = velocidade de remoção do substrato
P = pressão parcial de um gás
S = concentração do substrato (DBO)
S = solubilidade de um gás em um líquido
SS = sólidos suspensos
SVI = índice volumétrico do lodo (do inglês, *sludge volume índex*)
X = concentração de micro-organismos (SS)
Y = constante de rendimento
μ = taxa de crescimento específica

$\hat{\mu}$ = constante da taxa de crescimento máxima específica
θ_C = idade do lodo ou tempo de permanência médio das células
Q = taxa de vazão
V = volume
$\bar{t}$ = permanência hidráulica ou tempo de retenção
A/M = relação alimentos para micro-organismos
α = relação de reciclagem ou recirculação
H = altura do cilindro
H_S = altura do lodo sedimentado
h = fração de DBO não removida no decantador primário
i = fração de DBO não removida no tratamento secundário
k = fração de sólidos do afluente removidos no decantador primário

PROBLEMAS

10.1 Os seguintes dados foram relatados sobre o funcionamento de uma estação de tratamento de águas residuais:

Componente	Afluente (mg/L)	Efluente (mg/L)
DBO_5	200	20
SS	220	15
P	10	0,5

a. Que porcentagem de remoção foi experimentada para cada um desses componentes?
b. Que tipo de estação de tratamento produziria um efluente desses? Desenhe um diagrama em blocos mostrando uma configuração das etapas de tratamento que resultariam nesse desempenho de estação.

10.2 Descreva a condição de um decantador primário um dia após as bombas de lodo cru quebrarem. O que você acha que aconteceria?

10.3 Um problema operacional com filtros biológicos é o *acúmulo de água pluvial em poças*, o crescimento excessivo de musgo sobre as rochas e subsequente entupimento dos espaços, de forma que a água não flua mais pelo filtro. Sugira algumas correções para o problema de acúmulo de água pluvial em poças.

10.4 Um problema com esgotos sanitários é representado pelas conexões ilegais de drenos no telhado. Suponha que uma família de quatro pessoas, vivendo em uma casa com área de telhado de 21,3 × 12,1 m, conecte o dreno do telhado ao esgoto. Ocorre uma chuva com taxa de 1 pol/h.
a. Que aumento da porcentagem haverá na vazão dessa casa sobre a vazão em tempo seco (presumida em 50 gal/capita-dia)?
b. O que há de tão errado em conectar os drenos do telhado aos esgotos sanitários? Como você explicaria isso para alguém que tenha acabado de ser multado por causa de conexões ilegais? (Não diga apenas "Essa é a lei." Explique *por que* há uma lei assim). Utilize razões éticas para moldar seu argumento.

10.5 Desenhe diagramas em blocos para as unidades operacionais necessárias a fim de tratar os seguintes resíduos para níveis de efluente de DBO_5 = 20 mg/L, SS = 20 mg/L, P = 1 mg/L.

Resíduos	DBO_5 (mg/L)	SS (mg/L)	P (mg/L)
A. Domésticos	200	200	10
B. Indústria química	40.000	0	0
C. Fábrica de conservas	0	300	1
D. Fábrica de fertilizantes	300	300	200

10.6 O sucesso de um sistema de lodo ativado depende da sedimentação dos sólidos no tanque de sedimentação final. Suponha que o lodo em um sistema comece a se avolumar (não se sedimenta muito bem), e a concentração de sólidos suspensos do lodo ativado de retorno cai de 10.000 mg/L para 4.000 mg/L.
a. O que isso causará para os sólidos suspensos do líquido misto?
b. O que isso causará, por sua vez, para a remoção de DBO? Por quê? (Não responda quantitativamente).

10.7 O MLSS em um tanque de aeração é de 4.000 mg/L. Uma vazão a partir do tanque primário de sedimentação é 0,2 m³/s com um SS de 50 mg/L, e a vazão do lodo de retorno é 0,1 m³/s com um SS de 6.000 mg/L. Essas duas fontes de sólidos compõem os 4.000 mg/L de SS no tanque de aeração? Se não, como o nível de 4.000 mg/L é obtido? De onde os sólidos surgem?

10.8 Um cilindro de 1 litro é utilizado para medir a capacidade de sedimentação de 0,5% dos sólidos suspensos do lodo. Após 30 minutos, os sólidos sedimentados do lodo ocupam 600 mL. Calcule o SVI.

10.9 Que medidas de estabilidade você precisaria observar se o lodo de uma estação de tratamento de águas residuais precisasse ser:
a. colocado no gramado da Casa Branca?
b. despejado em uma corrente d'água com trutas?

c. aspergido no *playground*?
d. difundido em uma horta?

10.10 Um lodo é espessado de 2.000 mg/L para 17.000 mg/L. Qual é a redução em volume, em porcentagem? (Utilize uma caixa-preta e balanço de materiais!).

10.11 A idade do lodo (às vezes denominada tempo de permanência médio das células) é definida como a massa de lodo no tanque de aeração dividida pela massa de lodo eliminado por dia. Calcule a idade do lodo se o tanque de aeração tiver um tempo de retenção hidráulico de 2 horas, uma concentração de sólidos suspensos de 2.000 mg/L, sendo a taxa de vazão de águas residuais do decantador primário de 1,5 m³/min, a concentração do lodo de retorno de sólidos de 12.000 mg/L, e a taxa de vazão de lodo ativado dos resíduos de 0,5 m³/min.

10.12 O diagrama de blocos na Figura 10.36 mostra uma estação de tratamento de águas residuais secundária.
a. Identifique as diversas unidades operacionais e vazões, e defina sua finalidade ou função. Por que elas existem, ou o que elas fazem?
b. Suponha que você seja o(a) engenheiro(a) sênior encarregado(a) do tratamento de águas residuais para uma região metropolitana. Você contratou uma consultoria de engenharia para projetar a estação mostrada. Quatro consultorias foram consideradas para a tarefa, e esta firma foi selecionada, apesar de sua objeção, pelo comitê de autoridades metropolitanas. Há indicações de significantes contribuições políticas da firma para membros do comitê. Apesar de esta estação provavelmente servir, evidentemente, não terá o tipo de capacidade que você desejaria e, provavelmente, muito dinheiro (público) será gasto para melhorá-la. Que responsabilidade você, um(a) engenheiro(a) profissional, tem neste assunto? Analise o problema, identifique as pessoas envolvidas, defina as opções disponíveis e chegue a uma conclusão. Após considerar todos os fatores, o que você deveria fazer?

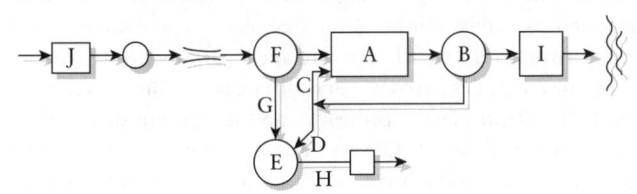

Figura 10.36 Esquema de uma estação de tratamento de águas residuais secundária. Veja o Problema 10.12.

10.13 Suponha que a lei exija que todas as descargas de águas residuais em um curso d'água atendam às seguintes normas:
DBO: menor que 20 mg/L
Sólidos suspensos: menor que 20 mg/L
Fósforo (total): menor que 0,5 mg/L
Projete estações de tratamento (diagrama de blocos) para os seguintes resíduos:

Resíduos 1 DBO = 250 mg/L
            SS = 250   mg/L
            P = 10   mg/L

Resíduos 2 DBO = 750 mg/L
            SS = 30 mg/L
            P   = 0,6 mg/L

Resíduos 3 DBO = 30 mg/L
            SS = 450 mg/L
            P   = 20 mg/L

10.14 Desenhe um diagrama de blocos para uma estação de tratamento, mostrando as etapas necessárias para atingir o efluente desejado.

	Afluente	Efluente
DBO	1.000 mg/L	10 mg/L
Sólidos Suspensos	10 mg/L	10 mg/L
Fósforo	50 mg/L	5 mg/L

Certifique-se de utilizar apenas as etapas de tratamento necessárias para atingir o efluente desejado. Etapas fora do contexto serão consideradas erradas.

10.15 Uma centrífuga com 36 pol. de diâmetro para deságue do lodo gira com 1.000 rotações por minuto. Quantas gravidades esta máquina produz? (Lembre-se de que cada rotação representa 2π radianos).

10.16 Um experimento de transferência de gases resulta nos seguintes dados:

Tempo (min)	Oxigênio Dissolvido (mg/L)
0	2,2
5	4,2
10	5,0
15	5,5

A temperatura da água é de 15°C. Qual é o coeficiente da transferência de gases K_La' (base 10) e K_La (base e)?

10.17 Deduza a equação para calcular a recuperação centrífuga de sólidos a partir de termos da concentração. Ou seja, a recuperação deve ser calculada somente como uma função da concentração de sólidos de três correntes: da alimentação, do filtrado e da torta. Mostre cada etapa da dedução, incluindo os balanços de materiais.

10.18 Contra-ataques a pessoas que não concordam com o movimento ambientalista têm sido um fenômeno interessante no campo da ética ambiental. Essas pessoas não entendem nem gostam de valores que a maior parte das pessoas possuem sobre os assuntos ambientais, e tentam desacreditar os ambientalistas. Com frequência, isso é muito parecido com conseguir pescar um peixe sozinho no barril. É muito fácil. O movimento ambientalista é cheio de alertas terríveis, previsões desastrosas e apocalípticas que nunca aconteceram. Como exemplo desse tipo de literatura, leia o primeiro capítulo em um dos clássicos dessa área, *The population bomb*, de Paul Erlich. Observe que a data em que foi escrito e prepare-se para discutir o efeito que esse livro provavelmente causou na opinião pública.

10.19 Uma comunidade com vazão de águas residuais de 10 mgd precisa atender as normas para efluentes de 30 mg/L para DBO_5 e SS. Os resultados da estação piloto com o afluente de $DBO_5 = 250$ mg/L estimam constantes cinéticas em $K_S = 100$ mg/L, $\hat{\mu} = 0,25$ dia^{-1} e $Y = 0,5$. Decidiu-se manter o MLSS em 2.000 mg/L. Quais são o tempo de retenção hidráulico, a idade do lodo e o volume requerido para o tanque?

10.20 Águas residuais de uma fábrica de embalagem de pêssegos foram testadas em uma estação piloto de lodo ativado, e as constantes cinéticas encontradas são $\hat{\mu} = 3$ dia^{-1}, $Y = 0,6$, $K_S = 450$ mg/L. A DBO do afluente é 1.200 mg/L e espera-se uma taxa de vazão de 19.000 m^3/dia. Os aeradores a serem utilizados limitarão os sólidos suspensos no tanque de aeração para 4.500 mg/L. O volume de aeração disponível é de 5.100 m^3.
   a. Que eficiência de remoção de DBO pode ser esperada?
   b. Suponha que descobrimos que a taxa de vazão seja, na realidade, muito mais alta, por exemplo, 35.000 m^3/dia, e a vazão seja mais diluída, $S_0 = 600$ mg/L. Que eficiência de remoção deveríamos esperar agora?
   c. Nessa taxa de vazão e S_0, suponha que não possamos manter 4.500 mg/L de sólidos no tanque de aeração. (Por quê?) Se os sólidos fossem apenas 2.000 mg/L, e se fosse necessário remover 90% da DBO, qual seria o volume extra necessário do tanque de aeração?

10.21 Um sistema de lodo ativado tem uma vazão de 4.000 m^3/dia com $x = 400$ mg/L e $s = 300$ mg/L. A partir do trabalho da estação piloto, as constantes cinéticas são $Y = 0,5$, $\hat{\mu} = 3$ dia^{-1}, $K_S = 200$ mg/L. Precisamos projetar um sistema de aeração que removerá 90% da DBO_5. Especificamente, precisamos conhecer:

a. o volume do tanque de aeração
b. a idade do lodo
c. a quantidade de lodo ativado dos resíduos

10.22 Um fabricante de centrífugas está tentando vender para sua cidade uma nova centrífuga que deve desaguar o lodo para 35% de sólidos. Entretanto, você sabe que as máquinas deles, muito provavelmente, atingirão apenas cerca de 25% de sólidos na torta.
   a. Quanto do volume extra de lodo na torta você terá que conseguir tratar e eliminar (35% *versus* 25%)?
   b. Você sabe que nenhum dos concorrentes pode fornecer uma centrífuga que funcione melhor, e você gosta dessa máquina e convence a cidade a comprá-la. Algumas semanas antes da compra ser finalizada, você recebe um conjunto de copos com o logotipo da empresa das centrífugas neles, juntamente com uma nota de agradecimento do vendedor. O que você faz? Por quê? Utilize razões éticas para desenvolver sua resposta.

10.23 Na Abadia de Westminster em Londres são homenageados muitos dos personagens imortais da história inglesa, cada um dos quais deram uma contribuição significativa para a civilização ocidental. Enumerado entre eles, talvez inadvertidamente, encontra-se um Thomas Crapper, inventor do vaso sanitário com descarga "puxe e deixe correr". Uma tampa de boca de lobo, apresentada na Figura 10.37, é um memorial a Crapper. A teoria é que os soldados americanos durante a Primeira Guerra Mundial ficaram tão apaixonados e impressionados com a invenção de Crapper que levaram tanto o conceito como o nome ao retornarem para os Estados Unidos. Na Inglaterra, se você perguntar sobre como chegar a algum lugar para alguém dizendo "to the Crapper" eles não entenderão. Você precisa perguntar onde fica o "loo", ou seja, o toalete. Portanto, em seu próprio país, o coitado do Thomas não recebe honra alguma, mas nas colônias sua fama e glória sobrevivem.

Figura 10.37 Tampa da boca de lobo de Thomas Crapper da Abadia de Westminster.

Para esse problema, investigue o mecanismo de descarga de um vaso sanitário comum e explique seu funcionamento, utilizando figuras faça uma apresentação oral.

10.24 Sua cidade está considerando jogar seu lodo de águas residuais em uma mina abandonada para tentar reaver a terra para uso produtivo, e você, como engenheiro consultor da cidade, é chamado para dar uma opinião. Você sabe que a cidade tem tido dificuldades com seus digestores anaeróbicos e, embora possam atender às normas de Classe B em elementos patogênicos na maioria das vezes, provavelmente, não serão capazes de fazer isso de forma consistente. Reaver a mina é um passo positivo, assim como o baixo custo da eliminação. O engenheiro da cidade lhe comunica que se não puderem utilizar o método de eliminação da mina, terão que comprar um incinerador muito caro para atender ao novo regulamento EPA. A troca dos digestores anaeróbicos também será caríssima para essa pequena cidade.

O que você recomenda? Analise esse problema em relação às partes afetadas, possíveis opções e recomendações finais de ação.

10.25 O estado prometeu punir severamente a Domestic Imports Inc. se essa empresa violar sua licença para NPDES mais uma vez, e Sue está na mira. Trata-se de suas obras de tratamento e espera-se que ela trabalhe nisso. Suas solicitações de melhorias e expansão nunca foram recusadas, e foi comunicado a ela que as obras de tratamento apresentavam capacidade suficiente para tratar os resíduos. Isso é verdade, se a vazão média for utilizada no cálculo. Infelizmente, a operação de fabricação é tal que uma vazão excessiva poderia surgir inesperadamente, e o sistema biológico simplesmente não pode se adaptar rápido o bastante. A DBO do efluente iria parar nas alturas por alguns dias e, então, iria se sedimentar novamente abaixo das normas de NPDES. Se um agente do Estado comparecer em um dos dias em que ocorre esse transtorno, ela teria muitos problemas.

Um dia, ela está almoçando com um amigo, Emmett, que trabalha no laboratório de controle de qualidade. Sue reclama para Emmett sobre seu problema. Se ao menos ela conseguisse descobrir uma maneira de reduzir os inconvenientes de quando as cargas excessivas ocorressem... Ela já falou com um gerente da estação para fazer que ele lhe garantisse que as cargas excessivas não ocorreriam, ou para construir uma bacia de equalização, porém as duas solicitações foram negadas.

– As carga excessivas não são problema seu, Sue, – Emmett sugeriu. – É a DBO alta que resulta dessa carga excessiva, prejudicando sua estação.

– OK, espertão. Você está certo. Mas, isso não me ajuda.

– Bem, talvez eu possa ajudá-la. O problema é que você está trabalhando com uma taxa alta de DBO e precisa reduzi-la. Suponha que eu dissesse a você que poderia reduzir a DBO simplesmente adicionando alguns aditivos químicos na linha e que pode adicionar a quantidade necessária desses químicos para reduzir sua DBO. Você compraria esses químicos? perguntou Emmett.

– Só para descontrair, suponhamos que eu comprasse. Quais são esses químicos?

– Eu estive experimentando uma família de produtos químicos que desacelera o metabolismo microbiano, mas não mata os micróbios. Se você adicionar isso à sua linha após o decantador final, a DBO do efluente será reduzida porque a atividade metabólica dos micróbios será reduzida: eles utilizarão menos oxigênio. Você pode preparar uma pequena quantidade disso e sempre que perceber uma vazão acima da média saindo do processo de produção, você começa a fazer a sangria nesses químicos. A DBO permanecerá dentro dos limites do efluente e, em alguns dias, quando tudo estiver mais calmo, você interrompe esse processo. Mesmo se algum agente fizer uma visita, não há como eles detectarem isso. Você não está fazendo nada ilegal. Está simplesmente reduzindo a atividade metabólica.

– Mas, essa coisa é tóxica? pergunta Sue.

– Não, de forma alguma. Ela não apresenta efeito prejudicial algum nos testes de atividade biológica. Você gostaria de experimentar?

– Só um instante, isso é complicado. Se utilizarmos essa sua poção mágica, a DBO será reduzida, passaremos pela inspeção do estado, mas não teremos realizado o tratamento das águas residuais. A demanda de oxigênio ainda ocorrerá na corrente.

– Sim, porém muitos quilômetros e muitos dias a jusante. Eles nunca conseguirão associar sua descarga com a morte de peixes – se, de fato, isso ocorrer. O que você me diz? Gostaria de fazer uma tentativa?

Supondo que seja muito improvável que Sue algum dia será pega adicionando químicos ao efluente, por que ela não deveria fazer isso? Contra quais valores ela está lutando? Quais são as partes envolvidas e que interesses elas têm na decisão de Sue? Quais são todas as opções que ela tem e qual (quais) você recomendaria?

10.26 Quais são os principais mecanismos para remover e transformar poluentes em alagadiços de vazão de águas superficiais?

10.27 Quais são os principais mecanismos para remover e transformar poluentes em alagadiços de vazão de águas subsuperficiais?

NOTAS FINAIS

(1) Crites, Ron, e George Tchobanoglous. 1998. *Small and decentralized wastewater management systems*. Boston: WCB McGraw-Hill.
(2) Klankrong, Thongchai, e Thomas S. Worthley. 2001. Rethinking Bangkok's wastewater strategy. *Civil engineering* 71:6:72–77.
(3) Brock, Thomas D., Michael T. Madigan, John M. Martinko, e Jack Parker. 1994. *Biology of microorganisms*. Englewood Cliffs, N.J.: Prentice Hall.
(4) Rittmann, Bruce E., e Perry L. McCarty. 2001. *Environmental biotechnology: Principles and applications*. Boston: McGraw-Hill.
(5) Reed, Sherwood C., E. Joe Middlebrooks, e Ronald W. Crites. 1988. *Natural systems for waste management and treatment*. Nova York: McGraw-Hill.
(6) Solzhenitzyn, Aleksandr I. 1974. *The Gulag Archipelago*. Nova York: Harper-Row.

CAPÍTULO ONZE

Qualidade do Ar

O ar que respiramos, assim como a água que bebemos, é essencial para a vida. E como acontece com a água, queremos a segurança de que o ar não nos fará mal. Esperamos respirar um "ar limpo".

Mas, o que exatamente é um ar limpo? Essa pergunta é tão difícil responder quanto definir o que é água limpa. No Capítulo 8 vimos que são necessários muitos parâmetros para descrever a qualidade da água, e que apenas com o uso criterioso e seletivo desses parâmetros é possível explicar o que é a qualidade da água. Lembre-se de que esta é relativa e desejar que todas as águas sejam puramente H_2O é irreal. Em muitos casos, como em correntes e lagos, seria, em verdade, inaceitável ter água pura.

Definir a qualidade do ar é uma situação semelhante. O ar puro é uma mistura de gases, contendo:

- 78,0% de nitrogênio;
- 20,1% de oxigênio;
- 0,9% de argônio;
- 0,03% de dióxido de carbono;
- 0,002% de neônio;
- 0,0005% de hélio;

e assim por diante. Porém, esse ar não é encontrado na natureza e serve apenas como referência, tal como a H_2O pura.

Se isso é ar puro, então seria útil definir como poluentes aqueles materiais (gases, líquidos ou sólidos) que, quando adicionados ao ar puro em uma concentração suficientemente alta, causarão efeitos adversos. Por exemplo, compostos de enxofre emitidos na atmosfera reduzem o pH da chuva e resultam em acidez de rios e lagos, propagando os danos. Isso é claramente inaceitável, e os compostos de enxofre podem ser classificados (sem muita discussão) como poluentes do ar. No entanto, o problema não é tão facilmente definido, pois alguns compostos de enxofre podem ser emitidos por fontes naturais, como vulcões e fontes termais. Portanto, não é possível, simplesmente, classificar o enxofre como um poluente sem especificar suas fontes.

Os poluentes emitidos na atmosfera devem trafegar por ela para chegar até os seres humanos, animais, plantas ou outros para causar algum efeito. Enquanto na água esse transporte de poluentes ocorre através das correntes de água, no ar, ele é feito pelo vento.

Este capítulo discute inicialmente alguns elementos meteorológicos básicos para ilustrar como acontece o transporte e dispersão de poluentes. Em seguida, são apresentados os métodos de medição da qualidade do ar, seguidos por uma discussão sobre as fontes e efeitos de alguns dos principais poluentes do ar. Por fim, para mostrar como o governo pode influenciar na conquista da qualidade do ar, são apresentadas algumas leis sobre a poluição do mesmo.

11.1 METEOROLOGIA E MOVIMENTO DO AR

A atmosfera terrestre pode ser dividida em camadas fáceis de distinguir, de acordo com o perfil de temperatura (semelhante à estratificação de um lago, como visto no Capítulo 7). A Figura 11.1 mostra um perfil de temperatura comum para quatro camadas principais. A troposfera, onde a maior parte dos fenômenos atmosféricos acontece, varia de cerca de 5 km nos polos a 18 km no equador. A temperatura nessa camada diminui de acordo com a altitude e mais de 80% do ar está dentro dessa camada bem misturada. Acima da troposfera está a estratosfera, uma camada de ar onde o perfil de temperatura é invertido e na qual acontece pouca mistura. Os poluentes que migram para a estratosfera podem ficar por lá durante muitos anos. Ela possui uma alta concentração de ozônio, um gás capaz de absorver a radiação ultravioleta de ondas curtas emitida pelo sol. Acima dela ainda há duas camadas, a mesosfera e a termosfera, que contêm apenas 0,1% do ar.

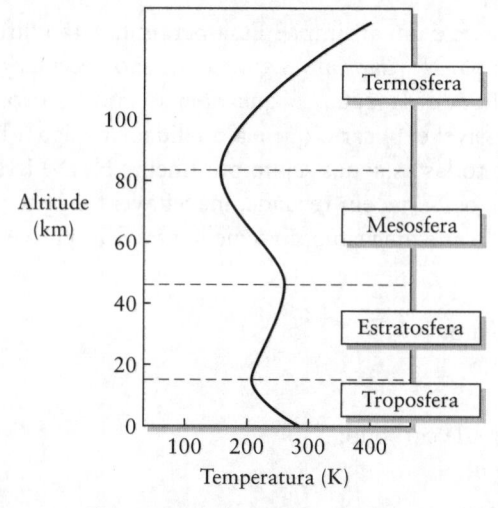

Figura 11.1 Atmosfera da Terra.

Excetuando-se os problemas do aquecimento global e depleção de ozônio estratosférico, os demais problemas da poluição atmosférica ocorrem na troposfera. Nela, os poluentes, sejam aqueles produzidos naturalmente (como o terpeno em florestas de pinheiros) ou aqueles emitidos por atividades humanas (como a fumaça de usinas elétricas), são transportados por correntes de ar que, em geral, chamamos de vento. Os meteorologistas identificam muitos tipos diferentes de ventos, que variam desde padrões de vento globais causados pelo aquecimento ou resfriamento diferencial da Terra, em sua rotação ao redor do sol, até os ventos locais causados pelos diferenciais de temperatura entre as massas de terra e água. A brisa do mar, por exemplo, é um vento provocado pelo aquecimento progressivo das regiões de terra durante um dia ensolarado. A temperatura de uma grande quantidade de água, como o oceano ou um grande lago, não se altera tão rapidamente durante o dia, e o ar sobre uma região quente de terra sobe, criando uma área de baixa pressão na direção da qual o ar flui, vindo horizontalmente dessa grande massa de água.

O vento não somente movimenta os poluentes horizontalmente, mas faz que esses poluentes se dispersem, reduzindo sua concentração à medida que se afasta da fonte. A quantidade de dispersão está diretamente relacionada à estabilidade do ar, ou à quantidade de ar em movimento vertical. A estabilidade da atmosfera será melhor explicada utilizando-se uma porção ideal de ar.

Na medida em que uma pequena porção imaginária de ar sobe para a atmosfera terrestre, ela passa por pressões cada vez mais baixas das moléculas de ar à sua volta e, portanto, expande-se. Essa expansão reduz sua temperatura. De forma ideal, uma porção de ar subindo para a atmosfera resfria à cerca de 1°C/100 m, ou 5,4°F/1.000 pés (ou aquece a 1°C/100 m se estiver descendo). Esse processo de resfriamento e aquecimento é denominado *gradiente adiabático seco*[1] e é independente das temperaturas atmosféricas dominantes. A variação de 1°C/100 m *sempre* se mantém (para o ar seco), não importando a temperatura real que possa ocorrer nas várias altitudes. Quando há umidade no ar, o gradiente passa a se chamar *gradiente adiabático úmido*, pois a evaporação e a condensação da água influenciam a temperatura da porção de ar. Essa situação é uma complicação desnecessária para o objetivo da análise a seguir, na qual, então, pressupõe-se uma atmosfera livre de umidade.

As medidas reais de elevação de temperatura são chamadas de *gradiente adiabático dominante* e podem ser classificadas como ilustrado na Figura 11.2. Um *gradiente superadiabático*, também chamado de *gradiente adiabático forte*, ocorre quando a temperatura atmosférica cai mais que 1°C/100 m. Um *gradiente subadiabático*, ou *gradiente adiabático fraco*, é caracterizado pela queda de menos de 1°C/100 m. Um caso especial de taxa de variação fraca é a *inversão*, uma condição em que há ar quente acima do ar frio.

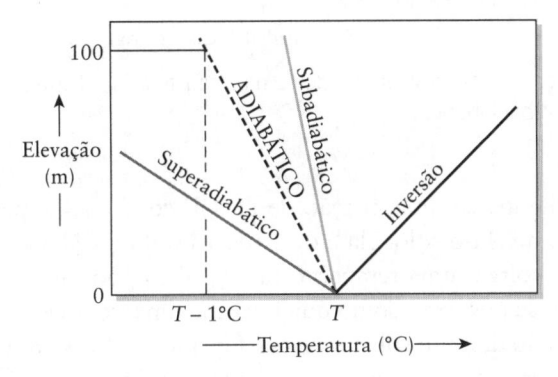

Figura 11.2 Gradientes adiabático seco e dominante.

Durante um gradiente superadiabático, as condições atmosféricas ficam instáveis; um gradiente subadiabático, especialmente uma inversão, caracteriza uma atmosfera estável. Isso pode ser ilustrado quando nos atemos a uma porção de ar a 500 m (Figura 11.3A). Nesse caso, a temperatura do ar a 500 m é de 20°C. Durante uma condição superadiabática, a temperatura do ar no nível do solo pode ser de 30°C, e a 1.000 m, de 10°C. Observe que isso representa uma alteração de mais de 1°C/100 m.

Se uma porção de ar a 500 m e 20°C sobe para 1.000 m, qual seria sua temperatura? Lembre-se de que, supondo que haja uma condição adiabática, a porção resfriaria 1°C/100 m. A temperatura da porção a 1.000 m é, então, de 5°C a menos que 20°C, ou seja, 15°C. A temperatura *dominante* (o ar em volta da porção), no entanto, é de 10°C, e a porção de ar encontra-se envolvida por ar mais frio. Ela subirá ou cairá? Com certeza subirá, pois o ar quente sobe. Então, podemos concluir que uma vez que uma porção de ar sob condições superadiabáticas sobe, ela não para, o que qualifica uma condição instável.

---

[1] No Capítulo 6 vimos que adiabático é um termo que denota a não transferência de calor (por exemplo, entre a porção de ar e o ar a sua volta).

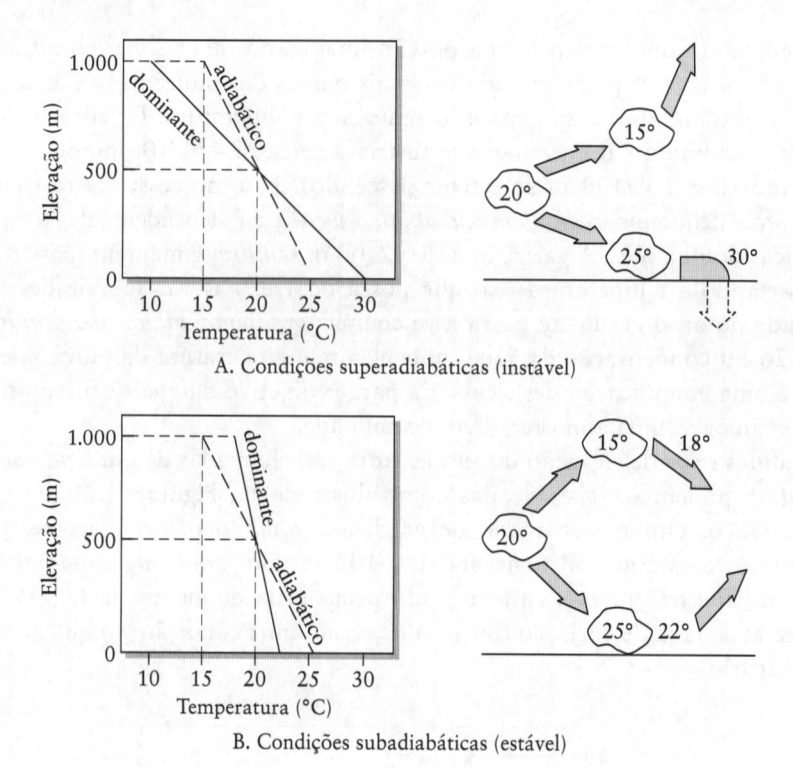

Figura 11.3 Uma parcela de ar movimentando-se na atmosfera; gradientes dominantes superadiabático e subadiabático.

De forma semelhante, se uma porção de ar sob condições superadiabáticas desce, digamos que para o nível do solo, ela é de 20°C + (500 m × [1°C/100 m]) = 25°C. Ela encontra o ar a sua volta a uma temperatura de 30°C e, portanto, a porção de ar frio continuaria a descer, se pudesse. Como qualquer movimento ascendente ou descendente tende a continuar e não diminui sob condições superadiabáticas, as atmosferas sob essas condições são caracterizadas por muitos movimentos verticais e turbulência. Em outras palavras, são instáveis.

O gradiente dominante subadiabático é, ao contrário, um sistema muito estável. Considere novamente (Figura 11.3B) uma porção de ar a 500 m e 20°C. Um sistema subadiabático comum possui uma temperatura no nível do solo de 21°C, e 19°C a 1.000 m. Se a porção estiver a 1.000 m, ela será resfriada de 5°C a 15°C. Porém, se encontrar o ar a sua volta a 19°C, cairá para seu ponto de origem. Da mesma forma, se a porção de ar fosse trazida ao nível do solo, atingiria 25°C, e ao encontrar o ar a sua volta a 21°C, subiria para 500 m. Consequentemente, o sistema subadiabático tende a diminuir os movimentos verticais e é caracterizado por uma mistura vertical limitada.

Uma inversão é uma condição subadiabática extrema, e o movimento vertical do ar dentro das inversões é quase nulo. Algumas delas, denominadas *inversões por subsidência*, acontecem em função do avanço de uma grande massa de ar quente sobre ar frio. Tais inversões, típicas em Los Angeles, duram por diversos dias e são responsáveis por sérios incidentes de poluição do ar, como o caso de Donora descrito no Capítulo 1. Um tipo mais comum é a *inversão por radiação*, causada pela radiação de calor para a atmosfera. Durante a noite, conforme a Terra resfria, o ar próximo ao solo perde calor, causando uma inversão (Figura 11.4). A poluição emitida durante a noite fica retida embaixo dessa camada e não escapa até que a Terra se aqueça suficientemente para romper a inversão.

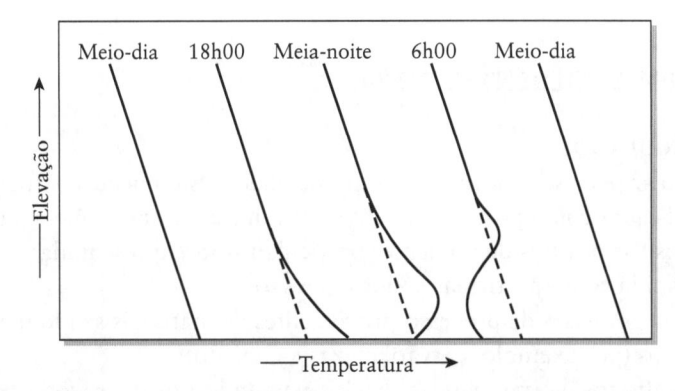

Figura 11.4 Inversão atmosférica causada por radiação térmica.

Além das inversões, os incidentes graves de poluição são quase sempre acompanhados por névoa. Essas minúsculas gotículas de água são prejudiciais de duas formas. Em primeiro lugar, a névoa torna possível converter SO_3^- em H_2SO_4. Em segundo lugar, a névoa fica sobre vales impedindo que o sol aqueça o solo e quebre as inversões, o que geralmente prolonga os episódios de poluição.

O movimento de plumas saindo de chaminés é governado pela taxa de variação na qual são emitidas, como ilustrado no exemplo a seguir.

EXEMPLO 11.1

Problema Uma chaminé com 100 m de altura emite uma pluma a 20°C. Os gradientes dominantes são ilustrados na Figura 11.5. Qual será a altura atingida pela pluma, supondo-se que haja condições adiabáticas perfeitas?

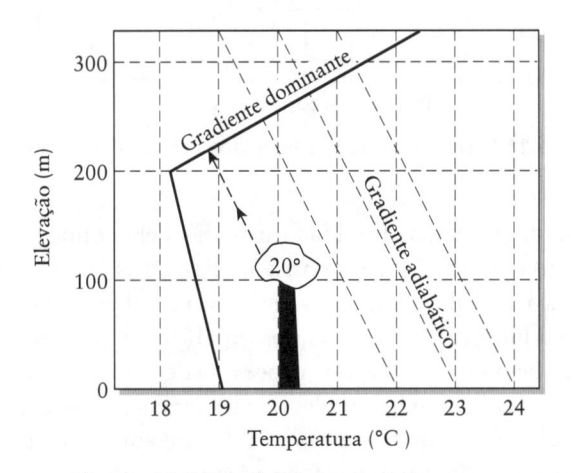

Figura 11.5 Gradiente dominante comum.

Solução Observe que o gradiente dominante é subadiabático a 200 m e uma inversão existe acima de 200 m. A pluma a 20°C encontra-se envolvida por um ar mais frio (18,5°C), então, sobe. Conforme sobe, o ar resfria a um gradiente adiabático seco, então a 200 m, a temperatura é de 19°C. A cerca de 220 m, o ar em volta está na mesma temperatura que a pluma (cerca de 18,7°C), e ela para de subir.

11.2 PRINCIPAIS POLUENTES DO AR

11.2.1 Particulados

Um poluente do ar pode ser um gás ou um particulado. Os poluentes particulados podem ainda ser classificados como poeira, vapor, névoa, fumaça ou spray. As faixas de tamanho aproximado dos vários tipos de poluentes particulados são apresentadas na Figura 11.6.

Poeira é definida como partículas sólidas que são:

a. carregadas por gases de processo provenientes de materiais sendo manipulados ou processados (por exemplo, carvão, cinzas e cimento);
b. produtos diretos de um material básico passando por operações mecânicas (por exemplo, serragem de um trabalho com madeira);
c. materiais carregados após utilização em operações mecânicas (por exemplo, areia utilizada no processo de jateamento).

A poeira consiste de partículas relativamente grandes. O pó de cimento, por exemplo, possui cerca de 100 μ de diâmetro[2].

O *vapor* é também uma partícula sólida, frequentemente um óxido metálico, formado pela condensação de vapores por sublimação, destilação, calcinação ou processos de reações químicas. Exemplos de vapores são os óxidos de zinco e chumbo resultantes da condensação e oxidação de metal volatizado em um processo a uma alta temperatura. As partículas nos vapores são bem pequenas, com diâmetros de 0,03 a 0,3 μ.

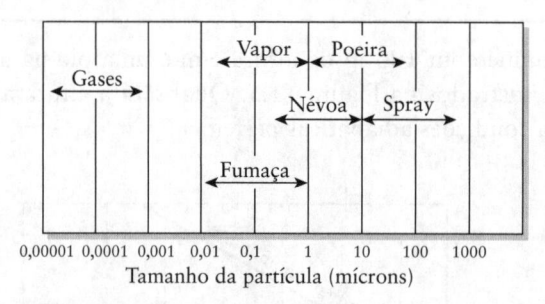

Figura 11.6 Definição dos particulados poluentes por tamanho.

A *névoa* consiste de partículas líquidas formadas pela condensação de um vapor e talvez por uma reação química. Névoas possuem diâmetros que variam de 0,5 a 3,0 μ.

A *fumaça* é feita de partículas sólidas formadas pela combustão incompleta de materiais carbonáceos. Embora hidrocarbonetos, ácidos orgânicos, óxidos de enxofre e óxidos de nitrogênio sejam também produzidos por processos de combustão, apenas as partículas sólidas resultantes da combustão incompleta de materiais carbonáceos são chamadas de fumaça. Suas partículas possuem diâmetros de 0,05 até aproximadamente 1 μ.

Por fim, *sprays* são partículas líquidas formadas pela atomização de um líquido base e sedimentam sob o efeito da gravidade.

11.2.2 Medição dos particulados

A medição dos particulados é, historicamente, feita utilizando-se um *amostrador de grande volume* (Hi-vol). Esse equipamento (Figura 11.7) funciona como um aspirador

---

2. No contexto de controle da poluição do ar, geralmente um micrômetro (μm) é referido como um mícron (μ). Esse uso é adotado para nossas referências.

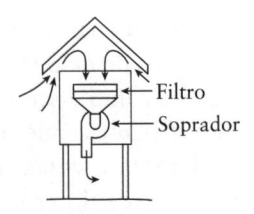

Figura 11.7 Amostrador Hi-vol.

de pó, forçando mais de 2.000 m$^{(3)}$ de ar através de um filtro durante 24 horas. A análise realizada é a gravimétrica; o filtro é pesado antes e depois, e a diferença é a quantidade de particulados coletados.

O fluxo de ar é calculado por um pequeno medidor, geralmente calibrado para pés cúbicos de ar por minuto. Como o filtro captura sujeira durante 24 horas de funcionamento, a quantidade de ar que passa durante as últimas horas é menor do que no início do teste, portanto, o fluxo de ar deve ser medido tanto no começo quanto no final do período de teste para se obter o valor médio. Modelos mais novos de amostradores Hi-vol incluem medidores que calculam automaticamente o fluxo de ar médio no período de 24 horas.

EXEMPLO 11.2

Problema Um filtro limpo pesa 10,00 gramas. Depois de 24 horas em um Hi-vol, o filtro mais a poeira pesam 10,10 gramas. O ar passa no início e no final do teste a 60 e 40 cfm, respectivamente. Qual é a concentração de particulados?

Solução O peso dos particulados (poeira)

$$= (10{,}10 - 10{,}00) \text{ g } (10^6 \text{ } \mu g/g)$$

$$= 0{,}1 \times 10^6 \text{ } \mu g$$

$$\text{Fluxo de ar médio} = \frac{(60 + 40)}{2} = 50 \text{ pés}^3/\text{min}$$

Fluxo total de ar que passa pelo filtro

$$= (50 \text{ pés}^3/\text{min})(60 \text{ min/h})(24 \text{ h/d}) \text{ (1 d)}$$

$$= 72.000 \text{ pés}^3$$

$$= (72.000 \text{ pés}^3)(28{,}3 \times 10^{-3} \text{ m}^3/\text{pés}^3)$$

$$= 2.038 \text{ m}^3$$

Total de particulados suspensos = $(0{,}1 \times 10^6 \text{ } \mu g) / 2.038 \text{ m}^3 = 49 \text{ } \mu g/m^3$

A concentração de particulados medida dessa forma é geralmente chamada de *total de particulados suspensos* (TSP, do inglês *total suspended particulates*) para diferenciá-la das outras medidas de particulados.

Outra medida muito utilizada na área de saúde ambiental é a concentração de *particulados inaláveis*, ou aqueles que podem ser inalados para dentro dos pulmões. Esses particulados, geralmente, apresentam menos de 0,3 μ de tamanho, e as medições são realizadas com filtros empilhados. O primeiro filtro remove apenas partículas > 0,3 μ, e o segundo, apresentando espaços menores, remove os pequenos particulados inaláveis.

A EPA também reconheceu que as medições de particulados podem ser muito distorcidas se algumas partículas grandes acabarem caindo no amostrador. Para contornar esse problema, atualmente, medem-se apenas as partículas menores que 10 μ. Designadas simbolicamente como PM_{10} — particulados de diâmetro inferior a 10 μ — essa medida é utilizada nos padrões de qualidade do ar, como discutido a seguir.

Fornos à lenha são aparentemente eficientes emissores de pequenas partículas da variedade PM_{10}. Em uma cidade de Oregon, a concentração de PM_{10} atingiu mais de 700 $\mu g/m^3$, enquanto o padrão de qualidade do ar nacional nos Estados Unidos (veja a seguir) é de apenas 150 $\mu g/m^3$. As cidades onde as condições atmosféricas impedem a dispersão de fumaça da queima de madeira foram obrigadas a restringir a queima desse material durante a noite, período em que as condições poderiam levar a altos níveis de particulados na atmosfera.

Um fato interessante é que ainda não foi inventado e aceito um equipamento para medir continuamente os particulados na atmosfera. O problema, sem dúvida, é que deve ser realizada uma medição gravimétrica, e é difícil construir um aparelho que pese continuamente quantidades de poeira por minuto. Alguns aparelhos indiretos são utilizados para estimar a quantidade de partículas, sendo o mais notável, o chamado *nefelômetro*, que, na verdade, mede a difusão da luz. Presume-se que uma atmosfera contendo partículas permite a difusão da luz. Infelizmente, particulados de diferentes tamanhos dispersam a luz de forma diferenciada, e a umidade atmosférica (névoa), que não deveria ser medida como particulado, também interfere na passagem da luz.

11.2.3 Poluentes gasosos

No contexto do controle da poluição do ar, os poluentes gasosos incluem substâncias que são gases a uma temperatura e pressão normais, assim como vapores de substâncias líquidas ou sólidas sob condições normais. Dentre os poluentes gasosos de maior relevância, de acordo com o que se sabe até agora, estão o monóxido de carbono, os hidrocarbonetos, o ácido sulfídrico, os óxidos de nitrogênio, o ozônio e outros oxidantes e óxidos de enxofre. O dióxido de carbono deve ser adicionado a essa lista, em função de seu efeito potencial sobre o clima. Esses e outros poluentes gasosos estão listados na Tabela 11.1.

11.2.4 Medição dos gases

Enquanto as unidades de medida dos particulados são consistentes, em termos de microgramas por metro cúbico, a concentração de gases pode ser medida tanto em partes por milhão (ppm) com base em uma relação de volumes como em microgramas por metro cúbico. Como explicado no Capítulo 2, a conversão de uma para outra é feita da seguinte forma:

$$\mu g/m^3 = \frac{MM \times 1.000}{24,5} \times ppm$$

em que MM = massa molecular do gás. Essa equação é aplicada em condições de 1 atmosfera e 25°C. Para uma atmosfera e 0°C, a constante é 22,4.

EXEMPLO 11.3

Problema Um gás de combustão contém monóxido de carbono (CO) a uma concentração de 10% por volume. Qual é a concentração de CO em $\mu g/m^3$? (Considere 25°C e 1 de pressão atmosférica).

Solução A concentração em ppm utiliza o fato de que 1% por volume é 10.000 ppm (Capítulo 2). Portanto, 10% por volume é 100.000 ppm. A massa molecular do CO é 28 g/mol, então a concentração em microgramas por metro cúbico é de

$$\frac{28 \times 1.000}{24,5} \times 100.000 = 114 \times 10^6 \ \mu g/m^3$$

Quase todas as antigas técnicas de medição gasosa envolviam o uso de um *borbulhador*, apresentado na Figura 11.8. O gás é literalmente borbulhado dentro um líquido, que ou reage quimicamente com o gás de interesse ou dentro do qual o gás é dissolvido. Técnicas químicas com água são utilizadas para medir a concentração de gás.

Tabela 11.1 Alguns Poluentes Gasosos do Ar.

Nome	Fórmula	Propriedades relevantes	Significância como poluente do ar
Dióxido de enxofre	SO_2	Gás incolor, provoca asfixia intensa, forte odor, altamente solúvel em água – formando ácido sulforoso, H_2SO_3	Perigo para propriedade, saúde e vegetação
Trióxido de enxofre	SO_3	Solúvel em água – formando ácido sulfúrico H_2SO_4	Altamente corrosivo
Ácido sulfídrico	H_2S	Odor de ovo estragado em baixas concentrações, inodoro a altas concentrações	Altamente venenoso
Óxido nitroso	N_2O	Gás incolor, utilizado como gás de transporte em produtos com aerossol	Relativamente inerte; não produzido na combustão
Óxido nítrico	NO	Gás incolor	Produzido em combustões a altas temperaturas e pressão; oxida para NO_2
Dióxido de nitrogênio	NO_2	Gás de cor marrom a alaranjada	Principal componente na formação de névoa fotoquímica
Monóxido de carbono	CO	Incolor e inodoro	Produto de combustões incompletas; venenoso
Dióxido de carbono	CO_2	Incolor e inodoro	Formado durante combustões completas; gás do efeito estufa
Ozônio	O_3	Altamente reativo	Perigo para vegetações e propriedades; produzido, principalmente, durante a formação de névoa fotoquímica
Hidrocarboneto	C_xH_y ou HC	Diversas	Emitido por automóveis e indústrias; formado na atmosfera
Metano	CH_4	Combustível, inodoro	Gás do efeito estufa
Clorofluorcarbonetos	CFC	Não reativo, excelentes propriedades térmicas	Decompõe o ozônio na camada superior da atmosfera

Uma técnica simples de borbulhamento (mas hoje raramente utilizada) para medir SO_2 é liberar ar através de peróxido de hidrogênio, causando a seguinte reação:

$$SO_2 + H_2O_2 \rightarrow H_2SO_4$$

A quantidade de ácido sulfúrico formada pode ser determinada pela titulação da solução com uma base de força conhecida.

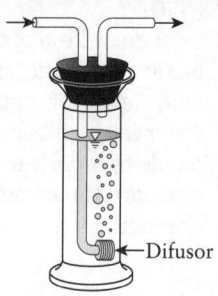

Figura 11.8 Típico borbulhador para medir poluentes gasosos.

Um dos melhores métodos da terceira geração para medição de SO_2 é o método colorimétrico da pararosanilina, na qual o SO_2 é liberado em um líquido contendo tetracloromercurato (TCM). O SO_2 e o TCM combinam para formar um complexo estável. A pararosanilina é então adicionada a esse complexo, com o qual forma uma solução colorida. A intensidade da cor é proporcional ao SO_2 na solução, e a cor é medida com um espectrofotômetro. (Consulte o Capítulo 6 para a medida da amônia – outro exemplo de uma técnica colorimétrica).

11.2.5 Medição da fumaça

A poluição do ar tem sido historicamente associada à fumaça – quanto mais escura, maior a poluição. Agora sabemos que isso não é necessariamente verdade, mas muitos padrões (por exemplo, para incineradores municipais) ainda consideram a densidade da fumaça.

A densidade da fumaça tem sido, há muitos anos, medida pela *escala de Ringelmann*, inventada no final do século XIX por Maxmilian Ringelmann, um professor de engenharia francês. A escala varia de 0 para fumaça branca ou transparente a 5 para fumaça completamente preta e opaca. O teste trata-se simplesmente de comparar a cor do cartão, como mostra a Figura 11.9, com a cor da fumaça. Por exemplo, uma cor razoavelmente preta é considerada na escala 4 de Ringelmann.

11.2.6 Visibilidade

Um dos efeitos óbvios dos poluentes no ar é a redução da visibilidade. Ela é, geralmente, definida como a condição em que só é possível identificar um objeto grande, como um prédio, à luz do dia ou apenas enxergar uma luz brilhante durante a noite. Essa é, sem

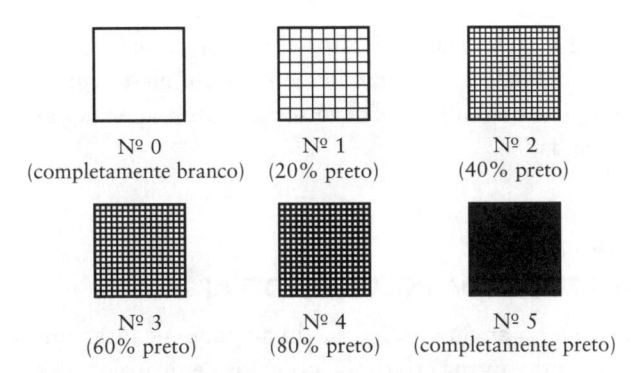

Figura 11.9 Escala de Ringelmann.

dúvida, uma definição vaga de visibilidade, porém é útil para determinar os limites de visibilidade.

A redução dessa condição pode ocorrer em função de "poluentes" naturais, como terpenos dos pinheiros (razão pela qual as Smoky Mountains possuem aquela névoa), ou resultantes das emissões produzidas pelas atividades humanas. Muitos componentes podem causar uma atenuação da visibilidade, como gotículas de água (neblina) e gases (NO_2), mas a redução mais significativa acontece devido a pequenos particulados. Eles reduzem a visibilidade tanto pela adsorção da luz quanto pela difusão dela. No primeiro caso, a luz não chega aos olhos do observador e, no segundo, a difusão reduz o contraste entre a luz e os objetos escuros. Matematicamente, a intensidade de um objeto iluminado por um feixe de intensidade I a uma distância x do observador é atenuada de acordo com

$$\frac{dI}{dx} = -\sigma I$$

onde I = intensidade de um feixe de luz como visto pelo observador;
 x = distância do observador;
 σ = constante que considera a condição atmosférica, geralmente chamada de coeficiente de extinção.

Integrada, essa equação equivale a

$$\ln\left(\frac{I}{I_0}\right) = -\sigma x$$

onde I_0 é a intensidade do feixe quando a distância x aproxima-se do valor zero. Verificou-se que o limite mais baixo de visibilidade, para a maioria das pessoas, ocorre quando a intensidade da luz é reduzida para cerca de 2% de uma luz não atenuada. Se esse valor for substituído na equação acima, a distância x é o limite de visibilidade, L_V, ou

$$\ln(0{,}02) = -\sigma L_V$$

$$L_V = \frac{3{,}9}{\sigma}$$

Em uma aproximação grosseira, o coeficiente de extinção pode ser considerado como sendo direta e linearmente proporcional à concentração de partículas (para atmosferas com menos de 70% de umidade). Uma expressão aproximada para visibilidade pode ser então representada da seguinte forma

$$L_V = \frac{1{,}2 \times 10^3}{C}$$

em que a constante $1,2 \times 10^3$ considera o fator de conversão se L_V estiver em quilômetros e C for a concentração de particulados em microgramas por metro cúbico. Deve-se enfatizar que essa é uma relação aproximada e deve ser utilizada apenas para atmosferas com menos de 70% de umidade[3].

11.3 FONTES E EFEITOS DA POLUIÇÃO DO AR

Elementos indesejáveis no ar ou a poluição do ar podem causar um impacto negativo na saúde humana, e na de outras criaturas, no valor de propriedades e na qualidade de vida. Alguns dos poluentes preocupantes para a saúde dos seres humanos são formados e emitidos por processos naturais. Alguns particulados naturais incluem, por exemplo, pólen, esporos de fungos, névoa salina, partículas provenientes de incêndios nas florestas e poeira de erupções vulcânicas. Os poluentes gasosos de fontes naturais incluem monóxido de carbono como um produto de decomposição na degradação da hemoglobina, os hidrocarbonetos na forma de terpenos dos pinheiros, o ácido sulfídrico resultante da decomposição da cisteína e outros aminoácidos contendo enxofre pela ação de bactérias, os óxidos de nitrogênio e o metano (gás natural).

As fontes provenientes de atividades humanas podem ser convenientemente classificadas como processos de combustão estacionária, transporte, processos industriais e fontes de descarte de resíduos sólidos. As principais emissões de poluentes de processos de combustão estacionária são poluentes em forma de particulados (como cinzas em suspensão e fumaça), enxofre e óxidos de nitrogênio. As emissões de óxido de enxofre são uma função da quantidade de enxofre presente no combustível. Consequentemente, a combustão de carvão e petróleo, os quais contêm quantidades significativas de enxofre, resulta em quantidades consideráveis de óxido de enxofre.

A maior parte do conhecimento dos efeitos da poluição do ar nas pessoas tem origem nos estudos de episódios de intensa poluição do ar. Os dois casos mais famosos ocorreram em Donora, na Pensilvânia (descrito no Capítulo 1), e em Londres, na Inglaterra. Em ambos, os poluentes afetaram um segmento específico da população – aqueles indivíduos que já sofriam de doenças do sistema cardiorrespiratório. Outra observação de grande importância é que não foi possível definir o elemento poluente responsável pelas crises. Essa questão confundiu os investigadores (especialistas da área de higiene industrial), que estavam acostumados a estudar problemas industriais nos quais era possível relacionar os efeitos à saúde com um poluente específico. Atualmente, após muitos anos de estudo, acredita-se que os problemas de saúde durante os episódios poderiam ter sido atribuídos à ação combinada de particulados (sólidos ou líquidos) e o dióxido de enxofre, um gás. Nenhum poluente sozinho, no entanto, poderia ter sido o responsável.

Exceto por esses episódios, os cientistas possuem poucas informações para avaliar os efeitos da poluição do ar à saúde. Estudos laboratoriais realizados com animais podem ajudar, no entanto, há muita diferença entre uma pessoa e um rato (em termos anatômicos).

Quatro dos problemas mais complicados com relação à poluição do ar para a saúde ainda são questões sem respostas, relacionados a (1) a existência de limiares, (2) a carga total de poluentes, (3) a questão do tempo *versus* a dosagem e (4) os efeitos sinérgicos de várias combinações de poluentes.

---

3. Essa discussão é baseada em parte nas bibliografias: Ross, R. D., ed. 1972. *Air pollution and industry*. Nova York: VanNostrand Reinhold, e Wark, K., e C. F. Warner. 1981. *Air pollution*. Nova York: Harper & Row.

Limiares. A existência de um limiar nos efeitos de poluentes sobre a saúde foi assunto debatido durante muitos anos. Como será visto mais adiante no Capítulo 14, é possível traçar diversas curvas de reações em função de doses para o caso de uma dose de um poluente específico (por exemplo, monóxido de carbono) e a reação a ele (por exemplo, redução da capacidade do sangue em transportar oxigênio). É possível que não haja efeito algum para o metabolismo humano até que atinja uma concentração crítica (o limite). Em contrapartida, alguns poluentes podem produzir uma reação detectável para qualquer concentração finita. Nenhuma das curvas precisa ser linear. Para a poluição do ar, a relação dose-reação mais provável para muitos poluentes é não linear sem limiares identificáveis, mas com uma reação mínima até uma alta concentração, no ponto em que a reação torna-se grave. O problema é que se desconhece a forma dessas curvas para a maioria dos poluentes.

Carga total. Nem todas as doenças de poluentes provêm do ar. Por exemplo, apesar de uma pessoa inspirar cerca de 50 µg/dia de chumbo, ela ingere cerca de 300 µg/dia de chumbo com a água e alimentos. No que diz respeito aos padrões da qualidade do ar para o chumbo, deve-se reconhecer que a ingestão de chumbo acontece, em maior quantidade, através de alimentos e água.

Tempo versus *dosagem*. A maioria dos poluentes leva um certo tempo para reagir, e o tempo de contato é tão importante quanto o nível. O melhor exemplo disso é o efeito do monóxido de carbono, como mostra a Figura 11.10. A afinidade que a hemoglobina humana (Hb) tem com o monóxido de carbono é 210 vezes maior que a afinidade com o oxigênio, consequentemente, o CO se combina imediatamente com a hemoglobina para formar a carboxihemoglobina (COHb). A formação de COHb reduz a quantidade de hemoglobina disponível para transportar oxigênio. Uma concentração de aproximadamente 60% de COHb pode levar à morte por falta de oxigênio. No entanto, os efeitos do CO a concentrações subletais são, geralmente, reversíveis. Em função de problemas desse tipo relacionados ao tempo e a reação aos poluentes, os padrões de qualidade do ar ambiente são estabelecidos a concentrações máximas permitidas para um determinado tempo de contato.

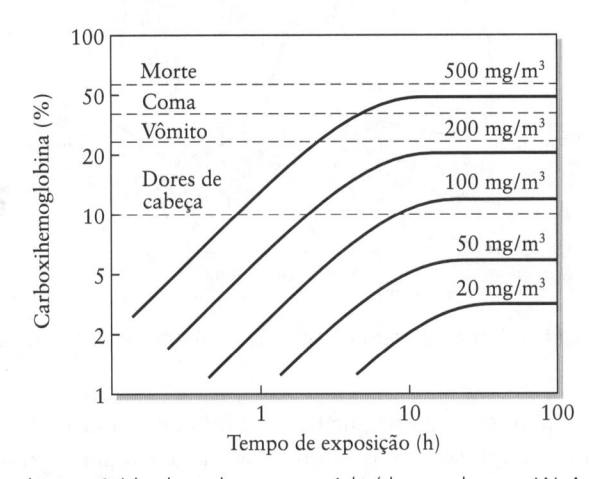

Figura 11.10 Efeito do monóxido de carbono na saúde (de acordo com W. Agnew. 1968. *Proceedings of the royal society* A307:153.)

Sinergismo. Esse termo é definido como um efeito maior que a soma das partes. Por exemplo, a doença do pulmão negro em trabalhadores de minas de carvão ocorre apenas quando o minerador é fumante. A mineração de carvão por si só e o hábito de fumar isoladamente não causarão a doença, mas a ação sinérgica das duas ações coloca os mineradores que fumam em uma condição de alto risco. [Embora haja bastante evidência de que a poluição do ar pode aumentar os riscos de doenças (como câncer de pulmão, enfisema e asma) em especial quando combinada ao fumo, a real relação entre causa e efeito não é comprovada cientificamente. Portanto, é errado afirmar que a poluição do ar, não importa a gravidade (ou cigarros, para tal problema), *causa* câncer de pulmão ou outras doenças respiratórias].

Sem dúvida alguma, o principal alvo dos poluentes do ar nos seres humanos (e outros seres vivos) é o sistema respiratório, ilustrado na Figura 11.11. O ar (e os poluentes transportados) entra no corpo através da boca e das cavidades nasais e é levado para os pulmões pela traqueia. Nos pulmões o ar sai dos tubos bronquiais e vai para os alvéolos, pequenos sacos de ar nos quais acontece a troca gasosa. Os poluentes ou são absorvidos para a corrente sanguínea ou expulsos dos pulmões por minúsculas células capilares, chamadas de cílios, que estão continuamente varrendo muco em direção à garganta. O sistema respiratório pode ser danificado tanto por poluentes em forma de partículas quanto em forma de gases.

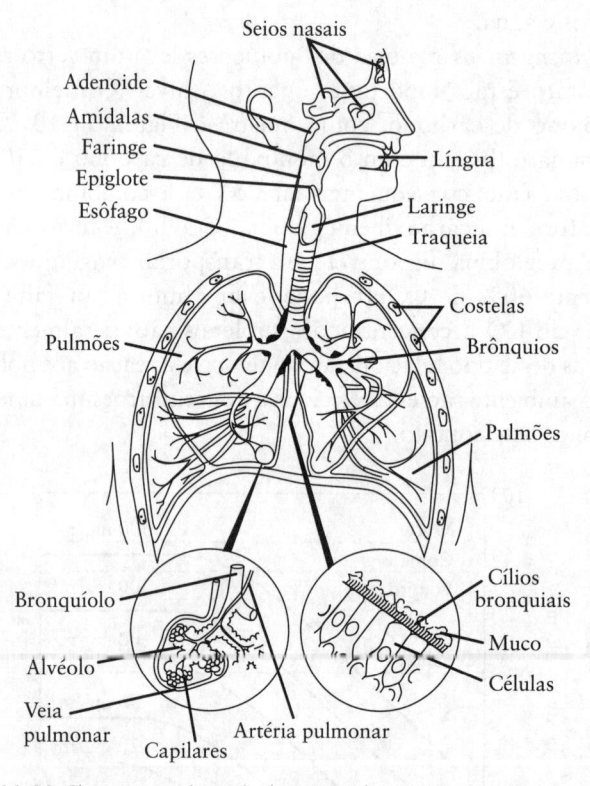

Figura 11.11 Sistema respiratório (cortesia da *American Lung Association*).

As partículas com diâmetro maior que $0,1\ \mu$ geralmente serão capturadas no sistema respiratório superior e expulsas pelos cílios. Porém, partículas menores que $0,1\ \mu$ de diâmetro podem entrar nos alvéolos, onde não há cílios, e se instalarem lá por um longo período e causar danos ao pulmão. Gotículas de H_2SO_4 e partículas de chumbo representam as formas mais perigosas de elementos no ar.

Talvez o gás mais relevante com relação à saúde é o dióxido de enxofre. Ele atua como um elemento irritante, limita o fluxo de ar e reduz a ação dos cílios. Por ser altamente solúvel, pode ser imediatamente removido pelas membranas mucosas, mas já foi comprovado que ele pode chegar ao pulmão, em princípio se adsorvido em minúsculas partículas utilizando esse tipo de transporte para alcançar as células mais profundas do pulmão – um caso clássico de ação sinérgica.

A quantidade de óxido de enxofre produzido pode ser calculada se o conteúdo de enxofre do combustível for conhecido, como mostra o exemplo a seguir.

EXEMPLO 11.4

Problema Durante um longo episódio de poluição de duas semanas em Londres, em 1952, estima-se que 25.000 toneladas métricas de carvão que continham uma média de 4% de enxofre foram queimadas por semana.

A profundidade de mistura (altura da camada de inversão ou capa sobre a cidade que impedia a dispersão dos poluentes) era de cerca de 150 m sobre uma área de 1.200 km². Se, inicialmente, não havia SO_2 na atmosfera (um pressuposto conservador), qual é a concentração de SO_2 esperada ao final de duas semanas?

Solução Utilize o "modelo de caixa" para calcular a concentração. Ou seja, considere o volume sobre a cidade de Londres uma caixa-preta, e utilize a conhecida equação de balanço de materiais.

$$\begin{bmatrix} \text{Taxa de } SO_2 \\ \text{ACUMULADO} \end{bmatrix} = \begin{bmatrix} \text{Taxa de } SO_2 \\ \text{DE ENTRADA} \end{bmatrix} - \begin{bmatrix} \text{Taxa de } SO_2 \\ \text{DE SAÍDA} \end{bmatrix} + \begin{bmatrix} \text{Taxa de } SO_2 \\ \text{PRODUZIDO} \end{bmatrix} - \begin{bmatrix} \text{Taxa de } SO_2 \\ \text{CONSUMIDO} \end{bmatrix}$$

A taxa de SO_2 de saída é zero, pois nada escapou da camada de *neblina*. A taxa produzida e consumida também é zero, se considerarmos que o óxido de enxofre não foi criado ou destruído na atmosfera. A taxa de concentração de SO_2 aumentando na caixa é constante, então a equação é de ordem zero (Capítulo 4).

$$\begin{bmatrix} \text{Taxa de } SO_2 \\ \text{ACUMULADO} \end{bmatrix} = \begin{bmatrix} \text{Taxa de } SO_2 \\ \text{DE ENTRADA} \end{bmatrix} - 0 + 0 - 0$$

$$\frac{dA}{dt} = k$$

ou $A = A_0 + kt$

onde A = massa de SO_2.

O SO_2 emitido por semana é de

$$\left(\frac{25.000 \text{ toneladas métricas de carvão}}{\text{semana}}\right)\left(\frac{4 \text{ partes de S}}{100 \text{ partes de carvão}}\right)\left(\frac{\text{mol S}}{32 \text{ g de S}}\right)$$

$$\times \left(\frac{1 \text{ mol de } SO_2}{1 \text{ mol de S}}\right)\left(\frac{64 \text{ g de } SO_2}{\text{mol de } SO_2}\right) = 2.000 \frac{\text{toneladas métricas}}{\text{semana}}$$

Se a concentração inicial, A_0, é considerada zero,

A = 0 + (2.000 toneladas métricas/semana)(2 semanas) = 4.000 toneladas métricas de SO_2

acumuladas na atmosfera sobre Londres.

O volume dentro do qual ela é misturada é de

$$150 \text{ m} \times 1.200 \text{ km}^2 \times 10^6 \text{ m}^2/\text{km}^2 = 180.000 \times 10^6 \text{ m}^3$$

A concentração de SO_2 ao final de duas semanas deve ser de

$$\frac{4.000 \text{ toneladas métricas} \times 10^6 \text{ g/toneladas métricas} \times 10^6 \text{ µg/g}}{180.000 \times 10^6 \text{ m}^3} = 22.000 \text{ µg/m}^3$$

∎

O pico de concentração real de SO_2 durante o episódio de Londres foi menos que 2.000 $\mu g/m^3$, apesar de os cálculos anteriores mostrarem um valor 10 vezes mais alto. Para onde foi todo o SO_2? A resposta está no pressuposto utilizado no cálculo em que não havia sido consumida qualquer quantidade de SO_2. Na verdade, acontece uma contínua limpeza do SO_2 da atmosfera pelo SO_2 que entra em contato com edifícios, flora, fauna e seres humanos. O mais importante é que os óxidos de enxofre parecem ser um elemento principal das precipitações pouco diluídas, mais conhecidas como chuva ácida.

11.3.1 Óxidos de enxofre e de nitrogênio e a chuva ácida

Um modo segundo o qual o SO_2 é removido da atmosfera é em forma de chuva ácida. A chuva normal e não contaminada possui um pH de cerca de 5,6 (em função do CO_2), mas a chuva ácida pode apresentar um pH de 2 ou até mais baixo. A formação da chuva ácida é um processo complexo, e sua dinâmica ainda não é totalmente compreendida. Em outras palavras, o SO_2 é emitido pela queima de combustíveis contendo enxofre e reage com os componentes da atmosfera

$$S + O_2 \xrightarrow{calor} SO_2$$

$$SO_2 + O \xrightarrow{luz\ do\ sol} SO_3$$

$$SO_3 + H_2O \longrightarrow H_2SO_4$$

H_2SO_4 é ácido sulfúrico. Os óxidos de enxofre não produzem exatamente o ácido sulfúrico nas nuvens, porém a ideia é a mesma. A precipitação do ar contendo altas concentrações de óxido de enxofre é pouco diluída, e seu pH cai imediatamente.

Os óxidos de nitrogênio, emitidos em sua maior parte pelos automóveis, mas também por qualquer combustão de alta temperatura, contribuem para a formação da mistura ácida na atmosfera. As reações químicas que, aparentemente, acontecem com o nitrogênio são

$$N_2 + O_2 \longrightarrow 2NO$$

$$NO + O_3 \longrightarrow NO_2 + O_2$$

$$NO_2 + O_3 + H_2O \longrightarrow 2HNO_3 + O_2$$

onde HNO_3 é ácido nítrico.

O efeito da chuva ácida tem sido devastador. Centenas de lagos na América do Norte e Escandinávia tornaram-se tão ácidos que não existe mais vida aquática neles. Em um estudo recente em lagos noruegueses, mais de 70% deles apresentando um pH menor que 4,5 não continham peixes, e quase todos os lagos com um pH a partir de 5,5 continham. O pH baixo não só afeta os peixes diretamente, mas também contribui para a liberação de metais potencialmente tóxicos, como o alumínio, ampliando a magnitude do problema.

A chuva ácida da América do Norte já acabou com todos os peixes e muitas plantas em 50% dos lagos das montanhas de Adirondacks. O pH em muitos desses lagos atingiu níveis tão altos de acidez a ponto de ser necessário substituir as trutas e as plantas nativas por mantas de algas tolerantes à acidez.

A sedimentação de ácido atmosférico nos sistemas de água doce fez que a EPA sugerisse um limite de 10 a 20 kg de SO_4^{2-} por hectare ao ano. Se a "lei de poluição do ar de Newton" for utilizada (tudo o que sobe tem que descer), é fácil notar que a quantidade de óxidos nítricos e sulfúricos emitidos é bem maior que esse limite. Por exemplo, somente para o estado de Ohio, o total anual de emissões é de $2,4 \times 10^6$ toneladas métricas de SO_2 por ano. Se isso tudo for convertido para SO_4^{2-} e depositado no estado, totalizaria 360 kg por hectare ao ano[1].

No entanto, nem toda essa quantidade de enxofre cai sobre a população de Ohio. Na verdade, a maior parte dela é exportada através da atmosfera para locais bem distantes. Cálculos semelhantes para as emissões de enxofre no noroeste dos EUA indicam que a taxa de emissão de enxofre é de quatro a cinco vezes maior que a taxa de sedimentação. Para onde vai tudo isso?

A população canadense tem uma resposta direta e convincente. Durante muitos anos, eles culpavam os EUA pela formação da maior parte de chuva ácida que caía dentro de seu território. Da mesma forma, muitos dos problemas na Escandinávia pode ser em função do uso das grandes chaminés na Grã-Bretanha e nos países mais ao sul da Europa continental. Por anos, a indústria britânica simplesmente construiu chaminés cada vez mais altas como um meio de controlar a poluição do ar, reduzindo a concentração direta no nível do solo, porém emitindo os mesmos poluentes na atmosfera superior. A qualidade do ar no Reino Unido melhorou, mas ao custo de causar chuva ácida em outras partes da Europa.

A poluição além das fronteiras políticas é um problema regulamentar particularmente complexo. A grande ajuda da força policial não está mais disponível. Por que o Reino Unido *deveria* se preocupar com a chuva ácida na Escandinávia? Por que os alemães *deveriam* limpar o rio Reno antes que suas águas cheguem à Holanda? Por que Israel *deveria* parar de tirar água do Mar Morto, compartilhado com a Jordânia? As leis já não são mais úteis, e é improvável que haja ameaça de retaliação. O que pode ser feito para encorajar esses países a fazer a coisa certa? Existe mesmo o que chamamos de "ética internacional"?

11.3.2 Névoa com fumaça (*smog*) fotoquímica

Uma importante abordagem na classificação dos poluentes do ar é a de *poluentes primários* e *secundários*. Poluentes primários são aqueles emitidos como tal na atmosfera, enquanto os poluentes secundários são, em verdade, produzidos na atmosfera por reações químicas. Os componentes da fumaça de automóveis são particularmente importantes na formação dos poluentes secundários. A famosa e tão discutida névoa com fumaça (*smog*) de Los Angeles é um caso de formação de poluentes secundários. A Tabela 11.2 lista de forma simplificada as principais reações na formação de névoa com fumaça fotoquímica.

A sequência da reação ilustra como os óxidos de nitrogênio formados na combustão de gasolina e outros combustíveis emitidos na atmosfera reagem sob a luz do sol produzindo ozônio (O_3), um composto que não é emitido diretamente e, portanto, considerado um poluente secundário. O ozônio por sua vez, reage com hidrocarbonetos para formar uma série de compostos, incluindo aldeídos, ácidos orgânicos e compostos de epóxi. A atmosfera pode ser vista como um enorme recipiente para as reações em que novos compostos estão sendo formados enquanto outros estão sendo destruídos.

A formação de névoa com fumaça fotoquímica é um processo dinâmico. A Figura 11.12 ilustra como as concentrações de alguns dos componentes variam durante o dia. Observe que, à medida que a movimentação da manhã começa, os níveis de NO aumentam, seguidos rapidamente pelo NO_2. Conforme o último reage com a luz do sol, produz O_3 e outros oxidantes. O nível de hidrocarboneto aumenta de forma semelhante no início do dia e, então, cai durante a noite.

As reações envolvidas na névoa com fumaça fotoquímica permaneceram um mistério por muitos anos. Particularmente confusa era a formação dos altos níveis de ozônio. Como visto com as três primeiras reações na Tabela 11.2, para cada mol de NO_2 que reage para formar oxigênio atômico e, portanto, ozônio, um mol de NO_2 foi criado a partir da reação com o ozônio. Todas essas reações são rápidas. Então, como as concentrações de ozônio podem chegar a níveis tão altos?

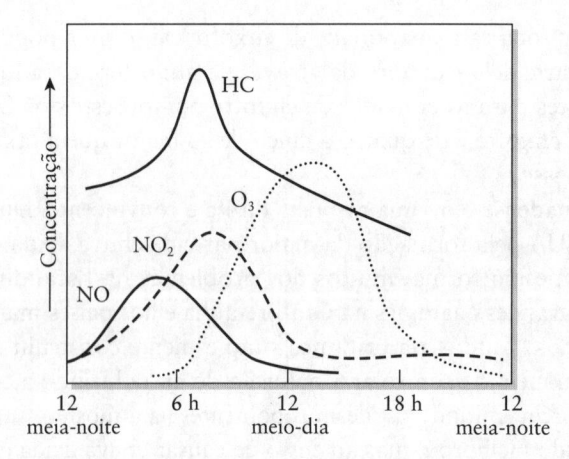

Figura 11.12 Formação de névoa fotoquímica durante um período de 24 horas de sol.

Tabela 11.2 Esquema de reações simplificada para névoa com fumaça (smog) fotoquímica*

$NO_2 + Luz$	$\longrightarrow$	$NO + O$
$O + O_2$	$\longrightarrow$	O_3
$O_3 + NO$	$\longrightarrow$	$NO_2 + O_2$
$O + HC$	$\longrightarrow$	$HCO°$
$HCO° + O_2$	$\longrightarrow$	$HCO_3°$
$HCO_3° + HC$	$\longrightarrow$	Aldeídos, cetonas etc.
$HCO_3° + NO$	$\longrightarrow$	$HCO_2° + NO_2$
$HCO_3° + O_2$	$\longrightarrow$	$O_3 + HCO_2°$
$HCO_x° + NO_2$	$\longrightarrow$	Nitratos de peroxiacetil

*NO_2 = dióxido de nitrogênio, NO = óxido nítrico, O = oxigênio atômico, O_2 = oxigênio molecular, O_3 = ozônio, HC = hidrocarboneto, ° = radical.

Uma resposta é que o NO entra em outras reações, especialmente com vários radicais de hidrocarboneto e, dessa forma, permite que o excesso de ozônio se acumule na atmosfera (a sétima reação na Tabela 11.2). Além disso, alguns radicais de hidrocarboneto reagem com o oxigênio molecular e também produzem ozônio.

A química da névoa com fumaça (*smog*) fotoquímica ainda não é muito bem compreendida. Percebeu-se isso pela tentativa de reduzir as emissões de hidrocarbonetos a fim de controlar os níveis de ozônio. Pensava-se que, se o HC não estivesse disponível, o O_3 seria usado para oxidar o NO transformando-o em NO_2, utilizando assim o ozônio disponível. Infelizmente, essa estratégia de controle falhou e a resposta parece indicar que todos os poluentes primários envolvidos na formação da névoa com fumaça (*smog*) fotoquímica devem ser controlados.

11.3.3 Destruição da camada de ozônio

O ozônio (O_3) é um componente que provoca irritação nos olhos em níveis urbanos normais, mas o ozônio urbano não deve ser confundido com o ozônio estratosférico, existente de 10 a 15 quilômetros acima da superfície da Terra. Este último atua como um escudo contra a radiação ultravioleta, e alterações em sua concentração podem aumentar o risco de câncer de pele, assim como mudanças no ecossistema de uma maneira imprevisível.

O problema da destruição da camada de ozônio na atmosfera superior acontece em função da fabricação e descarte de uma classe de produtos químicos chamada clorofluorcarbonetos (CFCs). Eles são utilizados em aerossóis e sistemas de refrigeração e podem ser os responsáveis pelo aquecimento global e também pela destruição da camada de ozônio protetora na estratosfera. Dois dos mais importantes CFCs são o triclorofluorometano, $CFCl_3$, e o diclorodifluorometano, CF_2Cl_2; ambos são inertes e não solúveis em água e, portanto, não podem ser removidos da atmosfera. Eles vão para a camada superior e são, então, destruídos pela radiação solar de ondas curtas, liberando cloro, que pode reagir com o ozônio. A depleção do ozônio permite que a radiação ultravioleta passe sem problemas, e isso pode afetar seriamente a incidência de câncer de pele. Deitar-se sob o sol já não é uma boa ideia, muito menos quando a camada de ozônio não consegue mais filtrar muito dos raios ultravioleta que entram na Terra.

Como o problema com o ozônio não acontece no nível do solo, e como a pressão atmosférica varia, é difícil medir sua concentração. As *Unidades Dobson* (UD) foram desenvolvidas para solucionar esse problema,

$$1 \text{ UD} = 0{,}01 \text{ mm de ozônio a 1 atmosfera e } 0°C$$

Em latitudes médias, a concentração de ozônio é cerca de 350 UD, no equador é de 250 UD, e na região antártica de apenas 100 UD.

O ozônio na camada superior da atmosfera é produzido quando o oxigênio reage com a energia luminosa (hv):

$$O_2 + hv \longrightarrow O + O$$
$$O_2 + O \longrightarrow O_3$$

A energia luminosa também destrói o ozônio:

$$O_3 + hv \longrightarrow O_2 + O$$

Esse é o mecanismo pelo qual o ozônio impede que a radiação ultravioleta chegue à superfície da Terra. Essas reações também aquecem a atmosfera, causando inversões que resultam em condições muito estáveis.

Quando o CFC chega à camada superior da atmosfera, o ozônio é destruído. Primeiro os CFCs reagem com a energia luminosa e, depois, liberam cloro. Uma das formas de CFC reage como mostra a seguinte equação:

$$CF_2Cl_2 + hv \longrightarrow CF_2Cl + Cl$$

O cloro atômico age como um catalisador acelerando a decomposição do ozônio:

$$Cl + O_3 \longrightarrow ClO + O_2$$
$$ClO + O \longrightarrow Cl + O_2$$

Um único átomo de Cl pode fazer esse ciclo centenas de vezes antes que, finalmente, reaja com algum outro componente químico, como o metano.

A destruição do ozônio foi notada pela primeira vez na Antártica. A razão foi inicialmente um mistério, e a resposta parecia ser que durante o inverno no Polo Sul formava-se um vórtex polar. Essa massa de ar gelado em turbilhão isola o ar sobre o polo de todo o resto da atmosfera. O vórtex desaparece durante a primavera, liberando o ar retido. O ar dentro do vórtex é extremamente gelado, cerca de −90°C, e as nuvens atmosféricas são formadas por cristais de gelo. Na superfície desses cristais acontecem as seguintes reações:

$$ClONO_2 + H_2O \longrightarrow HOCl + HNO_3$$

$$HOCl + HCl \longrightarrow Cl_2 + H_2O$$

$$ClONO_2 + HCl \longrightarrow Cl_2 + HNO_3$$

Com a chegada da primavera, o cloro é liberado e dividido pela luz:

$$Cl_2 + h\nu \longrightarrow 2Cl$$

e o processo de decomposição do ozônio começa novamente, mas agora com um enorme influxo de cloro armazenado. Isso causa a formação de buracos na camada de ozônio anualmente. No final da primavera, o ar rico em ozônio entra, e o buraco é novamente tampado.

A preocupação com a redução do ozônio estratosférico em todo o mundo é que a radiação ultravioleta possa causar danos à saúde da pele, particularmente o desenvolvimento de câncer. As estimativas, em geral, projetam que uma redução de 1% na camada ozônio resultará em um aumento de 0,5% de casos de melanoma, uma forma muito agressiva de câncer de pele. As pessoas que correm mais risco são aquelas de pele clara que ficam expostas aos raios solares durante longos períodos. Mudanças no estilo de vida das pessoas resultaram em mais indivíduos vulneráveis à exposição solar, e isso causou um aumento anual de 2% a 3% no aparecimento do melanoma na população dos EUA. Desconhece-se até que ponto a redução da concentração de ozônio é responsável por esse aumento na incidência da doença.

Além do câncer de pele, o aumento da radiação ultravioleta pode causar danos à visão, prejudicar o sistema imunológico e pode até mesmo reduzir a capacidade de fotossíntese das plantas. Alterações nos ecossistemas naturais, como doenças misteriosas em sapos de água doce durante os últimos anos, podem ser atribuídas à crescente incidência da radiação ultravioleta.

A redução dos CFCs na estratosfera, obviamente, exige um esforço mundial e esse é um raro exemplo de situação em que diversas nações tenham se unido para reduzir o efeito da poluição global. Esse processo, é claro, levou algum tempo. Os CFCs foram inventados na década de 1930, e somente em 1970, a EPA proibiu sua presença em aerossóis em aplicações não essenciais. Em 1974, cientistas previram que esse gás reduziria a camada de ozônio, mas se passaram 15 anos até que meteorologistas britânicos, no Polo Sul, descobrissem o buraco na camada e o fato se tornasse uma preocupação pública. Essa preocupação resultou no Protocolo de Montreal em 1987, que sugeria um corte voluntário de 50% de produção de CFC até 1999 e então, a uma taxa acelerada para sua completa extinção. A DuPont, maior fabricante de CFC, voluntariamente, parou sua produção em 1988. Porém, muitos sistemas de refrigeração, como o ar-condicionado dos automóveis, precisavam do gás, assim, os estoques remanescentes tornaram-se muito procurados. Uma quantidade considerável de CFC foi contrabandeada para os EUA até que os sistemas de refrigeração pudessem ser adaptados para outros tipos de substâncias refrigerantes.

O Protocolo de Montreal foi uma história de sucesso, graças aos esforços conjuntos das nações do mundo. As medidas do ozônio atmosférico aumentaram nos últimos anos. Comprovou-se também que o modelo estava correto.

11.3.4 Aquecimento global

O aquecimento global é uma história completamente diferente. A Terra atua como um refletor dos raios do sol, recebendo a radiação, refletindo uma parte para o espaço e absorvendo o resto, apenas para irradiá-la no espaço como calor. De fato, a Terra atua como um conversor de ondas, recebendo a radiação de alta energia e alta frequência do sol e convertendo a maior parte em calor de baixa energia e baixa frequência para irradiar de volta para o espaço. Dessa forma, a Terra mantém um equilíbrio da temperatura, para que

$$\begin{bmatrix} \text{Energia do sol de} \\ \text{ENTRADA} \end{bmatrix} = \begin{bmatrix} \text{Energia do sol de volta para o espaço} \\ \text{SAÍDA} \end{bmatrix}$$

Essa é uma equação muito simples, então podemos desenvolver um modelo para explicar a mudança de temperatura global, pois conhecemos as variáveis primárias, como o tamanho da Terra, a energia vinda do sol e assim por diante. Um modelo simples é desenvolvido por Masters, e muito do crédito pela discussão a seguir se deve a ele[2]. O modelo depende de um equilíbrio de energia como visto anteriormente.

Considere que a Terra esteja recebendo luz solar, como mostra a Figura 11.13. A quantidade de radiação que chega do sol é calculada com base na sua intensidade, chamada *constante solar*, S. Descobriu-se que essa constante é de cerca de 1.370 W/m². A área que recebe essa radiação é medida como a área da sombra da Terra, calculada como πR^2, em que R é o raio da Terra. Outro modo de visualizar isso é imaginar um círculo em frente à Terra através do qual toda radiação solar deve passar.

A taxa à qual a radiação solar atinge a Terra pode ser então calculada da seguinte forma

$$B = S \pi R^2$$

onde B = taxa à qual a luz solar atinge a Terra, W;
S = constante solar, estimada em 1.370 W/m².

Como a Terra é um refletor (esse é o motivo pelo qual podemos vê-la do espaço!), parte da energia luminosa é refletida de volta, sendo essa fração chamada de *albedo* e, atualmente, estimada em cerca de 31%. O albedo varia de acordo com o material que reveste a superfície, gelo, neve e outras variáveis.

Se o albedo médio da Terra é α, então a quantidade de energia luminosa refletida de volta para o espaço é

$$F = S \pi R^2 \alpha$$

onde F = energia luminosa refletida de volta para o espaço, W;
α = albedo, ou fração da energia luminosa refletida, atualmente estimada em 31%.

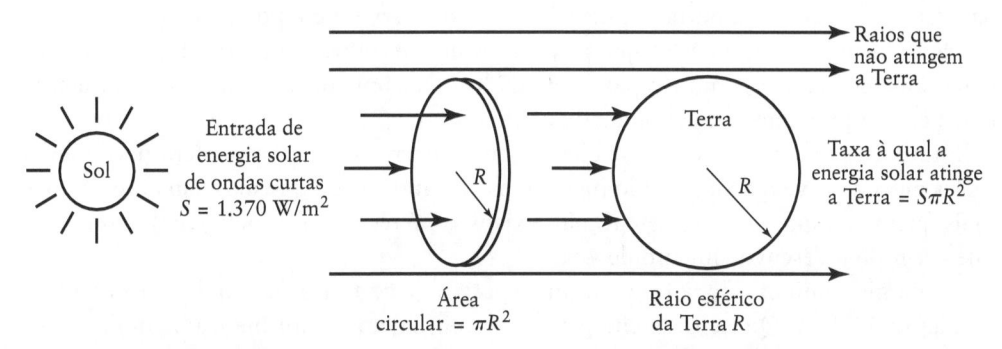

Figura 11.13 Energia solar sobre a Terra (de acordo com Masters, G. 1998. *Introduction to environmental engineering and science*. Upper Saddle River, NJ: Prentice-Hall. Utilizado com permissão).

Utilizando o balanço de energia, a quantidade de energia absorvida pela Terra é a diferença entre B e F, ou

$$A = S\pi R^2(1 - \alpha)$$

onde A = energia absorvida pela Terra, W.

Como a Terra é um conversor de ondas, a energia absorvida é convertida em calor. Todo objeto irradia energia a uma taxa proporcional à sua área superficial e sua temperatura absoluta à quarta potência, ou

$$E = \sigma AT^4$$

onde E = energia irradiada de volta para o espaço;
σ = constante de Stefan-Boltzmann = $5{,}67 \times 10^{-8}$ W/m²K⁴;
T = temperatura absoluta, K.

Fazendo pressuposições bem exageradas, como considerar que a temperatura da Terra seja a mesma em todos os lugares da superfície e que a radiação seja perfeita, podemos estimar que o calor irradiado de volta ao espaço seja

$$E = \sigma 4\pi R^2 T_e^4$$

onde T_e = Temperatura média da Terra, K.

Agora temos uma estimativa da taxa de energia (luz) que chega à Terra e a taxa de energia (calor) emitida de volta para o espaço, as quais devem estar em equilíbrio, para que

$$A = E$$
$$S\pi R^2(1 - \alpha) = \sigma 4\pi R^2 T_e^4$$

Calculando a temperatura:

$$T_e = \left[\frac{S(1 - \alpha)}{4\sigma}\right]^{1/4}$$

Substituindo alguns valores, a temperatura da superfície da Terra pode ser calculada da seguinte forma

$$T_e = \left[\frac{(1.370 \text{ W/m}^2)(1 - 0{,}31)}{(4)(5{,}67 \times 10^{-8} \text{ W/m}^2\text{K}^4)}\right]^{1/4} = 254 \text{ K} = -19°\text{C}$$

No entanto, sabemos que, em média, a temperatura da Terra é cerca de 15°C. Por que uma diferença tão grande do modelo? Se a temperatura da Terra fosse, de fato, − 19°C, haveria pouca vida aqui, portanto, deve haver algo de errado com o modelo. O erro é que a reflexão de uma parte do calor que sai da atmosfera terrestre foi ignorada. A atmosfera é como uma estufa que permite a passagem da luz, mas impede que parte do calor escape, e isso é, apropriadamente, denominado *efeito estufa*.

É importante entender que esse efeito estufa ocorre em uma atmosfera não poluída (pelas pessoas) e vêm acontecendo há centenas de anos. É ele que mantém a Terra 34°C mais quente do que seria se o efeito não existisse e é responsável pelo clima temperado que permitiu o desenvolvimento de vida.

A energia luminosa do sol possui um espectro de certa forma igual ao apresentado na Figura 11.14A. Quase toda energia é transmitida em comprimento de onda menor que 3 μ. A energia do calor que sai, no entanto, possui um espectro diferente, como mostra a Figura 11.14B. Quase toda essa energia apresenta um comprimento de onda maior que 3 μ. Por essa razão, geralmente, referimo-nos à energia luminosa que vem

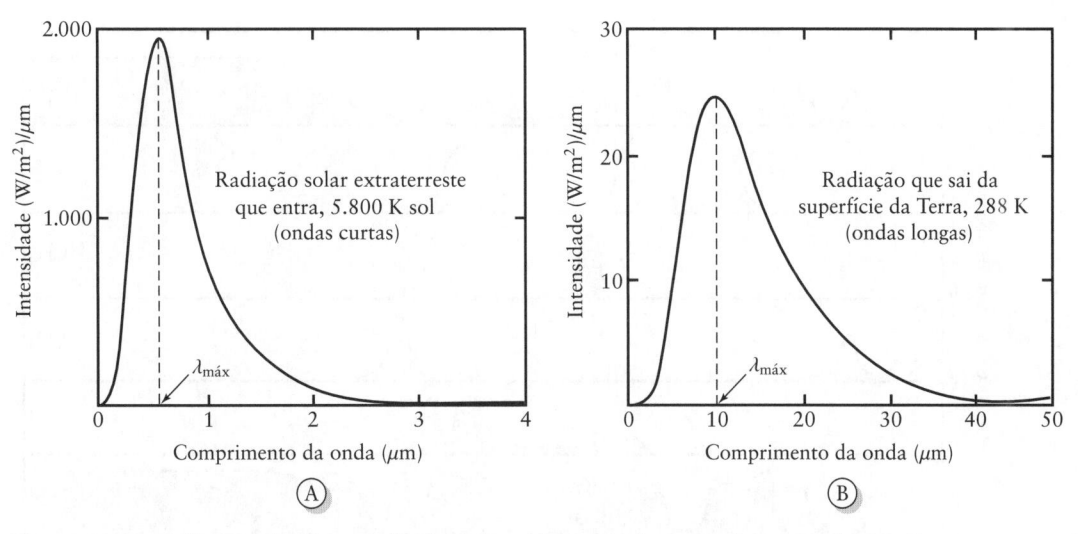

Figura 11.14 Radiação solar (energia luminosa) que entra e calor que sai da superfície da Terra para o espaço (de acordo com Masters, G. 1998. *Introduction to environmental engineering and science*. Upper Saddle River, NJ: Prentice-Hall. Utilizado com permissão).

do sol como de *alta frequência* e de *ondas curtas*, e a energia do calor emitido para o espaço como de *baixa frequência* e de *ondas longas*.

A atmosfera da Terra é constituída por vários gases, e cada um deles absorve calor a comprimentos de ondas específicos. A Figura 11.15 mostra a capacidade de absorção de vários gases em função de comprimento de onda. Também ilustrados na figura estão os espectros para a luz solar e a radiação do calor (Figuras 11.14A e B). Na Figura 11.15 observe, por exemplo, o efeito do dióxido de carbono, CO_2. Ele absorve quase nada da luz que entra na Terra, pois seu efeito de absorção é realizado a ondas maiores que cerca de 1,5 μ, perdendo a maior parte do espectro da luz solar. Porém, analisando o lado direito da Figura 11.15, fica claro que o dióxido de carbono pode absorver de forma eficaz a energia a frequências normais da radiação de calor da Terra. O mesmo acontece para o vapor de água, metano e óxido nitroso. O metano apresenta uma maior "elevação" com cerca de 8 μ, valor bem próximo ao pico do espectro de energia calorífica e, portanto, pequenos aumentos de CH_4 causam efeitos significativos na capacidade da Terra em reter calor ao mesmo tempo em que nada fazem para proteger a Terra da energia luminosa. O aumento na concentração dos chamados gases do efeito estufa é o que constitui o problema das mudanças de temperatura globais, assim como o aumento no nível de fósforo em lagos é o que causa a eutrofização.

No entanto, resta uma dúvida sobre o aquecimento global. Ainda que seja razoavelmente fácil medir as concentrações dos gases do efeito estufa, como CO_2, CH_4 e N_2O, e mostrar que seus níveis vêm aumentando durante os últimos 50 anos, é difícil argumentar a partir de evidências empíricas que o aumento desses gases está causando a elevação da temperatura da Terra, pois passa por mudanças contínuas, com as frequências de flutuação variando entre poucos a milhares de anos. Mesmo que fosse possível medir com precisão a temperatura da Terra, não seria uma prova de que a alteração esteja sendo causada por uma concentração mais alta de gases do efeito estufa.

Porém, parece que há um crescente consenso de que mesmo não sendo possível provar, sem restar dúvida alguma, que o aquecimento global esteja acontecendo, o efeito disso poderia ser tão devastador para a Terra que seria imprudente sentar e esperar, simplesmente,

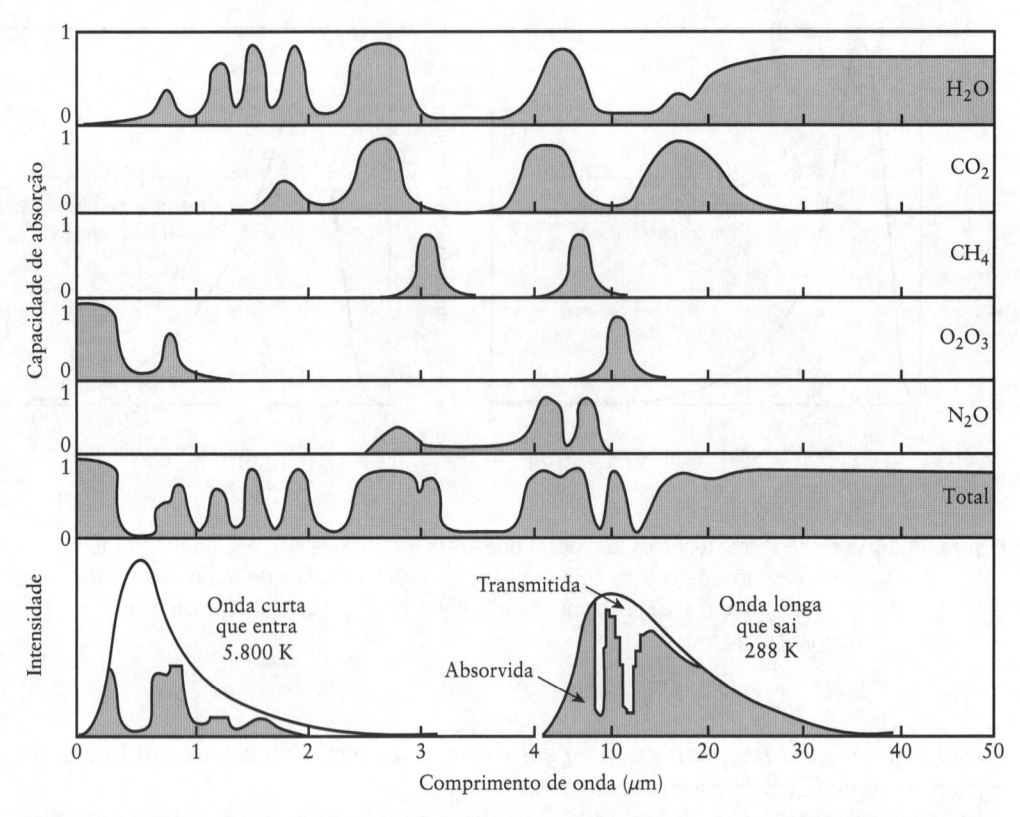

Figura 11.15 Capacidade de absorção de vários gases atmosféricos em função do comprimento de onda. Na parte de baixo estão os espectros da energia luminosa que entra e sai. Os gases são muito mais eficientes na absorção do calor que sai do que em atenuar a energia luminosa que entra (de acordo com Masters, G. 1998. *Introduction to environmental engineering and science*. Upper Saddle River, NJ: Prentice-Hall. Utilizado com permissão).

pela prova irrefutável. Até lá, as mudanças seriam tão grandes que o resultado poderia ser irreversível.

O fato mais impressionante sobre o aquecimento global é que ele pode estar acontecendo há milhões de anos. De alguma forma, a Terra tem conseguido desenvolver condições termais adequadas para a criação e existência da vida. Fazendo especulações sobre isso, James Lovelock propôs a Teoria de Gaia, que sustenta a ideia de que a Terra é um ser vivo (Mãe Natureza) como qualquer outra criatura e que precisa se adaptar às condições de mudanças e lutar contra doenças[3]. Gaia é o nome da deusa grega da Terra. Alguns gaianos interpretaram essa noção em seu sentido mais amplo e espiritual, adotando a visão de que a Terra é realmente um organismo com vida própria, embora um tanto incomum, e assim possui muitas das características de outros organismos. Muitos (inclusive James Lovelock, que ficou um pouco desconcertado com essa interpretação da questão de Gaia) veem essa teoria como nada mais que uma resposta de um modelo de realimentação e não atribuem os acontecimentos a algo místico.

Mas, suponha que os seres humanos sejam simplesmente uma parte de um grande ser vivo, a Terra, como as células do cérebro são parte de um animal. Se isso for verdade, não faz sentido destruir seu próprio corpo e, portanto, não faz sentido os humanos destruírem as outras criaturas com as quais coabitam no planeta. Pensar na Terra como um ser vivo sugere uma abordagem espiritual em vez de uma abordagem científica, especialmente se considerarmos essa ideia ao pé da letra.

Se aceitarmos essa noção, podemos extrair algumas ideias interessantes. Pode-se especular (e isso é puro capricho!) que a Terra (Gaia) ainda esteja em desenvolvimento e passando pelos estágios da adolescência. Mais especificamente, ela ainda não estabeleceu seu balanço de carbono. Há milhões de anos, a maior parte do carbono na Terra estava na atmosfera como dióxido de carbono, e a preponderância do CO_2 promoveu o desenvolvimento das plantas. Entretanto, conforme as plantas cresciam, logo começaram a retirar o dióxido de carbono da atmosfera, substituindo-o por oxigênio. Essa alteração nos gases atmosféricos promoveu o surgimento dos animais, que converteram o oxigênio novamente para dióxido de carbono, mais uma vez buscando o equilíbrio. Infelizmente, Gaia cometeu um erro e não contava com a morte de animais em quantidades tão grandes, retendo o carbono em profundos depósitos geológicos que acabariam se transformando em carvão, petróleo e gás natural.

O que fazer para retirar esse carbono? São necessários apenas alguns seres semi-inteligentes com polegares opositores. Então, Gaia inventou os humanos! Pode-se, portanto, dizer que nosso único propósito na Terra é cavar e alcançar os depósitos de carbono o mais rápido possível e liberar o dióxido de carbono. Esse é o tão procurado "sentido da vida".

Infelizmente, Gaia cometeu outro erro e não previu que a raça humana se tornaria tão prolífica e destrutiva, e que acabasse inventando a energia nuclear, eliminando o único propósito de existência da humanidade. A quantidade de seres humanos (especialmente se não estiverem cavando à procura de carbono) torna-se um problema, como as bactérias patogênicas que causam infecções em um organismo. Não é coincidência que o crescimento da população humana na Terra não seja tão diferente do crescimento de células cancerígenas em termos de malignidade.

Assim sendo, Gaia limita o número de humanos, desenvolvendo "antihumanóticos" (como os antibióticos) que matarão um número suficiente deles trazendo, mais uma vez, o equilíbrio adequado à Terra. O aumento de espécies de bactérias e vírus tão resistentes pode ser a primeira indicação de um processo de seleção natural da população humana.

A aplicação da Teoria de Gaia à ética ambiental nos leva ao existencialismo – a ideia de que a vida não tem significado (exceto que fomos criados apenas para queimar os combustíveis fósseis) e que não é necessário preocupar-se com o meio ambiente. Que ideia depressiva!

11.3.5 Outras fontes de poluentes do ar

Os processos de combustão produzem uma variedade de poluentes do ar. Os óxidos de nitrogênio são formados pela fixação térmica de nitrogênio atmosférico em processos realizados a altas temperaturas. Da mesma forma, quase todas as operações de combustão produzirão óxido nítrico (NO). Outros poluentes de interesse resultantes de processos de combustão são os ácidos orgânicos, os aldeídos, a amônia e o monóxido de carbono. A quantidade de monóxido de carbono emitido está relacionada à eficiência da operação de combustão; ou seja, uma operação mais eficiente oxida mais carbono presente, transformando-o em dióxido de carbono, reduzindo a quantidade de monóxido de carbono emitido. Dos combustíveis utilizados na combustão estacionária, o gás natural não contém quase nada de enxofre, e as emissões de particulados são próximas de zero.

As fontes de transporte, principalmente automóveis que utilizam motores de combustão interna, constituem uma grande fonte de poluentes do ar. As emissões de particulados dos automóveis incluem fumaça e partículas de chumbo, estas, geralmente, como compostos halogenados. As emissões de fumaça, como em qualquer operação de combustão, acontecem em função da combustão incompleta de material carbonáceo. Em contrapartida, as emissões de chumbo estão diretamente relacionadas à adição de chumbo tetraetila ao combustível como uma substância antidetonante (que foi substituída com sucesso). Os poluentes gasosos das fontes de transporte incluem monóxido de carbono, óxidos de nitrogênio e hidrocarbonetos. As emissões de hidrocarboneto são produzidas pela combustão incompleta e evaporações do cárter, carburador e tanque de gasolina.

As emissões de poluentes de processos industriais são reflexos da engenhosidade da tecnologia industrial moderna. Assim, quase todas as formas imagináveis de poluição são emitidas em alguma quantidade por operações industriais.

Embora as operações de descarte de resíduos sólidos devam ser consideradas a principal fonte de poluentes do ar, muitas comunidades ainda permitem a queima desses materiais no fundo de seus quintais. Outras utilizam incineradores para o gerenciamento dos resíduos sólidos. A queima, seja no quintal ou em incineradores, é uma tentativa de reduzir o volume de resíduos, mas, em vez disso, podem produzir uma variedade de poluentes de difícil controle. Sistemas ineficientes contribuem para a produção de muitos poluentes, alguns com odores desagradáveis; entre eles estão o monóxido de carbono, pequenas quantidades de óxidos de nitrogênio, ácidos orgânicos, hidrocarbonetos, aldeídos e fumaça. Os aterros sanitários, amplamente utilizados para descarte de resíduos sólidos municipais, geram grandes quantidades de metano, além de outros poluentes.

11.3.6 Ar em ambientes internos

Um complexo problema para a EPA tem sido o controle da qualidade do ar em ambientes internos. Será que suas responsabilidades incluem ambientes internos? Ela deve, de fato, tornar-se uma agência de saúde ou suas responsabilidades devem estar limitadas apenas ao ar externo? Na prática, se ela não tratar também dos ambientes internos, nenhuma outra agência federal irá fazê-lo.

A qualidade do ar nos ambientes internos é importante para a saúde, simplesmente porque passamos muito tempo nesses lugares, e a qualidade do ar que respiramos é raramente monitorada. O ar contaminado dos ambientes internos pode causar diversos problemas de saúde, inclusive irritação nos olhos, dores de cabeça, náusea, espirros, dermatites, azia, sonolência e muitos outros sintomas. Esses problemas podem surgir como resultado da inalação de poluentes perigosos, como

- amianto – de assoalhos à prova de fogo e de vinil;
- monóxido de carbono – da fumaça de cigarros, aquecedores e fogões;
- formaldeído – de tapetes, telhas e painéis;
- particulados – da fumaça de cigarros, lareiras, poeira;
- óxidos de nitrogênio – de fogões a querosene e a gás;
- ozônio – de máquinas de fotocópias;
- radônio – diretamente do solo;
- dióxido de enxofre – de aquecedores a querosene;
- elementos orgânicos voláteis – da fumaça de cigarros, tintas, solventes e cozimento de alimentos.

Enquanto a troca de ar e a limpeza dos edifícios comerciais e de muitos apartamentos são controladas, as casas, geralmente, dependem da ventilação natural para conseguir uma troca de ar.

A maioria delas é, de fato, mal isolada, e há vazamento de ar em muitos locais, inclusive através de portas e janelas, saídas de exaustão e chaminés. Durante o clima quente algumas casas também reforçam a ventilação com exaustores para a casa inteira ou ventiladores convencionais.

Ao calcular a ventilação de qualquer local fechado, como uma casa ou escritório, os engenheiros utilizam o conceito de *troca de ar*, definido da seguinte forma

$$a = \frac{Q}{V}$$

onde a = quantidade de troca de ar por hora, 1/h;
Q = taxa de vazão, m³/h;
V = volume do local, m³.

EXEMPLO 11.5

Problema Uma sala pequena é utilizada por uma máquina de fotocópias, e há a preocupação que o nível de ozônio pode estar muito alto, a menos que a sala seja ventilada. O volume da sala é 700 pés³, e é recomendado que a quantidade de trocas de ar por hora seja de 30. Qual a taxa de vazão que o ventilador deve apresentar?

Solução A partir da equação acima:

$$Q = (a)(V)$$

Capacidade de troca de ar do ventilador = $(30 \text{ h}^{-1})(700 \text{ pés}^3)$ = 21.000 pés³/h

---

A emissão de poluentes em ambientes internos pode ser facilmente analisada pelo uso da técnica da "caixa-preta", principalmente, porque um local fechado é literalmente uma caixa. Os poluentes são emitidos dentro da caixa e são, completa e idealmente, misturados enquanto é inserido ar puro e retirado ar contaminado. O balanço de material em relação aos poluentes é

$$\begin{bmatrix} \text{Taxa de} \\ \text{poluentes} \\ \text{ACUMULADOS} \end{bmatrix} = \begin{bmatrix} \text{Taxa de} \\ \text{poluentes} \\ \text{DE ENTRADA} \end{bmatrix} - \begin{bmatrix} \text{Taxa de} \\ \text{poluentes} \\ \text{DE SAÍDA} \end{bmatrix}$$

$$+ \begin{bmatrix} \text{Taxa de} \\ \text{poluentes} \\ \text{PRODUZIDOS} \end{bmatrix} - \begin{bmatrix} \text{Taxa de} \\ \text{poluentes} \\ \text{CONSUMIDOS} \end{bmatrix}$$

Se for considerado o estado estacionário, o primeiro termo será zero. O segundo, pode ser considerado zero se o ar que entra estiver limpo e, se os poluentes não forem consumidos, o último termo desaparece. Portanto:

$$0 = 0 - [\text{Taxa de SAÍDA}] + [\text{Taxa PRODUZIDA}] - 0$$

A taxa de poluentes na saída é igual a

$$M = CQ = CaV$$

onde M = taxa de poluentes que saem da sala, mg/h;
C = concentração de poluentes na sala, mg/m³;
a = taxa de troca de ar, 1/h;
V = volume do local, m³.

A taxa de poluentes produzidos é denominada *intensidade da fonte*, S, expressas em mg de poluentes emitidos por hora. A partir do balanço de material, a concentração de poluentes na sala e no ar que sai é então calculada como

$$C = \frac{S}{aV}$$

EXEMPLO 11.6

Problema Algumas pessoas estão fumando em uma sala (15 pés × 15 pés × 8 pés) de forma que sempre há um cigarro aceso. Se a taxa de emissão de um cigarro é de 86 mg/h de CO e se a ventilação é de 0,5 (troca de ar) por hora, qual é o nível de CO na sala?

Solução

$$C = \frac{S}{aV} = \frac{86 \text{ mg/h}}{(0,5/\text{h})(15 \text{ pés})(15 \text{ pés})(8 \text{ pés})} = 0,096 \text{ mg/pés}^3$$

Esse valor é convertido para 3.200 μg/m^3. Essa concentração apresenta algum perigo? (Consulte Figura 11.10).

Se o poluente estiver diminuindo ou sendo removido ao aderir às superfícies, o termo "CONSUMIDO" não pode ser considerado zero. A redução ou remoção do poluente pode ser considerado de primeira ordem, ou proporcional à concentração no local fechado (Capítulo 4). Da mesma forma, se o ar da ventilação não estiver perfeitamente limpo e apresentar alguns dos poluentes, o termo "ENTRADA" não pode ser zero. A equação do estado estacionário, então, deve ser

$$0 = [\text{Taxa de ENTRADA}] - [\text{Taxa de SAÍDA}] + [\text{Taxa PRODUZIDA}] - [\text{Taxa CONSUMIDA}]$$

$$0 = C_0 aV - CaV + S - KCV$$

ou

$$C = \frac{S/V + C_0 a}{a + K}$$

onde C_0 = qualidade de ar do ambiente, ar utilizado para ventilação,
 a = taxa de troca do ar,
 V = volume do local,
 C = concentração do local ou de exaustão,
 S = intensidade da fonte,
 K = constante relacionada à taxa de redução.

Um dos poluentes mais traiçoeiros presentes no ar de ambientes internos é a fumaça secundária dos cigarros e cachimbos. A maior parte dos particulados de um cigarro é emitida para dentro da sala sem ser inalada pelo fumante, e essas são, então, inaladas por todas as outras pessoas na sala. A fumaça dos cigarros também contém grandes quantidades de CO, e quando há diversas pessoas fumando em uma sala, pode chegar a níveis altos o suficiente para prejudicar o desempenho das pessoas. Um dos menores locais em que normalmente passamos certo tempo é nosso carro, e os fumantes podem afetar de forma significativa o nível de CO dentro deles. Fumantes expiram altos níveis de CO mesmo quando não estão fumando, o que causa a "síndrome do motorista sonolento" em motoristas de transportes públicos.

Outro poluente de certa importância e problemático é o *radônio*, um gás liberado naturalmente pelo solo que entra nas casas pelos porões, água de poço e está até mesmo em materiais de construção. O radônio e seus núcleos radioativos são parte da cadeia de decomposição que começa com o urânio e termina com o chumbo. Os produtos do decaimento do radônio – polônio, chumbo e bismuto – são facilmente inalados e podem chegar rapidamente aos pulmões. Assim o efeito mais significativo do radônio é o câncer de pulmão. O controle desse gás será discutido mais adiante no Capítulo 14.

Não há meios eficazes de relacionar a inalação do gás radônio e a incidência de câncer de pulmão, e todos os estudos dependem da exposição a altas concentrações do gás, como no caso dos mineradores de urânio. Porém, falando de forma relativa, o risco do radônio dentro das casas é considerável se comparado a outras fontes potenciais de elementos causadores de câncer. Como o radônio é um cancerígeno, não há um limite estabelecido para ele e, portanto, não há "nível seguro" de concentração para as residências. Apesar disso, a EPA sugere que as pessoas que vivam em casas com uma concentração de 4 pCi/L (pico Curies de radônio por litro de ar) devem considerar a possibilidade de tomar alguma providência, e a 8 pCi/L, recomenda-se fazer algo para corrigir o problema. Essas providências, geralmente, envolvem o isolamento do porão e outras áreas de contato com o solo e a ventilação dessas áreas para evitar que o radônio entre nos outros cômodos de convivência da casa.

Estima-se que o risco de desenvolver câncer de pulmão ao viver 70 anos em uma casa que apresente níveis de 1,5 pCi/L é cerca de 0,3%[4]. Isso é considerado um alto risco se comparado a outros cancerígenos que apresentam uma média de $1 \times 10^{-4}\%$. A exposição ao radônio, de fato, está em primeiro lugar como problema potencial na lista da EPA de áreas problemáticas, com uma expectativa entre 5.000 e 20.000 casos de câncer de pulmão anualmente pela exposição a esse gás e seus núcleos filhos radioativos dentro das casas.

Apesar de parecer representar um grande problema, o risco de danos pelo radônio ainda é fraco se comparado aos riscos voluntários aos quais nos expomos diariamente, como dirigir, consumir bebidas alcoólicas e fumar. Na verdade, morar a vida inteira em uma casa com concentrações entre 10 e 20 pCi/L representa um risco equivalente a fumar um maço de cigarros por dia.

11.4 PADRÕES DE QUALIDADE DO AR

Historicamente, as comunidades demonstram ter evitado promulgar leis rígidas para a poluição do ar por medo de espantar a instalação das indústrias. Considerando a oferta de locais com custos mais baixos e menos restritivos, as fábricas poderiam ameaçar deixar a cidade, levando consigo muitas vagas de emprego. Nos Estados Unidos, apenas as leis federais foram capazes de impedir esse tipo de chantagem.

No entanto, mesmo com a atual lei federal desse país, as indústrias têm a opção de ir para outros lugares, como o Caribe ou América Latina, onde as normas de controle de poluição não são tão rigorosas. Isso parece ser uma tendência claramente antiética, ou seja, levar a poluição para outros países menos capazes de resistir a tal contaminação.

Por outro lado, os EUA se enriqueceram, em parte, porque conseguiram produzir produtos melhores a preços mais baixos, e uma das razões de o custo ser mais baixo é porque não se preocuparam com a poluição. A água e o ar estavam à disposição, e havia "tanto" que não fazia sentido limpá-los. A natureza trataria de fazer um bom trabalho limpando a sujeira sozinha.

Agora os países consideravelmente mais pobres desejam ser tão ricos quanto os EUA e gostariam de utilizar a própria água e ar da mesma forma, — ou seja, poluindo-os. Eles recebem a indústria americana que promete construir fábricas e se negam a implantar normas restritivas quanto à poluição.

Qual deveria ser a posição ética da indústria norte-americana nesse caso? Se ela se negar a investir nos países mais pobres, estes ficarão desprovidos de renda e benefícios, e a lacuna entre as nações mais pobres e mais ricas aumentará. Se, por outro lado, a indústria investir neles e construir plantas industriais, ela precisa ter alguma vantagem, como, por exemplo, poucas normas de controle de poluição, para fazer o investimento valer a pena e, assim, o ar e água serão poluídos a níveis que seriam considerados inaceitáveis pelas regulamentações dos EUA. Que responsabilidade ética, se existir alguma, a indústria tem de implantar as normas americanas de controle de poluição nas instalações localizadas em países que não exigem normas tão rígidas?

11.4.1 Leis para a qualidade do ar nos EUA

A história dos padrões de qualidade do ar é longa e, por diversas vezes, tumultuada. Inicialmente, pensava-se que a poluição do ar era causada somente pela fumaça, e a primeira lei para controle de fumaça foi aprovada em Los Angeles em 1905. A cidade está situada em um vale que fica frequentemente coberto por uma inversão térmica, e mesmo na época dos conquistadores era evidente que a fumaça dos acampamentos subia somente até uma determinada altura e ali permanecia.

Em 1943 o número de automóveis em Los Angeles havia aumentado a ponto de produzir a primeira névoa com fumaça (*smog*) fotoquímica do mundo. À primeira vista pensava-se que esse fenômeno acontecia por causa das indústrias e somente em Los Angeles. Demorou anos até que se descobrisse a verdade. Os habitantes de Los Angeles, simplesmente, não queriam acreditar que seus tão amados carros eram a causa do ar tão impuro. Ficou óbvio que era preciso fazer algo com relação às emissões dos automóveis. No entanto, essa foi uma difícil batalha para cientistas e órgãos reguladores. O grupo defensor dos interesses (*lobby*) do automóvel, que inclui fabricantes de automóveis, a indústria petrolífera e pessoas que queriam transporte barato e particular, engajou-se em uma campanha pública de atraso, negação e confusão. Eles lançaram relações públicas e campanhas para impedir ou diminuir qualquer ação em relação aos carros ou os combustíveis. Quando finalmente ficou claro para todos que a névoa em Los Angeles era causada em sua maior parte pelos motores de combustão interna, a indústria insistiu que esse era um caso particular de Los Angeles e que uma legislação nacional não era necessária. A névoa com fumaça fotoquímica não poderia aparecer em mais nenhum outro lugar, alegavam eles.

Por fim, quando ficou evidente que tanto a Califórnia quanto os Estados Unidos estavam prestes a aprovar leis direcionadas à área de tecnologia restringindo as emissões dos automóveis, a indústria automobilística norte-americana protestou, alegando que seria impossível atingir essas metas e que a dirigibilidade dos carros seria afetada. Muito do estardalhaço feito foi derrubado quando a Honda criou um veículo que não somente atendia às rígidas exigências de exaustão, mas também fazia 40 milhas com um galão de gasolina!

A Lei do Ar Limpo de 1963, uma importante lei que, pela primeira vez, estabelecia os limites para emissões e para a qualidade do ar, foi aprovada — em grande parte em função dos esforços do Senador Edmund Muskie de Maine. A lei exigia que o governo federal estabelecesse padrões de qualidade do ar para sete principais poluentes. Esses padrões não foram implantados até 1970, e os estados tinham prazo até 1975 para atendê-los. Para não prolongar essa história angustiante, basta dizer que muitos estados ainda precisam cumprir com esses padrões, e a cidade de Los Angeles precisaria tomar medidas extremas para reduzir sua névoa com fumaça fotoquímica.

As emendas de 1990 para a Lei do Ar Limpo adicionaram mais de 180 materiais perigosos (hoje conhecidos como elementos tóxicos) para os padrões de qualidade do ar ambiente e exigiram cortes significativos nas emissões de enxofre e óxidos de nitrogênio, os precursores da chuva ácida. A lei também estendia o prazo para cumprimento do padrão de limite de ozônio ambiente até o ano de 2007 — o que completaria 44 anos desde a data original da Lei do Ar Limpo de 1963!

11.4.2 Padrões de emissões e qualidade do ar ambiente

Os padrões de emissões são regulamentados (e para a maior parte estabelecidas) pelas secretarias responsáveis pelo controle de ar de cada estado. Um exemplo de padrão para emissões: um incinerador não deve exceder emissões de X $\mu g/m^3$ de particulados a um nível mínimo especificado de CO_2. O último é necessário, pois as concentrações podem ser reduzidas, simplesmente, pela diluição com excesso de ar. Porém, como o ar contém uma quantidade irrisória de CO_2, o nível mínimo impede que o padrão para emissões seja cumprido pela simples diluição.

A EPA também detém a autoridade de estabelecer padrões nacionais de desempenho de emissões para poluentes perigosos. A lista de poluentes cresce a cada dia, e uma vez que um poluente seja *listado*, a EPA pode impor os padrões de emissões para instalações maiores. Atualmente há centenas de elementos químicos listados, como amianto, benzeno, etilenoglicol, metanol, fenol, estireno e cloreto de vinil.

O segundo tipo de padrão de qualidade do ar se assemelha aos padrões de qualidade da água e especifica a qualidade mínima do ar ambiente. Incluídos neles estão particulados, dióxido de enxofre, monóxido de carbono, oxidantes fotoquímicos, hidrocarbonetos, óxidos de nitrogênio e chumbo. Conforme os dados são disponibilizados, outros padrões são desenvolvidos.

De modo similar aos padrões de qualidade da água, os padrões de qualidade do ar ambiente são de dois tipos: primários e secundários. Os primários estão relacionados à saúde humana, enquanto os secundários tratam de outros problemas, como a corrosão, a saúde animal e a visibilidade. A Tabela 11.3 é uma lista dos atuais padrões nacionais de qualidade do ar (NAAQS, sigla em inglês para *National Ambient Air Quality Standards*).

Tabela 11.3 Padrões de Qualidade do Ar Ambiente

Poluente	Padrão primário $\mu g/m^3$	Padrão secundário $\mu g/m^3$
Particulados com diâmetro inferior a 10 μ		
Média em 24 horas	150	150
Média geométrica anual	50	50
Dióxido de enxofre		
Máximo em 3 horas	—	1.300
Média em 24 horas	365	60
Média geométrica anual	80	260
Óxidos de nitrogênio		
Média geométrica anual	100	100
Monóxido de carbono		
Máximo em 1 hora	10.000	10.000
Máximo em 8 horas	40.000	40.000
Ozônio		
Máximo em 1 hora	210	210
Hidrocarbonetos		
Máximo em 3 horas	160	160
Chumbo		
Média aritmética trimestral	1,5	1,5

As áreas nos EUA onde esses padrões são excedidos em média mais de duas vezes por ano para qualquer poluente são conhecidas como *áreas de não cumprimento* para esses poluentes. Em tais áreas, os programas de controle de poluição do ar devem ser iniciados para fazer que a área volte a cumprir com os padrões, e as indústrias em expansão devem mostrar como podem melhorar a qualidade do ar, reduzindo outras emissões. Em algumas áreas será exigido que os automóveis troquem o tipo de combustível para reduzir as emissões ou serão impostas medidas de restrições ao uso dos veículos particulares. Como o motor de combustão interna é o maior contribuidor para a poluição, a substituição por um motor movido a hidrogênio ou eletricidade seria uma colaboração significativa para a obtenção de um ar mais limpo.

SÍMBOLOS

a = troca de ar por hora
C = concentração
K = constante de decaimento
Q = taxa de vazão do ar
m = taxa de massa
S = intensidade da fonte ou constante solar
V = volume

PROBLEMAS

11.1 Um carro modelo 1974 é dirigido em uma média de 1.000 milhas/mês. Os padrões de emissões da EPA em 1974 são de 3,4 g/mi para HC e 30 g/mi para CO.
   a. Calcule as quantidades de CO e HC emitidas durante um ano.
   b. Quanto tempo levaria a concentração letal de CO ser excedida em uma garagem para dois carros com dimensões de 20 × 25 × 7 pés?

11.2 Um nível de 2,5% de CO na hemoglobina (COHb) demonstrou causar danos diversos em diferentes intervalos de tempo. O nível de CO em ruas movimentadas chega a atingir 10 $\mu g/m^3$. Uma relação aproximada entre CO e COHb (após uma exposição prolongada) é

$$\text{COHb (\%)} = 0{,}5 + (0{,}16)(10)(\text{CO } \mu g/m^3)$$

Calcule o nível de COHb ao qual um guarda de trânsito estaria exposto durante um dia de trabalho direcionando o fluxo de carros em uma rua da cidade.

11.3 A névoa com fumaça (*smog*) fotoquímica é um sério problema em muitas cidades grandes.
   a. Faça um gráfico mostrando a concentração de NO, NO_2, HC e O_3 na área de Los Angeles durante um dia ensolarado com névoa.
   b. Faça um outro gráfico mostrando como as mesmas curvas ficariam em um dia nublado. Explique a diferença.
   c. A única forma viável de reduzir a formação de névoa com fumaça fotoquímica em Los Angeles parece ser impedir que os carros entrem na cidade. Desenhe as mesmas curvas se *todos* os carros fossem banidos das ruas de LA.
   d. Isso de alguma forma seria possível? Explique.

11.4 Dê três exemplos de sinergismos na poluição do ar.

11.5 Se o SO_2 é tão solúvel em água, como consegue chegar às áreas mais profundas do pulmão sem primeiro se dissolver na mucosa?

11.6 Um filtro Hi-vol limpo pesa 18,0 g, e um filtro sujo pesa 18,6 g. O fluxo de ar inicial e o final correspondem a 70 e 40 $pés^3$/min. Calcule o volume de ar que passou pelo filtro durante um período de 24 horas e a concentração de particulados.

11.7 Um amostrador Hi-vol suga ar a uma taxa média de 70 pés^3/min. Se a leitura de particulados corresponde a 200 μg/m^3, calcule o peso da sujeira do filtro.

11.8 Pesquise e faça um relatório sobre um dos episódios clássicos de poluição do ar como os que aconteceram em Meuse Valley, Londres ou Donora.

11.9 O que a escala 5 de Ringelmann lhe diz sobre a fumaça emitida de uma chaminé?

11.10 Os dados para um hi-vol são os seguintes:

Filtro limpo: 20,0 g
Filtro sujo: 20,5 g
Fluxo de ar inicial: 70 cfm
Fluxo de ar final: 50 cfm
Tempo: 24 horas
   a. Calcule o volume de ar que passou pelo filtro. (Dê a resposta em pés cúbicos).
   b. Como é medido o fluxo de ar em um medidor hi-vol?
   c. Qual é o peso dos particulados coletados?
   d. Quais são as condições atmosféricas?

11.11 Se o padrão de qualidade do ar ambiente primário para óxidos de nitrogênio (como NO$_2$) é de 100 μg/m$_3$, qual é o valor em ppm? (Considere a temperatura de 25°C e pressão atmosférica = 1).

11.12 A concentração de monóxido de carbono em uma sala cheia de fumantes pode atingir 500 ppm.
   a. Calcule o valor em μg/m^3. (Considere a pressão atmosférica = 1 e 25°C).
   b. O que isso causaria nas pessoas que ficarão na sala discutindo assuntos de política por quatro horas?

11.13 A Figura 11.16 mostra esquematicamente o fluxo médio de energia global entre o espaço, a atmosfera, e a superfície da Terra. As unidades nessa figura estão em watts por metro quadrado de área de superfície.
   a. Utilizando o espaço, a atmosfera, e a Terra como caixas-pretas, verifique se os valores representam balanços válidos.
   b. Suponha que tenham ocorrido erupções de vários grandes vulcões na Terra, jogando cinza na atmosfera. Como estes números variariam, e que efeito isso teria na temperatura da Terra?
   c. Uma vez que muitos dos gases do efeito estufa são emitidos por nações industrializadas no hemisfério norte, quais poderiam ser os argumentos do diretor de uma agência de proteção ambiental em uma visita a um país equatorial para discutir uma redução das emissões de gás do efeito estufa? Escreva um comentário breve para o diretor da agência de proteção ambiental, de forma que ele possa lê-lo em uma rádio pública nacional nos Estados Unidos. Lembre-se de que o suporte público não será obtido por meio do sentimentalismo e sim por um sólido argumento ético.

11.14 Um fogão a lenha funciona por quatro horas em uma sala medindo 5 × 5 × 2,5 metros, com uma ventilação de 0,5 troca de ar por hora. Após uma hora, o nível de CO chega a 5 mg/m^3 e permanece lá por três horas. Considere que o ar da ventilação apresenta uma quantidade irrisória de CO e que este não decai. Analise o uso de madeira como uma energia alternativa para aquecimento com base no impacto ambiental e custos.
   a. Calcule a taxa de emissão de CO do fogão.
   b. Calcule a concentração de CO se o fogão for utilizado em uma pequena cabana de 2 × 3 × 3 metros.
   c. A queima de madeira é melhor para o meio ambiente do que utilizar o gás natural ou petróleo?

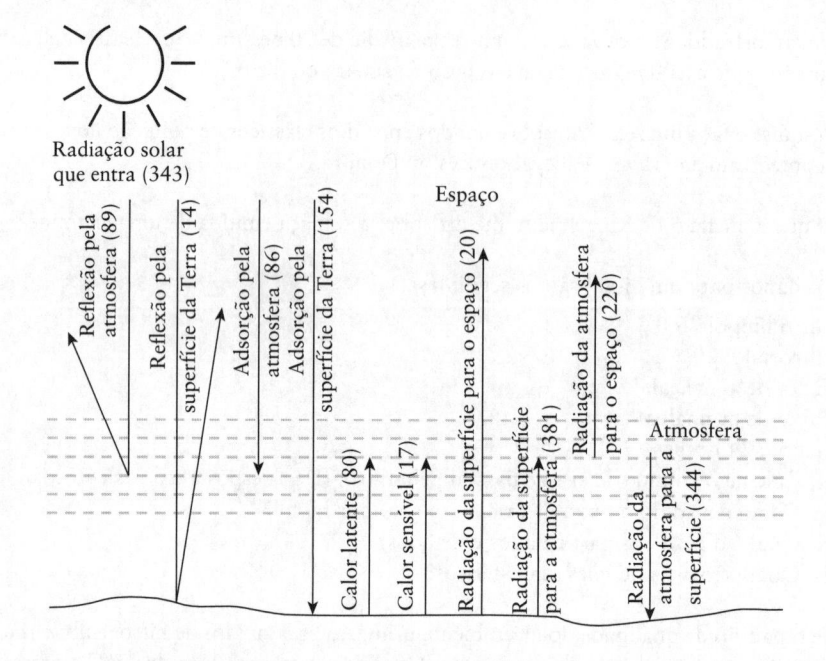

Figura 11.16 Fluxos médios de energia global. As unidades são representadas em watts por metro quadrado de área superficial (de acordo com Harte, J. 1985. *Consider a spherical cow*. Menlo Park, CA: Wm. Kaufman).

11.15 O CEO de uma importante empresa de consultoria ambiental, Steven Fisher da Brown & Caldwell, disse que "precisamos entender que todo o trabalho da área ambiental está sendo realizado na verdade por medo. Isso leva à pressão pública, criação de leis e depois aplicação delas"[5].

Medo de quê? Você concorda com ele? Se sim, esse medo é fundamentado? Se não, o que motiva a criação de leis ambientais e sua aplicação? Considere essas perguntas sob a luz da história da legislação de controle de poluição nos Estados Unidos, e escreva um texto de uma página argumentando sobre o motivo pelo qual essas leis foram aprovadas, e por que a EPA está levando tanto tempo para aplicar as regulamentações.

11.16 A taxa de escavação de carvão está decrescendo cerca de 1,2% por ano, enquanto o uso de petróleo e gás está aumentando em cerca de 3% ao ano. Calcule o tempo estimado para duplicar a taxa de emissões de carbono.

11.17 A concentração de particulados em uma atmosfera urbana é de 160 microgramas por metro cúbico.
   a. Como seria a visibilidade em um aeroporto?
   b. Suponha que a medição tenha sido realizada pela manhã quando a atmosfera estava saturada em 90% de umidade. A visibilidade seria maior ou menor?

11.18 Um piloto reporta que a visibilidade no aeroporto é de três milhas.
   a. Se for um dia seco, qual seria a concentração de particulados nessa cidade?
   b. Essa concentração ultrapassa o limite estabelecido pelos Padrões Nacionais de Qualidade do Ar Ambiente?

11.19 Os metais são geralmente revestidos com finas películas de hidrocarboneto de petróleo leve para protegê-los da oxidação dos metais da matéria-prima bruta durante o transporte e o armazenamento. Os pedaços de metal são expostos a vapores e se deixa que o solvente se condense na superfície. Infelizmente, cerca de 90% do solvente escapa para a atmosfera.

Tricloroetileno (TCE) era o solvente mais utilizado como desengordurante e limpador de metais. No entanto, o TCE é um dos principais causadores da névoa com fumaça (*smog*) fotoquímica, atuando como um dos hidrocarbonetos que reage com os óxidos nítricos, permitindo assim a produção de altas concentrações de ozônio. Nos últimos anos, o 1,1,1-tricloroetano (TCA) tem sido o substituto do TCE. Porém, essa substituição também apresenta problemas, visto que o TCA tem potencial tanto para a destruição da camada de ozônio estratosférico quanto para colaborar para com o aquecimento global. A tabela a seguir compara o TCE e o TCA com relação aos seus efeitos ambientais.

	Potencial para formação de névoa com fumaça (*smog*) por ton.	Potencial para aquecimento global por ton.	Potencial para destruição da camada de ozônio por ton.
TCE	350	6,9	irrisório
TCA	3,0	390	1.000

A regulamentação cada vez mais rígida para o TCE, um solvente clorado que reage fotoquimicamente, fez que a indústria o substituísse pelo TCA. Os resultados indicam que, embora o TCA não contribua tanto para a formação de névoa com fumaça (*smog*) fotoquímica, sua contribuição para com o aquecimento global e destruição da camada de ozônio estratosférico é relativamente grande. Surge um dilema quanto aos critérios utilizados na escolha do solvente. Por exemplo, deveríamos substituir um solvente de reação fotoquímica que dissolve facilmente na troposfera por um mais resistente capaz de chegar até a estratosfera? Lá, o solvente irá absorver radiação infravermelha e contribuirá para o aquecimento global ou liberará átomos de cloro que, então, participarão da destruição catalítica da camada de ozônio.

Escreva uma redação de uma página definindo seus critérios para decidir entre o TCE e o TCA[6].

11.20 A taxa de isolamento é geralmente calculada com base no valor-R, definido pela equação

$$q = \frac{A(T_i - T_o)}{R}$$

onde q = taxa de transferência de calor através de uma superfície, W/hr;
  A = área da superfície, m^2;
  T_i = temperatura na superfície, °C;
  T_o = temperatura do ar, °C;
  R = resistência térmica, m^2 − °C/W.

A resistência térmica, R, é um número útil, pois expressa a resistência da superfície para conduzir calor. Para as práticas norte-americanas, as unidades de R estão geralmente no sistema de unidades de engenharia de h-pés^2 − °F/Btu. Um isolamento de fibra de vidro típico, por exemplo, possui um valor-R de 11. Quanto maior o valor-R, maior a capacidade de isolamento.

O balanço de massa de [calor ENTRADA] = [calor SAÍDA] deve determinar a quantidade de energia necessária para aquecer uma casa a uma dada temperatura.

a. Considere uma casa com uma área de 1.000 pés quadrados e pouco isolada, com um valor-R médio de 5 h-pés^2 − °F/Btu. Calcule o valor de energia necessária, em Btu/h, para aquecer a casa a 70°F quando a temperatura externa for de 10°F.
b. Se a casa fosse subsequentemente isolada a R = 20, calcule quanta energia os proprietários economizariam.

NOTAS FINAIS

(1) Schwartz, Stephen. 1989. Acid deposition: unraveling a regional phenomenon. *Science* 243: Fevereiro.
(2) Masters, Gilbert M. 1998. *Introduction to environmental engineering and science*. Englewood Cliffs, NJ: Prentice-Hall.

(3) Lovelock, James. 1979. *Gaia: a new look at life on earth*. Nova York: Oxford University Press.
(4) Nero, A. 1986. The indoor radon story. *Technology Review*. Janeiro.
(5) Citado em The Environmental Age. 1992. *Engineering news record* 228:25.
(6) Esse problema foi elaborado com base em um problema semelhante em David Allen, N. Bakshani e Kirsten Sinclair Rosselot, 1991. *Pollution prevention: homework and design problems for engineering curricula*. American Institute of Chemical Engineers and other societies.

CAPÍTULO DOZE

Controle da Qualidade do Ar

O modo mais fácil de controlar a poluição do ar é eliminar a fonte da mesma. Surpreendentemente, quase sempre essa é a solução mais econômica para o problema da poluição do ar. Desativar um incinerador de lodo e depositar o lodo em um local adequado, específico para tal finalidade, por exemplo, pode ser bem mais econômico do que instalar um equipamento de limpeza de ar para o incinerador. Em outros casos, uma modificação do processo, como a troca do carvão por gás natural em uma usina elétrica, eliminará o problema imediato da poluição do ar. Porém, muitas vezes, o controle é feito por meio de alguma forma de tratamento de ar semelhante ao conceito do tratamento de água. Neste capítulo, são apresentadas algumas das alternativas disponíveis para tratamento das emissões, seguidas por uma revisão da última estratégia de controle – a dispersão.

12.1 TRATAMENTO DAS EMISSÕES

A escolha do equipamento de tratamento adequado exige uma combinação das características do poluente com os recursos do aparelho de controle. É importante lembrar que os tamanhos dos poluentes variam em faixas com muitas ordens de magnitude e que, portanto, não se deve esperar que um mesmo aparelho seja eficiente e eficaz para o tratamento de todos os tipos de poluentes. Além disso, os tipos de elementos químicos nas emissões, geralmente, apontam para o uso de alguns aparelhos. Por exemplo, um gás contendo uma alta concentração de SO_2 poderia ser limpo com sprays de água, mas o ácido sulfúrico resultante poderia causar sérios problemas de corrosão.

Os diversos aparelhos para controle da poluição do ar são convenientemente divididos em dois tipos, aqueles aplicáveis para o controle de particulados e aqueles para o controle dos poluentes gasosos. Isso decorre, sem dúvida, da diferença dos tamanhos dos poluentes. As moléculas de gás têm diâmetros de cerca de 0,0001 mícron; já os particulados variam com tamanhos a partir de 0,1 mícron.

Todos os aparelhos para controle de poluição do ar podem ser enfocados como um aparelho de separação do tipo caixa-preta. A remoção do poluente é calculada utilizando-se os princípios de separação vistos no Capítulo 3. Se um gás (como o ar) contém um componente indesejável (como a poeira), o aparelho de controle de poluição é projetado para remover a poeira. A eficiência de recuperação de qualquer aparelho de separação é expressa pela Equação 3.2:

$$R_1 = \frac{x_1}{x_0} \times 100$$

onde R_1 = recuperação, %;
 x_1 = quantidade de poluentes coletado pelo aparelho de tratamento; por unidade de tempo, kg/s;
 x_0 = quantidade de poluentes que entra no aparelho, por unidade de tempo, kg/s.

Podem surgir algumas dificuldades para definir o termo x_0. Alguns tipos de poeira, por exemplo, podem ser compostas por partículas tão pequenas que o aparelho de tratamento pode não conseguir removê-las. Portanto, rigorosamente, elas não deveriam ser incluídas no termo x_0. No entanto, é comum simplesmente igualar x_0 aos contaminantes, como as partículas totais.

EXEMPLO 12.1

Problema Um aparelho de controle de poluição do ar deve remover um partícula que está sendo emitida a uma concentração de 125.000 $\mu g/m^3$ a uma taxa de vazão de ar de 180 m^3/s. O aparelho remove 0,48 toneladas métricas por dia. Calcule a concentração de emissões e a recuperação coletada.

Solução Primeiro estabeleça uma caixa-preta e um balanço de material das partículas, e, mais uma vez, utilize a equação de balanço de material:

$$\begin{bmatrix} \text{Taxa de} \\ \text{particulados} \\ \text{ACUMULADA} \end{bmatrix} = \begin{bmatrix} \text{Taxa de} \\ \text{particulados} \\ \text{DE ENTRADA} \end{bmatrix} - \begin{bmatrix} \text{Taxa de} \\ \text{particulados} \\ \text{DE SAÍDA} \end{bmatrix} + \begin{bmatrix} \text{Taxa de} \\ \text{particulados} \\ \text{PRODUZIDOS} \end{bmatrix} - \begin{bmatrix} \text{Taxa de} \\ \text{particulados} \\ \text{CONSUMIDOS} \end{bmatrix}$$

Em se tratando de um estado estacionário em que não há particulados produzidos ou consumidos, a equação é reduzida para

[Taxa de particulados DE ENTRADA] = [Taxa de particulados DE SAÍDA]

A Figura 12.1 mostra a caixa-preta. Os *particulados de ENTRADA*, sendo o fluxo de alimentação, são calculados multiplicando-se a taxa de vazão pela concentração, resultando na taxa de vazão em massa:

$$(180 \text{ m}^3/\text{s})(125.000 \text{ } \mu g/m^3)(10^{-6} \text{ } \mu g/g) = 22,5 \text{ g/s}$$

Já os *particulados de SAÍDA* consistem de partículas que escapam e aquelas coletadas. Estas últimas são calculadas com a seguinte equação:

$$\frac{(0,48 \text{ toneladas métricas/d})(10^6 \text{ g/toneladas métricas})}{(86.400 \text{ s/d})} = 5,6 \text{ g/s}$$

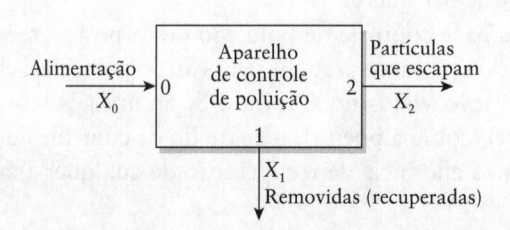

Figura 12.1 Um aparelho de controle de poluição como caixa-preta. Veja o Exemplo 12.1.

O balanço é calculado como segue

$$22,5 = 5,6 + [\text{Particulados que escapam}]$$
$$\text{Particulados que escapam} = 16,9 \text{ g/s} \cong 17 \text{ g/s}$$

$$\text{Concentração da emissão} = \frac{(16,9 \text{ g/s})(10^6 \text{ μg/g})}{(180 \text{ m}^3/\text{s})}$$

$$\cong 94.000 \text{ μg/m}^3$$

A recuperação é de

$$R_1 = \frac{5,6 \text{ g/s}}{22,5 \text{ g/s}}(100) = 25\%$$

■

12.1.1 Controle de particulados

Os aparelhos mais simples para controle de particulados são as *câmaras de sedimentação*, que consistem de nada mais que espaços amplos no canal de exaustão onde as partículas maiores podem sedimentar, geralmente, com um defletor para reduzir a corrente de emissão. Obviamente, apenas os particulados muito grandes (>100 μ) podem ser eficientemente removidos nessas câmaras.

Provavelmente, o meio mais popular, econômico e eficaz para controlar os particulados seja o *ciclone*. A Figura 12.2 mostra um esquema simples. O ar sujo é forçado para dentro de um cilindro cônico, mas fora da linha central. Isso cria um violento turbilhão dentro do cone, como em uma centrífuga. Os sólidos pesados migram para a parede do cilindro, onde reduzem a velocidade em função do atrito, deslizam pelo cone e, finalmente, saem pelo fundo. O ar limpo fica no meio do cilindro e sai pelo topo.

Filtros de saco (ou *tecido*) utilizados para controlar os particulados (Figura 12.3) funcionam como um aspirador de pó comum. Os sacos de tecido são utilizados para coletar a poeira, que deve ser retirada do saco periodicamente. O tecido removerá quase todos os particulados, inclusive os de tamanho submícron. Esses sacos são amplamente utilizados em muitas aplicações industriais, porém são sensíveis a altas temperaturas e umidade.

O mecanismo básico de remoção de poeira pelos filtros de tecido é similar ao dos filtros de areia no tratamento de água. As partículas de poeira aderem ao tecido por aprisionamento e forças superficiais. Elas entram em contato por meio de choque físico e/ou difusão browniana. Como os filtros de tecido geralmente apresentam uma relação espaço de ar-fibra 1:1, os mecanismos de remoção não podem ser baseados em simples peneiramento.

A *torre de nebulização* ou *depurador*, ilustrado na Figura 12.4, é um método eficaz para remover particulados grandes. Os depuradores mais eficientes promovem o contato

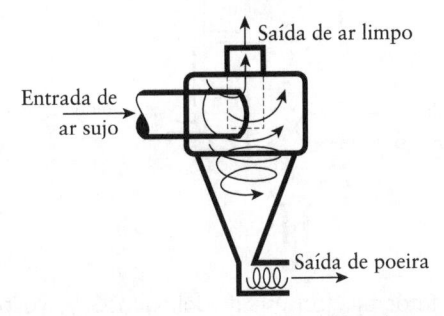

Figura 12.2 Ciclone usado para coleta de poeira.

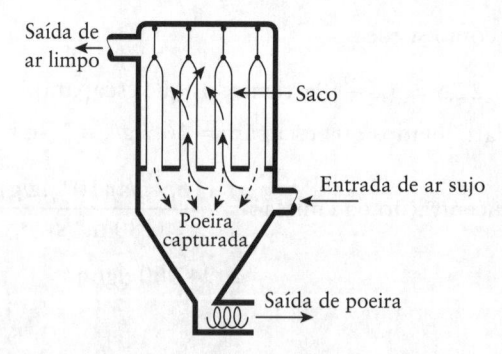

Figura 12.3 Filtro de saco utilizado para controle de poluentes particulados do ar.

entre o ar e a água por ação violenta em uma seção de gargalo estreito para dentro da qual a água é introduzida. Geralmente, quanto mais violento o encontro, menores são as bolhas de gás ou gotículas de água e mais eficiente é a purificação. Os depuradores são aparelhos eficientes, mas têm duas desvantagens principais.

- Produzem uma pluma visível, apesar de ser somente vapor de água. O público leigo raramente sabe a diferença entre uma pluma de vapor de água e qualquer outra pluma visível e, consequentemente, as relações públicas muitas vezes exigem que as plumas sejam invisíveis.
- Os resíduos agora estão na forma líquida, e é necessário realizar algum tipo de tratamento de água.

Os *precipitadores eletrostáticos* têm ampla utilização em usinas elétricas, principalmente, porque a energia elétrica está facilmente disponível. O material particulado é removido após ser eletricamente carregado por elétrons passando de um eletrodo de alta tensão para outro e, então, migra para o eletrodo de coleta com carga positiva. O tipo de precipitador eletrostático apresentado na Figura 12.5 consiste de um tubo com um fio pendurado dentro dele. Os particulados ficam presos no tubo e devem ser removidos com pancadas de martelo. Os precipitadores eletrostáticos não possuem partes móveis, necessitam apenas de eletricidade para funcionar, e são extremamente eficientes para a remoção de particulados submícrons.

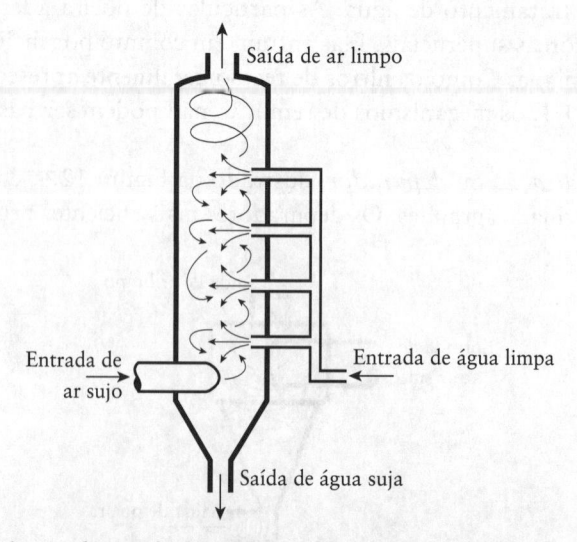

Figura 12.4 Depurador. Na fotografia (cortesia de United McGill), o depurador é a torre alta e redonda.

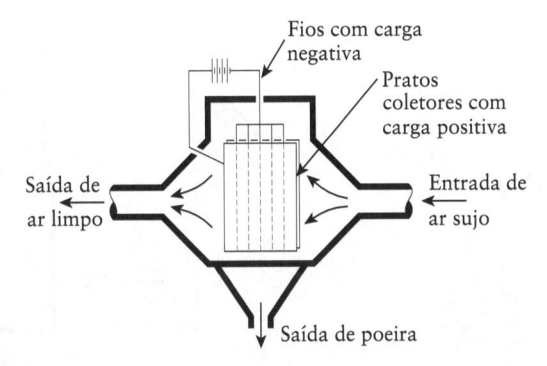

Figura 12.5 Precipitador eletrostático utilizado para controle de poluentes particulados.

A eficiência dos diversos aparelhos varia muito de acordo com o tamanho das partículas poluentes. A Figura 12.6 mostra curvas de eficiência aproximada de coleta, em função do tamanho da partícula, para os diversos aparelhos discutidos.

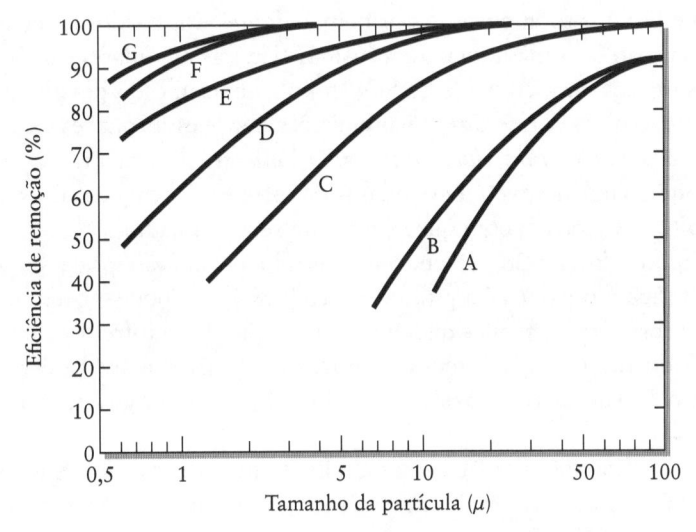

Figura 12.6 Comparação da eficiência de remoção aproximada. A = câmara de sedimentação, B = ciclone simples, C = ciclone de alta eficiência, D = precipitador eletrostático, E = depurador, F = depurador Venturi, G = filtro de saco (com base em C.E. Lappe. 1951. Processes use many collection types. *Chemical engineering* 58:145).

12.1.2 Controle de poluentes gasosos

O controle de gases envolve a remoção de poluentes das emissões gasosas, uma alteração química no poluente, ou uma alteração no processo de produção deste.

Depuradores úmidos, como já discutido, podem remover poluentes gasosos pela simples dissolução dos mesmos em água. Alternativamente, um elemento químico (como a cal) pode ser injetado na água do depurador para, então, reagir com os poluentes. Essa é a base para técnicas mais eficientes de remoção de SO_2, como será visto a seguir.

A *adsorção* é um método útil quando é possível colocar o poluente em contato com um adsorvente, como o carvão ativado, conforme mostra a Figura 12.7.

A *incineração* ou *chamejamento* é utilizada quando um poluente orgânico pode ser oxidado para CO_2 e água (Figura 12.8). Uma variação da incineração é a *combustão catalítica*, na qual a temperatura da reação é reduzida pelo uso de um elemento catalítico que media a reação.

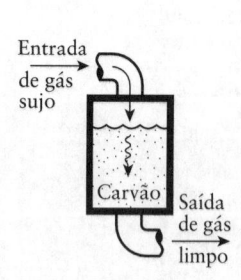

Figura 12.7 Adsorvedor para remoção de poluentes do ar.

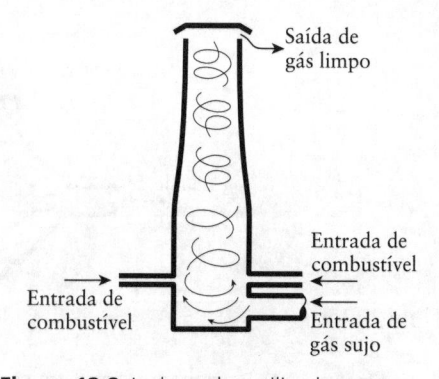

Figura 12.8 Incinerador utilizado para queima de poluentes gasosos.

12.1.3 CONTROLE DE ÓXIDOS SULFÚRICOS

Como visto anteriormente, os óxidos de enxofre (SO_2 e SO_3) provocam efeitos graves e ainda assim estão por toda parte. As principais fontes dos óxidos de enxofre (ou SO_x como geralmente são denominados) são as usinas elétricas movidas a carvão. Os padrões cada vez mais rígidos para controle de SO_x impulsionaram o desenvolvimento de uma série de opções e técnicas para reduzir suas emissões. Entre essas opções estão as seguintes:

Mudança para um combustível com baixa emissão de enxofre. O gás natural e o petróleo emitem consideravelmente menos enxofre que o carvão. Entretanto, fontes incertas e de alto custo fazem com que essa opção seja arriscada.

Dessulfurização do carvão. O enxofre contido no carvão pode ser orgânico ou inorgânico. A forma inorgânica é a pirita de ferro (FeS_2), que pode ser removida com uma lavagem, pois ocorre em partículas distintas. A remoção de enxofre orgânico (geralmente cerca de 60% do total) exige reações químicas e é mais acessível do ponto de vista econômico se o carvão estiver gaseificado (alterado para um gás parecido com o gás natural).

Construção de chaminés altas. Um método limitado, apesar de localmente econômico, de controle de SO_x é a construção de chaminés extremamente altas e dispersar o SO_x. Essa opção foi utilizada na Grã-Bretanha e é, em parte, responsável pelo problema da chuva ácida na Escandinávia.

Dessulfurização de gases de combustão. A última opção é reduzir o SO_x emitido através da limpeza dos gases oriundos da combustão, os chamados gases de combustão. Foram empregados muitos sistemas, e estão sendo realizadas muitas pesquisas para tornar esses processos mais eficientes. O método mais utilizado para remoção de SO_x dos gases de combustão é fazer com que o enxofre entre em contato com a cal. A reação para SO_2 é

$$SO_2 + CaO \longrightarrow CaSO_3$$

ou, se for utilizado o calcário:

$$SO_2 + CaCO_3 \longrightarrow CaSO_4 + CO_2$$

Tanto o sulfito quanto o sulfato de cálcio (gesso) são sólidos de baixa solubilidade e podem ser separados em tanque de sedimentação por gravidade. Os sais de cálcio então formados representam um grande problema de descarte. Também é possível converter o enxofre para H_2S, H_2SO_4, ou enxofre elementar e vendê-los como matéria-prima. Infelizmente, os mercados totais possíveis para esses elementos químicos são bem menores do que o necessário para a produção estimada pela dessulfurização.

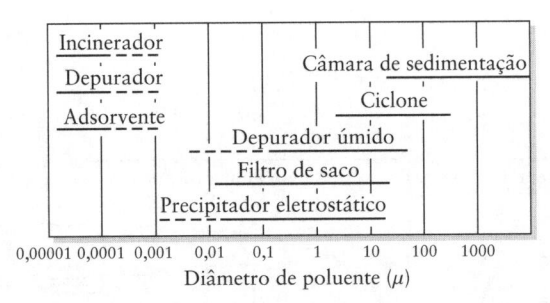

Figura 12.9 A eficácia de vários aparelhos de controle de poluição do ar depende do tamanho da partícula.

Antes de seguirmos para o próximo tópico, pode ser útil reiterar a importância de combinar o tipo de poluente a ser removido com o processo adequado. A Figura 12.9 enfatiza a importância do tamanho das partículas para a escolha do aparelho de controle. No entanto, outras propriedades podem ser de igual importância. Um depurador, por exemplo, remove não apenas os particulados, mas também os gases que podem estar dissolvidos na água. Dessa forma, o SO_2, de rápida dissolução, é removido por um depurador, o que não acontece com o NO, que apresenta baixa solubilidade. A escolha da tecnologia apropriada é um importante elemento da profissão de engenharia ambiental.

12.2 DISPERSÃO DE POLUENTES DO AR

Lembre-se de que, como visto em meteorologia no Capítulo 11, as condições atmosféricas determinam prioritariamente a dispersão de poluentes do ar. Se as condições forem superadiabáticas, são produzidos muitos movimentos verticais do ar e turbulência, potencializando a dispersão. A prevalência de condições subadiabáticas, por outro lado, resulta em um sistema muito estável. Uma inversão é uma condição subadiabática extrema, e o movimento vertical do ar dentro na inversão é quase nulo.

O efeito da estabilidade atmosférica de uma pluma pode ser ilustrado como mostra a Figura 12.10. Uma taxa de queda superadiabática produz instabilidade atmosférica e uma pluma *turbulenta*, enquanto uma taxa de queda neutra produz uma pluma *cônica*. Se a pluma for emitida para dentro de uma camada de inversão, o resultado é uma pluma *tubular* – um nome bem descritivo, pois, vista de cima, a pluma se espalha sem qualquer movimento vertical. Uma situação particularmente desagradável é a condição fumegante – quando uma inversão cobre a pluma, mas uma taxa de queda superadiabática abaixo dela resulta em mistura e altas concentrações ao nível do solo.

A altura que uma pluma atinge é também importante se a dispersão for necessária. Enquanto não há modelos teóricos que possam prever a altura da pluma de forma consistente, são sugeridos vários modelos empíricos. Briggs desenvolveu um modelo que parece prever, de forma eficaz, a altura que a pluma das usinas elétricas atingirá[1].

$$\Delta h = 2{,}6\left(\frac{F}{uS}\right)^{1/3} \tag{12.1}$$

$$F = \frac{gV_s d^2(T_s - T_a)}{4(T_a + 273)}$$

$$S = \frac{g}{(T_a + 273)}\left(\frac{\Delta T}{\Delta z} + 0{,}01\right)$$

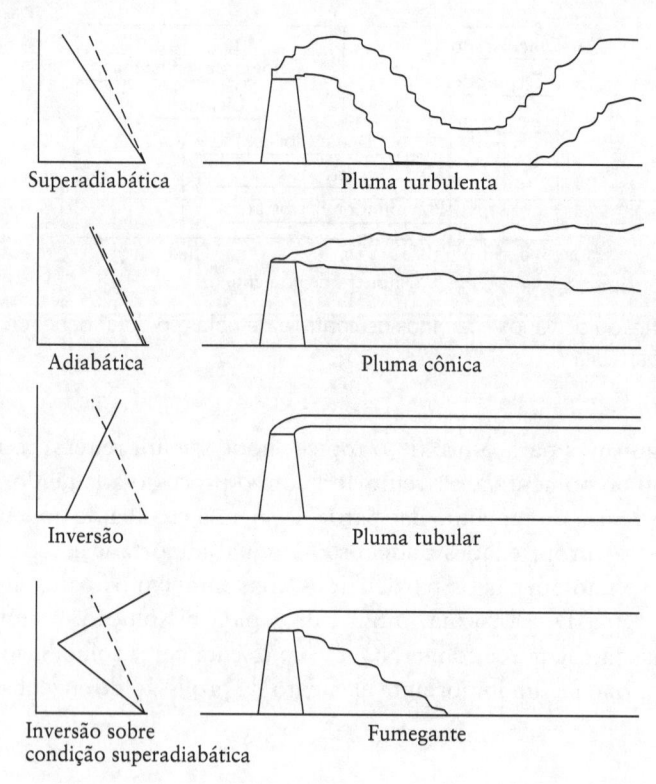

Figura 12.10 Taxas de queda prevalecentes produzem plumas com características exclusivas (temperatura *versus* elevação).

onde Δh = altura da pluma sobre o topo da chaminé, m;
$\bar{u}$ = velocidade média do vento, m/s;
$\Delta T/\Delta z$ = taxa de queda prevalecente, a variação da temperatura com a elevação, °C/m;
V_s = velocidade na saída do gás, m/s;
d = diâmetro da saída da chaminé, m;
g = aceleração gravitacional, 9,8 m/s²;
T_a = temperatura da atmosfera, °C;
T_s = temperatura do gás da chaminé, °C;
F = fluxo de flutuação, m⁴/s³.

EXEMPLO 12.2

Problema A chaminé de uma usina elétrica com diâmetro de 2 m apresenta saída de emissão a 3 m/s. A velocidade média do vento é de 6 m/s. A temperatura no topo da chaminé é de 28°C e a temperatura da emissão está em 167°C. A atmosfera está a uma estabilidade neutra. Calcule a altura esperada da pluma.

Solução Para estabilidade neutra, $\Delta T/\Delta z$ = 1°C/100m = 0,01°C/m (Capítulo 11). A altura esperada da pluma é Δh:

$$\Delta h = 2{,}6\left(\frac{F}{6S}\right)^{1/3}$$

Primeiro, deve-se calcular F e S:

$$F = \frac{9{,}8(3)(2)^2(167-28)}{4(28+273)} = 13{,}6$$

$$S = \frac{9{,}8}{28 + 273}(0{,}01 + 0{,}01) = 6{,}5 \times 10^{-4}$$

$$\Delta h = 2{,}6\left(\frac{13{,}6}{6(6{,}5 \times 10^{-4})}\right)^{1/3} \cong 40 \text{ m}$$

Dispersão é o processo de espalhar a emissão sobre uma ampla área, reduzindo com isso a concentração dos poluentes específicos. A difusão ou dispersão da pluma acontece em duas dimensões: horizontal e vertical. Pressupõe-se que a maior concentração de poluentes esteja no centro da pluma, ou seja, na direção do vento prevalecente. Quanto mais longe do centro, menor é a concentração. Se a dispersão de uma pluma em ambas as direções é aproximada pela curva de probabilidade Gaussiana, como visto no Capítulo 2, a concentração de um poluente a uma distância x a partir da fonte e a favor (na direção) do vento pode ser calculada como segue

$$C_{(x,y,z)} = \frac{Q}{2\pi \bar{u} \sigma_y \sigma_z} \exp\left(-\frac{1}{2}\left[(y/\sigma_y)^2 + (z/\sigma_z)^2\right]\right)$$

onde $C_{(x,y,z)}$ = concentração em algum ponto no espaço com coordenadas x, y e z, kg/m^3;
   Q = intensidade da fonte, ou taxa de emissão, kg/s;
   $\bar{u}$ = velocidade média do vento, m/s;
   σ_z e σ_y = desvio-padrão da dispersão nas direções z e y;
   y = distância horizontal na direção perpendicular à do vento, m;
   z = distância vertical, m.

As coordenadas são apresentadas na Figura 12.11. Observe que z está na direção vertical, y está perpendicular ao vento na direção horizontal e x está na direção do vento.

Os desvios-padrão são medidas da dispersão da pluma. Se σ_y e σ_z forem grandes, a dispersão é alta, e a concentração, claro, é baixa. O oposto também é verdade; se os desvios forem pequenos, a dispersão é baixa, e a concentração é mais alta. A dispersão depende da estabilidade atmosférica (como visto anteriormente) e da distância em relação à fonte. Na Figura 12.12 encontra-se uma aproximação para os coeficientes de dispersão, e a

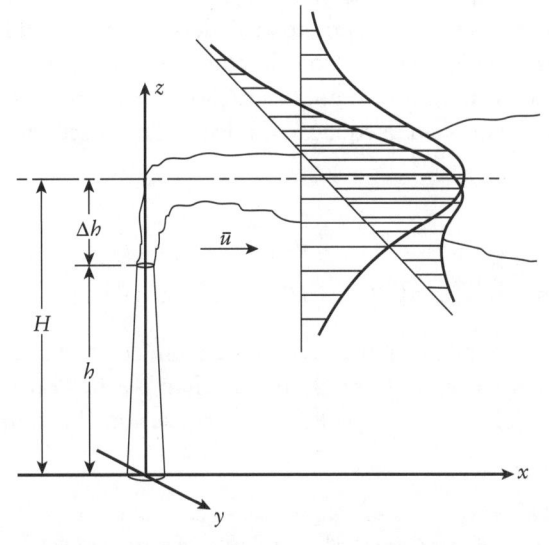

Figura 12.11 O modelo de dispersão Gaussiano.

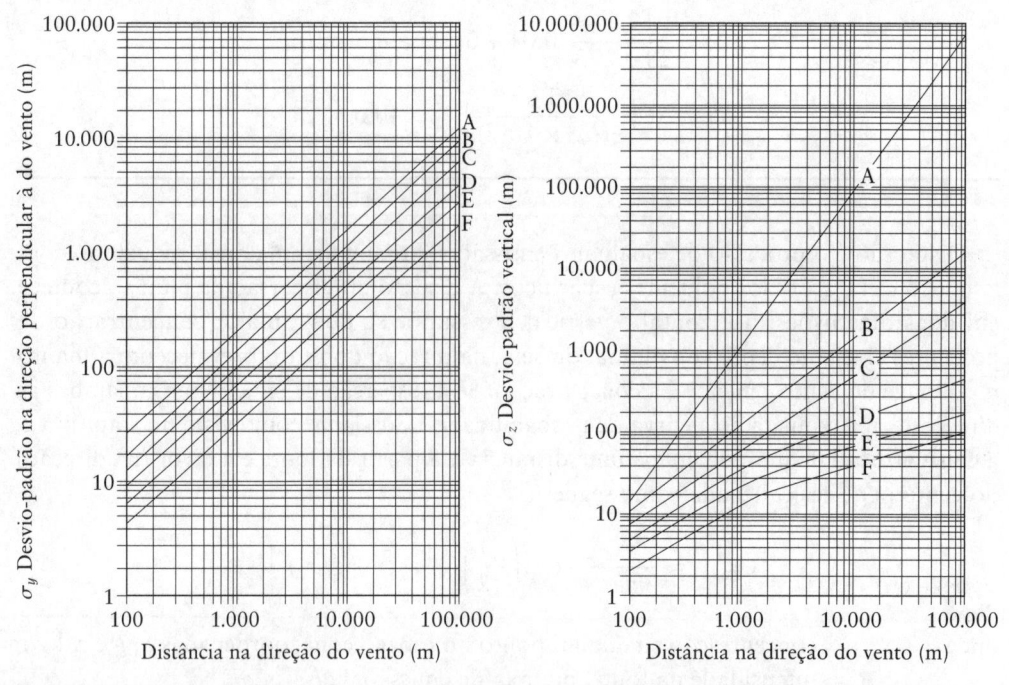

Figura 12.12 Coeficientes de dispersão (de acordo com Turner, D.B. *Workbook of atmospheric dispersion estimates*. U.S. Department of Health, Education and Welfare, Public Health Service, National Center for Air Pollution Control, Publicação n° 999–AP–28).

estabilidade atmosférica é representada na figura pelas letras de A a F. Já a Tabela 12.1 traz uma legenda para a escolha da condição de estabilidade apropriada[1].

Uma pluma emitida de uma chaminé apresenta uma altura efetiva H, calculada com a soma da altura da chaminé e a altura da pluma Δh, como na Equação 12.1 e como mostra a Figura 12.11. A elevação do centro da pluma é, então, de $z = H$, e a equação de difusão é

$$C_{(x,y,z)} = \frac{Q}{2\pi \bar{u} \sigma_y \sigma_z} \exp\left(-\frac{1}{2}\left[(y/\sigma_y)^2 + ((z-H)/\sigma_z)^2\right]\right)$$

Essas duas equações são válidas desde que o solo não influencie a difusão. Isso, geralmente, não é uma hipótese boa, pois o solo não é um depósito eficiente para os poluentes, e os níveis devem ser mais altos ao nível do solo devido à dificuldade de a pluma conseguir se dispersar no solo. O efeito do solo pode ser considerado pressupondo-se uma imagem virtual especular da fonte em uma elevação $z - H$, como mostra a Figura 12.13. Considerando a reflexão do solo, a equação da dispersão é a seguinte

$$C_{(x,y,z)} = \frac{Q}{2\pi \bar{u} \sigma_z \sigma_y} \times \\ \times \left[\exp\left(-\tfrac{1}{2}[(y/\sigma_y)^2]\right) \times \left(\exp\left(-\tfrac{1}{2}[(z+H)/\sigma_z]^2\right) + \exp\left(-\tfrac{1}{2}[(z-H)/\sigma_z]^2\right)\right)\right] \quad (12.2)$$

A Equação 12.2 é a equação de dispersão mais geral, considerando a reflexão do solo e a emissão do poluente a uma altura efetiva de chaminé H. Podemos simplificar essa equação considerando várias hipóteses. Por exemplo, se a medição for realizada no nível

---

1. As curvas e a tabela são elaboradas com base em alguns dados, mas grande parte dos valores foram obtidos por meio de extrapolação. Isso é mais evidente quando se nota que abaixo da categoria A de estabilidade, é possível ter um desvio-padrão vertical de 10.000 km. Isso se torna inviável.

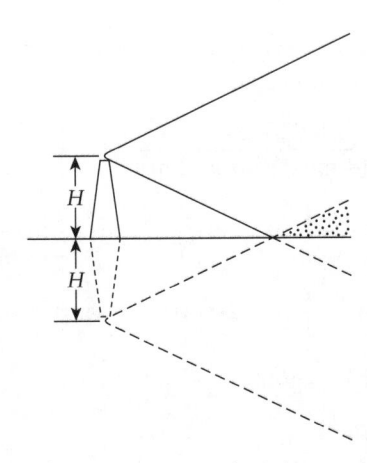

Figura 12.13 Fonte e imagem da fonte. Na área sombreada a concentração é duplicada devido à imagem da fonte.

Tabela 12.1 Tipos de estabilidade atmosférica apresentadas na Figura 12.12[2]

Velocidade do vento na superfície (a 10 m) (m/s)	Dia			Noite	
	Entrada de radiação solar (luz do sol)			Maior parte do céu encoberto ou ⩾ 4/8	Maior parte céu limpo ou ⩽ 3/8
	Forte	Moderada	Leve	Coberto por nuvens	Coberto por nuvens
<2	A	A–B	B	—	—
2–3	A–B	B	C	E	F
3–5	B	B–C	C	D*	E
5–6	C	C–D	D	D	D
>6	C	D	D	D	D

* A categoria neutra, D, deve ser considerada para condições de céu nublado durante o dia ou à noite.

do solo e a pluma também for emitida no mesmo nível, ambos os termos z e H serão zero, resultando na seguinte equação

$$C_{(x,y,0)} = \frac{Q}{2\pi\bar{u}\sigma_z\sigma_y}\exp\left(-\frac{1}{2}(y/\sigma_y)^2\right) \quad \text{em } H = 0 \text{ e } z = 0$$

Se a emissão estiver no nível do solo ($H = 0$), a medição também for realizada no nível do solo ($z = 0$), e o poluente for medido em seu centro ($y = 0$), então:

$$C_{(x,0,0)} = \frac{Q}{\pi\bar{u}\sigma_z\sigma_y} \quad \text{em } y = 0, H = 0, \text{ e } z = 0$$

EXEMPLO 12.3

Problema Considerando uma tarde ensolarada com um vento médio, $\bar{u} = 4$ m/s, emissão de $Q = 0,01$ kg/s, e altura efetiva de chaminé $H = 20$ m, calcule a concentração ao nível do solo a 200 metros da chaminé.

Solução Na Tabela 12.1 verifica-se que a estabilidade atmosférica é do Tipo B para uma velocidade do vento de 4 m/s e sol forte. Na Figura 12.12 a 200 metros e estabilidade B, obtém-se $\sigma_y \cong 30$ m e $\sigma_z \cong 22$ m. Note que as concentrações máximas ocorrem no centro da pluma, a $y = 0$. Utilizando a Equação 12.2:

$$C_{(200,0,0)} = \frac{0{,}01 \text{ kg/s}}{2(\pi)(4 \text{ m/s})(30 \text{ m})(22 \text{ m})}$$

$$\times \left[\exp\left(-\frac{1}{2}(0/30 \text{ m})^2\right) \times \left(\exp\left(-\frac{1}{2}[(0-20 \text{ m})/22 \text{ m}]^2\right)\right.\right.$$

$$\left.\left. + \exp\left(-\frac{1}{2}[(0+20 \text{ m})/22 \text{ m}]^2\right)\right)\right]$$

$$C_{(200,0,0)} = 7 \times 10^{-7} \text{ kg/m}^3$$

ou $C_{(200,0,0)} = 700 \ \mu\text{g/m}^3$

Por fim, deve-se destacar que essa análise de dispersão da pluma é muito imprecisa. Os criadores dos modelos de aparelhos de controle de poluição do ar geralmente se satisfazem ao chegar a um modelo capaz de prever concentrações dentro de uma ordem de magnitude!

12.3 CONTROLE DE FONTES MÓVEIS

Embora muitas das técnicas de controle citadas anteriormente possam ser aplicadas tanto para fontes móveis como para estacionárias, uma fonte móvel merece uma atenção especial: os automóveis. Apesar de os automóveis possuírem muitas fontes potenciais de poluição, apenas alguns pontos importantes exigem controle (Figura 12.14):

- evaporação de hidrocarbonetos (HC) do tanque de combustível;
- evaporação de HC do carburador;
- emissões de gasolina não queimada e HC parcialmente oxidado do cárter;
- NO_x, HC e CO do escapamento.

As perdas por evaporação dos tanques de combustível foram reduzidas pelo uso de tampas nos tanques, que impedem que o vapor escape. E as perdas dos carburadores foram reduzidas com caixas de carvão ativado, que armazenam os vapores emitidos quando o motor é desligado e a gasolina quente no carburador vaporiza. Quando o

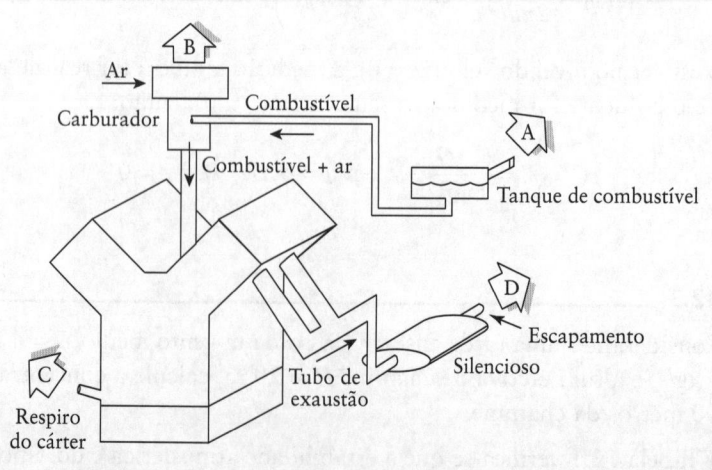

Figura 12.14 Motor de combustão interna, mostrando as fontes de poluição.

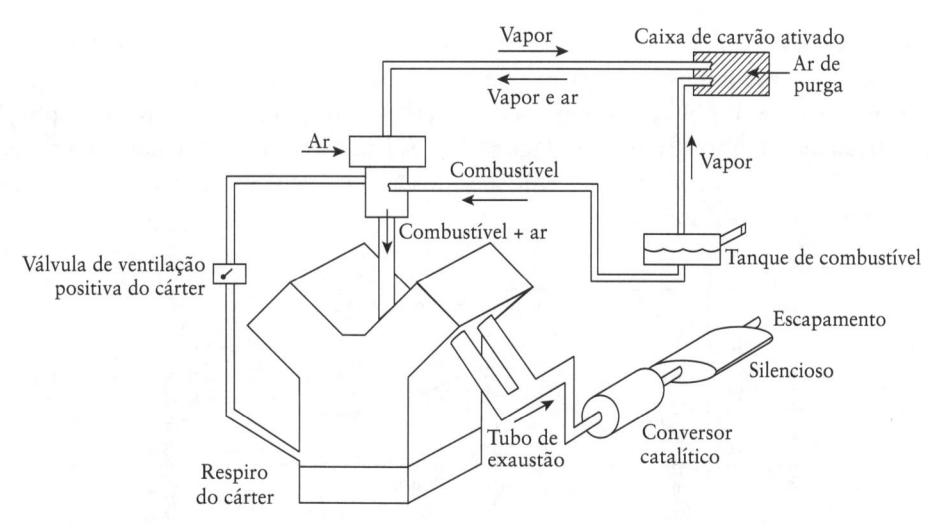

Figura 12.15 Motor de combustão interna com dispositivos de controle de poluição.

carro é novamente ligado, os vapores podem ser purgados pelo ar e queimados no motor (Figura 12.15).

A terceira fonte de poluição, o respiro do cárter, foi eliminada com o fechamento da saída para a atmosfera e reciclagem dos gases dentro do coletor. A válvula de ventilação positiva do cárter (PCV *valve*, do inglês, *positive crankcase ventilation valve*) é uma pequena válvula de verificação que evita o acúmulo de pressão no cárter.

Tabela 12.2 Efeito do funcionamento do motor nas características do escapamento, tendo como referência as emissões em marcha lenta

	Componente		
	CO	HC	NO_x
Em marcha lenta	1,0	1,0	1,0
Em aceleração	0,6	0,4	100
Em transição	0,6	0,3	66
Em desaceleração	0,6	11,4	1,0

O problema de controle mais complicado é o escapamento, responsável pela emissão de cerca de 60% do HC e quase todo NO_x, CO e chumbo. Um problema imediato é como medir essas emissões, pois não se trata somente de inserir um amostrador no tubo de saída, uma vez que a quantidade de poluentes emitida muda de acordo com o modo de funcionamento. O efeito do funcionamento nas emissões é ilustrado na Tabela 12.2. Observe que, quando o carro é acelerado, a combustão é eficiente (baixa concentração de CO e HC) e a alta compressão produz muito NO_x. Por outro lado, a desaceleração produz baixa concentração de NO_x e muito HC em função do combustível parcialmente queimado. Por causa dessas dificuldades, a EPA definiu um teste-padrão para medir as emissões. Esse teste inclui partida a frio, aceleração e operação em regime usando um dinamômetro para simular uma carga nas rodas, e uma partida a quente.

As técnicas de controle de emissões para motores de combustão interna incluem:

- ajuste do motor para queima eficiente do combustível;
- instalação de reatores catalíticos;
- modificações no motor.

Um ajuste pode ter um efeito significativo na emissão de componentes. Por exemplo, uma proporção ar/combustível alta (uma mistura enxuta) reduzirá tanto o CO quanto o HC, mas aumentará o NO_x. As emissões típicas resultantes da alteração da proporção ar/combustível são apresentadas na Figura 12.16. Um carro bem regulado é a primeira linha de defesa para o controle das emissões dos automóveis, independente dos outros dispositivos e/ou processos utilizados.

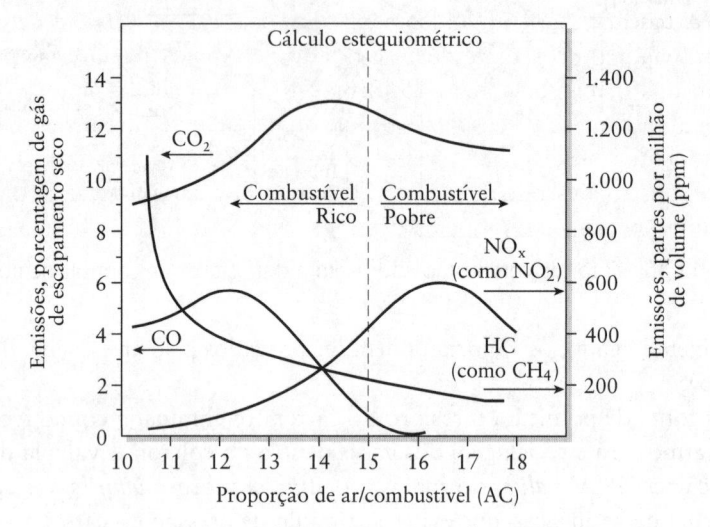

Figura 12.16 Variações nas emissões dos automóveis em função da proporção ar/combustível.

A segunda estratégia de controle, utilizada atualmente em todos os carros a gasolina vendidos nos EUA, é o conversor catalítico, que oxida o CO e o HC para CO_2 e H_2O. O catalisador mais popular é a platina, que pode ser entupido por alguns aditivos da gasolina, como o chumbo (fortalecendo a necessidade de se eliminar o uso de gasolina com chumbo). O segundo problema com os conversores catalíticos é que os compostos de enxofre na gasolina são oxidados para SO_3 particulado, aumentando assim os níveis de enxofre nos ambientes urbanos e o problema da chuva ácida.

No entanto, o maior avanço no desenvolvimento dos motores foi a revisão completa de seus projetos para conseguir a redução das emissões. Por exemplo, a configuração geométrica do cilindro no qual ocorre a combustão é importante, pois a combustão completa exige que toda a gasolina inflame junto e queime como uma chama estável durante um prescrito período de tempo muito curto. Os cilindros com cantos e fendas nos quais ar/gasolina possa se esconder produzirá emissões parcialmente queimadas, como hidrocarbonetos e monóxido de carbono. Um segundo avanço foi na injeção de combustível, que mede a quantidade exata de gasolina necessária para o motor e bombeia a mesma, evitando que o motor retire muito combustível do carburador e produza emissões no escapamento.

Porém, mesmo com o amplo investimento em engenharia, será difícil fabricar um motor de combustão interna totalmente limpo. Os carros elétricos são limpos, mas só podem armazenar uma carga reduzida de energia, limitando assim seu alcance. Além disso, a eletricidade utilizada para dar potência a esses veículos deve ser produzida por usinas elétricas, gerando assim mais poluição. Também está sendo estudada a tecnologia de célula a combustível para substituir os motores de combustão interna.

Os motores a diesel utilizados em caminhões e ônibus também são fontes relevantes de poluição. Entretanto, há menos veículos desse tipo em operação do que os carros movidos à gasolina, e as emissões podem não ser tão prejudiciais em função da natureza dos motores a diesel. Os principais problemas associados a esses últimos são os odores e a pluma de fumaça visível, duas características que causam um aborrecimento considerável por parte do público quanto a esse tipo de veículo. Porém, do ponto de vista da saúde pública, o escape de diesel não constitui o mesmo problema que o escape dos carros à gasolina. Na realidade, os motores a diesel de carros de passeio atendem prontamente aos rígidos padrões de controle de emissões.

Um dos efeitos mais destrutivos das emissões dos automóveis é a deterioração de edifícios, estátuas e outros materiais. A cidade de Atenas na Grécia, por exemplo, apresenta um dos níveis mais altos de formação de névoa fotoquímica com fumaça, em função da abundância de luz solar e grande quantidade de automóveis não regulados. Como resultado, os prédios da Acrópole estão se deteriorando rapidamente, assim como outras construções remanescentes da antiga civilização grega. Ironicamente, o roubo de muitas peças valiosas pelos britânicos por volta da virada do século levou à conservação desses tesouros. O ar limpo e controlado do Museu Britânico é muito melhor que a atmosfera contaminada de Atenas. Mas, isso faz que o roubo seja menos condenável?

Possuímos, de fato, o dever de preservar as coisas? O que vale a pena preservarmos? E quem decide isso? O que devemos ou não preservar são tanto construções, como os edifícios, quanto os elementos e lugares da natureza, como o Grand Canyon ou o campo de batalhas de Gettysburg. Podemos decidir-nos pela preservação de tais lugares históricos por uma das duas razões a seguir: manter uma estrutura ou elemento puramente por sua simples existência ou para não destruí-lo (a), pois gostamos de admirá-lo(a)[3]. Há uma diferença, obviamente, entre apenas admirar o ponto histórico e utilizá-lo, por meio de uma ponte ou um prédio. Se há uma utilidade para o ponto histórico com base em necessidades econômicas e humanas, então, não resta dúvida de que ele tem algum valor. No entanto, algumas coisas não têm utilidade, como obras de arte e prédios antigos. É possível desenvolver um argumento para a preservação de coisas simples, independente de sua utilidade para os seres humanos?

Um argumento foi apresentado por Christopher Stone em seu polêmico livro *Should trees have standing*[4]? Stone afirma que, se as corporações, municípios e navios são considerados entidades legais com direitos e responsabilidades, não seria, então, correto conceder tais direitos a árvores, florestas e montanhas? Ele não sugere que uma árvore deva ter os mesmo direitos que os humanos, mas que possa ser representada em um tribunal assim como as corporações. Se esse argumento for válido, consequentemente, os prédios e outros objetos inanimados podem, da mesma forma, ter direitos legais, e seus "interesses" podem ser representados no tribunal. Deveria, portanto, ser possível processar a cidade de Atenas a favor da Acrópole.

Mas, o argumento de Stone de conceder direitos legais às árvores e outros objetos não é muito fundamentado. Talvez o único motivo para não destruirmos os marcos históricos, como edifícios e maravilhas naturais, seja porque fazem parte de nosso ambiente físico e precisamos deles para manter as bases históricas de nossa civilização. A Acrópole de Atenas é um amontoado de pedras. Não restou nem teto. O território valeria milhões se utilizado para construção de condomínios. Mesmo assim, lutamos para proteger a Acrópole, e um projeto internacional tem se esforçado no tratamento das pedras para evitar maior deteriorização. Fazemos isso porque é importante para nossa herança histórica, e queremos preservá-la para as futuras gerações. Apesar de ainda não sabermos como devemos agir em prol das futuras gerações, é bem óbvio que se permitirmos que esses marcos históricos, como a Acrópole, sejam destruídos pela poluição dos automóveis, elas serão prejudicadas por nossa falta de ação.

SÍMBOLOS

C = concentração de poluentes
d = diâmetro da saída da chaminé
F = fator de flutuação
H = altura efetiva da chaminé
HC = hidrocarbonetos
NO_x = óxidos de nitrogênio
Q = intensidade da fonte, ou taxa de emissões
R = recuperação
T_a = temperatura da atmosfera na altura da chaminé
T_s = temperatura do gás da chaminé

$\bar{u}$ = velocidade média do vento
V_s = velocidade do gás da chaminé
x = distância na direção do vento
y = distância na direção perpendicular ao vento
z = distância vertical
Δh = altura da pluma acima do topo da chaminé
$\Delta T/\Delta z$ = taxa de queda prevalecente
σ_y = desvio-padrão na direção perpendicular ao vento
σ_z = desvio-padrão vertical

PROBLEMAS

12.1 Levando em consideração o custo, a facilidade de operação e o descarte final de resíduos, que tipo de aparelho de controle você sugeriria para as seguintes emissões?
   a. Poeira com partículas com variação de diâmetro de 5–10 μ?
   b. Gás contendo 20% de SO_2 e 80% de N_2?
   c. Gás contendo 90% de HC e 10% de O_2?

12.2 A emissão de uma chaminé apresenta as seguintes características: 90% de SO_2, 10% de N_2, nenhum particulado. Que aparelho de tratamento você sugeriria, por quê?

12.3 Uma emissão industrial apresenta as seguintes características: 80% de N_2, 15% de O_2, 5% de CO_2, e nenhum particulado. Você é chamado como consultor para indicar o tipo de aparelho de controle de poluição do ar necessário. Que aparelho você recomendaria? Qual será o custo dos seus serviços?

12.4 Uma destilaria de uísque o contratou como consultor para projetar o aparelho de controle de poluição do ar para uma nova instalação, que será construída em uma área residencial. O principal efeito ambiental de uma destilaria de uísque é o cheiro produzido no processo, mas muitas pessoas acham esse cheiro agradável (é um odor de mofo adocicado). Como você lidaria com essa tarefa?

12.5 Dada a seguinte análise da temperatura atmosférica:

Elevação (m)	Temperatura (°C)
0	20
50	15
100	10
150	15
200	20
250	15
300	20

Qual o tipo de pluma poderia ser esperado se a temperatura de saída da pluma fosse de 10°C e a altura da chaminé fosse de:
   a. 50 m?
   b. 150 m?
   c. 250 m?

12.6 Considere uma taxa de queda prevalecente que apresente as seguintes temperaturas: ao nível do solo = 21°C, a 500 m = 20°C, a 600 m = 19°C, a 1.000 m = 20°C. Se uma parcela de ar for liberada a 500 m e a 20°C, ela desceria, subiria ou permaneceria no mesmo lugar? Se uma chaminé possui 500 m de altura, que tipo de pluma deve ser esperado?

12.7 Uma usina elétrica queima 1.000 toneladas de carvão por dia, sendo que 2% dessa quantidade é enxofre, tudo emitido por uma chaminé de 100 m de altura. Para um vento com uma velocidade de 10 m/s, calcule:
   a. a concentração máxima de SO_2 no nível do solo, a 10 km da usina na direção a favor do vento.
   b. a concentração máxima no nível do solo e o ponto no qual ela ocorre para as categorias de estabilidade A, C e F. (Essa parte deve ser calculada com a ajuda de um computador).

12.8 O limite de odor do H_2S é cerca de 0,7 $\mu g/m^3$. Se uma indústria emite 0,08 g/s de H_2S com uma chaminé de 40 m de altura durante uma noite nublada com a velocidade do vento a 3 m/s, calcule a área estimada (considerando as coordenadas x e y) onde o H_2S seria detectado. (Esse exercício seria muito cansativo se feito à mão. Utilize um programa de computador ou uma planilha).

12.9 Uma usina elétrica emite 300 kg/h de SO_2 para uma atmosfera neutra com um vento a 2 m/s. Para σ_y e σ_z são considerados os valores de 100 m e 30 m, respectivamente.
   a. Calcule a concentração ao nível do solo de SO_2, em microgramas por metro cúbico, considerando que a cidade esteja a 2 km fora do centro da pluma e que a chaminé da usina esteja associada a uma altura efetiva de 20 metros.
   b. Calcule a concentração ao nível do solo, se a usina instalar uma chaminé de 150 m.

12.10 Um balão para análise da temperatura fornece os seguintes dados:

Elevação (m acima do nível do solo)	Temperatura (°C)
0	20
20	20
40	20
60	21
80	21
100	20
120	17
140	16
160	14
200	12

Que tipo de pluma é esperado de uma chaminé com 70 m de altura? Explique.

12.11 Uma usina elétrica queima 1.000 toneladas métricas (1 tonelada métrica = 1.000 kg) de carvão por dia, a 2% de enxofre.
   a. Calcule a taxa de emissão de SO_2.
   b. Calcule a concentração de SO_2 a 1,0 km a favor do vento (x = 1.000 m), 0,1 km fora da linha de centro na direção y (y = 100 m), e no nível do solo (z = 0) com uma velocidade do vento a 4 m/s, e em um dia nublado. A altura efetiva da chaminé é de 100 m. Ignore a reflexão.
   c. Qual é a concentração no nível do solo, se a reflexão for incluída?
   d. Se a fonte estiver no nível do solo (H = 0), calcule a concentração (z = 0). (Inclua a reflexão).

12.12 Uma chaminé possui 1.000 pés de altura, e emite fumaça a 90°F. A temperatura no nível do solo é de 80°F, e a 2.000 pés de 100°F. (Considere uma taxa de queda linear entre essas duas temperaturas).

a. Faça um desenho de como seria a pluma resultante e nomeie seu tipo.
b. Se na situação descrita, a temperatura da pluma for de 92°F, qual será sua altura? (Considere como zero a velocidade das partículas no topo da chaminé e condições adiabáticas perfeitas).

12.13 Suponha que você deve projetar um aparelho para controlar as emissões de uma indústria. Para as três emissões a seguir, faça diagramas de bloco mostrando qual aparelho escolheria a fim de obter uma eficiência de cerca de 90%.

Emissão 1: Variação do tamanho de partícula – 70 a 200 mícrons
Nenhuma emissão gasosa
Temperatura – 200°F
Sem limitações de espaço

Emissão 2: Variação do tamanho de partícula – 0,1 a 200 mícrons
Nenhuma emissão gasosa
Temperatura – 200°F
Sem limitações de espaço
Ocorrência de pluma visível inaceitável

Emissão 3: Variação do tamanho de partícula – 5 a 40 mícrons
Emissão gasosa – SO_2
Temperatura – 1.200°F
Contaminação da água inaceitável (não há instalações de tratamento)
Sem limitações de espaço

12.14 Uma fábrica de móveis emite uma poluição composta principalmente do material particulado com diâmetro de 10 mícrons ou mais.
a. Como engenheiro consultor, que tipo de sistema de tratamento você sugeriria para essa fábrica?
b. O poluente coletado será descartado no aterro sanitário local. Depois que a fábrica está instalada e o sistema em operação, você nota que o material que é levado para o aterro exala um estranho odor orgânico. Você pergunta à gerente da fábrica o que é, e ela responde que pode ser xileno (uma substância química altamente tóxica). Então, informa a ela que se trata de um material potencialmente perigoso para os trabalhadores e, provavelmente, um resíduo perigoso e não deveria ser descartado em um aterro.
Ela pede a você que fique fora disso. Você já recebeu pelo serviço, e não está mais oficialmente trabalhando para eles. O que você faria? Para responder seja realista e não idealista.

12.15 Suponha que uma usina elétrica esteja emitindo 400 toneladas de particulados por dia e que exista uma cidade 10 km ao norte da usina. O vento sopra do sul em 25% do tempo, 25% do norte e 50% do oeste. Não há vento soprando do leste. A velocidade de 5 km/h é constante. (Quais são os impactos dessa simplificação?). Considere uma condição de estabilidade neutra (O) para todo vento oeste, condições instáveis para o vento norte (A) e condições de inversão para o vento sul (F). Calcule a qualidade média do ar particulado no ambiente na cidade. Essa qualidade atende aos Padrões Nacionais de Qualidade do Ar Ambiente?

12.16 Um incinerador de lodo de esgoto possui um depurador para remover o material particulado de suas emissões, mas o aparelho não está funcionando adequadamente, e um pequeno filtro de saco está sendo testado para utilização no tratamento das emissões particuladas. A configuração experimental instalada divide as emissões do incinerador de forma que 97% do fluxo total de 200 m³/s continua a ir para o depurador e apenas 3% vai para o filtro de saco piloto. A concentração particulada da emissão não tratada é de 125 mg/m³. Os sólidos são coletados de hora em hora no saco, resultando em uma média de 2,6 kg por hora. A água não apresenta nenhum particulado ao entrar no depurador a um fluxo de vazão de 2.000 L/min. Há também uma quantidade de evaporação desprezível, e a água que sai do depurador coleta sólidos a uma taxa de 52 kg por hora.

a. Calcule a eficiência de cada método de controle de poluição do ar.
b. Desconsiderando o resultado nos cálculos de eficiência, há alguma razão pela qual o depurador seja mais eficiente como um aparelho de controle de poluição[5]?

12.17 Calcule a eficiência de remoção de material particulado de um ciclone considerando partículas com os seguintes diâmetros:
a. 100 mícrons;
b. 10 mícrons;
c. 1 mícrons;
d. 0,1 mícrons.

12.18 Uma nova usina elétrica deve queimar carvão com 3% de enxofre e um valor calorífico de 11.000 Btu/lb. Calcule a eficiência mínima que um depurador de SO_2 necessitará apresentar para atender ao novo padrão de fonte de emissão de 1,2 lb de $SO_2/10^6$ Btu.

12.19 Por que o motor a gasolina não pode ser regulado de forma a produzir uma quantidade mínima dos três poluentes CO, HC e NO_x simultaneamente?

12.20 Uma fábrica de papel possui uma unidade em um vale, e quer construir uma chaminé para jogar a linha de centro da pluma acima da montanha para conseguir reduzir a concentração de dióxido de enxofre em seu próprio vale. A montanha está a 4 km de distância, e possui 3.400 pés de altura. O local onde a fábrica está instalada está a 0,4 km. Se a temperatura da emissão for de 200°C, a temperatura prevalecente no vale é de 20°C, a velocidade do vento assumida como 2 m/s, e uma taxa de queda prevalecente de 0,006°C/m, qual deve ser a altura da chaminé para que atinja seu objetivo? (*Atenção*, você deve pressupor alguns números, e cada resultado será exclusivo em função deles).

12.21 Se um carro é projetado para queimar etanol (C_2H_5OH), calcule a proporção estequiométrica de ar/combustível.

12.22 Uma fábrica de fertilizantes emite HF a uma taxa de 0,9 kg/s de uma chaminé com uma altura efetiva de 200 m; a velocidade média do vento é de 4,4 m/s, e a estabilidade está na categoria B.
a. Calcule a concentração de HF, em $\mu g/m^3$, no nível do solo, na linha de centro da pluma, a 0,5 km da chaminé.
b. Calcule também a concentração no nível do solo a 1,0 km, 1,5 km, 2,0 km, 2,5 km, 3,0 km, 3,5 km e 4,0 km da chaminé. Faça uma tabela dos resultados com a concentração *versus* a distância.

12.23 Para as condições do problema anterior, desenhe uma figura tridimensional da concentração de HF a uma distância de 2 km da chaminé.

12.24 A concentração de SO_2 no nível do solo não deve ultrapassar 80 microgramas por metro cúbico. Calcule a altura efetiva da chaminé de forma a atender essa exigência, considerando o vento a uma velocidade de 4 m/s em um dia de céu limpo, e uma fonte emitindo 0,05 kg de SO_2/s.

12.25 Uma fábrica de produtos químicos espera emitir 200 kg/d de um gás com odor muito forte, mas que não apresenta perigo algum. Há uma cidade a 2.000 m na direção à qual o vento sopra. A fábrica decide construir uma chaminé alta o suficiente para que não atinja níveis de concentração de mais de 10 $\mu g/m^3$ na cidade. Calcule a altura necessária da chaminé. Considere o gás saindo da chaminé a 5 m/s, a uma temperatura de 150°C, tendo a chaminé 1,5 m de diâmetro; a temperatura ambiente é de 20°C, a velocidade do vento de 4 m/s, e a taxa de queda prevalecente de 0,004°C/m.

12.26 O catálogo de uma grande empresa de venda de peças de automóveis anuncia um livro com o título *Como driblar os controles de emissões*. Por apenas US$ 7,95 (mais taxas de envio e transporte) você pode descobrir como melhorar de 14% para 140% o consumo de gasolina por quilômetro rodado, aumentar a aceleração e desempenho, andar de forma mais tranquila e suave e conseguir aumentar a vida útil do motor. O livro inclui instruções simples tanto para amadores como para profissionais da área.

Não é ilegal mexer no seu próprio carro. Você pode não passar nas inspeções de emissão na maioria dos estados, mas modificar seu carro não é contra a lei.

Quando foi solicitada permissão da empresa de vendas por catálogo para reproduzir o anúncio nesse livro, ela foi recusada. Se é perfeitamente legal, e estão fornecendo um serviço público, por que não permitiram que esse anúncio fosse veiculado?

Reproduza a reunião do conselho de gestão em que essa solicitação foi discutida. Invente personagens como o CEO da empresa, o vice-presidente de marketing, o consultor jurídico etc. Crie um diálogo que possa ter feito parte da discussão, terminando com a decisão de não permitir que o anúncio fosse reproduzido no livro. Como a ética entrou nessa discussão (se é que entrou)?

NOTAS FINAIS

(1) Briggs, G.A. 1969. *Plume rise*. AEC Critical Review Series, TID–25075. (Como modificado e discutido em Wark, K., e C.F. Warner. 1981. *Air pollution*. Nova York: Harper & Row.)
(2) Pasquil, F. 1961. The estimation of the dispersion of windborne material. *Meteorol. mag.* 90:1063.
(3) Golding, M.P., and M.H. Golding. 1979. Why preserve landmarks? A preliminary inquiry. In Goodpaster e Jayne, eds. *Ethics and the problems of the 21st century*. South Bend, IN: University of Notre Dame Press.
(4) Stone, C.D. 1975. *Should trees have standing*? Nova York: Avon Books.
(5) Esse exercício é atribuído a William Ball, Johns Hopkins University.

CAPÍTULO TREZE

Resíduos Sólidos

Um quilo e oitocentos gramas por dia não parece muita coisa, até essa quantia ser multiplicada pelo número total de pessoas nos Estados Unidos. Repentinamente, 400.000.000 kg de lixo por dia ganha sua real dimensão – um imenso monte de detritos.

O que deve ser feito com esses resíduos sólidos de nossa sociedade "efluente"? A busca por uma resposta representa um monstruoso desafio aos profissionais de engenharia.

Lixo residencial e comercial comum, chamado de *refugo* ou *resíduo sólido municipal* (RSM, ou MSW, na sua sigla em inglês, de *municipal solid waste*), é o assunto deste capítulo. Ele, tecnicamente, é composto por resíduos alimentares, e tudo o mais que jogamos na lata de "lixo". O *entulho* é um lixo formado por itens maiores, como geladeiras velhas, troncos de árvore, colchões e outros itens volumosos não coletados comumente com o refugo residencial. Uma subcategoria muito importante de resíduos sólidos, chamada de *resíduos perigosos*, será discutida no próximo capítulo.

O problema do resíduo sólido municipal pode ser separado em três processos:

- coleta e transporte de resíduos sólidos residenciais, comerciais e industriais;
- recuperação de partes úteis desse material;
- descarte dos resíduos no meio ambiente.

13.1 COLETA DE RESÍDUOS

Nos EUA e na maioria dos outros países, resíduos sólidos de residências e estabelecimentos comerciais são coletados por caminhões. Às vezes, são do tipo caçamba aberta que podem levar lixo ou refugo em sacos, mas, com maior frequência, são *enfardadores*, caminhões que utilizam aríetes hidráulicos para compactar o refugo e diminuir seu volume, possibilitando o transporte de maior quantidade de carga (Figura 13.1). As coletas comerciais e industriais são facilitadas pelo uso de contêineres que podem ser esvaziados no caminhão com o uso de um mecanismo hidráulico ou levados pelo caminhão ao local de descarte (Figura 13.2). Recentemente, veículos especializados na coleta seletiva de materiais, como jornais, latas de alumínio e garrafas de vidro, tornaram-se comuns (Figura 13.3).

A coleta residencial de refugo misto normalmente é feita por um caminhão enfardador com duas ou três pessoas – um motorista e um ou dois catadores. Eles jogam os conteúdos dos pacotes de lixo no caminhão e levam o caminhão cheio para a área de descarte. Toda a operação é um estudo sobre ineficiência e condições perigosas de trabalho. O histórico de segurança dos funcionários de coleta de resíduos sólidos é, de longe, o pior de todos os grupos de trabalhadores (três vezes pior do que o de mineiros, por exemplo).

328 Engenharia Ambiental

Figura 13.1 Veículo de coleta de resíduos sólidos residenciais.

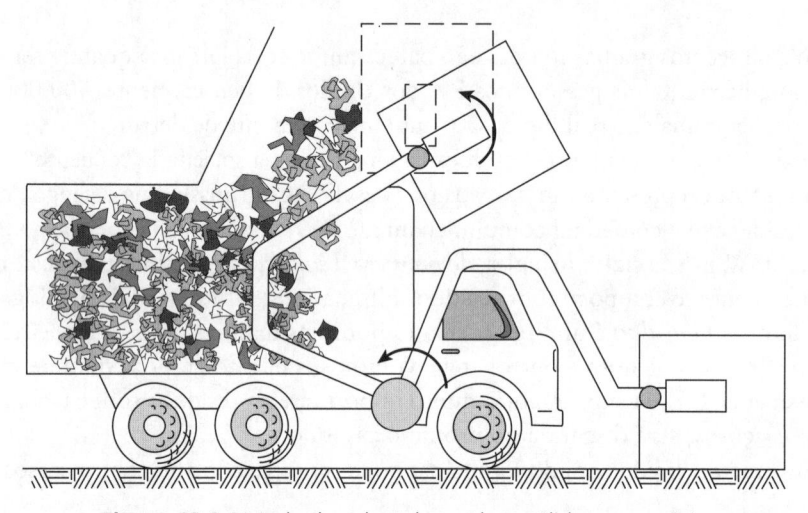

Figura 13.2 Veículo de coleta de resíduos sólidos comerciais.

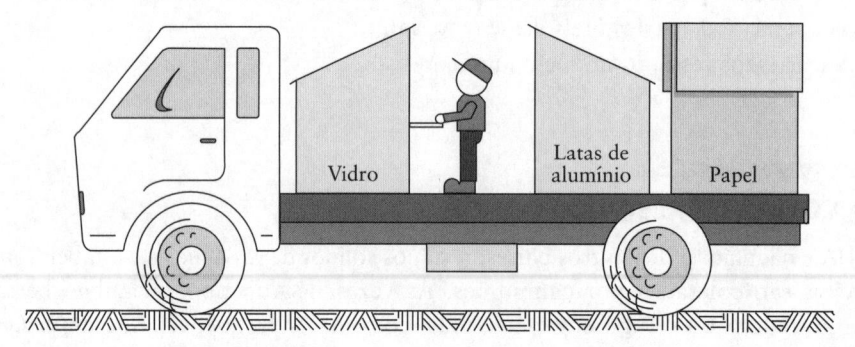

Figura 13.3 Veículo de coleta seletiva de materiais.

Diversas modificações foram implantadas a esse método para cortar os custos da coleta e reduzir acidentes, incluindo o uso de compactadores e moedores de lixo na cozinha e sistemas de latas rolantes para residências. O sistema de lixeiras verdes rolantes revolucionou a coleta de lixo. Na maioria das operações, o morador recebe uma lixeira grande de plástico, com o volume de cerca de duas latas de lixo normais, e deve rolar a lixeira até a calçada toda semana para coleta. O caminhão é equipado com um elevador hidráulico que esvazia a lixeira em seu interior (Figura 13.4). Invariavelmente, o sistema de lixeira verde economizou dinheiro para as comunidades, reduziu consideravelmente os ferimentos e tem sido amplamente aceito pelos moradores.

Outros sistemas foram desenvolvidos para coletar resíduos, e um especialmente interessante é um sistema de tubos pneumáticos subterrâneos. O sistema de coleta

Figura 13.4 Elevadores hidráulicos são utilizados para esvaziar as lixeiras verdes no veículo de coleta.

pneumática do Disney World na Flórida tem estações de coleta espalhadas pelo parque que recebem o lixo e os tubos pneumáticos conduzem os resíduos a uma instalação de processamento central.

A seleção de uma rota adequada para veículos de coleta, conhecida como *otimização da rota*, pode resultar em uma economia considerável para o transportador. O problema da otimização da rota foi abordado pela primeira vez em 1736 pelo famoso matemático suíço Leonard Euler (pronuncia-se "oiler") (1707–1783). Ele recebeu um pedido para projetar uma rota de desfile para a cidade de Köningsberg de forma que ele não atravessasse nenhuma ponte sobre o rio Pregel mais de uma vez e retornasse a seu lugar de início. O problema de Euler é retratado na Figura 13.5A.

Euler não apenas mostrou que tal rota era impossível para o desfile do rei, como também generalizou o problema especificando quais condições são necessárias para estabelecer tal rota, hoje conhecida como *caminho de Euler*. O objetivo da rota de caminhões é criar um caminho de Euler, dentro do qual uma rua é atravessada apenas uma vez e a *repetição* – passar duas vezes pela mesma rua – é eliminada. Um caminho de Euler também é conhecido como uma *rota de mão única*, porque o viajante passa por cada rua apenas uma vez.

O percurso é realizado ao longo de elos específicos (ruas e pontes no problema de Euler) que conectam *nós* (intersecções). Um caminho de Euler é possível apenas se o número de elos que entram em todos os nós for par. Os nós na Figura 13.5B são A a D, e *todos* eles têm um número ímpar de elos, portanto o desfile que o rei desejava não era possível. O princípio de Euler é ilustrado pelo exemplo abaixo.

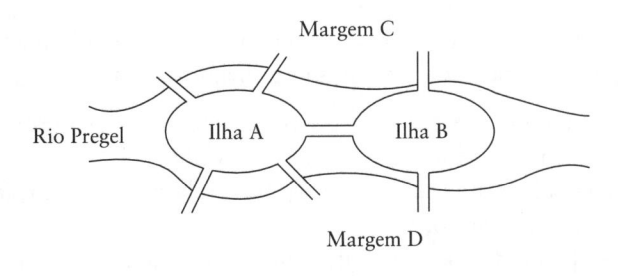

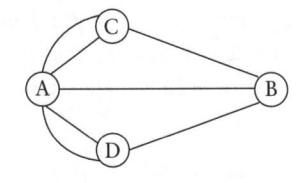

Figura 13.5 Problema de Euler em Köningsberg.

EXEMPLO 13.1

Problema Uma rede de ruas é apresentada na Figura 13.6A. Se o lixo de residências ao longo dessas ruas for coletado por um veículo que deve trafegar por cada rua apenas uma vez (com o resíduo sólido sendo coletado nos dois lados da rua, uma situação que normalmente ocorreria em um bairro residencial), um caminho de Euler será possível? Se o lixo for coletado apenas ao lado da quadra (apenas em um lado da rua, uma situação que normalmente aconteceria em ruas amplas de tráfego intenso), um caminho de Euler seria possível?

Solução A rede de ruas é reduzida a uma série de elos e nós na Figura 13.6B para o caso no qual o caminhão passa apenas uma vez por determinada rua. Observe que oito dos nós têm um número ímpar de elos, portanto um caminho de Euler é impossível.

No segundo caso, os elos são apresentados na Figura 13.6C, e todos os nós têm um número par de elos, indicando que um caminho de Euler é possível. Mas qual?

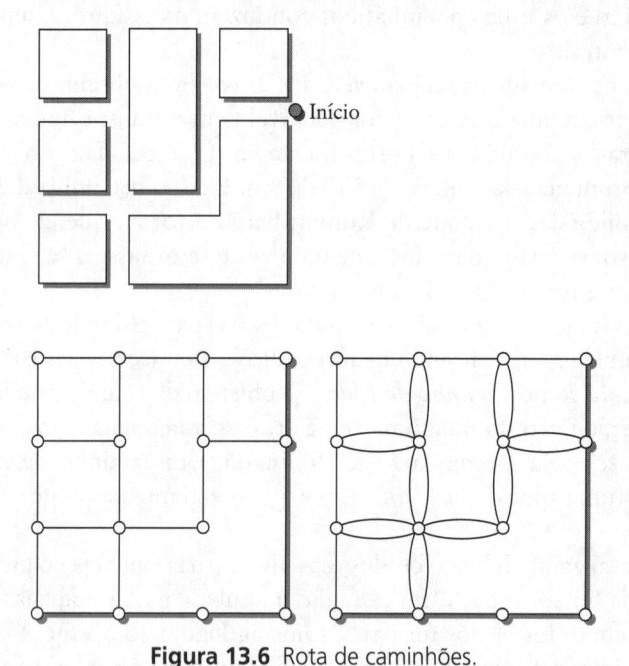

Figura 13.6 Rota de caminhões.

Programas de computador estão disponíveis para o desenvolvimento da rota mais eficiente possível, mas frequentemente não são utilizados porque:

- a gravação e a remoção de bugs do programa demora muito, ou o software disponível não é adequado para a situação específica;
- é possível desenvolver uma solução muito boa (talvez não a solução absolutamente ideal) utilizando bom-senso;
- as equipes de coleta, de qualquer jeito, mudarão as rotas da melhor forma que lhes convier!

A rota de bom-senso é, às vezes, chamada de *rota heurística*, o que significa a mesma coisa. Algumas regras empíricas sensatas, quando seguidas, permitem significativo progresso na determinação da melhor solução para coleta. Por exemplo:

- tentar evitar tráfego intenso;
- tentar sempre fazer conversões à direita;
- tentar trafegar em linhas longas e retas;

- tentar não deixar uma rua de mão única como uma saída de um nó.

A maioria dessas regras é, como o nome sugere, de bom-senso. Com frequência, é possível obter uma economia considerável ao realizar modificações aparentemente pequenas ao sistema de coleta, porque este normalmente é o maior centro de custos da gestão de resíduos.

13.2 GERAÇÃO DE RESÍDUOS

A ciência da ecologia (Capítulo 7) nos ensina que, se ecossistemas dinâmicos quiserem se manter saudáveis, devem reciclar e reutilizar materiais. Em ecossistemas simples, como lagoas e lagos, por exemplo, o fósforo é utilizado durante a fotossíntese pelas plantas aquáticas para construir moléculas de alta energia, que serão utilizadas por animais aquáticos, e quando ambos produzem resíduos e morrem, o fósforo é liberado para que seja reutilizado. A saúde de ecossistemas naturais pode ser medida por sua diversidade, elasticidade e capacidade de manter a homeostase (estado estacionário).

O fluxo de materiais através do ecossistema humano não é diferente do fluxo de nutrientes ou energia através de ecossistemas naturais e pode ser analisado de maneira semelhante. A Figura 13.7 mostra uma caixa-preta que representa a sociedade humana, da mesma forma que utilizamos uma caixa-preta para representar um ecossistema. Em um ecossistema, os nutrientes são extraídos da Terra, utilizados pelos organismos vivos e, depois, depositados novamente na Terra. Da mesma forma, a sociedade humana utiliza matérias-primas extraídas da Terra, que são incluídas em produtos a serem utilizados e, depois, descartados pelos seres humanos. O equilíbrio de massa mostra o fluxo de materiais através desta caixa-preta.

$$\begin{bmatrix} \text{Taxa de} \\ \text{materiais} \\ \text{ACUMULADOS} \end{bmatrix} = \begin{bmatrix} \text{Taxa de} \\ \text{materiais} \\ \text{DE ENTRADA} \end{bmatrix} - \begin{bmatrix} \text{Taxa de} \\ \text{materiais} \\ \text{DE SAÍDA} \end{bmatrix} + \begin{bmatrix} \text{Taxa de} \\ \text{materiais} \\ \text{PRODUZIDOS} \end{bmatrix} - \begin{bmatrix} \text{Taxa de} \\ \text{materiais} \\ \text{CONSUMIDOS} \end{bmatrix}$$

Se uma matéria-prima, como ferro, for considerada em estado estacionário, a quantidade de minério de ferro extraída da Terra deve ser igual à quantidade de ferro descartado como material ferroso (ENTRADA = SAÍDA).

A Figura 13.8 é uma representação mais detalhada do fluxo de materiais através da sociedade humana. A largura das faixas indica a taxa de massa do fluxo (por exemplo,

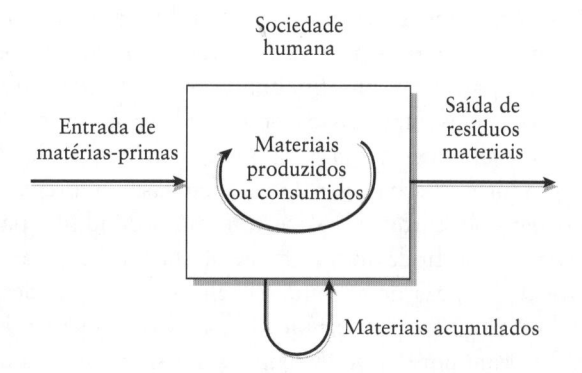

Figura 13.7 Caixa-preta mostrando o fluxo de materiais através da sociedade humana.

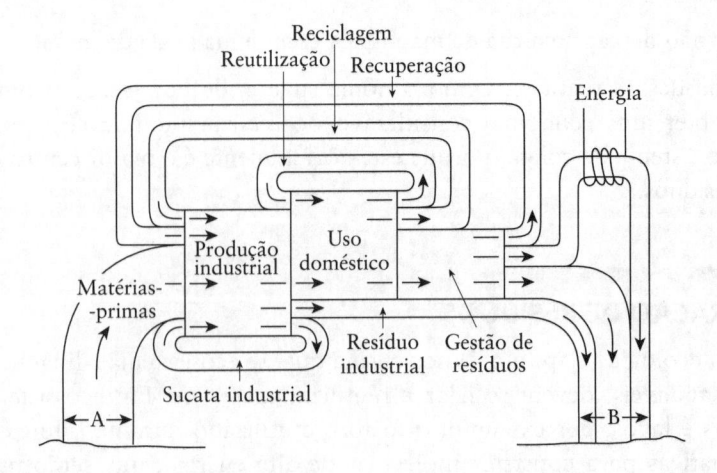

Figura 13.8 Representação gráfica do fluxo de materiais através da sociedade humana.

milhões de toneladas por ano). Quanto mais larga a faixa, mais amplo o fluxo. Todos os materiais se originam da Terra, e a quantidade de material extraída é representada na figura pela letra "A". Essas são as matérias-primas (materiais primários), como minério de ferro e petróleo, que provêm a indústria. Tais materiais são extraídos e fornecidos ao setor de manufatura para produção de bens úteis.

No entanto, nem todos os materiais extraídos podem ser utilizados e alguns se tornam resíduos industriais que devem ser descartados no meio ambiente. Além disso, alguns materiais se tornam sucata industrial e podem ser utilizados pela mesma indústria ou enviados a alguma outra indústria através de intercâmbio de resíduos. A principal diferença entre sucata e outros tipos de materiais secundários é que a sucata nunca entra no setor público. Ela nunca é utilizada pela população e, assim, este não tem de tomar uma decisão sobre seu eventual destino.

Os materiais na forma de bens manufaturados vão da indústria para a população, que utiliza tais materiais e, depois, descarta alguma forma deles depois que sua utilidade termina (por exemplo, pilhas) ou quando a população tem dinheiro suficiente para escolher outros produtos (como a substituição de LPs por CDs). O material que ela decide classificar como "resíduo" se torna resíduo doméstico como apresentado na figura, e é fornecido ao setor de gestão de resíduos.

13.3 REUTILIZAÇÃO E RECICLAGEM DE MATERIAIS DO LIXO

A população pode utilizar três alternativas para se livrar de seu material indesejado quando é gerado – reutilização, reciclagem e descarte. Na *reutilização*, um indivíduo usa os produtos novamente para a mesma finalidade ou os coloca para um segundo uso, frequentemente criativo. Um exemplo disso é comprar leite ou refrigerante em embalagens de vidro e devolver os vasilhames à loja para que o distribuidor de leite ou refrigerante limpe-os e coloque produtos frescos neles. No último caso, empregar sacolas de compra de papel e plástico para descarte de lixo é um uso secundário para elas. Criar um comedouro para pássaros a partir de um vasilhame plástico de bebidas é um uso secundário. Armazenar produtos de limpeza de automóveis em um balde de detergente para lavar roupas é um uso secundário. Fazer um brinquedo para gatos a partir de uma meia velha é um uso secundário – e assim por diante. A reutilização amplia a vida do produto original e, assim, reduz os resíduos.

Por outro lado, a *reciclagem*, ou *recuperação do material*, envolve a coleta de resíduos e seu subsequente processamento em novos produtos – por exemplo, converter embalagens plásticas de alimentos em bancos de parque ou roupas, ou transformar latas de alumínio utilizadas em novas latas de alumínio (a primeira, na verdade, é chamada de *downcycling* – ciclo de redução de qualidade – porque o material de resíduos, neste caso o plástico, não pode ser convertido em um produto de qualidade tão "alta" quanto o produto original, neste caso embalagens de alimentos). Conforme apresentado na Figura 13.8, a recuperação de material utiliza o resíduo residencial em vez de matérias-primas como material de origem. Promovido na década de 1970 como "recuperação de recursos", esse processo inclui operações tão diversas quanto a recuperação de aço de automóveis antigos e a produção de compostagem para viveiros.

Os fabricantes podem aprimorar a viabilidade da reciclagem e recuperação de materiais ao produzirem conscientemente produtos simples e baratos de recuperar ou reciclar, ou que possam ser reutilizados. Em algum momento, a sociedade poderá decidir quanto à aplicação de tais regras, mas esforços voluntários podem ser muito mais efetivos do que decretos governamentais.

Atualmente, uma instalação de processamento central é conhecida como *instalação de recuperação de materiais*, ou IRM (em inglês, MRF, *material recovery facility*). A principal característica da recuperação de materiais em uma IRM é a produção de materiais recuperados a partir de resíduos residenciais mistos ou separados por origem e, depois, introduzidos novamente no uso industrial. Observe que o processo de reciclagem deve incluir a coleta, processamento, transporte e venda do material a uma indústria que o utilizará depois. Este último passo é muito importante – o processo de reciclagem depende da disposição da indústria de adquirir o material reciclado. Sem o desenvolvimento de mercados confiáveis, o processo não poderá ser viável.

13.3.1 Processamento do lixo

Em ambos os métodos, reutilização e reciclagem, a meta principal é a pureza. Por exemplo, o lixo de uma cidade com 100 mil habitantes tem cerca de 200 toneladas de papel por dia. O papel secundário é vendido por aproximadamente US$ 20/tonelada (valor que flutua bastante), portanto a renda para a comunidade seria de US$ 4.000 por dia, ou cerca de US$ 1,5 milhão por ano! Então, por que nem toda comunidade recupera o papel de seu lixo e o vende? A resposta é elementar – porque processar o lixo para recuperar o papel sujo custa mais do que fabricar papel de árvores.

A solução obvia é nunca sujar o papel (e outros materiais que possam ter valor de mercado). Isso exige que a população separe seu lixo, uma prática conhecida como *separação na origem*. No entanto, os programas de reciclagem se fiam na cooperação voluntária, e essa pode ser instável. Por mais que tentemos, tem sido quase impossível fazer que as pessoas separem mais de 25% do material antes da coleta.

Uma forma de aumentar essa porcentagem pode ser adotar leis que exijam que as pessoas separem os resíduos contidos em seu lixo, mas essa não é uma abordagem bem-sucedida em uma democracia porque funcionários públicos que defendem regulamentos impopulares podem ser demovidos de seus cargos. A separação na origem em regimes totalitários, por outro lado, seria fácil de implantar, mas isso dificilmente poderia ser um argumento atraente para abolir a democracia. Uma outra complicação é que, em alguns lugares, é difícil convencer as pessoas a colocar refugos na lixeira, quanto mais convencê-las a separar o lixo em componentes diferentes.

Outra opção é eliminar a separação na origem e deixar que a IRM lide com toda a separação. Isso reduz o papel do público e diminui os custos de coleta (porque apenas

Figura 13.9 Marcações de identificação em plásticos.

um tipo de veículo é exigido e apenas uma viagem é necessária para cada parada), mas aumenta a complexidade e os custos de processamento na IRM.

No entanto, teoricamente, grandes quantidades de materiais podem ser recuperadas do lixo, mas esta não é uma tarefa fácil independentemente de como é abordada. Utilizando a separação na origem, uma pessoa prestes a descartar um item deve identificá-lo, primeiro, por algumas características e, depois, selecionar manualmente os diversos itens em um recipiente separado. Na IRM, a busca por pureza exige uma identificação manual ou mecânica e a separação de materiais. A separação em ambos os casos tem como base algumas características ou propriedades imediatamente identificáveis do material específico que o diferenciam dos demais. Tal característica é conhecida como *código*, e esse código é utilizado para separar o material do restante do refugo misto utilizando uma *chave*, como introduzido originalmente no Capítulo 3.

Na reciclagem, o código normalmente é simples e visual. Qualquer pessoa pode diferenciar jornais de latas de alumínio. Mas, às vezes, pode haver confusão, como ao separar latas de alumínio de latas de aço ou jornais impressos de encartes brilhantes, especialmente se esses encartes forem incluídos na edição de domingo.

A operação mais difícil na reciclagem é a identificação e a separação de plásticos. Como o plástico misto tem poucos usos econômicos, sua reciclagem será econômica apenas se tipos diferentes de plástico forem separados entre si. No entanto, a maioria das pessoas não sabe como distinguir um tipo de plástico de outro. Para enfrentar tal questão, o setor de plásticos reagiu, marcando a maioria dos produtos para consumo com um código que identifica o tipo de plástico, conforme apresentado na Figura 13.9. Exemplos dos usos para tipos diferentes de plástico estão listados na Tabela 13.1.

Teoricamente, tudo o que alguém pode fazer ao descartar um item de plástico indesejável é olhar o código e separar os diversos tipos de plástico adequadamente. Na prática, é impossível que uma residência tenha sete lixeiras diferentes para plásticos, nem há lixo suficiente desse tipo para ser coletado economicamente e utilizado. Normalmente, apenas os tipos mais comuns de plástico são reciclados, incluindo PET (polietileno tereftalato), material do qual as garrafas de refrigerante de 2 litros são feitas, e PEAD (polietileno de alta densidade), o plástico branco utilizado para garrafas de leite.

Tabela 13.1 Exemplos de plásticos

Número do Código	Nome Químico	Sigla	Usos Típicos
1	Polietileno tereftalato	PET	Garrafas de refrigerante
2	Polietileno de alta densidade	PEAD	Vasilhames de leite
3	Cloreto de polivinila	PVC	Embalagem de alimentos, isolamento de cabos e tubos
4	Polietileno de baixa densidade	PEBD	Filme plástico utilizado para embalar, sacos de lixo, sacolas de supermercado e fraldas
5	Polipropileno	PP	Invólucros de bateria de automóveis e tampas de garrafa
6	Poliestireno	PS	Embalagem de alimentos, copos e pratos de isopor e utensílios para comer
7	Plástico misto		Postes de cercas, bancos e *pallets*

Operações de recuperação mecânica têm chances de sucesso se o material apresentado para separação estiver claramente identificado por um código e se a chave for, então, sensível a tal código. Atualmente, essa tecnologia não existe. É impossível, por exemplo, identificar e separar mecanicamente todas as garrafas de refrigerante PET do lixo. Na verdade, a maioria das operações de recuperação utiliza *seletores*, pessoas que identificam os materiais mais imediatamente separáveis, como papelão corrugado e garrafas de leite PEAD, antes que o lixo seja processado mecanicamente.

Muitos itens no lixo não são feitos de um único material, e para poder utilizar a separação mecânica, tais itens devem ser separados em partes diferentes compostas por um único material. Uma "lata de estanho" comum, por exemplo, contém aço em seu corpo, zinco na emenda, um rótulo de papel na parte externa e, talvez, alumínio no topo. Outros itens comuns no lixo oferecem problemas igualmente desafiadores na separação.

Uma forma de produzir partes com um único material e, assim, auxiliar no processo de separação é diminuir o tamanho da partícula do lixo, moendo suas partes maiores. Isso aumentará o número de partículas e produzirá muitas partículas "limpas", ou de um único material. A etapa de redução de tamanho, embora não seja estritamente de separação de materiais, é comumente um segundo passo em uma IRM, depois do processo de seleção.

A redução de tamanho é seguida por diversos outros processos, como classificação por ar (que separa papel leve e plásticos) e separação magnética (para ferro e aço). Diversas operações unitárias utilizadas em uma IRM são apresentadas na Figura 13.10.

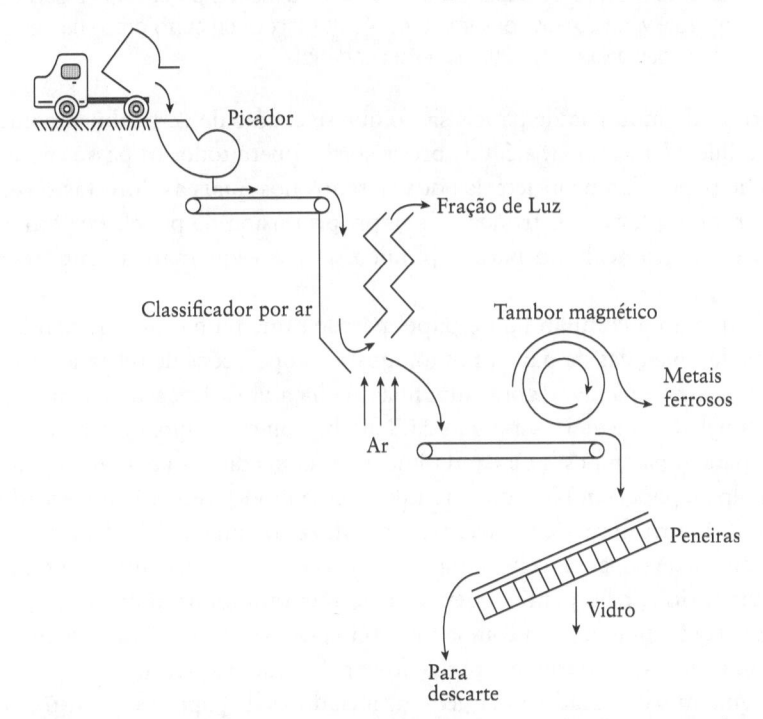

Figura 13.10 Uma instalação de recuperação de recursos que produz diversos produtos comercializáveis a partir de resíduos sólidos municipais.

13.3.2 Mercados para o lixo processado

A recuperação de materiais, embora soe incrivelmente atraente, ainda é uma opção marginal. O problema mais difícil enfrentado por engenheiros que projetam essas instalações é a disponibilidade de mercados firmes e estáveis para o produto recuperado. Ocasionalmente, os mercados são bastante voláteis e os preços do material secundário podem flutuar muito. Um exemplo é o mercado de papel secundário.

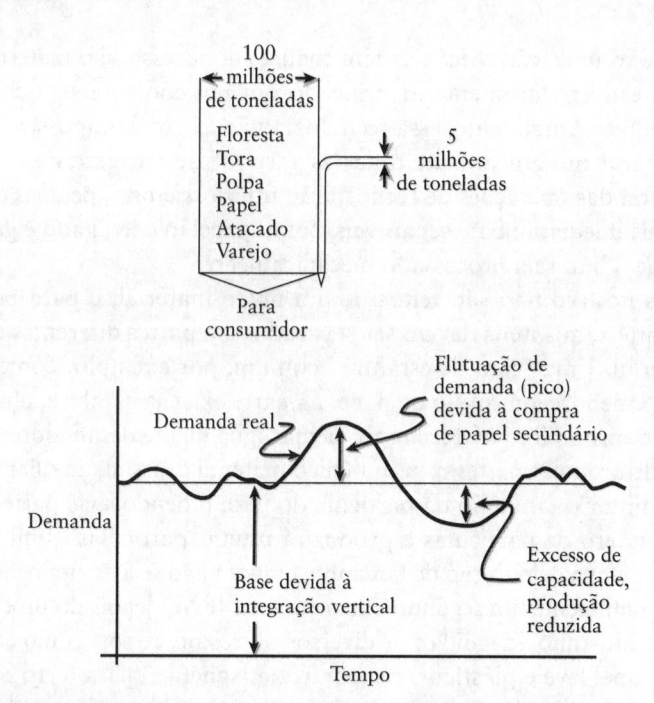

Figura 13.11 Uma companhia de papel é integrada verticalmente, produzindo a partir de árvores o papel vendido aos consumidores. As flutuações de curto prazo na demanda são atendidas pela compra de papel secundário.

As empresas da indústria de papéis são o que se chama de verticalmente integradas, o que significa que a companhia, além de proprietária, opera todos os passos no processo de fabricação de papel. São proprietárias dos terrenos nos quais as florestas são cultivadas, cortam as árvores e levam os troncos à sua própria usina de papel. Por fim, a empresa comercializa o papel acabado para o público. Isso é esquematicamente mostrado na Figura 13.11.

Suponha que uma companhia de papel perceba que tenha uma demanda básica de 100 milhões de toneladas de papel. Então, ajusta as operações de retirada, polpa e papel para atender a sua demanda. Agora, suponha que haja uma flutuação de curto prazo de 5 milhões de toneladas que deve ser atendida. Não há como a companhia plantar as árvores necessárias para atender a essa demanda imediata, nem como aumentar a capacidade das usinas de polpa e papel em tão pouco tempo. Desse modo, recorre ao mercado de papel secundário e adquirir fibra secundária para satisfazer o aumento da demanda. Se muitas grandes empresas de papel percebem que têm um aumento na demanda, tentarão comprar o papel secundário e, de repente, a demanda aumentará muito o preço do papel usado. Quando a demanda diminui ou a companhia consegue expandir sua capacidade, o papel secundário não é mais secundário, e o preço do papel usado despenca. Como as companhias de papel adquirem papel usado à margem, negociadores de papel secundário sempre estão em uma situação de ascensão ou queda. Quando empresas de papel que utilizam apenas papel secundário para fabricar produtos de consumo aumentam sua produção (devido à demanda por papel reciclado ou recuperado), essas flutuações extremas são amortecidas.

13.4 COMBUSTÃO DO LIXO

Um produto que sempre tem mercado é energia. Como o lixo é composto por cerca de 80% de material combustível, pode ser queimado da forma em que está ou processado para produzir um *combustível derivado de resíduos* (RDF, do inglês *refuse derived fuel*). Uma seção transversal de uma instalação de transformação de *resíduos para energia* (WTE, do inglês *waste-to-energy*) é apresentada na Figura 13.12. Os resíduos são jogados dos caminhões de coleta em um fosso para misturar e equalizar a vazão em um período de 24 horas, pois essas instalações devem operar ininterruptamente. Uma grua iça o material do fosso e o coloca em uma calha que alimenta o forno. O mecanismo de grade move o refugo, tombando-o e forçando a entrada de ar por baixo e por cima enquanto a combustão ocorre. Os gases quentes produzidos com a queima de refugo são resfriados com um conjunto de tubos cheios de água. À medida que os gases são resfriados, a água é aquecida, produzindo vapor de baixa pressão. O vapor pode ser utilizado para aquecimento e refrigeração ou para produzir eletricidade em uma turbina. Os gases resfriados são, então, limpos por dispositivos de controle de poluição, como precipitadores eletrostáticos (conforme descrito no Capítulo 12), e descarregados através de uma chaminé.

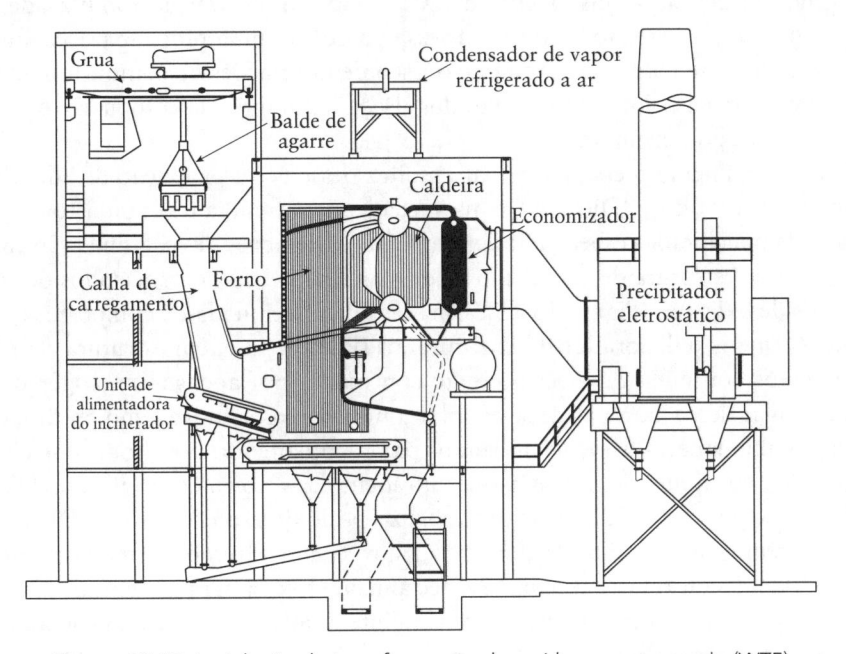

Figura 13.12 Instalação de transformação de resíduos para energia (WTE).

Como resíduos sólidos podem ser queimados como estão e porque também podem ser processados de muitas maneiras antes da combustão, pode haver confusão sobre o que está exatamente sendo queimado. A American Society for Testing and Materials (ASTM, ou Sociedade Americana para Teste e Materiais) desenvolveu um esquema para classificar resíduos sólidos destinados para combustão:

RDF-1   RSM não processado.
RDF-2   RSM picado (mas sem separação de materiais).
RDF-3   fração orgânica do RSM picado (normalmente produzida em uma IRM ou a partir de itens orgânicos separados por origem, como jornal impresso).
RDF-4   resíduos orgânicos produzidos por uma IRM que foram picados ainda mais até chegarem a uma forma fina, quase em pó, às vezes chamada de "felpa".
RDF-5   resíduos orgânicos produzidos por uma IRM que foram densificados por um peletizador ou dispositivo semelhante e que frequentemente podem ser queimados com carvão nos fornos existentes.

RDF-6   parte orgânica dos resíduos que foi processada ainda mais em um combustível líquido, como petróleo.
RDF-7   resíduos orgânicos processados em um combustível gasoso.

No momento, o RDF-4 é raramente utilizado por causa do custo adicional de processamento. O RDF-6 tentou-se há alguns anos, mas a instalação em escala total não conseguiu operar adequadamente. Da mesma forma, o RDF-7 não foi bem-sucedido até agora. O RSM orgânico pode ser processado em um gás por digestão anaeróbica, mas embora o processo seja falsamente (e sedutoramente) simples e pareça utilizar componentes comuns, todas as experiências até o momento foram falhas (incluindo a infame tentativa de Harrelson, como descrito no Capítulo 1). Os problemas mais difíceis são o pré-processamento dos resíduos para atingir uma fração orgânica de alta qualidade, a mistura dos altos digestores sólidos e a presença de material tóxico que pode comprometer seriamente a operação do digestor anaeróbico.

Um motivo pelo qual instalações de WTE não têm encontrado muita adesão é a preocupação com as emissões ao ar, mas essa parece ser uma preocupação equivocada. Todos os estudos têm demonstrado que o risco de instalações de combustão de RSM à saúde humana é irrisório, muito abaixo dos riscos resultantes da combustão de gasolina em automóveis, por exemplo.

Algo especialmente preocupante para muitas pessoas é a produção de "dioxina" na combustão de resíduos. "Dioxina" é, na verdade, uma família de compostos orgânicos chamada de policloradas dibenzodioxinas (PCDD). Membros dessa família são caracterizados por uma estrutura de anel triplo de dois anéis de benzeno conectados por um par de átomos de oxigênio (Figura 13.13). Uma família relacionada de compostos químicos orgânicos é a dos policlorados dibenzofuranos (PCDF), que têm estrutura semelhante, exceto que os dois anéis de benzeno estão conectados por apenas um oxigênio. Como qualquer lugar do carbono pode se acoplar a um átomo de hidrogênio ou de cloro, há muitas possibilidades. Os locais utilizados para acoplamento dos átomos de cloro são identificados por números, e essa assinatura identifica a forma específica de PCDD ou PCDF. Por exemplo, 2,3,7,8-tetracloro-dibenzo-p-dioxina (ou 2,3,7,8-TCDD na forma abreviada) tem quatro átomos de cloro nos quatro cantos externos, como apresentado na Figura 13.13. Essa forma de dioxina é especialmente tóxica para animais de laboratório e frequentemente identificada como um constituinte primário de pesticidas contaminados e emissões de plantas de WTE.

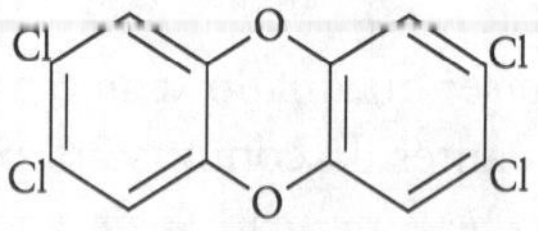

Figura 13.13 2, 3, 7, 8-tetracloro-dibenzo-p-dioxina.

Todos os compostos de PCDD e PCDF (mencionados aqui como dioxinas) são extremamente tóxicos para animais, não têm nenhum uso comercial e não são fabricados. No entanto, ocorrem como contaminantes em outros compostos químicos orgânicos. Diversas formas de dioxina são encontradas em pesticidas (como o Agente Laranja, amplamente utilizado durante a Guerra do Vietnã) e em vários compostos químicos orgânicos clorados (como clorofenóis).

Curiosamente, evidências recentes não demonstraram o mesmo nível de toxicidade em humanos, e parece menos provável que as dioxinas sejam realmente tão danosas quanto parecem em estudos de laboratório. Um grande vazamento de produtos químicos na Itália deveria ter resultado em um desastre para a saúde pública com base nas extrapolações de experimentos com animais, mas, até o momento, isso não parece ter sido materializado. No entanto, as dioxinas podem, quando em concentrações muito baixas, interromper processos metabólicos normais, e isso fez com que a EPA continuasse impondo limitações rígidas à emissão de dioxinas por incineradores.

Praticamente não há dúvidas de que instalações de WTE emitem quantidades mínimas de dioxinas, mas não se sabe ao certo como se originam. É possível que algumas estejam no lixo e simplesmente não sejam queimadas, sendo emitidas com os gases de saída. Por outro lado, também é provável que qualquer processo de combustão que tenha quantidades insignificantes de cloro produza dioxinas e que essas sejam simplesmente um produto final do processo de combustão. A presença de quantidades mínimas de dioxinas em emissões de fornos a lenha e lareiras parece confirmar essa perspectiva.

Vale a pena lembrar aqui que as duas fontes de risco – incineradores *versus* lareiras – são claramente diferentes. O efeito das lareiras sobre a saúde humana é maior do que o efeito das emissões de incineradores. No entanto, a lareira é um risco *voluntário*, enquanto o incinerador é um risco *involuntário*. As pessoas estão dispostas a aceitar riscos voluntários mil vezes maiores do que os involuntários e, portanto, são capazes de veementemente se oporem a incineradores enquanto aproveitam o fogo romântico da lareira.

13.5 DESCARTE FINAL DE RESÍDUOS: ATERROS SANITÁRIOS

"Descarte de resíduos sólidos" é um termo incorreto. Nossas práticas atuais não são nada mais do que esconder os resíduos suficientemente bem para que não sejam encontrados imediatamente.

As duas únicas opções realistas para o descarte estão nos oceanos (ou outras quantidades grandes de água) e na terra. O primeiro é proibido pela lei federal norte-americana e também está se tornando ilegal na maioria dos outros países desenvolvidos. Não é necessário dizer muito mais sobre o descarte nos oceanos, exceto que, talvez, seu uso tenha sido um capítulo não exatamente glorioso dos anais da engenharia de saúde pública e ambiental.

Embora o volume de refugo seja reduzido em mais de 90% nas instalações de WTE, os 10% restantes ainda devem ser descartados, em conjunto com os materiais que não podem ser incinerados, como refrigeradores antigos. Um aterro é, portanto, necessário mesmo se o refugo for incinerado e, assim, uma planta de WTE não é uma instalação para o descarte final. Um aterro para cinzas é muito mais simples e menor do que um aterro para resíduos, e, daí, o problema da localização de aterros resultou em muito mais instalações de WTE porque a redução no volume amplia consideravelmente a vida útil dos aterros existentes.

A deposição de resíduos sólidos na terra é chamada de *depósito* nos EUA e de *entorno* na Grã-Bretanha (como em "entornar"). O depósito é, de longe, o meio mais barato de descarte de resíduos sólidos e, assim, foi o método original selecionado para praticamente todas as comunidades no interior do país. A operação de um depósito é simples e envolve nada mais do que garantir que os caminhões sejam esvaziados no local adequado. O volume frequentemente é reduzido incendiando-se os depósitos, prolongando, assim, sua vida útil.

No entanto, roedores, odor, poluição do ar e insetos no depósito podem resultar em problemas graves de saúde pública e estética, e métodos alternativos para descarte são necessários. Comunidades maiores podem utilizar um incinerador para redução do volume, mas cidades menores não podem realizar tal investimento, o que levou ao desenvolvimento do *aterro sanitário*.

O aterro sanitário é notavelmente diferente de depósitos abertos, pois estes são simplesmente lugares para descartar resíduos, enquanto aterros sanitários são operações elaboradas, projetadas e operadas de acordo com padrões aceitos. O princípio básico da operação de um aterro é preparar um local com revestimentos para deter a poluição do lençol freático, depositar o refugo no fosso, compactá-lo com máquinas pesadas com imensas rodas de aço especialmente construídas para esta finalidade e cobrir o material ao final da operação de cada dia (Figura 13.14). Escolher o local e desenvolver um aterro adequado exige habilidades de planejamento e projeto de engenharia.

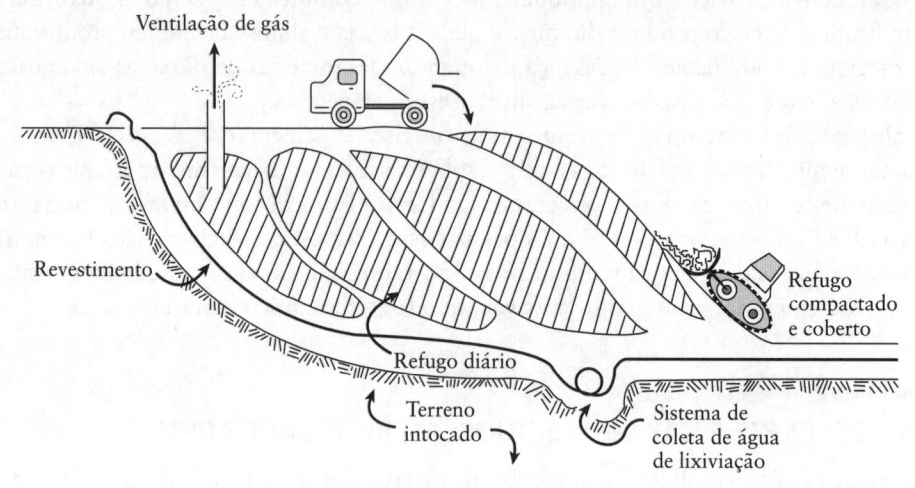

Figura 13.14 Um aterro sanitário.

Embora as taxas de entorno pagas para utilizar os aterros sejam cobradas com base no peso do refugo aceito, a capacidade do aterro é medida em termos de volume, não peso. Engenheiros que projetam aterros estimam, primeiro, o volume total disponível para eles e, depois, a densidade do refugo conforme é depositado e compactado no aterro. A densidade do refugo aumenta consideravelmente de quando é gerado na cozinha para quando é depositado no aterro. A Tabela 13.2 é uma estimativa bruta da densidade de refugos residenciais.

Tabela 13.2 Densidade aproximada dos resíduos sólidos municipais

Localização/Condição	Densidade (libra/jarda^3)
Como gerados, na lata de lixo da cozinha	100
Na lixeira	200
No caminhão enfardador	500
No aterro, como depositados	800
No aterro, depois da compactação por sobreposição refugos	1.200

EXEMPLO 13.2

Problema Imagine uma cidade na qual cada uma de suas 10 mil residências encha um contêiner de 80 galões de refugo por semana. Para qual densidade um caminhão enfardador de 200 jardas cúbicas teria de compactar os refugos para conseguir coletar o lixo de todas as casas durante uma viagem?

Solução Há, é claro, uma questão de balanço de massa envolvida aqui. Imagine o caminhão enfardador como uma caixa-preta. O refugo sai das residências e entra no aterro.

$$[\text{Massa de ENTRADA}] = [\text{Massa de SAÍDA}]$$
$$V_L C_L = V_P C_P$$

onde V e C são o volume e a densidade do refugo e os subscritos L e P denotam refugo solto e enfardado. Presuma que a densidade nas latas seja de 200 libras/jarda^3 (Tabela 13.2).

$$[(10.000 \text{ residências})(80 \text{ galões/residência})(0,00495 \text{ jardas}^3/\text{galão})]$$
$$\times [200 \text{ libras/jardas cúbicas}] = (20 \text{ jarda}^3) C_P$$
$$C_P = 39.600 \text{ libras/jarda}^3 (!)$$

Claramente impossível. É óbvio que mais de um caminhão e/ou mais de uma viagem são necessários.

Outra complicação no cálculo do volume do aterro é a necessidade de cobertura diária, que pode ser removível (como um "tecido impermeável" de plástico) e não utilizar qualquer volume, ou pode não ser removível (como terra). Quanto mais material de cobertura permanente (por exemplo, terra) for colocado no refugo, menos volume disponível haverá para o próprio refugo, portanto mais curta será a vida útil do aterro. Comumente, engenheiros estimam que o volume ocupado por terra de cobertura seja de um quarto do volume total do aterro.

No entanto, aterros sanitários não são inertes. O material orgânico enterrado se decompõe, primeiro aerobicamente e, depois, anaerobicamente. A degradação anaeróbica produz diversos gases, como metano e dióxido de carbono, e líquidos (conhecidos como *chorume*) que têm capacidade poluidora extremamente alta quando penetram no lençol freático. Revestimentos feitos de argila impermeável ou de materiais sintéticos, como plástico, são utilizados para tentar evitar a ida do chorume para o lençol freático. A Figura 13.15 mostra como um revestimento sintético de aterramento é instalado em um fosso preparado. As emendas devem ser lacradas cuidadosamente e uma camada de terra deve ser colocada sobre o revestimento para evitar que veículos do aterro e resíduos o perfurem.

Revestimentos sintéticos de aterro são úteis para capturar a maior parte do chorume, mas não podem ser perfeitos. Nenhum aterro é suficientemente impermeável de forma

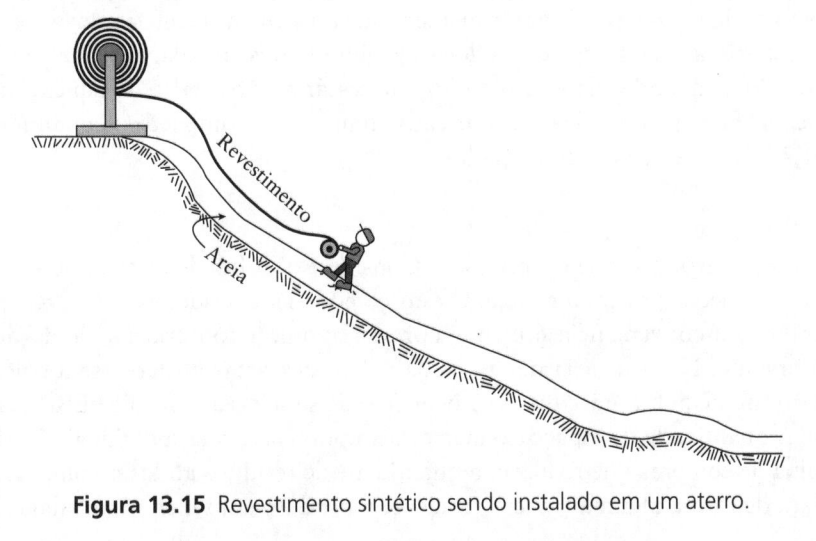

Figura 13.15 Revestimento sintético sendo instalado em um aterro.

a evitar completamente a contaminação do lençol freático pelo chorume. Poços devem ser perfurados em volta do aterro para verificar a contaminação do lençol freático por revestimentos com vazamento e, se houver tal contaminação, uma ação de remediação é necessária.

O uso de revestimentos de plástico aumentou consideravelmente o custo de aterros ao ponto no qual um aterro moderno custa praticamente tanto por tonelada de refugo quanto uma planta de WTE e, claro, o aterro nunca desaparece – continuará ali por muitos anos, limitando o uso da terra para outras finalidades.

Aterros modernos também exigem que os gases sejam coletados e queimados ou ventilados para a atmosfera. Os gases são compostos por aproximadamente 50% de dióxido de carbono 50% de metano, ambos sendo gases estufa (Capítulo 11). No passado, quando o controle de gás nos aterros não era realizado, os gases causavam problemas com odores, produtividade do solo e até mesmo explosões. Agora, os aterros maiores utilizam gases para ativar turbinas e produzir eletricidade para vender a companhias de energia elétrica. Aterros menores simplesmente queimam os gases em chamas.

Independente da propaganda, aterros sanitários são, no máximo, uma solução momentânea para nosso problema de resíduos sólidos. Preocupações ambientais logo ditarão a recuperação de materiais e/ou energia como o método de descarte escolhido para gestão de resíduos sólidos.

Obviamente, devemos atacar o problema de resíduos sólidos de ambos os lados – reduzindo a quantidade total de resíduos ao tornar materiais mais recicláveis e desenvolvendo métodos de descarte mais aceitáveis ambientalmente. Ainda estamos a muitos anos de distância do desenvolvimento e uso de materiais totalmente recicláveis ou biodegradáveis. A única embalagem realmente descartável disponível atualmente é o cone de sorvete.

13.6 REDUÇÃO DA GERAÇÃO DE RESÍDUOS: REDUÇÃO NA ORIGEM (OU NA FONTE)

Há uma terceira forma na qual podemos afetar a quantidade e o conteúdo da vazão de resíduos sólidos: selecionar cuidadosamente os materiais e produtos que utilizamos e, portanto, temos de jogar fora. Existe muito a ser dito sobre ser seletivo em relação ao tipo de embalagem aceito para diversos produtos. Por exemplo, embalagens de isopor e plástico das cadeias de *fast-food* têm pouca utilidade. Um pedaço de papel funciona igualmente bem, como muitas cadeias descobriram assim que seus clientes começaram a reclamar (e, em alguns casos, aprovaram decretos locais proibindo tais embalagens). Rejeitar sacolas inúteis nas lojas quando uma sacola não é necessária não é falta de educação. Todos nós podemos fazer pequenas coisas que causam um grande impacto na quantidade e na composição da vazão de resíduos sólidos.

13.6.1 Por quê?

A pergunta é, claro, por que deveríamos? Considere a utilidade de uma pessoa rejeitar uma sacola desnecessária em uma loja. O esforço pode ser considerável (às vezes, é preciso argumentar) e a conveniência é menor porque, agora, a compra não se dá de forma tão conveniente. Não custaria nada pessoalmente descartar a sacola se a coleta fosse um serviço municipal. Então, qual é o benefício de se rejeitar a sacola? Essencialmente, nenhum. A quantidade de espaço no aterro salva por suas ações individuais é irrisória, e sua escolha de compras que reduzem a quantidade de resíduos ao fazer compras não lhe beneficiará de forma alguma (exceto se, claro, o produto com menos embalagem custar menos). Portanto, a questão continua: por que você deveria fazer algo que não seja para seu benefício mensurável?

A resposta pode ser "é a coisa certa a fazer", e isso pode ser perfeitamente satisfatório, faz que você se sinta parte da comunidade, todos trabalhando juntos para atingir um bom objetivo, com todas as ações individuais resultando em um efeito significativo. É possível argumentar que, se você não fez isso, não teria base para esperar que outras pessoas façam o mesmo, e não haveria meio de conquistar nada com a ação comunitária. No entanto, se alguém disser "prove para mim por que devo participar de uma atividade tão altruísta", você tem de admitir que não há tal prova – há argumentos, mas todos eles dependem da bondade humana básica. Quando essa não for mais a regra, não haverá esperança para a civilização humana.

13.6.2 Análise do ciclo de vida

Um meio de compreender questões de uso de materiais e produtos é realizar o que se tornou conhecido como *análise do ciclo de vida* (ACV). Tal análise é uma abordagem holística para a prevenção de poluição analisando-se todo o ciclo de vida de um produto, processo ou atividade, abrangendo matérias-primas, manufatura, transporte, distribuição, uso, manutenção, reciclagem e descarte final. Em outras palavras, a ACV deve produzir uma imagem completa do impacto ambiental de um produto.

ACVs são realizadas por diversos motivos, incluindo a comparação de produtos para aquisição e a comparação de produtos por setor. No primeiro caso, o efeito ambiental total de, digamos, garrafas de vidro retornáveis pode ser comparado ao efeito ambiental de garrafas de plástico não recicláveis. Se todos os fatores que interferem na fabricação, distribuição e descarte dos dois tipos de garrafa forem considerados, um vasilhame pode demonstrar ser claramente superior. No caso de comparação de produtos de um setor, podemos determinar se o uso de construtores de fosfato nos detergentes é mais prejudicial do que o uso de substitutos que têm seus próprios problemas no tratamento e descarte.

Um problema relacionado a esses estudos é que muitas vezes são realizados por grupos ou corporações setoriais e (surpresa!) os resultados, com frequência, promovem seu próprio produto. Por exemplo, a Procter & Gamble, fabricante de uma marca popular de fraldas descartáveis, descobriu em um estudo conduzido para ela que fraldas de pano consomem três vezes mais energia do que as descartáveis. No entanto, um estudo da National Association of Diaper Services mostrou que fraldas descartáveis consomem 70% mais energia do que as de pano. A diferença estava no procedimento de análise: se a energia contida na fralda descartável é utilizada como recuperável em uma instalação de WTE, e isso não é considerado para a fralda de pano, a fralda descartável é mais eficiente energeticamente[1].

A ACV também sofre de escassez de dados. Algumas informações essenciais para os cálculos são praticamente impossíveis de serem obtidas. Por exemplo, algo tão simples quanto a tonelagem de resíduos sólidos coletados nos EUA não é calculável ou mensurável imediatamente e, mesmo se os dados estivessem ali, o procedimento sofreria com a indisponibilidade de um sistema único de contabilidade. Há um nível ideal de poluição ou todos os poluentes devem ser 100% eliminados (uma impossibilidade virtual)? Se houver poluição do ar e da água, como elas devem ser comparadas?

Um exemplo simples das dificuldades na ACV é encontrar a solução para a grande questão sobre o copo de café – usar copos de papel ou de isopor. A resposta que a maioria das pessoas daria é não utilizar nenhum, e sim ter uma xícara permanente. No entanto, há momentos nos quais copos descartáveis são necessários (como em hospitais), e uma decisão deve ser tomada sobre que tipo escolher[2]. Portanto, vamos utilizar a ACV para tomar uma decisão.

O copo de papel vem de árvores, mas o ato de cortar árvores resulta em degradação ambiental. O copo de isopor vem de hidrocarbonetos, como petróleo e gás, e isso também resulta em impactos negativos ao meio ambiente, incluindo o uso de recursos não renováveis. A produção do copo de papel resulta em poluição considerável da água, com 30 kg a 50 kg de DBO por copo produzido, enquanto a produção do copo de isopor contribui essencialmente com nenhuma DBO. A produção do copo de papel resulta na emissão de cloro, dióxido de cloro, sulfuretos reduzidos e particulados, enquanto a produção do copo de isopor resulta em nada disso. O copo de papel não exige clorofluorcarbonetos (CFCs), nem os copos de isopor mais recentes, desde que os CFCs no poliestireno foram eliminados. No entanto, copos de isopor contribuem com 35 kg a 50 kg por copo de emissões de pentano, enquanto o copo de papel não contribui com qualquer um. A capacidade de reciclagem do copo de isopor é muito mais alta do que a do de papel porque este é feito de diversos materiais, incluindo o revestimento plástico no papel. Ambos queimam bem, embora o copo de isopor produza 40.000 kJ/kg e o de papel produza apenas 20.000 kJ/kg. No aterro, o copo de papel se degrada em CO_2 e CH_4, ambos os gases estufa, enquanto o copo de isopor é inerte – desta forma, permanecerá por muito tempo no aterro, enquanto o copo de papel eventualmente (mas muito lentamente!) irá se decompor. Se o aterro for considerado um receptáculo de armazenamento de resíduos, o copo de isopor será superior porque não participa da reação, enquanto o de papel produz gases e, provavelmente, chorume. Se, por outro lado, o aterro for considerado uma instalação de tratamento, o copo de isopor será altamente prejudicial.

Portanto, que copo é melhor para o meio ambiente? Caso se deseje fazer a coisa certa, que copo utilizar? Esta pergunta, como muitas outras neste livro, não é fácil de responder.

13.7 GESTÃO INTEGRADA DE RESÍDUOS SÓLIDOS

A EPA desenvolveu uma estratégia nacional nos EUA para a gestão de resíduos sólidos, chamada de gestão integrada de resíduos sólidos (GIRS, ou ISWM na sua sigla em inglês, de *integrated solid waste management*). A intenção desse plano é auxiliar as comunidades locais a tomarem suas decisões estimulando as estratégias mais ambientalmente aceitáveis. A estratégia de GIRS da EPA sugere que a lista de estratégias de gestão de resíduos sólidos, em ordem de prioridade, seja:

- redução na origem;
- reciclagem;
- combustão;
- aterros.

Isso é, quando um plano de GIRS for implantado para uma comunidade, o primeiro modo de atacar o problema deve ser pela "redução na origem". Este é um termo infeliz, por ser incorreto e enganador. Não se reduz as origens, e sim a quantidade de resíduo que vem de uma origem e, assim, o termo realmente deveria ser "redução de resíduos".

Em nível residencial, é possível, através da compra inteligente, reduzir a quantidade de resíduos gerados em cada casa. Por exemplo, comprar alimentos não embalados em vez de em bandejas de plástico embaladas com filme é uma maneira simples de reduzir os resíduos. Adquirir produtos com maior duração é uma segunda maneira de atingir a redução de resíduos. Por exemplo, comprar pneus de automóveis que durem 130 mil quilômetros em vez de se desgastarem a 65 mil reduz a produção de resíduos de pneus em 50%. Além disso, retirar seu nome de listas de correspondência é uma grande ajuda, pois reduz o desperdício de cartas. Esta opção de gestão de resíduos sólidos é ainda mais efetiva no nível comercial e industrial. Infelizmente, é difícil medir a redução de origem residencial, e não é necessário nenhum equipamento para implantá-la, portanto, ela frequentemente é ignorada.

Em vez disso, o foco tem recaído sobre reciclagem, a segunda opção, embora na GIRS ela (e a reutilização) deva ser realizada depois que a maioria das opções de redução de resíduos for implantada, pois há custos associados à coleta e ao processamento do material reciclável. No entanto, a reciclagem e a reutilização reduzem uma parte dos resíduos, como mostrado na Figura 13.8. Um aumento nas vazões de material através de loops de reutilização e reciclagem reduzirá os resíduos. Por exemplo, o uso de sacolas de compra de papel para descarte de lixo pressupõe que as pessoas optem por não comprar sacolas plásticas para este fim. Se isso ocorrer, menos sacolas plásticas serão produzidas e vendidas e a quantidade total de resíduos destinados para descarte também diminuirá. Garrafas de vidro podem ser separadas do refugo, coletadas e remanufaturadas em novas garrafas de vidro, aumentando, assim, o loop de reciclagem. Por fim, o refugo misto pode ser classificado à mão, com o papelão corrugado removido e recuperado, aumentando a vazão de materiais no loop de recuperação.

O terceiro nível do plano de GIRS é a combustão de resíduos sólidos, que realmente deve significar todos os métodos de tratamento. A ideia é pegar o fluxo de resíduos sólidos e transformá-lo em um produto não poluente. Isso pode ser feito por combustão, mas outros tratamentos químicos e térmicos podem eventualmente provar serem igualmente eficientes. É claro que é preferível recuperar algum produto (por exemplo, energia) do tratamento.

Por fim, se todas as técnicas descritas anteriormente foram implantadas e/ou consideradas e ainda houver sobras de resíduos (o que haverá), a solução final é o aterro. Realmente não há alternativa a ele – exceto o descarte em águas profundas, o que agora é ilegal – e, portanto, cada comunidade deve desenvolver alguma alternativa ao aterro.

Embora essa estratégia de GIRS seja útil, pode levar a uma série de problemas se realmente executada. Algumas comunidades não conseguem implantar a reciclagem, não importa o quanto tentem. Em outras comunidades, a única opção desde o início é o aterro. Já em outras, a atitude inteligente a se tomar seria fornecer um tipo de tratamento para um determinado tipo de resíduos (como compostagem para resíduos de jardim) e um segundo tipo para outro (aterro para refugos). É aí que o julgamento da engenharia entra em ação e onde o engenheiro de resíduos sólidos realmente ganha seu salário. Temos de lidar com todas as opções e integrá-las com as características especiais (economia, história, política) da comunidade. Afinal, o engenheiro está ali para atender às necessidades das pessoas.

SÍMBOLOS

C = densidade do refugo
PEAD = polietileno de alta densidade
GIRS = gestão integrada de resíduos sólidos
ACV = análise do ciclo de vida
PEBD = polietileno de baixa densidade
PCDD = policloro dibenzodioxina
(comumente chamada de "dioxinas")
PCDF = policlorados dibenzofuranos
PET = polietileno tereftalato
PP = polipropileno
PS = poliestireno
PVC = cloreto de polivinila
RDF = combustível derivado de refugo
GRS = gestão de resíduos sólidos
V = volume de refugo
WTE = tratamento de resíduos para energia

PROBLEMAS

13.1 O mapa de ruas apresentado anteriormente na Figura 13.6A é analisado considerando, como na Figura 13.6C que a coleta seja efetuada por *lados da quadra* – isto é, o caminhão deve passar por cada quadra para coletar e a equipe não pode atravessar a rua. Já que é possível construir um caminho de Euler, encontre uma solução.

13.2 Utilizando as redes de ruas na Figura 13.16, projete a rota mais eficiente possível se o caminhão for:
  a. coletar apenas em um lado da rua por vez
  b. coletar em ambos os lados da rua ao mesmo tempo

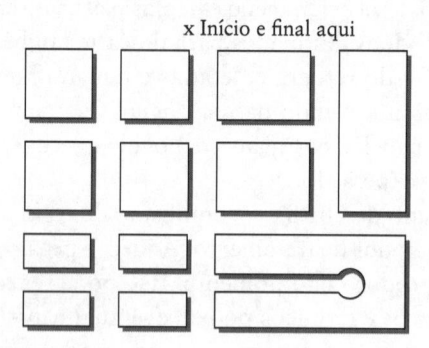

Figura 13.16 Um problema de rota de coleta de resíduos sólidos. Veja o Problema 13.2.

13.3 O objetivo desta tarefa é avaliar e relatar os resíduos sólidos que você gera pessoalmente. Por um dia, selecionado aleatoriamente, colete *todo* o resíduo que você teria normalmente descartado. Isso inclui comida, jornais, vasilhames de bebidas etc. Utilizando uma balança, pese seus resíduos sólidos e relate da seguinte maneira:

Componente	Peso	Porcentagem de Peso Total
Papel		
Plásticos		
Alumínio		
Aço		
Vidro		
Lixo		
Outros		
		100

Seu relatório deve incluir uma planilha de dados e uma discussão. Responda às seguintes perguntas:
  a. Como sua porcentagem e geração total se comparam às médias nacionais?
  b. O que em seu lixo poderia ser reutilizável (diferente de recuperável), e se você o tivesse reutilizado, quanto de refugo teria reduzido?
  c. O que em seu lixo é *recuperável*? Como isso pode ser feito?

13.4 Um dos aspectos mais caros da coleta de lixos municipal é mover o lixo da residência para o caminhão. Sugira um método pelo qual isso pode ser aprimorado. A originalidade conta muito, e a praticidade, bem menos.

13.5 Um dos resultados inesperados da reunificação da Alemanha é o "problema do Trabant". O Trabant, ou "Trabi" como era popularmente conhecido, era a resposta dos comunistas à Volkswagen, com um veículo barato ativado por um motor notoriamente ineficiente de dois tempos. A carroceria era composta de um recheio de celulose coberto por uma resina de fenol formaldeído que produz um plástico que não pode ser derretido. Com a liberdade para os alemães orientais, veio o problema de o que fazer com os milhões de carcaças de Trabi que poluem o campo e entopem o sistema de descarte de resíduos sólidos. A única solução parece ser queimá-los, mas isso produz uma poluição do ar que a Europa oriental mal pode suportar.

Sugira como você abordaria o "problema do Trabi" se, repentinamente, ficasse responsável por esse projeto. Liste todas as alternativas viáveis e discuta cada uma, escolhendo, enfim, a sua favorita.

13.6 Sacolas plásticas em supermercados se tornaram uma questão global. Defensores da reciclagem frequentemente apontam as sacolas plásticas como o protótipo do desperdício e da poluição, como algo que entope nossos aterros. Em retaliação, fabricantes de sacolas plásticas começaram uma campanha para promover seus produtos. Em um dos folhetos (impressos em papel), eles dizem:

"A sacola (plástica) não emite vapores tóxicos quando incinerada adequadamente. Quando queimada em usinas de geração de energia, os derivados resultantes da combustão são dióxido de carbono e vapor de água, os mesmos que você e eu produzimos quando respiramos. A sacola é inerte em aterros, onde não contribui para os problemas de bactérias de lixiviação ou gases explosivos. A sacola se fotodegrada à luz solar ao ponto em que fatores ambientais normais de vento e chuva fazem que ela se rompa em pedaços muito pequenos, abortando, assim, o problema da visão desagradável do lixo."

Critique essa afirmação. Tudo isso é verdade? Que parte não é verdadeira? Há algo enganador? Você concorda com essa avaliação? Elabore uma resposta de uma página.

13.7 A localização de aterros é um grande problema para muitas comunidades. Com frequência, esse é um trabalho exasperante para engenheiros porque o público está altamente envolvido. Um famoso engenheiro ambiental, Glenn Daigger, da CH2M Hill, é citado a seguir:

"Questões ambientais estão na primeira página hoje porque nós, do setor ambiental, não estamos atendendo às expectativas das pessoas. Elas nos dizem que responsabilidade e qualidade não são questões abertas que devem ser consideradas. Às vezes, é difícil atuar no meio de todas as informações incorretas disponíveis: essencialmente, somos responsáveis por acomodar o ponto de vista do público, não o contrário[3]."

Você concorda com ele? O engenheiro deve "acomodar o ponto de vista do público", ou deve impor sua própria opinião ao público, pois tem uma compreensão muito melhor do problema? Elabore um resumo de uma página sobre qual deve ser o papel do engenheiro na localização de um aterro para uma comunidade.

13.8 Os símbolos de reciclagem apresentados na Figura 13.17 são tirados de diversas formas de embalagem.
   a. Que finalidade você acredita que os fabricantes de vasilhames tinham em mente ao colocar os símbolos nas embalagens?
   b. Esses símbolos foram usados de forma ética em todos os casos? Justifique sua conclusão.
   c. Recorte outro símbolo de reciclagem de uma embalagem e discuta seus méritos.

Figura 13.17 Símbolos de reciclagem em embalagens para o consumidor. Veja o Problema 13.8.

13.9 Um colégio conta com 660 alunos. Estudos demonstraram que, em média, cada estudante contribui com 90 g de resíduos sólidos diariamente de todas as fontes, exceto a cantina, que contribui com um total de 145,15 kg diariamente. Se a densidade do refugo em uma caçamba é de 90,72 kg/jarda cúbica, e se a coleta de lixo ocorre uma vez por semana, de quantas caçambas a escola precisa se cada uma tiver capacidade para armazenar um volume de 20 jardas cúbicas?

13.10 A Figura 13.18 mostra um desenvolvimento isolado que deve ser atendido pela coleta de lixo. Os números nas quadras indicam o número de residências que precisam ser coletadas nessa quadra. Presuma que cada residência tenha 4 pessoas e que a geração de lixo seja de 1,36 kg/pessoa/dia. A densidade de refugo em um enfardador antigo é de cerca de 181,44 kg/jarda^3.
   a. Se a coleta ocorresse uma vez por semana, quantos caminhões seriam necessários?
   b. Se os caminhões entrassem e saíssem do desenvolvimento no ponto mostrado por *E*, qual seria a rota mais eficiente para eles? (Conte o número de repetições como uma estimativa de eficiência.)
   c. Se os caminhões antigos fossem substituídos por novos que atingissem 453,6 kg/jarda^3, como o sistema de coleta mudaria?

13.11 Como você acredita que a composição do resíduo sólido municipal mudará em 20 anos? Por quê?

13.12 Um estabelecimento comercial tem um transportador particular que pesa o resíduo sólido transportado ao aterro. Os dados para 10 semanas consecutivas são apresentados abaixo.

Semana número	Refugo (libras)
1	540
2	620
3	920
4	410
5	312
6	820
7	540
8	420
9	280
10	780

   a. Qual é a geração média de resíduos desse estabelecimento?
   b. Qual poderia ser a semana *mais em baixa* de todo o ano com base nesses dados?
   c. Se a caçamba tiver capacidade para 2.000 libras, ela um dia ficará cheia? (Esta é uma "pegadinha", cuidado com sua resposta.)

13.13 Um incinerador de resíduos sólidos tem capacidade operacional máxima de 100 toneladas/dia. A instalação recebe RSM durante a semana útil, mas não durante os finais de semana ou em feriados. Em geral, ele recebe as seguintes cargas diárias:

	Recebido (toneladas/dia)
Segundas-feiras	180
Terças-feiras	160
Quartas-feiras	150
Quintas-feiras	120
Sextas-feiras	80
Sábados	0
Domingos	0

Quão grande deve ser o fosso de recepção para poder reter suficientemente os resíduos de um fim de semana prolongado, de três dias? (Não há apenas uma resposta correta para este

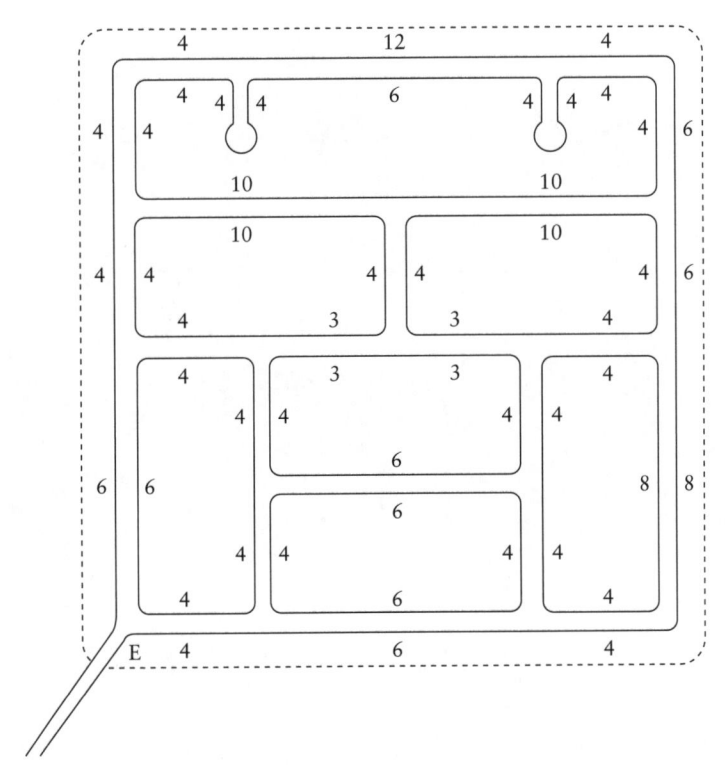

Figura 13.18 Problema de caminhões e rotas. Veja o Problema 13.10.

problema. Pense no que você faria se fosse o engenheiro que tivesse de tomar essa decisão). Justifique sua resposta.

13.14 Suponha que você seja o engenheiro municipal de uma pequena comunidade, e que o conselho da cidade lhe peça para elaborar um programa de "reciclagem" que atingirá pelo menos 50% de desvio do aterro. Qual seria sua resposta ao conselho? Se conseguisse atingir tal desvio, como faria isso? Para este problema, você deve elaborar uma resposta formal ao conselho, incluindo um plano de ação e o que seria necessário para seu sucesso. A resposta incluiria uma carta inicial endereçada ao conselho e um relatório de várias páginas, tudo organizado em formato de relatório com página de título e capa.

13.15 Desenhe, utilizando fluxogramas, como você produziria RDF-1, RDF-2, RDF-3 e RDF-4 como definido pelos padrões ASTM para combustível derivado de refugos.

NOTAS FINAIS

(1) *Life cycle analysis measures greenness, but results may not be black and white.* Wall Street Journal, 28 de fevereiro de 1991.

(2) Hocking, M.B. 1991. *Paper versus polystyrene: a complex choice.* Science 251, 1º de fevereiro.

(3) Citado em *The new environmental age.* Engineering news record 228:25, 22 de junho de 1992.

CAPÍTULO QUATORZE

Resíduos Perigosos

O que é tão surpreendente, em retrospecto, é a total indiferença com a qual os norte-americanos toleravam o descarte de resíduos altamente tóxicos desde que a indústria começou a produzir esses materiais. Depósitos abertos, lagos enormes com resíduos, descarte descarado em cursos d'água... Tudo isso existe há décadas. No entanto, apenas no início dos anos 1980 o público se conscientizou do que o descarte de forma tão indiscriminada pode provocar. Desde então, fizemos esforços heroicos com o objetivo de eliminar os exemplos mais perniciosos de insultos ambientais e perigos à saúde e de regular a indústria, a fim de evitar futuros problemas.

14.1 DEFINIÇÃO DE RESÍDUOS PERIGOSOS

Uma *substância perigosa* é definida pela EPA como qualquer substância que:

> em razão de sua quantidade, concentração, características físicas, químicas ou infecciosas, pode causar ou contribuir consideravelmente para um aumento na mortalidade, provocar um aumento no número de casos de doenças graves irreversíveis ou incapacitantes reversíveis, ou representar um risco substancial atual ou potencial à saúde humana e ao meio ambiente quando tratada, armazenada, transportada, descartada ou gerenciada de forma inadequada.

Resíduo perigoso é o nome dado ao material que, quando deve ser descartado, atende a um dos dois critérios seguintes (Tabela 14.1):

1. Contém um ou mais dos *critérios de poluentes* ou de substâncias químicas que foram explicitamente identificadas (*listadas*) como perigosas. Atualmente, há mais de 50.000 substâncias químicas com essa identificação.
2. O resíduo pode ser assim definido (por testes de laboratório) como tendo pelo menos uma das seguintes características:
   - inflamabilidade;
   - reatividade;
   - corrosividade;
   - toxicidade.

Materiais *inflamáveis* são definidos como líquidos com pontos de fusão abaixo de 60°C ou materiais que são "facilmente incendiados e queimam de forma vigorosa e persistente". Materiais *corrosivos* são aqueles que, em uma solução aquosa, têm valores de pH fora da faixa de 2,0 a 12,5 ou qualquer líquido que mostre corrosividade ao aço a uma taxa superior a 6,35 mm por ano. Resíduos *reativos* são classificados como instáveis e podem formar vapores tóxicos ou explodir. A maior dificuldade em definir resíduos perigosos vem do estabelecimento do que é ou não *tóxico*. A toxicidade é quase impossível de medir. Tóxico para quais animais (ou plantas?), em quais concentrações, durante quais períodos de tempo? A EPA define toxicidade em termos de quatro critérios:

Tabela 14.1 Exemplos de códigos de resíduos perigosos da RCRA (40 CFR Parte 261)

Contaminante	Código de resíduo perigoso da RCRA
Resíduo inflamável	D001
Resíduo corrosivo	D002
Resíduo reativo	D003
Resíduo tóxico	
Arsênico	D005
Mercúrio	D009
Benzeno	D018
Resíduo de origens não específicas	
Lodos de tratamento de água residual de galvanização	F006
Lodo de banho de resfriamento de operações de tratamento térmico de metal	F010
Resíduos de origens específicas	
Lodos de tratamento de água residual da produção de clordano	K032
Lodo de calcário inerte de amônia da produção de coque	K060
Substâncias químicas sem especificação e descartadas, resíduos de derrames e contêineres	
Trióxido de arsênico	P012
Chumbo tetraetila	P110
Creosoto	U051
Mercúrio	U151

- bioconcentração;
- LD_{50};
- LC_{50};
- fitotoxicidade.

Bioconcentração é a capacidade de um material ser retido no tecido animal ao ponto de organismos situados na parte superior do nível trófico terem concentrações cada vez maiores de tal substância química. Muitos pesticidas, por exemplo, ficarão depositados nos tecidos adiposos de animais e não serão absorvidos muito rapidamente. À medida que criaturas menores são comidas por maiores, a concentração no tecido adiposo dos organismos maiores poderá atingir níveis tóxicos para eles. O que causa mais preocupação são os animais aquáticos e as aves que se alimentam de peixes, como focas e pelicanos, bem como outras aves carnívoras, como águias, falcões e condores.

A *LD_{50}* é medida da quantidade de uma substância química necessária para matar metade de um grupo de espécimes para teste, como camundongos. Os animais em um estudo de toxicidade são alimentados com doses progressivamente maiores da substância química até que metade deles morra, e tal dose é, então, conhecida como dose letal mediana (50%), ou LD_{50}. Quanto mais baixa a quantidade da toxina utilizada para matar 50% dos espécimes, mais alto o valor tóxico da substância química.

Algumas substâncias químicas, como dioxina e PCBs, mostram LD_{50} incrivelmente baixa, o que sugere que essas substâncias são extremamente perigosas para animais pequenos e outras espécies de teste.

No entanto, há alguns problemas graves. Primeiro, as provas são realizadas em espécimes de laboratório, como camundongos, e a quantidade de toxina que causaria a morte de seres humanos é extrapolada com base no peso corporal, conforme ilustrado no exemplo a seguir.

EXEMPLO 14.1

Problema Um estudo de toxicidade sobre a resistência de camundongos a um novo pesticida foi realizada com os seguintes resultados:

Quantidade ingerida (mg)	Fração que morreu após 4 horas
0 (controle)	0
0,01	0
0,02	0,1
0,03	0,1
0,04	0,3
0,05	0,7
0,06	1,0
0,07	1,0

Qual é a LD_{50} deste pesticida para um camundongo? Qual é a LD_{50} para um ser humano de 70 kg? Presuma que um camundongo pese 20 gramas.

Solução Os dados são representados em um gráfico como na Figura 14.1 (conhecido como relação de reação à dose), e o ponto em que 50% dos camundongos morrem é identificado. A LD_{50} para camundongos é, portanto, de cerca de 0,043 mg. A dose letal para humanos é estimada como

$$\frac{70.000 \text{ g}}{20 \text{ g}}(0{,}043 \text{ mg}) = 150 \text{ mg}$$

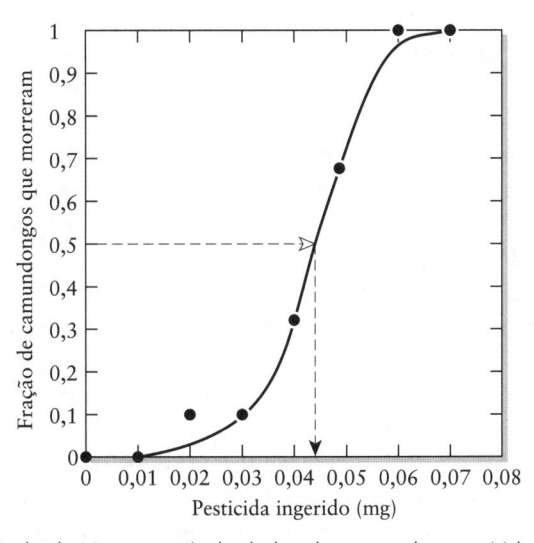

Figura 14.1 Cálculo de LD_{50} a partir de dados de camundongos. Veja o Exemplo 14.1.

No entanto, essa é uma conclusão instável. Primeiro, a fisiologia de um humano é bastante diferente da de um camundongo, portanto, um indivíduo pode ser capaz de ingerir mais ou menos toxina antes de apresentar efeitos adversos. Segundo, o efeito medido é *agudo*, não de longo prazo (*crônico*). Assim, a toxicidade de substâncias químicas que afetam o organismo lentamente, ao longo dos anos, não é medida, pois os experimentos em camundongos são realizados em horas. Por fim, a substância química investigada pode atuar de forma sinérgica com outras toxinas, e essa técnica presume que só há um efeito adverso por vez. Como um exemplo de tais problemas, considere o caso da dioxina (discutido no Capítulo 13), que demonstrou ser extremamente tóxica para pequenos animais de laboratórios. No entanto, todos os dados epidemiológicos disponíveis mostram que humanos parecem ser consideravelmente mais resilientes às dioxinas do que os dados sugerem.

A LC_{50} é a concentração na qual algum produto químico é tóxico, e isso é utilizado onde a quantia ingerida não pode ser medida, como no ambiente aquático ou em avaliações da qualidade do ar. Espécimes, como o peixe dourado, são colocados em uma série de aquários e concentrações cada vez mais altas de uma determinada toxina são ministradas. A fração de peixes que morrem dentro de um determinado período é registrada e a LC_{50} é calculada. Como uma diretriz bruta, um resíduo é considerado tóxico se tiver uma LD_{50} de menos de 50 mg/kg de peso corporal ou se a LC_{50} for inferior a 2 mg/kg.

Por fim, uma substância química é considerada tóxica se apresentar *fitotoxicidade*, ou toxicidade para plantas. Assim, todos os herbicidas são, por esta definição, materiais tóxicos, e quando descartados, devem ser tratados como resíduos perigosos.

Um último critério para ser considerado perigoso é se o material é *radioativo*. No entanto, resíduos radioativos são tratados separadamente e a eles são aplicadas regras e regulamentos diferentes. A gestão de resíduos radioativos é discutida na Seção 14.3.

Uma preocupação no descarte de resíduos perigosos é a velocidade com a qual a substância química pode ser liberada para produzir efeitos tóxicos em plantas ou animais. Por exemplo, um método frequente de descarte de resíduos perigosos é a mistura do resíduo com uma pasta de cimento, calcário e outros materiais (um processo conhecido como estabilização/solidificação). Quando a mistura está para endurecer, o material tóxico é enterrado com segurança dentro do bloco de concreto, de onde não poderá escapar nem causar problemas.

Ou poderá? Esta pergunta também é pertinente em casos como o descarte de cinzas de incineradores. Muitos dos materiais tóxicos, como metais pesados, não são destruídos durante a incineração e escapam com as cinzas. Se esses metais estiverem vinculados com segurança à cinza e sem a possibilidade de lixiviar para o lençol freático, parece não haver problema. No entanto, se vazarem para o lençol freático quando as cinzas forem colocadas em um aterro, essas teriam de ser tratadas como resíduo perigoso e descartadas de acordo.

Então, como é possível medir a taxa de toxinas em potencial que podem escapar do material no qual estão embutidas atualmente? Como uma aproximação bruta de tal possível lixiviação, a EPA utiliza um procedimento de extração, no qual o resíduo solidificado é amassado, misturado com ácido acético enfraquecido e agitado por algumas horas. Esse processo ficou conhecido como Procedimento de Lixiviação Característica de Toxicidade (Toxicity Characteristic Leaching Procedure – TCLP).

Quando há a lixiviação, o chorume é analisado quanto a possíveis materiais perigosos. A EPA determinou que haja uma lista de contaminantes que constituem um possível grave risco e que o nível destes não deve ser excedido no chorume. A Tabela 14.2 inclui alguns desses produtos químicos. Muitos dos números nessa lista são Padrões de Água Potável da EPA multiplicados por 100 para obter o padrão de lixiviação. Críticos deste teste indicam que calcular a toxicidade com base nos padrões de água potável leva a uma série de possíveis erros. Afinal, tais padrões se baseiam em dados escassos e frequentemente definidos com base na conveniência (discutida no Capítulo 8). Então, como é possível multiplicar tais números artificiais por 100 e dizer seriamente que algo é tóxico ou não?

Tabela 14.2 Alguns exemplos das concentrações máximas permissíveis da EPA em chorumes do teste TCLP

Contaminante	Nível permissível (mg/L)
Arsênico	5,0
Benzeno	0,5
Cádmio	1,0
Cromo	5,0
Clorofórmio	6,0
2,4-D	10,0
Heptacloro	0,008
Chumbo	5,0
Pentaclorofenol	100,0
Tricloroetileno	0,5
Cloreto de vinila	0,2

O TCLP também é um teste com várias pontas soltas. As condições, como pH e temperatura da água, são obviamente tão importantes quanto a turbulência da agitação e a condição dos sólidos colocados no misturador. As implicações financeiras a um setor podem ser imensas se um de seus testes de lixiviação mostrar níveis de contaminante que ultrapassem as concentrações permitidas. Com frequência, os resultados de teste que significam tanto para indústrias têm uma base epidemiológica fraca. Infelizmente, até podermos criar algo melhor, isso é tudo o que temos. Sim, é conservadora, mas essa técnica nos dá uma visão real dos possíveis efeitos nocivos dos resíduos perigosos.

Em resumo, um resíduo pode ser listado como perigoso se falhar em qualquer teste que evitaria que ele fosse classificado como tal. Utilizando esse critério, a EPA desenvolveu uma lista de substâncias químicas consideradas perigosas. A lista é longa e aumenta à medida que novas substâncias e tipos de resíduos são identificados. Quando uma substância ou corrente de processo é "listada", precisa ser tratada como um resíduo perigoso e está sujeita a todos os regulamentos aplicáveis. "Sair" da lista é um processo difícil e caro, e o ônus da prova vai para o solicitante. Isso é, de certa forma, uma situação na qual a substância química é considerada culpada até provar sua inocência.

Se um resíduo estiver "listado", seu descarte se torna uma verdadeira dor de cabeça, porque há pouquíssimas instalações para descarte de resíduos perigosos. Normalmente, é necessário um transporte longo e custoso, o que força a indústria a descartar o resíduo de forma velada (como no caso dos 320 km de estrada na Carolina do Norte que foram contaminados por PCB, pois os motoristas simplesmente abriam as válvulas de drenagem e esvaziavam os caminhões em vez de fazer longas viagens às instalações de descarte) ou reprojetar suas instalações de forma a não criar resíduos. Isso exige habilidade e capital e mais de uma indústria teve de fechar quando um ou ambos não estavam disponíveis.

14.2 GESTÃO DE RESÍDUOS PERIGOSOS

Resíduos perigosos são legalmente controlados nos EUA pela EPA. Seu mandato é regido por um arcabouço legal formado por diversos instrumentos, mais notavelmente a Lei de Controle de Substâncias Tóxicas (Toxic Substances Control Act – TSCA), a Lei de Resposta, Compensação e Responsabilidade Ambiental Ampla (Comprehensive Environmental Response, Compensation and Liability Act – CERCLA), sua emenda, a Lei de Emendas e Reautorização de Fundos Fiduciários (Superfund Amendments and Reauthorization Act – SARA), a Lei de Preservação e Recuperação de Recursos (Resource Conservation and Recovery Act – RCRA) e sua emenda, Emendas sobre Resíduos Sólidos e Perigosos (Hazardous and Solid Waste Amendments – HSWA). A TSCA tem o objetivo de evitar a criação de materiais que podem eventualmente ser danosos ou difíceis de descartar com segurança, enquanto a RCRA aborda o descarte de resíduos perigosos estabelecendo padrões para aterros e processos de tratamento seguros. A CERCLA é direcionada para corrigir os erros do passado ao limpar locais antigos de despejo de resíduos perigosos. Ela é conhecida como Superfund, porque estabelece um amplo fundo fiduciário pago por indústrias químicas e extrativistas para fornecer recursos para a limpeza de locais abandonados. A EPA utiliza tais fundos para abordar problemas graves devido a descarte inadequado de resíduos perigosos ou descarga acidental e limpeza de locais velhos.

14.2.1 Limpeza de locais antigos

Como parte do programa Superfund, a EPA estabeleceu uma Lista Nacional de Prioridades (National Priorities List – NPL, na sua sigla em inglês) de locais de resíduos perigosos que precisam de limpeza imediata e são qualificados para fundos sob a CERCLA. Estimativas sobre o número desses locais variam, mas há dezenas – se não centenas – de milhares de locais que precisam de algum tipo de limpeza, a um custo de milhões a bilhões de dólares (!). A NPL agora inclui cerca de 1.200 lugares com necessidade imediata de atenção. Quando este livro foi escrito, aproximadamente 750 de 1.450 locais haviam sido limpos.

Devido ao grande número de locais com potencial para Superfund, a EPA desenvolveu um sistema de classificação de forma que as piores situações possam ser resolvidas prioritariamente e as menos críticas possam esperar a disponibilidade de fundos, tempo e funcionários. Esse Sistema de Classificação de Riscos (HRS, como é conhecido, do inglês *Hazard Ranking System*) tenta incorporar os efeitos mais delicados de uma área de resíduos perigosos, incluindo possíveis efeitos prejudiciais à saúde, potencial de inflamabilidade ou explosões e possibilidade de contato direto com a substância. Esses três modos são calculados separadamente e, depois, utilizados para obter a pontuação final. Conscientes da importância da opinião pública, as classificações tendem a ser dominadas por situações nas quais a saúde do ser humano está em perigo, especialmente em caso de materiais explosivos armazenados em áreas densamente povoadas. O potencial de contaminação do lençol freático em áreas nas quais os suprimentos de água são de fontes de lençol freático também recebe *status* prioritário. Essa técnica minimiza a crítica que a EPA, com frequência, recebe de que não fez o suficiente para limpar os locais Superfund. Na verdade, a agência abordou os locais mais difíceis e delicados inicialmente e deve ser elogiada pela reação rápida a um problema que persiste há gerações.

Além da lista da EPA, o Departamento de Energia (DOE – Department of Energy) conta com 110 locais que precisam de limpeza e o Departamento de Defesa tem um número alarmante de 27.000 locais com necessidade de atenção. Uma boa parte disso é consequência da fabricação e testes com armas nucleares, pois muitas dessas instalações eram rigorosamente secretas e os operadores contratados podiam fazer praticamente tudo o que desejassem com os resíduos. Os estados também têm listas de lugares a serem reparados (o sítio de cromo de Nova Jersey foi discutido no Capítulo 1).

O tipo de trabalho realizado nesses locais depende da gravidade e da extensão do problema. Em alguns casos, nos quais há uma ameaça iminente à saúde humana, a EPA pode autorizar uma *ação de remoção*, que resulta na retirada do material perigoso para um descarte ou tratamento seguro. Em casos menos graves, a EPA autoriza uma *ação paliativa*, que pode consistir na remoção do material ou, mais frequentemente, na estabilização do local de forma que tenha menos chance de causar problemas à saúde. Por exemplo, no notório caso do Love Canal nas Cataratas do Niágara, a ação paliativa selecionada foi, essencialmente, encapsular o local e monitorar todas as emissões ao lençol freático e ao ar. O custo de escavar o canal teria sido assombroso e não havia garantia de que o eventual descarte de materiais perigosos teria sido mais seguro do que deixá-los ali. Além disso, o ato de remoção e transporte poderia ter resultado em problemas consideráveis à saúde humana. Portanto, a ação paliativa simplesmente significa que o local foi identificado e ações foram tomadas para minimizar o risco de o material perigoso causar problemas à saúde humana.

Na situação mais comum, alguma substância química já contaminou o lençol freático, portanto o reparo é necessário. Por exemplo, uma lavanderia a seco pode descarregar acidentalmente (ou de propósito) resíduos de fluído de limpeza que podem chegar ao poço de água de uma residência nas proximidades. Quando o problema é detectado, a primeira pergunta a ser feita é se a contaminação apresenta ou não risco à vida ou se é uma ameaça significativa ao meio ambiente. Então, uma série de testes é realizada utilizando monitoramento de poços ou amostras de solo para determinar a geologia da área e o tamanho e formato da pluma ou faixa de área contaminada.

Dependendo da gravidade da situação, há diversas opções de ação paliativa disponíveis. Se não houver ameaça à vida e se for possível esperar que a substância química eventualmente se metabolize em produtos finais inofensivos, uma solução é simplesmente realizar monitoramento contínuo – um método conhecido como atenuação natural. Na maioria dos casos, não é isso o que ocorre, e uma intervenção direta é necessária.

A *contenção* é utilizada quando não há necessidade de remover o material agressor e/ou se o custo de remoção for proibitivo, como no caso do Love Canal. A contenção normalmente é a instalação de muros de pasta, que são trincheiras profundas cheias de argila bentonita ou algum outro material altamente impermeável, e a monitoração contínua quanto ao vazamento da contenção. Com o passar do tempo, o material agressor pode se biodegradar lentamente ou mudar quimicamente para uma forma atóxica, ou, então, novos métodos de tratamento podem ser disponibilizados para desintoxicar esses resíduos.

Extração e tratamento é o bombeamento do lençol freático contaminado para a superfície para descarte ou tratamento ou então a escavação do solo contaminado para tratamento. Às vezes, ar é soprado dentro da terra e o ar contaminado é coletado.

As características de uma substância química perigosa frequentemente determinam sua localização no subsolo e, portanto, ditam o processo de reparo. Se a substância química não se misturar com água e for mais leve do que essa, é bem provável que ela flutuará no topo do aquífero, conforme apresentado na Figura 14.2A. Bombear essa substância química para fora do solo é relativamente simples. No entanto, se a substância se dissolver imediatamente em água, pode-se esperar que ela se misture a uma pluma contaminada, como apresentado na Figura 14.2B. Em tais situações, será necessário conter a pluma instalando barreiras e bombeando o resíduo para a superfície para tratamento ou perfurando um poço de descarga para reverter a vazão de água. Uma terceira possibilidade é a da substância química ser mais densa do que a água e imissível, nesse caso pode-se esperar que ela se deposite em uma camada impermeável em algum lugar sob o aquífero, como apresentado na Figura 14.2C.

Comumente, poços são perfurados em volta da parte contaminada para que a vazão do lençol freático possa ser revertida ou para que o lençol possa ser contido na área, conforme discutido no Capítulo 9. Quando a água contaminada é extraída, deve ser tratada, e a opção de tratamento obviamente depende da natureza do problema. Se a contaminação for por hidrocarbonetos, como tricloroetileno, é possível removê-los com carvão ativado. Algum tipo de sistema de tratamento biológico ou processo de destilação também pode

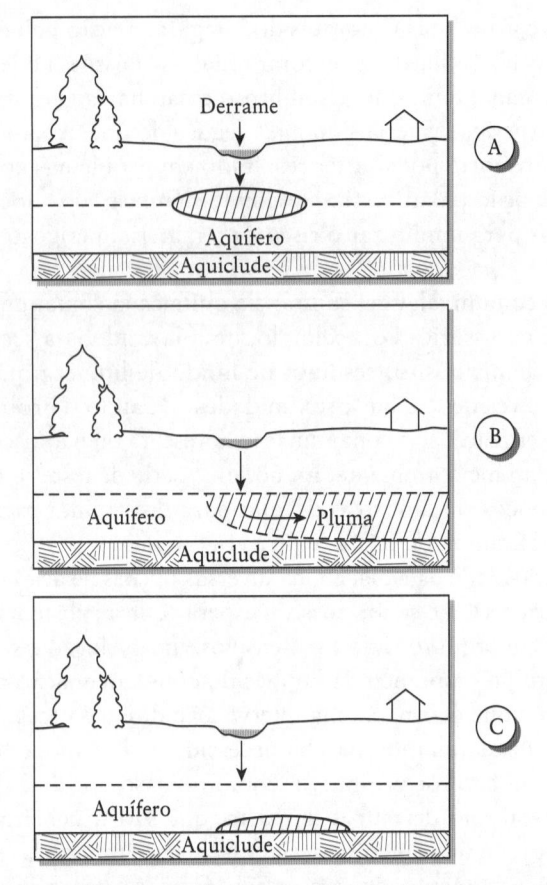

Figura 14.2 Três locais possíveis para resíduos perigosos subterrâneos.

ser utilizado. Se a contaminação for por metais, um processo de precipitação ou redução de potencial pode ser utilizado.

Alguns solos podem ficar tão contaminados que a única opção é escavar o local e tratar o solo *ex-situ*. Esse normalmente é o caso com contaminação por PCB porque nenhum outro método parece funcionar bem. O solo é cavado e normalmente incinerado para remover o PCB e, depois, reposto no local ou aterrado. Dependendo do contaminante, a biodegradação em reatores ou pilhas pode ser utilizada.

O *tratamento in-situ* do solo contaminado envolve a injeção de bactérias ou produtos químicos que destruirão o material agressor. Se metais pesados forem uma preocupação, poderão ser vinculados quimicamente, ou "fixados", para que não lixiviem no lençol freático. Solventes orgânicos e outros produtos químicos podem ser degradados por injeção de bactérias ressecadas por congelamento ou pela criação de condições propícias para proliferação de bactérias preexistentes degradantes dos resíduos (por exemplo, injetando ar e nutrientes). Nos últimos anos, houve uma descoberta impressionante de micro-organismos capazes de decompor materiais que antigamente eram considerados refratários ou até mesmo tóxicos.

14.2.2 Tratamento de resíduos perigosos

O tratamento de materiais considerados perigosos é obviamente específico em função do material e da situação. Portanto, há várias alternativas que os engenheiros podem considerar em tais operações de tratamento.

O tratamento químico é comumente utilizado, especialmente para resíduos inorgânicos. Em alguns casos, uma neutralização simples do material perigoso tornará a substância inofensiva. Em outros casos, a oxidação é utilizada, como para a destruição de cianeto. O ozônio é frequentemente utilizado como agente oxidante. Em um caso no qual metais pesados devem ser removidos, a precipitação é o método escolhido. A maioria dos metais torna-se extremamente insolúveis a altas faixas de pH, portanto, o tratamento consiste na adição de uma base, como cal ou soda cáustica, e no assentamento do precipitado (semelhante ao processo de suavização calcário-soda descrito no Capítulo 9). Outros métodos físico-químicos empregados na indústria incluem osmose reversa, eletrodiálise, extração de solventes e troca iônica.

Se o material perigoso for orgânico e imediatamente biodegradável, em geral o tratamento de menor custo e maior confiabilidade é o biológico, utilizando técnicas descritas no Capítulo 10. No entanto, a situação fica interessante quando o material perigoso é um composto antropogênico (criado pelos seres humanos). Como essas combinações de carbono, hidrogênio e oxigênio são novas na natureza, pode não existir algum micro-organismo que possa utilizá-las como fonte de energia. Em alguns casos, ainda é possível encontrar um micro-organismo que utilize essa substância química como fonte de alimento, então o tratamento consistiria de um tanque de contato biológico no qual a cultura pura é mantida. Além disso, é cada vez mais provável que micro-organismos específicos possam ser projetados por manipulação genética para atacar resíduos orgânicos especialmente difíceis de tratar.

Encontrar o organismo específico pode ser uma tarefa difícil e árdua. Há milhões deles, portanto, como saberíamos que o *Corynebacterium pyrogens* simplesmente gosta de toxafeno, um pesticida orgânico especialmente refratário? Em segundo lugar, frequentemente a rota é intrincada, e um único micro-organismo pode apenas transformar a substância química em outro composto refratário, que seria, depois, atacado por um organismo diferente. Por exemplo, o DDT é metabolizado pelo *Hydrogenomonas* em ácido *p*-clorofenilacético, que, então, é atacado por diversas espécies de *Arthrobacter*. Testes nos quais apenas uma cultura é utilizada para estudar o metabolismo, portanto, não notariam a necessidade de sequenciamento de espécies.

Um desenvolvimento interessante é o uso de cometabolismo para tratar substâncias químicas orgânicas que já foram consideradas não biodegradáveis biologicamente. Com essa técnica, o material perigoso é misturado com um material não perigoso e, pelo menos parcialmente, biodegradável, e a mistura é tratada em um biorreator de filme fixo ou suspenso. Os micro-organismos aparentemente estão tão ocupados formando as enzimas necessárias para a degradação do material biodegradável (metabólito) que se esquecem de que não podem tratar o material tóxico (cometabólito). No entanto, as enzimas produzidas biodegradarão ambas as substâncias químicas. A adição de fenol ao solo, por exemplo, enganará alguns tipos de micro-organismos, como fungos, para decompor o clorofenol, embora este seja normalmente tóxico a eles.

Uma das técnicas de tratamento mais amplamente utilizada para resíduos orgânicos, entretanto, é a incineração. Idealmente, incineradores de resíduos perigosos produzem dióxido de carbono, vapor de água e cinzas inertes. Na verdade, nenhum incinerador atingirá a combustão completa de orgânicos – descarregará algumas substâncias químicas nas emissões, concentrará outras nas cinzas inferiores e produzirá diversos compostos chamados de produtos da combustão incompleta (PCI). Por exemplo, acredita-se que bifenis policlorinados (PCBs) se decomponham dentro do incinerador em furanos dibenzo-clorinados altamente tóxicos (CDBF), que, embora orgânicos, não se oxidam a temperaturas normais no incinerador. Apesar desses problemas, incineradores de resíduos perigosos devem atingir altos níveis de eficiência de remoção, frequentemente, de 99,99% ou mais, comumente referidos como "quatro noves". Em alguns casos, as eficiências de remoção exigem cinco ou seis noves.

EXEMPLO 14.2

Problema Um incinerador de resíduos perigosos deve queimar 100 kg/h de um resíduo de PCB que é composto por 22% de PCB e 78% de solventes orgânicos. Em um teste, a concentração de PCB na emissão é medida como 0,02 g/m^3, e a taxa de vazão de gás da chaminé é de 40 m^3/min. Nenhum PCB é detectado nas cinzas. Que eficiência de remoção (destruição de PCB) o incinerador atinge?

Solução Uma caixa-preta é útil novamente. O que entra deve sair. A taxa de entrada é

$$(100 \text{ kg/h})(0,22)(1.000 \text{ g/kg}) = 22.000 \text{ g/h}$$

A taxa de saída da chaminé é

$$QC = (40 \text{ m}^3/\text{min})(0,02 \text{ g/m}^3)(60 \text{ min/h}) = 48 \text{ g/h}$$

Como não há PCBs nas cinzas, a quantidade de PCBs queimada deve ser a diferença entre o que entra e o que sai:

$$22.000 - 48 = 21.952 \text{ g/h}$$

portanto, a eficiência de combustão é

$$\text{Eficiência} = \frac{21.952 \text{ g/h}}{22.000 \text{ g/h}}(100) = 99,78\%$$

Há apenas "dois noves", portanto esse teste não atende ao critério de "quatro noves".

14.2.3 Descarte de resíduos perigosos

O descarte de resíduos perigosos é semelhante, em muitas formas, ao descarte de resíduos sólidos não perigosos. Como o descarte nos oceanos é proibido e o no espaço sideral ainda é extremamente caro, o lugar de descanso final deve ser em terra.

A injeção em poço profundo foi utilizada no passado e ainda é o método preferencial na indústria petroquímica. A ideia é injetar os resíduos tão profundamente na crosta terrestre que ele não terá a menor chance de reaparecer e causar danos. Esse, claro, é o problema: quando está bem no fundo da crosta terrestre, é impossível dizer qual será seu destino final e qual lençol freático eventualmente irá contaminar.

Um segundo método de descarte terrestre é espalhar os resíduos no terreno e dar aos micro-organismos do solo a oportunidade de metabolizar os compostos orgânicos. Essa técnica foi amplamente utilizada em refinarias de petróleo e parece funcionar excepcionalmente bem. No entanto, a EPA restringiu essa prática porque há pouco controle das substâncias químicas quando elas estão no solo.

O método mais amplamente utilizado para descarte de resíduos perigosos é o aterro protegido. Tais aterros se parecem essencialmente com os aterros da RCRA Subtítulo D discutidos no capítulo anterior, mas são mais do que isso. Em vez de um revestimento impermeável, aterros protegidos exigem diversos revestimentos, e todo o resíduo deve estar estabilizado ou em contêineres. Como em aterros sanitários, o chorume é coletado e uma tampa é colocada no aterro assim que estiver cheio. Também é necessário ter cuidado contínuo, embora a EPA atualmente exija apenas 30 anos de monitoramento.

A maioria dos engenheiros de resíduos perigosos concorda que não existe um aterro "protegido" e que, eventualmente, todo o material atingirá o ar ou a água. No entanto, o que se está fazendo é apostar que os resíduos nessas bacias de armazenamento se degradarão por conta própria, ou que essas bacias eventualmente terão que ser escavadas no futuro e o material, então, tratado. Acreditamos, no entanto, que não é adequado agir assim atualmente e deixar o problema como um legado às gerações futuras.

14.3 GESTÃO DE RESÍDUOS RADIOATIVOS

Um tipo especial de material perigoso emite radiação ionizante, que em altas doses pode ser muito prejudicial à saúde humana. Engenheiros ambientais normalmente não se envolvem na segurança de radiação, que é um campo especializado, mas, no entanto, devem ter conhecimento dos riscos e da tecnologia de descarte de materiais radioativos. Além da EPA, a Comissão Regulatória Nuclear e o Departamento de Energia têm autoridade quanto à gestão de resíduos radioativos. A EPA está especialmente envolvida quando o resíduo radioativo é misturado com resíduos perigosos da RCRA (substâncias conhecidas como *resíduos mistos*).

14.3.1 Radiação ionizante

Radiação é uma forma de energia causada pelo decaimento de isótopos. O *isótopo* de um elemento tem o mesmo número atômico (número de prótons), mas um número de massa diferente (número de nêutrons e prótons), do elemento-padrão (em outras palavras, tem um número diferente de nêutrons). Lembre-se que o número atômico define um elemento; por exemplo, o número atômico do urânio é 92. Portanto, o urânio 235 (U-235) é um isótopo do urânio (U-238).

Para recuperar o equilíbrio, os isótopos decaem emitindo prótons, nêutrons ou radiação eletromagnética para liberar energia. Esse processo natural e espontâneo é a *radioatividade*. Os isótopos que decaem dessa maneira são chamados de *radioisótopos*. A energia emitida por esse decaimento e que é suficientemente forte para decompor elétrons e separar ligações químicas é chamada de *radiação ionizante*.

Há quatro tipos de radiação ionizante: partículas alfa, partículas beta, raios gama (ou fóton) e raios X. Partículas alfa consistem de dois prótons e dois nêutrons, portanto, são equivalentes do núcleo de um átomo de hélio sendo ejetado. Partículas alfa são um tanto grandes e não penetram imediatamente no material, portanto, podem ser facilmente bloqueadas por pele e papel e não causam grande preocupação com a saúde, exceto quando são ingeridas – neste caso, provocam grandes danos. O decaimento transforma o elemento-pai em um elemento diferente, conhecido como produto-filho.

A radiação beta resulta de uma instabilidade no núcleo entre os prótons e os neutros. Com excesso de nêutrons, alguns deles se decaem em um próton e um elétron. O próton permanece no núcleo para restabelecer o equilíbrio entre prótons e nêutrons, enquanto o elétron é ejetado como a partícula beta, que é muito menor do que a alfa e pode penetrar em tecidos vivos. No entanto, cerca de 1 cm de material fornecerá blindagem contra partículas beta. O decaimento de beta, como o de alfa, transforma o elemento-pai em um novo elemento.

O decaimento de alfa e o de beta é acompanhado pela radiação gama, que é uma liberação de energia de uma mudança de um núcleo em um estado excitado para um mais estável. Assim, o elemento permanece o mesmo, e a energia é emitida como radiação gama. Os raios X são relacionados à radiação gama e resultam de uma liberação de energia quando elétrons são transferidos de um estado de energia superior para um inferior. Ambos os tipos de radiação têm mais energia e poder de penetração do que as partículas alfa e beta, portanto um material denso, como chumbo ou concreto, é necessário para pará-los.

Todos os isótopos radioativos decaem e eventualmente atingirão níveis estáveis de energia. Como introduzido no Capítulo 4, o decaimento do material radioativo é de primeira ordem, pois a mudança na atividade durante o processo de decaimento é diretamente proporcional à atividade presente original, ou

$$\frac{dA}{dt} = -kA$$

onde A = atividade;
t = tempo;
k = constante de decaimento radioativo, com unidade inversa da unidade de tempo.

Como antes, a integração produz

$$A = A_0 e^{(-kt)}$$

onde A_0 = atividade no instante zero.

De particular interesse é a meia-vida do isótopo, o que significa que metade dos núcleos decaiu nesse tempo. Inserindo $A = A_0/2$ na equação acima e solucionando, a meia-vida é calculada como

$$t_{1/2} = \frac{\ln 2}{k} = \frac{0,693}{k}$$

Meias-vidas de radioisótopos podem variar de quase instantâneas (por exemplo, polônio--212 com meia-vida de $3,03 \times 10^{-7}$ segundos!) a muito longas (por exemplo, carbono-14 com meia-vida de 5.570 anos) (Tabela 14.3). A meia-vida é característica de um isótopo. Portanto, se você conhecer o isótopo, saberá a meia-vida, e vice-versa.

Tabela 14.3 Exemplos de meias-vidas

Isótopo radioativo	Meia-vida
Carbono	
C-14	5.570 anos
Ouro	
Au-195	183 dias
Au-198	2,696 dias
Hidrogênio	
H-3	12,28 anos
Ferro	
Fe-55	2,7 dias
Fe-59	44,63 dias
Chumbo	
Pb-210	22,26 anos
Pb-212	10,643 horas
Mercúrio	
Hg-203	46,6 dias
Polônio	
Po-210	138,38 dias
Po-212	$2,98 \times 10^{-7}$ segundos
Po-214	$6,37 \times 10^{-5}$ segundos
Po-218	3,05 minutos
Radônio	
Rn-220	55,61 segundos
Rn-222	3,824 dias
Urânio	
U-234	$2,45 \times 10^5$ anos
U-235	$7,04 \times 10^5$ anos
U-238	$4,47 \times 10^9$ anos

EXEMPLO 14.3

Problema Qual é a atividade depois de 5 dias de uma fonte de Rn-222 com 1,0-curie (Ci)? (Um Ci, e um becquerel, Bq, são medidas da taxa de emissão, ou decaimento)

Solução Para determinar a atividade, precisamos utilizar

$$A = A_0 e^{(-kt)}$$

Temos A_0 e t, e podemos calcular a constante k porque conhecemos o elemento, Rn-222. Utilizando a Tabela 14.3, vemos que Rn-222 tem meia-vida de 3,824 dias. Usar

$$t_{1/2} = \frac{\ln 2}{k}$$

resulta $k = 0{,}182$/dias. Portanto, a atividade será de 0,40 Ci em 5 dias.

■

14.3.2 Riscos associados à radiação ionizante

Logo após Wilhelm Röntgen (1845–1923) descobrir os raios X, o efeito nocivo da radiação ionizante sobre humanos se tornou conhecida, e o emergente campo de física da saúde estabeleceu a criação de padrões de segurança, com a hipótese de identificar o nível de exposição que seria "seguro". Imaginou-se que deveria haver um limiar, uma exposição abaixo da qual não haveria nenhum efeito. Ao longo de mais de 30 anos de estudo de casos agudos e crônicos, descobriu-se que o limiar era cada vez mais baixo. Embora pequenas quantidades de radiação acima de níveis de fundo tivessem estimulado sistemas biológicos (um processo conhecido como hormese de radiação), chegou-se finalmente à conclusão de que nenhum limiar em radiação é a forma mais segura de ação.

A exposição de tecido humano à radiação ionizante é complicada pelo fato de que tecidos diferentes absorvem a radiação de forma diferente. No entanto, para compreender isso, devemos definir primeiro alguma unidade de energia que expresse a radiação ionizante. Historicamente, essa foi estabelecida como o *roentgen*, definida como a exposição de radiação gama ou raios X igual a uma quantidade unitária de carga elétrica produzida no ar. O roentgen é uma quantidade puramente física que mede a taxa de ionização, não tem nada a ver com a absorção ou efeito da radiação.

Tipos diferentes de radioatividade podem criar efeitos diferentes, e nem todos os tecidos reagem da mesma forma à radiação. Assim, o *rem*, ou "roentgen equivalent man" (dose equivalente de roentgen para o homem), foi criado. O rem considera o efeito biológico da radiação nuclear absorvida, portanto, mede a extensão do dano biológico e, ao contrário do roentgen, é uma dose biológica. Quando diferentes fontes de radiação são comparadas quanto a possíveis danos à saúde humana, rems são utilizados como unidades de medição.

A higiene radiológica moderna substitui o roentgen por uma nova unidade, *gray* (Gy), definida como a quantidade de radiação ionizante que resulta em absorção de um joule de energia por kg de material absorvente. No entanto, há o mesmo problema, pois a absorção pode ser a mesma, mas o dano pode ser diferente. Assim, a *sievert* (Sv) foi inventada. Uma Sv é uma dose de radiação absorvida que causa a mesma quantidade de dano biológico ao tecido que uma Gy de radiação gama ou raio X. Uma Sv é numericamente igual a 100 rem.

O dano da radiação é crônico e ao mesmo tempo agudo. Envenenamento por radiação, como testemunhado nos bombardeios a Hiroshima e Nagasaki no final da Segunda Guerra Mundial, mostrou que a radiação pode matar em algumas horas ou dias. Com o passar do tempo, níveis menores de exposição à radiação podem levar ao câncer e a efeitos mutagênicos, e essas são as exposições de maior preocupação para o público. As fontes de exposição de humanos à radioatividade podem ser classificadas como radiação de fundo involuntária, radiação voluntária, radiação incidental voluntária e exposição à radiação involuntária devido a acidentes.

A radiação de fundo se deve, em grande parte, à radiação cósmica do espaço, ao decaimento natural de materiais radioativos em rochas (terrestres) e à radiação devido à vida dentro de prédios (interna). Um tipo muito especial de radiação de fundo é o radônio. O radônio-222 é um isótopo natural com meia-vida de cerca de 3,8 dias e é o produto do decaimento do urânio na superfície terrestre. Radônio é um gás e, como o urânio é tão onipresente no solo e em rochas, há uma grande presença de radônio. Com sua meia-vida relativamente longa, perdura tempo suficiente para acumular altas concentrações no ar de porões. Os produtos de seu decaimento são reconhecidamente isótopos perigosos que, se aspirados pelos pulmões, podem produzir câncer. A melhor técnica para reduzir o risco do radônio é monitorar primeiro o porão para verificar se há um problema e, se necessário, ventilar o radônio para fora.

A radiação voluntária pode ocorrer de fontes como diagnósticos em raio X. Um raio X odontológico pode produzir centenas de vezes a radiação de fundo, e deve ser evitado exceto se crucialmente necessário. Após a descoberta de raios X (chamados de raios Roentgen em todo lugar no mundo, exceto nos EUA e Brasil), os efeitos danosos dos raios X começaram a ser descobertos devido às mortes precoces de muitos amigos do doutor Roentgen. Outra fonte de exposição voluntária são os voos comerciais em alta altitude. A atmosfera terrestre é um bom filtro para radiação cósmica, mas há pouca filtragem em grandes altitudes.

A radiação incidental involuntária vem de fontes como usinas de energia nuclear, instalações de armas e indústrias. Embora a Comissão Regulatória Nuclear permita limites de exposição relativamente altos para funcionários dentro dessas instalações, é meticulosa sobre permitir a radiação fora das mesmas. É bastante provável que a quantidade de radiação produzida nessas instalações esteja dentro do plano de fundo.

O quarto tipo de exposição à radiação decorre de acidentes, e essa é uma outra questão. A exposição acidental à radiação mais divulgada é causada por acidentes ou quase acidentes em usinas nucleares. O acidente perto de Harrisburg, Pensilvânia, na usina nuclear de Three Mile Island em 1979 foi suficientemente grave para paralisar o já abalado setor de energia nuclear nos EUA. Após uma série de erros operacionais, uma grande quantidade de produtos de fissão foi liberada na estrutura de contenção. Esse material ainda hoje está suficientemente "quente" para evitar sua limpeza. A quantia de produtos da fissão liberada na atmosfera foi pequena, portanto, os níveis aceitáveis de radiação em volta da planta não foram excedidos. A liberação de radiação durante esse acidente, na verdade, foi tão pequena que se estima que resultaria em uma morte acidental por câncer em um raio de 80 km em volta da usina de Three Mile Island. Isso seria impossível de detectar, pois dentro desse raio pode-se esperar o desenvolvimento de mais de 500 mil casos de câncer durante a vida dos habitantes da área.

Um acidente muito mais grave ocorreu em Chernobyl, na Ucrânia. Esse, na verdade, não foi um acidente em seu sentido mais estrito, pois o desastre foi causado por diversos engenheiros que desejavam realizar testes não autorizados no reator. Os sinais de advertência foram disparados enquanto realizavam seu experimento e todos os alarmes foram sistematicamente desligados até que o reator entrou em colapso. O núcleo do reator foi destruído, o reator pegou fogo e a frágil estrutura de contenção explodiu. Quantidades imensas de radiação escaparam para a atmosfera e, embora uma boa parte dela tenha parado a poucos quilômetros da usina, outra parte chegou à Estônia, Suécia e Finlândia. Na verdade, o acidente foi descoberto quando funcionários de segurança de radiação na Suécia detectaram níveis estranhamente altos de radioatividade. Só então

Tabela 14.4 Dose média anual de radiação ionizante para uma pessoa média nos Estados Unidos

Fonte de radiação	Dose em mSv
De fundo involuntário	
Radônio	24
Radiação cósmica	0,27
Terrestre	0,28
Interna	0,39
Voluntária	
Médica: diagnóstico em raio X	0,39
Médica: medicina nuclear	0,14
Médica: produtos para consumo	0,10
Ocupacional	0,009
Incidental involuntária	
Produção de energia nuclear	<0,01
Falha em testes de armamentos	<0,01
Diversas	<0,01
Total	25,64

Fonte: Upton, A. ed. 1990. Efeitos sobre a saúde pela National Academy of Sciences de exposição a baixos níveis de radiação ionizante (BEIR V). Washington, DC: National Academy Press.

as autoridades da antiga União Soviética reconheceram que sim, havia ocorrido um acidente. No total, 31 pessoas morreram de envenenamento grave por radiação, muitas por terem heroicamente entrado na usina extremamente radioativa para tentar extinguir os incêndios. As melhores estimativas são de que o acidente produzirá, no máximo, 2.000 mortes adicionais por câncer na população da Ucrânia, Bielorússia, Lituânia e de países escandinavos. No entanto, esse número é massacrado pela expectativa total de 10.000.000 de mortes durante a vida dos habitantes dessas áreas.

A radiação total que recebemos está, claro, relacionada a como conduzimos nossas vidas, onde escolhemos trabalhar, se decidimos fumar, se temos radônio nos porões etc. Não obstante, é possível criar algumas estimativas da dose anual de radiação para o cidadão médio dos EUA. Esses números, compilados pela National Academy of Sciences, são apresentados na Tabela 14.4. Vale a pena destacar que essa tabulação mostra a exposição *média* à radiação ionizante para uma pessoa que vive nos EUA. Obviamente, a radiação total é muito mais alta para algumas pessoas. Outro ponto que vale uma observação é a impressionante importância do radônio. Isso se torna significativamente verdadeiro quando se compreende que apenas uma parte das pessoas nos EUA vive em residências com porões, onde problemas com radônio geralmente ocorrem.

14.3.3 Tratamento e descarte de resíduos radioativos

A diferenciação mais importante a ser feita no descarte de resíduos radioativos é o nível de radioatividade emitida. Embora pareça haver um sistema cada vez mais complexo de caracterização para resíduos radioativos, a ampla classificação é de resíduo de nível alto, intermediário e baixo. Resíduos de alto nível vêm em grande parte da produção de energia elétrica e são identificados por atividade na faixa de curies por litro. Resíduos de nível intermediário são produzidos por fábricas de armamentos e, embora suas atividades estejam na faixa de mili-curies, os isótopos em particular têm vida longa, portanto, tais resíduos exigem armazenamento de longo prazo. Resíduos de baixo nível, caracterizados como aqueles com atividades na faixa de microcuries por litro, são produzidos em hospitais e laboratórios de pesquisa.

Em usinas nucleares, a fissão nuclear ocorre quando o material fissionável, como urânio-237, é bombardeado com neutrons e uma reação em cadeia é estabelecida. O material fissionável, então, separa-se (daí o termo fissão) para liberar quantidades enormes de calor, utilizadas, por sua vez, para produzir vapor e eletricidade. À medida que o U-237 decai, produz uma série de isótopos-filhos que também decaem até que a taxa e, assim, a produção de calor sejam reduzidas. O que resta, normalmente conhecido como 'fragmentos de fissão', representa o material radioativo de alto nível que exige "resfriamento", armazenamento de longo prazo, e eventual descarte. O armazenamento de longo prazo de resíduos radioativos de alto nível vem sendo discutido há décadas. Sob protestos, um local em Yucca Flats, Nevada, foi selecionado e está sendo preparado.

Resíduos radioativos de baixo nível não devem representar um problema de descarte. Como os níveis de atividade desses resíduos são tão baixos que podem ser tratados por contato direto, pareceria que, com uma grande redução no volume, como incineração, qualquer aterro protegido seria adequado. O Congresso norte-americano aprovou a Lei de Política sobre Resíduos de Baixo Nível (Low-Level Waste Policy Act) em 1980, estipulando que os estados formem pactos para que cada um forneça uma instalação para descarte por um determinado período. Infelizmente, a simples menção da palavra "radioatividade" é suficiente para inflamar a opinião pública e evitar a localização de tais instalações de descarte.

14.4 PREVENÇÃO DA POLUIÇÃO

Os atuais métodos de descarte de resíduos perigosos são incrivelmente inadequados. Tudo o que estamos fazendo é simplesmente armazená-los até que uma ideia melhor (ou mais fundos ou leis mais rígidas) surja. Não seria melhor não criar o resíduo, para começo de conversa?

A EPA define "prevenção da poluição" como:

> O uso de materiais, processos ou práticas que reduzem ou eliminam a criação de poluentes ou resíduos na origem. Isso inclui práticas que reduzem a utilização de materiais perigosos, energia, água ou outros recursos e práticas que protegem recursos naturais através da preservação ou do uso mais eficiente[1].

No sentido mais amplo, a prevenção à poluição é a ideia de eliminar resíduos, independente de como isso pode ser feito. É o mesmo conceito da gestão de resíduos sólidos municipais, descrito no Capítulo 13.

Originalmente, a prevenção da poluição foi aplicada a operações industriais com a ideia de reduzir a quantidade de resíduos produzidos ou alterar suas características para torná-los mais imediatamente descartáveis. Muitos setores mudaram para tintas solúveis em água, por exemplo, eliminando, assim, solventes orgânicos, tempo de limpeza etc., e frequentemente acabavam economizando um valor considerável. Na verdade, o conceito foi apresentado inicialmente como "a prevenção da poluição compensa", enfatizando que muitas das mudanças realmente fariam as empresas economizarem dinheiro. Além disso, a eliminação ou redução de resíduos perigosos ou difíceis tem um efeito de longo prazo – diminui a responsabilidade da empresa como consequência de suas operações de descarte.

Com a aprovação da Lei de Prevenção à Poluição (Pollution Prevention Act) em 1990, a EPA foi orientada a estimular a prevenção à poluição ao definir padrões adequados para atividades de prevenção, auxiliar agências federais na redução dos resíduos gerados, trabalhar com a indústria para promover a eliminação de resíduos criando programas de troca e outros, buscar e eliminar barreiras à transferência eficiente de possíveis resíduos, e fazer isso com a cooperação dos estados.

Em geral, o procedimento para implantar atividades de prevenção à poluição é:

- reconhecer uma necessidade;
- avaliar o problema;
- avaliar as alternativas;
- implantar as soluções.

Em vez de adotarem uma atitude contra a maioria das atividades de controle de poluição, as indústrias em geral recebem bem essa ação governamental, reconhecendo que a prevenção da poluição pode resultar e, geralmente, resulta em redução de custos para a indústria. Assim, o reconhecimento da necessidade muitas vezes é interno, e a companhia busca iniciar o procedimento de prevenção à poluição.

Durante a fase de avaliação, um procedimento comum é realizar uma "auditoria de resíduos", que não é nada além do equilíbrio de massa da caixa-preta, utilizando a empresa como caixa-preta. Considere o exemplo abaixo.

EXEMPLO 14.4

Problema Uma empresa de manufatura está preocupada com as emissões de carbonos orgânicos voláteis (COVs) ao ar. Essas substâncias químicas podem se volatilizar durante o processo de fabricação, mas não há como estimar quantas ou quais substâncias químicas. A empresa realiza uma auditoria de três de seus COVs mais amplamente utilizados com os seguintes resultados (a taxa de vazão influente média para a estação de tratamento é de $0,076 \text{ m}^3/\text{s}$):

Registros do Departamento de Compras

Material	Quantidade adquirida (barris)
Tetracloreto de carbono (CCl_4)	48
Cloreto de metileno (CH_2Cl_3)	228
Tricloroetileno (C_2HCl_3)	505

Afluentes na Estação de Tratamento de Água Residual

Material	Concentração média (mg/L)
Tetracloreto de carbono	0,343
Cloreto de metileno	4,04
Tricloroetileno	3,23

Registros de Resíduos Perigosos (indicando o que sai da empresa para uma instalação de tratamento de resíduos perigosos)

Material	Barris	Concentração (%)
Tetracloreto de carbono	48	80
Cloreto de metileno	228	25
Tricloroetileno	505	80

Barris Não Utilizados ao Final do Ano

Material	Barris
Tetracloreto de carbono	1
Cloreto de metileno	8
Tricloroetileno	13

Quanto COV está escapando?

Solução Realize um equilíbrio de massa de caixa-preta:

$$\begin{bmatrix} \text{Massa de} \\ A \text{ por} \\ \text{tempo unitário} \\ \text{ACUMULADA} \end{bmatrix} = \begin{bmatrix} \text{Massa de} \\ A \text{ por} \\ \text{tempo unitário} \\ \text{de ENTRADA} \end{bmatrix} + \begin{bmatrix} \text{Massa de} \\ A \text{ por} \\ \text{tempo unitário} \\ \text{de SAÍDA} \end{bmatrix}$$

$$+ \begin{bmatrix} \text{Massa de} \\ A \text{ por} \\ \text{tempo unitário} \\ \text{PRODUZIDA} \end{bmatrix} - \begin{bmatrix} \text{Massa de} \\ A \text{ por} \\ \text{tempo unitário} \\ \text{CONSUMIDA} \end{bmatrix}$$

O material A é, claro, cada um dos três COVs.

Precisamos saber a conversão de barris para metros cúbicos e a densidade de cada substância química. Presuma que cada barril tenha 0,12 m³, e que as densidades das três substâncias sejam de 1.548, 1.326 e 1.476 kg/m³, respectivamente. A massa acumulada por ano de tetracloreto de carbono é de

[Massa ACUMULADA] = (1 barril/ano)(0,12 m³/barril)(1.548 kg/m³)

= 186 kg/ano

Da mesma forma,

[Massa de ENTRADA] = (48 barris/ano)(0,12 m³/barril)(1.548 kg/m³) = 8.916 kg/ano

A massa de saída está em três partes: descarga da massa para a estação de tratamento de água residual, massa que sai nos caminhões para a instalação de descarte de resíduos perigosos e a massa volatilizante. Portanto, presumindo que a planta opera 365 dias/ano:

[Massa de SAÍDA] =

= [(0,343 g/m³)(0,076 m³/s)(86.400 segundos/dia)(365 dias/ano)(10^{-3} kg/g)]

+ [(48 barris/ano)(0,12 m³/barris)(1.548 kg/m³)(0,80)] + A_{ar}

= 822 + 7.133 + A_{ar}

Não há tetracloreto de carbono consumido nem produzido, portanto, em kg/ano:

186 = 8.916 − [822 + 7.133 + A_{ar}] + 0 − 0

e

A_{ar} = 775 kg/ano

Se um equilíbrio semelhante for realizado nas outras substâncias químicas, parecerá que as perdas atmosféricas são de aproximadamente 16.000 kg/ano de cloreto de metileno e cerca de 7.800 kg/ano de tricloroetileno. Se a intenção é cortar as emissões totais de COV, o primeiro alvo pode ser o cloreto de metileno. No entanto, isso dependerá de muitos outros fatores, como facilidade de redução das perdas, riscos relativos dos solventes e disponibilidade de solventes alternativos e menos perigosos para as aplicações em particular envolvidas[2].

∎

Quando soubermos quais são e onde estão os problemas, o próximo passo é descobrir opções úteis, que geralmente caem em três categorias:

- mudanças operacionais;
- mudanças materiais;
- modificações de processo.

Mudanças operacionais podem consistir simplesmente de melhores cuidados de manutenção: tapar vazamentos, eliminar derrames etc. Um cronograma melhor para limpeza, além da segregação de correntes de resíduos, pode também produzir um grande retorno sobre um pequeno investimento.

Com frequência, mudanças materiais envolvem a substituição por uma substância química que seja menos tóxica ou exija menos materiais perigosos para limpeza do que outras. O uso do cromo trivalente para revestimento de cromo, em vez do cromo hexavalente, que é muito mais tóxico, foi favorecido, assim como o uso de tintas e tinturas solúveis em água. Em alguns casos, a radiação ultravioleta foi substituída por biocidas na água de resfriamento, resultando em água de melhor qualidade e nenhum problema de desperdício no descarte da água de resfriamento. Em uma fábrica de têxteis na Carolina do Norte, biocidas eram utilizados em purificação de ar para controlar o crescimento de algas. Fluidos de "purga" periódica e de limpeza eram lançados na corrente, mas essa descarga era tóxica para correntes d'água, portanto, o Estado da Carolina do Norte revogou a licença da fábrica para descarga dos mesmos. A cidade não aceitaria o resíduo em seus esgotos, argumentando, com razão, que isso poderia ter graves efeitos adversos sobre as operações de tratamento biológico de água residual. A indústria estava prestes a fechar quando decidiu tentar a radiação ultravioleta como desinfetante em seu sistema de purificação de ar. Felizmente, descobriu que a radiação ultravioleta desinfetava a água de resfriamento com eficiência e que o biocida não era mais necessário. Isso não apenas eliminou a descarga, mas também o uso total de biocidas, fazendo a companhia economizar dinheiro. O tempo de retorno foi de 1,77 anos[3].

Modificações de processo normalmente envolvem os maiores investimentos, mas podem resultar nas maiores recompensas. Por exemplo, o uso de água de lavagem contracorrente em vez de uma operação em lote de uma só passada pode reduzir consideravelmente a quantidade de água de lavagem que precisa de tratamento, mas tal alteração exige tubos, válvulas e um novo protocolo de processo. Em indústrias nas quais os materiais são mergulhados em soluções, como revestimento de metal, o uso de tanques de recuperação de arraste, um passo intermediário, resultou na economia de solução para revestimento e na diminuição dos resíduos gerados.

Em qualquer caso, o que há de mais maravilhoso na prevenção à poluição é que, na maior parte do tempo, a empresa não somente elimina ou reduz bastante a descarga de resíduos perigosos, mas também economiza dinheiro. Tal economia vem em diversas formas, incluindo, claro, as economias diretas nos custos de processamento, como aconteceu descrito anteriormente com o exemplo de desinfecção por ultravioleta. No entanto, há outras economias, incluindo aquelas por não ter de gastar tempo enviando licenças de conformidade nem sofrer possíveis multas pela não conformidade. Outras responsabilidades têm grande peso onde resíduos perigosos devem ser enterrados ou injetados. Além disso, há os benefícios intangíveis da relação com e da segurança de funcionários. Por fim, é claro, há o benefício que vem com o fato de se fazer o que é certo, algo que não pode ser ignorado.

Na gestão de resíduos perigosos, fazer a coisa certa frequentemente envolve a eliminação de um possível risco para futuras gerações. Muito tem sido escrito sobre esse compromisso. Realmente devemos algo aos que ainda nem nasceram?

14.5 GESTÃO DE RESÍDUOS PERIGOSOS E GERAÇÕES FUTURAS

Por que deveríamos nos preocupar com isso? Não é verdade que, certamente, nunca seremos afetados pessoalmente de forma negativa por resíduos perigosos e é improvável que mesmo nossos filhos sofrerão com o descarte inadequado desses materiais? Por que estamos tão preocupados com o futuro e com as gerações que virão?

A RCRA exige que operadores de instalações de resíduos ofereçam "cuidados perpétuos" para depósitos. No entanto, isso é definido como um período de apenas 30 anos. "Cuidado perpétuo" significa apenas metade de uma geração! A principal lei sobre resíduos perigosos nos EUA aparentemente não se importa com as gerações futuras, então, por que deveríamos?

Afinal, essas pessoas não existem, e podem nem vir a existir, não são reais, e a ética só pode se aplicar a interações entre pessoas reais. Além disso, não sabemos o que o futuro trará. Não podemos presumir que futuras pessoas terão as mesmas preferências ou necessidades – portanto, não podemos prever o futuro. Podemos ter boas intenções, mas estarmos redondamente enganados. Além disso, a História nos ensina que, pelo menos até este ponto na existência da civilização, cada geração sucessiva está melhor do que a anterior. Temos melhor saúde, melhor comunicação, melhores alimentos, mais tempo e mais oportunidades para o crescimento pessoal e aproveitamento da qualidade de vida do que antes. Como podemos esperar que as gerações futuras continuem essas tendências e tenham uma vida progressivamente melhor, não devemos fazer nada por elas. Ademais, como diz o velho ditado, "O que a posteridade já fez por mim?" Portanto, pode ser muito nobre tomar conta de gerações futuras, mas parece não haver nenhuma base para a alegação de que devemos fazer isso.

Então, por todos esses motivos, pode parecer que não há nada de errado com nossa decisão de gerar resíduos nucleares para aproveitar os benefícios da eletricidade, ou utilizar recursos não renováveis, como petróleo, até o máximo ou interpretar nossas obrigações de cuidado perpétuo como durando apenas 30 anos. O planejamento da gestão de resíduos perigosos (ou de qualquer outra coisa), portanto, precisa levar em conta apenas os interesses das gerações atuais.

No entanto, não há contra-argumentos? É claro que não podemos simplesmente viver de forma hedonista sem preocupação com o futuro da humanidade. Que motivos podemos dar para uma preocupação com gerações futuras?

Alastair Gunn[4] argumenta que há, sim, motivos fortes para nossas obrigações com gerações futuras. Primeiro, é verdade que (por definição), gerações futuras não existem, mas isso não significa que não podemos ter obrigações com elas. Certamente não temos os tipos de obrigação um a um que indivíduos identificáveis têm entre si. Por exemplo, dívidas e promessas podem ser feitas por apenas uma pessoa a outra, mas também temos obrigações com qualquer um que possa ser prejudicado por nossas ações, mesmo se não conhecermos sua identidade.

Gunn utiliza a analogia de um terrorista que coloca uma bomba em uma escola de ensino fundamental.

> Simplesmente, o ato é errado e infringe uma obrigação de não causar (ou arriscar de forma imprudente) dano a nossos concidadãos. Isso é verdadeiro mesmo que o terrorista não saiba quem as crianças são ou se alguma criança será afetada (a bomba pode não explodir, pode ser descoberta a tempo, ou a escola pode ser fechada). É igualmente errado colocar uma bomba-relógio e ajustá-la para explodir na escola daqui a 20 anos, embora qualquer criança que frequente essa escola quando a bomba explodir ainda não tenha nem nascido. Um depósito de resíduos perigosos inseguro pode ser visto como uma bomba-relógio.

A analogia não é perfeita porque os donos de empresas de produtos químicos não tentam matar crianças, mas a intenção não é necessária se há bons motivos para acreditar que uma ação causará dano. Uma pessoa que solta fogos de artifício em uma multidão pode não pretender ferir ninguém, mas se houver dano, ela é culpada como se a intenção original fosse a de machucar. Se os feridos estão aqui hoje ou estarão aqui no futuro é irrelevante – é o dano que conta, e provocar dano é falta de ética.

Os contra-argumentos para a segunda alegação – de que nunca saberemos o que as gerações futuras irão valorizar – declaram que sim, na verdade temos ideias muito boas sobre o que elas *não* valorizarão. Por exemplo, é altamente improvável que elas valorizarão câncer, AIDS ou lençol freático poluído. Na verdade, podemos esperar que as gerações futuras sejam muito mais semelhantes do que diferentes de nós. Sugerir que devemos contaminar a Terra porque não sabemos o que as pessoas do futuro irão valorizar não é um argumento válido.

A terceira objeção sobre cuidar de gerações futuras é que, como elas estarão melhores do que nós, não há necessidade de nos preocuparmos com seu bem-estar. Isso não tem sentido, porque a condição econômica de uma pessoa é irrelevante ao dano que pode ser criado. Não é legal nem ético roubar alguém só porque essa pessoa pode ser rica. Além disso, não há garantia de que o aprimoramento da tecnologia trará bem-estar continuamente melhor. Há mais pessoas passando fome no mundo hoje do que antes, e o crescimento contínuo da população mundial e da destruição de *habitats* naturais pode levar o mundo a um colapso econômico e ecológico. Prolongamos a capacidade de carga da Terra até seus limites, e não temos garantia de que a tecnologia (ou o progresso social e político) nos permitirá *ter* uma geração futura, que dirá cuidar dela. Como Gunn[4] conclui:

> Temos uma obrigação de evitar a criação de condições ambientais nocivas para gerações futuras que não queremos criar para nós mesmos. Isso significa que, em termos de gestão de resíduos, é necessário desenvolver métodos para armazenamento seguro e aceitável de longo prazo e, o mais importante, reduzir constantemente a quantidade, a toxicidade e a persistência dos resíduos que produzimos, para que a gestão aceitavelmente segura seja possível. Além disso, parece não haver dúvidas de que futuras gerações apreciarão ar e água limpos, áreas selvagens adequadas e a preservação de monumentos naturais, e essa é uma obrigação de nossas gerações atuais.

SÍMBOLOS

A = atividade de um radioisótopo
CERCLA = Lei de Resposta, Compensação e Responsabilidade Ambiental Ampla
Gy = Gray, medida de radiação ionizante
HRS = Sistema de Classificação de Riscos
k = constante de decaimento radioativo
LD_{50} = dose letal dentro da qual 50% dos animais morrem
LC_{50} = concentração letal dentro da qual 50% dos animais morrem
RCRA = Lei de Preservação e Recuperação de Recursos
rem = dose equivalente de roentgen
Sv = Sievert, medida de dano radioativo
$t_{1/2}$ = meia-vida
TCLP = Procedimento de Lixiviação Característica de Toxicidade
TSCA = Lei de Controle de Substâncias Tóxicas
COV = carbono orgânico volátil

PROBLEMAS

14.1 O parágrafo a seguir fez parte de um anúncio de página inteira em uma publicação profissional:

Leis Atuais
Um motivo para agir agora

A Lei de Preservação e Recuperação de Recursos estabelece multas corporativas de até US$ 1.000.000 e sentenças de até cinco anos de prisão para executivos e gerentes pelo tratamento inadequado de resíduos perigosos. É por isso que identificar problemas com resíduos, e desenvolver soluções econômicas, é uma necessidade absoluta. A O'Brien & Gere pode lhe ajudar a cumprir com os regulamentos rígidos atuais e enfrentar as realidades econômicas de agora, com soluções práticas e de custo competitivo.

O que você acha desse anúncio? Viu alguma coisa não profissional nele? Afinal, ele é factual. Suponha que você seja presidente da O'Brien & Gere (uma das empresas de engenharia ambiental de melhor reputação no setor) e tenha visto isso publicado. Escreva um memorando de uma página para seu diretor de marketing comentando sobre isso.

14.2 Alguns transformadores elétricos antigos estavam armazenados no porão do edifício de manutenção de uma universidade e foram "esquecidos". Um dia, um funcionário entrou no porão e viu que uma substância pegajosa e oleosa vazava de um dos transformadores para um ralo no chão. Ele avisou o diretor da área, que imediatamente percebeu a gravidade do problema. Eles ligaram para os engenheiros de consultoria em resíduos perigosos, que, em primeiro lugar, retiraram os transformadores e eliminaram a origem dos bifenis policlorinados (PCBs) que estavam vazando no ralo. Depois, rastrearam o ralo até uma pequena corrente d'água, e começaram a retirar amostras de água e solo no curso. Eles descobriram que a água continha 0,12 mg/L de PCB, e o solo continha uma quantidade que variava de 32 mg de PCB/kg (solo seco) a 0,5 mg/kg. A gestão estadual de meio ambiente exigiu que as correntes d'água contaminadas com PCBs fossem limpas para que ficassem "livres" de PCBs. Lembre que PCBs são bastante tóxicos e extremamente estáveis no meio ambiente e se biodegradarão muito lentamente. Se nada for feito, o contaminante permanecerá no solo por, talvez, centenas de anos.

a. Se você fosse o engenheiro, como abordaria esse problema? O que faria? Descreva como você "limparia" essa corrente d'água. Seja o mais detalhado possível. Você planeja perturbar o ecossistema da corrente? Isso é uma preocupação para você?

b. Será possível para a corrente ficar "livre de PCBs"? Caso contrário, o que você acha que o Estado quis dizer com isso? Como saberia que fez tudo o que pôde?

c. Não há dúvida de que, se esperarmos bastante, alguém um dia haverá uma maneira realmente interessante de limpar cursos contaminados com PCB e que esse método será consideravelmente mais barato do que qualquer coisa que temos disponível hoje. Por que não esperar e deixar que alguma geração futura cuide do problema? A corrente d'água não nos afeta diretamente e a pior parte disso pode ser isolada para que as pessoas não se aproximem dela. Então, algum dia, quando a tecnologia melhorar, poderemos limpar. O que você acha dessa abordagem? (Claro que é ilegal, mas essa não é a pergunta. Isso é ético? Você estaria preparado para promover esta solução?)

14.3 No exemplo anterior, se a limpeza resultasse na concentração de PCB na água de 0,000073 mg/L, qual é a redução porcentual do contaminante? Quantos "noves" foram atingidos?

14.4 Uma lavanderia a seco adquire 500 galões de tetracloreto de carbono todo mês. Como resultado da operação de lavagem a seco, a maior parte se perde na atmosfera, e apenas 50 galões permanecem para serem descartados. Qual é a taxa de emissão de tetracloreto de carbono dessa lavanderia, em libras/dia? (A densidade do tetracloreto de carbono é de cerca de 1,6 g/mL)

14.5 Um aquífero livre com 200 pés de profundidade está contaminado com um material perigoso. O aquífero é composto de areia com permeabilidade (K) de 6×10^{-4} m/s. O lençol freático contaminado está sendo bombeado para tratamento a uma taxa de bombeamento constante de 0,02 m³/s, e um abaixamento de 21 pés ocorre em um poço de monitoramento a 30 pés do poço de extração. Se houver um segundo poço de monitoramento, qual é sua distância se o abaixamento for de 6 pés?

14.6 Um aterro de resíduos perigosos deve ser construído, e uma parte da argila no local está sendo considerada para revestimento. A exigência é que a permeabilidade da argila seja inferior a 1×10^{-7} cm/s. Um medidor de permeabilidade é instalado e um teste é realizado.

Se a profundidade da amostra no medidor for de 10 cm, uma coluna de 1 m de água for colocada na amostra, o diâmetro do medidor for de 4 cm e demorar 240 horas para coletar 100 mL de água que sai do medidor, qual é a permeabilidade da amostra?

14.7 Um caminhão-tanque carregado de amônia líquida é atingido por um trem, resultando em um vazamento constante e incontrolável de gás amônia a uma taxa estimada de 1 kg/s. Você estima a velocidade do vento a 5 km/h, e é uma tarde de sol. Há uma pequena comunidade a cerca de 1 milha na direção do vento. Percebendo que o limiar da amônia é de 100 ppm, você recomendaria a evacuação da cidade?

14.8 Nos anos 1970, foram descobertos muitos depósitos de resíduos perigosos nos Estados Unidos. Alguns deles haviam estado em operação há décadas e alguns ainda estavam ativos. No entanto, a maioria estava abandonada, como o notório "Vale dos Tambores" no Tennessee – um vale rural no qual um número quase inimaginável de todos os tipos de materiais perigosos havia sido descartado, e o proprietário simplesmente havia abandonado o local após receber uma soma considerável por "se livrar" dos materiais perigosos para grandes companhias de produtos químicos.

Por que se esperou até os anos 1970 para descobrir o problema? Por que ele não foi descoberto anos antes? Por que a preocupação com resíduos perigosos é tão recente? Escreva sua opinião em uma redação de uma página.

14.9 Peter trabalha com a afiliada local da Bigness Oil Company há vários anos e estabeleceu uma forte relação de confiança com Jesse, gerente da instalação local. A instalação, mediante recomendações de Peter, seguiu todos os regulamentos ambientais ao pé da letra e tem uma reputação sólida perante a agência regulatória estadual. A empresa local recebe diversos produtos petroquímicos via oleoduto e caminhão-tanque e os mistura para revendê-los ao setor privado.

Jesse está tão satisfeito com o trabalho de Peter que recomendou que ele fosse mantido como engenheiro de consultoria corporativa. Isso significaria um avanço considerável para Peter e sua consultoria, consolidando sua constante e impressionante ascensão na empresa. Há conversas sobre uma vice-presidência em alguns anos.

Um dia, durante um café, Jesse começa a contar a Peter uma história maluca sobre a perda misteriosa em um dos petroquímicos brutos que ele recebe por oleoduto. Durante a década de 1950, quando as operações eram bem descuidadas, a perda de uma das substâncias químicas de processo foi descoberta quando os livros foram auditados. Aparentemente, havia 10.000 galões da substância faltando. Após realizar testes de pressão nos oleodutos, o gerente da planta descobriu que um dos tubos havia corroído e estava vazando a substância no terreno. Depois de interromper o vazamento, a empresa afundou os poços de observação e amostragem e percebeu que o produto estava depositado em uma pluma vertical, lentamente se difundindo para um aquífero profundo. Como não havia poluição na superfície ou no lençol freático fora da propriedade, o gerente decidiu não fazer nada. Jesse acha que essa pluma ainda está em algum lugar sob a planta, lentamente se difundindo para o aquífero, embora os últimos testes do poço de amostragem tenham mostrado que a concentração da substância química no lençol freático a menos de 400 pés da superfície era essencialmente zero. Os poços foram cobertos e a história nunca apareceu na imprensa.

Peter fica chocado com essa revelação aparentemente inocente. Ele reconhece que a lei estadual exige que ele relate todos os derrames, mas e aqueles que ocorreram há anos, e cujos efeitos parecem ter se dissipado? Ele franze a testa e diz a Jesse: "Você sabe que temos que relatar esse vazamento ao Estado."

Jesse está incrédulo. "Mas não *há* vazamento. Se o Estado nos fizer procurar por ele, provavelmente não o encontraríamos, e mesmo se encontrássemos, não faz sentido bombeá-lo ou contê-lo."

– Mas a lei diz que temos de relatar..., argumenta Peter.

– Olha, contei isso em confidência. Seu próprio código de ética de engenharia exige confidencialidade na relação com o cliente, e que bem faria reportar ao Estado? Não há nada a ser feito. A única coisa que aconteceria é a empresa se meter em problemas e ter de gastar dólares inúteis para corrigir uma situação que não pode ser corrigida e não precisa ser reparada.

– Mas...

– Peter. Vou ser franco: se você relatar isso ao Estado, não fará bem a ninguém – nem para a empresa, nem ao meio ambiente, e certamente não para sua carreira. Não posso ter um engenheiro de consultoria que não valoriza a lealdade ao cliente.

Qual deve ser a resposta de Peter à situação? O que ele deve fazer? Quais são as partes envolvidas? (Não se esqueça das gerações futuras!) Quais são todas as suas alternativas? Liste-as em ordem de efeito nocivo sobre a carreira de Peter, depois em ordem de efeito nocivo ao meio ambiente. Considerando tudo, o que Peter deve fazer?

NOTAS FINAIS

(1) Diretriz de Prevenção à Poluição da Environmental Protection Agency, EPA EUA, 13 de maio de 1990, citada em "Industrial Pollution Prevention: A Critical Review", por H. Freeman *et al*, apresentada na Air and Waste Management Association Meeting, Kansas City, MO, 1992.

(2) Esse exemplo se baseia parcialmente em um exemplo semelhante em Davis, M. L., e D. A. Cornwell. 1991. *Introduction to environmental engineering*. Nova York: McGraw-Hill.

(3) Richardson, S. 1990. Pollution prevention in textile wet processing: An approach and case studies. *Proceedings, environmental challenges of the 1990's*. EPA EUA 66/9–90/039.

(4) Vesilind, P. Aarne, e Alastair Gunn. 1997. *Making a difference: Engineering, ethics and the environment*. Nova York: Cambridge University Press.

CAPÍTULO QUINZE

Poluição Sonora

Se uma árvore cai em uma floresta, ela faz algum barulho?

Você já escutou essa pergunta muitas vezes. Agora você terá a resposta. Na verdade, quando uma árvore cai, ela produz um som, pois o som é a propagação de ondas de pressão no ar. Mas pode não fazer *ruído*, que é definido como um som indesejável – para os ouvidos humanos. Dessa forma, se não houver nenhum ser humano por perto, a árvore caindo não faz ruído (porém, a definição de ruído está se ampliando para incluir sons que, contrariamente, causam impacto para os animais selvagens, então a resposta depende se o som de uma árvore caindo é desagradável para eles, o que pode depender ainda da distância que estiverem do local que ela cair).

Neste capítulo veremos os princípios básicos do som, definindo alguns dos termos utilizados por engenheiros acústicos para descrever e controlar sons desagradáveis (ruído). Então, apresentaremos alguns dos efeitos do ruído, finalizando com uma discussão sobre o controle dos ruídos.

15.1 SOM

O som puro é descrito como ondas de pressão que se propagam em um meio (ar, na maioria dos casos). E essas ondas são definidas por sua amplitude e frequência. Com referência à Figura 15.1, observe que o som puro pode ser definido como uma curva senoidal, apresentando pressões positivas e negativas dentro de um ciclo. A quantidade desses ciclos por unidade de tempo é denominada *frequência* do som, geralmente expressa como ciclos por segundo, ou Hertz (Hz)[1]. Normalmente ouvidos humanos saudáveis captam sons cuja frequência variam de aproximadamente 15 Hz até cerca de 20.000 Hz, uma ampla faixa. Os sons de baixa frequência são graves (tons mais baixos), enquanto sons de alta frequência são mais agudos (tons mais altos). Por exemplo, um lá na quarta oitava no piano está a uma frequência de 440 Hz, e a fala geralmente varia de 1.000 a 4.000 Hz.

O amplo espectro de frequências é significativamente reduzido de acordo com a idade e o grau de exposição a ruídos altos no ambiente. As fontes mais relevantes de tais ruídos prejudiciais estão nas atividades ocupacionais e música alta, particularmente shows de rock e escutar música com o volume muito alto nos fones de ouvido. Os aparelhos de som de alta qualidade são projetados para reproduzir um espectro completo de frequências, embora anunciar que o aparelho seja capaz de reproduzir menos que 10 Hz é de certa forma uma inverdade, pois a maioria das pessoas pode ouvir apenas sons com frequência acima de 20 Hz.

Pessoas jovens e saudáveis (especialmente mulheres jovens) podem ouvir frequências muito altas, que geralmente incluem os sinais de portas automáticas. Com a idade, e infelizmente com os danos que muitos jovens causam aos seus próprios ouvidos, a

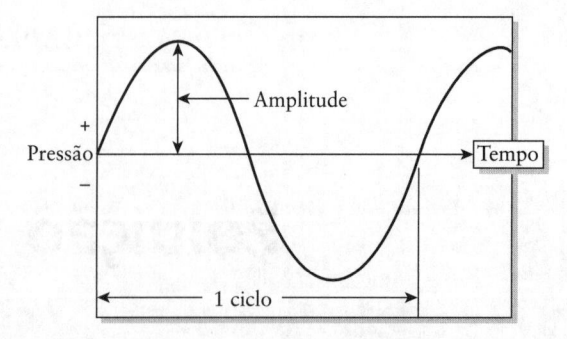

Figura 15.1 O som puro se propaga como uma perfeita onda senoidal.

habilidade de detectar uma ampla faixa de frequências diminui. Já as pessoas mais velhas tendem a perder o tom agudo final do espectro da audição e podem começar a reclamar que "todos estão murmurando".

O volume de um ruído é expressa por sua *amplitude*. Novamente fazendo referência à Figura 15.1, a energia em uma onda de pressão é a área total sob a curva. Como a primeira metade é uma pressão positiva e a segunda negativa, somá-las produziria pressão zero. O truque é utilizar uma análise do *valor quadrático médio* de uma onda de pressão, primeiro multiplicando a pressão pelo seu próprio valor e então obtendo sua raiz quadrada. Como o produto dos dois números negativos é um número positivo, o resultado é um valor de pressão positivo. No caso das ondas de som, a pressão é expressa em Newtons por metro quadrado (N/m^2), embora, algumas vezes, a pressão sonora também seja expressa em bars ou atms. Neste livro utilizamos a designação moderna de N/m^2.

O ouvido humano é um instrumento incrível capaz de captar sons tanto em uma ampla faixa de frequências como em uma faixa ainda mais impressionante de pressões. Na verdade, a faixa audível dos ouvidos humanos varia de 1 a 10^{18} – uma faixa que torna difícil expressar a pressão sonora de uma forma que tenha sentido e seja útil. O que se desenvolveu com o passar dos anos foi uma convenção para utilizar relações para expressar a amplitude do som.

Há muito tempo que os psicólogos sabem que as reações humanas a estímulos não são lineares. Na verdade, a habilidade de detectar uma alteração progressiva para qualquer tipo de reação, seja ao calor, frio, odores, gostos ou sons, depende inteiramente do nível original do estímulo. Por exemplo, suponha que você seja vendado e esteja segurando um peso de 9 quilos, ao qual é adicionado 0,5 quilo. Você provavelmente não perceberá a diferença. Por outro lado, se estiver segurando um peso de 0,5 quilo e a ele for adicionado mais 0,5 quilo (um aumento de 100%), é possível sentir a alteração. Assim, a habilidade de detectar estímulos pode ser representada por uma escala logarítmica.

Com relação ao som, faz sentido considerar seu nível de energia em vez de considerar a pressão, assim, a relação entre duas energias do som é

$$\log_{10}\left(\frac{W}{W_{ref}}\right)$$

onde o W e o W_{ref} representam a energia em watts da onda de som e uma referência de energia, respectivamente.

Como a energia é proporcional à pressão ao quadrado, essa razão pode ser expressa em

$$\log_{10}\left(\frac{P^2}{P_{ref}^2}\right)$$

onde P = pressão sonora, N/m^2;
P_{ref} = alguma pressão de referência, N/m^2.

Por convenção, essa expressão define o *bel*[(2)]. A divisão dessa unidade por 10 facilita sua utilização e evita frações, e cada parte é conhecida como *decibel* (dB).

Mas qual pressão de referência devemos utilizar? Parece que a pressão mínima que o ouvido humano é capaz de detectar é de aproximadamente 2×10^{-5} N/m² e esse seria um dado conveniente. Utilizando 2×10^{-5} N/m² como um valor de referência, o *nível de pressão sonora* (SPL, na sua sigla em inglês, Sound Pressure Level) é definido em termos de decibéis como

$$\text{SPL} = 10 \log_{10}\left(\frac{P^2}{P_{\text{ref}}^2}\right)$$

onde SPL = nível de pressão sonora, dB;
P = pressão sonora medida em N/m²;
P_{ref} = pressão sonora de referência, 2×10^{-5} N/m².

A Tabela 15.1 mostra os níveis de pressão sonora típicos. Observe que o SPL mais alto, no ponto em que as moléculas do ar não conseguem mais carregar as ondas de pressão, é de 194 dB, enquanto o ponto de 0 dB é o limiar da audição. O som mais alto registrado parece ter sido o do lançamento do foguete Saturn, de 134 dB, não muito longe do limiar da dor, a 140 dB. Os seres humanos normalmente podem detectar alterações nas pressões sonoras de 3 dB ou mais; alterações de 1 a 2 dB não são percebidas. Mas lembre-se de que a escala é logarítmica. A diferença de 1 dB no valor de 40 para 41 é consideravelmente menos energia que a diferença de 1 dB de 80 para 81. Cada aumento de 10 dB produz o dobro do nível de energia, e isso duplica o risco de danos por excesso de ruído.

Tabela 15.1 Níveis típicos de pressão sonora

Som	SPL (dB)
Limiar da audição	0
Dentro da cabine de teste de audição	10
Área remota de Yellowstone	20
Biblioteca	40
Subdivisão de área suburbana afastada de fonte de ruído principal	45
Sala de aula comum	50
Conversa normal	60
Escritório cheio	65
Alarme do relógio próximo à cabeça	80
Rua de tráfego médio	85
Cortador de grama	90
Caminhão comum passando a 15 m	90
Show de rock	110
Caça F-16 sobrevoando após decolagem	120
Foguete Saturn durante o lançamento	134
Limite de dor	140
SPL máximo no ar	194

Como os níveis de pressão sonora são razões logarítmicas, não podem ser somadas diretamente. Se duas fontes de som são combinadas, a razão P^2/P_{ref}^2 deve ser, primeiro, calculada com a equação de SPL. Então as razões são somadas, e é calculado um novo SPL:

$$\text{SPL}_{\text{Total}} = 10 \log\left(\sum 10^{\text{SPL}_i/10}\right)$$

Podem ser utilizadas duas regras práticas ao somar sons. Primeiro, se dois sons iguais são somados, eles resultam em um aumento de 3 dB no nível geral (que raramente é percebido). Segundo, se a diferença entre dois sons for maior que 10 dB, o menor dos dois não contribui para o nível sonoro geral (você pode verificar essas regras práticas seguindo o procedimento anteriormente definido.)

EXEMPLO 15.1

Problema Uma loja possui duas máquinas, uma produzindo um nível de pressão sonora de 70 dB e a outra, 58 dB. Uma nova máquina que produz 70 dB é trazida para a sala. Calcule o novo nível de pressão sonora.

Solução Utilizando regra prática da diferença de 10 dB, 70 − 58 = 12, que é maior que 10, então o efeito do som de 58 dB é imperceptível, e a sala apresentaria um nível de pressão sonora de 70 dB (utilizando a equação acima, a resposta é 70,2 dB, arredondada para 70 dB).

Se outra máquina produzindo 70 dB for trazida, os dois sons são iguais, produzindo um aumento de 3 dB. Assim, o nível de pressão sonora na sala seria de 73 dB (novamente, utilizando a equação acima, a resposta é 73,1 dB para as três máquinas, arredondando o valor para 73 dB).

Na atmosfera, o som se propaga uniformemente em todas as direções, irradiando a partir da fonte. A intensidade do som é reduzida como o quadrado da distância da fonte do som de acordo com a *lei do quadrado inverso*. Ou seja, o nível de pressão sonora é proporcional a $1/r^2$, onde r é a distância central a partir da fonte.

Uma relação aproximada pode ser desenvolvida se a potência do som for expressa como uma razão logarítmica com base na mesma potência de referência padrão, tal como

$$SPL_r \cong SPL_0 - 10 \log r^2$$

onde SPL_r = nível de pressão sonora a uma distância r da fonte, dB;
SPL_0 = nível de pressão sonora na fonte, dB;
r = distância a partir da fonte, m.

EXEMPLO 15.2

Problema Uma fonte de som gera 80 dB. Calcule o SPL a 100 m da fonte.

Solução $SPL_r \cong 80 - 10 \log(100)^2 = 40$ dB

Obviamente esse valor é uma aproximação. Consideramos que o som se propaga em todas as direções uniformemente, mas no mundo real isso não acontece. Se, por exemplo, o som ocorrer em uma superfície plana de forma que a área através da qual ele se propaga seja um hemisfério em vez de uma esfera, a soma aproximada é de 3 dB para o SPL calculado no Exemplo 15.2. Em espaços fechados, a reverberação pode também aumentar muito o nível de pressão sonora, pois a energia não se dissipa. O ponto mais importante a se lembrar é que o SPL é reduzido aproximadamente de acordo com o log do quadrado da distância em relação à sua fonte.

A frequência em ciclos por segundo (Hz) e a amplitude em decibéis descreve um som puro a uma frequência específica. Porém, todos os sons do ambiente são, de certa forma, "impuros", apresentando muitas frequências. Uma imagem real de tais sons é obtida por

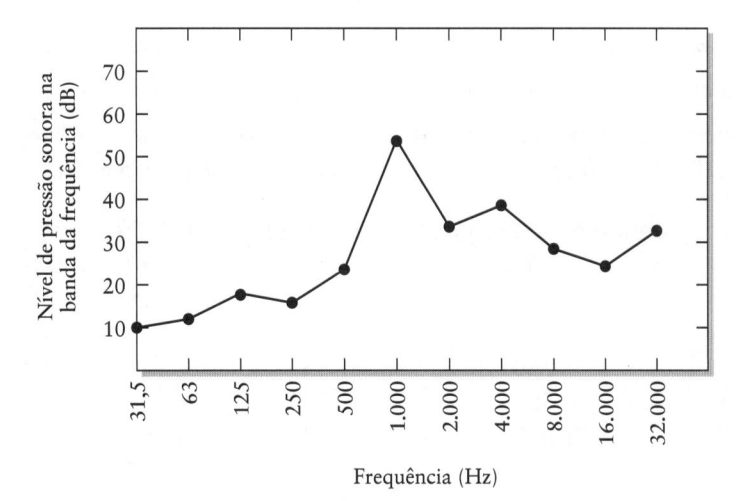

Figura 15.2 Análise de frequência de um som "impuro".

meio de uma *análise de frequência*, na qual o nível do som a uma série de diferentes frequências é medido e os resultados definidos como mostra a Figura 15.2. Em geral, uma análise de frequência é útil para o controle de ruídos, pois a frequência do nível de pressão sonora mais alta pode ser identificada e serem tomadas medidas corretivas. Por convenção, as frequências são designadas como *bandas de oitavas* que representam uma estreita faixa de frequências, como mostra a Tabela 15.2.

Tabela 15.2 Bandas de oitavas

Faixa de frequência de oitavas (Hz)	Média geométrica da frequência (Hz)
22–44	31,5
44–88	63
88–175	125
175–350	250
350–700	500
700–1.400	1.000
1.400–2.800	2.000
2.800–5.600	4.000
5.600–11.200	8.000
11.200–22.400	16.000
22.400–44.800	31.500

A pressão sonora média pode ser calculada a partir de um diagrama de frequências, somando os níveis de pressão para as frequência individuais. Novamente, como o nível de pressão sonora não é uma quantidade aritmética, mas uma razão logarítmica, a adição deve ser feita com a seguinte equação:

$$\text{SPL}_{avg} = 10 \log\left(\frac{1}{N}\right) \sum_{j=1}^{N} 10^{(\text{SPL}_j/10)}$$

onde SPL_{avg} = nível de pressão sonora médio, dB;
 N = quantidade de medidas tomadas;
 SPL_j = nível de pressão sonora de ordem j, dB;
 $j = 1, 2, 3, \ldots, N$.

EXEMPLO 15.3

Problema Calcule o nível médio de pressão sonora do som exemplificado na Figura 15.2.

Solução Primeiro, faça uma tabela dos níveis de pressão sonora a cada banda de oitava, então calcule $10^{(SPL_j/10)}$, faça a soma, e calcule o SPL_{avg} da equação anterior.

Banda de Oitava (Hz)	SPL (dB)	$10^{(SPL_j/10)}$
31,5	10	10
63	12	15,8
125	16	39,8
250	15	31,6
500	22	158,5
1.000	52	158.489
2.000	32	1.585
4.000	40	10.000
8.000	28	631,0
16.000	27	501,2
32.000	34	2.512
		173.974

$SPL_{avg} = 10 \log (1/11)(173.974) = 42$ dB

15.2 MEDIÇÃO DO SOM

O som é medido com um instrumento que converte a energia das ondas de pressão em um sinal elétrico. Um microfone capta as ondas de pressão e um medidor lê o nível de pressão sonora, diretamente calibrado para decibéis. Os dados obtidos dessa forma com um *medidor de nível de pressão sonora* representam uma medição precisa do nível de energia no ar.

Mas esse nível de pressão não é necessariamente o que os ouvidos humanos escutam. Apesar de sermos capazes de detectar frequências em uma ampla faixa, essa detecção não é igualmente eficaz para todas as frequências (nossos ouvidos não têm *uma resposta plana* em termos auditivos.) Se o medidor deve simular a eficiência do ouvido humano na detecção dos sons, o sinal precisa ser filtrado.

Utilizando milhares de experimentos, pesquisadores descobriram que, em média, o ouvido humano apresenta uma eficiência para a faixa de frequência audível como a representada na Figura 15.3. Para frequências muito baixas, nossos ouvidos são menos eficientes do que para frequências médias, digamos entre 1.000 e 2.000 Hz. Em frequências mais altas o ouvido se torna progressivamente ineficiente, finalmente chegando a algumas frequência em que o som não pode ser detectado. Essa curva é chamada de curva de filtragem com *ponderação A (A-weighted)* (pois existem outras curvas de filtragem para diferentes propósitos). Curiosamente, a banda de maior eficiência dos ouvidos humanos está muito próxima da faixa da fala humana.

Utilizando a curva apresentada na Figura 15.3, os projetistas de instrumento construíram um medidor que filtra alguns dos sons de frequência muito baixa e muitos dos sons de frequência muito alta, para que o som medido represente de certa forma a audição do ouvido humano.

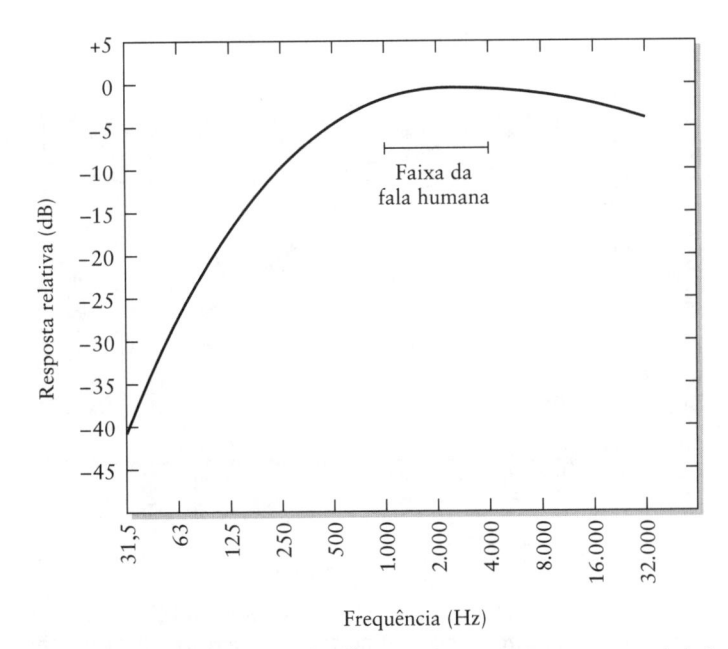

Figura 15.3 Resposta típica do ouvido humano. Observe a ineficiência em ouvir baixas frequências, e a alta eficiência para a faixa da fala humana.

Tal medida é denominada *nível de som* e é designada dB(A), pois representa um valor de dB modificado com o filtro com ponderação A. O medidor geralmente é chamado de *medidor de nível de som* para distingui-lo de um medidor de nível de *pressão* sonora, que mede o som como uma resposta plana. Quase todas as medidas sonoras estão relacionadas ao uso da escala dB(A) da audição humana, pois ela aproxima à eficiência do ouvido humano.

As análises de frequência são úteis para medir a capacidade de audição. Utilizando a capacidade auditiva de uma pessoa jovem normal como padrão, o *audiômetro* mede capacidade para várias frequências, gerando um *audiograma*. Os audiogramas são, então, utilizados para identificar as frequências nas quais os aparelhos auditivos devem ser ajustados para elevar o sinal.

A Figura 15.4, por exemplo, mostra três audiogramas. A pessoa A possui uma excelente audição com uma reação basicamente uniforme. A pessoa B apresenta perda da capacidade auditiva para uma faixa de frequência específica, neste caso próxima a 4.000 Hz. Esse tipo de perda auditiva acontece geralmente em função de ruídos em uma fábrica, que normalmente destroem a habilidade de ouvir sons em uma frequência específica. Como a fala está perto dessa faixa, essa pessoa já apresenta dificuldade para escutar. A terceira curva, pessoa C, mostra um audiograma típico de uma pessoa mais velha que perdeu muito da capacidade auditiva para as frequências mais altas e, provavelmente, é um candidato a utilizar um aparelho auditivo, ou pessoa jovem com sérios danos causados por escutar música muito alta.

15.3 EFEITO DOS RUÍDOS NA SAÚDE HUMANA

A Figura 15.5A ilustra esquematicamente um ouvido humano. As ondas de pressão de ar batem primeiro no tímpano (*membrana timpânica*), fazendo-o vibrar. A cavidade que leva o som à membrana timpânica e a própria membrana são geralmente chamadas de ouvido externo. A membrana timpânica está ligada fisicamente a três pequenos

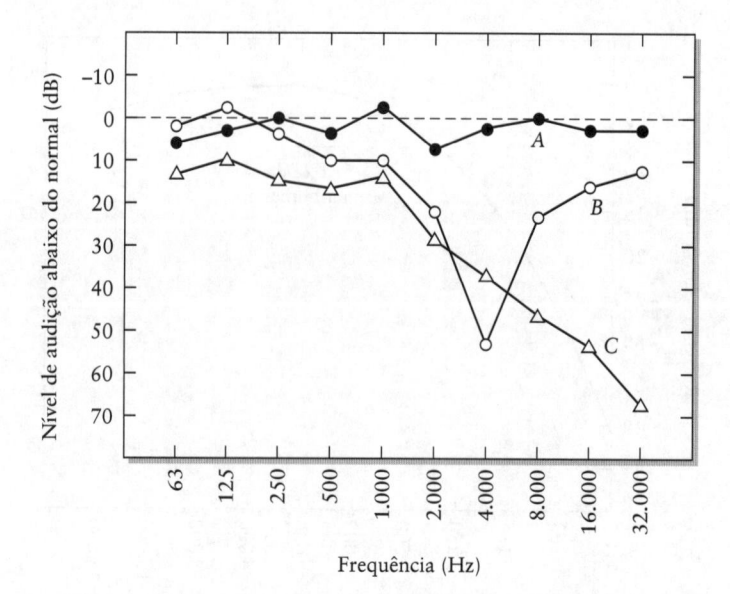

Figura 15.4 Três audiogramas. A pessoa A possui uma excelente audição, capaz de ouvir a níveis normais em todas as frequências. A pessoa B perdeu consideravelmente a capacidade auditiva na faixa entre 2.000 e 8.000 Hz. Por esta ser a faixa de frequência aproximada da fala humana, essa pessoa deve apresentar muita dificuldade para ouvir a fala. A pessoa C apresenta um audiograma típico tanto de uma pessoa mais velha que perdeu um pouco da capacidade auditiva para as frequências mais altas como de uma pessoa jovem com danos auditivos causados por escutar música muito alta ou outros motivos.

ossos no ouvido médio que começam a se movimentar quando a membrana vibra. O propósito desses ossos, chamados coloquialmente de *martelo*, *bigorna* e *estribo* por causa de seus formatos, é amplificar o sinal físico (para alcançar determinado *ganho* em termos

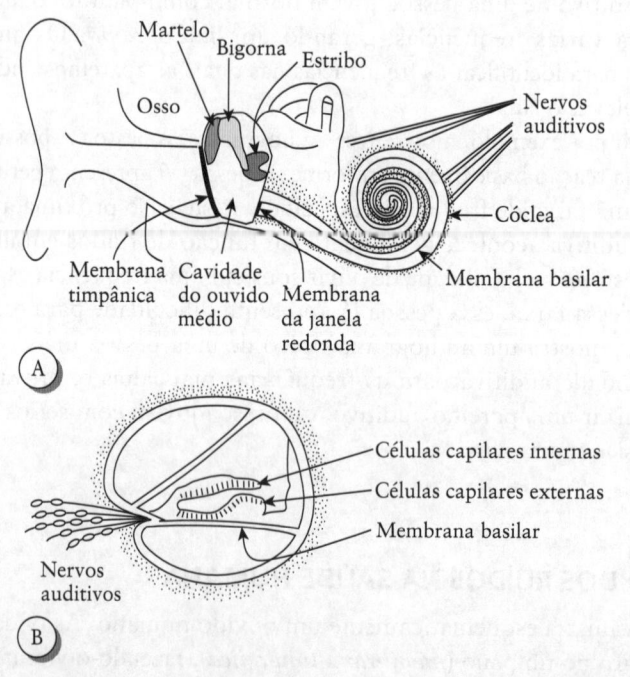

Figura 15.5 O primeiro desenho, A, mostra o esquema do ouvido humano. O segundo desenho, B, mostra uma vista em corte da cóclea.

auditivos). Essa cavidade cheia de ar é denominada *ouvido médio*. O sinal amplificado é, então, enviado para o *ouvido interno,* primeiro, pela vibração de outra membrana chamada *janela redonda*, que está conectada à cavidade em forma de caracol, conhecida como *cóclea*.

Dentro da cóclea, uma cavidade cheia de líquido, ilustrada em uma vista seccionada na Figura 15.5B, existe outra membrana, a *membrana basilar*, que é ligada à janela redonda. Conectadas à membrana basilar, ficam dois conjuntos de minúsculas *células capilares*, apontando em direções opostas. Conforme a membrana da janela redonda vibra, o fluido no ouvido interno também se movimenta, e milhares de células capilares na cóclea encostam umas nas outras, gerando impulsos elétricos que são, então, enviados ao cérebro por meio de *nervos auditivos*. A frequência do som determina qual célula capilar irá se mover. As que ficam próximas à janela redonda são sensíveis à alta frequência, e aquelas no fundo da cóclea são responsáveis pelas baixas frequências.

Os danos ao ouvido humano podem acontecer de diversas formas. Primeiro, ruídos de impulso muito alto podem romper o tímpano, causando, na maioria das vezes, perda temporária da audição, embora tímpanos rompidos geralmente não se curem completamente, o que resulta em dano permanente. Os ossículos no ouvido médio são geralmente danificados por sons altos, mas também podem ser feridos por infecções. Como nosso senso de equilíbrio depende em grande parte do ouvido médio, uma infecção nesse local pode debilitar uma pessoa. Por fim, o mais relevante e mais permanente dano pode ocorrer às células capilares do ouvido interno. Ruídos muito altos podem abalar essas células e fazer que parem de funcionar. Na maioria das vezes, essa é uma condição temporária, e com o tempo os danos serão reparados. Infelizmente, se o ferimento ao ouvido interno for prolongado, o dano pode ser permanente. Tais danos não podem ser reparados com cirurgias ou corrigidos com aparelhos auditivos. Esse tipo de ferimento permanente causado em pessoas jovens, por escutarem músicas altas, é o tipo mais frequente e traiçoeiro – e o mais triste. Vale a pena gastar seu tempo na frente daquelas caixas de som gigantes em shows, ou aumentar o volume da sua música ao máximo quando o resultado pode ser que você nunca mais consiga escutar *nenhuma* música aos 40 anos de idade?

Mas ruídos altos fazem mais do que causar danos auditivos permanentes. O ruído é, no sentido Darwiniano, sinônimo de perigo. Assim, o corpo humano reage ao ruído alto para se proteger do perigo iminente. As reações corporais são espantosas – os olhos dilatam, a adrenalina é liberada, as veias dilatam, os sentidos se põem em alerta, as batidas do coração alteram, o sangue engrossa – tudo para "alertar" a pessoa. Aparentemente, esse estado de "alerta", se prolongado, é muito prejudicial à saúde. As pessoas que vivem e trabalham em ambientes barulhentos apresentam mais problemas de saúde, são mais irritadas e nervosas, e têm problemas de concentração. Ruídos que impedem que uma pessoa durma carregam consigo uma série de problemas adicionais de saúde.

O mais importante é que não podemos nos "adaptar" a níveis altos de ruído. Trabalhadores de fábricas são geralmente vistos com seus protetores auriculares pendurados no pescoço, como se isso fosse uma demonstração de sua masculinidade. Eles acham que podem "aguentar". Talvez consigam "aguentar" porque já estão surdos e não escutam mais as faixas de frequência comuns no ambiente.

15.4 REDUÇÃO DO RUÍDO

O ruído tem feito parte do cotidiano urbano desde as primeiras cidades. Por exemplo, o barulho das charretes em Roma fez com que Júlio César proibisse sua circulação após o pôr do sol, para que ele pudesse dormir. Na Inglaterra, a terra natal da revolução industrial, as cidades eram incrivelmente barulhentas. Como um visitante americano descreveu:

> Os ruídos surgiam como uma poderosa batida de coração nos distritos centrais de Londres. Era uma coisa além de tudo que se pode imaginar. As ruas da Londres em funcionamento eram uniformemente pavimentadas com "granito"... E as marteladas de uma imensidão de saltos metálicos, o barulho como batidas de tambor das rodas indo de um topo (de pedriscos) para outro; as madeiras arranhando em uma cerca; os rangidos e zumbidos e zunidos e ruídos dos veículos, leves e pesados, assim cruéis, o chacoalhar estridente das correntes; todos multiplicados pelos gritos e chamados daquelas criaturas de Deus que desejavam transmitir informações ou proferir vocalmente um pedido – faziam um barulho além de qualquer concepção. Não era nada menos que barulho[3].

Nos Estados Unidos, as cidades tornaram-se incrivelmente barulhentas, e já foram criados diversos os tipos de leis para diminui a barulheira. Em Dayton, Ohio, a cidade proclamou que "era ilegal que vendedores ambulantes perturbassem a paz e silêncio gritando e berrando para vender suas mercadorias". A maioria dessas leis foi, com certeza, pouco respeitada e logo caiu no esquecimento, à medida que o ruído aumentava.

A lei mais eficazmente aprovada pelo congresso para o controle de ruídos foi a Lei de Segurança no Trabalho e Saúde Ocupacional de 1970, na qual a Occupational Health and Safety Administration (OSHA) recebeu autoridade para controlar os níveis de ruídos industriais. Uma das regulamentações mais importantes promulgadas pela OSHA são os limites de ruídos industriais. Reconhecendo que tanto a intensidade e a duração do ruído são importantes para a prevenção de danos auditivos, as regulamentações limitam o ruído como apresentado na Tabela 15.3. Os níveis de som maiores que 115 dB(A) são claramente prejudiciais e não devem ser permitidos.

Os ruídos industriais são em grande parte constantes em um dia de trabalho de oito horas. Os ruídos da comunidade são, no entanto, intermitentes. Se um avião passar por perto apenas algumas vezes no dia, o nível de som é em média baixo, mas o fator de irritação é alto. Por essa razão, foi desenvolvido um grande número de índices de ruídos, que pretendem estimar o efeito psicológico do ruído. A maioria começa utilizando a técnica de distribuição acumulada, semelhante à análise de eventos naturais, como as enchentes, vista no Capítulo 2.

O Departamento de Transportes tem se preocupado com o ruído do tráfego, e estabeleceu níveis de ruído máximos para diferentes veículos. Caminhões e automóveis modernos são consideravelmente mais silenciosos do que eram há alguns anos, mas a maior parte disso foi determinada não por sanções governamentais, mas sim por exigência pública. A exceção são alguns caminhões que continuam a compor a principal fonte de barulho nas estradas e têm pouca chance de serem pegos pela polícia, pois esta não

Tabela 15.3 Limites de ruído industrial definidos pela OSHA

Duração (horas)	Níveis de som [dB(A)]
8	90
6	92
4	95
3	97
2	100
1	105
0,5	110
0,25	115

considera o barulho como um problema sério se comparado às outras preocupações como a segurança das estradas. Um excelente trabalho também tem sido realizado por engenheiros acústicos que trabalham para silenciar aeronaves comerciais. As linhas aéreas modernas são incrivelmente mais silenciosas quando comparadas a modelos muito mais ruidosos, como o Boeing 727, uma das grandes aeronaves mais barulhentas ainda em uso.

Porém, o controle de ruídos no ambiente urbano ou o ruído produzido por máquinas e outros aparelhos não recebeu muito apoio público ou do governo. Embora o Congresso tenha aprovado a Lei do controle de ruído de 1972, obteve-se muito pouco progresso no controle de ruídos. Na década de 1980, o escritório de ruídos da EPA dos Estados Unidos foi fechado, quando da quase eliminação da agência e não foi reaberto.

15.5 CONTROLE DE RUÍDOS

O nível de ruído pode ser reduzido com a utilização de uma das seguintes três estratégias: proteção do receptor, redução das fontes do ruído ou controle do caminho do som.

15.5.1 Proteção do receptor

Proteger o receptor, em geral, envolve o uso de protetores auriculares ou outros tipos de proteção. Os protetores pequenos, apesar de fáceis de utilizar e baratos, não são muito eficientes para muitas frequências de ruídos. O ouvido pode detectar sons não somente através do canal auditivo, mas também por meio de vibrações de ossos ao redor do ouvido. Dessa forma, os protetores pequenos são apenas parcialmente eficientes. Os melhores são os abafadores auditivos que cobrem toda a orelha e protegem o usuário da maioria dos ruídos do ambiente. O problema desses protetores grandes, no entanto, é o efeito psicológico. Em geral, as pessoas podem evitá-los por considerá-los desajeitados e desconfortáveis e decidir arriscar, negando, assim, a eficácia da proteção.

15.5.2 Redução das fontes do ruído

Reduzir as fontes do ruído é geralmente o meio mais eficiente para controle de ruídos. O replanejamento do design de aeronaves comerciais já foi mencionado como um exemplo de eficácia dessa estratégia de controle. Mudar o tipo de motores utilizados dentro e fora das casas também normalmente reduz, de forma eficiente, a ocorrência de ruídos. Por exemplo, trocar um cortador de grama com motor de dois tempos à gasolina por um elétrico elimina eficientemente uma fonte comum e insidiosa de ruídos na vizinhança. Os piores produtores de ruídos atualmente são os aparelhos sopradores ou aspiradores de folhas; normalmente, o nível de ruído produzido por eles está bem acima do que a OSHA permitiria para ruídos industriais.

Para os ruídos do trânsito, a redução da fonte (veículos) pode ser feita por meio da alteração do projeto dos veículos e da pavimentação. Além disso, o excesso de barulho pode ser reduzido com a maior adesão da população no uso dos transportes alternativos, incluindo transporte público, andar a pé e de bicicleta. Para áreas residenciais e outras onde os níveis de ruído mais altos são inaceitáveis, o barulho pode ser reduzido com a diminuição do limite de velocidade para a região e incentivo para uso de rotas alternativas, por meio de aparelhos de controle de velocidade ou replanejamento das vias.

15.5.3 Controle do caminho dos ruídos

Alterar o caminho dos ruídos é uma terceira alternativa. A prova mais visível da eficiência dessa estratégia é o aumento das paredes antirruído, ou barreiras, ao longo das estradas. Atualmente uma grande variedade de materiais e formatos para as barreiras está sendo utilizada contra o ruído (Figura 15.6). Apesar de as barreiras de terra serem as mais baratas,

Figura 15.6 Barreiras antirruído nas vias (concreto pré-moldado (A), Durisol® (B) e tijolo (C)).

exigem grandes áreas para sua construção, algo que geralmente falta em áreas urbanas. A maioria das paredes nos EUA foi construída com concreto ou blocos de concreto.

As paredes antirruído oferecem máxima redução de barulho para apenas a primeira linha de receptores (por exemplo, casas). A eficiência na redução é metade para a segunda linha e baixa para as outras. Se uma barreira for instalada em apenas um lado da

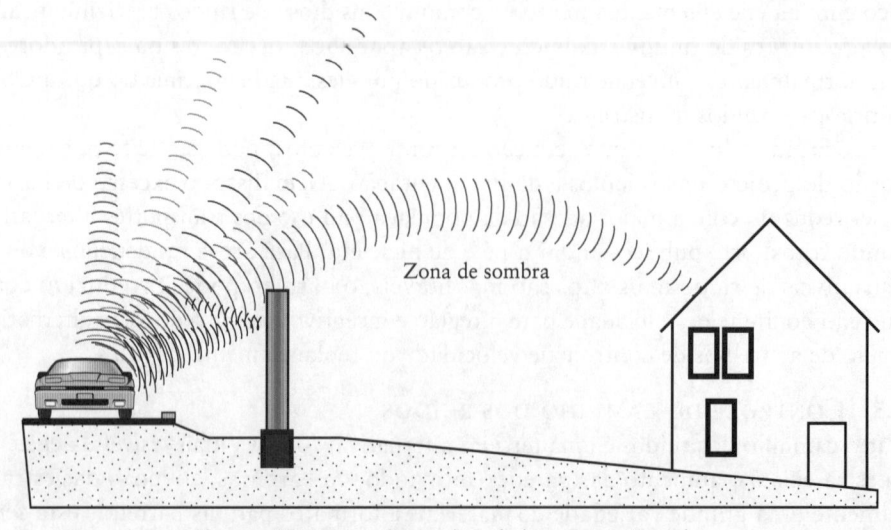

Figura 15.7 Zona de sombra da barreira antirruído.

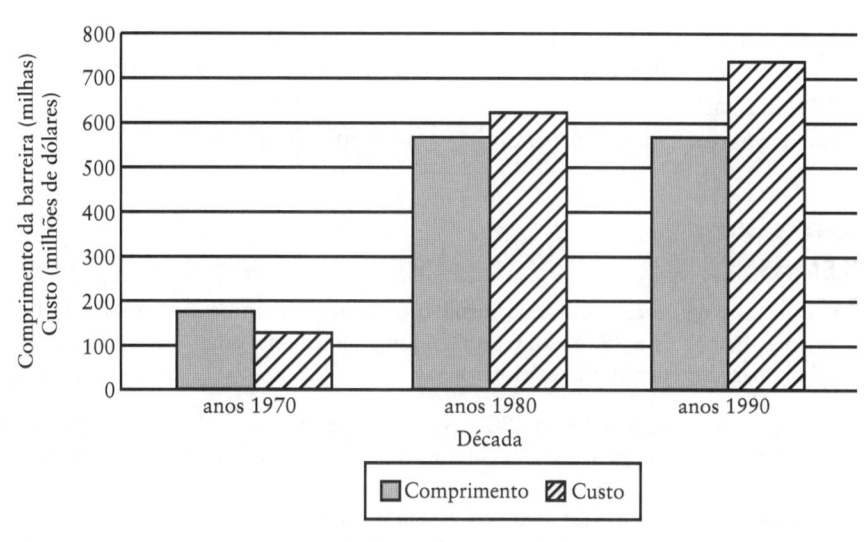

Figura 15.8 Construção e custo de barreira antirruído em estradas norte-americanas.

via, os receptores do outro lado acabam recebendo mais barulho. Isso acontece por causa das propriedades do som e das paredes. Estas criam uma zona de sombra (Figura 15.7), na qual ocorre a redução máxima do ruído. Infelizmente, o som não é como a luz. Uma sombra de ruído não é perfeita, e ela pode desviar e ricochetear na barreira ou até mesmo no ar, dependendo das condições atmosféricas. Às vezes, ruídos a milhares de quilômetros podem ser ouvidos conforme as ondas de pressão ricocheteiam nas camadas de inversão.

Ademais, fornecer proteção apenas para edifícios localizados imediatamente no sotavento da barreira, também, as paredes são relativamente caras. Como apresentado na Figura 15.8, o custo para construção dessas paredes aumentou e atualmente custam mais de US$ 1 milhão por milha. É um fator questionável se os benefícios constituem uma razão suficiente para gastar o dinheiro público.

As barreiras antirruído são consideradas na construção de uma nova estrada quando são detectados os impactos do barulho. Estes são considerados quando há uma previsão (por meio de simulações por computador) de que os futuros níveis de ruído podem exceder significativamente os níveis existentes (definidos pelos departamentos estaduais de transporte), ou for igual ou maior a 66 dB(A). No entanto, as barreiras são construídas apenas quando são opções razoáveis e viáveis. O que isso significa? São os departamentos estaduais de transporte, novamente, que definem o que é razoável e viável. Algum tipo de análise de custo-benefício é geralmente incluído como critério.

O ruído das estradas também tem sido reduzido por elementos naturais *densos*. As árvores por si só não são muito eficientes, mas uma densa mata reduzirá o nível de pressão sonora em diversos decibéis por cada 30 metros de mata. Acabar com os elementos naturais para ampliar uma estrada causará invariavelmente aumento dos problemas com ruído. Na maioria dos cenários urbanos, não há espaço para uma mata densa, então as árvores servem mais como benefícios estéticos e psicológicos do que para a redução de ruído.

SÍMBOLOS

dB = decibéis

dB(A) = decibéis na escala em A, mais próxima da audição humana

Hz = Hertz, ciclos por segundo

SPL_j = nível de pressão sonora de ordem j

N = quantidade de medições realizada em uma análise de frequência

P = pressão sonora

P_{ref} = pressão sonora de referência, geralmente considerada 0,00002 N/m²
r = distância a partir da fonte de ruído
SPL = nível de pressão sonora
SPL_r = nível de pressão sonora a uma distância r
W = energia do som

PROBLEMAS

15.1 Uma unidade de deságue em uma instalação de tratamento de água residual possui uma centrífuga que opera a 89 dB(A). Outra máquina semelhante está sendo instalada na mesma sala. O operador conseguirá trabalhar nessa sala?

15.2 Um cortador de grama emite 80 dB(A). Suponha que outros dois cortadores produzindo 80 e 61 dB(A), respectivamente, sejam colocados em funcionamento com o primeiro.
   a. Calcule a cacofonia, em dB(A).
   b. Calcule o nível de pressão sonora a 200 m no jardim de um vizinho.

15.3 Uma bomba de lodo emite o ruído a seguir conforme medido por um medidor de nível de som em diferentes bandas de oitavas:

Banda de Oitava (Hz)	Nível de Som [dB(A)]
31,5	39
63	42
125	40
250	48
500	22
1.000	20
2.000	20
4.000	21
8.000	10

   a. Calcule o nível de som geral, em dB(A).
   b. Ele cumpre com os critérios da OSHA para uma jornada de trabalho de oito horas?
   c. Que abordagens poderiam ser adotadas para reduzir o nível de pressão sonora?
   d. Se a técnica mais barata for utilizar protetores de ouvido, eles deveriam ser utilizados? Que considerações éticas podem estar envolvidas na escolha da abordagem para controle de ruído?

15.4 Utilizando a análise de frequência do Problema 15.3, calcule o nível de *pressão* sonora, em dB. *Observação*: Primeiro, você deve corrigir as leituras de decibéis para dB em vez de dB(A), e então somá-las.

15.5 Uma estrela do rock de 20 anos de idade faz um audiograma. Os resultados são apresentados na Figura 15.9.
   a. Ele consegue escutar uma conversa normal?
   b. Se a curva para a *Pessoa C* apresentada na Figura 15.4 representa uma perda normal de capacidade auditiva em função da idade para uma pessoa de 65 anos, desenhe o audiograma para a estrela do rock quando chegar a essa idade.
   c. Ele ainda conseguirá ouvir alguma coisa?

15.6 *Paternalismo* é, como o próprio nome diz, um processo de proteção e cuidado para pessoas que não podem ou não irão cuidar de si próprias, como no caso de um pai e uma criança. O nome toma um sentido negativo se, no entanto, a "criança" na verdade for um adulto e o "pai", o governo. O cenário dos padrões para ruídos industriais da OSHA é um claro exemplo de paternalismo governamental.

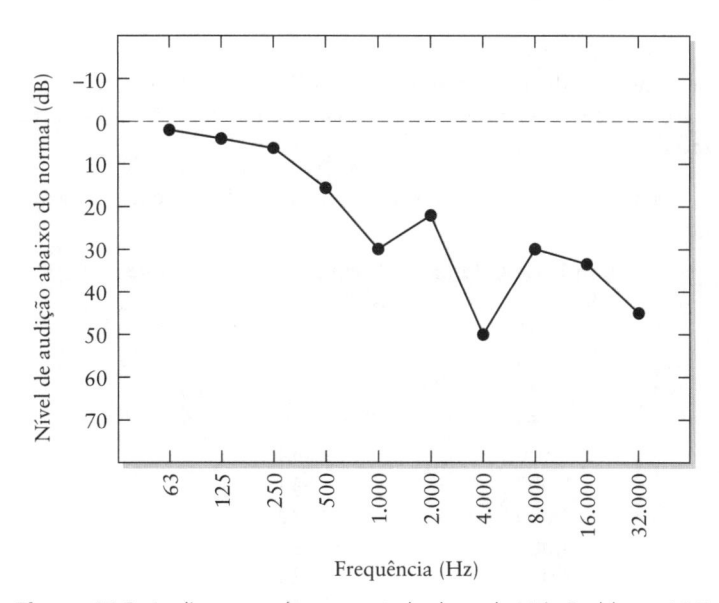

Figura 15.9 Audiograma de uma estrela do rock. Veja Problema 15.5.

Suponha que uma engenheira amiga sua esteja trabalhando com controle ambiental para uma companhia, e como parte de suas tarefas ela deve monitorar os níveis de ruído da OSHA no lugar onde trabalha. Ela, então, descobre que, em um local de trabalho, o nível excede aquele permitido pela OSHA para uma jornada de oito horas. Parece não existir nenhum modo de reduzir a fonte de ruído, nem controlar o caminho do som. Ela sugere que os trabalhadores utilizem protetores auriculares.

Você é um agente da OSHA e coincidentemente está no local quando sua amiga fala sobre a loja e sugere a utilização dos protetores. Mas sua amiga lhe diz que os funcionários nessa loja pediram para falar com ela e perguntar se podiam ser dispensados do uso dos protetores que consideram ser incômodos e inúteis. Eles insistem que sabem o que é melhor para eles mesmos, e que não querem que lhes digam como devem se proteger.

Você os encontra e diz a todos, inclusive à sua amiga, a engenheira da fábrica, que isso é definido por lei e que suas mãos estão atadas. Mas os funcionários insistem que existe alguma coisa sem fundamento nessa lei, que esta foi aprovada para que as pessoas que *querem* utilizar a proteção possam ter o governo do seu lado. Mas nesse caso os funcionários querem que o governo se afaste e os deixe em paz.

Você tem autoridade para passar por cima dessa pequena infração em um ambiente industrial, que exceto essa questão, é seguro, se escrever um relatório justificando a isenção das regulamentações. Você concede a isenção, ou insiste para que os funcionários se protejam do que parece ser um ruído excessivo?

Escreva um memorando de uma página, para seu superior, recomendando uma ação.

15.7 Uma análise de frequência foi realizada em uma fábrica, apresentando os seguintes resultados:

Banda de Oitava (Hz)	Nível de Pressão Sonora (dB)
31,5	30
63	40
125	10
250	30
500	128
1.000	80
2.000	10
4.000	2
8.000	0

a. Calcule o nível médio de pressão sonora.
b. Calcule o nível médio de pressão sonora a 100 m da fonte de ruído.
c. Se você precisasse reduzir o nível de pressão sonora, que estratégia de redução de ruídos utilizaria?

15.8 Foi realizada uma análise de frequência em uma fábrica, que apresentou os seguintes resultados:

Banda de Oitava (Hz)	Nível de Pressão Sonora (dB)
31,5	5
63	10
125	40
250	30
500	82
1.000	48
2.000	70
4.000	125
8.000	20
16.000	40
32.000	40

a. Suponha que a Pessoa B, cujo audiograma é apresentado na Figura 15.4, trabalhe nessa fábrica. O que pode ser inferido a partir do audiograma desta pessoa e da análise de frequência realizada na fábrica?
b. Calcule o nível médio de pressão sonora na fábrica.
c. Calcule o nível médio de som [dB(A)] na fábrica. (*Observação*: Aproxime os valores pela correção dos níveis de pressão sonora, utilizando a Figura 15.3).

NOTAS FINAIS

(1) Em homenagem ao físico alemão, Heinrich Hertz.
(2) Em homenagem a Alexander Graham Bell.
(3) Still, H. 1970. *In quest of quiet*. Harrisburg, PA: Stackpole Books.

CAPÍTULO DEZESSEIS

Decisões de Engenharia

Qualquer projeto de engenharia, grande ou pequeno, inclui em sua implantação uma série de decisões tomadas pelos engenheiros. Às vezes, tais decisões revelam-se equivocadas. Muitas delas, no entanto, tomadas diariamente centenas de vezes por milhares de engenheiros, estão corretas e, assim, aprimoram o conjunto da civilização humana, protegem o meio ambiente e reforçam a integridade dessa profissão. Como raramente a tomada de decisões em engenharia se mostra equivocada, esse processo é pouco conhecido e discutido. No entanto, quando uma decisão acaba por revelar-se equivocada, os resultados geralmente são catastróficos. Como afirma Gray, médicos normalmente só podem ferir uma pessoa por vez, ao passo que engenheiros têm potencial para ferir milhares devido a sistemas projetados incorretamente[1] (veja o Capítulo 1).

Este capítulo é uma revisão de como os engenheiros ambientais devem tomar decisões, começando por uma breve descrição das escolhas técnicas, seguida por uma discussão sobre análise econômica, possivelmente, a segunda ferramenta utilizada com mais frequência na tomada de decisões em engenharia ambiental e a segunda mais quantificável. Em seguida, a utilização da análise benefício/custo é descrita, discutindo-se também as escolhas com base em análise de risco. Avançando em direção a formas mais subjetivas de tomada de decisões, a análise de impacto ambiental como uma ferramenta de engenharia é revista. Este capítulo encerra-se com uma introdução à ética e à tomada de decisões éticas aplicada à engenharia ambiental.

16.1 DECISÕES COM BASE EM ANÁLISES TÉCNICAS

Em engenharia, raramente há "o melhor jeito" de se projetar alguma coisa. Se já *houvesse* um melhor jeito, a engenharia se estagnaria, a inovação cessaria e a paralisia técnica iria se estabelecer. Assim como temos de reconhecer que não há uma única obra de arte perfeita, como, por exemplo, uma pintura, também não existe uma instalação perfeita de tratamento de água. Se *houvesse* uma pintura ou uma instalação perfeita, todas as instalações de tratamento do futuro se pareceriam com ela, assim como todas as pinturas seriam iguais.

O estudante de graduação em engenharia costuma aprender durante os primeiros anos do curso que todas as lições de casa e questões de prova possuem uma única resposta "certa", sendo todas as outras respostas "erradas". Mas, na prática da engenharia, muitas decisões técnicas podem estar certas, de modo que um problema pode apresentar várias soluções técnicas igualmente corretas. Por exemplo, um esgoto pode ser construído com concreto, ferro fundido, aço, alumínio, porcelana, vidro e muitos outros materiais. Com os procedimentos adequados de projetos de engenharia, esse esgoto permitiria a descarga do fluxo e, portanto, seria tecnicamente correto.

As decisões técnicas têm como característica a possibilidade de ser verificadas por outros engenheiros. Antes que um desenho de projeto deixe o escritório de engenharia, ele é verificado várias vezes para assegurar que as decisões técnicas estejam corretas; ou seja, se estrutura/máquina/processo funcionarão como desejado se tudo for construído conforme as especificações. As decisões técnicas, portanto, são claramente calculadas e podem ser avaliadas e verificadas por outros profissionais competentes.

EXEMPLO 16.1

Problema Uma cidade com 1.950 residentes deseja estabelecer um programa de coleta de resíduos (lixo) sólido com operação e propriedade do município. Eles podem adquirir um dentre os três caminhões com as seguintes características:

Caminhão A, capacidade de 24 jardas cúbicas
Caminhão B, capacidade de 20 jardas cúbicas
Caminhão C, capacidade de 26 jardas cúbicas

Se o caminhão destina-se à coleta dos refugos de um quinto da cidade por dia durante uma semana de trabalho de cinco dias, então todas as residências terão coleta durante a semana e o caminhão terá de fazer apenas uma viagem por dia ao aterro. Que caminhão (ou quais caminhões) terá(ão) capacidade suficiente para isso?

Solução Como não é fornecida uma taxa de geração de resíduos sólidos nessa cidade, devemos assumir uma. Suponha uma taxa de 3,5 lb/capita/dia. O peso total de resíduos sólidos a serem coletados será, então

$$(1.950 \text{ pessoas})(3,5 \text{ lb/capita/dia})(7 \text{ dias/semana}) = 47.775 \text{ lb/semana}$$

das quais um quinto, ou 9.555 lb, será coletado por dia. Para melhorar a eficiência, os caminhões de lixo compactam os resíduos. Suponha que o caminhão seja capaz de compactar o refugo a 500 lb/jarda[(3)]. A capacidade necessária será

$$(9.555 \text{ lb/dia})(500 \text{ jarda}^3/\text{lb}) = 19,1 \text{ jarda}^3/\text{dia}.$$

Tanto o caminhão de 20 jardas cúbicas como o de 25 possuem capacidade suficiente, enquanto o de 16 não possui. Observe que um caminhão de 19 jardas cúbicas também seria insuficiente; esse caso é um daqueles em que o número deve ser arredondado para mais, não para menos.

Ao executarmos análises técnicas, frequentemente, não dispomos de todas as informações necessárias para tomar decisões. Portanto, é necessário fazer suposições. Estas, é claro, devem ser realizadas a partir dos melhores dados disponíveis, com uma pitada (às vezes generosa) de bom-senso. Por exemplo, ao estimarmos a taxa de geração de resíduos sólidos da comunidade no problema acima, seria melhor coletar dados sobre a geração naquela comunidade (por exemplo, através de análise dos registros dos coletores de lixo) em vez de confiar em médias nacionais, pois cada comunidade é única. Além disso, os engenheiros normalmente não projetam sistemas que durem apenas um ou dois anos; portanto, as projeções devem ser feitas a partir da população futura da comunidade e de padrões de geração de resíduos.

Evidentemente, as pressões da prática moderna exigem não apenas que as decisões de engenharia sejam efetivas (ou seja, funcionem), mas também que sejam econômicas (funcionem a um custo mínimo). Por exemplo, no problema acima, enquanto tanto o caminhão A como o B apresentam capacidade suficiente para recolher o lixo, os custos de operação e manutenção podem ser muito diferentes. Enquanto os cálculos técnicos são capazes de resolver questões técnicas, as questões de custo exigem uma forma diferente de tomada de decisões em engenharia – a *análise econômica*.

16.2 DECISÕES COM BASE EM ANÁLISES ECONÔMICAS

Normalmente, os engenheiros trabalham para um empregador ou cliente o qual exige que várias alternativas para a solução de um problema de engenharia sejam analisadas com base nos custos. Por exemplo, se um engenheiro municipal está considerando a compra de veículos de coleta de refugos e descobre que pode adquirir caminhões caros com capacidade de grande compactação dos resíduos, tornando, assim, a viagem ao aterro mais eficiente, ou caminhões baratos que exigem mais viagens ao aterro, como ele saberá qual é menos dispendioso para a comunidade? Obviamente, a alternativa de menor custo total (com *todos* os dados de custos fornecidos) seria a decisão mais racional.

Além das dificuldades de estimar os custos necessários, a análise econômica é complicada devido ao fato de que o dinheiro muda de valor com o tempo. Se um dólar de hoje for investido em uma conta que renda juros de 5%, esse dólar será US$ 1,05 em um ano. Assim, passado um ano, um dólar não será o mesmo dólar que existe hoje e dois dólares não poderão ser somados diretamente. Ou seja, em vez de US$ 2,00, seriam US$ 2,05. De modo similar, não faz sentido algum somar os custos operacionais anuais de uma instalação ou peça de equipamento no período correspondente (em anos, no caso) à toda a vida útil do equipamento, pois, novamente, os dólares serão diferentes a cada ano e a soma desses dólares seria como somar maçãs e laranjas, uma vez que o dinheiro muda de valor com o tempo. Por exemplo, se uma comunidade gastar US$ 4.000,00 para operar e manter um caminhão de coleta de lixo durante um ano e US$ 5.000,00 no ano seguinte, a comunidade precisará de menos de US$ 9.000,00 investidos para cobrir as despesas (o mesmo conceito se aplica à poupança pessoal para futuras despesas como faculdade ou aposentadoria).

Essa questão pode representar um problema para as comunidades que estão tentando apenas compreender quanto custa construir instalações ou operar serviços públicos. A técnica utilizada para contornar essa dificuldade é comparar os custos de diversas alternativas com base no custo *anual* ou no *valor presente* do projeto. No cálculo do custo anual, todos os custos representam o dinheiro de que a comunidade precisa anualmente para operar determinada instalação e recompor o débito. Os custos operacionais são estimados ano a ano e os custos de capital são calculados como as reservas anuais necessárias para cobrir os débitos durante a vida útil esperada do projeto.

No caso do cálculo do valor presente, os custos de capital são as reservas necessárias para construir as instalações e os custos operacionais são calculados como se o dinheiro a ser pago por elas estivesse disponível hoje e fosse depositado no banco para ser utilizado pela operação durante sua vida útil esperada. Um projeto com um custo operacional mais alto exigiria um investimento inicial maior para se ter reservas suficientes a fim de pagar o custo de operação.

O método do custo anual ou o do valor presente são, na maioria dos casos, um método aceitável de comparação entre diferentes soluções alternativas. A conversão de custo de capital em custo anual e o cálculo do valor presente do custo operacional podem ser executados de modo mais rápido utilizando-se tabelas (ou calculadoras pré-programadas). A Tabela 16.1 é um exemplo do tipo de tabelas de juros utilizada para esses cálculos.

Os custos anuais são convertidos em valor presente calculando-se quanto o valor gasto anualmente valeria no momento presente. Com juros de 10%, apenas US$ 0,9094 precisaria ser investido hoje para se obter US$ 1,00 a ser gasto daqui a um ano (como apresentado na coluna "Valor presente" da Tabela 16.1). Se, além do dólar no primeiro ano, outro dólar for necessário no início do segundo ano, o investimento total *hoje* seria de

Tabela 16.1 Fatores de Juros Compostos

	$i = 6\%$ de juros	
Número de Anos (n)	Fator de Recuperação de Capital (C_R)	Fator de Valor Presente (C_P)
1	1,0600	0,9434
2	0,54544	1,8333
3	0,37411	2,6729
4	0,28860	3,4650
5	0,23740	4,2123
6	0,20337	4,9172
7	0,17914	5,5823
8	0,16104	6,2097
9	0,14702	6,8016
10	0,13587	7,3600
11	0,12679	7,8867
12	0,11928	8,3837
13	0,11296	8,8525
14	0,10759	9,2948
15	0,10296	9,711
16	0,09895	10,105
17	0,09545	10,477
18	0,09236	10,827
19	0,08962	11,158
20	0,08719	11,469
	$i = 8\%$ de juros	
Número de Anos (n)	Fator de Recuperação de Capital (C_R)	Fator de Valor Presente (C_P)
1	1,0800	0,9259
2	0,56077	1,7832
3	0,38803	2,5770
4	0,30192	3,3121
5	0,25046	3,9926
6	0,21632	4,6228
7	0,19207	5,2063
8	0,17402	5,7466
9	0,16008	6,2468
10	0,14903	6,7100
11	0,14008	7,1389
12	0,13270	7,5360
13	0,12642	7,9037
14	0,12130	8,2442
15	0,11683	8,5594
16	0,11298	8,8513
17	0,10963	9,1216
18	0,10670	9,3718
19	0,10413	9,6035
20	0,10185	9,8181

(continua...)

US$ 1,7355, e não de US$ 2,00. Em termos gerais, se uma mesma quantia constante A for necessária em cada período, durante n períodos de tempo a uma taxa de juros compostos i, o valor presente desse dinheiro, ou seja, a quantidade que precisa ser investida, é $C_P \times A$, em que C_P = fator de valor presente.

Tabela 16.1 Fatores de Juros Compostos - continuação

	$i = 10\%$ de juros	
Número de Anos (n)	Fator de Recuperação de Capital (C_R)	Fator de Valor Presente (C_P)
1	1,1000	0,9094
2	0,57619	1,7355
3	0,40212	2,4868
4	0,31547	3,1698
5	0,26380	3,7907
6	0,22961	4,3552
7	0,20541	4,8683
8	0,18745	5,3349
9	0,17364	5,7589
10	0,16275	6,1445
11	0,15396	6,4950
12	0,14676	6,8136
13	0,14078	7,1033
14	0,13575	7,3666
15	0,13147	7,6060
16	0,12782	7,8236
17	0,12466	8,0215
18	0,12193	8,2013
19	0,11955	8,3649
20	0,11746	8,5135

Os custos de capital são convertidos em custos anuais reconhecendo-se que a despesa total com capital teria rendido juros se o dinheiro tivesse sido investido à taxa de juros predominante. Um investimento de US$ 1,00 hoje, a juros de 10%, teria rendido US$ 0,10 em um ano e valeria US$ 1,10. Se um custo de capital de US$ 1,00 deve ser pago em dois anos, o pagamento de cada ano, como apresentado na coluna "Recuperação de Capital" da Tabela 16.1, é de US$ 0,57619. A quantia de dinheiro necessária a cada ano para pagar um empréstimo de C dólares por n períodos de tempo a uma taxa de juros compostos i é $C_R \times C$, em que C_R = fator de recuperação de capital.

Os dois tipos de conversão são ilustrados no exemplo a seguir.

EXEMPLO 16.2

Problema Uma cidade está tentando decidir sobre a aquisição de um veículo de coleta de refugos. Estão sendo considerados dois tipos, A e B, e os custos operacionais e de capital são mostrados abaixo. Espera-se que cada caminhão tenha uma vida útil de dez anos.

	Caminhão A	Caminhão B
Custo inicial (de capital)	$ 80.000	$ 120.000
Custo de manutenção, por ano	6.000	2.000
Custo de combustível e óleo, por ano	8.000	4.000

Qual caminhão a cidade deve adquirir com base apenas nesses custos? Calcule os custos com base anual e com base em valor presente, assumindo-se uma taxa de juros de 8%.

Solução Cálculo do custo anual do Caminhão A:
A partir dos 8% da tabela de juros (Tabela 16.1), o C_R de n = 10 anos é 0,14903. Portanto, o custo anual do capital é de US$ 80.000 × 0,14903 = US$ 11.922.

O custo anual total para o Caminhão A é, portanto:

Recuperação de capital	US$ 11.922,00
Manutenção	US$ 6.000,00
Combustível	US$ 8.000,00
Total	US$ 25.922,00

Cálculo de custo anual do Caminhão B:

O C_R é o mesmo, pois i e n são os mesmos. O custo anual do capital é, portanto, US$ 120.000 × 0,14903 = US$ 17.884, e o custo anual total do Caminhão B é:

Recuperação de capital	US$ 17.884,00
Manutenção	US$ 2.000,00
Combustível	US$ 4.000,00
Total	US$ 23.884,00

Partindo-se da base de custos anuais, o Caminhão B, que possui um custo de capital maior, é a escolha racional, pois seu custo anual total à comunidade é menor do que o custo total do Caminhão A.

Cálculo do valor presente do Caminhão A:

O C_P para n = 10 e i = 8% é 6,7100 (Tabela 16.1). O valor presente dos custos anuais de manutenção e combustível é, portanto, (US$ 6.000 + US$ 8.000) × 6,7100 = US$ 93.940, e o valor presente total é:

Custo de capital	US$ 80.000,00
Valor presente de manutenção e combustível	US$ 93.940,00
Total	US$ 173.940,00

Cálculo do valor presente do Caminhão B:

Novamente, o C_P é o mesmo (6,7100), pois i e n são os mesmos. O valor presente dos custos anuais é (US$ 2.000 + US$ 4.000) × 6,7100 = US$ 40.260, e o valor presente total é:

Custo de capital	US$ 120.000,00
Valor presente de manutenção e combustível	US$ 40.260,00
Total	US$ 160.260,00

Com base no valor presente, o Caminhão B ainda é a escolha mais racional, pois, se a comunidade emprestasse o dinheiro para operar o caminhão por 10 anos, ela teria de emprestar menos dinheiro do que se quisesse adquirir o Caminhão A.

Mas, suponha que várias alternativas de cursos de ação também apresentem diferentes benefícios para o cliente ou o empregador. Suponha, por exemplo, que uma alternativa aberta à comunidade seria passar de uma coleta de refugos, duas vezes por semana, para uma única coleta semanal. Nesse caso, o nível de serviço também seria variável e a análise anterior não mais se aplicaria. É necessário incorporar os benefícios à análise econômica para assegurar que seja feita a utilização mais eficiente dos recursos escassos.

16.3 DECISÕES COM BASE EM ANÁLISES DE BENEFÍCIO/CUSTO[1]

Na década de 1940, o *Bureau of Reclamation* (agência responsável pelo gerenciamento de águas, que, no Brasil, corresponde ao Departamento de Gerenciamento de Águas) e o Corpo de Engenheiros do Exército dos EUA disputaram os dólares dos cofres públicos em sua busca por represar todos os rios com fluxo livre de água no país. Para convencer o Congresso da necessidade de projetos importantes de armazenamento de água, foi desenvolvida uma técnica chamada *análise de benefício/custo*. Esse processo mostrou-se tão útil quanto fácil. Ao se considerar um projeto, compara-se uma estimativa de seus benefícios decorrentes com os custos incorridos, por meio do valor obtido pela divisão dos benefícios pelos custos. Se essa razão benefício/custo for maior do que 1,0, o projeto é claramente viável, sendo que os projetos com os quocientes benefício/custo mais altos devem ser construídos primeiro, pois fornecerão maior retorno sobre o investimento. Submetendo seus projetos a essa análise, o *Bureau* e o Corpo de Engenheiros puderam argumentar em favor de um aumento nos gastos dos fundos públicos e conseguiram classificar os projetos propostos em ordem de prioridade.

Como no caso da análise econômica, os cálculos nas análises de benefício/custo, são expressos em termos monetários. Por exemplo, os benefícios de um canal poderiam ser calculados como economias monetárias em custos de transporte. Mas, alguns benefícios e custos (como ar limpo, flores, rafting, odores ruins, poluição de lençóis freáticos e ruas sujas) não são facilmente expressos em termos monetários. No entanto, tais benefícios e custos são muito reais e de algum modo devem ser incluídos na análise.

Uma solução é simplesmente forçar a atribuição de valores monetários a esses benefícios. Na estimativa de benefícios de lagos artificiais, por exemplo, as vantagens recreacionais são calculadas prevendo-se quanto as pessoas estariam dispostas a pagar para utilizar essas instalações. Há, é claro, muitas dificuldades em usar essa técnica. O valor atribuído a um dólar varia substancialmente de pessoa para pessoa, e algumas se beneficiam mais de projetos públicos do que outras, mas todos compartilham o custo. Devido aos problemas envolvidos na estimativa desses benefícios, eles podem ser exagerados para aumentar o quociente benefício/custo. Assim, é possível justificar, praticamente, qualquer projeto em função de benefícios que podem ser ajustados conforme a necessidade.

No exemplo a seguir, são adotados valores monetários para benefícios e custos subjetivos para ilustrar como tal análise é realizada. O leitor deve reconhecer que a análise de benefício/custo é um simples cálculo aritmético e, mesmo que o valor final possa ser apurado até várias casas decimais, ele é útil apenas como uma forma de estimativa (não tão precisa) utilizada no cálculo.

EXEMPLO 16.3

Problema Uma pequena comunidade possui e opera há vários anos um serviço de coleta de refugos que consiste de um caminhão utilizado para coletar os resíduos uma vez por semana. Esse único caminhão está desgastado e deve ser substituído. Parece também que apenas um caminhão não é mais suficiente e é possível que seja necessário adquirir um segundo. Se esse segundo caminhão não for adquirido, será solicitado que os cidadãos

---

1. Note-se que a análise aqui apresentada se baseia na relação benefício/custo. No Brasil, no entanto, tem sido muito citada, ao menos na mídia, a razão custo/benefício. Esta, na verdade, em termos numéricos, corresponde a um valor igual ao inverso da relação benefício/custo. Daí resulta que valores menores (e não maiores) da relação custo/benefício é que indicarão o melhor projeto do ponto de vista dessa análise, ao contrário do que se escuta, por aí, às vezes, enaltecendo as vantagens de um maior custo/benefício. (NRT)

queimem os resíduos de papel nos fundos de suas casas para reduzir a quantidade de refugo coletado. Há duas opções:

1. O antigo caminhão é vendido, adquirindo-se dois modelos mais novos. Isso permitirá que haja coleta duas vezes por semana em vez de uma.
2. O antigo caminhão será vendido, sendo adquirido apenas um novo caminhão, porém os cidadãos da comunidade serão incentivados a queimar a fração combustível do refugo nos fundos de suas casas, reduzindo, assim, a quantidade de lixo coletado.

Decida sobre a alternativa a ser escolhida utilizando uma análise de benefício/custo.

Solução Os benefícios e custos de ambas as alternativas estão relacionados, utilizando-se os valores de custo anual do Exemplo 16.2. Para os custos que não podem ser facilmente expressos em termos monetários, sugerem-se estimativas razoáveis. Em seguida, os valores são somados.

Alternativa 1:
  Benefícios

Coleta de todo o refugo*	US$ 250.000,00
Benefícios totais	US$ 250.000,00

*Pode-se considerar um benefício o dinheiro economizado por cada família por não ter de fazer a viagem semanal ao aterro, multiplicado pelo número total de viagens.

  Custos

Dois veículos novos (inclusive custos operacionais)	US$ 47.768,00
Aumento de ruídos e lixo	US$ 10.000,00
Custo de mão de obra	US$ 200.000,00
Custos anuais totais	US$ 257.768,00

$$\text{Benefício/Custo} = \frac{250.000}{257.768} = 0,97$$

Alternativa 2:
  Benefícios

Coleta de 60% do refugo	US$ 150.000,00
Benefícios totais	US$ 150.000,00

  Custos

Veículo novo (inclusive custos operacionais)	US$ 23.884,00
Ar mais poluído	US$ 0,00
Custo de mão de obra	US$ 120.000,00
Custos anuais totais	US$ 143.884,00

$$\text{Benefício/custo} = \frac{150.000}{143.884} = 1,05$$

O benefício/custo da primeira alternativa é de 0,97, enquanto o quociente benefício/custo da segunda alternativa é de 1,05. Vê-se, portanto, que a segunda alternativa deve ser selecionada.

Observe que no exemplo acima, apenas alguns itens puderam ser quantificados, como os custos dos veículos. A maioria dos outros itens constitui estimativas altamente subjetivas. Atente também para o fato de que não há custo atribuído ao ar mais poluído. Se tal custo tivesse sido incluído, o cálculo poderia chegar a uma conclusão diferente. Não é incomum, no entanto, para esse tipo de cálculo, incluir os benefícios, mas não os custos compartilhados de itens como ar limpo.

O conceito de compartilhamento desigual de custos e benefícios talvez seja melhor ilustrado pelo exemplo da "área comum" utilizada nas aldeias medievais[2]. As casas ficavam ao redor dessa área e todos criavam suas vacas nela. Tratava-se de um terreno compartilhado, porém as vacas pertenciam aos cidadãos individualmente. Não demorou muito para que um dos cidadãos da aldeia percebesse que os benefícios de se ter uma vaca eram pessoais, mas os custos de se mantê-la no terreno comum eram compartilhados por todos. De um modo realmente egoísta, fazia sentido para o fazendeiro criar muitas vacas e, assim, aumentar seus lucros. No entanto, essa medida resultou em uma reação similar de seus vizinhos. Por que *eles* deveriam continuar com uma vaca enquanto viam seu amigo ficar rico? Assim, todos compraram mais vacas e todas eram criadas na área comum. Como consequência disso, no entanto, o número de vacas superou a capacidade da área comum e todas tiveram de ser sacrificadas.

O compartilhamento do custo do ar poluído é parecido com a tragédia da área comum. Cada um de nós, ao respirar ar limpo, utiliza-o em benefício pessoal, entretanto, o custo de poluição é compartilhado por todos. É possível que seres humanos repensem o modo como vivem e concordem em limitar, voluntariamente, suas atividades poluidoras? Isso é improvável e, como consequência, o governo deve intervir e limitar cada um de nós a "termos apenas uma vaca", como no exemplo anterior.

Outro problema significativo em relação à análise de benefício/custo é que ela pode e, frequentemente, será subvertida por uma técnica conhecida como "custos irrecuperáveis". Suponha que uma agência do governo decida construir uma instalação pública e estime que os custos de construção sejam de US$ 100 milhões. Ela argumenta que, devido aos benefícios (seja qual for o modo de calculá-los) de US$ 120 milhões, vale a pena construir o projeto, pois o quociente benefício/custo é maior do que 1,0 (US$ 120 milhões/US$ 100 milhões). A agência, então, recebe a aprovação do Congresso para realizar o projeto.

Em algum momento no decorrer do projeto, já tendo gasto os US$ 100 milhões originais, a agência descobre que subestimou o custo de construção. Ela revela que o projeto, na verdade, custará US$ 180 milhões. Agora, é claro, o quociente benefício/custo é de 0,67 (US$ 120/US$ 180), que é inferior a 1,0, de modo que o projeto não é mais economicamente justificável. Porém, a agência já gastou US$ 100 milhões na construção; argumenta, então, que esse custo é um "custo irrecuperável", ou seja, dinheiro que será perdido para sempre se o projeto não for concluído. Portanto, a agência retira o mesmo da análise e argumenta que o custo *verdadeiro* do projeto é dado pela diferença entre os custos estimados nos dois momentos, ou seja, US$ 80 milhões (US$ 180 milhões – US$ 100 milhões). A taxa de benefício/custo é, por isso, calculada como US$ 120 milhões/US$ 80 milhões = 1,5, que é significativamente maior do que 1,0 e indica que o projeto deve ser concluído. É impressionante a quantidade de vezes em que esse golpe funciona sem que ninguém procure questionar à agência por que acreditar em sua *atual* estimativa se todas as anteriores foram fortemente subavaliadas.

16.4 DECISÕES COM BASE EM ANÁLISES DE RISCO

Com frequência, os benefícios de um projeto proposto não são itens simples, como valores recreacionais, mas trazem preocupações mais sérias de saúde humana. Quando a vida e a saúde entram nos cálculos de benefício/custo, as análises são classificadas de análises de *risco*/benefício/custo para indicar que há pessoas em risco. Nos últimos anos, ficaram mais conhecidas como *análises de risco*.

Essa análise é dividida ainda em *avaliação de risco* e *gerenciamento de risco*. A primeira envolve um estudo e análise dos efeitos potenciais de certas ameaças à saúde humana. Utilizando informações estatísticas, a avaliação de risco objetiva ser uma ferramenta para proporcionar informações adicionais importantes à tomada de decisões. O gerenciamento de risco, por outro lado, é o processo de redução de riscos considerados inaceitáveis.

Em nossa vida diária, aplicamos os dois casos continuamente. Fumar cigarros é um risco para nossa saúde e é possível calcular seus potenciais efeitos. Parar de fumar é um método de gerenciamento de risco, pois seu efeito é reduzir o risco de morrer de certas doenças.

De fato, o risco de morrer por qualquer motivo é de 100%. A profissão médica ainda não salvou ninguém da morte. A questão, portanto, é *quando* a morte irá ocorrer e *qual* será sua causa.

Há três modos de se calcular o risco de morrer devido a uma determinada causa. Primeiro, o risco pode ser definido como o quociente do número de mortes em uma dada população exposta a um poluente pelo número de mortes em uma população não exposta a determinado poluente. Isso corresponde a

$$\text{Risco} = \frac{D_1}{D_0}$$

onde D_1 = número de mortes em uma dada população exposta a um poluente específico por unidade de tempo,
D_0 = número de mortes em uma população de tamanho similar não exposta ao poluente por unidade de tempo.

EXEMPLO 16.4

Problema Kentville, uma comunidade de 10.000 pessoas, fica próxima a uma mina de criptônio e há uma preocupação de que as emissões das instalações de refino desse elemento tenham resultado em efeitos adversos. De modo mais específico, a criptoniose matou 10 habitantes de Kentville no ano passado. Uma comunidade vizinha, Lanesburg, possui 20.000 habitantes e está distante o suficiente da refinaria para que suas emissões não a afetem. Nessa cidade, apenas 2 pessoas morreram de criptoniose no último ano. Qual é o risco de se morrer de criptoniose em Kentville?

Solução Se o risco for definido como acima, então

$$\text{Risco de morrer de criptoniose} = \frac{\frac{10}{10.000}}{\frac{2}{20.000}} = 10$$

Ou seja, uma pessoa tem uma probabilidade 10 vezes maior de morrer de criptoniose em Kentville do que em uma localidade não contaminada.

∎

Observe, no entanto, que embora estatisticamente haja uma chance maior de se morrer de criptoniose em Kentville do que em Lanesburg e, Kentville, simplesmente, possua uma refinaria, *não se provou que o refino de criptônio seja responsável pelas mortes*. Tudo o que temos são evidências estatísticas de uma relação.

Um segundo método de se calcular riscos é determinar o número de mortes em razão de várias causas por população e comparar esses quocientes. Ou seja:

$$\text{Risco relativo de morrer da causa A} = \frac{D_A}{P}$$

onde D_A = número de mortes devido à uma causa A em uma unidade de tempo;
P = população.

EXEMPLO 16.5

Problema No último ano, o número de mortes e suas causas em Kentville foram:

Ataque cardíaco	5
Acidentes	4
Criptoniose	10
Outras	6

Qual é o risco de se morrer de criptoniose em relação às outras causas?

Solução O risco de se morrer de ataque cardíaco em Kentville é 5/10.000, enquanto o risco de se morrer de criptoniose é 10/10.000. Ou seja, este segundo risco é duas vezes maior do que o primeiro, 2,5 vezes maior do que o de morrer em acidentes e 1,7 vez maior do que o de morrer de outras causas. Os riscos podem ser diferentes em Lanesburg, claro, e é possível compará-los.

Por fim, o risco pode ser calculado como o número de mortes em virtude de certa causa dividido pelo número total de mortes, ou seja:

$$\text{Risco de morrer da causa A} = \frac{D_A}{D_{\text{total}}}$$

onde D_{total} = número total de mortes na população em uma unidade de tempo.

EXEMPLO 16.6

Problema Qual é o risco de se morrer de criptoniose em Kentville em relação às mortes devidas a outras causas, utilizando-se os dados do Exemplo 16.5?

Solução O número total de mortes do Exemplo 16.5 é 25. Portanto,

$$\text{Risco de morrer de criptoniose} = \frac{10}{25} = 0,4$$

ou seja, de qualquer maneira, os habitantes de Kentville têm 40% de probabilidade de morrer de criptoniose.

Alguns riscos são aceitos por nossa escolha, enquanto outros são impostos externamente a nós. Escolhemos, por exemplo, beber álcool, dirigir carros ou voar de avião. Cada uma dessas atividades apresenta um risco calculado, pois todos os anos morrem pessoas em consequência do abuso de álcool, acidentes de carros e de aviões. A maioria de nós pondera subconscientemente esses riscos e decide arriscar. Normalmente, as pessoas são capazes de aceitar certos riscos se a probabilidade de morte devida à causa do risco for da ordem de 0,01, ou seja, 1% do total das mortes seja atribuído à respectiva causa.

Alguns riscos, no entanto, decorrem de imposições externas e pouco podemos fazer em relação a eles. Por exemplo, foi demonstrado que a expectativa de vida de pessoas que vivem em atmosferas urbanas poluídas é, consideravelmente, menor do que a de pessoas que vivem experiências idênticas, mas respirando ar puro. Não há muito a fazer sobre esse risco (exceto mudar-se), no entanto, trata-se do tipo de risco de que as pessoas mais se ressentem. De fato, estudos mostraram que a aceitabilidade de um risco *involuntário* é de ordem 1.000 vezes menor do que a aceitabilidade de um risco *voluntário*. Esse comportamento humano pode explicar por que as pessoas que fumam cigarro ainda assim reclamam da qualidade do ar ou por que as pessoas dirigem embriagadas indo a uma audiência pública para protestar contra a construção de um aeroporto devido ao medo de um acidente aéreo.

Algumas agências federais e estaduais utilizam uma análise de risco modificada em que o benefício é uma vida salva. Por exemplo, se um certo tipo de guard-rail de autoestradas deve ser instalado, é possível que seu uso reduza de algum número a expectativa de fatalidades nessa via. Se um valor foi atribuído a cada vida, o benefício total pode ser calculado como o número de vidas salvas vezes o valor de uma vida. Estabelecer esse número é tanto uma decisão de engenharia como de política pública, respondendo, idealmente, à opinião pública.

EXEMPLO 16.7

Problema A redução de 95% de emissões de criptonita de uma refinaria custará US$ 10.000.000,00. Especialistas em toxicologia estimam que esse modelo de controle de poluição reduzirá as mortes causadas pelo criptônio de 10 a 4 por ano. Esse dinheiro deve ser gasto?

Solução Assuma que cada vida tenha o valor de US$ 1.200.000,00 com base nos rendimentos vitalícios. Seis vidas salvas valeriam US$ 7.200.000. Esse benefício é menor do que o custo do controle. Portanto, com base na análise de risco, instalar o equipamento de poluição não é eficiente em relação aos custos.

■

Mas, e quanto ao pressuposto de que uma vida humana valha US$ 1.200.000? Isso é realmente verdade? Se o exemplo acima assumisse que a vida humana valesse US$ 5.000.000, o controle de poluição estaria garantido. Porém, isso significa que os US$ 10 milhões gastos com controle de poluição não poderiam ser gastos na expansão da usina ou na criação de empregos, o que poderia aumentar a base tributária e fornecer dinheiro para outros projetos valiosos, como melhorias na educação, na saúde ou no transporte. Veremos mais sobre isso adiante.

Os cálculos de risco estão repletos desse tipo de incerteza. Por exemplo, o relatório da Academia Nacional de Ciências sobre sacarina conclui que, durante os próximos 70 anos, a expectativa de casos de câncer de bexiga em humanos decorrente de exposição diária a 120 mg de sacarina, nos EUA, pode variar de 0,22 a 1.144.000 casos. Esse é um intervalo bastante impressionante, mesmo em toxicologia. O problema, obviamente, é que temos de extrapolar dados com diferenças de muitas outras ordens de magnitude e que, frequentemente, não são de humanos, mas de outras espécies, exigindo, assim, uma conversão. No entanto, as agências governamentais encontram-se cada vez mais na situação de ter de tomar decisões com base nesses dados espúrios.

16.4.1 PROCEDIMENTOS DE ANÁLISE DE RISCO AMBIENTAL
A análise de risco ambiental se dá em diferentes etapas.
1. Defina a fonte e o tipo do poluente em questão. De onde ele vem? De que poluente se trata?

2. Identifique os modos e as taxas de exposição. Como chega até os seres humanos e como pode causar problemas de saúde?
3. Identifique os receptores em questão. Quem são as pessoas em risco?
4. Determine o potencial de impacto do poluente à saúde do receptor. Ou seja, defina a relação dose-resposta ou os efeitos adversos observados em doses específicas.
5. Decida qual é o impacto aceitável. Que efeito é considerado baixo o suficiente para ser aceitável ao público?
6. Com base no efeito permissível, calcule o nível aceitável para o receptor e, em seguida, calcule as emissões máximas permitidas.
7. Se a emissão ou descarga for atualmente (ou planeja-se que seja) maior do que o máximo permitido, determine qual tecnologia é necessária para garantir que esse limite não seja superado.

A *definição da fonte e do tipo de poluente*, geralmente, é mais difícil do que possa parecer. Suponha que uma usina de tratamento de um resíduo perigoso será construída próxima a uma área povoada. Que tipos de poluentes devem ser considerados? Se a usina for misturar e combinar vários resíduos perigosos durante a redução de sua toxicidade, quais produtos desse processo devem ser avaliados? Em outros casos, a identificação tanto do poluente como de sua fonte constitui um problema simples, como o da produção de clorofórmio durante a adição de cloro à água potável ou o da gasolina de um vazamento de tanque de armazenamento subterrâneo.

A *definição do modo* pode ser razoavelmente direta, como no caso da cloração da água. Em outras situações, como o efeito do chumbo atmosférico, o poluente pode entrar no corpo humano de várias formas, incluindo alimentação, pele e água.

A *definição do receptor* pode causar dificuldade, uma vez que nem todos os seres humanos apresentam o tamanho e a altura padrão. A Agência de Proteção Ambiental (EPA, do inglês *Environmental Protection Agency*) dos EUA tentou simplificar essas análises, sugerindo que todos os seres humanos adultos tivessem 70 kg, vivessem por 70 anos, bebessem 2 litros de água diariamente e respirassem 20 m^3 de ar todos os dias. Esses valores são utilizados para a comparação de riscos.

A *definição do efeito* é uma das etapas mais difíceis na análise de risco, pois presume certa resposta do corpo humano aos diferentes poluentes. Tornou-se lugar-comum considerar dois tipos de efeitos: os cancerígenos e os não cancerígenos.

Assume-se que a curva de dose-resposta de substâncias tóxicas não cancerígenas seja linear em função de um limiar. Como apresentado na curva A da Figura 16.1, uma baixa dose de determinada toxina não causaria problemas mensuráveis; entretanto, qualquer aumento maior do que o limiar terá um efeito prejudicial. Considera-se aceitável, por exemplo, a ingestão de certa quantidade de mercúrio, pois é impossível mostrar que ela tenha qualquer efeito prejudicial sobre a saúde humana. No entanto, altas doses apresentam, documentadamente, impactos negativos.

Algumas toxinas, como o zinco, são, na verdade, nutrientes necessários para nosso sistema metabólico e, portanto, para a saúde. A ausência dessas substâncias químicas em nossa dieta pode ser prejudicial, mas altas doses podem ser tóxicas. Um exemplo disso é a curva B na Figura 16.1.

A curva de dose-resposta de produtos químicos que causam câncer ainda está em discussão. Algumas autoridades sugerem que a curva seja linear, partindo de efeito zero em concentração zero, com o efeito danoso aumentando linearmente como apresentado na curva C da Figura 16.1. Toda dose finita de um cancerígeno pode causar um aumento finito na incidência de câncer. De um ponto de vista alternativo, o corpo é resistente a pequenas doses de cancerígenos e há um limiar abaixo do qual não há efeito adverso (similar à curva A).

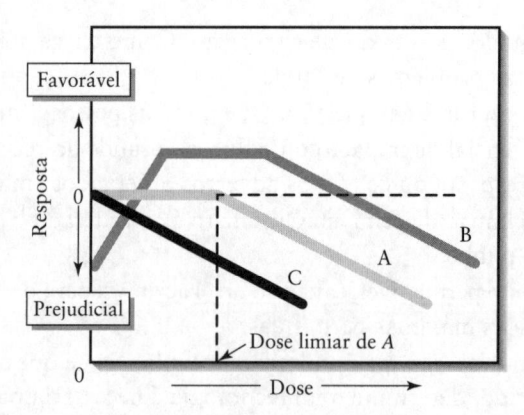

Figura 16.1 Três curvas de dose-resposta.

A EPA escolheu o caminho mais conservador e desenvolveu o que chama de *fator potencial* dos cancerígenos. Esse fator é definido como o risco de se desenvolver câncer (não necessariamente de se morrer por causa dele), produzido por uma dose média diária vitalícia de 1 mg de poluente/peso do corpo em kg/dia. A relação dose-resposta, portanto, é

[Risco durante a vida] = [Dose média diária] × [Fator potencial]

As unidades de dose média diária são mg de poluente/peso do corpo em kg/dia. As unidades do fator potencial, portanto, são (mg de poluente/peso do corpo em kg/dia)$^{-1}$. O risco durante a vida não apresenta unidade. Assume-se que a dose seja constante por um período de vida de 70 anos. A EPA calculou os fatores potenciais de várias substâncias químicas comuns e as publicou no banco de dados do *Sistema Integrado de Informações sobre Risco* (*IRIS*, do inglês *Integrated Risk Information System*, disponível em: www.epa.gov/iris).

A *decisão sobre qual é o risco aceitável* constitui, provavelmente, o parâmetro mais controverso dos cálculos acima. Um risco de um em um milhão é aceitável? Quem decide se esse nível pode ser admitido? Certamente, se perguntássemos se o risco é aceitável a essa única pessoa, ela diria terminantemente que não.

Todo o conceito de "risco aceitável" pressupõe um sistema de valores utilizado pelos engenheiros e cientistas ambientais em sua atividade profissional. Infelizmente, esse sistema de valores, geralmente, não coincide com o sistema de valores mantidos pela maioria do público. Os engenheiros tendem a basear suas decisões de modo a atingir o maior bem total em todas as ações. Por exemplo, é aceitável atribuir um valor a uma vida humana aleatória para obter algum bem líquido e, isso permite à EPA calcular o risco associado aos poluentes e estabelecer um risco "aceitável" como uma probabilidade de um em um milhão. O custo é muito pequeno em comparação com o bem obtido e, assim, (o argumento prossegue) é de interesse público aceitar a decisão.

Entretanto, há fortes argumentos para dizer que muitas pessoas não veem seu próprio bem-estar, ou mesmo o bem-estar de outros, sob esse prisma. A maioria delas têm o maior interesse em si mesmas e reconhecem que também é de seu próprio interesse comportar-se moralmente em relação às outras pessoas. Muitos consideram injusta qualquer análise em que os custos sejam distribuídos desigualmente (como o caso de uma pessoa em um milhão que adoece). Muitas pessoas também acreditam que é antiético estabelecer um valor para a vida humana e se recusam até mesmo a discutir uma morte em um milhão para um determinado contaminante ambiental. As pessoas, em geral, são relutantes em tirar uma vantagem desse único indivíduo em benefício de muitos.

Em uma audiência pública, o engenheiro pode anunciar que o efeito prejudicial líquido da emissão de um incinerador de lodo proposto aumentará as mortes por câncer em apenas uma em um milhão, e que esse risco é bastante aceitável em função do benefício da economia aos cofres públicos. No entanto, membros da população que não apreciam esse raciocínio verão essa única morte como altamente antiética. Os engenheiros costumam atribuir essa discordância à "falta de instrução técnica" da parte daqueles que discordam. Porém, tal raciocínio parece ser um equívoco. Não é ignorância técnica que está em questão, mas um ponto de vista ou sistema de valores éticos diferente.

Não é muito clara a maneira como o público toma decisões coletivas, tal como estabelecer um aterro sanitário, desmatar florestas, utilizar materiais perigosos em produtos de consumo ou selecionar práticas de descarte de esgoto, se essas decisões tiverem de ser feitas por ele. Se pressionados, seus membros podem, de fato, recorrer a uma forma similar de análise, mas apenas após esgotar todas as demais alternativas. A questão é que eles não estão na posição de tomar tais decisões e, assim, ficam livres para criticar o engenheiro que, frequentemente, não compreende a visão do público e pode ser surpreendido por algo que lhe pareça se tratar de um comportamento irracional.

O *cálculo dos níveis aceitáveis de poluição* é a próxima etapa do processo de análise de risco. Ela constitui um simples cálculo aritmético, pois as decisões sobre valores já foram feitas. Por fim, é necessário *projetar estratégias de tratamento* para atender a esse nível aceitável de poluição.

O exemplo abaixo ilustra como tal processo funciona.

EXEMPLO 16.8

Problema A EPA relaciona o cromo VI como um cancerígeno com um fator potencial por inalação de 41 $(mg/kg\text{-}dia)^{-1}$. Um incinerador de lama sem equipamento de controle de poluição de ar deve emitir cromo VI a uma taxa tal que a concentração levada pelo ar na fábrica imediatamente ao lado do incinerador, no sentido do vento, seja de 0,001 μ/m^3. Será necessário tratar as emissões de modo a reduzir o cromo VI e manter-se dentro do nível de risco de 1 caso adicional de câncer por 10^6 pessoas?

Solução A fonte é definida e o modo é a inalação de cromo VI. O receptor é a "pessoa-padrão" da EPA, que pesa 70 kg, respira 20 m^3 de ar por dia e vive por 70 anos, em local imediatamente próximo ao incinerador e na direção do vento – nunca saindo para tomar um ar fresco. (À parte deste exemplo, considere a irracionalidade desse pressuposto; mas, de que outra maneira isso poderia ser feito?). A relação dose-resposta é assumida como linear e a inspiração diária constante permissível do poluente é calculada relacionando-se o risco ao fator potencial.

$$[\text{Risco}] = [\text{Inalação crônica diária}] \times [\text{Fator potencial}]$$
$$1 \times 10^6 = [\text{ICD}] \times [41(mg/kg\text{-}dia)^{-1}]$$
$$\text{ICD} = 0{,}024 \times 10^{-6} \text{ mg/kg-dia}$$

Em seguida, a concentração permissível das emissões é calculada.

$$[\text{ICD}] = [\text{Volume de ar inalado por dia}]$$
$$\times [\text{Concentração de cromo VI}]/[\text{peso do corpo em kg}]$$

$$0{,}024 \times 10^{-6} \text{ mg/kg-dia} = \frac{(20 \text{ m}^3/\text{dia})(C \text{ } \mu g/m^3) \times (10^{-3} \text{ mg}/\mu g)}{70 \text{ kg}}$$

$$C = 0{,}085 \times 10^{-6} \text{ mg/m}^3 \quad \text{ou} \quad 0{,}085 \times 10^{-3} \text{ } \mu g/m^3$$

O sistema emitirá 0,001 $\mu g/m^3$, o que é mais do que 0,000085 $\mu g/m^3$; portanto, o sistema não atende às exigências, sendo necessário utilizar controles de emissões.

16.4.2 Gerenciamento de risco ambiental

Se é de responsabilidade do governo proteger as vidas de seus cidadãos contra invasões estrangeiras e ataques criminosos, é igualmente sua responsabilidade proteger a saúde e a vida de seus cidadãos de outros perigos potenciais, como a queda de pontes e os poluentes tóxicos do ar. No entanto, o governo possui um orçamento limitado, por isso espera-se que esse dinheiro seja distribuído de modo a atingir os maiores benefícios de saúde e segurança. Se dois produtos químicos estiverem colocando as pessoas em risco, é racional despender fundos e esforços para eliminar a substância que apresente o maior risco.

Contudo, isso é realmente o que desejamos? Suponha, por exemplo, que seja mais eficiente economicamente gastar mais dinheiro e recursos para tornar as minas de carvão mais seguras do que para executar missões heroicas de resgate em caso de acidentes. Pode ser mais "eficiente em relação a riscos" empregar o dinheiro disponível em segurança, eliminar todas as equipes de resgate e, simplesmente, aceitar os poucos acidentes inevitáveis que ocorrerão. Porém, como não haverá mais equipes de resgate, os mineradores presos por algum acidente serão deixados a sua própria sorte. No entanto, o efeito líquido geral seria que menos vidas de mineradores de carvão serão perdidas.

Mesmo que essa conclusão fosse eficiente em relação aos riscos, nós a consideraríamos inaceitável. A vida humana é considerada sagrada. Esse valor não significa que infinitos recursos devam ser dirigidos para salvar vidas, mas que, em vez disso, um dos rituais sagrados de nossa sociedade é tentar salvar pessoas em necessidade aguda ou crítica, como vítimas de acidentes de trânsito, mineradores de carvão presos em minas, entre outros. Assim, o cálculo puramente racional, como o do exemplo dos mineradores acima, pode não nos levar a conclusões que consideremos aceitáveis[3].

Nessas análises de risco, os benefícios geralmente são apenas para os seres humanos e constituem *benefícios de curto prazo*. De modo similar, os custos determinados em uma análise econômica de custos constituem custos orçamentários reais, dinheiro que provém diretamente dos bolsos da agência.

Os custos relacionados à degradação ambiental e os *custos de longo prazo*, que são muito difíceis de quantificar, não são incluídos nesses cálculos. O fato de que os custos ambientais e de longo prazo ainda não possam ser considerados nessas análises, aliado ao clamoroso abuso de análises de benefício/custo pelas agências governamentais, torna necessário aplicar outra ferramenta de tomada de decisões – a *análise de impacto ambiental*.

16.5 DECISÕES COM BASE EM ANÁLISES DE IMPACTO AMBIENTAL

Em 1º de janeiro de 1970, o Presidente Nixon assinou a Lei de Política Ambiental Nacional dos EUA (NEPA, do inglês *National Environmental Policy Act*), que tinha como intuito "encorajar a harmonia produtiva e agradável entre o homem e seu meio ambiente". Como em outras legislações criativas e inovadoras, a lei continha muitas cláusulas que eram difíceis de implantar na prática. No entanto, essa lei forneceu o modelo de legislação ambiental logo adotado pela maior parte do mundo ocidental.

A NEPA estabeleceu o Conselho de Qualidade Ambiental (CEQ, do inglês *Council on Environmental Quality*), que deveria vigiar as atividades federais que afetassem o meio ambiente. O CEQ era diretamente subordinado ao presidente. A forma pela qual esse conselho monitoraria as atividades federais significativas em relação ao impacto sobre o meio ambiente era um relatório chamado *avaliação de impacto ambiental* (EIS, do inglês *Environmental Impact Statement*)[2]. Essa cláusula da NEPA pouco considerada, inserida na Seção 102, estipula que a EIS deve constituir inventário, análise e avaliação do efeito de um projeto planejado sobre a qualidade ambiental. A EIS deve ser escrita primeiro em minuta pela agência federal em questão e para cada projeto significativo, em seguida, essa minuta deve ser submetida à opinião pública. Por fim, o relatório é reescrito, levando-se em consideração o sentimento do público e os comentários de outras agências governamentais. Quando concluída, a EIS é submetida ao CEQ (hoje Secretaria de Política Ambiental da Casa Branca) que, então, deve fazer uma recomendação ao presidente sobre a sensatez de se implantar o projeto.

O impacto da Seção 102 da NEPA sobre as agências federais foi traumático, pois não haviam sido providas com mão de obra ou treinamento, nem preparadas "psicologicamente" para aceitar essa nova restrição (como elas a viam) em suas atividades. Assim, os primeiros anos da EIS foram tumultuados, com muitas disputas sobre a adequação dos relatórios de impacto ambiental levadas à Justiça.

O conflito, é claro, surgia quando a alternativa econômica ou aquela com maior quociente benefício/custo, resultava também no maior impacto ambiental adverso. As decisões precisavam ser tomadas e, frequentemente, o benefício/custo vencia o impacto ambiental. É importante, no entanto, que, a partir de 1970, a consideração do efeito do projeto sobre o meio ambiente passou a ser obrigatória, enquanto, antes disso, tais preocupações não eram sequer reconhecidas, que dirá incluídas em processos de tomada de decisões.

As agências governamentais tendem a conduzir estudos internos de impacto ambiental e propor apenas os projetos que apresentem tanto um quociente benefício/custo alto como baixo impacto ambiental adverso. A maioria das avaliações de impacto ambiental são, dessa maneira, escritas como a justificação de uma alternativa que já foi selecionada pela agência.

Uma reorganização na Casa Branca resultou na extinção do Conselho de Qualidade Ambiental e o estabelecimento de uma Secretaria de Política Ambiental da Casa Branca. Essa secretaria executa as funções do CEQ, bem como estabelece a política ambiental em seu mais alto nível. É importante notar que a abolição do CEQ e a criação da nova Secretaria não altera a necessidade de se revisar as minutas de EISs, aplicando-se ainda as exigências da NEPA.

Embora o antigo CEQ tenha desenvolvido algumas diretrizes praticamente completas para a EIS, o formato dessa avaliação ainda é variável e julgamentos e informações qualitativas consideráveis (alguns diriam prejulgamentos) entram em todas as EISs. Cada agência parece ter desenvolvido sua própria metodologia dentro das restrições das diretrizes do CEQ, tornando-se difícil alegar que um formato seja superior a outro. Como não há EIS padrão, a discussão a seguir é uma descrição das várias alternativas dentro do modelo geral. Sugere-se que a EIS deve ter três partes: inventário, análise e avaliação.

16.5.1 Inventário

A primeira tarefa na elaboração de uma EIS é a coleta de dados, como informações hidrológicas, meteorológicas e biológicas. Uma relação das espécies de plantas e animais na área em questão, por exemplo, deve ser incluída no inventário. Não deve ser feita nenhuma decisão nesse estágio, pois *todos os aspectos levantados* pertencem ao inventário.

---

2. Um instrumento importante da política de meio ambiente associada ao NEPA foi o EIA – Environmental Impact Assessment. (NRT)

16.5.2 Análise

O segundo estágio constitui a parte analítica. Trata-se da parte mecânica da EIS, na qual os dados coletados no inventário são inseridos em mecanismos de avaliação e os números são processados adequadamente. Muitas metodologias de análise já foram sugeridas; descrevemos, abaixo, apenas algumas.

A *lista de controle quantificada* é, possivelmente, o método mais simples de comparação de alternativas. Ela envolve inicialmente a listagem das áreas do meio ambiente que podem ser afetadas pelo projeto proposto e uma estimativa da:

a. *importância* do impacto;
b. *magnitude* do impacto;
c. *natureza* do impacto (se negativo ou positivo).

Normalmente, a importância é dada em números de 0 a 5, em que 0 significa nenhuma importância e 5 implica importância extrema. Uma escala similar é utilizada para a magnitude, enquanto a natureza é expressa, simplesmente, como –1, se o impacto for negativo (adversa), e +1 se positivo (benéfico). O impacto ambiental (IA) é calculado como

$$IA = \sum_{i=1}^{n}(I_i \times M_i \times N_i)$$

onde I_i = importância do i-ésimo impacto;
M_i = magnitude do i-ésimo impacto;
N_i = natureza do i-ésimo impacto, de modo que N = +1 se benéfico e N = –1 se prejudicial;
n = número total de áreas em questão.

O exemplo a seguir ilustra a utilização da lista de controle quantificada.

EXEMPLO 16.9

Problema Em continuação ao Exemplo 16.3, a comunidade possui duas alternativas: aumentar a frequência de coleta de refugos de uma para duas vezes por semana ou permitir a queima de lixo no interior das propriedades dos usuários. Analise essas duas alternativas utilizando uma lista de controle quantificada.

Solução Primeiro, as áreas de impacto ambiental são relacionadas. Em nome da concisão, apenas seis áreas são apresentadas abaixo; reconheça, no entanto, que uma análise completa incluiria muitos outros tópicos. Em seguida, os valores de importância e magnitude são atribuídos (de 0 a 5), assim como a natureza do impacto (+/–) é indicada. As três colunas são, então, multiplicadas.

Alternativa 1: Aumento da frequência de coleta

Área em questão	Importância (I)	Magnitude (M)	Natureza (N)	Impacto $(I \times M \times N)$
Poluição do ar (caminhões)	4	2	–1	–8
Ruído	3	3	–1	–9
Sujeira nas ruas	2	2	–1	–4
Odores	2	3	–1	–6
Congestionamento no trânsito	3	3	–1	–9
Poluição de lençóis freáticos	4	0	–1	–0

(Observação: Novos refugos não serão aterrados.)

$$IA = -36$$

Alternativa 2: Queima nas propriedades dos usuários

Área em questão	Importância (*I*)	Magnitude (*M*)	Natureza (*N*)	Impacto (*I* × *M* × *N*)
Poluição do ar (queima)	4	4	−1	−16
Ruído	0	0	−1	0
Sujeira	2	1	+1	+2
(Observação: O sistema de coleta atual provoca sujeira.)				
Odores	2	4	−1	−8
Congestionamento no trânsito	0	0	−1	0
Poluição de lençóis freáticos	4	1	+1	+4
(Observação: Menos refugo será aterrado.)				
				IA = −18

Com base nessa análise, a queima de refugo resultaria em menos reações adversas.

Matriz de Interações

Para projetos simples, a lista de controle quantificada é uma técnica de análise adequada, porém ela se torna, progressivamente, mais difícil de gerenciar em projetos maiores que apresentem muitas ações menores, todas elas combinando-se para produzir o resultado geral final, como na construção de uma represa. O efeito de cada uma dessas ações menores deveria ser julgado separadamente em relação a seu impacto. Essa interação entre as ações individuais e as áreas em questão levam à *matriz de interações*, na qual, novamente, são julgadas a importância e a magnitude das interações (como na escala de 0 a 5 utilizada anteriormente). Parece não haver consenso sobre o cálculo que deve ser utilizado para produzir o resultado numérico final. Em alguns casos, a importância é multiplicada pela magnitude e os produtos são somados como antes, enquanto outro procedimento constitui, simplesmente, em somar todos os números da tabela. No exemplo abaixo, os produtos são totalmente somados no canto inferior direito da matriz.

EXEMPLO 16.10

Problema Em continuação ao Exemplo 16.3, utilize a técnica de análise por matriz de interações para decidir entre as alternativas apresentadas.

ALTERNATIVA 1
Aumento da frequência de coleta

Área em questão	Coleta por caminhão	Transporte para o aterro	Depósito no aterro	
Poluição do ar	−4 / 2	−2 / 2	−1 / 1	−13
Ruído	−3 / 3	−2 / 1	−2 / 1	−13
Odores	−2 / 3	0 / 0	−2 / 1	−8
Poluição de lençóis freáticos	0 / 0	0 / 0	−4 / 0	0
	−23	−6	−5	−34

ALTERNATIVA 2
Queima de lixo

Área em questão	Queima de lixo	Menos refugo a coletar	Menos refugo no aterro	
Poluição do ar	−4 / 4	0 / 0	0 / 0	−16
Ruído	0 / 0	+1 / 1	+1 / 1	+2
Odores	−2 / 4	+1 / 1	+1 / 1	−6
Poluição de lençóis freáticos	0 / 0	0 / 0	+4 / 1	+4
	−24	+2	+6	−16

Solução Observe novamente que se tratam de listas incompletas utilizadas apenas para fins de exemplificação. Os resultados indicam, novamente, que faz mais sentido queimar o papel.

Antes de passarmos para a próxima técnica, deve-se enfatizar, mais uma vez, que o método exemplificado no exemplo anterior pode apresentar muitas variações e modificações, nenhuma das quais "certa" ou "errada", dependendo do *tipo de análise* realizado, para *quem* o relatório é elaborado e *o que* está sendo analisado. A iniciativa individual, geralmente, constitui o componente mais valioso no desenvolvimento de uma EIS útil.

A *lista de controle ponderada de parâmetros comuns* é outra técnica de análise de impacto ambiental. Ela difere da lista de controle quantificada apenas no fato de que, em vez de utilizar números arbitrários de importância e magnitude, o termo importância é chamado efeito (E) e calculado a partir de dados ambientais reais (ou valores quantitativos previstos), e a magnitude é expressa como fatores de ponderação (P).

O objetivo básico dessa técnica é reduzir todos os dados a um parâmetro comum, permitindo, assim, que os valores sejam somados. Os dados (reais ou previstos) são colocados em termos de efeito por meio de uma função que descreve a relação entre a variação do valor mensurável e o efeito de tal variação. Normalmente, essa função é criada caso a caso para cada interação. Três funções comuns são apresentadas na Figura 16.2. Embora essas curvas mostrem que, conforme o valor da quantidade medida aumente, o efeito adverso no meio ambiente (E) também aumenta, essa relação pode apresentar várias formas. O valor de E varia de 0 a +1 ou −1, com sinal positivo implicando impacto benéfico e o sinal negativo, impacto prejudicial.

Considere, por exemplo, a presença de um resíduo tóxico sobre a saúde e a sobrevivência de determinado organismo aquático. A concentração da toxina na corrente é a quantidade mensurada, enquanto a saúde do organismo é o efeito. Esse efeito (prejudicial) amplia-se conforme a concentração aumenta. Uma concentração muito baixa não apresenta efeito prejudicial, enquanto uma muito alta pode ser desastrosa. Mas, que tipo de função (curva) faz mais sentido para essa interação? A função de linha reta (Figura 16.2A) implica que, conforme a concentração da toxina aumenta a partir de zero, os efeitos prejudiciais são imediatamente sentidos. Sabe-se que isso poucas vezes é verdade. Em concentrações muito baixas, a maioria das toxinas não apresenta relação linear com o efeito, de modo que essa função não parece ser útil. A Figura 16.2B, a curva seguinte, também não é adequada. No entanto, a Figura 16.2C parece bem mais razoável, pois implica que o efeito da toxina é muito pequeno em concentrações mais baixas, mas, atingido um nível de limiar, ela se torna rapidamente tóxica. Conforme o nível aumenta acima do limiar tóxico, não há mais danos, uma vez que os organismos estão todos mortos; portanto, os níveis de efeito estagnam em 1,0.

Sendo os termos de efeito (E) estimados para cada característica, eles são multiplicados por fatores de ponderação (P), que são distribuídos entre os vários efeitos conforme sua importância. Normalmente, os termos de ponderação somam 100, mas isso não é importante, contanto que esses termos sejam distribuídos em igual número para cada alternativa analisada. O impacto final é então calculado somando-se os produtos dos termos de efeito (E) com os fatores de ponderação (P). Assim, para cada alternativa considerada:

$$\text{Impacto ambiental} = \sum_{i=1}^{n}(E_i \times P_i)$$

onde n = número total de áreas ambientais consideradas.

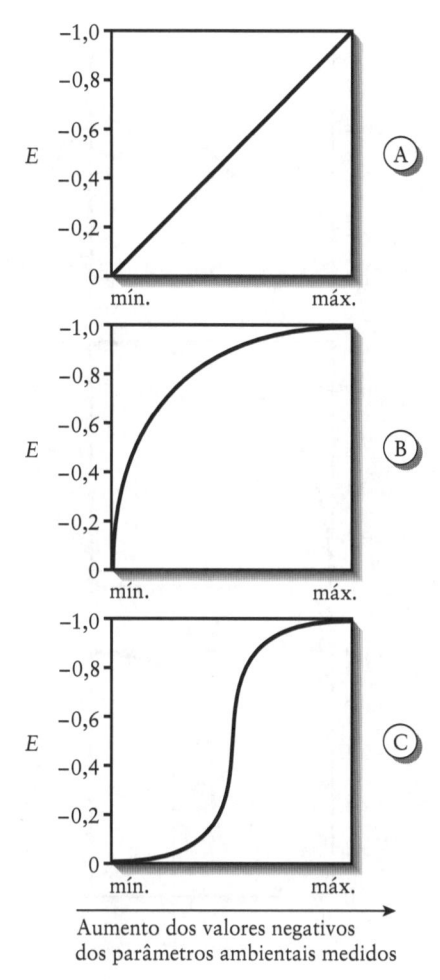

Figura 16.2 Três tipos de funções que relacionam características ambientais a seus efeitos.

Lembre-se que E pode ser negativo (prejudicial) ou positivo (benéfico).

EXEMPLO 16.11

Problema Em continuação ao Exemplo 16.3, utilizando apenas sujeira, odores e partículas na atmosfera (como no exemplo de qualidade do ar), calcule o impacto ambiental da queima de lixo, por meio da lista de controle ponderada de parâmetros comuns. (Novamente, trata-se de apenas uma pequena parte da avaliação de impacto total que seria necessária ao se utilizar essa técnica.)

Solução Suponha que as três curvas apresentadas na Figura 16.3 são as funções adequadas que relacionam as características ambientais de, respectivamente, sujeira, odores e particulados na atmosfera. Assuma que se tenha estimado que a queima de lixo resulte em um nível de sujeira 2 em uma escala de 0 a 4; em um valor de odores 3 numa escala de 0 a 10 e em um aumento de particulados atmosféricos para 180 $\mu g/m^3$, numa escala de 0 a 250. Inserindo na Figura 16.3A, B e C, os valores 2, 3 e 180, respectivamente, os efeitos (E) lidos são $-0,5$, $-0,8$ e $-0,9$. Agora, é necessário atribuir fatores de ponderação e, de um total de 10, decide-se atribuir 2, 3 e 5, respectivamente, implicando que o efeito mais importante é a qualidade do ar e o menos importante é a sujeira. Assim, o impacto ambiental é:

$$IA = (-0,5 \times 2) + (-0,8 \times 3) + (-0,9 \times 5) = -7,9$$

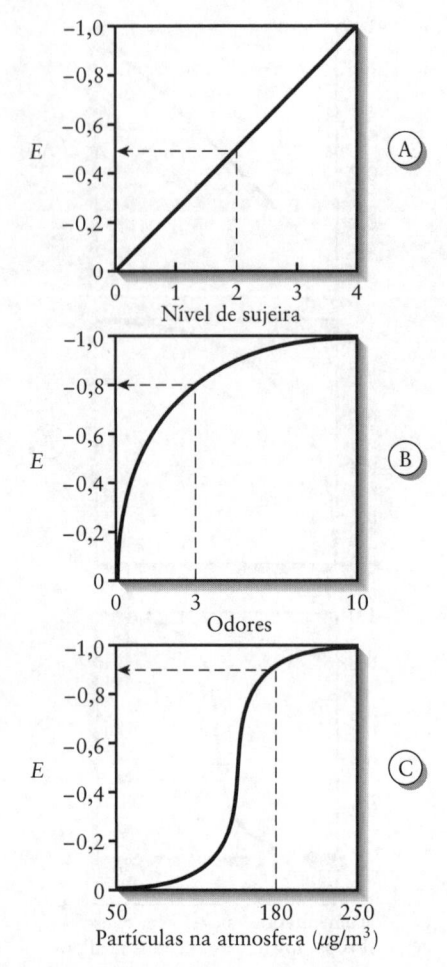

Figura 16.3 Três funções específicas de efeitos ambientais. Veja o Exemplo 16.11.

Um cálculo similar deveria ser executado para todas as outras alternativas, comparando-se os IAs.

Deve ficar claro que essa técnica é amplamente sujeita a modificações e interpretações individuais e o exemplo anterior deve ser considerado, de qualquer modo, um método-padrão. Ele, no entanto, fornece-nos uma resposta numérica à questão do impacto ambiental e, quando aplicado a várias alternativas, permite que os números sejam comparados. Esse processo de comparação e avaliação representa a terceira parte de uma EIS.

16.5.3 Avaliação

A comparação dos resultados do procedimento de análise e o desenvolvimento das conclusões finais estão inseridos na avaliação. É importante reconhecer que as duas etapas anteriores, inventário e análise, constituem processos simples e diretos em comparação com a etapa final, que exige julgamento. Durante a etapa do desenvolvimento da EIS, as conclusões são escritas e apresentadas. Normalmente, o leitor da EIS lê apenas as conclusões e nunca se preocupa em rever todos os pressupostos que entram nos cálculos de análise, sendo importante incluir na avaliação o teor de tais cálculos e enfatizar o nível de incerteza da etapa de análise.

Mas mesmo quando a EIS é a mais completa possível e os dados tenham sido coletados e avaliados o mais cuidadosamente possível, as conclusões associadas aos resultados da análise estão sujeitas a grandes diferenças. Por exemplo, a EIS escrita para o oleoduto do Alasca, quando todos os seus volumes são colocados em uma única pilha, representa 4 *metros* de trabalho. E, ao final de todo esse esforço, bons profissionais de ambos os lados chegaram a conclusões diametralmente opostas sobre o efeito do oleoduto. O problema era que eles estavam discutindo sobre a *coisa errada*[4]. Eles podiam estar debatendo sobre quantos caribus, uma espécie de veado, seriam afetados pela obra, porém a divergência era, na verdade, o *quanto* eles estavam preocupados com os caribus. Para pessoas que não tivessem a menor preocupação com esses animais, o impacto seria nulo, enquanto aqueles que se importavam com as manadas e com os efeitos de longo prazo sobre a ecologia sensível da tundra estavam muito preocupados. Qual é, então, a solução? Como as decisões de engenharia podem ser tomadas diante de conflitos de *valores*? Esses casos exigem outro tipo de tomada de decisões em engenharia – uma *análise ética*.

16.6 DECISÕES COM BASE EM ANÁLISE ÉTICA

Antes de entrarmos em uma discussão sobre análise ética, é necessário definir de modo muito claro o que entendemos por ética[5]. Segundo o senso comum, uma pessoa ética é, por exemplo, uma "boa" pessoa, uma pessoa com altas qualidades. De modo similar, considera-se uma pessoa moral quando a mesma tem determinadas opiniões convencionais sobre sexo. Ambos os casos se tratam de concepções comumente incorretas.

A moral constitui os valores que as pessoas escolhem para orientar o modo como devem tratar umas às outras. Um valor moral, nesse sentido, pode ser falar a verdade, e, desse modo, algumas pessoas escolherão ser sinceras. Tais pessoas são consideradas pessoas morais com relação à verdade por agirem de acordo com suas convicções morais. Se, no entanto, uma pessoa não der valor à sinceridade, dizer a verdade será irrelevante e essa pessoa não terá um valor moral relacionado à sinceridade. Na verdade, é possível manter uma perspectiva moral de que sempre se deve mentir e, nesse caso, uma pessoa seria considerada moral se mentisse, pois assim ela estaria agindo conforme sua convicção moral.

A maioria das pessoas racionais concordará que é muito melhor viver em uma sociedade em que as pessoas não mintam, enganem ou roubem. Certamente, existem sociedades em que essas coisas ocorrem, mas, tendo escolha, a maioria das pessoas não gostaria de se comportar desse modo e escolheria viver em sociedades em que todos compartilhassem valores morais que fornecessem benefícios mútuos.

Embora seja bastante óbvio concordar que não é aceitável mentir, enganar ou roubar, e que a maioria das pessoas não fará isso, um problema muito mais difícil é decidir o que fazer quando surgem conflitos entre valores. Por exemplo, suponha a necessidade de se mentir para o cumprimento de uma promessa. Como podemos decidir o que fazer quando os valores diferem? Em questões econômicas, ocorre uma situação similar. Nesse caso, como decidimos qual projeto realizar com recursos limitados? Conforme discutido anteriormente, utilizamos a análise de benefício/custo. De que forma, então, tomar uma decisão diante de conflitos de valores morais? Utilizando uma análise ética.

A ética fornece um modelo sistematizado de tomada de decisões quando os valores entram em conflito. A seleção da natureza e da função dessa ferramenta de tomada de decisões depende dos próprios valores morais de quem a utiliza. Tanto a análise econômica como a de benefício/custo são métodos para tomada de decisões com base (principalmente) financeira. A análise de risco calcula o potencial de danos à saúde e a análise de impacto ambiental fornece meios para decidir com base em efeitos de longo prazo sobre os recursos. De modo similar, a ética é um modelo para a tomada de decisões; no entanto, os parâmetros de interesse não são dinheiro ou dados ambientais, mas valores. Disso decorre que, como a ética é um sistema de tomada de decisões, uma pessoa ética é aquela que toma decisões com base em um sistema ético. *Qualquer sistema*! Por exemplo, se alguém escolher seguir um sistema de ética que valorize o prazer pessoal (hedonismo), será correto (ético) tomar todas as decisões de modo que o prazer pessoal seja prezado. Nesse caso, uma pessoa empurraria senhoras idosas de bancos para poder sentar-se ou colaria nas provas, pois isso diminuiria seu tempo necessário de estudos e maximizaria o tempo de diversão. Se alguém adotasse o hedonismo como o modo aceito de comportamento (ética), essa pessoa estaria agindo eticamente nesses casos.

Há, é claro, muitos outros sistemas de ética que resultam em ações que a maioria das pessoas civilizadas considera dentro das normas aceitáveis de comportamento sociais. O aspecto mais importante de qualquer código ou sistema de ética adotado por alguém é que se deve estar preparado para defender que esse é um sistema que *todos* deveriam empregar. Se a defesa desse sistema ético for ineficiente ou equivocada, ele será considerado inadequado, e, assim, uma pessoa racional o abandonaria e buscaria outro cuja adoção por todos pudesse ser defendida.

16.6.1 Utilitarismo e teorias deontológicas

A maioria do pensamento ético dos últimos 2.500 anos constitui uma busca pela teoria ética adequada à orientação de nosso comportamento de interrelacionamento humano. Algumas das teorias mais influentes no pensamento ético ocidental, teorias que são mais defensíveis, baseiam-se em consequências ou então em atos. No primeiro caso, os dilemas morais são resolvidos com base nas consequências. Se o desejo é de se priorizar o bem, então, a alternativa que crie o maior bem é a correta (moral). No caso dos atos, os dilemas morais são resolvidos com base na possibilidade de a alternativa (ato) ser considerada boa ou ruim; as consequências não são consideradas.

A teoria ética consequencialista mais influente é o *utilitarismo* de Jeremy Bentham (1784–1832) e John Stuart Mill (1806–1873). No utilitarismo, a dor e o prazer de todas as ações são calculados e seu valor é julgado com base na felicidade total obtida, sendo a felicidade definida como o maior quociente prazer/dor. (Soa familiar?). O chamado cálculo utilitarista permite a avaliação da felicidade para todas as alternativas em questão. Agir eticamente, portanto, equivaleria a escolher a alternativa que produzisse o maior nível de prazer e o menor nível de dor. Somando a felicidade de todos os seres humanos, esse cálculo, geralmente, dita uma decisão em que a felicidade moderada de muitos resulta na infelicidade extrema de poucos. A análise de benefício/custo pode ser considerada utilitarista em suas origens, pois se presume que o dinheiro equivalha à felicidade.

Os partidários das teorias consequencialistas defendem que esses são os princípios adequados para a conduta humana, pois promovem o bem-estar e, que agir simplesmente com base em um conjunto de regras sem se referir às consequência de suas ações é irracional. Em concordância com Aristóteles, os utilitaristas argumentam que a felicidade é sempre escolhida como um fim em si e, assim, deve ser o bem básico que todos buscamos. Consequentemente, como o cálculo utilitarista fundamenta essas conclusões, ele é a ferramenta adequada para a tomada de decisões em que estejam envolvidos valores.

O segundo grupo de teorias éticas baseia-se na noção de que a conduta humana deve ser governada pela moralidade dos atos e que determinadas regras (como "não minta") sempre devem ser observadas. Essas teorias, geralmente chamadas de teorias *deontológicas*, enfatizam a bondade do ato e não sua consequência. Seus partidários afirmam que os atos devem ser julgados *em si mesmos* como bons ou maus, certos ou errados, sem relação com suas consequências. Um sistema precoce das regras deontológicas são os Dez Mandamentos, entendido como regras que devem ser seguidas *independente das consequências*.

Possivelmente, o sistema deontológico mais conhecido é o de Immanuel Kant (1724--1804), que sugere a ideia de imperativos categóricos – o conceito de que se deve desenvolver um conjunto de regras para a tomada de decisões portadoras de valores, de modo que se deseje que todas as pessoas obedeçam a essas regras. Uma vez que elas tenham sido estabelecidas, deve-se sempre segui-las e, apenas assim, uma pessoa pode agir eticamente, pois é o ato que importa. Um ponto fundamental da ética kantiana é o princípio de *universalidade*, um teste simples sobre a racionalidade de um princípio moral. Em resumo, esse princípio sustenta que, se um fato for aceitável para uma pessoa, ele *deve ser, igualmente, aceitável para as outras*. Por exemplo, se alguém considerar que mentir é aceitável para si, todos devem ter permissão para mentir e, de fato, espera-se que todos mintam. De modo similar, se uma pessoa decidir que colar em uma prova é aceitável, ela deve concordar, pelo princípio de universalidade, que é perfeitamente aceitável que todos os outros também o façam. Viver em um mundo em que se espere que todos mintam ou enganem seria uma situação lamentável, e nossas vidas seriam, consequentemente, muito mais pobres. Assim, não faz sentido que a mentira ou a enganação seja aceitável, pois tais comportamentos não podem ser universalizados.

Os partidários das teorias baseadas em regras argumentam que as teorias consequencialistas permitem e encorajam o sofrimento de poucos para o benefício de muitos e que isso é, claramente, uma injustiça. Por exemplo, eles afirmam que essas teorias admitiriam o sacrifício de uma pessoa inocente se essa morte viesse a evitar a morte de outros. Eles defendem que, se matar é errado, o simples ato de se permitir que uma pessoa inocente morra é errado e imoral. Os utilitaristas contra-argumentam dizendo que é comum que um "bom ato" resulte em dano final. Um exemplo trivial seria a pergunta de seu colega de quarto/esposa/amigo: "O que você achou do meu novo corte de cabelo/camisa/gravata/etc.?". Mesmo se você honestamente considerar que seja horrível, o "bom ato" seria dizer a verdade, pois nunca se deve mentir. Os utilitaristas perguntariam: uma mentira inofensiva não resultaria em um bem maior? Os deontologistas responderiam que é errado mentir, mesmo que isso possa ferir sentimentos no curto prazo, pois dizer a verdade pode criar uma confiança que se manterá sólida em momentos em que a verdade seja necessária.

Há, é óbvio, muito mais sistemas de ética que poderiam ser discutidos e que teriam relevância para a profissão de engenharia ambiental, mas deve ficar claro que o pensamento ético tradicional representa uma fonte valiosa de ideias na busca por um estilo de vida pessoal e profissional.

16.6.2 Ética ambiental e valor instrumental

Todos os sistemas éticos clássicos têm como objetivo fornecer orientação para mostrar como os seres humanos devem tratar uns aos outros. Em resumo, a *comunidade moral*, ou seja, aqueles indivíduos com os quais devemos interagir eticamente, inclui apenas seres humanos e os únicos *agentes morais* dentro dessa comunidade são seres humanos. A ação moral exige *reciprocidade*, pela qual todas as pessoas concordam em tratar todas as outras de um modo mutuamente aceitável. No entanto, obviamente, não somos os únicos habitantes da Terra; isso não torna importante também o modo como tratamos os animais não humanos? Ou as plantas? Ou os ambientes? A comunidade moral deve ser ampliada de modo a incluir outros animais, plantas, objetos inanimados, como pedras e montanhas, ou mesmo os lugares? Se afirmativo, devemos também ampliar a comunidade moral para nossos descendentes, destinados a viver no ambiente que lhes deixaremos?

Essas questões estão sendo debatidas e argumentadas em uma busca contínua por aquilo que ficou conhecido como *ética ambiental*, um modelo cujo objetivo é permitir que tomemos decisões *no âmbito* de nosso meio ambiente, decisões essas que afetam não apenas a nós mesmos, mas também o resto do mundo. Uma abordagem para a formulação de uma ética que incorpore o meio ambiente é considerar os valores ambientais como *valores instrumentais*, ou seja, aqueles que podem ser medidos em dólares e/ou o suporte que a natureza oferece para nossa sobrevivência (por exemplo, produção de oxigênio por plantas verdes). A perspectiva do valor instrumental da natureza sustenta que o meio ambiente é útil e valoroso para as pessoas, assim como outros bens desejáveis – como liberdade, saúde e oportunidade.

A perspectiva *antropocêntrica* da ética ambiental, a ideia de que a natureza existe apenas para o benefício das pessoas, certamente, é muito antiga. Aristóteles afirma que "as plantas existem para fornecer alimentos aos animais e estes, aos homens (...)". "Como a natureza não produz nada sem propósito ou em vão, todos os animais foram feitos pela natureza para atender aos homens". De modo similar, Kant incorpora a natureza em suas teorias éticas sugerindo que nosso comprometimento em relação aos animais é "indireto", constituindo, na verdade, um comprometimento com nossa própria humanidade. Sua visão é bastante clara: "Em se tratando dos animais, não temos qualquer comprometimento direto. Os animais não possuem consciência de si e existem apenas como meios para um fim. Esse fim é o homem"[6]. Assim, por esse raciocínio, o valor dos animais não humanos pode ser calculado como seu valor para as pessoas. Não desejamos matar todos os búfalos das planícies, por exemplo, pois são criaturas belas e interessantes e gostamos de olhar para eles. Exterminar o búfalo causaria danos a outros humanos. No entanto, William F. Baxter diz que nossa preocupação com "danos a pinguins, pinheiros ou maravilhas geológicas é (...) simplesmente irrelevante (...). Os pinguins são importantes (apenas) porque as pessoas gostam de vê-los caminhar sobre as rochas"[7].

Podemos concordar que é necessário viver em um meio ambiente saudável para podermos desfrutar dos prazeres da vida e, portanto, outros aspectos ambientais apresentam valor instrumental. Seria possível argumentar que contaminar a água, poluir o ar ou destruir a beleza natural significa apropriar-se de algo que não pertence a apenas uma única pessoa. Tal poluição é, simples e totalmente, um roubo de bens dos outros. Também seria antiético destruir o ambiente natural porque muitas pessoas gostam de caminhar nas florestas e fazer canoagem em rios; devemos preservar esses aspectos em nosso benefício. Além disso, não devemos exterminar espécies, já que há a possibilidade de que elas sejam, de algum modo, úteis no futuro. Uma planta ou um micróbio desconhecidos podem vir a ser essenciais no futuro para a pesquisa médica e não devemos privar os outros desse benefício.

Embora a abordagem do "valor instrumental da natureza" tenha méritos para a ética ambiental, ela também apresenta vários problemas. Primeiro, sua argumentação não evitaria que nós matássemos ou torturássemos animais, contanto que isso não cause danos a outras pessoas. Tal premissa não é condizente com nossos sentimentos em relação aos animais. Nós condenaríamos uma pessoa que causasse um mal desnecessário a qualquer animal que possa sentir dor, e muitos de nós fazemos o possível para evitar esses tipos de ações.

Segundo, essa noção cria um hiato profundo entre os seres humanos e o restante da natureza, hiato em relação ao qual muitas pessoas se sentem bastante desconfortáveis. A abordagem antropocêntrica sugere que as pessoas são os senhores do mundo e que podemos utilizar seus recursos exclusivamente em função do benefício humano, sem qualquer consideração pelos direitos de outras espécies ou animais específicos. Tal pensamento leva à "violação da natureza" ocorrida nos Estados Unidos no século XIX, cujos efeitos ainda se fazem sentir entre nós. Henry David Thoreau (1817–1862), John Muir (1838–1914) e muitos outros tentaram traduzir em palavras o que muitas pessoas sentiam em relação a essa destruição. Eles reconheceram que é nossa alienação da natureza, a noção de que esta possui apenas valor instrumental, que levará fatalmente à sua destruição. Evidentemente, a avaliação da natureza apenas em base instrumental é uma abordagem inadequada para explicar nossas atitudes em relação a ela.

16.6.3 Ética ambiental e valor intrínseco

Dados esses problemas com o conceito de valor instrumental da natureza como base de nossas atitudes em relação ao meio ambiente, seguiu-se uma busca por outra base para inclusão de animais não humanos, plantas e até mesmo coisas em nossa esfera de preocupação ética. O impulso básico desse desenvolvimento é a tentativa de atribuir valor *intrínseco* à natureza e incorporar a natureza não humana em nossa comunidade moral. Essa teoria é conhecida como pensamento ético *extensionista*, uma vez que seu objetivo é a extensão da comunidade moral para incluir outras criaturas. Esse conceito talvez seja tão revolucionário como o reconhecimento, apenas um século atrás, de que os escravos também são humanos e devem ser incluídos na comunidade moral. A ética de Aristóteles, por exemplo, não se aplicava aos escravos, pois eles não eram, em sua opinião, intelectualmente equivalentes. Hoje, percebemos que esse é um argumento vazio e a escravidão é considerada moralmente repugnante. É possível que em um futuro não muito distante, a comunidade moral inclua o restante da natureza, assim como a incluiremos em nosso mecanismo de tomada de decisão ética.

A ética ambiental extensionista, inicialmente, foi divulgada não por um filósofo, mas por um silvicultor. Aldo Leopold (1887–1948) definiu a ética ambiental (ou, como ele a chamou, ética da terra) como uma ética que "simplesmente aumenta as fronteiras da comunidade para incluir o solo, as águas, as plantas e os animais ou, em conjunto, a Terra"[8]. Ele reconheceu que tanto nossa religião como nosso treinamento laico criaram um conflito entre os seres humanos e o resto da natureza. Esta tinha de ser submetida e conquistada; trata-se de algo poderoso e ameaçador contra o qual tínhamos de lutar constantemente. Ele acreditava que uma perspectiva racional da natureza nos levaria a uma ética ambiental que "altera o papel do *Homo sapiens* de conquistador da comunidade da terra para membro e cidadão pleno dessa comunidade."

Na verdade, Leopold estava questionando a antiga crença de que os humanos são especiais e, de algum modo, não somos parte da natureza, mas investimos contra ela em um constante combate pela sobrevivência, e de que nós temos uma natureza de dominação fornecida por Deus, como especificado no Gênesis. Assim como pensadores (e pessoas em geral) tardios começaram a ver a escravidão como uma instituição insustentável e reconheceram que os escravos deveriam pertencer a nossa comunidade moral, as próximas gerações podem reconhecer que o restante da natureza é igualmente importante quanto a seus direitos.

A questão de se admitir não humanos na comunidade moral é controversa e foca-se na discussão de as criaturas não humanas terem ou não direitos. Se é possível defender que elas tenham direitos, há razão em incluí-las na comunidade moral. A questão dos direitos para não humanos obteve "NÃOS" sonoros de vários filósofos, cujos argumentos, geralmente, baseiam-se na reciprocidade. Por exemplo, Richard Watson aponta que "dizer que uma entidade possui direitos faz sentido apenas se essa entidade puder assumir compromissos recíprocos, ou seja, puder agir como um agente moral"[9]. Ele prossegue, argumentando que a ação moral exige certas características (como consciência de si, capacidade de ação, livre vontade e compreensão de princípios morais) e que a maioria dos animais não preenche quaisquer desses requisitos, não podendo constituir agentes morais e, portanto, pertencer à comunidade moral. H. J. McClosky insiste que "onde não houver, potencial ou factualmente, a possibilidade de ação [moralmente autônoma] (...) e onde o ser não for membro de um grupo que normalmente seja capaz de [tal tipo de] ação, nós nos recusamos a falar em direitos[10]". Portanto, devido à exigência de reciprocidade, não é razoável estender nossa comunidade moral de modo a incluir qualquer entidade que não seja humana.

No entanto, será que a reciprocidade é um critério adequado para a admissão à comunidade moral? Nós já não incluímos em nossa comunidade seres humanos que não são capazes de agir reciprocamente – crianças, pessoas senis, comatosas, nossos ancestrais e até mesmo as futuras gerações? Talvez estejamos cometendo o erro de Aristóteles novamente com nossas práticas excludentes. Talvez ser humano não seja uma condição necessária para a inclusão na comunidade moral e outros seres tenham direitos similares àqueles que os humanos têm. Tais direitos podem não se tratar de algo que nós, necessariamente, fornecemos a essas entidades, mas do direito que elas possuem em virtude de existir.

O conceito de direitos naturais, aqueles inerentes a todos os humanos, foi proposto no século XVII por John Locke[11] (1632–1704) e Thomas Hobbes[12] (1588–1679), que sustentavam que o direito à vida, à liberdade e à propriedade deveria aplicar-se a todos, independente do nível social[3]. Esses direitos são naturais no sentido de que nós, humanos, não podemos fornecê-los a outras pessoas ou estaríamos fornecendo direitos a nós mesmos, o que não faria sentido. Assim, todos os humanos são "dotados de direitos inalienáveis" que não emanam de qualquer autoridade humana.

Se isso for verdade, nada há o que impeça os animais não humanos de possuírem "direitos inalienáveis" em virtude simplesmente de sua existência, assim como os humanos os possuem. Eles têm o direito de existir, de viver e de prosperar em seu próprio meio ambiente, sem que os humanos lhes neguem tais direitos desnecessariamente ou apenas por seu desejo. Se concordarmos que os humanos têm direito à vida, à liberdade e à ausência de dor, parece simplesmente razoável que os animais, que podem ter sensações similares, devem ter direitos similares. Com isso, surge a ação moral independente da exigência de reciprocidade. Toda a construção da reciprocidade é, obviamente, um conceito antropocêntrico que serve muito bem para se manter os outros fora de nosso clube privado. Se abandonarmos essa exigência, é possível admitirmos mais do que seres humanos na comunidade moral.

Todavia, e se conseguirmos abrir a porta, quem deveríamos permitir que entrasse? Quem pode ser incluído legitimamente em nossa comunidade moral, ou, colocando de modo mais grosseiro, onde devemos traçar a linha? Se a comunidade moral deve ser ampliada, muitas pessoas concordam em fazer isso com base na sensibilidade ou na capacidade de sentir dor. Esse argumento sugere que todos os animais que sentem dor possuem direitos que demandam nossa preocupação.

Algumas das teorias éticas clássicas reconheceram que o sofrimento animal é um mal. Jeremy Bentham, por exemplo, defende que o bem-estar animal deve, de algum modo, ser levado em consideração no cálculo utilitarista de benefício/custo, pois "a questão não é, 'eles podem *pensar*?' nem 'eles podem *falar*?', mas sim 'eles podem *sofrer*?'"[13]. Peter Singer acredita que o valor dos animais deve-se simplesmente ao valor de sua vida, dando-se importância à sensibilidade, não à capacidade de pensar racionalmente. A igualdade é o núcleo da filosofia de Singer e ele acredita que todas as criaturas sensíveis possuem igual direito à vida. A sensibilidade, a capacidade de ter experiências conscientes, como dor e prazer, é "a única fronteira defensável da preocupação com os interesses dos outros"[14].

Incluir o sofrimento animal em nosso círculo de preocupações, no entanto, abre uma caixa de Pandora. Embora possamos argumentar com determinado vigor que o sofrimento é um mal e não devemos infligir mal a qualquer ser vivente que sofra, não sabemos com

---

3. Nos Estados Unidos da América, a revolução proclamava a vida, a liberdade e *a busca da felicidade*, uma modificação para contornar o insidioso problema dos escravos que eram tanto homens como propriedades.

certeza quais animais (ou plantas) sentem dor; portanto, não temos segurança para definir quem deve ser incluído. Podemos assumir com razoável certeza que animais superiores podem sentir dor, pois suas reações à dor se assemelham às nossas. Um cachorro gane e um gato grita e tentam interromper a fonte da dor. Qualquer um que tenha colocado uma minhoca em um anzol pode atestar o fato de que ela provavelmente sente dor. Mas, e quanto às criaturas que não são capazes de nos mostrar de modos não ambíguos que estão sentindo dor? Uma borboleta sente dor quando um alfinete é passado por seu corpo? Um problema mais difícil encontra-se no reino vegetal. Algumas pessoas insistem que as plantas sentem dor quando estão machucadas e que somos apenas insensíveis demais para reconhecer isso.

Se utilizarmos a abordagem utilitarista, temos de calcular a *quantidade* de dor sofrida por animais e humanos. Se, por exemplo, um humano precisar da pele de um animal para se aquecer, é aceitável causar sofrimento no animal para evitar o sofrimento humano? É claramente impossível incluir essas variáveis no cálculo utilitarista.

Se *não* focarmos na dor e prazer experimentados pelos animais, é necessário ou reconhecer que os direitos dos animais de não sentirem dor são iguais aos dos humanos, ou, de algum modo, listar e classificar os animais para especificar que direitos cada um tem e sob quais circunstâncias. No primeiro caso, prender animais e torturar prisioneiros teria significância moral equivalente. No segundo, seria necessário determinar que a vida de um falcão seja menos importante do que a de um frango, e assim por diante, estabelecendo-se um número infinito de outras comparações.

Por fim, se essa for a extensão de nossa ética ambiental, não seremos capazes de defender a preservação do espaço ou de ambientes naturais, exceto na medida em que sua destruição afetar o bem-estar de criaturas sensíveis. Represar o Grand Canyon seria bastante aceitável se adotarmos o critério dos animais sensíveis como única ética ambiental.

Parece, portanto, que não é possível traçar uma linha quanto à sensibilidade, sendo que a próxima etapa lógica constitui, simplesmente, na inclusão de toda a vida dentro dos limites da comunidade moral. Essa etapa não é tão exorbitante como parece e, sua ideia foi desenvolvida por Albert Schweitzer, que chamou sua ética de "reverência à vida". Ele conclui que limitar a ética apenas às interações humanas é um erro e que uma pessoa é ética "apenas quando a vida, por si mesma, é sagrada para ela, seja a de plantas, animais ou a de seus companheiros homens".[15] Schweitzer acreditava que uma pessoa ética não causaria, intencionalmente, mal a nada que cresça, mas existiria em harmonia com a natureza. Ele reconheceu, obviamente, que os humanos precisam matar outros organismos para comer, mas afirma que isso deve ser feito com compaixão e senso de sacralidade em relação a toda a vida. Para Schweitzer, os seres humanos são apenas parte do sistema natural.

Charles Darwin, provavelmente, é o principal responsável pela aceitação da noção de que os seres humanos não são qualitativamente diferentes do resto da natureza. Se é verdade que nós nos desenvolvemos a partir de criaturas menos complexas, somos diferentes apenas em grau, não em qualidade em relação ao resto da vida e constituímos apenas uma parte da longa cadeia evolutiva. Como apontou Janna Thompson, "a teoria evolucionista, entendida adequadamente, não nos posiciona no ápice do desenvolvimento da vida na Terra. Nossa espécie é um produto, entre muitos outros, da evolução".[16]

De modo similar, Paul Taylor[17] sustenta que todos os seres vivos possuem um bem intrínseco em si mesmos e, portanto, são candidatos à inclusão na comunidade moral. Ele sugere que todos os organismos vivos possuem valor inerente e, quando pudermos admitir que os humanos não são superiores, reconheceremos que toda a vida tem o direito à proteção moral. Isso, que ele chama de visão *biocêntrica*, depende do reconhecimento de que todos os seres viventes são membros comuns da comunidade terrestre, de que cada organismo vivo é um centro de vida e de que todos os organismos estão interconectados. Para Taylor, os humanos não são mais ou menos importantes do que os outros organismos.

Essa abordagem à ética ambiental tem muito apelo, porém, muito poucos a apoiam. Infelizmente, ela não é capaz de convencer em vários aspectos. Em princípio, não há como determinar onde a linha entre vivente e não vivente deve ser traçada. Os vírus apresentam o principal problema aqui e, se as ideias de Taylor forem aceitas, o vírus da poliomielite também deve ser incluído na comunidade moral. Janna Thompson[18] aponta que, com base na maioria dos argumentos dessa posição, não há nada que nos impeça de excluir órgãos (como o fígado e o rim) de participar da comunidade moral.

Em segundo lugar, o problema de como ponderar o valor da vida animal não humana em relação à humana ainda está para ser resolvido. A vida de todas as criaturas deve ser igual e, assim, uma vida humana é igual à de qualquer outra criatura? Se afirmativo, pisar em uma barata teria a mesma significância moral de se assassinar um ser humano. Se isso não é plausível, novamente devemos admitir alguma escala de valores e cada criatura viva deve ter uma posição nessa hierarquia, conforme definido pelos humanos.

Se essa hierarquia for constituída, como o valor da vida dos diferentes organismos seria determinado? Os micro-organismos têm o mesmo valor dos ursos-polares? A alface tem importância equivalente a uma gazela?

Essa classificação também introduzirá impossibilidades na determinação de o que merece ou o que não merece proteção moral. Dizer: "Ei, ameba, você está dentro. Já você, paramécio, sinto muito: está fora", simplesmente, não faz sentido. Traçar a linha para inclusão na comunidade moral de "toda a vida", portanto, parece indefensável.

Um meio para se remover a objeção de saber onde traçar a linha é, simplesmente, estendê-la de modo a incluir, dentro do conjunto de preocupações morais, tudo que seja importante para o sistema dentro do qual vivem os indivíduos. Aldo Leopold, geralmente, recebe o crédito como primeiro idealizador dessa ética ambiental *ecocêntrica*. Ele sugeriu que os ecossistemas deveriam ser preservados, pois, sem eles, nada é capaz de sobreviver. Ele afirmou que "algo está certo quando tende a preservar a integridade, estabilidade e beleza da comunidade biológica; do contrário, está errado"[8].

Val e Richard Routley[19] e Holmes Rolston III[20] reconhecem que, dentro da ética ambiental ecocêntrica, algumas criaturas (como família) assumem precedência sobre outras (como estranhos) e que os seres humanos o fazem em relação a outros animais não humanos. Eles veem a ética como um sistema de anéis concêntricos, com as entidades morais mais importantes no meio e com os anéis se estendendo para fora e incorporando outros seres na comunidade, mas em níveis decrescentes de proteção moral. A questão de como as diferentes criaturas e lugares da Terra devem ser classificados em termos de seu valor moral não está resolvida e, de fato, cabe às pessoas fazer essa avaliação. Esse processo, é claro, centra-se novamente no ser humano, sendo a ética ambiental ecocêntrica uma forma de ética antropocêntrica com fronteiras vagas.

Tom Regan apresenta um conceito similar como "princípio de preservação", um princípio de "não destruição, não interferência e, em geral, não intromissão"[21]. Uma escola de pensamento que acolheu essa ideia é o movimento da *ecologia profunda*. Seu partidário mais conhecido é Arne Naess, que sugere que na natureza os seres humanos não são mais importantes do que outras criaturas ou o resto do mundo[22]. A ecologia profunda centra-se na ideia de que os seres humanos são parte do cosmos e feitos da mesma matéria-prima de todas as outras coisas; portanto, eles devem viver de modo a respeitar toda a natureza e reconhecer os danos que o *Homo sapiens* fez ao planeta. Os ecologistas profundos conclamam uma redução gradual da população humana, bem como mudanças no estilo de vida com o objetivo de diminuir o uso de recursos. A "ecologia profunda", cujo nome visa distinguir essa filosofia dos "ecologistas superficiais", que avaliam a natureza de modo instrumental, elimina o problema de onde traçar a linha entre aqueles que estão dentro e fora de nossa comunidade moral, pois tudo e todos estão incluídos. Por outro lado, apresenta-nos, novamente, a necessidade de valorizar toda a natureza equitativamente, o que nos devolve ao problema original de julgar todas as coisas por padrões humanos[4].

16.6.4 Ética ambiental e espiritualidade

Há uma terceira abordagem à ética ambiental – reconhecer que somos, pelo menos no presente, incapazes de explicar racionalmente nossas atitudes em relação ao meio ambiente e que essas atitudes são profundamente sentidas, de modo similar a um sentimento de espiritualidade. Por que, simplesmente, não admitimos que tais atitudes se fundamentam na espiritualidade? Tal sugestão não é tão delirante quanto pode parecer à primeira vista (mas, certamente, é delirante em um livro-texto de engenharia!). Embora estejamos profundamente imersos na cultura ocidental, existem outras culturas cujas abordagens em relação à natureza podem ser instrutivas.

Muitas outras religiões, inclusive as dos nativos americanos são animistas, reconhecendo a existência de espíritos na natureza. Esses espíritos não assumem forma humana, como nas religiões grega, romana e judaica. Eles, de modo simples, estão nas árvores, nos rios ou no céu. É possível conversar com esses espíritos – falar com eles, sentir-se próximo deles.

Será que é forçar demais a barra achar que as pessoas do futuro viverão em harmonia com o mundo, pois terão a experiência, nas palavras de Wendell Berry, de uma "romaria pagã"?[23] John Stewart Collis possui uma visão otimista de nosso futuro. Ele escreve[24]:

> Tanto o politeísmo como o monoteísmo fizeram seu trabalho. As imagens estão quebradas; os ídolos estão todos arruinados. A época atual é considerada como uma era muito antirreligiosa. No entanto, talvez ela signifique apenas que a mente está se movendo de um estado a outro. A próxima etapa não é uma crença em muitos deuses. Não é uma crença em um deus. Não é, sequer, uma crença – nem uma concepção do intelecto. Trata-se de uma extensão da consciência para que nós possamos *sentir* Deus.

Em geral, a alternativa espiritual é a que, provavelmente, será menos capaz de sustentar uma discriminação racional. Ainda assim, ela não explica melhor como nos sentimos em relação à natureza? Como podemos explicar por que algumas pessoas "evitam fazer barulho desnecessário na floresta em respeito a ela e a seus habitantes não humanos"[25], senão na base dos sentimentos espirituais?

Não é, de modo algum, evidente por que devemos ter atitudes de cuidado e proteção em relação a um organismo ou coisa, apenas se essas atitudes puderem obter reciprocidade. Talvez estamos nos prendendo à ideia de aceitação na "comunidade moral", e o bloqueio seja quebrado pelo pensamento de que se trata da inclusão de todas as coisas em uma "comunidade de preocupação". Nessa comunidade, a reciprocidade não é necessária; o que interessa é amar e cuidar dos outros, simplesmente, devido à sua presença. A quantidade de amor e cuidado é proporcional à capacidade de dar sem exigir nada em troca.

16.6.5 Comentários de conclusão

Um aspecto da profissão de engenharia ambiental (geralmente não afirmado, como se nos envergonhássemos dele) é que esse engenheiro está comprometido com uma missão que realmente vale a pena. O engenheiro ambiental é a epítome da *solução* como oposta

---

4. Parece especialmente infeliz nos referirmos a organismos como "mais altos" ou "mais baixos", implicitamente significando "superiores" ou "inferiores". É bem claro que um verme terrestre faz muito bem aquilo que se espera que ele faça, assim como um guepardo. Seria muito difícil para os seres humanos cavar seu caminho pela terra ou capturar um antílope a pé. Sim, podemos construir máquinas para fazer essas coisas, porém, isso se deve à nossa habilidade de pensar. Carecemos de muitas outras habilidades e, portanto, não podemos alegar que somos "superiores" às outras criaturas. De modo similar, não faz sentido falar que um guepardo é "superior" e um verme é "inferior".

ao *problema* e devemos nos orgulhar disso. Nosso cliente, no sentido mais amplo, é o próprio meio ambiente e nosso objetivo é preservar e proteger nossa casa global para o bem de nossos sucessores, bem como da própria Mãe Terra.

16.7 A CONTINUIDADE NAS DECISÕES DE ENGENHARIA

Os métodos de tomada de decisões disponíveis aos engenheiros estendem-se dos mais objetivos (técnicos) aos mais subjetivos (éticos). O método inerente de tomada de decisões é o mesmo em todos os casos. O problema primeiro é analisado – separado e visto de muitas perspectivas. Quando todos os números estão disponíveis e as variáveis estão avaliadas, as informações são sintetizadas em uma solução. Então, essa solução é vista como um todo para checar se ela "faz sentido" ou, o que talvez seja mais importante, "pareça certa". Esse processo é particularmente válido nas decisões éticas, em que, raramente, há números para comparação.

Conforme as decisões de engenharia passem de técnicas para éticas, elas se tornam cada vez menos quantitativas e cada vez mais sujeitas aos gostos pessoais, prejulgamento e preocupações do responsável pelas decisões. Seria razoável sugerir que em algum ponto tais decisões deixam de ser verdadeiramente decisões de engenharia? Não foram poucos os engenheiros importantes que defenderam eloquentemente as decisões técnicas como as únicas verdadeiras decisões de engenharia. Outras preocupações devem ser deixadas a um "tomador de decisões" indefinido, que presumidamente possua treinamento e bases para tais resoluções, das quais o engenheiro talvez não seja capaz e, certamente, não é responsável, cabendo a este fornecer apenas uma engenharia que funcione. Essa visão, é claro, libertaria você, engenheiro, de todo julgamento (não técnico) e o tornaria um robô virtual inteligente, trabalhando às ordens de seu cliente ou empregador. Sob tal argumento, as consequências sociais de suas ações (como elas afetam a sociedade como um todo) são de pouco interesse, contanto, que seu cliente ou empregador seja bem atendido.

Felizmente, a maioria dos engenheiros não aceita essa negligência. Reconhecemos que a engenharia, talvez mais do que outras profissões, *pode fazer diferença*. Os projetos que envolvem mudança ambiental ou manipulação precisarão, invariavelmente, dos serviços de um engenheiro profissional. Estamos, assim, moralmente comprometidos, como talvez uma engrenagem indispensável na roda do progresso, para buscar as melhores soluções não apenas tecnicamente, mas também econômica e eticamente.

PROBLEMAS

16.1 A cidade de Chapel Hill, na Carolina do Norte, decidiu construir uma tubulação de água não tratada para permitir, durante períodos de seca, a compra de água de Hillsborough, no mesmo estado. O engenheiro recomendou que fosse construída uma tubulação de 16 polegadas. A base de sua decisão é a seguinte:

Diâmetro (polegadas)	Custo do Tubo Enterrado (US$/pé)	Custo de Capital da Estação de Bombeamento	Custo Anual Esperado de Consumo de Energia
8	5	US$150.000	US$10.000
10	8	US$145.000	US$ 8.000
12	12	US$140.000	US$ 7.000
16	14	US$120.000	US$ 6.000

A taxa de juros é de 8% e a vida útil esperada é de 20 anos.
a. Compare as quatro alternativas com base no custo anual.
b. Se o engenheiro receberá na base de 6% do custo de capital total do serviço, que alternativa ele poderia recomendar se baseasse todas as decisões na ética hedonista?
c. Quem o engenheiro poderia considerar como seus "clientes" nessa situação? Defenda cada escolha com algumas frases.

16.2 A usina de energia nuclear local decidiu que o melhor lugar para armazenar o resíduo nuclear de alto nível (pequeno em volume, mas altamente radioativo) seria um campo desocupado próximo ao campus da sua faculdade. Eles propõem a construção de armazéns devidamente blindados, de modo que o nível de radioatividade nas proximidades seja igual à radioatividade natural, e a utilização desses armazéns dure pelos próximos 20 anos. A usina atende a uma população de 2.000.000 de pessoas e, atualmente, depositar o combustível usado no Estado de Washington custa US$ 1.200.000,00 à empresa. A construção das novas instalações custará US$ 800.000,00 e sua operação anual, US$ 150.000,00. O setor de energia paga juros de 8% sobre o crédito recebido. A empresa deseja pagar à faculdade um aluguel anual de US$ 200.000,00.
a. A empresa economizará dinheiro?
b. Se você fosse o reitor da faculdade, determine se esse é um plano aceitável utilizando
   a. análise econômica;
   b. análise de benefício/custo;
   c. análise de risco;
   d. análise de impacto ambiental;
   e. análise ética.
Sendo necessárias maiores informações, assuma valores e condições razoáveis.

16.3 As seguintes informações de custos foram calculadas para a proposta de uma gaiola.

	Custos	
	Capital	Operação
Madeira	US$ 4,00	
Pregos	US$ 0,50	
Alpiste adicional necessário		1,50/semana
	Benefícios	
Diversão em se olhar os passarinhos		5,00/semana

A vida útil esperada da gaiola é de dois anos. Assuma juros de 6% e calcule a razão benefício/custo. Você deve construir a gaiola?

16.4 Uma definição de poluição é uma "interferência não razoável no uso de outro benefício". Com base nessa definição, defenda o uso de um córrego como condutor de descarte de água residual. Utilize uma das ferramentas de tomada de decisões apresentadas neste capítulo. Em seguida, argumente contra essa definição.

16.5 Você recebeu a responsabilidade de projetar um grande coletor-tronco de esgoto. O curso do esgoto deve seguir um riacho que é muito utilizado como espaço de recreação. Trata-se de um lugar popular para piqueniques, onde trilhas naturais foram construídas por voluntários ao longo das margens. A comunidade local deseja que ele venha a fazer parte do sistema de parques estaduais. O coletor-tronco interromperá gravemente o riacho, destruirá seu ecossistema e o tornará um local nada atrativo à recreação. Qual a sua opinião sobre tal atribuição? Escreva um texto como se estivesse mantendo um registro pessoal (diário).

16.6 Você passaria intencionalmente por cima de uma tartaruga que estivesse tentando atravessar uma estrada? Por quê? Apresente um argumento para convencer os outros de que seu ponto de vista é correto.

16.7 Você decidiu dar início a uma fazenda para a criação de demônios da Tasmânia. (Talvez você queira pesquisar algo sobre essas criaturas incomuns). Sua fazenda ficará localizada em uma vizinhança residencial e você descobriu que as leis nada dizem sobre a criação desses animais; portanto, acredita que sua fazenda será legal. Você planeja vender os animais para o operador do aterro local, que os utilizará como limpadores. Discuta sua decisão do ponto de vista do
  a. benefício/custo para você mesmo;
  b. risco para você e para os outros;
  c. impacto ambiental.

16.8 A autoridade responsável pelas águas em uma pequena comunidade defende que são necessários uma nova represa e um lago, apresentando uma estimativa inicial de custos de construção de US$ 1,5 milhão. A autoridade calcula um determinado benefício (recreação, turismo, fornecimento de água) de US$ 2 milhões. A comunidade concorda com o projeto e emite títulos para pagar a construção. No entanto, com a construção já em andamento, e tendo-se gastado US$ 1 milhão, fica claro que a represa, na verdade, custará US$ 3 milhões, os custos adicionais se devendo a desapropriações e problemas não previstos, sem responsabilidade da empreiteira. A represa semiacabada não tem utilização para a comunidade, sendo necessários fundos adicionais de US$ 1,5 milhão para concluir o projeto. Utilize a análise de benefício/custo para defender se a comunidade deve ou não continuar esse projeto.

16.9 Cite um projeto do Departamento de Defesa que não tenha utilizado a técnica descrita no Problema 16.8 para defender sua conclusão.

16.10 É comum as decisões de engenharia afetarem pessoas da próxima geração e, até mesmo, muitas gerações futuras. Uma ponte importante acabou de celebrar seu 100º aniversário e parece capaz de se manter por mais um século. Essa ponte, obviamente, é insignificante em comparação com algumas realizações da engenharia romana.

Decisões de engenharia como um depósito de resíduo nuclear também afetam gerações futuras, porém, de modo negativo. Estamos deixando esse problema para nossos filhos, os filhos deles e incontáveis gerações adiante. No entanto, essa deve ser uma de nossas preocupações? O que, afinal, as gerações do futuro já fizeram por nós?

Os filósofos se degladiaram sobre o problema da preocupação com as gerações futuras, mas sem muito sucesso. Abaixo, estão relacionados alguns argumentos encontrados com frequência na literatura sobre por que *não* devemos nos preocupar com as pessoas do futuro. Pense sobre os mesmos e construa argumentos opostos se você discordar. Prepare-se para discuti-los em sala de aula.

Não temos de nos preocupar com as gerações futuras, pois:
  a. Essas pessoas sequer existem; portanto, não podem exigir quaisquer direitos como a consideração moral. Não podemos permitir uma exigência dessas de pessoas que não existem e podem nem vir a existir.
  b. Não temos ideia de como as gerações futuras poderão ser e quais serão seus problemas. Portanto, não faz sentido planejar em função delas. Preservar (não utilizar) recursos não renováveis apenas para o caso de que eles possam precisar desses recursos, não faz sentido algum.
  c. Se houver pessoas no futuro, não temos ideia de quantas serão. Portanto, como planejar em função delas?
  d. As gerações futuras serão melhores em relação a todas as gerações anteriores, dados os avanços tecnológicos. Portanto, não temos qualquer obrigação moral para com elas.
  e. Se considerarmos economicamente o futuro nos valores presentes, descobriremos que as reservas de recursos são de pouca utilidade para as futuras gerações. Por exemplo, se um barril de petróleo custar, digamos, US$ 100,00 daqui a 50 anos, quanto esse barril custaria hoje? Assuma uma taxa de juros de 5%. É evidente, a partir dessa resposta, que não faz sentido poupar um barril de petróleo hoje que valerá apenas os centavos que você calculou.

16.11 Um retrato especialmente bombástico do movimento ambiental como sendo um bando de idiotas é o livro *Disaster Lobby*.[26] O Capítulo 6 começa com essa sentença: "Desde 1802, o Corpo de Engenheiros do Exército dos Estados Unidos ocupou-se em ajudar a construir um meio ambiente seco, seguro e habitável na selva bruta e hostil que já foi a América". Considere a linguagem utilizada nessa única sentença e escreva uma análise de uma página dos valores mantidos pelo autor.

16.12 Cloretos entram nos Grandes Lagos provenientes da atividade humana; entretanto a fonte mais importante deles é a do salgamento das estradas no inverno (por causa da neve) para torná-las seguras ao tráfego. Altas concentrações de cloretos (água salgada) são prejudiciais ao ecossistema aquático. Se, nos próximos anos, três dos Grandes Lagos tiverem níveis de cloreto > 20 mg/L, por que isso seria um problema? Que usos dos lagos poderiam ser ameaçados por essas grandes concentrações de cloreto? Como você acha que os lagos mudariam em consequência dessas concentrações?

Suponha que você seja o engenheiro-chefe ambiental encarregado da Comissão de Qualidade da Água dos Grandes Lagos, conjunta entre Canadá e EUA. Você deve estabelecer os limites de qualidade para os cloretos, reconhecendo que tais limites seriam consideravelmente inferiores a 20 mg/L e que seriam necessárias mudanças no estilo de vida humano se a concentração de cloreto tiver de permanecer abaixo desses padrões. Que tipos de decisões você tomaria? (Pode haver mais do que uma decisão e não há resposta "correta" para esta questão).

16.13 Uma das alternativas às usinas elétricas de combustíveis fósseis é represar rios e utilizar a energia da água para produzir eletricidade. Suponha que você esteja trabalhando em uma empresa elétrica e deve decidir sobre a construção de uma dentre três possíveis novas instalações: uma grande represa em um rio conhecido por sua paisagem, uma usina elétrica com queima de carvão ou uma usina nuclear. Suponha que as três produziriam aproximadamente a mesma quantia de eletricidade, mas a nuclear é a mais cara, seguida pela represa e, finalmente, pela usina de carvão.

Que fatores entrariam em sua tomada de decisões e que tipos de decisões a gerência da *empresa de energia*, provavelmente, tomaria para escolher qual instalação construir? Por quê?

16.14 Uma estação de tratamento de água residual de uma cidade descarta seu efluente tratado em um córrego, porém, o tratamento é inadequado. Você é encarregado das obras públicas da cidade e contrata uma consultora de engenharia para avaliar a resolução do problema e oferecer soluções. Ela estima que a expansão da capacidade das instalações de tratamento para atender à qualidade necessária do efluente será uma proposta cara, e que a cidade poderá atender ao padrão de qualidade da água a jusante, construindo uma grande bacia para o efluente da planta (o descarte) e retendo a água tratada durante o tempo seco (baixo fluxo do rio), descarregando-a apenas durante fluxos altos (tempo chuvoso). A quantidade de poluição orgânica sendo descartada seria a mesma, é claro, mas agora os padrões do córrego seriam atendidos e a qualidade de sua água seria aceitável para a vida aquática, contornando o problema da cidade.

Obviamente, sua consultora realizou alguns cálculos antes de fazer sua recomendação. O custo de aumentar a capacidade das instalações é de US$ 1,5 milhão e o de se manter a bacia é de US$ 1,8 milhão. Os custos operacionais anuais da expansão das instalações de tratamento são de US$ 400.000,00 e os de manutenção da bacia, de US$ 100.000,00. A cidade pode emprestar dinheiro a juros de 6% e a vida útil esperada da expansão é de 10 anos, e a da bacia, de 20 anos. Com base apenas na análise econômica, a engenheira está correta? Você recomendaria essa solução ao conselho da cidade? Que tipo de decisões você tomaria para determinar sua recomendação final?

16.15 Um fazendeiro que possui um poço para água de irrigação contrata-o como consultor e questiona se ele pode extrair mais do que está extraindo. Você responde honestamente que sim, mas que as reservas de lençóis freáticos se esgotarão e que os poços de seus vizinhos podem secar. Ele pergunta a você se é possível que alguém venha a saber que ele está extraindo mais água do que a taxa máxima. Novamente, você responde, honestamente, que é improvável que alguém perceba. Ele, então, conta-lhe que planeja dobrar a taxa de extração, trabalhar enquanto possível e, quando a água acabar, mudar-se para a Flórida. Parece que você é a única pessoa que conhece os planos do fazendeiro.

Dirigindo de volta para casa, você chega a uma decisão sobre o que fazer. Que tipo de decisão você tomou e como você a tomou?

16.16 Considere o risco à saúde durante todo o período de vida de se comer maçãs de 100 gramas contaminadas por 1 ppb (partes por bilhão) de heptacloro (um pesticida provavelmente cancerígeno para humanos). O fator potencial do heptacloro foi estimado pelo EPA como 3,4 $(mg/kg/dia)^{-1}$.

   a. Com base em um adulto, pesando 70 kg, que coma uma maçã por dia durante 70 anos, estime, aproximadamente, o número de casos adicionais de câncer que se deve esperar em uma população de 100.000.
   b. Além dos pressupostos óbvios de consumo, tempo de vida e peso do corpo, discuta pelo menos dois outros pressupostos que subjazem à estimativa calculada no item a[27].

16.17 A engenheira Diane trabalha para uma grande empresa de consultoria internacional que foi contrata por uma agência federal para ajudar na construção de uma tubulação de gás no Arizona. Seu trabalho é projetar a linha central da tubulação de acordo com os planos desenvolvidos em Washington.

Após algumas poucas semanas de trabalho, ela é abordada pelos líderes de uma comunidade Navajo local e informada que a linha de gás cruzará um antigo cemitério sagrado Navajo. Ela olha no mapa e explica aos líderes que a pesquisa inicial do terreno não identificou nenhum cemitério.

– Sim, embora o cemitério não tenha sido utilizado recentemente, nosso povo acredita que, em tempos antigos, ali era um cemitério, mesmo que não possamos provar isso. O que importa não é que possamos mostrar com escavações arqueológicas de que, de fato, tratava-se de um cemitério, mas que o povo acredite nisso. Portanto, nós gostaríamos de alterar o percurso da tubulação para evitar a montanha.

– Eu não posso fazer isso por minha conta. Preciso obter a aprovação de Washington. O que quer que seja feito custará uma boa quantidade de dinheiro. Eu sugiro que vocês não busquem mais isso, responde Diane.

– Já falamos com as pessoas em Washington e, como você diz, eles insistem que, na ausência de provas arqueológicas, não podem aceitar a presença do cemitério. Mas, para nosso povo, essa terra é sagrada. Gostaríamos de tentar desviar a tubulação mais uma vez.

– Mas, a tubulação será subterrânea. Concluída a construção, a vegetação será restaurada e vocês nunca saberão que ela está ali, sugere Diane.

– Ah, sim. Saberemos que ela está ali. E nossos ancestrais também saberão.

No dia seguinte, Diane fala ao telefone com Tom, seu chefe em Washington e conta-lhe sobre a visita dos Navajos.

– Ignore-os, aconselha Tom.

– Não posso ignorá-los. Eles realmente se *sentem* violados pela tubulação em sua terra sagrada, responde Diane.

– Se você vai ser tão sensível aos caprichos e desejos de cada grupo de pressão, talvez você não deva estar no comando desse trabalho, sugere Tom.

Que responsabilidade os engenheiros têm em relação à atitude do público? Eles devem levar em consideração seus sentimentos ou depender apenas de dados brutos e informações quantitativas? Diane deve simplesmente dizer aos líderes Navajos que ligou para Washington e que eles sentem muito, mas o percurso não pode ser alterado? Se ela acha que o povo Navajo foi injustiçado, que rumos suas ações devem seguir? Até onde ela deve arriscar seu pescoço?

Responda escrevendo um trabalho de duas páginas que analise a ética nesse caso.

16.18 A seleção daquilo que os cientistas decidem estudar é o assunto do magistral ensaio de Leo Tolstói, "A Superstição da Ciência", publicado pela primeira vez em 1898[28]. Ele relata:

"[...] um trabalhador simples e consciente espera, com seu jeito antiquado e sensível, que, se as pessoas que estudam durante sua vida toda e, em troca à comida e ao apoio que ele lhes fornece, pensam para ele, então, esses pensadores ocupam-se, provavelmente, com aquilo que é necessário às pessoas, e ele espera da ciência uma solução para essas questões, das quais depende seu bem-estar e o de todos os outros. Ele espera que a ciência o ensine como viver, como agir em relação aos membros de sua família, a seus vizinhos, aos estrangeiros; como lutar com suas paixões, em que ele deve e não deve acreditar, e muito mais. E o que nossa ciência lhes diz quanto a todas essas questões?

Ela lhe informa, majestosamente, quantos milhões de quilômetros o sol está distante da Terra, quantos milhões de vibrações etéreas por segundo constituem a luz, quantas vibrações no ar fazem o som; ela lhes diz a constituição química da Via Láctea, do novo elemento hélio, de micro-organismos e de seus tecidos gastos, dos pontos da mão em que se concentra a eletricidade, dos raios X, e assim por diante. Mas, protesta o homem trabalhador, eu preciso saber hoje, nesta geração, as respostas sobre como viver.

Companheiro estúpido e rude, a ciência responde; ele não compreende que a ciência serve não à utilidade, mas à própria ciência. Ela estuda o que se apresenta por si mesmo ao estudo; não pode selecionar seus assuntos. A ciência estuda todas as coisas. Esse é o caráter da ciência.

E os homens da ciência estão realmente convencidos de que essa qualidade de ocupar-se com tal mesquinhez e negligenciar o que é mais real e importante é uma qualidade não deles mesmos, mas da ciência; porém, o homem simples e sensível começa a suspeitar que essa qualidade pertence não à ciência, mas às pessoas inclinadas a se ocupar com mesquinhezas e a atribuir-lhes grande importância."

Na formulação e no planejamento de sua carreira como *engenheiro*, não cientista, como você responderia a Tolstói?

16.19 Como você estimaria os dados necessários para o Exemplo 16.1?

16.20 A seguinte afirmação é feita na Seção 16.2: "Obviamente, a alternativa de menor custo total (com *todos* os dados de custo fornecidos) seria a decisão mais racional". O que se quer dizer com "todos os dados de custo"?

16.21 Você, como engenheiro municipal, está verificando o trabalho de Chris, o novo funcionário do Departamento de Obras Públicas. Chris fez os cálculos do Exemplo 16.2 para que você utilize em sua apresentação ao conselho da cidade. Você concorda ou discorda dos cálculos dele?

16.22 Faria alguma diferença em sua análise de riscos se a pessoa em um milhão que possa ser prejudicada for você ou alguém que você ame?

16.23 Relacione outros impactos que poderiam ser incluídos no Exemplo 16.9.

NOTAS FINAIS

(1) GRAY, R. G. Letter to the editor: Education system isn't working. *ASCE News* 25, nº 9:8; 2000.

(2) A história é atribuída a Garrett Hardin: HARDIN, G. Tragedy of the commons. *Science*. vol. 162, dezembro de 1968.

(3) MAcLEAN, D. *Values at risk*. Totowa, N.J.: Rowman and Littlefield, 1986.

(4) PETULLA, J. M. *American environmentalism*. College Station, Texas: Texas A & M Univ. Press, 1980.

(5) Boa parte dessa discussão baseia-se em GUNN A. S. & Vesilind, P. A. *Environmental ethics for engineers*. Chelsea, MI: Lewis Publishers, 1986.

(6) KANT, I. Duties toward animals and spirits. *Lecture on ethics*. p. 240 *apud* MIDGLEY, M. Duties concerning islands. *Environmental philosophy*. Editado por R. Elliot e A. Gare. State College, PA: Pennsylvania State University Press, 1983.

(7) BAXTER, W. F. *People or penguins: The case for optimal pollution*. Nova York: Columbia University Press, p. 5, 1974.

(8) LEOPOLD, A. *A Sand County almanac*. Nova York: Oxford University Press, 1966.

(9) WATSON, R. A. Self-consciousness and the rights of nonhuman animals and nature. *Environmental Ethics* 1:2:99–129, 1979.

(10) McCLOSKY, H. J. *Ecological ethics and politics*. Totowa, N.J.: Rowman and Littlefield, p. 29, 1983.

(11) LOCKE, J. *Two treatises on government*. 2. ed. Editado por Peter Laslett. Cambridge, Inglaterra, 1967.

(12) HOBBES, T. *Leviathan*. Editado por Henry Morley. Londres, 1885.

(13) BENTHAM, J. *An introduction to the principles of morals and legislation*. Editado por Laurence J. LaFleur. Nova York, 1948.

(14) SINGER, P. *Practical ethics*. Cambridge, Reino Unido: Cambridge University Press, p. 50, 1979.

(15) SCHWEITZER, Albert. *Out of my life and thought: An autobiography*. Nova York, 1933.

(16) THOMPSON, J. Preservation of wilderness and the good life. *Environmental philosophy*. Editado por R. Elliot e A. Gare. State College, PA: Pennsylvania State University Press, p. 97, 1983.

(17) TAYLOR, P. W. *Respect for nature: A theory of environmental ethics*. Princeton: Princeton University Press, 1986.

(18) THOMPSON, J. "A refutation of environmental ethics." *Environmental ethics*. 12:4:147-160, 1990.

(19) ROUTLEY, V. & ROUTLEY, R. Against the inevitability of human chauvinism. *Ethics and the problems of the 21st century*. Editado por Kenneth Goodpaster e Kenneth Sayre. Notre Dame, IN: University of Notre Dame Press, 1987.

(20) ROLSTON, Holmes, III. *Environmental ethics*. Filadélfia: Temple University Press, 1988.

(21) REGAN, Tom. The nature and possibility of an environmental ethic. *Environmental ethics*. 3:1:31-32, 1981.

(22) NAESS, Arne. Basic principles of deep ecology. *Deep ecology*. Editado por Bill Devall e George Sessions. Salt Lake City, 1985.

(23) BERRY, Wendell. A secular pilgrimage. *Western man and environmental ethics*. Editado por Ian Barbour. Reading, MA: Addison-Wesley, 1973.

(24) COLLIS, John Stewart. *The triumph of the tree*. Nova York: William Sloane Associates, 1954.

(25) ROUTLEY, V. & ROUTLEY, R. Human chauvinism and environmental ethics. *Environmental philosophy*. Editado por D. Mannison, M. McRobbie e R. Routley. Canberra: Research School of Social Sciences, Australian National University, p. 130, 1980.

(26) GRAYSON, M.J. & SHEPARD, T. R., Jr. *Disaster lobby*. Chicago: Follett Publishing Co, 1973.

(27) Problema atribuído a William Ball, Johns Hopkins University.

(28) TOLSTÓI, L. The superstitions of science (1898). *The arena* 20. Reimpresso em *The new technology and human values*. Editado por J.G. Burke. Belmont: Wadsworth Publishing Co, 1966.

Tabela Periódica de Elementos

Elemento		Peso Atômico
Nome	Símbolo	(g/gmol)
Alumínio	Al	26,981
Antimônio	Sb	121,75
Argônio	Ar	39,948
Arsênico	As	74,922
Bário	Ba	137,34
Berílio	Be	9,012
Bismuto	Bi	208,98
Boro	B	10,811
Bromo	Br	79,909
Cádmio	Cd	112,40
Cálcio	Ca	40,08
Carbono	C	12,01115
Césio	Cs	132,90
Cloro	Cl	35,453
Cromo	Cr	51,996
Cobalto	Co	58,933
Cobre	Cu	63,54
Flúor	F	18,998
Gálio	Ga	69,72
Germânio	Ge	72,59
Ouro	Au	196,97
Hélio	He	4,003
Hidrogênio	H	1,0080
Índio	In	114,82
Iodo	I	126,90
Ferro	Fe	55,847
Kriptôneo	Kr	83,80
Chumbo	Pb	207,19
Lítio	Li	6,939
Magnésio	Mg	24,312
Manganês	Mn	54,938
Mercúrio	Hg	200,59

Elemento		Peso Atômico
Nome	Símbolo	(g/gmol)
Molibdênio	Mo	95,94
Neônio	Ne	20,183
Níquel	Ni	58,71
Nióbio	Nb	92,906
Nitrogênio	N	14,007
Oxigênio	O	15,999
Paládio	Pd	106,4
Fósforo	P	30,974
Platina	Pt	195,09
Potássio	K	39,102
Rádio	Ra	226
Radônio	Rn	222
Ródio	Rh	102,91
Rubídio	Rb	85,47
Rutênio	Ru	101,07
Escândio	Sc	44,956
Selênio	Se	78,96
Silício	Si	28,086
Prata	Ag	107,87
Sódio	Na	22,990
Estrôncio	Sr	87,62
Enxofre	S	32,064
Telúrio	Te	127,60
Estanho	Sn	118,69
Titânio	Ti	47,90
Tungstênio	W	183,85
Urânio	U	238,03
Vanádio	V	50,942
Xenônio	Xe	131,30
Ítrio	Y	88,905
Zinco	Zn	65,37
Zircônio	Zr	91,22

Conversões

Multiplique	por	para obter
acres	0,404	ha
acres	43.560	pé^2
acres	4047	m^2
acres	4840	jarda^2
acre-pé	1233	m^3
atmosferas	14,7	lb/pol^2
atmosferas	29,95	pol de mercúrio
atmosferas	33,9	pés de água
atmosferas	10.330	kg/m^2
Btu	252	cal
Btu	1,053	kJ
Btu	1.053	J
Btu/pés^3	8.905	cal/m^3
Btu/lb	2,32	kJ/kg
Btu/lb	0,555	cal/g
Btu/s	1,05	kW
Btu/ton	278	cal/ton
Bru/ton	0,00116	kJ/kg
calorias	4,18	J
calorias	0,0039	Btu
calorias/g	1,80	Btu/lb
calorias/m^3	0,000112	Btu/pé^3
calorias/toneladas métricas	0,00360	Btu/ton
centímetros	0,393	pol
pés cúbicos	1728	pol^3
pés cúbicos	7,48	gal
pés cúbicos	0,0283	m^3
pés cúbicos	28,3	l
pés cúbicos/lb	0.0623	m^3/kg
pés cúbicos/s	0.646	milhões de galões/dia
pés cúbicos/s	0.0283	m^3/s
pés cúbicos/s	449	galões/min
pés cúbicos de água	61,7	lb
polegadas cúbicas de água	0,0361	lb
metros cúbicos	35,3	pé^3
metros cúbicos	264	gal
metros cúbicos	1,31	jarda^3
metros cúbicos/dia	264	gal/dia
metros cúbicos/h	4,4	gal/min
metros cúbicos/h	0,00638	milhões de galões/dia
metros cúbicos/s	1	m^3/s
metros cúbicos/s	35,31	pé^3/s
metros cúbicos/s	15.850	gal/min
metros cúbicos/s	22,8	milhões de galões/dia
metros cúbicos por segundo	1	m^3/s
jardas cúbicas	0,765	m^3
jardas cúbicas	202	gal

Conversões

Multiplique	por	para obter
Ração C	100	rações
"decacartão"	52	cartões
pé	0,305	m
pé/min	0,00508	m/s
pé/s	0,305	m/s
pé/s	720	pol/min
peixe	10^{-6}	microficha
pé-libra (força)	1,357	J
pé-libra (força)	1,357	Nm
galão de água	8,34	lb
galões	0,00378	m^3
galões	3,78	l
galões/dia	$43,8 \times 10^{-6}$	l/s
galões/dia/pé²	0,0407	$m^3/dia/m^2$
galões/min	0,00223	$pé^3/s$
galões/min	0,0631	L/s
galões/min	0,227	m^3/h
galões/min	$6,31 \times 10^{-5}$	m^3/s
galões/min/pé²	2,42	$m^3/h/m^2$
galões de água	8,34	lb água
ms	0,0022	lb
gramas/cm³	1.000	kg/m^3
hectares	2,47	acre
hectares	$1,076 \times 105$	$pé^2$
HP	0,745	kW
HP	33.000	pé-libra/min
polegadas	2,54	cm
polegadas /min	0,043	cm/s
polegadas de mercúrio	0,49	lb/pol^2
polegadas de mercúrio	0,00338	N/m^2
polegadas de água	249	N/m^2
joules	0,239	cal
joules	$9,48 \times 10^{-4}$	Bru
joules	0,738	pé lb
joules	$2,78 \times 10^{-7}$	kWh
joules	1	Nm
joules/g	0,430	Btu/lb
joules/s	1	W
quilocaloria	3,968	Btu
quilocalorias/kg	1,80	Btu/lb
quilogramas	2,20	lb
quilogramas	0,0011	toneladas
quilogramas/ha	0,893	lb/acre
quilogramas/h	2,2	lb/h
quilogramas/m³	0,0624	$lb/pé^3$
quilogramas/m³	1,68	$lb/jarda^3$
quilogramas/m³	1,69	$lb/jarda^3$
quilogramas/ton métricas	2,0	lb/ton
quilojoules	9,49	Btu
quilojoules/kg	0,431	Btu/lb
quilômetro	0,622	milha
quilômetro/h	0,622	milhas/h
quilowatt	1,341	HP
quilowatt-h	3600	kJ
quilowatt-h	3,410	Btu
ano leve	365	dias bebendo cerveja de baixa caloria

Multiplique	por	para obter
litros	0,0353	pé^3
litros	0,264	gal
litros/s	15,8	gal/min
litros/s	0,0228	milhões de galões/dia
megafone	10^{-12}	microfone
metros	3,28	pé
metros	1,094	jarda
metros/s	3,28	pé/s
metros/s	196,8	pé/min
microscópio	10^{-6}	anti-séptico bucal
milhas	1,61	km
milhas/h	0,447	m/s
milhas/h	88	pé/min
milhas/h	1,609	km/h
miligramas/L	0,001	kg/m^3
milhões de galões	3.785	m^3
milhões de galões/dia	43,8	L/s
milhões de galões/dia	3785	m^3/dia
milhões de galões/dia	157	m^3/h
milhões de galões/dia	0,0438	m^3/s
milhões de galões/dia	0,0438	m^3/s
milhões de galões/dia	1,547	pé^3/s
milhões de galões/dia	694	gal/min
newtons	0,225	lb (força)
newtons/m^2	$2,94 \times 10^{-4}$	pol de mercúrio
newtons/m^2	$1,4 \times 10\ 10^{-4}$	lb/pol^2
newtons/m^2	10	poise
newton m	1	J
libras (massa)	0,454	kg
libras (massa)	454	g
libras (massa)/acre	1,12	kg/ha
libras (massa)/pé^3	16,04	kg/m^3
libras (massa)/ton	0,50	kg/ton
libras (massa)/jarda^3	0,593	kg/m^3
libras (força)	4,45	N
libras (força)/pol^2	0,068	atmosferas
libras (força)/ pol^2	2,04	pol de mercúrio
libras (força)/ pol^2	6895	N/m^2
libras (força)/ pol^2	6,89	kPa
libras de bolo	454	Graham crackers (biscoito)
libras de água	0,01602	pé^3
libras de água	27,68	pol^3
libras de água	0,1198	gal
pé quadrado	0,0929	m^2
metro quadrado	10,74	pé^2
metro quadrado	1,196	jarda^2
metro quadrado	$2,471 \times 10^{-4}$	acres
milhas quadradas	2,59	km^2
toneladas (2000 lb)	0,907	toneladas métricas (1000 kg)
toneladas	907	kg
toneladas/acre	2,24	toneladas métricas/ha
toneladas métricas (1000 kg)	1,10	tonelada (2000 lb)
toneladas métricas/ha	0,446	toneladas/acre
dois quilos de sabiá	2000	sabiá
watts	1	J/s
jarda	0,914	m

Índice remissivo

"absorção de luxo", 249
abastecimento de águas subterrâneas, 180
ação de remoção, 356
ácido etilenodiamino tetra-acético (EDTA), 190
ações paliativa, 356
adsorção, 249, 311
aeração difundida, 240
aeração mecânica, 240
aeração, 239-240
aeradores
    mecânicos, 240
    por difusão, 240
afluente, 41
águas subterrâneas, 180
alagadiços, 250
alcalinidade, 193
alume (sulfato de alumínio), 202-204, 227
ambiental
    análise de risco, 402
    análise, 408
    declarações de impacto, 407
    gestão de riscos, 449
amostrador de grande volume, 276
amplitude, 376
análise benefício/custo, 397
análise das informações, 29
análise de frequência, 379
análise do ciclo de vida, 343
análise econômica, 393
aquecimento global, 290
aquífero confinado, 180
aquífero de Ogallala, 50
aquífero livre, 180
aquíferos, 189
    confinados, 189
ar em ambientes internos, 296
áreas de não-cumprimento, 302
Aristóteles, 414-418
armazenamento elevado, 214
arquitetura verde, 142
Atenas, 321
aterro sanitário, 339
aterro, 339
audiograma, 381, 382
audiômetro, 381
auditoria de resíduos, 367
autodepuração (de cursos d'água), 141
automóveis elétricos, 320
autorrealização, 82

balanço de materiais, 41
bandas de oitava, 379

barcaça de lixo, 16
Baxter, William, 416
Bell, Alexander Graham, 390
Bentham, Jeremy, 414, 418
Berry, Wendell, 421
bifenis policlorados (PCB), 355
biossólidos, 5
bomba de Broad Street, 165
bomba trituradora, 225
borbulhador, 279-280
Briggs, G. A., 313

cadeia alimentar, 127
cadinho de Gooch, 161
calorímetro de vaso, 109-110
calorímetro, 109
câmara de cascalho, 225
câmara de sedimentação, 311
caminho de Euler, 329
carga total, 283
carvão ativado, 249
centrífuga de vaso sólido, 258
centrífuga, 61-62, 258
    vaso sólido, 257-258
Chadwick, Edwin, 16
Chernobyl, 364
chorume, 341
chuva ácida, 286
ciclo hidrológico, 179
ciclone, 309
cigarros, 284, 298, 299
Clean Water Act, 172
cloração ao ponto de inflexão, 133
cloração, 212, 247
cloro residual, 213
cloro, 212, 247
clorofluorcarbonetos (CFC) 279, 289
coagulação, 202
    formação de pontes, 203
    neutralização de cargas, 204
código, 56
coeficiente de permeabilidade, 182
coeficiente de transferência de gás, 244
coeficiente de variação, 30
coleta
    materiais separados, 327
    refugo, 327
coliformes, 166
combustão
    catalítica, 311
    de lixo, 336
combustão catalítica, 311

combustível derivado de resíduos (CDR), 337
comutador, 57
concentração, medição da, 22
cone de depressão, 183
conexão cruzada, 4
Conselho de Qualidade Ambiental, 406, 407
constante de reaeração, 244
constante solar, 291
consumidores (em ecossistemas), 124
contador biológico rotativo, 228
contenção, 357
controle das emissões, 320
conveniência, 6
conversor catalítico, 320
copos descartáveis, 343
corrosividade, 51
Cryptosporidium, 164
cursos de água (córregos), 129
curva "sag" de Streeter-Phelps para oxigênio
    dissolvido, 137
curva de distribuição C, 88
custo anual, 393
custos irrecuperáveis, 399

Darwin, Charles, 419
DBO carbonácea, 159
DBO final, 135, 152, 160
DBO nitrogenada, 159
DBO semeada, 154
DDT, 130, 171
de resíduos para energia, 337
decantador primário, 226
decantador secundário, 228
decantador, 226
    primário, 226
    secundário, 228
decibéis, 377
decibel, 377
decisões de engenharia, 391
decloração, 273
decomposição
    aeróbica, 126
    anaeróbica, 126
decomposição (ou elementos radioativos), 401
decomposição aeróbica, 162
decomposição anaeróbica, 125
decompositores, 124
demanda bioquímica de oxigênio (DBO), 135
    carbonácea, 159
    diluição, 152
    final, 135, 140, 152, 154
    libras de (cálculo), 156
    nitrogenada, 159
    semeada, 155
demanda química de oxigênio (DQO), 168
densidade, 22
depósito, 339
depurador úmido, 311
depurador, 309, 311
descarte de resíduos perigosos, 360
desinfecção, 212
desnitrificação, 248

desoxigenação, 135
dessulfurização, 312
destruição da camada de ozônio, 288
detrito, 124
diagrama de massa, 187
Dibdin, William, 15, 227
dibenzodioxinas policloradas (PCDD), 338
digestão aeróbica, 254
digestor anaeróbico, 256
digestor primário, 67, 255
digestor secundário, 67, 256
digestor, 67
    aeróbico, 256
    anaeróbico, 256
    em forma de ovo, 256
    primário, 67, 256
    secundário, 67, 256
digestores em forma de ovo, 256
dilema do prisioneiro, 188
dinamômetro, 319
dioxinas, 338-339
dique com corte em V, 226, 228
dispersão (de poluentes do ar), 313
dispersão gaussiana, 315
distribuição F, 89
distribuição gaussiana, 29
distribuição normal, 29
Donora PA, 9, 56, 274
dose equivalente Sievert, 363
Dupré, August, 15, 227
dureza, 189

E. coli, 164
ecofeminismo, 129
Ecologia Profunda, 82, 420
ecologia, 123
ecossistema, 123
efeito agudo, 353
efeito estufa, 292
efeitos crônicos, 353
eficiência (da separação), 57
    Rietema, 60
    Worrell-Stessel, 60
eficiência de Rietema, 60
eficiência de Worrell-Stessel, 60
efluente, 33
    padrão, 172
elos, 329
Emendas relacionadas a Resíduos Sólidos e Perigosos
    (para RCRA), 355
empresa de recuperação de materiais (MRF), 333
energia, 107
Entamoeba histolítica, 164
epilímnio, 133
Equação de Darcy, 182
escala de Ringelmann, 280
esgoto combinado, 172
esgotos coletados, 221
esgotos sanitários, 221
esgotos, 221
    coletados, 221
    galeria pluvial, 221

Índice remissivo

sanitários, 221
espiritualidade, 421
estabilidade atmosférica, 315
estabilidade dos ecossistemas, 130
estabilização de lodo, 254
estado estacionário, 41, 78, 108
estatística, 29
estimativas aproximadas, 26
estratificação de lagos, 133
estratosfera, 272
esvaziamento, 339
ética ambiental, 416
ética, 413
Euler, Leonard, 329
eutrofização, 134
evaporação, 179
extração e tratamento (de resíduos perigosos), 357

fator de carga do processo, 236
fator potencial, 404
filtração, 210
filtrado, 258
filtro
    biológico, 228
    de prensa, 257
    rápido de areia, 210, 249
    saco, 309
    tecido, 309
filtro biológico, 228
Filtro de água à prensa, 257
Filtro de saco, 310
filtro rápido de areia, 210, 211
fitotoxicidade, 354
flocos, 202
floculação, 204, 206
fluoretação, 214
fluxo uniforme, 207
fluxo, 24
fogões a lenha, 303
fonte móveis, controle de, 318
fontes de poluição atmosférica no setor de transportes, 295, 318
formação de pontes (na coagulação), 203
formadores de ácido, 255
formadores de metano, 255
fornecimento de água, 179
fotômetro, 163
fotossíntese, 123
fraldas, 343
Francisco, Donald, 132
frequência, (som), 375
fumaça, 276
    escala de Ringlemann, 280
    medição de, 280

Gaia, 294
galeria pluvial, 221
gases, medição de, 278
geração de resíduos, 331
gerações futuras, 369
gestão integrada de resíduos sólidos, 344
Giardia lamblia (giardíase), 164

gosto, na água, 213
gradiente adiabático, 273
gradiente subadiabático, 273
gradiente superadiabático, 273
gradiente, 273, 313
    adiabático, 273, 313
    subadiabático, 273, 313
    superadiabático, 273, 313
gray (unidade de medição), 363
Grelha de filtragem, 225
Gunn, Alastair, 370

Harrelson, Lowell, 17
Harrisburg, PA, 364
hepatite, 3
hertz, 375
Hertz, Heinrich, 390
hipótese de conservação, 45
Hiroshima, 363
Hobbes, Thomas, 418
Holy Cross College, 3
homeostase, 127

idade do lodo, 233
igualdade biocêntrica, 82
incineração, 311, 354, 366
    incinerador de câmaras múltiplas, 261
    leito fluidizado, 261
    resíduos perigosos, 327
incinerador de leito fluidizado, 261
índice de volume do lodo (SVI), 245
infiltração, 221
inflamabilidade, 351
intumescimento filamentoso, 246
inversão da radiação, 275
inversão por subsidência, 274
inversão, 273
    radiação, 274
    subsidência, 274

jar-test, 203
Jersey, 11, 356

Kant, Immanuel, 415
Köningsberg, 329

lago de clima temperado, 133
lagoa de oxidação, 249
lagoa, estabilização, 250
lagos, 131
    estratificação térmica, 133
    mistura em, 133
Lei Abrangente de Resposta, Compensação e Recuperação Ambiental (CERCLA), 355
Lei de Beer, 162
Lei de Conservação e Recuperação dos Recursos (RCRA), 356
Lei de Dalton, 241
lei de Henry, 241
Lei do Ar limpo, 300
Lei do Controle de Ruído, 385
lei do quadrado inverso, 378
leito de secagem de areia, 257

Leopold, Aldo, 417
limiar, 403, 410
linha de recalque, 221
líquido misto, 229
lista de controle ponderada de parâmetros comuns, 410
lista de controle quantificada, 408
lixo, 327
Locke, John, 418
lodo ativado de retorno, 229
lodo ativado residual, 65
lodo cru, 226, 252
lodo, 5, 224
    ativado de retorno, 229
    cru, 226, 252
    de resíduos ativados, 65, 229
    desague, 256
    estabilização, 254
    produção, 252
    secundário, 252
    tratamento, 252
    volumoso, 245
Londres, 14, 165, 282, 384
Los Angeles, 300
Love Canal, 357
Lovelock, James, 294

máquina de Carnot, 116
máquina térmica, 115
marcador conservativo e instantâneo, 87
marcadores contínuos, 95
matriz de interações, 409
McClosky, H. J., 417
medição colorimétrica, 280
medições dos níveis bacteriológicos, 163-164
medidor de nível de pressão sonora, 380
meia-vida, 84, 362
mercados para o lixo processado, 335
mesosfera, 272
metalímnio, 133
meteorologia, 272
microrganismos facultativos, 125
Mill, John Stuart, 414
Mobro (barcaça de lixo), 16
modelo de mistura, 87
modelo de Monod, 232
modelo de reatores, 96
motor de combustão interna, 318
movimento vertical do ar, 274
mudança atmosférica, 296-297
Muir, John, 416

Naess, Arne, 82, 420
National Environmental Policy Act (NEPA), 406
nefelômetro, 278
neutralização de cargas (na coagulação), 204
névoa com fumaça fotoquímica, 287
névoa, 276
nevoeiro com fumaça
    fotoquímica, 287
nicho, 129
nitrificação, 248

nitrobacter, 248
nitrogênio
    em cursos d'água, 141
    lixiviação em solos, 126
    medição de, 162
    remoção de, 248
Nitrogênio Kjeldahl, 162
Nitrosomonas, 248
níveis tróficos, 130
normalização dos dados, 33
normas de qualidade do ar ambiente, 301
Normas Nacionais da Qualidade do Ar Ambiente, 301
normas para águas superficiais, 173
nós, 329
número mais provável (NMP), 166
números significativos, 28
nutrientes, 131

Occupational Health and Safety Administration (OSHA), 384
odor na água, 213
organismos aeróbios, 125
organismos anaeróbios, 125
organismos indicadores, 166
otimização da rota, 329
ouvido, 376
óxido de enxofre, 282
    controle de, 285
óxido de nitrogênio, 279
oxigênio dissolvido
    medição, 125
ozônio, 272

padrões de água potável, 171
padrões para água superficial, 173
particulados inaláveis, 277, 284
particulados, 276
    controle de, 309
    medição de, 276
partículas elementares, 207
patógenos, 164
Pedicularis furbishiae, 119
percolação, 180
período de retorno, 33
permeabilidade, 182
permeâmetro, 182
Phelps, Earle, 6
Pittsburgh, 51
pluma turbulenta, 313
plumas, 313, 314
poço artesiano, 180
poeira, 276
polieletrólito, 260
Pollution Prevention Act, 366
poluentes catalogados, 351
poluentes gasosos, controle de, 311
poluição atmosférica, 282
poluição térmica, 116
porosidade, 180
precipitação, 179
precipitadores eletrostáticos, 310

prevenção da poluição, 366
princípio da conveniência, 6
probabilidade, 29
produção de energia elétrica, 115
produtores, 124
proliferação de algas, 134
Protocolo de Montreal, 290
pureza, 57

qualidade da água, 149
   padrões, 171
   tratamento, 189
qualidade do ar, 271
   controle, 307
   padrões, 299
quilos de DBO, 155
Quimiostato, 231

radiação solar, 291
radiações ionizantes, 361
radioisótopos, 361
radônio, 298, 364
raios-X, 361
reação de ordem zero, 79
reação de primeira ordem, 80
reação de segunda ordem, 83
reações consecutivas, 85
reações, 77
   ordem zero, 78
   primeira ordem, 78
   segunda ordem, 78
reagente de Nessler, 162
reatividade, 351
reator em batelada, 88
reatores de fluxo arbitrário, 95
reatores de fluxo completamente misturado, 89, 100
   em série, 101
reatores de vazão a pistão, 88, 247
reatores em batelada, 88, 96
reatores, 87
   completamente misturados, 89
   em série, 92, 101
   fluxo arbitrário, 95
   lote em batelada, 88
   vazão a pistão, 88
rebaixamento, 183
receptor de elétrons, 125
reciclagem de plásticos, 64, 335
reciclagem, 332, 333
recuperação de material, 333
recuperação dos recursos, 332
recuperação, 57, 307
redução da dureza da água, 189
refluxo, 211
Regan, Tom, 420
relação de alimento / microorganismos, 229
rem, 363
remoção biológica de nutrientes, 249
remoção de fósforo, 248
remoção de nutrientes, 248
rendimento específico, 180
rendimento, (águas subterrâneas), 180

rendimento, (lodo biológico), 252
reoxigenação, 134, 135
repetição, 329
Reservatório de Água Tratada, 210-211
resíduos perigosos, 351
   gestão, 355
resíduos radioativos, 361, 365
resíduos sólidos urbanos, 75
resíduos sólidos, 327
resíduos, 327, 333
   coleta, 327
   geração, 331
   processamento, 333
respiração, 123
revestimento (para aterros), 341
Rifkin, Jeremy, 104
risco
   análise de, 399
   avaliação de, 400
   gerenciamento de, 406
   involuntário, 402
   voluntário, 339
Rolston, Holmes, 420
Röntgen, Wilhelm, 363
rota de mão única, 329
rota heurística, 330
Routely, Val, 420
ruído
   controle, 385
   poluição, 375
   redução, 383
   saúde humana, 381

Safe Drinking Water Act, 171
saturação de água com oxigênio, 135, 150
Schweitzer, Albert, 419
sedimentação, 205
seletores, 335
separação na origem, 333
separador, 56
separadores binários, 60
Shigella, 164
sinergismo., 283
Singer, Peter, 418
sistema de classificação de perigo, 355
sistema de distribuição (de água), 214
sistema de lodos ativados, 65
Sistema Nacional de Eliminação de Descargas
   Poluentes (NPDS), 172
Snow, John, 165,166
sobrenadante, 58
sólidos
   dissolvidos, 160
   fixos, 161
   suspensos, 161
   totais, 160
   voláteis, 67
sólidos dissolvidos, 160
sólidos fixos, 161
sólidos suspensos do líquido misto (SSLM), 229
sólidos suspensos voláteis, 162
sólidos suspensos, 149, 161

sólidos totais, 160
sólidos voláteis, 67, 161
Solzhenitsyn, Aleksandr, 262
som
    amplitude, 376
    frequência, 375
    medição de, 380
    nível de pressão, 377
Stone, Christopher, 321
substrato, 230
Subtítulo D (da RCRA), aterro sanitário, 360
Superfundo (CERCLA), 356

tanque de aeração, 228
tanque de sedimentação, 226
tanque ideal, 206
taxa de *overflow*, 208
taxa de queda prevalecente, 314
Taylor, Paul, 419
temperatura, efeito sobre a taxa de reação, 101
tempo de contato, 212
tempo de detenção, 25
tempo de duplicação, 84
tempo de retenção de sólidos, 233
tempo de retenção, 89
tempo médio de retenção celular, 233
tempo versus dosagem, 283
teorias deontológicas, 414
termosfera, 272
teste conjeturáveis de coliformes, 168
Thomas, H. A., 158
Thompson, Janna, 419, 420
Thoreau, Henry David, 416
Three Mile Island, 364
torre de nebulização, 309
torre de resfriamento, 117
torta (de desidratação), 257
total de particulados suspensos, 277
Toxic Substances Control Act (TSCA), 355

toxicidade, 354
Toxicity Characteristic Leaching Procedure (TCLP), 354
transferência de gás, 239
transporte (de resíduos sólidos), 179
tratamento de águas residuais, 221
tratamento de terrenos, 250
tratamento in-situ, 358
tratamento preliminar, 224
tratamento primário, 226
tratamento terciário, 248
trihalometanos (THM), 213
troca iônica, 199
troposfera, 272
turbidez, 172

utilitarismo, 414

valor instrumental, 415
valor intrínseco, 417
valor presente, 393
valor quadrático médio, 376
válvula para descarga de lodo, 205
vapor, 276
variáveis, 33
variável dependente, 31
variável independente, 31
vazão de entrada, 221
velocidade de remoção do substrato, 236
ventilação positiva do cárter (PVC) válvula, 318
virada de outono, 133
visibilidade, 280

Watson, Richard, 417
Wells, H. G., 16

zona de aeração, 180
zona de saturação, 180
zona vadosa, 180